茅盾文学奖
获奖作品全集
典藏版
The Mao Dun Literature Prize

下 应物兄

李洱 著

人民文学出版社

63. 硅谷

硅谷的问题,再次被提了出来。

释延安捕捉到了栾庭玉面对鸭蹼的表情变化,悄悄交代僧厨又专门上了一盘鸭掌。上面的鸭蹼超出了正常比例,又厚又宽,好像长着茧子,都像鹅蹼了。但栾庭玉却不感兴趣了。栾庭玉礼貌地夹了一只鸭掌,嘬了一下,放下了,然后突然提到了硅谷问题。栾庭玉说,他还是想听一下黄兴先生对硅谷的意见。他曾率团去加州硅谷考察过,初看上去也不过尔尔嘛,连幢像样的大楼都没有,并且来说都是些两三层的小楼,更不要说摩天大楼了。如果不是眼前不时出现 Cisco、Oracle、Intel 这些熟悉的品牌,你还会以为待在济州的某个乡镇呢。"我们有信心把加州的硅谷搬过来,搬到黄河岸边,然后让它辐射到中国的整个中部地区。"栾庭玉的嗓门陡然提高了,与此同时手从胸前缓缓推出,先是掠过盘子里的鸭掌,然后掠过桌子上的素鸭,素鱼,素鸡,指向了窗外。

"世界各地的硅谷,最初都是自己形成的。"子贡的回应与上次一样。

"这边是我们自己说了算。我们让它在哪里形成,它就在哪里形成。并且来说,只要加强引导,我相信,济州硅谷肯定会比他们搞得好。"

"谁投资?投资收得回来?"

"看问题要往大处看,要看到树木,更要看到森林。只要这个硅谷建起来,周围的地价就会涨上去,光是卖地一项,收入就很可观。农民的钱包鼓了,政府的 GDP 上去了,何乐而不为?加州硅谷是不是只有一百公里?"

"最多也就一百公里。"

"有人对我说,我们一定要超过它,最少一百零一公里。这样不好,跟抬杠似的。还是要因地制宜。它不是一百公里吗,我们可以只要九十公里。并且来说,不是谦虚。跟美国人有什么好谦虚的?我的意思是,可以在宽度上做文章。他们的宽度只有三十公里,我呢,我可以沿着黄河,以五十公里的宽度开辟一条高科技走廊。也有人说了,宽五十公里恐怕不行,很多人都得搬迁,这涉及移民安置等一系列问题,搞不好会影响到社会稳定。好,我可以让一步,五十公里不行,四十公里总是可以的吧?如果四十公里还不行,那我就不得不在长度上做文章了。并且来说,那就不是一百公里、一百零一公里的问题了。一百零八公里行不行?我看行。"栾庭玉顺便还谈起了哲学,"我也看了些资料。有人说硅谷是存在主义的产物,是行为决定本质。我们呢,可以让它调个过,换成本质决定行动。"

"栾长官雄才大略,黄某敬佩不已。"

"黄先生大概不知道,济州正要申办城运会。一个申办城运会的城市,应该有这种气魄。届时来自全国各地的长跑选手,绕着硅谷跑上一圈,并且来说,差不多就是一个马拉松。怎么样,我们来个中美合作,携手共进?"

"蒙栾长官信任,本人深感荣幸。我将尽快与董事会研究出一个合作方案。"

"其实呢,嗨,道宏兄和应物兄是知道的,我这个人从不勉强朋友。并且来说,生意是生意,朋友是朋友。生意不成,友情还在。不要有压力。"

此时已是午后三点多钟。斜阳照了进来,将墙壁上的青砖涂成了金黄色,墙壁上有一幅山水画,画的就是慈恩寺,有一只蛾子停在上面,蓦然飞了起来,落到了栾庭玉面前的碟子旁边。邓林轻轻一挥手,将它赶跑了,然后转身去放下帘子。李医生拦了一下邓林,说:"晒太阳是好的,可以促进钙的吸收。"

应物兄觉得这顿饭吃得有些不舒服。当然不是对饭菜有意见,而是对栾庭玉有意见。他觉得,因为栾庭玉从中插了一杠子,又扯到了什么硅谷问题,关于太和研究院的事情就不方便再谈了。他觉得,葛道宏也应该有点不满,因为葛道宏对话题的参与度明显降低了,还把椅子往后挪了挪,开始看手机了。后来,又干脆站起来,出去了,向门口一个和尚打听洗手间在哪。应物兄赶紧跟着出去了,一边与葛道宏往洗手间走,一边与葛道宏简单交流了一下。他没有直接表示对栾庭玉的不满,而是说:"子贡对硅谷好像不感兴趣。"

"庭玉省长那么聪明的人,怎么看不出来?"

"要不要提醒他一下?"

"由他去。下面还有什么节目?"

"按原来的安排,还要去香泉茶社喝茶。"

他给邓林发了一条短信,让邓林出来一下。当他回到吃饭地点时,邓林已经在外面等着他了。他问邓林:"黄先生昨天说,硅谷的事情,他自己做不了主,这话你对老板说了吗?"邓林说:"恩师,昨天晚上我没有见到老板。我只是给他准备了一点材料,用邮箱发给了他。"邓林显然听懂了他的意思,立即向他表示,如果栾庭玉再提硅谷,就想办法把话题岔开。但邓林接着又说:"我相信,他不会再提了。"

"为什么?"

"因为他已经提过了。他只需要让领导知道,也让别的专家知道,他已经征求过海外专家的意见了。"

"这里又没有别的领导,别的专家——"

"您和葛校长就是啊。"

"我们知不知道,有什么用呢?"

"有用,当然有用。比如,我就可以在报告里写,征求意见的时候,省文化发展顾问葛道宏和应物兄两位同志也在场。你们也确实在场嘛。"

"那好吧。"他问邓林,"下面除了喝茶,还有什么节目?"

"延安告诉我,可以边喝茶边听曲子。恩师有什么意见?"

"听什么曲子?"

"费鸣说,他听陆空谷女士讲,最好是二胡独奏《汉宫秋月》。我也是这么对延安说的。但延安刚才告诉我,二胡拉得最好的演员昨天出了点事,赶不过来了,临时换了个弹琵琶的,拿过全国奖的。"

果真没有再提硅谷。后来,他们就在释延安的带领下,前往香泉茶社。茶社设在凤凰岭的半腰。旁边有一条路,可以通往铁梳子的别墅。有一株巨大的树,看不出是什么树,不知道哪年哪月从山上滚落下来,头朝下躺在路边的斜坡上,但树根却挂在路沿,根须朝上,是红色的,就像凝固的火焰。应物兄觉得,它随时都会掉下去,甚至一只鸟落上去,它就会轰然滑落。但它却一直在那,好像会永远在那。下面的斜坡上还有几株树,树干似乎被乱石砸断了,或者被风刮断了,但还立在那里,有如举着残臂祈求上苍。

就在那个树根旁边,有个青石做的路标:桃都山。

那株头朝下的巨树,那个有如火焰凝固的树根,当然还有那个路标,引起了子贡的兴趣。子贡盯着树,问李医生:"是这株树吗?"

李医生认真地回答说:"是的,就是它。"

原来,私人医生和保镖,已经提前来过这里,查看了安全问题。直到这个时候,我们的应物兄才第一次注意到,那其实是一株旱柳。它并没有死。死去的只是一些枝丫。还有一些枝丫插入乱石,生根发芽了。应物兄给黄兴解释说,这是凤凰岭一带常见的旱柳。子贡指着李医生说:"他吓唬我山上掉石头呢,说整株树都掉下来了。"又说,"桃都山?铁梳子的桃都山?"

葛道宏问:"你也知道我们的铁梳子?"

子贡笑了,说:"她喜欢养狗嘛。"

李医生说:"我们与铁总在美国见过。她的助理不是卡尔文吗?"

葛道宏说:"她是我和应物兄的朋友,跟济大有渊源的。我见过她那条白狗。"

子贡说:"昨天她给我打电话了,说我到蒙古看中了白马,她到蒙古看中了白狗,说这就是缘分。白狗的名字多天没有想好,现在终于起好了,叫康熙。清代画师郎世宁,给康熙画了多幅狩猎图,里面的马就是成吉思汗白马,里面的狗就是蒙古白狗。她说,这是第二个缘分。白狗跑起来比马快,白马跑起来比白狗快。快,是第三个缘分。"

邓林说:"她也问我,你们能否抽出时间见面。"

子贡没说见,也没说不见,而是说:"她是想尽地主之谊啊。"

李医生说:"她是想请你到仁德路喝茶。"

仁德路?应物兄现在最怕提到的就是这三个字。因为直到今天,还没能确定仁德路到底在哪。铁梳子怎么会知道仁德路在哪呢?她只是随便说说吧?

幸亏栾庭玉和葛道宏都知道这个问题尚未解决,没有接话,不然还真不知道该如何向子贡解释。一行人继续朝着香泉茶社走。栾庭玉本来和葛道宏在前面走,这时候停了下来。应物兄觉得栾庭玉好像有话要对他说,就紧走了两步。葛道宏此时也心照不宣地停了下来,跟应物兄做了个交叉换位,好陪着子贡。应物兄和栾庭玉并排走了几步之后,听见栾庭玉说:"问你个事情。"

他以为栾庭玉要问仁德路呢,却听见栾庭玉说:"你常来这里喝茶吗?"

"来过一次。"

"哦,听说豆花常来。"

他不知道这是什么意思,只能回应道:"夫人好有闲情逸致啊。"

"前段时间,她常来慈恩寺烧香。烧完香,就到这里喝茶,吊嗓子,练剑。这里有个老和尚,早年是京剧演员,男扮女装,演过《穆桂英挂帅》。她就拜他为师。没听说过?"

他知道,栾庭玉的母亲栾温氏是个戏迷,最喜欢的就是《穆桂英挂帅》。豆花这样做,显然是为了讨好栾温氏。他就对栾庭玉说:"夫人孝顺啊。"

"学穆桂英,少不了耍剑。可她耍着耍着就上瘾了,动真格了,弄了一把真剑。她前天去德国,走之前,我听见她在房间里喊,看剑!我觉得奇怪,推门一看,嚯,剑梢差点戳到老子的喉结。幸亏躲得及时,不然过两天就是我的头七了。她倒好,笑个不停,还一条腿举在肩头,玩金鸡独立呢。"

他能说什么呢?他只能说:"那真得小心点。"

"她是闲得狗数毛。我想送她出去留学。她原来是搞家政的,出去读个家政专业挺好的。据说,英国的诺兰德学院和美国的麻省理工学院,它们的家政专业都是世界顶尖的。我已经让邓林帮着打听,如何办理相关手续。她不想去英国,想去德国,而且说走就走。你认识麻省理工学院的人吗?"

"认识倒是认识。"他想起了莫里斯·沃伦,揣摩着要不要介绍给栾庭玉,"夫人不是准备生孩子吗?"

"她性情急躁,生出来的孩子,脾气也会怪怪的。这涉及了可持续发展问题,必须通盘考虑啊。"

勺园那次夜谈,隔着时空轰响于我们应物兄的耳畔。栾庭玉当时突然扯到她做爱的习惯。他不敢随便接话了。

"把麻省的那个人引荐给我。"

"那人的脾气才真叫个怪。是个犹太人,不是很好打交道。"

"犹太人?好啊。干什么的?"

"研究语言的,跟家政什么的好像不沾边。"

"犹太人嘛,普天之下的犹太人都是生意人。只要是生意人就好。引荐给我。"

突然传来了一阵笑声,是子贡的笑声。此时,邓林和葛道宏陪着子贡在前面走,是邓林把子贡逗得哈哈大笑的。应物兄对此是满意的:只要能把子贡哄高兴就行。他可没有想到,邓林此时讲的是释延安用老二作画的故事。邓林还开玩笑地对子贡说,释延安要想永葆艺术青春,很有必要换个肾。

子贡的回答很正式:"和尚换肾还是头一遭,可以考虑。"

一群人边走边谈,路过一个池塘,又上了坡,就到了香泉茶社。

其实,远远地,他们就听见有人在弹琵琶。等他们进了茶社,琵琶女就把弹过的曲子又弹了一遍,不同的是,这次人家同时开口唱了:

> 兴亡千古繁华梦,诗眼倦天涯。孔林乔木,吴宫蔓草,楚庙寒鸦。数间茅舍,藏书万卷,投老村家。山中何事?松花酿酒,春水煎茶。①

琵琶女留着披肩长发,但穿衣打扮,包括鞋子,却像尼姑。按说,琵琶女色艺俱佳,应物兄应该感到满意才对,但他却有点生气。主要是对词意不满。"孔林乔木,吴宫蔓草,楚庙寒鸦"?有点不符合眼前的情景啊。孔子虽然贵为圣人,不也亡了吗?墓地都被树林覆盖了;吴王夫差为西施建的宫殿,更是荒草遍地;而项羽则是落了个霸王别姬,引颈自刎,庙内只有寒鸦栖息。

不过,因为这首诗中提到了寒鸦,应物兄脑子里倒也曾闪过一个念头,程先生或许会喜欢这段元曲呢。

一曲唱完,释延安说:"要不再来一曲?"

子贡问:"会弹《汉宫秋月》吗?"

这话也是应物兄想问的。但看到琵琶女面有难色,应物兄就改口说道:"子贡,您在程先生那里听的是二胡,不是琵琶。想听

---

① 〔元〕张可久〔黄钟〕《人月圆·山中书事》。

《汉宫秋月》,太和成立庆典时,我把最好的琴师给您找来。"我终于把太和的事提了出来。哎哟,要找到这样合适的插话机会,还真是不容易。应物兄这么想着,同时问葛道宏,"葛校长,你说呢?"

这个传切配合打得不错,葛道宏立即把话头接了过来:"到时候,我也粉墨登场,喊上几嗓子。黄先生对太和有何要求,请直言。庆典该怎么做,也请吩咐。"

坐在藤椅上的子贡,此时把腿跷到了藤椅的扶手上,用扶手蹭着膝窝。这本来是很正常的动作,李医生却如临大敌,立即把子贡的腿抬了起来,在膝窝摸了一下,还闭目沉思了片刻,问:"疼?酸?痒?"子贡说:"本来好好的,你一按,又酸又痛。"李医生说:"这里是委中穴,术后酸痛,是正常的。"

子贡这才对葛道宏说:"太和之事,不要问我,问陆空谷。"

应物兄对子贡说:"要不要签个协议?"

子贡说:"我跟陆空谷说了,先给一个整数,把太和先建起来。"

子贡没有明说一个整数是多少,似乎不需要说。和葛道宏一样,他也认为那是一个亿。至于那是人民币还是美元,他们都没有多问。

子贡又说:"太和怎么建,黄某都没有意见,只要先生满意就行。"

葛道宏说:"我们保证让他老人家满意。"

子贡说:"先生很好侍候的。无非是三个字:吃、住、行。吃,你们不用操心。他最喜欢吃丸子。吃丸子的人,还不好打发?住呢?他喜欢住在自己家里。没有比他更好侍候的人了。他是一个节俭的人。他曾提到,小时候,母亲睡觉前将一瓶牛奶放在两乳之间,慢慢焐热,可节省半块煤球。家教如此啊。行呢,我那辆车就给他留下了,不开走啦。"

葛道宏问:"黄先生还有什么要吩咐的?"

子贡说:"先生说了,太和就放在仁德路。黄某听陆空谷说,她问了几个人,没人知道仁德路在哪。好生奇怪。活生生的一个大观园,插翅飞了?"

葛道宏说:"仁德路的事情,我会专门向您汇报。"

子贡说:"程先生的父亲就把那个宅子叫大观园。但程先生说,哪有那么大,比怡红院大一点倒是有的。人到老年,会把过去的事情说得很大。应该是比较大,但也没有大到那个样子。也是怪了,一个大院子,怎么能飞呢?还在济州嘛。内地的事情,我还是知道一点的。可能会涉及拆迁问题,要耽误点时间,也会花不少钱。我说了,钱的问题不要考虑啦。你们只考虑一个问题就行啦,就是让我家先生满意。我跟先生说了,仁德路上若是可以修机场,专机就直接降落在仁德路。当然了,黄某就是愿意修个机场,程先生也不会同意的。"

是啊,这点钱对子贡来说,当然不算什么。他突然想起程先生一句话:如果让一个人来数子贡的钱,一秒钟数一美元,那就得从现在数到春秋战国;如果地上有一千块钱,子贡也是懒得去捡的,因为就在他弯腰去捡的那工夫,他赚的钱已经超过一千块了。

子贡说:"黄某必须恭维葛校长。太和建于仁德路,葛校长的地盘就扩大了。自古开疆辟土者,何人不曾留青史?"

葛道宏谦虚了一下:"不敢说开疆,只敢说扩疆。"

子贡随手扔过来一顶帽子,说:"凡扩疆辟土者,必为中兴之主。"

葛道宏又谦虚地说道:"一代人有一代人的责任。我明白黄先生的意思。大至国家,小至部落,扩疆辟土之事,任何时代确实都是中兴的标志。但这个功劳,不能记在道宏头上。要记,也必须记到栾省长身上。太和建在仁德路,免不了要麻烦栾省长。"

栾庭玉说:"并且来说,只要它没有飞走,事情就好办。"

子贡开了句玩笑,说:"黄某相信,就是飞走了,栾长官也能让它飞回来。"又对葛校长说,"白白送你一个大观园,你赚了。"

葛道宏说:"赚了,济大赚了,儒学赚了,国家赚了。黄先生还有什么要求?"

子贡说:"先生说了,他那个宅子,原先是什么样,就还是什么样,不可大兴土木,劳民伤财。他非要替弟子省钱,弟子也只能遵命。对那个宅子,他只有两个要求,一是能看到月亮,二是能看到梅花。先生说了,中国人的心,就是八月十五的月亮,大年初一的梅花。"

应物兄开了个玩笑:"太和院子里,修个马棚好呢,还是建个驴圈好?"

子贡听了,沉思了片刻,说:"想起来了,先生说过,仁德路上原来有个军马场,军马场里也有山有水,那里面的蝈蝈也是最好的,叫济哥。太和院子里,以后也要养几只济哥。养几只济哥,不需要大兴土木吧?"

这话是什么意思?为了一匹马,建一个马场?

子贡这么说着,突然问李医生:"马呢?白马呢?"

那匹马,那匹白马,那匹被和尚牵到别院的白马,此时被和尚从别院牵了出来,正在山下的一片麦田里狂奔。近处是池塘,池塘边的桃树却没有开花,能看出枝条是黑的。释延安带他们走出香泉茶社,站在山腰,越过池塘,眺望那匹白马的时候,应物兄发现山下其实还有几个人。远远地,他们看不清那是谁。张明亮肯定在里面。还有华学明,还有一个和尚,此外还有一个人,那个人就是卡尔文。当他知道华学明也在这里的时候,应物兄一时有点感动,觉得华学明真够朋友,真把他交代的事情当回事了。华学明后来解释说,自己不是特意过来照顾白马的,而是来山上考察济哥的生长环境,看到了那匹白马,就留了下来。

至于卡尔文怎么会出现在这里,应物兄就不知道了。

越冬后的小麦早已返青,那麦田有如青青草原。它当然不是草原,因为田垄上栽有桃树,麦田里不时冒出几座坟墓,坟前栽着松柏。乍看上去,白马就在那桃花和松柏间狂奔。当它跑到最近处的那丛桃花,绕了一个很大的弧度要重新跑远的时候,他们发现马背上趴着一个人。刚才,那人是被扬起的马头挡住了。

子贡突然叫了起来:"谁在骑马?"

释延安说:"好啊,难道是张天师?可不是嘛!阿弥陀佛。"

偶尔会笑的保镖有如离弦之箭,立即冲了出去。

释延安连忙对子贡说:"请听我言,此乃吉兆,求都求不到的。"随后又向子贡解释,慈恩寺向北五十公里的妙峰山上,有张天师的道观,明代就有了,历代主事的也都称张天师。每当释延长师兄出访的时候,张天师都会来送行。这位张天师善于骑马,但一般的马,张天师是不骑的。能看到张天师骑马,善哉善哉,这是难得的因缘。

应物兄也突然想起来,道士骑马塑像确实常在道观里出现。于是他就对子贡说:"延安此言不虚。"

那个保镖此时已冲入麦田。他显然通过耳麦得到了李医生的指示,在飞奔途中突然暂停了,但依然保持着奔跑的姿势。

释延安语速放慢了,说:"慈恩寺原有一位和尚,是解梦大师。他说过的,梦见道士骑马是好梦中的好梦。求子之人梦见道士骑马,预示生男。买彩票者当日买了彩票,中奖者多矣。全球至少十万华人,每日梦见道士骑马。"

李医生说:"延安师父,这不是梦见骑马,是看见骑马。"

释延安说:"见骑马,名利双收。"

李医生说:"这是白马。"

释延安说:"此乃吉兆中的吉兆。《周公解梦》里说,骑白马,主疾病去。这是我们看见了,若不是看见了,而梦见了骑白马,反倒不好了。《敦煌本梦书》云,梦见乘白马,有丧事。总而言之,看见道士骑白马,阿弥陀佛!乃因缘成熟,是菩萨的因缘教化。"

这边正说着,那个跑出去的保镖已经回来了。那保镖神态安详,喘都不喘,似乎并没有经过这么一番来回冲刺。但就在这个时候,那保镖突然又流鼻血了。奇怪的是,他本人并没有感觉到。当那鼻血从他的下巴颏流下来的时候,他终于感觉到了,背过了身去。

释延安回身指着茶馆方向,让他用清泉洗一下。

有一点,是我们的应物兄无论如何也想不到的,那个人的保镖生涯其实就是从这一刻突然中断的,其命运也是在这一刻被永远改写的。

接下来的一幕是,一个眉清目秀像个姑娘似的和尚从茶馆出来了,手里捧着一个匣子。和尚很年轻,十八九岁的样子。他和流鼻血的保镖迎面走过的时候,似乎被吓住了,匣子竟然掉到了地上。当他弯腰捡起,走到释延安跟前的时候,还有些惊魂未定。释延安接过那匣子,对邓林说了一句什么,邓林又凑到栾庭玉耳边说。栾庭玉说了三个字:"知道了。"然后栾庭玉对子贡说,"这是大住持释延长送给黄先生的。"子贡正要接,释延安突然做出惊恐状,说道:"阿弥陀佛,它掉入尘土,自当归于尘土,不可再赠与先生。"

子贡刚才也看见了它掉到地上的情景,这时听释延安这么一说,顿时显得有点感动,眼皮也颤动起来,说:"延安大师实言相告,黄某感动莫名。"

释延安说:"小寺当另择宝物,赠与先生。"

年轻和尚垂目站在一边。子贡大概以为释延安接下来会体罚那和尚,对释延安说:"延安大师就看在我的薄面上,不要对他再有责罚了。"

释延安对子贡说:"他是我的弟子,就是责罚,也是该的。"

那和尚只是眼睫毛在动,脸上没有表情。

应物兄猜到了,那匣子里放的本来就是释延安临摹的《神仙起居法》。如果我没有猜错,释延安是想另作一幅道士骑白马的画,送与子贡,应物兄对自己说。

此时,白马还在麦田里狂奔。不知道什么时候,白马的身边又多了一个东西,一个白色的动物,乍一看就像小马驹,白色的小马驹。哦,那不是小马驹,而是一条狗。应物兄当然猜出来了,它就是卡尔文从铁梳子那里带过来的蒙古细犬。白马与白狗,它们这才叫他乡遇新知。应物兄当然知道,这是铁梳子在提醒子贡,老朋友何时见个面。现在,白马绕过最远处的一座坟,最远处的一树桃花,折了回来。哦不,不是一条,而是两条,两条一模一样的狗,它们一左一右,分列于白马的两侧,好像一条是另一条的幻影。

白马的速度放慢了,款款而行,有如凌波微步。那两条蒙古细犬,则是在起伏的麦田里时隐时现,有如明月出没于清波。

64. 他

他,我们的应物兄,没能听见手机的振动,一次也没有听见。

因为睡得晚,睡着之后还要做梦,梦境的转换又会让他情绪不定,所以我们的应物兄整晚都没有睡好。黎明时分,疲惫不堪的他终于睡踏实了。他的手机就是在这期间振动起来的。后来,他倒是感觉有人在叫他,但他却睁不开眼睛,眼皮似乎灌了铅。随后,他又感到鼻子被夹住了,鼻孔无法出气。怎么回事?他想用手摸摸鼻子,把问题搞搞清楚,但因为他是侧躺着的,两只手还握在一起,夹在两腿之间,从那里到鼻子还要经过漫长的旅程,他就觉得有点来不及了。怎么办呢?好,很好!一个器官出了问题,另外的具有相同功能的器官就会跑来帮忙,相当于邻里互助,以体现"仁"的精神。他感受到了这种"仁"的精神:嘴巴张开了,以代替鼻孔出气。

问题好像是解决了,但他的思考却在继续:谁夹住了我的鼻子?

甚至,当那只手,那只夹子离开他的鼻子之后,他的思考也没有停止。

奇怪的是,他首先想到的竟然是不知道在何处云游的姚鼐先生。哦,对了,我之所以会想到姚鼐先生,是因为睡觉之前,费鸣向我提到了一件事。费鸣说,他曾陪着葛道宏去过姚鼐先生家里,葛道宏照例夸赞了姚鼐先生的巨大成就,但姚鼐先生却频频摆手,说,考古嘛,就是别人往墓坑里填进多少土,你就挖出多少土,把前人的工作再做一遍,顺序颠倒过来就行了。姚鼐先生还说,所谓的考古发现,就是让墓坑里的那个人开口说话,说出你想听到的话。

"姚鼐先生似乎是想说,考古学并没有什么意义。"费鸣说。

"他是谦虚罢了,怎么能当真呢?"

他告诉费鸣,很多历史信息都不是靠史料与传说记载下来的,它就存在于墓穴深处。考古其实就是探求历史的途径,通过对过去的探索与重塑,来建立我们民族的自信。他也告诉费鸣,姚鼐先生看似洒脱,很多事情都不放在心上,但其实忧国忧民,面对苍茫历史,不时要发出千古浩叹的。

当他这么说的时候,他想起多年前陪乔木先生去看望姚鼐先生的情景。姚鼐先生在潼关考古的时候,墓穴里的一块砖头掉了下来,把姚鼐先生的腰砸伤了。他们进门的时候,发现张子房教授和何为教授已经到了。在他的印象中,这四个人聚到一起的情景,他只见过这么一次。那天,应姚鼐先生的请求,乔木先生当场写下了元人张养浩的《山坡羊·潼关怀古》:

峰峦如聚,波涛如怒,山河表里潼关路。望西都,意踌躇。伤心秦汉经行处,宫阙万间都做了土。兴,百姓苦。亡,百姓苦。

写完,乔木先生开了句玩笑:"没想到,百姓不苦了,姚先生却受了苦。"

从来不开玩笑的何为教授立即感慨道:"兴也苦,亡也苦,为什么?这是因为我们的历史就是一部恶性循环史。"何为教授说这话时动了真情,嗓音发颤,面容忧郁。张子房教授对这首元曲也很感兴趣,点上一支烟,说,这其中反映的问题,是大值得研究的。在中国历史上,百姓的利益与国家利益常常是不一致的,当然,在世界范围内这也是一种比较常见的现象。不论是从事哪种专业,只要是知识分子,他要做的工作就是尽量减少两者之前的张力,防止社会的断裂,杜绝社会秩序的坍塌。他现在还记得,姚鼐先生当时扶着腰站了起来,说:"我们都只是发牢骚的,只有子房做的是经国济世之大业啊。"这时候,一个奇怪的事情发生了。张子房教授当时坐的是一把塑料椅子,椅子的一条腿突然断了,张子房教授身体一歪,躺到了地上,脑袋撞到客厅的铁炉子上,竟然晕了过去,同时开始流鼻血。

有野外生活经验的姚鼐先生,立即上去掐住了张子房教授的人中。何为教授也迅速地搓出一个纸捻子,塞到了张子房先生的鼻孔。张子房先生很快就醒了过来。醒过来的第一件事,就是从地上摸烟,将那半支烟塞到了嘴里。一个纸捻子掉了下来,烟雾就从那一个鼻孔里喷了出来。

令人感慨的是,张子房先生随后说出一句话:"看上去,四分之一的鼻血化成了烟。其实鼻血还是那么多。"

作为一个文科生,应物兄琢磨了半天,才弄清了那道算术题:张子房先生其实是说,两只鼻孔的鼻血加起来等于一,那么一只鼻孔里的鼻血就是二分之一,现在那二分之一的鼻血是和烟雾一起冒出来,看上去一半是鼻血,一半是烟雾,那么也就是四分之一的鼻血化成了烟雾。

现在,迷迷糊糊之中,这些情景清晰地闪现在他的脑海里。

他由此产生的疑问是:姚鼐先生捏的是张子房先生的鼻孔,怎么搞得我的鼻孔无法出气呢?哦,难道我的鼻孔流血了吗?如果流血,弄脏了希尔顿的床单,该如何是好?于是,他奋力地将手从两腿之间抽出,去摸自己的鼻子,手指捻动着,判断着手指之间是否有血。没有嘛。

不知道什么时候,他已经重新改用鼻孔呼吸了。

突然地,出其不意地,他又想到了自己的母亲。

他想起来了,在他的鼻子被夹住之前,他做的最后一个梦就跟母亲有关。或者说,那个梦他只做了一半,因为鼻子被夹住而被迫中断了。当他这么想的时候,母亲再次光临了。梦中的母亲还穿着生前的对襟青衫,是飘着来到他的床前的,好像不需要用脚行走。母亲问他最近在忙什么,这么长时间没有回家。他自豪地告诉母亲,儿子正忙着一件大事呢,忙完了这件事就回去看望您老人家。他看到母亲笑了。他当然也陪着母亲笑。而实际上,当他这么笑的时候,他心中已经起了歉疚。但是紧接着,悲哀罩住了他,这是因为他再次突然意识到母亲已经死了,自己其实是在做梦。泪水从他的眼角流了下来,蜿蜒着流向了耳轮。他边流泪边想,如果母亲知道我做的事情有多么重要,那该有多好。这个想法把他带向了母亲的坟墓。他跪在外头,母亲躺在里头。他的悲哀如此之深,使他喘不过气来。后来他就被憋死了。就像当初母亲生下了他一样,现在死去的母亲竟然还能救他,又是捏他的鼻子,又是掐他的人中,一定要把他弄醒。

没错,他再次感到鼻子被夹住了。完全喘不出来了,甚至嘴巴也无法张开。哦,接下来,他那仿佛灌了铅的眼皮,终于被他睁开了。或者说,是被母亲给撬开了。那一刻,他以为能够看到母亲,又悲哀,又喜悦。他终于醒了过来。

身边站着的那个人,竟然是栾庭玉。栾庭玉的手正在缓缓收回。

"你?是你?怎么是你?"他问。

"我的朋友,你怎么哭了?我知道这事不怨你。"栾庭玉说。

说的是哪件事?什么怨我不怨我?如果是我做得不对,那当然是怨我。他问栾庭玉说:"你说的是——"

"先喝口水。等你情绪稳定下来再说。"

"我梦见母亲了。"

"哦,是这样?是又梦见老母亲去世了吧?那我把你搞醒是对的。"

"你昨晚住在这?起得这么早?现在几点了?我没耽误什么事吧?"

"是这样,正如我们前两天说的那样,梁招尘一直在调整时间,好接见黄兴。"

"是啊是啊,你说过的。你说的是今天吗?但你是知道的,昨天晚上,陆空谷和黄兴的医生都说了,黄兴今天谁也不见,要休息。"

"你听我说,凌晨六点钟的时候,我接到了梁招尘秘书的电话,说今天上午九点钟,他要接见黄兴。他解释说,本来已经把时间调出来了,就是明天。但他突然接到电话,今天下午必须赶到北京,开一个扶贫工作联席会议。我们的扶贫工作,还是被上面揪住了辫子。他担心明天赶不回来,就想今天把这事办了。"

"现在才说,来不及了吧?"

"放下电话,我就给你打电话,你就是不接嘛。我已经在这儿坐了半个小时了,就为了让你多睡一会。费鸣和邓林已经去安排会场了。"

"我该怎么向黄兴开口呢?"

"他不是说,他很懂中国国情吗?他应该理解这一点。难道他比尼克松还牛×?当年尼克松访问中国,鞍马未歇,听说毛主席要召见他,脸都没洗,牙都没刷,就一路小跑,去了中南海。"

"庭玉兄,这肯定不合适。"

"不合适,也得这么办。"

"要不,你把梁招尘的电话给我,让我给他解释?"

"要解释,也只能通过他的秘书解释。但他的秘书,是不可能听你的解释的。因为他的秘书必须完成他交代的事情。这事没得商量。"然后,栾庭玉诉起苦来了,"快起来吧,你毕竟还睡着了。睡得还挺沉,捏鼻子都捏不醒。我昨晚差不多一宿没睡,只睡了两个钟头。你说说,我这是图个什么呀?草驴换叫驴,我图个屎啊。快起来吧。"

昨天晚上,他离开子贡房间的时候,子贡在打电话。加州在下雨,暴雨如注,黄兴的一个庄园的草坪被水淹了。那草坪是从英国引进的,与白金汉宫的草坪是一样的。黄兴既喜欢光脚在那片草坪上散步,也喜欢牵着毛驴在那里散步。水已经排得差不多了,但草坪还是很湿,不利于草的生长。黄兴对管理庄园的人说:"直升机,吹干它。"那边回答说,要说的就是这个,一架直升机,刚刚升空,就掉了下来。驾驶员正在抢救,会及时把抢救结果汇报过来的。子贡说:"我又不是医生。"

即便家里死了人,子贡都懒得听取汇报的。

他对栾庭玉说的是:"我可以试试,但不能保证能够说服他。"

"不,应物兄,你一定得说服他。你知道的,小工,哦,就是老梁啊,这个鸟人,是个笑面虎。他交代的事情,如果没有办成,他嘴上可能不会说什么,但过后,可以肯定会给你穿小鞋的。你们以后还用得着他。摊上了这种鸟人,你又有什么办法?"

"梁省长接见黄兴,是要谈什么具体事吗?要是跟太和研究院无关,那现在八字还没一撇呢,又能说些什么呢?"

"主要是礼节问题。黄兴来了,主要领导必须出面接见一下。本来应该是老一接见的,但老一自从出国访问回来,身体就不舒服,一直留在北京休养。老一人在北京,心在济州。我们这些人,每天的工作是怎么安排的,他都要知道的。他当然知道黄兴来了。是他打电话让小工替他接见一下的。小工今天要去北京,除了代表省委省政府看望老一,也向老一汇报工作,还为了代表老一参加扶贫工作会议。说起来,今天上午,小工本来是要带队去桃都山检查扶贫工作的。老一的电话,把小工的计划打乱了。小工的电话,把我的计划打乱了。我的电话呢,打给你,你就是不接。"

"真是对不起。"

"接见地点本来安排在省委贵宾楼,为了表示对黄兴的尊重,我建议小工将地点改在了希尔顿。邓林和费鸣已经去安排会场了。大队人马一会就到。小工还给黄兴送了礼物呢。"栾庭玉看了看表。

"什么礼物?我转交给他。"

"一串朝珠。清代大臣上朝时戴的朝珠,上书房行走时戴的朝珠。每串上面有一百零八颗珠子呢。快去吧。"

"庭玉兄,这真的不合适。"

说这话的时候,他使劲地在枕头上拍了一下。那暄腾的枕头突然跳了起来,滚到了地上。坐在床边沙发上的栾庭玉,用脚把枕头钩了过去,又一脚踢开了,说:"不扯闲话了,去,去叫他起来。让他准备一下。见完了,他可以搂着姑娘,再睡个回笼觉。"

"哪来的姑娘啊?"

"不就是那个陆小姐嘛。他不就是为了她换肾的?"

"不!不是那么回事。"

"应物兄,我就尊重你这一点。知道为朋友藏着掖着,好。"

我们的应物兄还是跑了一趟。他住的是12A层,也就是13层,最便宜的楼层,而子贡住的是8层。当他向黄兴的房间走去的时候,他再次感到自己是在一个幽闭的空间里飘着。墙上那些雕饰,那些既精致又冷漠的雕饰,雕饰上的人与动物都像幽灵。地毯很厚,吸走了所有声音,但与此同时,却放大了他的耳鸣。没错,他感到耳朵里有叽叽叽的声音。在楼道的拐弯处,杜鹃花在悄然开放。当他的身影飘过那山野之花的时候,他觉得后背有些发紧,肩胛骨不由自主地耸了起来。

这样飘着,飘着,他就来到了黄兴的门前。

一个保镖站在门口。这个保镖没有去慈恩寺。与那两个保镖相比,他的年龄要大一些,与李医生的年龄差不多。他没有和保镖说话。你借给保镖十个胆,保镖也不敢向里边传话。最方便的途径其实是给陆空谷打电话,让她跟李医生和子贡说去。但陆空谷此时应该还在睡觉。一瞬间,他眼前出现了美人侧卧的情景,确实只是一瞬,他没有再往深处去想。几乎与此同时,一股怒火油然而生,那是对栾庭玉的怒火。栾庭玉竟说,黄兴在搂着陆空谷睡觉。妈的,这个栾庭玉!

我们的应物兄没有在那个门口停留,继续往前走。

当他走到电梯口的时候,他犹豫了一下,还是进去了。

此时,他肚子里还憋着一泡尿呢。电梯在上升,膀胱在下坠,但膀胱的那种胀痛感却在上升。上到了12A,他并没有出去。这时候电梯开始下沉了,直线下沉,给人以强烈的失重感。在一楼,电梯门开了,他走了出去。这时候,有一个年轻人背着一个行囊匆匆走了过来,赶在电梯门合上之前,走了进去。在擦肩而过的同时,他无意中看了对方一眼。他奇怪地觉得,这个年轻人好像在哪里见过。

他当然没有想到,那就是小颜。

他后来知道,这天,小颜准备出去的时候,发现笔记本电脑忘记带了。

在大堂的洗手间,我们的应物兄痛快地撒了一泡,足足有两分钟。后来,洗手池上面的镜子,照见了他那张困窘的脸:我该怎么向栾庭玉回话呢?说子贡不愿起来,还是说我没见到子贡?当然不能说子贡不愿起来。不能把这个责任推到子贡身上。人家本来就不该负这个责任。这么想着,他突然看到自己的人中有点发红,好像破了皮,正等待着结痂。他提前感受到了脱痂时的那种痒。一定是栾庭玉的指甲划出来的。

等他回到房间,栾庭玉就问:"没见到黄兴吧?"

然后,他就听见自己说:"保镖在门口拦着呢。"

栾庭玉说:"这么说,小工同志今天是见不到黄先生喽?弄个保镖站在门口,像什么话?他怎么不弄个加强连来保护自己呢?"

他听见自己说:"其实呢,这次来中国,子贡的保卫人员是最少的。这当然是因为他相信我们。在沙特,他住的那个院子,是由混凝土高墙和铁丝网围成的,有三道门,"他觉得自己有点饶舌了,但还是顺嘴秃噜了下去,而且提供了一些细节,"门口有持枪武警把守,配备着带警灯的车辆。进出的车辆都要用反光镜检查底盘,院内二十四小时都有警卫巡逻。"

"别扯那些没用的,"栾庭玉用棉球掏着耳朵,噘着嘴,噗——吹了一下,说,"没人站岗也出不了事。把我们这里看成什么了。我们是太平盛世!喂,你们不是朋友吗?朋友相处,比如我们两个,任何时候都是平等相待。可这个黄兴,怎么把周围弄得跟朝廷似的。朝廷里有朋友吗?你是不是不敢在他面前多说半句话?瞧把你给吓的。"

"不是这么回事。人家在睡觉嘛。他入睡比较困难的。"

"好了,那你就赶紧想出个办法,把小工对付过去吧。"

"我?我想办法?我能想出什么办法?"

"这是你自己的事,当然得你自己想办法。"

"还请栾省长教我。"

"黄兴是不是喜欢带着驴子散步?"

"是有这么回事。"

"好!驴子不在身边,他就可能带着白马散步,是这个道理吧?"

"有这种可能吧。"

"那你就可以说,因为时差关系,他早早地就起了床,牵着白马出去了。反正这会找不到人了。也不知道死到哪里去了。小工来了,你就这么说。你跟他不是很熟吗？慢慢说,别着急。"

65．小工

"小工"这个莫名其妙的绰号,其实是某任省委书记叫出来的。

多年前,梁招尘还是农业厅的处长,曾赴美国考察农田施肥情况。回国之后,梁招尘开始大力提倡蚯蚓养殖,走到哪里都要谈蚯蚓。那段时间他的绰号就叫蚯蚓,他的口头禅是这样:"蚯蚓粪不是粪,蚯蚓粪是黄金。"

确实是黄金。

梁招尘就是因为蚯蚓粪而走上金光大道的。

梁处长喜欢写毛笔字,别人信箱上的名字都是统一打印出来的,只有他的名字是自己写的。有一天,上任不久的省委书记到农业厅视察工作,误把贴在信箱上的"招尘"二字看成了"招小工"。书记生气了:小广告都贴到了政府大院了？今天的小广告是招小工,明天的小广告就可能是治疗狐臭和性病,成何体统。书记新官上任三把火,第一把火就是要整治小广告。看到书记发怒,陪同的人也都不敢吱声。不久,书记就知道自己闹笑话了。书记毕竟是书记,很有胸怀的,亲自登门道歉来了。据说,书记进门的时候,梁招尘正用鞋底拍打着自己的腿肚子,从腿肚子拽出了一只吸饱了血的蚂蟥。当着书记的面,梁招尘用剪子把那只蚂蟥分尸了,丢进了窗台上的鱼缸。那鱼缸里养的不是鱼,而是他以身作则养的蚯蚓,它们一个个膘肥体壮,就像染了色的蛔虫。

梁招尘向书记汇报说,他去检查稻田的施肥情况了,赤脚在稻田里走了走,感受一下施过蚯蚓粪的泥土从脚趾缝里挤出来的快乐,不小心让蚂蟥给叮了。梁招尘当然抓紧时间讲到了蚯蚓粪的好处,说那是最好的肥料,是真正的有机粪。还说,达尔文说过的,蚯蚓粪之外没有沃土。美国农业搞得好,高科技只是一个原因,另一个最重要的原因就是大量使用蚯蚓粪,蚯蚓粪已经占到了所有肥料的百分之几点几。养蚯蚓好啊,生态上除污,农业上增收。重要的是有机,有机得不能再有机了。中国农业要打翻身仗,要让老百姓吃上有机菜、有机粮,绝对离不开蚯蚓。民心所向,我们搞农业的,要时刻牢记啊。

这番话,说得多好。有理论,有方向,有实践,有数据,有高度。

梁招尘的命运就此得以改变,很快就从处长变成了副厅,两年之后又成了正厅。人们渐渐忘记了他原来的绰号,却都记住了"小工"这个绰号。对自己这个绰号,梁招尘是喜欢的。他说,作为公仆,自己本来就是为人民打工的嘛。

他当然还想在更高的位置上给人民打工,但从正厅到副部这个台阶,梁招尘却足足迈了五年。

迈到第四年的时候,梁招尘有点累了,决定重拾爱好,将余生献给书法艺术。梁招尘要拜的书法老师是谁呢?就是乔木先生。他送给乔木先生的束脩是三套特制的湖笔。据说那是在著名的"王一品斋笔庄"定制的,是朱德、董必武、郭沫若当年所用湖笔的限量版复制品。

那天,我们的应物兄刚好在场。他记得很清楚,乔木先生让梁招尘当场写几个字。梁招尘拉开架势,蹲了个马步,挥笔写了两个字:同意。

"上来就玩草书啊?写成楷书让我看看。"乔木先生说。

"好嘞,您等着。"梁招尘就把"同意"两个字又写了一遍。

"惜墨如金啊?别替我省墨。多写几个字嘛。"

梁招尘这次确实多写了几个字:"同志们,都听清楚了吧?"

乔木先生笑了,没说毛笔字,却说起了钢笔字。乔木先生说:"看得出来,你的钢笔字一定写得不错。"梁招尘说:"我学过硬笔书法的,但总觉得硬笔书法不算书法,所以还是想学毛笔书法。"然后又问,"学毛笔书法有没有捷径?"

"为什么要找捷径呢?"

"瞧您说的,找到了捷径,就是成功了一半嘛。现在,从上到下,都在讲四个字:弯道超车。捷径,某种意义上说,就是弯道。"

"遵通衢之大道兮,求捷径欲从谁?① 要找捷径,你还真的找对人了。我告诉你,你可以用左手写字。写过吗?先写几个让我看看。"

梁招尘就用左手写了几个字,但那几个字谁也认不出来。乔木先生拿出一个本子,又递给梁招尘一支钢笔,让梁招尘再写一遍。这一下,终于可以认出来了:您的建议,我会考虑的。但字是歪的,行也是歪的。乔木先生接下来就教了梁招尘一招:身体应该偏右,本子由上而下向右倾斜,以利于左手书写。梁招尘脑子很快,立即就掌握了这个诀窍,写出来的字有了明显的进步。梁招尘自己也很满意,写出了满满一行字:

> 这个建议很好,拟同意,呈请省长同志定夺为盼。

乔木先生让梁招尘自己评价一下。梁招尘说,虽然有进步,但怎么看,都不像是大人写的。乔木先生说,这就对了,这是童体字。乔木先生建议梁招尘以后就写童体字。梁招尘的疑问也有道理:别人会不会觉得,太小儿科了?不算艺术?

"童体字好啊,"乔木先生说,"寄成熟于无邪,化规矩于童趣,寓严谨于活泼。这当然是一种艺术。你大概不知道,有些人分明会写别的字体,却故意要写童体字。为什么?为的就是显示自己没有功名利禄之心,而有返璞归真之志。"

梁招尘听进去了,说:"恩师啊,就这么定了。"

乔木先生说:"就这样练,坐好了慢慢练。先用钢笔,一周之后再用毛笔。第三周,你拿给我看看。"

---

① 见班昭《东征赋》。

梁招尘问:"就这几条?还有没有别的要交代的?"

乔木先生想了一下,说:"尽量写繁体字。"

梁招尘有点想不通,问:"这与汉字简化的大方向不符啊?"

乔木先生说:"学习书法必须临帖,入古,才能得其精髓。只有写了繁体字,别人才知道你可能是临过帖的。"

三周之后,梁招尘派人送来了作业。乔木先生对那份作业有个口头评价,也有个书面评价。口头评价是对应物兄和巫桃讲的:那个梁招尘啊,原来写的像一年级小朋友,现在已经像小学高年级同学了。书面评价与口头评价的意思是一样的,只是用词不一样:招尘同志,进步太大了,相当于连跳了三级。

又过了两周,梁招尘又派人把作业送来了。这次乔木先生的评价就相当高了,对来人说:"告诉梁厅长,只要掌握着横细竖粗、撇细捺粗的原则,就有了颜体字的风格了,就可以称为'左笔童颜'了。"没想到,第二天梁招尘就又送来了一幅字,上面写的是:"提高积极性,把农业的事情办好。"乔木先生看了,对来人说:"你回去告诉他,我只有三个字的评价:好,好,好。"

来人问:"您的意思是——"

乔木先生说:"告诉梁厅长,他已经出师啦。"

出师后的梁招尘,对乔木先生依然很尊重。这当然是应该的。一日为师,终生为父,更何况乔木先生并非为师一日,起码有六周之多。有一天,梁招尘还专门请乔木先生吃了一顿饭。眼看着不能不去,乔木先生就说,一定要简单一点。那天还真的简单,都有些过于简单了。在一个胡同深处的小饭馆里,梁招尘请他们吃了一道菜,叫五禽戏,就是五种飞禽在一起乱炖。味道倒是挺好。事后,乔木先生说了半句话:"在中国,吃饭从来都不是吃饭。"听上去,有些不满。

一年之后,在正常退休年龄到来之前,梁招尘突然被任命为副省长了。有一年,那时候应物兄还没去美国访学呢,那年的仲秋,乔木先生与巫桃要去桃花峪赏月，应物兄开车将他们送过去的时候，突然接到梁招尘秘书的电话，说梁招尘刚好到桃花峪视察工作，从下榻的宾馆处得知，乔木先生下午也要入住在这里，晚上想请乔木先生在一个岛上吃蟹赏月。那个岛，是引黄河水过来，绕着一个低矮的山岗转了一圈，形成的一个岛。

进了饭店才知道，宴请的还有京剧大师兰梅菊。

如前所述，兰梅菊也曾在桃花峪下放劳动，与双林院士、姚鼐先生是五七干校的"校友"。兰大师这次带了几个徒弟过来，对他们进行人生观教育，当然主要是为了拍摄一部关于自己的艺术人生的纪录片。应物兄还记得，他们吃饭的那个包间，叫百花亭。

梁招尘是个戏迷，对兰梅菊崇拜之至，这种崇拜就表现在宴席座次的安排上：兰梅菊坐主宾位置，坐在梁招尘的右边，乔木先生则是第二主宾，坐在梁招尘的左边。应物兄当时就觉得有点不对劲。酒过三巡，梁招尘就问兰大师，是否方便来一段清唱。对兰大师来说，这样的问话是很不礼貌的，但奇怪得很，兰大师竟然非常爽快地答应了。当然与此同时，一个摄像师开始拍摄兰大师平易近人的日常生活情景。

兰大师说："招尘同志，想听什么？"

梁招尘说："大师的《贵妃醉酒》名震海内外，我等不知能否有幸听到？"

兰大师说："《贵妃醉酒》中有一曲《太真赏月》，正合今日情景，各位觉得如何？"

梁招尘说："我认为恰如其分。"又侧过脸问乔木先生，"先生，您说呢？"

乔木先生只顾跟巫桃说话，好像没有听见。那么，乔木先生在说什么呢？是在给巫桃解释太真是谁：太真就是杨贵妃，杨贵妃，名玉环，字太真，以做女道士为名被招入宫内，所以又称太真妃。乔木先生对巫桃说："后来的故事你就知道了，赏完了月，这个太真妃就被吊死在了马嵬驿。意思确实有点不好。你要是不想听,就先回去?"

这话,梁招尘和兰梅菊当然都听见了。梁招尘似乎有点后悔点了这首曲子,看着别人,好像等着别人来反对。这时候,兰梅菊已经敲着碟子,开始唱了:

海岛冰轮初转腾,见玉兔,玉兔又早东升。那冰轮离海岛,乾坤分外明,皓月当空。恰便似嫦娥离月宫,奴似嫦娥离月宫。好一似嫦娥下九重,清清冷落在广寒宫。

毕竟上了年纪,也可能是因为劳累,兰大师的嗓音有点干涩,唱到"广寒宫"三字的时候,怎么都不像太真妃了,听上去倒像是太真妃的干儿子安禄山跑到了广寒宫。乔木先生与兰梅菊大师在桃花峪时,就有过一些误会。刚才兰大师唱到"玉兔又早东升"的时候,乔木先生还故意给巫桃夹了一块肉,并给巫桃解释说,那是他主动点的兔肉。当巫桃非常配合地问道,那是家兔还是野兔,乔木先生说:"太真妃不是说了,是玉兔。"此时,听到兰大师唱得艰难,乔木先生倒没有幸灾乐祸,而是起了怜悯,略带伤感地看着兰大师。反倒是梁招尘,脸上的表情复杂多变,眉头皱着,嘴角撇着,使人弄不明白那是吃惊还是鄙夷。

好在兰大师还是有些自知之明的,唱到这里就不唱了,而是朝着坐在末座的一个弟子指了一下。那个弟子就站起来,后退了一步,左手捏着右手放在胸前,唱道:

长空雁,雁儿飞,哎呀雁儿呀,雁儿并飞腾。闻奴的声音落花荫,这景色撩人欲醉,不觉来到百花亭。

应物兄以前也曾在电视上看过著名京剧演员李胜素演唱的《太真赏月》,他觉得这位弟子的演唱,颇有几分李胜素的神韵。如果考虑到这位弟子还是个男的,你更会觉得,这个孩子前途无量。

兰大师说的第一句话是:"我进来时,看见这饭厅名叫百花亭。

这说明,我们师徒与桃花峪真是有缘分。"

兰大师的第二句话是:"我的这位弟子,就是你们济州人。只跟我上了几次课,就换了个人。他唱的,就像我唱的一样。"

那小伙子刚才唱的时候,落落大方,神态自如,此时听兰大师这么一讲,却满脸通红,本来就水汪汪的眼睛似有泪水涌出。应物兄当时没有记住这个年轻人的名字,但记住了他的神态。多天之后,他才知道,这个小伙子就是樊冰冰的师兄。只是他们的老师并不是兰大师,而是济州京剧团的一个老艺人。

接下来的话,才是兰梅菊大师真正要表达的意思。兰梅菊问梁招尘:"我这个徒弟,唱得如何?"

梁招尘说:"大师说得对,他就像年轻时的您。"

兰大师说:"梅菊曾请求济州京剧团放人,让我把他带走。但是你们京剧团就是不愿放人。不愿放人,好啊,爱惜人才嘛。可既然是爱惜人才,又为何只让他做剧团的合同工?招尘同志,我的省长大人,您要真是觉得好,能否跟京剧团打个招呼,把他的编制解决了?"

乔木先生终于说话了:"招尘,你以为请兰大师吃个饭,是那么容易的?"

梁招尘开始苦笑了,看着兰梅菊,不知道如何表态了。兰梅菊先是端着酒站着,这会把酒杯放下了,将梁招尘面前的酒杯端了起来。梁招尘接过,一仰脖喝了,说:"我回去就跟负责文化的栾庭玉省长打个招呼。"

兰大师让小伙子马上给梁招尘敬礼。那个学生竟然扑通一声,跪到了梁招尘面前。梁招尘一连声地说:"这,这,这——"

兰大师说:"磕,磕三个响头。"

这事过去之后,兰大师对梁招尘说:"我唱完了,该乔木先生了。那边坐的,不是乔木先生的女婿吗?听说也是乔木先生的弟子,要不,请他们师徒也出个节目?"

乔木先生竟然没有推辞,说:"贵妃懿旨,不能不听啊。我出两个节目,给贵妃助兴。一个呢,是请我的书法弟子招尘同志,用"左手童颜"的书法,给纪录片题写个片名。第二个呢,是请我的博士应物教授,来一段京韵大鼓《大西厢》。"

应物兄暗暗吃惊:乔木先生还记得我唱过京韵大鼓《大西厢》?

那是多少年前的事了?当年博士毕业的时候,我们的应物兄倒是学过一段《大西厢》。给他写信要调他去北京的那个老先生,喜欢京韵大鼓,尤其喜欢《大西厢》。那位老先生曾在文章中写到《诗经》对元稹、白居易的深刻影响,元白二人对《诗经》也有精深的研究。《诗经》对元稹的影响,不仅表现在元稹的乐府诗中,也体现在元稹的传奇小说《莺莺传》当中,而《莺莺传》正是《西厢记》之滥觞。说到这里,老先生说,他甚至能从"俗到家"的京韵大鼓《大西厢》中,感受到《诗经》的遗韵,也常将喜欢《大西厢》的人引为知己。

应物兄就从文德能那里找到了《大西厢》的录像带,好在那段唱词并不长,他很快就熟悉了,并熟记了其中几段。有一天,他正苦练《大西厢》的时候被乔木先生发现了。他还记得,那一刻,他就像被戳破了心思的大姑娘,不知道该如何说话。他当然还记得乔木先生当时说的话:"张飞想当绣郎学了刺绣,应物学《西厢》想当张郎?老太太抹了雪花膏,羊粪蛋半面落了层白霜。挺好的。"他感到奇怪,因为他觉得乔木先生随口说出来的几句,竟带着京韵大鼓的味道。

此刻,当乔木先生呷着酒,问他还能不能唱上几句的时候,他就说:"先生,我就试试?"越过记忆的幽暗隧道,他终于想起了其中的一段,说的是红娘踏入张生书房的情景。他之所以能够想起那一段,是因为乔木先生曾告诉他,给他写信的老先生的书房,也是同样的摆设:

红娘再次往里走,一抬头瞧见了张君瑞那个大书房。廊檐下鹦鹉、八哥儿那么点的小东西学人话,黄雀儿、画眉唱得更强。书房门口那又是一副对儿,上联写"春年春月春光好",下联写"人德人心人寿长"。横批倒有四个字,"金玉满堂"。红娘迈步进书房,嚄,这屋里头比外头拾掇得还强。金漆的八仙桌迎着门儿放,太师椅一边儿放了一张。装茶的锡壶擦得锃亮,迎宾待客洋瓷缸。洋瓷盘盛的是木瓜与佛手,名人字画它挂满了墙。两边倒有屏八扇,俱是那水墨丹青你细端详。头一联杜子美他游春望景,第二联周茂叔①他伏日来乘凉,第三联陶渊明九月闻那菊花香,第四联孟浩然踏雪寻梅在山岗,第五联尧王下山舜帝访,第六联俞伯牙抚琴访友在船舱,第七联周文王夜梦飞熊西岐上,第八联孔夫子率领三千门徒在两旁,有子贡、颜回、子路、冉有、子夏和子张,还有善通鸟语的公冶长,他们大家伙念文章,都在那大书房。只见大红的幔帐半撩半放,张君瑞坐在牙床上,晃里晃当,哐里哐当,摇头晃脑,好像一碗汤,得啵得啵得啵得啵念文章。小红娘没气假带三分气,拧着眉、瞪着眼、发着狠、咬着牙,鼓着一个小腮帮。这不,赶上前去,啪,拍他一巴掌:好你个张生啊,反穿着皮袄你跟我装羊?②

应物兄从来没有当众表演过。对他来说,这是一次奇怪的表演经历,听众更是高端得不能再高端,副省长、京剧大师、学界泰斗。应物兄也惊异于自己的记忆力。哦,早年的事情,包括那些看上去毫无意义的事情,他竟然还记得么清楚,就如百花亭窗外的月亮,它还是那个月亮,千古未变。

应物兄当然也记得,他唱完之后,梁招尘对兰梅菊说:"你说的那个事呀,其实不用我去说,应物教授说了就行了,他跟管文化的栾庭玉很熟悉的。"

这就是梁招尘的推托了。

---

① 周敦颐,字茂叔。宋朝儒家理学的开山鼻祖。
② 应物兄学唱的版本应是骆玉笙版的《大西厢》。但他在唱的时候,略作了改动。

接下来,应物兄听见兰梅菊重复了他刚在《大西厢》里的唱词:"晃里晃当,哐里哐当,摇头晃脑,好像一碗汤,得啵得啵得啵得啵念文章。唱念做打'四功'也。梅菊不知道,他念的什么文章,玩的什么把戏,耍的什么花枪。"

66. 双沟村

"双沟村,你知道吗?"栾庭玉问。

"前几天不是还上了报纸,头条。哦,您安排的吧?"

"当然是我安排的。但它一次次上报纸,一次次上电视,倒不全都是因为我。"

在等待梁招尘的时候,栾庭玉突然向他提起了桃都山区有名的双沟村。双沟这个村子,可不简单,是真的不简单。村东南方向五百米的土坡上,曾经出土过古人类化石。双沟因地形得名,一条山沟到了村头分成了两条沟,像个"人"字。那两条沟,平时是干沟,下雨是洪沟。国民党军曾在双沟跟日本人干过,解放军也曾在那里跟国民党军打仗。所以在现代史上,它就很有名。双沟真正出名,是因为"农业学大寨"。那些年,双沟人与天斗,与地斗,声名远扬,一举成为济州最有名的村子——栾庭玉现在讲的,就是这个事。应物兄不知道栾庭玉为什么会突然提到这个,只能洗耳恭听。

"当时他们的支书叫贺玉田。别说,那个老贺跟陈永贵还真有点像,都是头戴白毛巾,身穿白汗衫,脚蹬圆口鞋,手拿烟袋锅。陈永贵的老婆会纳鞋底,老贺的老婆不会纳鞋底。老贺反手给了她一耳光,她就学会了。这个人不简单。她看一眼你的脚,就可以给你做一双鞋。你就试吧,保证比你妈做的还合脚。当时省革委会、市革委会(班子成员),穿的都是贺家布鞋。"栾庭玉说。

"我好像在哪本书上看到过贺支书和他老婆的照片。"

"山上的梯田,就是老贺领着修的。因为时代局限,蠢事也没少干。桃树、枣树、核桃树、柿树、杏树、李子树,全他妈砍了。砍了干什么?种水稻!并且来说,人畜饮水都困难,种什么水稻?真是羊拉套,瞎胡闹!但是老贺说了,虎头山能种,桃都山为什么不能种?还真让他给种成了。麦荞先生为此写过一个通讯,叫《桃都山上稻花香,双沟盛开大寨花》。种水稻,水从哪里来?牛拉驴驮,肩挑手提,从山下弄来的。第一年当然很辛苦,第二年就不那么辛苦了。双沟属于尚庄公社,一个公社那么多人,每人上去撒泡尿,稻子都喝不完。"

说到这里,栾庭玉皱着眉头看了看手表。

"当然,种了几年就不种了。劳民伤财嘛。你记不记得,八一年的时候双沟闹过一次泥石流?那一年有的地方闹猪瘟了嘛。猪肉不能出口,死了很多猪。不过年不过节的,老百姓都吃上了猪肉。虽然是死猪肉,但还是很香。有机猪嘛。死了,也是有机死猪。虽然是死猪,但也不能随便吃,也得按计划分配。有一天,双沟人正在街上分肉呢,泥石流来了,差点把双沟村给一窝端了。最后死了几十口人。老贺家里就死了两口,他老婆和一个女儿。这个事,麦荞先生当时也写了文章的,说老贺是为了救别人,没顾上救老婆和女儿。再后来,双沟就没有消息了。当它再次出现在报纸上的时候,它已经成了贫困村的代表,需要扶贫了。"

"三十年河东,三十年河西啊。"

"并且来说,年轻人都出去打工了,到建筑工地当小工去了。此小工非彼小工。此小工,是真正的小工,就是到工地筛沙子啊,做泥瓦匠啊。连老贺都出去了。此老贺也非彼老贺,是那个老贺的儿子,也就是小老贺。这个小老贺呢,在工地上被吊车砸了一家伙。命是捡回来了,但一条胳膊被砸酥了。打工是打不成了,只好回到双沟。男人都出去了,小老贺也就成了村子里唯一能够拎得出来的男人了,他也就责无旁贷地成了村支书。小工后来对他开玩笑:老贺同志啊,命中注定你就是一把手,你一定要带领双沟人民重振雄风啊。"

"庭玉兄,梁省长来了之后,我们——"

"别急,先听我说完。你这条领带不错,乔姗姗买的？夫人的眼光还是不错的。哪天我再送你几条。男人可以不换西装,但要经常换领带。换了领带,就相当于换了西装。画龙点睛嘛。好吧,我们还说扶贫。这个扶贫工作呢,你知道,现在是小工负责的。小工强调,脱贫致富,也要集中优势兵力,打歼灭战。他首先要解决的问题,就是如何把双沟这个脱贫致富的典型树立起来。历史上,它就是个典型嘛,现在也顺理成章地要成为新的典型。原来的省长亲自挂帅,担任双沟扶贫工作组组长,小工是常务副组长,另外几个副组长是省扶贫办主任、省水利厅厅长、省教委主任、省农行行长、省文广局局长。组员是市扶贫办主任、市水利局局长、市教委主任、市农行行长。省长调走之后,小工就成了组长。秘书长是谁呢？就是老贺。老贺既是村长、村支书,又是扶贫工作组的秘书长。"

"我们要不要讨论一下怎么应付小工？"

"你听我说完,好不好？我要说的是,只要领导重视,世上没有办不成的事。只用了半年时间,双沟就通上了沼气、用上了自来水、建了小学、种上了果树。当年砍掉了什么树,现在就种上什么树。省长和小工亲自前往双沟,挥锹铲土,填入树苗,培实新土。这些电视上都放过的。小工接任组长之后,副组长增加了一名,就是省电视台台长,相应的也增加了一名组员,就是市电视台台长。这一招很厉害,极大地促进了所有人的积极性和主观能动性。不管怎么说吧,经过这两年的努力,双沟现在已经完全脱贫了。火车跑得快,全靠车头带,确实是这么个情况。但是小工认为,脱贫致富,只是万里长征走完了第一步。下一步要把双沟做大做强。双沟不是像个'人'字嘛,小工说了,要把它变成'大'字。小工任组长之后,在'人'上头架了桥,把双沟与两边的山头连接了起来。将两边的山头上的村子合并到了双沟村。小工的意思,是把双沟弄成明星村。最近一年,小工主要考虑两件事。这两件事,都是从文化软实力上着手的。一是把双沟打造成旅游文化村。比如重修大寨田,重新种水稻。比如重新复原古人类的生活场景。不是简单的复原。不是挖个窑洞,弄几个泥人那么简单。这些东西当然也要弄,但不是重点。重点在于情景再现。你只要走几步,就可以看到古人类正在砸核桃,正手持长矛追捕野兽。老虎我们养不起,山羊、兔子、野猪我们还是养得起的。每天放上几只。反正是要弄得跟真的一样。那些古人类可以由村人扮演,也可以由游客扮演。游客正好可以过一把野人瘾。你可以身穿虎皮裙,坐在茅屋里喝啤酒,吃烧烤。茅屋里当然也要有卫生间,有无线局域网,配备消防设施。第二件事,就是组织一个脱贫致富宣传队。双沟人是见过世面的,从来不怯场。男女老幼,个个能说会道。你见到小老贺就知道了。当初,省长接见小老贺的时候,小老贺几句话就把省长逗得合不拢嘴。省长问,小老贺,你属什么的?小老贺说我属驴。省长说,怎么可能属驴呢?小老贺说,我知道您属马,我不敢跟您一个属相,那就属驴吧。省长说,小老贺同志,你可真会说话。小老贺说,在双沟村,我是最不会说话的,只会埋头干活,带领村民奔小康。起初,我还以为小老贺是说着玩的,后来他们的团支部书记来了,二十来岁的丫头,竟然比小老贺还会说。小工叫她柴火妞。这个柴火妞不仅会说,还会唱。并且来说,所有流行歌曲张口就来,美国乡村音乐也唱得有模有样。我们上大学的时候,不是流行卡彭特吗?《昨日重现》,柴火妞唱得跟卡彭特差不多。柴火妞就是脱贫致富宣传队的队长。现在,她也兼任着扶贫工作组的副秘书长。待会,柴火妞也会来见你。"

"见我?"

"她说她读过你的书,是你的粉丝。她虽然识字不多,但喜欢读书。"

"庭玉兄,我都被你搞迷糊了。"

"待会,还有一个人要来,就是侯为贵。"

"畜牧局局长侯为贵?"

"他现在不仅是畜牧局局长,还是水利厅厅长。原来的副组长当中,水利厅厅长被抓起来了。这个事情你肯定知道吧?对头!贪污腐败嘛。这哥们也是胆大包天,扶贫工程也敢做手脚。有人一告,上头一查,问题不就出来了嘛。并且来说,你他妈的,一个搞水利的,敢下五洋捉鳖可以理解,敢上九天揽月那就不可理解了。这哥们胆就那么大,竟把省气象局负责观测卫星云图的一个女局长弄到床上了。你看他的胆有多大?告他的人,据说就是女局长的丈夫。咱们私下说,那个做丈夫的也是个蠢货。悄悄地,人不知鬼不觉地,把绿帽子扔了,不就得了?却搞得人人皆知。也不知道这些蠢货是怎么混到厅局级的。这个蠢货,我说的是水利厅厅长,被抓了之后呢,市水利局局长就顶上来了,成了副组长。但没过多久,这个局长也他妈出事了。毛主席说,水利是农业的命脉。水利部门连着出事,谁能想到呢?你说呢?反正我是没有想到。经过通盘考虑,老一决定让畜牧局局长侯为贵兼任水利厅厅长。当时我是投了他一票的。为什么投他一票?因为他跟我说,他跟你是朋友,跟华学明是朋友。能跟读书人成为朋友,应该是可以信赖的。就是坏,也坏不到哪去。对了,你可能会觉得奇怪,侯为贵怎么会跟黄兴一起回来呢?"

"是啊,我确实觉得,有点想不到。"

"这件事,你对我或许有误解,认为我背着你与黄兴方面联系,派侯为贵与他们接洽。坦率地说,我确实让邓林与他们联系过,但联系的不是黄兴,而是程先生。在北大博雅酒店的时候,程先生不是说了,欢迎常联系。如果不联系,好像有点说不过去。是程先生让邓林与黄兴联系的。黄兴向邓林表示过,愿与济州合作。我后来就知道黄兴在蒙古有投资,知道他去了蒙古。我告诉黄兴,省水利厅厅长和畜牧局局长就在蒙古。侯为贵是和铁梳子的助手,就是那个卡尔文,一起去蒙古谈一个合作项目。后来,他们就一起回来了。侯为贵待会来了之后,他可能会向你说明一些情况。"

"误解?怎么会有误解呢?我知道你一直在帮我们。"

"我确实想让黄兴投资硅谷,但我看出来了,他不感兴趣。强扭的瓜不甜。我对此没有意见。我现在完全是看在你的面子上,看在程先生的面子上,以尽地主之谊的。你们这些书生,有些事情弄不明白,所以我是在帮你。"

"谢谢庭玉兄了。"

"有些事暂时还不能跟你讲。现在我们要做的,就是把小工给应付过去。"

"好好好,我一直在为此事着急呢。"

"我要提醒你的是,这个侯为贵,你可以跟他交往,但不要走得太近。他现在很像多年前的小工。他现在,要么面临着退休,要么再升一级。他当然认为自己可能要再升一级。事情哪有那么容易啊。急着升官的人,嘴里是不可能有实话的。所以,他要说什么,你只管听着,不要随便接腔。"

"我听你的。我跟他其实没什么交往,只在一起吃过一次饭。他是华学明的朋友,不是我的朋友。"

"他跟华学明,也只是互相利用罢了。哪像我们两个,不是兄弟,胜似兄弟。"

"庭玉兄对我的关照,我是知道的。"

"侯为贵这会去接那个柴火妞了。他们会把朝珠带来。那是双沟出产的高级纪念品。"

"什么?什么?朝珠是双沟出品的?"

"别大惊小怪。表情不要太丰富。没错,那朝珠就是 Made in 双沟。野桃核做的。姚鼐先生有句话,历史有时候是有季节性的,孔子的克己复礼,其实就是对这种季节性特征的承认。姚鼐先生还说,正是因为这种季节性特征,知识分子常常感到凛冬将至。是这么说的吧?说得多好。所以,有时候我看到一些知识分子,动不动就大呼小叫,好像天要塌了,不由得有点好笑。天塌了吗?没有嘛。双沟的树不是被砍了吗?砍了之后种水稻。后来,水稻不种了,改种树。再后来树砍了,改种果树。最近几年,人们又开始种野桃树,返璞归真了。桃都山嘛,本来就是野桃树的大本营。小工说了,要多种,韩信点兵,多多益善;小工种桃,越多越好。野桃树不是长得很慢吗?那就从外地移一些过来。为了保证百分之百成活,移过来的时候,每棵树上都挂着吊瓶。我告诉你,很多野桃树都是从你丈母娘家桃花峪移过来的。别不好意思。巫桃再年轻,也是你的丈母娘。因为宣传工作做得好,野桃子在别的地方卖不出去,到了双沟就卖得出去了。种野桃,除了赏花,就是要它的核,用桃核做手串,做朝珠。脱贫致富宣传队排练的节目当中,就有关于朝珠的。小工相信,当然我也相信,只要宣传工作做得好,这些朝珠不久就可以走出国门,走向世界。那时候,双沟村的朝珠可能就不够卖了,需要扩大再生产了。所以,我们必须大面积地种植野桃树,所谓韩信点兵,多多益善;小工种桃,越多越好。"

这期间,栾庭玉偶尔会看一下手机,也会在手机上写几个字。原来,栾庭玉一直在与邓林保持联系,而邓林则与梁副省长的秘书小李保持着联系。

应物兄不由得有点怀疑:梁招尘要见黄兴,不会是让黄兴投资扶贫项目吧?难道要黄兴投资朝珠?当他这么想的时候,他已经把这句话问出来了。

栾庭玉把脸从手机上抬了起来,说:"不不不。黄兴是来给你捐钱的,我们不能搅了你的好戏。照我的理解,小工就是想把朝珠送给黄兴,拍上几个镜头,然后在电视上播一下。他只是想让所有人都知道,连美国的大富豪都喜欢双沟朝珠。说白了,就是让黄兴替双沟朝珠做个广告,软广告。所以,待会,会有媒体朋友过来。"

"黄兴不在,媒体不是白来了吗?"

"我会对小工说,你和我会代表他,将朝珠转给黄兴先生的。"

"太和研究院建成了,黄兴会常来的,到时候再给他不迟。"

"那时候,小工在哪,还会不会主抓扶贫工作,估计连他本人都不知道。"

说这句话的时候,栾庭玉忍不住笑了一下,那笑容有点诡秘。多天之后,当应物兄知道,梁招尘突然被记大过处分,而且突然被免职的时候,他回想起栾庭玉这天的笑,才顿感栾庭玉的笑别有意味。他相信,栾庭玉和他说话的时候,其实已经听到了一些风声。

"梁招尘估计什么时候到?"

"正常情况下,他这会应该还在遛狗,狗绳拴在轮椅上,轮椅上坐着他老婆,他推着轮椅。他老婆身体不好,发动机和起落架都坏了。这话不是我说的,是他自己说的。发动机说的是肾,起落架说的是腿。小工私下里是很喜欢开玩笑的,尤其喜欢拿夫人的病开玩笑,好像生怕别人不知道夫人有病。但是,也有人说,曾看见他们在国外旅游的时候,手拉手在公园里散步。小工喜欢遛狗,黄兴喜欢遛马。遛狗可以在小区,遛马就得上山了。哦,想起来了,待会我们可以对小工说,黄兴上山了,去了桃都山了,提前去了双沟了。我靠,这么好的主意,刚才我怎么没有想到呢?"

"您是说,黄兴一大早就去了桃都山?"

"对头,听明白了吧?你可以这么对小工说,我们,我说的是你和我,这些天没少在黄兴面前提到桃都山和双沟村,黄兴被双沟人民脱贫致富的精神深深感动了,深深吸引了。所以,今天他一大早,就去了桃都山。你别难为情,好像我们在说谎似的。你回忆一下,在香泉茶社的时候,我们是不是跟他谈到凤凰岭、桃都山和茫山?黄兴是不是很感兴趣?所以嘛,黄兴一大早就去了桃都山。去那里干吗?一是遛马,二是想躲开众人,悄悄地考察一下桃都山的投资环境。这些老外,就是不相信我们中国人,总觉得眼见为实,所以要亲自上山考察。那里离市区太远了,一时半刻赶不回来。"

"你是说,你准备告诉梁招尘,黄兴去了桃都山?"

"不是我说黄兴去了桃都山,而是你向我、向小工汇报,说黄兴去了桃都山。而他之所以去桃都山,是因为我们昨天向他讲过双沟。一个穷山沟,穷得叮当响,就差当裤子了,可是仅用两年时间就变成了远近闻名的富裕村,这说明了什么?说明了济州发展速度很快,不仅城市里很快,农村也很快。而桃都山的脱贫致富工作是谁负责的?就是梁省长。对,我们就是这么跟黄兴说的。黄兴听了,对梁省长非常敬佩,对桃都山人民、对双沟人民非常敬佩。有感于此,他一大早就去了桃都山。你就这么说。小工会很高兴的。"

"庭玉兄,原来你是让我来骗梁省长。"

"这个'骗'字有点太难听了。你的那本《丧家狗》,不是解释过孔子一段话吗?孔子说,对上级要做到'勿欺'。我之所以让你来说,就是因为这些话我不便说。他毕竟是我的上级。对他,我得做到'勿欺'。"

"庭玉兄,孔子说的是'勿欺也,而犯之'[①]。不要欺骗上级,而要犯颜直谏。你何不直接告诉他,这样临时安排是不合适的。他不是还在遛狗吗?时间还来得及,你现在就给他打电话,告诉他,等他从北京回来,再见不迟。如果黄兴急着要走,那么就下次再见。"

栾庭玉站了起来,转身拉开了窗帘。窗帘一共三层。唰——唰——转眼间,就只剩下了一层薄薄的轻纱了。在阳光照耀下,栾庭玉的那双耳朵被阳光染红了,似乎突然独立了出来,成为一种独立的存在。现在,那双耳朵在抖动。这当然是因为栾庭玉在颤抖。

---

① 见《论语·宪问》。

我们的应物兄预感到栾庭玉即将发火,但他还是抽空想出了一个奇怪的比喻:那双耳朵,真的就像卤过了一样。通常情况下,如果突然有个奇妙的比喻涌上心头,应物兄都怀着愉快的心情欣赏一番的。但这次,他来不及为这个比喻喝彩,就听见栾庭玉说:"靠,我说了这么多,难道是放屁?"

"庭玉兄,你听我说——"

"难道说,你是想告诉我,你这个朋友,我是白交了?"

"庭玉兄,这,这,这从何说起呢?"

"我告诉你,小工代表着全省近亿人接见他,那是他的荣誉。并且来说,那也是你的荣誉,因为黄兴是你的客人嘛。这个道理,你难道不懂?"

"别生气,别生气——"

"如果你还认我这个朋友,你就好好给小工解释。"

"好好好,我解释还不成吗?"

"并且来说,我还必须告诉你,是你的工作出现了重大失误,是你没有及时通知黄兴,所以才出了这么大的差错。我一直在替你想办法,你倒好,不但不领情,还他妈的倒打一耙,埋怨我没有犯颜直谏?"

看来不说谎是不行了。

乔木先生说过,说真话本来是一个人的基本道德,在我们这却是做人的最高境界。要尽可能地追求最高境界,尽可能地说真话。如果不能说真话,那么你可以不说话、不表态。如果不说话、不表态就过不了关,那就说呗。但你要在心里认识到,你说的是假话,能少说一句就少说一句,不要抢着说,不要先声夺人,慷慨激昂,理直气壮。主动说假话和被迫说假话,虽然都是说假话,但被迫说假话是可以原谅的。乔木先生还说,说假话是出于公心,是为了大家好,不是为了自己好,那其实还是一种美德。但前提是,你的假话不要伤害到别人。

他就对栾庭玉说:"好吧,既然是为了大家好。"

栾庭玉说:"跟你说话,真他妈费劲。"

"对不起。我想问一下,梁省长会相信吗?"

"这一点你尽管放心,就是有所怀疑,他也不会说出来的。招尘同志总的说来,是个好人,老好人。他不会让人为难的。但是为了让他相信,我必须当着他的面把你批评一通。怎么搞的,客人都出去了,你们事先竟然不知道?我们是朋友,所以我先给你打个招呼,免得你到时候犟嘴。并且来说,你还得派人给我盯着黄兴,别让他露脸。还得给我盯住那匹马,别让它叫唤。"

"万一叫唤起来呢?"

应物兄没有想到,这顺口一问,竟然引出了"指鹿为马"的现代版,而且自己还不得不在这个版本中扮演主角。他听见栾庭玉说:"你就说是鹿在叫唤。希尔顿养了几头鹿,高大的马鹿,预备着给人喝血的。你喝过鹿血吗?应该尝尝。喝鹿血不是为自己,而是为了更好地为人民服务。等你喝了鹿血,乔姗姗一高兴,就会给你买一条好一点的领带。你这条领带太难看了。灰不灰,蓝不蓝的,跟裹脚布似的。忙过这阵子,哥们请你喝鹿血。"

67. 招尘

招尘同志的秘书把葛道宏也叫来了。

葛道宏是从操场上直接过来的,脚上还穿着白色运动鞋,有几粒煤屑像芝麻一样沾在鞋面上。济大的塑胶跑道符合国际标准,材料的安全性甚至达到了食品包装袋的程度,但葛道宏还是愿意在乌黑的煤屑跑道上晨跑,理由是接地气。葛道宏认为,能不能为祖国健康工作四十年,就取决于你是否坚持出操。为此,葛道宏规定本科生必须按时出操。因为有些女生以例假为由逃避规定,葛道宏就要求各班辅导员造册登记女生的例假时间。为避免落下侵犯隐私的口实，葛道宏后来又对这项规定进行了修改，并引进了激励机制：女生每月可以缺操三天，但如果你一天不缺，则可以领取三瓶酸奶。因为葛道宏，很多行政人员也喜欢上了煤屑跑道。为了对付跑道尘土飞扬的问题，学校专门买了洒水车。此时，葛道宏用纸巾擦拭着球鞋上的煤屑，问道："听说要接见子贡，但子贡却去了桃都山？"

"是邓林告诉您的？"

"是啊。他说客人可能去了桃都山，这会正往酒店里赶呢。你说，他这么早去桃都山干什么？"

"其实黄兴这会还在睡觉。私人医生不让叫醒他。私人医生说了，今天的日程上没有这个安排。"

"这个梁招尘！今天上午，我们本来要集中讨论一下仁德路，好向黄兴汇报的。这倒好，一个电话，就把我们的计划打乱了。有什么办法呢？你们想好该怎么向梁省长解释了吗？说子贡先生一时联系不上，还是说虽然联系上了，但一时赶不回来？您可要想好了。对了，听说梁省长的书法不错，得到了乔木先生的真传？"

"他喜欢写字，我是知道的。"

"听说他的润格比乔木先生还高？你看，我该给他多少润笔合适呢？"

"您喜欢他的'左笔童颜'书法？不可能吧？是替别人要的吧？"

"他的秘书小李说了，他要送我一幅字，但我不能白要啊。据说他的字，每平方尺达到了三万块钱？"

费鸣讲过的，葛道宏有个习惯，在商场里看到喜欢的东西，如果价格在三位数以上的，都要先换算一下，把它换算成美元或者欧元，然后告诉自己，便宜，太便宜了。说完这个，才会掏钱买下来。他躲避着葛道宏的目光，说，如果你觉得贵，你也可以换算一下啊。

当然,这话只有他自己能够听到。就在这时候,葛道宏突然想出了一个办法:"有一个书法家,上次到我家里做客,二两酒下肚,就自己研墨,写了几幅字。据说这个家伙的书法,每平方尺可以卖到四万块钱呢。我给梁省长换一幅字,怎么样?"

小乔随后也赶到了。

她是来给葛道宏送西装和皮鞋的。葛道宏正要去换装,省电视台台长到了。应物兄不由紧张起来。这不是在梁招尘一个人面前说谎,而是在众人面前编瞎话。在电视台做节目的时候,台长曾邀请他到办公室喝过茶。他对台长办公室最深刻的记忆,是关于一只仓鼠。仓鼠竟然能长那么大,就像一只兔子。因为那只仓鼠,台长把"鼠辈"这个词又进行了细分,分成了仓鼠辈和老鼠辈:前者地位虽低但却靠本事吃饭,兢兢业业,劳苦功高,苍天可鉴;后者因为地位低下难免下贱,混吃混喝,獐头鼠目,老而不死。能够让台长产生如此丰富感受的那只仓鼠,已经是电视明星了,曾出现在省电视台投资的多部具有奇幻色彩的儿童剧中,当然它也是有出场费的,而且还不低,只比男二号、女二号略低一点。他们说话的时候,那只明星仓鼠就在笼子里的滑梯上爬来爬去,偶尔还会做个引体向上的动作。台长曾委婉地向他打听,栾庭玉与艾伦到底有什么关系,因为艾伦在台里提起栾庭玉,不仅直呼其名,还要省掉姓氏,显得特别亲密。如果他们真有关系,她反而不会如此。但这话他没有说。他没有说,是因为他担心会影响到艾伦在台长心目中的重要性。那么,那是怎么说的呢?他说的是,艾伦与栾庭玉的妻子豆花是闺蜜。现在,台长并没有跟他打招呼,而是直接走向了同时赶来的新闻摄制组,向他们交代着什么。随后,他看到梁招尘在众人的簇拥下,笑盈盈地往这边走了过来。就在这时候,站在他旁边的葛道宏突然说了一句话:"应物兄,你懂的,别怪我。"然后,葛道宏就咆哮起来了:"不要解释了,我不听你的解释!"葛道宏挥动着皮鞋,"给梁省长解释去吧。我要告诉你,即便梁省长原谅你了,你也必须写出检查。胡闹嘛,你这是胡闹嘛。你呀你,让我说什么好呢?"葛道宏越说越气,竟把西装砸到了地上。

他垂首听着,不发一言。

首先走过来的是栾庭玉。栾庭玉笑着说:"你们讨论得很热烈啊。"

然后栾庭玉对梁招尘说:"招尘同志,看到了吧?这些知识分子,讨论起问题来,有多么认真。"

栾庭玉弯腰去捡那件西装。当然了,最后捡起西装的并不是栾庭玉,而是梁招尘的秘书小李。小李把衣服搭到了自己的胳膊上。站在小李身后的省扶贫办主任,又把它从小李胳膊上取了下来,顺便把它叠好了,交给了小乔。栾庭玉又说:"好了,别争了,学术问题嘛,一时也争论不出个结果。你们以后关起门来再争吧。"栾庭玉抬腕看了看手表,"还有几分钟。咱们是不是先到门口等待一下 GC 集团的黄兴先生?应物兄,我们尊贵的客人会从哪部电梯出来?"

葛道宏指着自己的嘴,对应物兄说:"说啊,你跟领导说啊!"

轮到自己背台词了,应物兄对自己说。他说:"梁省长,栾省长,我正要向你们报告。我们的工作出了点差错。刚才葛校长就是为此事发火。黄兴先生出去了,不在酒店里。这会,我跟他联系不上。"

栾庭玉后退了一步,侧着脸,皱着眉,打量着他,问道:"应物兄,外交无小事,你没开玩笑吧?"

"实在对不起。六点钟的时候,我去找他,没想到他已经出去了。从六点钟到现在,我们一直在跟他联系。刚才我跟葛校长一说,葛校长就急了。"

葛道宏从梁招尘和栾庭玉身后绕了过来,说:"我在操场上带着学生做操呢,接到电话就来了。一来我就问,要不要我们先陪着黄兴先生吃个早餐?到了这个时候,我们的应教授才告诉我,他正派人跟黄兴先生联系,但一直没有联系上。这怎么可能呢?问了前台服务员,又看了监控视频,才知道黄兴先生已经出去了,一帮人都出去了,包括那匹白马。几分钟之前,我才知道,他们去了桃都山。"

梁招尘看着栾庭玉,又看看众人,说:"什么?贵宾去了桃都山?自己去的?"

应物兄只好硬着头皮对梁招尘说:"是这样的。昨天,栾省长和他谈到了桃都山,谈到双沟村是如何脱贫致富的。黄兴先生认为这很了不起,有机会要亲自去看看。谁也想不到,今天一大早他就去了桃都山。"

出乎所有人的意料,梁招尘说:"不瞒你们说,我早就知道他去了桃都山。"

栾庭玉立即问道:"招尘同志,你是不是也去了桃都山?"

梁招尘说:"是侯为贵同志告诉我的。他去山上接柴火妞,看到山上有白马。我打电话要他们下山的时候,注意安全,他们就告诉我,山上有白马。我当时就想,莫非是黄先生那匹白马?现在看来,果然是。"

葛道宏问:"这么说,他们很早就上山了?"

梁招尘说:"应该是吧。按侯为贵的说法,这就叫白马照夜明,青山无古今。倒是一句好诗。我已经写下来了。等黄兴先生回来,你们送给他。"

应物兄能够从栾庭玉和葛道宏脸上看出他们的惊惧,他相信这样的表情也会出现在自己的脸上。他现在怀疑,梁招尘已经看穿了他们的把戏。梁招尘之所以这么说,应该只是为了不让自己丢人,只是为了掩饰自己的尴尬,当然也是为了给他们面子。栾庭玉不是说了吗,小工不是一个喜欢为难别人的人。

梁招尘说:"这样也好,我可以早一点上车了。书记还在北京等我呢。但临走之前,我们还得开一个小会。我有几句心里话,要对同志们讲。不过,电视台就不要录像了。我们这是内部会议,不需要录像。"

葛道宏说:"我是不是就没有资格参加了?这样吧,你们进去开会,我在外面等着,一会儿给梁省长送行。"

梁招尘说:"要不,校长也列席旁听一下?"

葛道宏说:"谢谢了,我就在大堂里等。"

应物兄也赶紧说道:"我陪着葛校长在这里等吧。"

不料,梁招尘却说:"应物教授不妨参加一下,因为有些工作可能还会涉及你。你现在是名人了,不能只顾自己出名,忘了桃都山的百姓。最近还常去桃花峪吗?去桃花峪是探亲,去桃都山也是探亲嘛,乡亲嘛。"

在场的还有一个翻译,是准备给梁招尘与黄兴做翻译的。应物兄一眼就认出,她是那个翻译莎士比亚的老人的弟子,他曾在老人家里见过她。这个翻译对梁招尘的秘书小李说:"谢谢了,那我就先走了。"这话也被梁招尘听到了。梁招尘说:"别,你也可以进来听听。你可以把我的话整理成英文,事后发给小李同志。"

应物兄后来觉得,这是他参加的最有讽刺意义的会议。它虽然很短,但留给他的记忆却是长远的。在费鸣和邓林提前准备好的会议室里,他们尚未坐定,梁招尘就开讲了。出乎所有人的意料,梁招尘竟然先做了一下自我批评。这个自我批评并非泛泛而谈,因为它是有实质内容的。梁招尘说:"都找个座位坐下,这里没有外人,就不要论资排辈考虑座位问题了。我必须先做一下严厉的自我批评。我省的扶贫工作,虽然取得了不少成绩,但问题还是比较突出的。正因为这些问题的存在,所以我省的扶贫工作,这次被评为良好。什么叫良好?良好就是及格,及格就是不及格。"

正在寻找位置的人,找到位置坐下去的人,坐错了正想调换位置的人,现在全都重新站好了,包括坐在梁招尘身边的栾庭玉。整个会场只有两个人没站:一个是梁招尘,一个是按习惯坐在领导身后的女翻译。说这话的时候,梁招尘向后靠去,眼睛闭了一下,似乎在静默中反省。这个时间,本来很短,但却显得出奇的长。然后,梁招尘的眼睛睁开了,对大家说:"都坐下。"当大家坐下以后,梁招尘却站了起来。这个时候的梁招尘,脸上慢慢有了点笑意。所以,那目光就显得既居高临下,又平易近人。他好像宽恕了所有的人,包括他自己。

栾庭玉先坐下,侧着身子问:"这怎么可能呢?"

梁招尘说:"有人提前向我透了风。所以我现在必须马上赶到北京,赶在结果出来之前,做些必要的工作,看是否还有转圜余地。"

省电视台台长说:"上面不会偏听偏信吧?我知道有人在乱告状。这些人,老鼠扛枪窝里横就算了,现在竟然扛枪扛到外面去了?与其让别人喊打,不如我们自己动手。这是真正的鼠辈,属老鼠的。"

梁招尘说:"我交代一句,对告状的人,不要进行打击报复。要晓之以理,动之以情。要教育他们不要片面看问题,要全面看问题。"

栾庭玉说:"招尘同志说得对。"

扶贫办主任说:"有些人,连九年制义务教育都完不成,跟他们讲这些,不是白费唾沫吗?"

梁招尘说:"看来,你们还是有些情绪的。这里,我要先表个态,对这些年的工作,我们要充分肯定。大家想想,这些年我们干了多少事啊?在桃都山,我们首先做了一个拨乱反正的工作。我曾经跟大家说过,桃都山最重要的标志,就是桃树。桃都山为什么叫桃都山?就是因为桃树嘛。这一点,很多人都忘记了。这不怪他们,要怪只能怪'文革'。桃都山上原来遍生野桃树。可是到了'文革',人们头脑一热,喊里咔嚓,全都砍掉了。教训很沉重啊。这不,现在我们用野桃核做朝珠,人们就意识到,当初砍错了。"

说到这里,梁招尘回头问翻译:"朝珠的英文怎么说?"

翻译说:"国外没这个东西,可以勉强翻译为 Court bead,宫廷珠。"

梁招尘说:"靠他×的?倒是好记。"

翻译捂住了嘴。

梁招尘又说:"最近几年,山上又冒出来了一些野桃树。春风吹又生嘛。慢慢地,又形成了阵势。搞改革开放,最重要的是要有那么一股子气势。带领老百姓脱贫致富,更是少不了那股子气势。我是提倡在桃都山区种桃树的。桃树、野桃树,一起来。这有个好处,就是可以互相授粉。同一品种的桃树,授粉的效果不好。野桃树和桃树放到一块,坐果率大为提高。最近一年时间,据初步估计,野桃树就增加了三万多棵。野桃树好啊。野桃树浑身都是宝。桃子可以吃,可以做果汁,可以做果酱。不要怕酸!医学已经证明,越酸对人越好。Monkey 最喜欢吃野桃。什么时候听说 Monkey 得过心脏病,得过脑溢血?Monkey 老了,还可以爬树的。野桃树的树皮、树根也都是药。庭玉同志,上次你跟我说,桃胶可以美容,我查了一下,还真是。有些同志可能不知道,做红烧肉的时候加入桃胶,味道特别好。我老伴身体不好,长期以来都是吃不下饭,得哄着她吃。现在,不用哄,红烧肉一次能吃小半碗。你得哄着她,转移她的注意力,再偷偷地把碗给她取走。撑坏了肚子,不还是我的事?还有,很多老百姓都认为,桃木可以驱鬼。作为唯物主义者,我当然不信鬼。但老百姓的这个说法,我们应该充分尊重。野桃核做的手串和朝珠,老百姓就很喜欢,因为它们不仅可以驱鬼,还可以修身养性。因为比别的珠子便宜,所以也便于普及。"

台长撸起袖子,露出腕上的珠子,"看,我已经戴上了。"

梁招尘朝台长竖了一下大拇指,"说了桃树,再说杜鹃花。我是提倡在桃都山多种杜鹃花的。以前啊,有个专家告诉我,说桃都山上不适合养杜鹃。说什么,杜鹃只有在酸性土壤里才长得好。

我就不信这个邪。酸性不够,想办法增加点酸性就是了嘛。桃都山产柿子。还有比柿子醋更酸更有机更绿色的醋吗?好像没有了吧?每株杜鹃浇上半勺醋,什么都解决了。两年下来,杜鹃花已经成了桃都山一个新的经济增长点。我已经听到一个说法,我们的台长大人有必要宣传一下这个说法:洛阳看牡丹,济州看杜鹃;最美的杜鹃在哪里?就在桃都山。庭玉同志,你听到这个说法了吗?"

栾庭玉一愣,说:"听到了,不止一个人这么跟我说。"

梁招尘问:"给杜鹃浇醋,他们没有什么议论吧?"

栾庭玉说:"说到给杜鹃浇醋,那我就多说一句。招尘同志多次告诉我们,解决问题的关键是抓住牛鼻子。给杜鹃浇醋,抓的就是牛鼻子。这牛鼻子抓得好。"

梁招尘突然又站了起来,这次是为了跟栾庭玉握手。栾庭玉也想站起来,但梁招尘没让他站。梁招尘说:"庭玉同志能这么说,我很高兴。"梁招尘又坐了下来,对众人说道,"就我所知,有人告状,告的就是杜鹃。我为党工作几十年了,有个观点从来没变过,那就是要允许别人发表不同意见。但是,你认为正确的事,实践也证明正确的事,就一定要坚持。既然杜鹃是桃都山地区新的经济增长点,那就要爱护它,让它发展壮大。在这个事情上,我给你们吃个定心丸,不要怕告。出了问题,我会向组织解释清楚的。"

"告状的,大都是文盲嘛。他们写到电视台的告状信,错字连篇,臊乎乎的。他们还动不动就写'泣告'。看上去倒像是湿过水。叫我看,那是老鼠尿。"

梁招尘说:"你以为告状的都是文盲?只怕里面还有某些高级知识分子呢。我总是说,一定要学会和高级知识分子做朋友,但某些人就是听不进去。关于我自己,也是有些谣诼的。越是信而见疑,越要不为所动。当然了,有些话,也不妨听听。既然你意犹未尽,我就洗耳恭听。但是有一点需要强调,谣诼就是谣诼。有人说,谣言就是遥遥领先的预言,这就是胡扯了。"

会议室里突然安静得可怕。

梁招尘说:"我现在宣布一件事,今天庭玉同志可以带队先去桃都山看看。庭玉同志是擅长跟知识分子打交道的。这些年,桃都山区,双沟村,吸引了不少专家来考察,庭玉同志可以和他们多接触。同志们,我已经向省委建议,由庭玉同志兼任扶贫工作组副组长。这个事情,我事先没有征求庭玉同志的意见,这里先向庭玉同志道个歉。书记说了,他本人对这个建议是认可的。我跟书记汇报说,今天我本来要去桃都山的,书记说,那就让庭玉同志先替你去,以考察桃都山区百姓文化生活的名义先去一趟。书记考虑问题,就是周到啊。庭玉同志,你有什么意见,我可以反映上去。"

栾庭玉一时显得很激动,嘴唇嗫嚅,半天没有说出话来。

梁招尘说:"也早该给你压担子了。"

栾庭玉站起来,双手合十,弯腰,先朝梁招尘鞠了一躬,然后又向众人鞠躬,最后说了一句话:"我服从指挥。我会全面落实招尘同志的指示精神。"然后,问梁招尘,"招尘同志,还有什么具体指示?"

梁招尘站了起来,说:"指示谈不上,建议是有的,那就是从今天起,你们要团结起来。以后,不管我还做不做这个组长,你们都要努力工作。要像在庄稼地里锄草那样,前腿弓,后腿蹬,心不要慌来手不要松。"这么说着,梁招尘先与栾庭玉拥抱,然后又与每个人拥抱,在每个人的后背上拍了三下,显得极为郑重。梁招尘甚至和翻译拥抱了一下,说:"这些年,也辛苦你了。我的语速有点快,给你添了不少麻烦。回去问你的老师好。他的莎士比亚全集,我已经买了,回头我请他签个名。我祝他婚姻幸福。"

梁招尘最后的拥抱,是献给我们的应物兄的。

但在拥抱之前,梁招尘说了一通话。这通话既是说给应物兄的,也是说给乔木先生的,同时也是说给在座所有人的。

梁招尘是这么说的:"应物兄先生,咱们好久不见了。上次见你,你还是应物,这次见你,你就成了应物兄。乔老爷还好吧?"随后,梁招尘又当众强调了一个"事实","同志们,你们有的人可能知道,有的可能还不知道,乔木先生是我的恩师啊,手把手教我写过字的。"接下来那句话才是最有意思的,连傻瓜都能听得出来,梁招尘是要借这个机会,跟所有人告别,"应物兄,你告诉乔老爷,有机会我会去看望他的。你也告诉他,不管走到哪里,我都还是原来的那个小工,都是为人民打工的。"

不知道什么时候,葛道宏已经来到了门口。

葛道宏手里拿着叠成方块状的宣纸,是葛道宏让司机送来的。那是一幅书法作品。应物兄原以为,那就是葛道宏早上所说的那个书法家的字,后来才知道不是。葛道宏不是曾给大家看过一幅字,说是启功先生的绝笔吗?其实当时葛道宏收到了两幅字,都是绝笔,另一幅上写的是:

  船在海上 马在山中

葛道宏现在就把这幅字送给了梁招尘。刚才站在门口的葛道宏也听出来了,梁招尘这是要升官了,要与济州告别了。

柴火妞和侯为贵晚到了一步。

当他们赶到希尔顿的时候,梁招尘已经去了机场。柴火妞哭了,哭了一会说:"好你个干爸,说要带我去故宫,看看真正的朝珠的,竟然不算数。"前来安慰柴火妞的,是梁招尘的秘书小李。小李说:"别埋怨了,原来通知上说,要我和他一起去的,我这不是也没去吗?"

小李没去的原因,很快就清楚了,要求他在济州协助做好工作移交。

柴火妞问小李:"干爸什么时候回来?"

小李说:"不出意外,后天就回来了。"

梁招尘前脚刚走,人们立即星散。当然,这个时候,还没有人知道,梁招尘再也不会回来了。梁招尘再次被人看到,已经是这年冬天的事了。这年冬天,有一辆出租车冒雪行驶在通往慈恩寺的路上。

本来要把客人送到双沟的,但司机走到这里,却再也不愿往前走了,理由是山路湿滑,又有山石坠落,实在不敢上山。司机愿意把车费如数退还给乘客。后来,司机自己下了车,跺着脚,抽着烟,看着雪景中的桃园,车上的人怎么叫他,他就是不上车。一个老太太从车上走了下来,好言相劝,司机就是不理。后来,从车上又下来一个老人。司机好像被说动了,终于上了车。那司机也实在不像话,把车倒过来之后,两个老人正要去开车门,那车竟然跑掉了。

在山门前扫雪的一老一小两个僧人,把他们搀向了山门。

老太太愿意进寺烧香,老头却不愿意进去。

老头搓着手,哈着气,问:"听说这寺里有白马?"

回答他的是刚刚走过来的释延源。释延源原是堂主僧,如今已是监院,相当于慈恩寺的二把手。释延源说:"寺外有白马墓。"

寺内雇用的民工挑着莲藕从池塘边过来,老头问:"听说慈恩寺的莲藕与别处的莲藕不同?"

释延源说:"慈恩寺莲藕为六孔,别处有七孔、九孔、十一孔。"

老头问:"它们有什么不同吗?"

释延源说:"六孔莲藕,味苦涩,开白花。"

老头突然说道:"藕有六孔,一万孔,也不能把自己洗白。"

释延源奉上热茶,看到老头的鞋子已被雪濡湿,就命人取来一双罗汉鞋给他换上,将老头的棉鞋放到炉子上烤干。老头问起慈恩寺传戒何时开始,说他有一个老朋友,想来慈恩寺受戒,托他打听一下。释延源就叫人取来一份《慈恩寺传戒须知》[①]。老头双手

[①]《慈恩寺传戒须知》:"农历二月初二始,戒期三十日。男众 350 人,女众 200 人。三衣钵具由戒场免费提供。戒费 1888 元。凡受戒者,须爱国爱教、遵纪守法、信仰纯正、勤修三学、品行端正。年龄在 20 岁至 59 岁之间,六根具足,无传染病、精神病。剃度一年以上。独身,无婚史或已解除婚约,具有一定文化与佛教知识,能背诵早晚功课。受戒者需填写《全国汉传佛教寺院出家二众受戒申请表》,由中佛协网站下载,一式两份。需提交剃度师戒牒复印件,本人身份证复印件正反面(贴于戒表),近期一寸彩色免冠僧装照片 4 张(白色背景,其中两张贴于戒表),县级以上人民医院体检表复印件、近期独身证明,曾有婚史者,附离婚证复印件或丧偶证明复印件,所在寺院同意受戒证明。符合条件者,于正月十六日前来慈恩寺报到。条件不符者,恕不接待。"

接过来,看后,把它装了起来,对释延源说,他们要到双沟去,双沟有个姑娘,叫柴火妞,他们要把一个东西还给姑娘。

老头拿出了那个盒子。

那盒子里装的是一串朝珠,一串真正的朝珠,是双沟村修路时从墓地里刨出来的。释延源双手合十,说:"这山里的姑娘,山外的人多叫她们柴火妞,不知施主说的是哪个柴火妞?"这时候,老太太烧过香回来了,雪也停了。两个老人执意要走。释延源叫一个和尚拿两把伞送给他们。又有两个挑莲藕的民工走了过来。一个民工换肩的时候,脚底一滑,扁担的一头翘了起来,筐里的莲藕翻倒出来,活蹦乱跳地滚了一地,有一根长长的莲藕断了几节,一节竟然跑到了老头脚下。那民工一边骂着自己没出息,一边走过来弯腰去捡,再抬起脸时,那人突然问道:"咦,你好面熟啊。你是不是小工?"大概觉得自己问得不够文明,那民工又补充了一句,"就是那个梁,啊,那个招尘同志?"

老头说:"他不是我,我不是他。你认错人了。"

68. 铜舌

铜舌在铃铛里摇晃,像钟摆一样摇晃。

葛道宏屈膝,弯腰,仰脸,观看那钟摆,足足看了半分钟,然后在桌子的一头坐下了。随后,所有人都自觉地排成一队,重复了葛道宏的动作。每个人观看的时间越来越短,但弯腰的幅度却是越来越大。这是因为铃铛是举在汪居常教授的手里,它虽然很轻,但随着时间的推移,它的重量被放大了,重得都让汪居常无法承受了,尽管用的是两只手,但那手还是越来越低。与此同时,铃铛的响声越来越密,越来越紊乱。应物兄是最后一个看的。大概考虑到他已是最后一个,汪居常将剩下的力气一起用上,将那铃铛高高举起了。那个时候,应物兄已经把腰弯了下去,弯得很低。于是,为了看见那铜舌,他的身体不得不随之上升。乍看上去,他好像在追逐那铃铛,并为此扭动身体:脚、屁股、腰、脖子、脸。

他同时想起,上次看它的时候,因为它已发锈,所以铜舌摇晃的时候并没有发出声音,它因此显得不着边际。现在,它已修好了,绿锈已经去除。看上去,既是旧的,又是新的。

汪居常捧着它,把它放到了博古架上。它又响了几下,声音很沉闷。

坐在桌子顶头的葛道宏说:"同志们,专家们,这就是历史的回声。"

现在,他们所待的地方,是汪居常教授担任所长的近现代史研究所。他们要在这里举行一个关于仁德路的报告会。汪居常的近现代史研究所原在老图书馆的地下一层,因为那里地基下陷,它就被搬到了校长办公楼的地下一层。虽然同是地下一层,但条件好多了,甚至能见到阳光:它的窗口紧挨着天花板,而天花板是高出地面的。因为这天花板很高,所以它还给人一种错觉,好像它不是在地下一层,而是在顶层,掀开天花板就可以直飞苍穹。

博古架上,还摆着拨浪鼓呢。上次他并没有看到拨浪鼓。汪居常说,拨浪鼓送到了京剧团,让管理道具的师傅维修去了。

现在,那拨浪鼓和铃铛就放在博古架上。还有一只蝈蝈笼子,玳瑁高蒙心蝈蝈笼子。这四个玩意,各在博古架上占了一格。

另外的空格放着程济世先生的中英文著作。程先生那本《通与变》,汪居常已经从香港买到了。墙上的镜框里是一张报纸,那是1942年(民国三十一年)10月15日的《中原日报》,第一版上的新闻分别是:《蒋委员长告诉威尔基,东北、台湾,战后必须收回;旅顺军港可由中美共同使用》;《国庆日,英美两国同时宣布放弃在华特权》;《美国总统罗斯福签署命令,表彰中华民国陆军第200师师长戴安澜将军》。第二版则是整版文章:《纪念"双十节"三十周年:

国父论辛亥革命》,作者程会贤。报纸上有些黑点,那是时间的遗迹,不应该是汪居常当初所说的老鼠娶亲闹洞房留下的斑点。

寻找仁德路,就是这个近现代历史研究所的最新课题。

参加今天这个座谈会的,除了课题组的成员,还有寻找仁德路工作小组的成员。葛道宏是组长,副组长是常务副校长董松龄,组员有基建处长,有考古系的刘向东教授。刘向东教授,是我们的应物兄很佩服的一个人,所以他先和刘向东教授打了个招呼。刘向东不仅考古做得好,考据也做得好。谁都知道司马光砸缸①的故事,却没有人知道砸缸救出的那个孩子是谁。这个千古谜底就是被刘向东揭开的。刘向东用三年时间,考证出这个事件发生在公元1025年,救出的那个孩子叫上官尚光。他接下来要攻克的难题是,"尚光"是不是他的原名,如果不是,那就是为了感谢司马光救命之恩而取的。尚者,尊崇也。按理说,应该是这样的,但有一分证据说一分话,拿不到切实的证据,他是不会下笔的。

在栾庭玉和邓林的协调下,葛道宏从校外聘请的两位专家也加入了这个工作小组。他们是《济州地方志》主编郜扶同志,济州城建局局长张波同志。葛道宏向大家介绍了一个名叫章学栋的人,说章学栋教授是刚从清华大学建筑系引进的人才,研究方向是民国建筑的修复和维护。

应物兄就坐在章学栋教授身边。

章学栋教授歪着身子,用手挡着嘴,说:"应物兄教授,很高兴为您效劳。"

据说,当然是据清华大学的一个朋友说,章学栋教授发表的论文,每年在建筑系都是名列前茅的,所以年纪轻轻就成了长江学者。每次开学术讨论会,章学栋只说两句话。一句是,你给我一个苹果,我给你一个苹果,我们还是只有一个苹果;但是,你给我一个

---

① 《宋史》:"群儿戏于庭,一儿登瓮,足跌没水中,众皆弃去,光持石击瓮破之,水迸,儿得活。"刘向东据此建议将"司马光砸缸"改成"司马光砸瓮"。

思想,我给你一个思想,我们每个人就有了两个思想,所以这个讨论会非常重要。另一句是,我这次刚从美国(德国、法国、日本等)回来,那里有个朋友告诉我,建筑就是思维,这个我早就知道,我就是没说,但今天我愿意说出来。奇怪的是,每次说完这两句话,他就把话筒递给了别人。应物兄一直以为这是玩笑,没想到,这会儿章学栋就对他说:"应物兄,我看了您的书,很受启发,觉得自己多了一个思想。"应物兄同时闻到了两种味道:一种是香的,那是章学栋身上的香水味道,简直扑鼻;一种是臭的,那是口臭。鉴于章学栋说话时捂着嘴,我们的应物兄立即觉得,章学栋其实是个有内省精神的人。

他对章学栋说:"都是为济大工作啊。欢迎您来济大。"

他本来想说,都是为了儒学大业。

章学栋说:"以前我有一种放逐感,现在有一种归属感。"

莫非章学栋本科就毕业于济大?他说:"好啊,那就同时有了两种感觉。"

不料,章学栋却提出了异议:"那倒不是。归属感已经完全取代了放逐感。"

铃铛突然响了起来。原来葛道宏手里也有个铃铛,和汪居常刚才举起的那个铃铛一模一样,应该是根据那个铃铛复制的。葛道宏摇着它,要求大家安静。葛道宏说:"请我们的汪主任,我们的汪组长,我们的汪秘书长,介绍一下关于仁德路的相关情况。居常兄这段时间,可是废寝忘食啊。"

话音没落,小乔领着一个人进来了。

这个人虽然迟到了,但却显得不急不忙的,所有动作都保持着固有的节奏,包括拉椅子的动作,包括屁股落下去的动作,包括向人们颔首示意的动作。像个大人物,像个老派人物。这个人面孔如此熟悉,但我们的应物兄却一时想不起来在哪里见过。看上去,这个人与在座的其他人都很熟悉,好像他们已经在一起工作了很长时间。这个人的脸型有点特殊,上窄下宽,像个梯形,下巴最宽,像一柄石斧。哦,想起来了,这个人就是石斧。一些人物、动物,一些表情、感慨,从脑海中呼啸而过。没错,这位就是他和栾庭玉在西山脚下见过的那个算命先生,那个《易经》大师,那个将郏象愚带到香港的偷儿,那个通过接吻就可以从女人嘴里取下金牙的偷儿。

葛道宏说:"应物兄,还认得唐建新先生吗?建新先生说你们见过的?"

唐风说:"应先生知道唐风先生,不知道唐建新同志。"

对不起,我好像连唐风也忘了。唐风这天穿的是西装,焦糖色的西装,这部分透露了他身上的杂耍性质。应物兄回应了葛道宏:"是的,是的,我们在北京见过。"他想起来,那天唐风回来的时候,葛道宏已经离开了,所以他们三个人还没有同场碰过面。

此时,唐风缓缓站起,手从桌面上伸过来:"应物兄,久违了。"

葛道宏说:"唐先生是庭玉省长向我们推荐的,来自北京一个重要的智库。这次,唐先生帮了我们很大忙。"

唐风说:"济世先生是我的榜样,我这么做,也是分内的事。"

葛道宏提醒大家,每个人椅子后面都放有资料袋,这些资料待会看完之后,都不要带走。原因嘛,一是因为这属于课题组和工作小组的最新成果,在正式结项之前是不能外泄的;二是因为有些资料尚未公开,以后也不便公开,传出去影响不好。交代完这个,葛道宏又说:"好,人都到齐了。应物兄是第一次参加这个活动,有些情况可能还不是很了解。章学栋教授是第二次参加了,虽然没有从头开始,但进入角色非常快。还有些同志,可能只了解自己负责的那部分,对别的同志的工作可能不是太了解。现在,所有材料都已汇总到居常同志手里,居常同志已经向我做了汇报,我也把其中的重点向庭玉省长做了汇报。接下来,我还将把这些情况通报给黄兴先生。然后呢,我准备派人去一趟美国,向程济世先生当面做个汇报。我相信,程先生会感动的。接下来,那就是撸起袖子,大干快上了,争取在春节之前,把太和建起来。春节开始装修,暑假前一切到位。教育部那边,我还在跑关系,争取明年开始招生。要先抄家伙,十八般家伙要先舞起来。现在,我们就请汪主任给大家介绍一下情况。我们只鼓这一次掌,会议结束的时候再一并鼓掌?你们说呢?好,我们鼓掌欢迎汪主任代表课题组,也代表仁德路寻找工作小组讲话。"

汪居常正要说话,葛道宏手掌一竖,意思是等一等,还得再说两句。

葛道宏说:"庭玉省长今天本来也要来听会的,但他临时有事走不开。他要我转达对大家的问候。庭玉省长说,编筐编篓,重在开头;织衣织裤,难在收口。他要我们把这个口收好。我也请他放心,说我们肯定会收好的。"

汪居常郑重地点点头,似乎是在代表同仁们暗下决心。

葛道宏问董松龄:"松龄,你说呢?"

在应物兄的记忆中,董松龄的笑总是给人尴尬的感觉。常年尴尬的笑,无疑影响了血液在脸部的正常流通,使他过早地出现了老年斑。董松龄这会儿就尴尬地笑着,说了两个字:"当然。"然后敛起笑,对汪居常说,"你可以讲了。"

汪居常说:"我已年过六旬,本已心灰意懒,居常以待终。蒙葛校长不弃,负责此重大课题,怎能不殚精竭虑?"说到这里,汪居常喉咙发颤了,停顿了一下,又说,"回想几个月来走过的日日夜夜——"

说不下去了,哽咽了。

足足哽咽了半分钟。哽咽不仅是喉咙的事,牵扯的地方很多。两只眼都闭上了,左眼闭得很紧,右眼闭得相对松一些,但右边的眉毛却挑得很高,都挑到额头去了。嘴巴微张着,左边的嘴角向下走,右边的嘴角向上走。下巴也歪了。皱纹就不说了,它们本来就是闻风而动,随时可以扭曲的。也就是说,那整张脸啊,哗啦啦全都扭曲了。哦不,鼻子没有扭曲,这可能是因为它还得正常工作,也就是配合着哽咽,流出清鼻涕。

小乔走过去,递上了餐巾纸。

葛道宏违反了自己刚才定下的规矩,率先鼓起了掌。

当汪居常终于可以平静地讲述的时候,大家都松了一口气。应物兄从背后捞过资料,想边听边看。那是个布袋子。他发现上面印有"太和"二字,印着太极图。那两个字出自汪居常之手,很像乔木先生所说的童体字。童体字看上去都是很天真的。但当它出自历史学家汪居常的时候,它却给人一种无知的感觉。应物兄随即听见了自己的感慨,这个感慨既跟眼前的情景、手中的布袋子有关,又超越了具体情境,具有一种普遍的意义:孩子的天真是因为无知,那是无知的但包含着求知的天真,而成人的无知就是愚蠢,可怕的是它还是戴着知识面具的无知,是戴着知识面具的愚蠢。

这样的感慨显然与眼下情景不符,所以他立即感到对不起汪居常。作为对汪居常的补偿,他的掌声是最热烈的,持续时间也最长。在掌声中,他看到布袋子上不仅有拉链,而且有锁。小乔开始给大家发钥匙,同时附在每个人的耳边,悄悄提醒大家,钥匙待会儿要收回来的。

汪居常终于平静下来了。

奇怪的是,接下来应物兄却从汪居常嘴里听到了自己的话:"应物兄教授在《孔子是条'丧家狗'》中说过,对孔子、孟子、朱熹、顾炎武以及程济世先生的阅读,是在寻求一种连续性,一种不断被中断的连续性,一种关于'道'的连续性,一种关于'道'的变形中的连续性。我们课题组和工作小组,在葛道宏校长的直接指导下,在栾庭玉省长的亲切关怀下,就是本着这样的精神,开始我们的研究和寻找的。我们,全体同仁,在研究中寻找,在寻找中研究。"

哦,看来汪居常还真是读了我的书。

居常者,遵常例,守常道也。

他听见自己轻呼了一声:"居常兄。"

随后,会议进入了葛道宏式的节奏。凡是葛道宏主持的会议,只要没有主席台,只要没有摄像机,只要没有麦克风,只要没有记者,基本上都是这个节奏:就像聊天,就像拉家常,就像盘腿坐在炕头说媒拉纤一般。总之,一派民主和谐的气氛。

69. 仁德路

仁德路的命名,与一首诗有关,虽然诗中并没有出现"仁德路"三字:

> 句子治水整三年,一心为民解忧难。三过家门而不入,废寝忘食沥肝胆。滔滔洪水化甘露,万亩田畴皆承欢。河道疏通水患灭,大禹转世在民间。

这是汪居常出示的第一份材料,它是由季宗慈的图书公司的总编段人先生提供的。段先生是《国学辞典》的主要撰稿人,是个残疾人,据说他的腿是在三十年前被轧断的。应物兄怀疑,段人这个名字并不是他的真名。不管从哪方面看,段人都是个奇才:琴棋书画无所不能,手表、电唱机、手机,也是手到病除。闲来无事,段人在办公桌面上挖了个槽,装进去一堆零碎玩意,竟是一台收录机。他们第一次见面,就是在春熙街旁边那个养生餐厅。季宗慈为了配合《国学辞典》的宣传,搞了一个国学知识竞赛,获得一等奖,拿到五万块钱奖金的,是季宗慈的一个朋友,那天的饭局就是获奖者宴请朋友的。他们正喝着玉米须泡的茶,谈论着玉米须泡茶对治疗高血压的作用,段人来了。段人坐着电动轮骑,由一个风韵犹存的中年妇女在后面推着,膝盖上搭着藏青色的毯子。段人把新修订的《国学辞典》送给了他。封面上印的是汉代画像石,它本身也如画像石一般又厚又重,他必须双手接住。

那个中年妇女提醒段人:"给应先生签上名字啊。"

他就把书又还给了段人。段人没签。段人用大拇指扣着书,哗啦啦地让书页自己翻着,说:"所有跟国学有关的知识都收录进去了,最关键的一个词却没有收进去,那个词就是'国学'。"

好像带着深深的遗憾,又好像在做自我批评。

菜单递到了段人手上,段人说:"我只点一条黄河鲤鱼。三人行,必有我师。三鱼游,必有我食。"随后段人继续说道,"有一个词条,叫房中术,我足足写了几页。应物兄,我有一事不明:'房中术'若算国学,那么印度的'房中术'该算什么学呢?"

"段先生,你问我——"

"还有个词条叫'月宫',我也顺手写了三千字,只为说明一个问题:中国的月亮就是比外国的圆。"

哦,原来不是表达遗憾,也不是自我批评,而是刻骨的自嘲与反讽。

现在,听汪居常提到段人,我们的应物兄想起来,段人确曾参加过《中国古今地名大词典》的编撰。全国的古城市、古县名,段人不仅能说出它们的历史沿革,而且能报出它们的主要风物。对于眼下以企业和楼盘名称冠名道路、街道和社区的做法,老段自然是深恶痛绝,认为这割断了历史。但是,段人紧接着又会说道:"他们要不这么胡闹,老段怎么能赚到这笔钱呢?"

汪居常说,根据段人先生提供的资料,仁德路最早只是一条小巷,在元朝时被扩宽了,有了第一个名字:二马胡同,是说它可以并排走过两匹高头大马。一直到明代嘉靖年间,它还叫二马胡同。嘉靖三年,黄河泛滥,死人无数,黄河倒灌济河,济州城内也是房倒屋塌。朝廷当时派来治水的人,名叫句号,后人尊称其为句子。句子当时就住在二马胡同。句子在济州待了三年,夜以继日清淤疏导、修堤筑坝,终于治住了水患。前面那首诗,其实就是当年流传于济州的民谣。老百姓将句子比作治水的大禹。

和很多有功之臣一样,句子后来也遭人陷害。当然,这方面句子本人也失之于察。他曾收购了不少胡椒,为的是给下河查看水情者发汗御寒。人们送给他的胡椒,有的装在金罐子里,有的装在银罐子里。胡椒不值钱,但罐子值钱啊。他被告发之后,百口难辩。就有人故意问他,是否后悔?句子说:"求仁得仁,有何怨乎?"句子后来被发配到了宁夏,并死在那里。在以后的几十年里,黄河再无泛滥,人们记起了句子的好,给他树碑立传,并将他当年住过的二马胡同改名为得仁巷。但是老百姓叫着叫着,就叫成了仁德巷,这个名字当然更好,说的是句子是个仁德之人。它当然就是后来的仁德路。

现在的问题是,仁德路到底在哪里?

汪居常说:"从上次开会到现在,我没有睡过一个囫囵觉。因为仁德路遍寻不着,我和在座各位一样,也曾怀疑程先生是不是记错了?但我又提醒自己,可能性不大。别人可能记错,程先生怎么可能记错呢。一来,他本人记忆力惊人,二来谁会忘了小时候的事?你们看,济世先生记得多清楚,大院有两道门,正门开在仁德路,后门开在帽儿胡同。仁德路上有个军马场,军马场里堆着草料,也堆着喂马的豆饼。军马场里面有一片烟田,种出来的烟叶,好闻极了。他也记得,穷孩子们经常去偷豆饼。军马场离他家有多远呢?坐在他们家的院子里,不仅可以听见马叫,连马儿打喷嚏的声音都能听到。这些细节,没有亲身经历过,怎么可能记得这么清楚?"

看来课题组已经把程先生关于仁德路的谈话,全都查到了。

葛道宏插话道:"这部分材料我也看了。不知道你们注意到没有,程先生任何时候都不忘替中国人说话。比如说到马儿打喷嚏,他说,西方人总是嘲笑我们,擤鼻涕的时候只捏一个鼻孔,猛一使劲,把鼻涕从另一个鼻孔喷出来,喷得到处都是。程先生说,他们倒好,双管齐下,跟大牲口打喷嚏似的。这话讲得多好。所以我说,开会的过程,也是学习的过程,温故而知新。汪主任,你接着讲。"

居常兄说:"程先生说,骑马从军马场到济河岸边,只需要一袋烟的工夫,从军马场到他家,还不到一袋烟的工夫。一袋烟工夫是多大工夫?这是个问题。这里我得感谢应物兄。应物兄提到,程先生认为,儒家文化中的时间观念,是与月亮的阴晴圆缺和农事的周而复始有关,看上去比较模糊。鸡鸣报晓,日上三竿,掌灯时分,一炷香工夫,一袋烟工夫,一泡尿工夫,这说的都是天地人和谐共处。孟子说,不违农时。要适时而作。'适时'二字提醒我们,中国人的时间观念,既有主观性,又有客观性。这就提醒我们,所谓的一袋烟工夫,可能不止一袋烟工夫。我们还必须考虑到,程先生当时还年幼,是不抽烟的。我已经查出来,程先生到了六十年代,才开始抽烟,抽的是纸烟,不是烟袋。所以他所说的一袋烟工夫,很可能是他后来的感受,而且是抽纸烟的感受。这里我们就必须考虑下列几个因素:纸烟的燃烧时间和一袋烟的燃烧时间,有多大差异;童年的时间观念和空间概念与成人之后的时间观念和空间概念,有多大差异。我说这些,只是举个例子,意在说明我们必须让现实语境和历史语境展开对话,在对话中发现问题,解决问题。所以,葛校长要求我们沿济河一线,将寻找范围扩大、再扩大,是极有前瞻性的。"

董松龄说:"所以,我反复强调,要拉网排查。"

汪居常看着葛道宏,说:"依我对葛校长指示精神的理解,这个拉网排查,可以分为两部分:既指实地搜查,也指资料搜索。这不,一查就查出了线索。这里我得感谢《地方志》郐扶先生。在郐扶先生帮助下,我们在济州地名委员会资料库找到了一条重要线索。军马场所在的道路,不叫仁德路,而叫育德路。说到这里,我们得感谢唐风先生。唐先生上次提醒我们,'育德'二字,出自《易经》:'君子以果行育德。'①唐先生说,育德育德,所育何德?不就是仁德吗?这个解释太重要了。也就是说,程先生所说的仁德路,很可能

---

① 《易经·蒙卦》:"山下出泉,蒙。君子以果行育德。"

就是育德路。唐先生,您要补充一下吗?"

唐风随口吟道:"得其所当行,决而不疑,谓之果行。信其所自有,养而不丧,谓之育德。"①

出于对知识的敬仰,他对唐风立即刮目相看。对不起,唐风,我以前总觉得你是装神弄鬼。当然,与此同时,一个念头生起:莫非程先生真的记错了?把育德路记成了仁德路?

汪居常说:"但是,《地方志》上的说法,还只是个孤证。众所周知,历史学研究有一个重要原则:孤证不立。在逻辑学角度看,如果只有孤证,那么这个结论是不可接受的,它在逻辑学上被称为弱命题。说到这里,我们就不得不郑重感谢葛校长了。葛校长曾主编了一套书,是历史学家们的回忆录。因为是葛校长写的序,所以我把这套书买了下来,其中有山东大学教授徐凤良的一部回忆录。徐凤良本人已经作古,书是由他口授,由学生执笔,但又经过他的审校的。他在书里提到,小时候曾在育德路上拾过马粪。为什么要跑到育德路上拾粪呢?因为育德路上的马粪最臭,肥效最足。为什么那里的马粪最臭呢?因为路过那里的马都是军马,除了吃青草、干草、麦秸等粗饲料,还吃豆饼、谷子和玉米。他说,育德路上的马粪,历来是人们争抢的对象。运气好,你还能从马粪中拣出没有消化完的豆饼、谷子和玉米。徐凤良教授在书中还写到一个细节,有一次为了抢到一抔马粪,几个小伙伴竟然扭打了起来。这时候从旁边一个大院里出来一个人,骑着马,挥鞭将他们赶散了。鞭梢抽到他妹妹的脸上,把他妹妹的耳朵都打聋了。徐凤良特意提到,这个挥鞭的人,就是程会贤。"

葛道宏说:"凤良此言,传出去不良,传出去就成了风凉。汪主任跟他的家属联系一下,再版的时候,最后一句话要去掉。"

---

① 宋·叶适《送戴许蔡仍王汶序》:"得其所当行,决而不疑,故谓之'果行'。人必知其所有,不知,而师告之。师不告吾,则反求于心。心其能告,非其心了。信其所自有,养而不丧,故谓之'育德'。"

汪居常说:"我回去就打电话。好,这是第二个证据。当第三个证据出来,我们就可以得出结论了:所谓的仁德路就是育德路。这个证据就是程先生老家程楼村人在'文革'时期以大字报形式张贴在墙上的《三字经》。这份材料也是郏扶先生提供的。郏扶先生与程楼村的一个民办教师是高中同学,这份《三字经》就出自这个民办教师之手。"

郏扶先生说:"不是他一个人写的,是民办教师的集体创作。"

汪居常说:"大家打开资料袋看一下。现在,资料袋里装了两份《三字经》,一份就是原来贴在墙上的那份,另一份是郏扶先生改写过的《三字经》。出于可以理解的原因,最早的那份我们看完之后就要销毁了。"

它的标题非常刺眼,名为《程贼会贤批判书》,是程楼村"批林批孔"运动的"重要成果"。郏扶已在一些句子下面画了红杠,并且写下了较为详尽的批注。郏扶的毛笔字不错,学的是舒体:

人之初,性本善。说这话,真操蛋。

阶级分,胎衣辨。民族恨,父子传。

本草程,晋人后。明万历,大槐树。(本草程氏皆明万历年间山西洪洞县的移民。民间称为大槐树移民。)

拴着手,拉着走。骑着驴,牵着狗。

到本草,兄弟俩。程楼村,老大家。(落户程楼村的是程氏兄弟中的老大。)

代代传,贫与下。迨作辈,整十仨。("贫与下"指贫下中农。"作"字辈是程楼村程氏的第十三代。"十仨",本草方言。程会贤的父亲是"作"字辈,名程作庸。)

程作庸,好人缘。会看病,善诊断。(程作庸是济州有名的中医。)

攒俩钱,置家产。育德街,盖大院。(此育德街,当为育德路。)

戊戌年,娶了亲。资本家,老丈人。(程作庸于1898年成亲,夫人即济州灯泡厂某股东的女儿。)

从此后,忘了本。恩义绝,本草根。

冬月里,生狗娃。貌虽憨,还属狼。(程会贤将军生于光绪二十四年冬月三十日,即1899年,属狗,乳名就叫小狗。)

七岁上,就打架。不读书,净挨骂。

及弱冠,当了兵。又怕死,又贪生。

谁的话,都不听。只听谁?蒋中正。

走起路,小碎步。见了官,就磕头。

升了官,楼上楼。坐的是,四轱辘。

无廉耻,枉姓程。名会贤,实奸雄。

气死了,程作庸。捐个枣,算送终。(程作庸死后,程会贤将军没有回家奔丧。只寄回了一些丧葬费。本草方言中,"仁核桃俩枣"形容寄回来的丧葬费数量不多。)

真孝顺,真日能!睡窑姐,下野种。("真孝顺,真日能"皆为反话。"日能"系本草方言,意为"有出息"。"睡窑姐"自然是对程会贤将军夫人的污蔑。"野种"则是对程济世先生的污蔑。)

回济州,当大官。百姓们,尽遭难。

该死的,程会贤。枉为人,不要脸。

育德街,养犬马。济河上,弹琵琶。

小日本,打来了。国难财,可劲花。

楼外楼,松外松。镶金牙,吃长生。

大白天,点着灯。炕上睡,狐狸精。

……

这个"三字经"一直写到程会贤将军败走台湾为止。他草草地又看了几行,越看越觉得荒唐可笑,荒诞不经!他理解了葛道宏的说法,这些资料只能在这里看,不能带出去。他看了一眼资料袋上的拉链,那把锁。拉链是黄色的,锁是黑色的。他刚才还觉得很难看。而此刻,他对它们满怀感激之情。金圣叹的一句话跳了出来:"作书,圣人之事也;非圣人而作书,其人可诛,其书可烧也。"这么想着,他已经掏出了打火机,手指一抖,火苗一下子蹿了起来,差点

烧着他的眉毛。他草草地向后翻着,突然又看到了一段文字。原来,那是郏扶根据上面的"三字经"撰写的程会贤将军小传:

程会贤,1899年1月11日生于济州本草程楼村。1923年毕业于南京金陵大学。1926年应蒋介石之邀赴广州,任国民革命军总司令部机要秘书。1929年回南京,任国民政府建设委员会技正(相当于工程师)。1932年任国民政府军事委员会济州行营办公厅机要室副主任。1940年任济州市长。1941年10月1日,日军进攻济州,时任市长的程会贤进驻国民党第三集团军司令部,商量抵抗事宜。1942年任济州市军政长官。1944年4月17日,日军调集六万余人再次入侵济州,因寡不敌众,程会贤不得不率部转移。1945年日军投降后,程会贤回到济州,兼任济州大学校长,为期一年零三个月。1947年首次赴台湾,随台湾省军政长官陈仪从日本人手里接收政权。1947年底回济。1948年解放军接管济州,程会贤率部弃城南下,后栖身于广西桂林明月寺。1949年去台湾,曾出任台湾"中央文化书院"市政系主任。1962年应美国国务院邀请赴美考察。1970年后,历任华荣股份有限公司董事长、"中央文化书院"市政研究所副所长、国民党中央党务顾问。1992年病逝于台湾,终年93岁。

这段文字后面,就是郏扶修改过的版本:

人之初,性本善。性相近,习相远。
一方人,水土连。同根生,不相煎。
本草程,晋人后。明万历,大槐树。
拴着手,拉着走。骑着驴,牵着狗。
到本草,兄弟俩。程楼村,长兄家。
代代传,皆友善。迨作辈,整十三。
程作庸,好人缘。会问切,善诊断。

娶娇妻,戊戌年。人贤惠,美名传。
育德街,风尚好。邻里间,皆礼貌。
你让梨,我让桃。父子亲,妯娌孝。
冬月里,会贤生。垂肩耳,印堂明。
过三岁,礼仪行。读四书,读五经。
夫子话,记心中。人道是,小孔融。
二一年,赴金陵。苦攻读,忧国命。
不图官,不图财。图的啥?学艺精。
走到哪,学到哪。师何在?三人行。
交朋友,义气重。同习武,身板硬。
苦口药,利于病。逆耳言,方为忠。
二九年,学业就。展宏图,赴广州。
革命军,马前卒。受重用,司令部。
与兵士,同甘苦。不坐轿,不住楼。
走起路,一阵风。讲起话,声如钟。
故乡人,腰杆硬。教子孙,学贤兄。
忽一日,先父崩。闻噩耗,泪水涌。
忠与孝,难两全。家国事,国为先。
忽一日,派人来。道是谁?侍从也。
送米面,送大洋。谢族人,谢乡党。
转眼间,风云变。归乡路,且漫漫。
重抖擞,领将命。赴国难,至金陵。
一路上,风雨浓。听民意,恤军情。
打起仗,真英雄。天地人,皆动情。

应物兄不由得叫道:"好文章!情真意切,珠玉满盘。怎么不往下写了?"

郏扶拱手说道:"草草写了几行,不成敬意。还有待应物兄先生斧正。"

他说:"只字不改,已是好文。"

郏扶说:"不敢。只字不可更改者,经文也。还请应先生教我。"

见众人都将目光投来,应物兄也就不再推辞,说:"最后一词,不妨稍作调整,可将'动情'改为'动容'。"

郏扶说:"'动情'与'军情'确有重复。尊敬的应先生,这么理解对吗?"

虽然听出郏扶略有嘲讽之意,但箭在弦上,不能不发,他就说:"郏先生从谏如流,海纳百川,可敬可佩。还有一层意思,请郏先生斟酌。'动情'常指爱慕,多用来形容男女之情。'动容'就庄重多了,也高雅多了。"接下来的话,他就不便直接对郏扶讲了,只能对费鸣说,"鸣儿,'动容'出自哪里,我一时想不起来了。"费鸣显然知道他的用意,很诚恳地说:"请应老师教我。"他就挠着头,做出恍然大悟的样子,"出自《孟子·尽心下》。'动容周旋中礼者,盛德之至也'①。意思是说,道德的最高境界,就是举止、仪容都符合礼的要求。"

葛道宏说:"真是三句话不离本行啊。好!"

汪居常接下来说:"资料弄齐了,接下来就是纲举目张了。这个军马场呢,作为一个地名,是在1950年消失的。原来里面就有一片烟田,现在它整个变成了烟田。同时消失的还有育德路。我们初步认定,育德路是和军马场一起,被翻挖成了烟田。这片烟田沿用了育德路名字中的'育'字,叫育红烟田。育红烟田面积不大,名气很大。马尿浇出来的,地壮,烟叶也就长得好,人称马尿烟叶。好啊,咖啡有猫屎咖啡,烟叶有马尿烟叶。这里我们还得感谢刘向东教授。育红烟叶的资料,就是刘向东教授提供的。济州卷烟厂

---

① 《孟子·尽心下》:"孟子曰:'尧舜,性者也;汤武,反之也。动容周旋中礼者,盛德之至也;哭死而哀,非为生者也;经德不回,非以干禄也;言语必信,非以正行也。君子行法,以俟命而已矣。'"

最早生产的特制烟卷,使用的就是育红烟田的烟叶。[1] 不过,育红烟田在1959年就消失了,原来的烟田上面建起了几座炼钢炉。当时的报纸有点夸张,用的是'万座钢炉'的说法。哪有那么多?没有。但它由此拥有了一个新的名字:钢花村。为了方便运输,通往钢花村的几个胡同也被打通了,打通了的胡同拥有了统一的名字,跃进路。也就是说,济世先生提到的帽儿胡同,应该就是在这个时候消失的。"

钢花村?这个名字很熟啊!

乔木先生经常拿麦荞先生开玩笑,说麦荞先生也是个大诗人呢。麦荞先生最有名的诗歌名叫《炉火写春秋,钢花舞风流》,曾收入著名的歌谣集《红旗飘扬》。果然,现在的资料中就有麦荞先生这首诗:

  呜隆隆,呜隆隆,一阵震耳鼓风声。远听就像机器响,近看是人来带动。牛欢马叫人欢笑,钢花村里钢花红。世界和平有保障,英美气得心口疼。[2]

应物兄在心里顺便将"心口疼"改成了"心口痛",使它更合韵辙。随即又觉得还是别改了,因为这首诗的韵本来就是乱的。

汪居常说:"大跃进运动偃旗息鼓之后,钢花村摇身一变,变成了一个牲畜良种站,也就是俗话所说的配种站。济州土话中,牲口配种就叫'赶苗子',所以老百姓又称它为苗子铺。邰扶先生编辑的《济州地方志》,采用的就是苗子铺的说法。'文革'期间,跃进路改成了反修路,但苗子铺还叫苗子铺。苗子铺的消失是在1979年10月,此前苗子铺里最后一匹种马,最后一头种牛,被人赶到肉铺宰杀了。然后呢,在苗子铺的原址上建起了妇幼保健医院,门口的那条路也改称为健康路,同时更名的还有反修路,它改称富民路。

---

[1] 《济州卷烟厂厂史》:"育红烟叶,品质优良,呈浅橘黄色,人称马尿烟叶。香气浓馥,细柔润泽,余味悠长,易与其他原料相配,实乃烟叶中的极品。"
[2] 见《麦荞文集》(第三卷)。

各位专家同仁,在几十年的时间里,地名的每一次更改,都伴随着拆迁和重建,这使得我们的寻找变得异常艰难。"

说着,又哽咽了。

趁他哽咽的时候,城建局局长张波要说话了。人家先咳嗽了一下。好像还不能算咳嗽,只是清清嗓子而已。但效果相当明显:所有人的目光都投向了张局。葛道宏说:"张局,指导一下?"张局抬着眼皮,说:"说我?"好像自己并不想说话。董松龄说:"张局做点指示嘛。"汪居常迅速停止了哽咽。出乎意料,张局竟然开篇吟诵了两句诗,是顾城的诗,当然经过了改装:"黑暗给了我们黑色的眼睛,我们要通过地图,找到光明。"

张局从自己的黑色公文包里取出一个牛皮纸大信封,又从牛皮纸大信封里取出三张地图:两张是影印的,一张是新的。地图摊到了桌上,因为有点翘,葛道宏把铃铛拿过来,当成镇纸压到上面。郏扶先介绍说,一张地图是1953年的地图,是建国之后济州的第一张地图;一张是1997年印制的地图,因为香港回归了,全国各地都印制新的地图。

张局说:"说是寻找光明,可是一看地图,眼就花了。你们可以看一下,别说仁德路难找了,就是省委大院,你一时也找不到。所有的方位都变了,所有的路名都改过了。而且,周围的地形都不一样。1953年,省委大院位于市区西北部,现在刚好调了个角,跑到了东南部。地图上的河道都不见了,现在只剩下了一条济河。省委大院原来是依山而建,所谓易守难攻,最早是程会贤的官邸。现在,那座山早就无影无踪了。那座山当初虽然处于市区西北,名字却叫南山。南山所在地,现在虽然处于东南部,却有一个名字叫北海,这是因为省委大院的北边有个湖。它其实是人工湖。因为这个湖,这一片就成了北海区。"

张局感慨道:"什么叫天翻地覆慨而慷?这就是了。"

郏扶也感慨道:"沧海桑田。"

张局说:"顺便透露一个数字。据不完全统计,明清以来,济州城内消失的街道、地名,就有六千七百多个。其中三千多个是最近三十年消失的。"

郜扶说:"张局说得对。昨天统计出来的最新数字,明清以来,消失了七千一百多个地名、街道、小巷,其实不能说消失,因为很多只是改了名字。"

汪居常说:"好在有些地方没有改动。苍天有眼,最重要的东西,坐标系的东西,总是能躲过历史的暴风骤雨,比如济河,比如皂荚庙。程先生也是多次提到皂荚庙的。"

是啊,程先生说过,皂荚庙那几乎是程家的家庙。

等一等,怎么提到了皂荚庙?难道程家大院,就在皂荚庙?这是不可能的。程先生曾说过,从他们家到皂荚庙,中午要吃一顿饭的。

他正这样想着,汪居常已经开讲了。

汪居常说:"我们都知道,皂荚庙就是智能寺。通过济州师院的宗仁府教授,查到了智能寺与济州基督教会的交往材料。宗仁府的一个学生,就是研究济州佛耶交往史的。根据他提供的资料,我们可以得知,皂荚庙离程家大院并不远,用程先生的话说,就是一袋烟的工夫。皂荚庙自古与慈恩寺面和心不和。佛门也要争宠的,争谁的宠?官家的宠。后来就不争了,因为皂荚庙成了程家的家庙。关于这方面的情况,本来要请宗仁府教授来讲的,但他外出讲学了。这方面的资料,我随后会发给大家。现在要说的是,根据皂荚庙的位置,现在我们基本可以断定,皂荚庙附近的大杂院里,必有一个院子,就是昔日的程家大院。我的几个弟子、刘向东教授的几个弟子,已在那里进行了拉网式调查。我的意见是,明天上午,我们这些人在这里集中,然后一起驱车到皂荚庙,在那里来个现场办公。我们也到那些胡同里走一走,看一看。礼失求诸野[①],学问也可以求诸野嘛。那里有个茶楼,茶饺做得相当不错,我请大

---

① 见班固《汉书·艺文志·诸子略序》:"仲尼有言:礼失而求诸野。"

家在那里吃茶饺。有些人可能不知道,我们在那里还可以吃到正宗的套五宝。如果你们觉得可以,我现在就派人去说,将套五宝提前准备了。"

他还是忍不住问道:"居常啊,你是说,仁德路与皂荚庙相邻?"

汪居常说:"所以需要实地考察嘛。"

他又问:"是铁槛胡同附近的那个皂荚庙,那个智能寺?"

汪居常笑了,把头朝他这边伸过来,说:"济州应该只有这一个皂荚庙吧?"

他还是把程先生抬了出来:"程先生说过,从他们家到皂荚庙,要走很远的路,途中要吃一顿饭的。"

葛道宏摇了摇铃铛,说:"那要看吃饭的是谁,什么时候吃的饭,吃的是什么饭。如果是婴儿,那吃的就不是一顿饭了。吃奶嘛,几分钟就要吃一次的。还要看是怎么走过去的,骑马?坐轿?坐车?还是步行?总之,要回到具体的历史语境。我历来主张,要历史地看问题。什么叫历史地看问题?简单地说,就是不能盲人摸象,要有一个整体主义观念;不能刻舟求剑,要有一个发展主义观念;不能削足适履,要有一个现实主义观念。'三观'统一了,事就好办了。"

听上去很有道理。

但是,他依然觉得,有什么地方不对头。不过,就在那一刻,他没有能够再对这个问题进行深入细致的思考。这是因为另一种感觉突然袭击了他。那感觉,来得太不是时候了。它是如此迅猛,简直要横扫一切。它来自个人历史的幽暗空间,来自潜意识的最深处。他要阻止它,但已经来不及了。哦,应物兄!几乎与此同时,在我们应物兄的眼前,已经洋洋洒洒地下起了一场大雪。雪的洁白没能把他个人历史的幽暗空间照亮,反而使它更加混沌。那个混沌!不明不白。丑,令人难堪,脏,令人恶心。他妈的,它还有声音呢。在沙沙沙的雪声中,乔姗姗的娇喘呻吟,刺激着他的耳膜。

他闭上了眼睛。

他两只手同时启动,将耳垂叠向耳孔,并且死死地按住。

随后,他听见葛道宏说:"明天上午,我要与省教委的人见面。下午吧,下午我和大家一起去铁槛胡同。汪主任,你接着讲。"

汪主任没能接着讲,因为突然有人在门外喊了起来。是邬学勤教授。邬学勤教授的话令人费解,因为他说的是:"手表没了,怎么上课?"接下来,竟然冒出来两句英语,语速极慢,看过英语动画片的幼儿园小朋友都应该能听懂的:"I'm angry!Angry!"语速极慢,随后是中英文的结合了:"Teacher Wu 非常 angry!"哦,原来上次跳湖的时候,他把手表掉到湖里了。怕他再闹出乱子,后勤处答应帮他捞出来,他竟然当真了。对了,有一点忘记说了,后勤处有专门负责镜湖的科室,它就在这个近现代历史研究所的隔壁。

在场的人都对邬学勤表示反感,议论纷纷。有人说,这个老邬,百无一用。有人笑着说,直接把这个老邬送到精神病院算了。城建局局长张波的话最有爆发力:"嗨,对付这样的人,有时候就需要从顾城先生那里借把斧子。"

只有应物兄对邬学勤的出现心存感激。因为耳孔还被他的耳垂堵着,所以他的自言自语放大了,简直是震耳欲聋:老邬百无一用?不,他刚好把我救了出来。他说得没错,他的思维确实就此从那个混沌中跳出来了。这不,他的眼睛已经睁开了。他的双手搭成一个拱桥,支着半边脸,倾听着门外的动静。

他听见葛道宏说:"送精神病院?不,不,不。"

只见葛道宏侧身,从博古架上取下那个铃铛,举起来,看看上面的铜舌,又放回去了。然后又取下那个拨浪鼓。几十年过去了,声音竟然还很响,很清亮:拨郎噔,拨郎噔,拨郎噔。有一点,是我们的应物兄不知道的,那上面蒙的其实是程先生说过的蚺皮,而且用的是最好的皮,即接近肛门的皮。

葛道宏说:"这么好的反面教材,你哪里找去?"

70. 墙

墙,还是那些墙。

有砖墙,有石墙,也有土墙。有时候,墙根是石头,石头上面是砖,砖上面是土坯。砖墙的墙根泛着碱花,将青砖弄成了花脸,红砖弄成了白砖。

两边的树有槐树、榆树,也有疯狂的夹竹桃。两只猫在夹竹桃后面的墙头散步,前面的那只伸着懒腰,似乎在等着后面的那只跟上来,但后面的那只却蹲着不走了,在那里搔着头,仿佛在沉思。所有的胡同,似乎都具有某种奇怪的弹性,说宽不宽,说窄不窄。脚蹬三轮车掉个头都不方便,两辆对驶的轿车却能够擦肩而过。看来,这个胡同最早冠以"二马",既指两匹高头大马可以并排驶过,也可以指两辆马车能够相向而行。

多少年过去了,我们的应物兄再没来过这个铁槛胡同。

这个午后,他发现自己开车又来到了这里,从车里看出去,一切好像都没有什么变化。哦不,变化还是有的:地面的青石路变成了柏油路。当年,雨后天晴,青石路上的水洼总是闪闪发亮,有如龙鳞。

一个摄影师模样的人,一个胖子,戴着墨镜,脖子上挂着相机,在他前面走着。胖子既拍墙头的猫,也拍墙头的草。胖子似乎还很有预见性:镜头伸出去的同时,刚好有个女人把水淋淋的衣服从窗户伸了出来,挂上了窗外的衣架。随后,胖子又把镜头对准了墙后高大的皂荚树。这片胡同,几乎每个院子里都有皂荚树。在那个人镜头所示的方向,皂荚树上落了几只鸟,有灰尾巴喜鹊,也有乌鸦。有一只乌鸦,正要从树枝上起飞。它先是翅膀一收,向后一缩,以便获得足够的冲力,然后像个飞镖,突然射了出去。

那皂荚树应该有上百年的历史了。或许,已有上千年了,谁知道呢?或许,这条胡同还没有出现的时候,它就在那了。它一直在那,看着一代代人出生,又看着一代代人死去。随后他就听见自己说:"人啊人,即便生不逢时,也要争相投胎。即便福如东海,也是该死就死。"

很快他就问自己:"你这是怎么了?很消极嘛。谁惹你了?"

他知道自己这是明知故问。

与乔姗姗结婚后第二年,他们从乔木先生家里搬出来,在铁槛胡同住过一段时间。他们所住的那个院子里,就有一株皂荚树。它高过所有的屋顶。清风徐来,皂荚互相撞击,发出哗哗的响声,就像在为他们美满的婚姻鼓掌祝福。那个院子原来应是某大户人家的住宅,后来被充公了,再后来就挤进了各式各样的住户。第一次走进那个院子,他觉得就像走进了一个迷宫。他和乔姗姗住的那间算是整个院子最好的,有玻璃窗能够透进阳光。唯一不便的是房间不隔音,能听见别人家钟表的嘀嗒声,半夜时分能听见别人往尿桶里撒尿的声音。每次与乔姗姗做爱,乔姗姗嘴里都得咬上一块毛巾。当时租住在这里的,还有别的青年教师。有些人知道郑象愚,但不知道郑象愚就是乔姗姗的前男友,所以他们还曾向他和乔姗姗打听过郑象愚的行踪。他们在天井里吃毛豆喝散装啤酒。每天早上,他都得端着尿桶到胡同的早厕倒尿。在夏天,胡同里睡满了人。他端着尿盆,小心地躲避着睡到了凉席外面的孩子。那是他和乔姗姗相处得最好的一段时间,情感交融,连他们的尿也都交融在一起。虽然乔姗姗偶尔也会发火,但他并不生气。

一天早上,不知道哪句话说得不对,或者仅仅是口气不对,乔姗姗突然恼了,拿着英语辞典砸了过来,差点把窗玻璃给砸碎了。那块玻璃上有个气泡。他看着那块玻璃,想,她的性格有点瑕疵,就像玻璃上有个气泡,不过并不影响阳光透进来。这么想着,他就端着尿壶出去了。在排队倒尿和撒尿的当儿,他总是感到膀胱里似乎游荡着一只水雷,随时都会爆炸。

我的前列腺之所以出问题,很可能就跟当时憋尿有关。

那个院子里,还住了济州师院一位英语教师。那家伙的妻子出国了。乔姗姗当时还梦想着出国,所以总是向那个家伙打听出国的情况,并且向他请教英语。那家伙很有耐心,纠正她的口型,校正她的发音,顺便还教她如何让口型、发音和耸肩、撇嘴的动作保持一致。

"不,他们表示自己很冷的时候,他们不说'I'm very cold',而是,瞧,是这样的。"那家伙说着,耸起了肩膀,额头向左歪,嘴巴向右缩,同时嘴唇哆嗦,舌尖在牙齿后面配合着,发出类似于马达震动的声音。

"哦,我懂了,就像中国人说的牙齿打架。"

"你太聪明了。你是我见过的最聪明的姑娘。刚才说的是英国人。美国人是这样的,"那家伙又用嘴巴演示了一阵,"德国人又不一样了,法国人跟德国人又不一样了,他们分别是这样的——"

那家伙嘴特别巧,下巴颏总是刮得光溜溜的,就像婴儿的脚后跟。

为了感谢那家伙对乔姗姗的辅导,他请那家伙吃过几次烧烤。虽然老婆不在身边,但那个家伙却喜欢吃羊腰和羊鞭。那家伙还说,吃羊腰的爱好是向《尤利西斯》的主人公布卢姆学来的。乔伊斯的《尤利西斯》提到布卢姆的胃口总是被羊腰的臊味给撩拨起来了。布卢姆是犹太人,所以那家伙还冷不丁地冒出了一个警句:"中国知识分子,最他妈的像犹太人。"胡同里有一个旧书店,他们常常走着走着,一抬腿就进去了。他曾在那里看到过徐梵澄翻译的《快乐的知识》《朝霞》和《苏鲁支语录》[1],都是解放前的旧版本。他把它们从书架上抽出来,吹吹岁月的灰尘,看上两段再放回去。下次来,他把这样的动作再重复一遍。

---

[1] 现在通译为《查拉图斯特拉如是说》。

那年冬天,他分到了筒子楼的房子。那房子太破了,墙皮脱落,几十年前铺设的木地板上有老鼠咬出的洞。他和华学明是邻居,他负责粉刷房子,华学明则负责修补地板。在一个雪天,他提前回到了铁槛胡同。当他从那些煤球、灶台之间穿过的时候,突然听到一阵奇怪的声音,是男人和女人激烈的喘气声。哦,有一对男女趁着别人上班在肆无忌惮地做爱。窗外的大雪或许给他们增添了某种乐趣,使他们更加贪恋对方温暖的肉体。出于对他们私生活的尊重,他退出了院子。他虽然蹑手蹑脚,但还是不小心撞到了煤球,几块煤球掉了下来,滚了很远。他掩上院门,站在胡同里抽烟。雪下得让人睁不开眼睛。半个小时之后,他想那边应该结束战斗了,就拐了回去,没想到那边激战正酣。大雪中,对面一个屋顶被压塌了。雪还在下,沙沙沙,沙沙沙。当他第二次拐回去的时候,他试图分辨出那娇喘的声音是从哪间屋子里传出来的。是从半塌的屋顶下面传出来的吗?好像是,也好像不是。

后来,他听出来了,那声音是从那个家伙的房间里发出来的。

他想,看来那家伙的妻子回来探亲了。

无论如何,他也不可能想到,那个女人其实就是乔姗姗。

他当时还对自己说:"哎哟喂,真他妈能干啊。吃药了?"

事实上,当天晚上他还向乔姗姗提起了此事。乔姗姗盯着他,忽闪着眼睛,说了四个字:"低级趣味。"就在他们将要搬走的时候,他和那个家伙又喝了一次酒,他对那家伙说,你的女朋友匆匆地来,匆匆地走,也不让我们见一下。那家伙一时有点迷糊,随后说:"下次一定在一起吃饭。"他当然记得,那人的脸突然变得通红,下巴颏最红。婴儿的脚后跟被冻伤了。

如果故事就此结束,也挺好。

但这个故事却向后延伸了十年,一百年,一千年。

有一天,他偶然发现了那家伙发给乔姗姗的一条短信。乔姗姗在洗澡,放在外面的手机突然响了一下,一条短信蹦上了桌面。

一首英文诗!哦,姗姗,你的英语已经好到这种程度了,已经可以收看英语短信了。我为你自豪啊。

他怀着愉快的心情读了下去:

Waiting for you desperately, wanna fucking you ceaselessly. The later Shanshan comes, the more it aches.

第三句中的"Shanshan comes"有点陌生。哦,他很快迷瞪过来了,原来那是中英文结合,指的是"姗姗来迟"。原来这是一首用英语写成的打油诗:

等你等得要命,直想干个不停。切莫姗姗来迟,它已硬得发疼。

中西合璧,雅俗共赏,粗俗不堪,令人难忘。还他妈的朗朗上口呢!一些回忆,一些细节,一些声音,逆流而上。很多年前的煤球,在记忆深处纷纷掉落,滚得到处都是,并且到处乱窜,就像黑夜中的老鼠。那老鼠啮噬着他的心。

他装作什么也没有发生,把手机放回了原处。

他到客卫洗了把脸。

因为没有擦脸,所以镜子中的他满脸水珠,一头青筋。

过了一会,乔姗姗从主卫出来了。她的头发还没有干透,就急匆匆出去了。他站在窗边,远远地看见她在雪地里把车倒出了车位,开远了。那天晚上,她回来以后,气氛就有点不对了。她洗澡用了很长时间。上床之后,她说:"有点凉啊。"他理应把她抱在胸前,可他做不出来。她把睡衣的衣领一直拉到鼻尖,仰卧着,一动不动。一种怪异的气氛在卧室里徘徊,无孔不入。

不久,他竟然又在一个饭局上遇到了那家伙。那家伙向朋友们介绍说他们早年在一个大杂院里住过,还说院子里有一株皂荚树,皂荚可是个好东西,纯天然的洗涤用品。他立即听到了皂荚互相撞击的声音,觉得那是对自己的最大嘲讽。那家伙还装模作样地向他打听,"乔老师"后来是否出国了,在哪里高就？虽然饭桌上都是熟人,但那家伙还是给所有人递上了名片,上面显示他已经是个长江学者了。当别人恭维他的时候,他却又显得不以为然,说:"不就是每年多了几十万元吗？在有钱人眼里,这算狗屁! It's bullshit!"他忍不住调侃了一句:"虽然英语里的 bullshit 可以翻译成'狗屁',但在你这里,它应该回到它的原初语义,也就是牛屎。你真够牛的。"

我生气了吗？没有。我不生气。他妈的,我确实不生气。其实那家伙做乔姗姗的情人也不错。据说女人长期不做爱,对子宫不好,对卵巢不好,对乳腺不好。我是不是应该感谢他？感谢他在百忙中对乔姗姗行使了妇科大夫的职能？唉,其实我还有些遗憾。如果他确实爱乔姗姗,我倒愿意玉成此事。但从那个打油诗上看,他们只是胡闹罢了。他问自己:如果对方发来"求之不得,寤寐思服"一类的诗句,我会主动把乔姗姗送上门吗？

几天之后,他和乔姗姗与芸娘夫妇一起吃饭。吃饭的时候,乔姗姗接了一个电话。放下电话,乔姗姗坐到了他的身边,故作惊讶地问他:"你知道吧,我们有一个老朋友当上长江学者了。哦,原来你知道啊。是你把我的电话给他的吧？"说得就跟真的一样。对乔姗姗的谎言,他只能报之以微笑。他还在姗姗的腿上拍了拍,好像是向她表示道歉。芸娘看到了这一幕,很替他们高兴,对自己的丈夫说:"看到了吧,应物和姗姗吵归吵,闹归闹,但还是很相爱的。"芸娘的丈夫说:"是啊,有一阵,你们可把我们吓坏了,真担心你们离婚。"哦,芸娘,让你们担心了。你们不必担心。我不愿离婚。娶了乔姗姗,我已经够倒霉了。如果我离了婚,乔姗姗嫁给谁,谁就会跟着倒霉,那不是害人吗？打碎了牙往肚里咽,是我的看家本领,是我的拿手好戏。但他还是再次回忆起了那个下雪的午后。他想起自己当初曾惊叹于他们的能干。

在回忆中,惊叹变成了叹息,而叹息呼出的热雾蒙上了镜片。

有一天,当他从别人那里知道,那位长江学者患上了糖尿病,腰上别着胰岛素泵,每天不打上几针就无法工作,我们的应物兄竟然为他的身体担忧起来。

应物兄觉得,自己已经没有一丝怨恨了。没错,他毁了我的婚姻、我的生活,但如果换个角度思考,这其实没什么。哦,被骗总比自己去骗别人要好一些。被骗不需要承担道德重负。如果我骗了别人,那道德重负会把我压垮的。

没错,他就是这么说服自己的。

从那之后,他再也没有想过此事。

直到那一天在近现代历史研究所,听到汪居常提到铁槛胡同,听到汪居常认定程家大院就在皂荚庙附近,就在铁槛胡同附近。一想到自己以后每天都要经过铁槛胡同,他就不得不考虑,那些记忆是否还会不时地沉渣泛起,自己是否有能力抵御住它一次又一次的侵蚀。

所以,他独自来到铁槛胡同,与其说是想提前调查一下程家大院到底在哪,不如说他是想测试一下,自己是否有能力战胜那些不堪的记忆。还好,当他走入铁槛胡同,重新站到那株皂荚树下的时候,他虽然觉得心里一阵发慌,但总的来说,他并没有感到太多的不适。他发现,自己甚至还有心情去想象落在皂荚树下的那些豆荚,想象里面的豆子像瞳仁一样乌黑发亮,就像涂了油,涂了漆。

他只是对自己说,只要不是自己住过的那个院子就好。

如果真的是那个院子,那也没什么。

这只能说明,我和程先生真的有缘。

现在,胡同里的行人骤然增多了。他们也都在往胡同深处走着,有的慢,很慢,就像在原地踏步。有的快,很快,就像在与他的车赛跑。他们的嘴型和表情说明,他们边走边讨论着什么问题。厚厚的车窗隔绝了他们的声音,所以那些嘴巴都是在无声地嚅动,闭合。他们是在无声地走,就像在他的梦中奔走。突然,有一辆消防车在他后面叫着,而在他的前面,则有一个消防员指着他的车怒吼。他赶紧挨墙靠边把车停了下来。那辆消防车从他旁边疾驶而过,又迅速停了下来。戴着头盔的消防员从车上跳下,消防水管被拖了下来。它们就像蟒蛇蜕掉的皮,那蛇皮转眼间就鼓胀起来,似乎恢复了它的肉身。接缝处向外喷着水柱,水柱一会儿直着,一会儿斜着,一会儿歪倒在地。

一股刺鼻的焦煳味,通过自动换风系统进入了车内。

原来有个院子出现了火情。

突然,一声沉闷的巨响,那些蟒蛇也被震得来回翻身。

他现在知道了,那些与车赛跑的人,其实是来看热闹的。不过,此时他们倒不急了,只见他们一个个勾着头,捂着耳朵,并且蹦跳着躲避那些突然胡乱喷射的水柱。躲避本身似乎给他们带来了乐趣,所以他们每个人脸上都带着笑。从胡同的另一头,又开过来几辆消防车。

他又看到了那个摄影师。

摄影师的样子相当狼狈,是被一个小伙子揪着衣领从人群中拽出来的。小伙子二十啷当岁,看起来眉清目秀的,像个大学生。小伙子摘掉摄影师的墨镜,用眼镜腿敲着摄影师的额头,说着什么。他突然发现,那个摄影师格外面熟?难道是当年住在同一个院子里的人?他摇下玻璃窗,想看个究竟。

他差点惊呼起来。竟然是吴镇。

吴镇留起了胡子,是那种小山羊胡,一下子还真不好认。

吴镇兄怎么会出现在这里?

小伙子已经开始训话了,训话的时候依然笑着,依然用那个墨镜腿一次次地撩拨着吴镇。或许只是嬉闹。他对自己说。他看到警察其实就站在旁边,聊着天,嗑着瓜子。警察很文明的,瓜子皮没有乱吐,都吐到了自己的掌心。

但随后画风突变。小伙子竟然去夺吴镇的相机。吴镇呢,则是抱着相机,突然蹲了下去。这就不是嬉闹了。小伙子朝着吴镇的屁股来了一脚。吴镇被踢的是屁股,双手抱着的却是自己的头。就在他推开车门准备下去的时候,一个女人跑了过来。哦,是陈董的小姨子。

由于有陈董小姨子的帮忙,吴镇得以在挨踢的间隙站起身来。他发现,吴镇的脸色很不均匀,前额是黄的,像涂了枇杷。小伙子扯住吴镇的西装,向后一绕,然后猛地一拽,竟然把吴镇的西装扯了下来,搭到了自己肩上。再一扯,吴镇就只能光着半个膀子,站在围观的众人面前了,吴镇的肩膀那么厚,那么白,像挂在肉钩上的带皮肥肉。

这时候,又有一个人赶到了。

那个人显然是来保护吴镇的。怪了,此人竟是铁梳子的司机。吴镇和铁梳子的司机怎么会认识呢?据他所知,铁梳子的司机当过兵,会拳脚功夫的,用铁梳子的话说,是"练家子"。但他来了之后,并没有动手,更没有动脚,只是挡在了小伙子和吴镇之间,脸上始终挂着笑,一副息事宁人的架势。

小伙子似乎还是给人面子的,这不,向后退了几步,扭头走了。

哦不,那小子只是为了从墙头扒下砖头!两个半截砖头在手,小伙子就气壮如牛地拐了回来,并且把两截砖头扔了出去。好在他并没有直接扔向吴镇,只是扔向了空中。原来是要玩手抛球游戏,扔出去,再接住,再扔出去。事实上,那比手抛球难度更大,因为那半截砖头不够规则,运行轨迹不易掌握,而且对腕力有较高的要求。那一刻,连吴镇都被小伙子搞糊涂了,目光随着砖头的升降而移动。而随着砖头一次次升空,小伙子也一步步向吴镇逼近。其中一次,砖头摇晃着飘到了吴镇脑袋的上空,吴镇、陈董的小姨子以及铁梳子的司机,纷纷躲开。

应物兄想到一个词:游于艺。

但是他很快就觉得,这个联想有点不伦不类。

此时,围观者正纷纷鼓掌。邓林曾把掌声形容为浪花,时间长河中的浪花。此时的浪花,无疑是污泥浊水中的浪花,是黑色的浪花,充满恶意。也有人喊道:"行了!差不多就行了。"这声音如此微弱,又因为微弱而弥足珍贵。就在他感受到这善意的同时,那两截砖头在飘向吴镇的途中相遇了。它们互相撞击,撞出了颗粒、碎屑、粉尘,然后它们落到了吴镇脚下,翻个身,不动了。他觉得,小伙子好像也担心砸到吴镇,这会也松了一口气!哦,这当然是应物兄自己的感受。也就是说,即便是在这个小伙子身上,我们的应物兄也能够感受到一丝善意。

　　当他看到小伙子把搭在肩膀上的西装取下的时候,他以为小伙子是要把它还给吴镇。吴镇显然也是这么想的,伸手去接。小伙子说:"一个大老板,当着大姑娘、小媳妇,随便脱衣服,这可不好。"

　　吴镇觍颜而笑,说:"朋友,我不是大老板。"

　　小伙子说:"你就是大老板,你们全家都是大老板。"

　　围观者又是一阵大笑。吴镇抖了抖衣服,开始穿了,但穿得很慢,好像穿得快了反倒有些丢面子。还摸了几次胡子,好像穿衣服跟胡子也有关系。人群慢慢散开了。从车内看出去,他发现有一个老人,似乎有点面熟,想必是自己多年前的邻居。哦,对,他就是那个开旧书店的人。当年,还很年轻,现在已是满头白发,怀里却抱着一个孩子。是孙子吧?

　　咚——

　　那声音就像源自梦境的最深处,并迅疾来到梦境与现实的交界地带,使他的整个身体都剧烈地摇晃起来。转眼间,他又像漂浮于冰块之上,而冰块正在开裂,嘎吱嘎吱。正在碎裂,哗啦哗啦。那声音竟然带来了风,使他的后背、后脑勺发凉。一阵迷糊之后,他本能地向后看去。"哦。"他听见自己短促的惊呼。原来车的后玻璃正在分解,分解得越来越快,分解成刀子、匕首、牙签,然后又分解成龙鳞、鱼鳞的形状。显然是有人趁乱砸了一砖头。砖头怎么会流血呢？

鱼鳞被染红了。

砸向玻璃的，其实不是砖头，而是一只猫，一只黑猫。

当他下车的时候，那只黑猫的一条腿还卡在雨刷器和碎掉的玻璃之间。它没有死透，尾巴还在抖动。浑圆的脑袋，现在塌掉了一角，血就是从那个塌掉的地方涌出来的。血腥气很浓，似乎有点酸奶的味道。一根白色的骨头，反向地从后脑勺伸出来，从黑乎乎的皮毛中伸出来，骨头顶端是弯的，像鱼钩，钩着一块肉。肉色浅淡，像野桃花。

看客们已经散开了，胡同里顿时空空荡荡。吴镇们也不见了。这千年的胡同顿时安静下来，就像什么也没有发生过。墙头依然有猫在散步，它一弓腰，上房了。微风过处，皂荚树哗哗作响。有如蟒蛇般的水管，现在又变成了蛇皮的形状。但它在动，出溜出溜的，似乎虽死犹生。它想重新回到消防车上去。在那里，有几个消防队员一边盘着蛇皮，一边和警察聊天。

"应院长，你没挂彩吧？"

说这话的竟是济大附属医院的前院长窦思齐。

窦院长是葛道宏校长的老朋友，两个人都是戏迷。窦院长年龄并不大，反正还不到退休年龄，去年主动辞职了，对外的说法是，医学是一门经验学科，自己想早点退下来，集中时间和精力，将平生所学写成一本书，传于后人。但费鸣说过，窦院长其实是栽了，栽到垃圾堆里了：医疗废物处理利润惊人，脑外科、内科、儿科三个科室的利润加起来，也没有"垃圾"挣得多，窦思齐竟敢让儿媳来承包此事。纪检部门找窦思齐谈话时，窦思齐竟然说，别的医院也都是这么干的嘛。这就不是见贤思齐了，是见不贤而思齐了。后来竟然又查出窦思齐与几名女医生和护士有染。据说，他其实就是被她们中的某个人给告的。为了让他免受处分，葛校长嘴皮子都磨薄了,劝他"封金挂印",出去躲躲风头。

他以为窦思齐还在国外呢。

在应物兄的记忆中,他与窦思齐相识还与乔姗姗有关。乔姗姗跟着郑象愚跑掉之后,师母病了,不久就死去了,然后乔木先生也病了。乔木先生当时的主治医生就是窦思齐。起初,窦思齐对乔木先生的态度,也就是人们常说的职业态度:你问他三句话,他能回答一句就不错了;你笑脸相迎,他还你的是一个冷屁股;你急得要命,他却是慢条斯理。有一天,乔木先生就问窦思齐:"窦大夫,你知道窦大夫吗?你跟窦大夫相比,可是大不相同啊。"这句话把窦思齐给搞傻了。当然,窦思齐不认为是自己傻,而认为乔木先生脑子出毛病了,需要转到脑外科了,当场就写了转科证明。他只好把窦思齐拉到一边,耐心地解释了一番。乔木先生那是夸你呢。春秋末期有个晋国大夫,名叫窦鸣犊,孔子都很敬仰的。这个人后来被冤杀了,孔子都替他打抱不平,亲自作曲纪念他。[①] 他问窦思齐,你喜欢听戏,那你肯定知道唐太宗李世民的母亲太穆皇后?有一出戏叫《望儿楼》,说的就是窦太真如何思念带兵出征的李世民的。这个窦皇后,就是窦大夫的第三十二世孙。有一天,他来到病房的时候,被眼前的一幕惊住了:窦思齐正陪着乔木先生,听京剧唱片《望儿楼》呢:

> 听谯楼打罢了初更时分,深宫院来了我窦氏太真。宫娥女掌银灯望儿楼来上,我这里推纱窗盼儿还乡……听谯楼打罢了二更鼓响,也不知我的儿何处交兵……谯楼上三更响娘把儿盼望,忍不住泪珠儿湿透衣巾。耳边厢又听得朝靴底响,想必是我皇儿转回朝堂……

[①] 《史记·孔子世家》:"孔子既不得用于卫,将西见赵简子。至于河而闻窦鸣犊、舜华之死也,临河而叹曰:'美哉水,洋洋乎!丘之不济此,命也夫!'子贡趋而进曰:'敢问何谓也?'孔子曰:'窦鸣犊、舜华,晋国之贤大夫也。赵简子未得志之时,须此两人而后从政。及其已得志,杀之乃从政……夫鸟兽之于不义,尚知辟之,而况乎丘哉!'乃还息乎陬乡,作为《陬操》以哀之。"

乔木面色愀然,那当然是在挂念独生女儿乔姗姗。有意思的是窦思齐,这哥们站在窗边,已经入戏了,流着泪,迎着风,也迎着朝阳。可以想象,乔木先生对窦思齐的感觉一下子就变了,甚至原谅了窦思齐以前的怠慢:急惊风偏遇慢郎中嘛,自古亦然。多年之后,窦思齐已经贵为院长了,还喜欢别人叫他窦大夫。逢年过节,还要打电话向乔木先生问安。乔木先生家里那个泡着巨蜥的酒坛子,就是窦思齐派人送来的。当然,窦思齐不仅给乔木先生送了,也给麦荞先生送了。

现在,猛回头看到窦思齐,应物兄不由得吃了一惊。有句话他差点吐出:"从国外回来了?"之所以又咽了回去,是因为他突然想到,这有点哪壶不开提哪壶的嫌疑。所以他最后是这么说的:"窦大夫还亲自出诊?"

"出个屁诊。"窦思齐说,"辞了,退了,现在只是窦大夫。"

"对了,听葛校长说,您退休后要写一本书。"

"慢慢写吧。车砸了?砸就砸了。应院长早该换辆新车了。"

"窦大夫,我不是院长。"

"您怎么不是院长呢,太和研究院院长嘛。"

"您说的是这个啊。我只是副院长。嗨,这还是第一次听人叫应院长。"

"谁敢说副院长不是院长?应院长正好换个车了。您总得跟吴院长的车一样吧。吴院长已经开上了宝马,您也必须是宝马啊。从这个角度说,砸这么一下,其实是好事。不然,您也不好意思换车啊。现在这么一砸,换车也就名正言顺了。"

"窦大夫给我换?"

"你换我也换。谁让咱们是一伙的?"

他确实没有听懂窦大夫的话。他奇怪地想到了医生的处方:他们的笔迹,药房的人居然能看明白。有时候真担心拿错药。我跟你怎么是一伙的呢?虽然古时候医儒不分家,但时代不同了,现在没有人会把医生看成儒学家。难道窦思齐是要告诉我——这么想着,他的话已经出口了:"窦大夫现在也研究起了儒学?好啊,我们是同行了。"

"今人的事,我还忙不过来呢,哪有功夫忙古人的事。"

"窦大夫,那您是说——"

"我本想坐下来著书立说,但铁总找上了门,非要我给她做个健康顾问。盛情难却啊。道宏也劝我答应下来。人嘛,都讲究个面子。子贡有私人医生,铁总当然也得有一个。咱们这边,叫私人医生有点太高调了,那就叫健康顾问吧。"

"子贡?你是说黄兴先生?"

"不是他又是谁?他不是你的老朋友嘛。刚才我还跟他说来着,我与应物兄也是几十年的老朋友了。我说,我代表应物兄敬你一杯茶。子贡与铁总,刚才就在皂荚庙喝茶。你的另一个老朋友也在,陈董嘛。你看好了,下次陈董来,也会带上一个健康顾问的。其实我已经暗示他,没必要带。我在这嘛。再说了,像我这么合适的,还真不好找。"

这么说,吴镇就是陪陈董来的。铁梳子认识黄兴,我是知道的。陈董怎么也认识黄兴呢?

"他们在皂荚庙喝茶?"

"喝茶从来不是喝茶。朋友喝茶,那是要谈事。做生意的喝茶,那是要谈合作。如果纪委请你喝茶,那麻烦就大了。他们当然谈的是合作。你肯定知道的,这片胡同区的改造工程,已被桃都山(集团)拿下了。道宏说,你们太和研究院就要建在这里。太和研究院不是你负责的吗?所以,桃都山集团与太和研究院,现在是一个战壕里的。你说,咱们是不是一伙的?"

"你是说,陈董也与此事有关?"

"陈董嘛,裤衩大王嘛。他的广告上说,最原始的裤衩就是夏娃捡起的那片树叶,最先进的裤衩就是他的漆皮。他每次来济州,总要请铁总吃饭的。你肯定知道的,他的前妻就是我们济州人,他的大儿子就在桃都山上班,以前是负责养猪的。他们这次见面,谈起胡同区的改造工程,一拍即合,决定强强联合,共同投资开发这片胡同。按省政府和市政府的要求,半年之内必须完成基建工作。几年前,济州申办过一次城运会,当时排名第三。这次,济州是势在必得。现在,除了北京,这种有规模的胡同不多了,是济州的一个亮点。所以,过不了半年,此处就将旧貌换新颜。嗨,说是新颜,其实是旧貌,因为要恢复成原来的样子,所谓整旧如旧,一律是老式的四合院。路名也要重新改过来,铁槛胡同还叫铁槛胡同,但皂荚庙旁边的健康路,将重新改叫仁德路。"

"你是说,现在已经认定,健康路就是原来的仁德路?"

"不是我说的,是一批专家学者研究出来的。要改造的地方,当然不只是铁槛胡同和仁德路。仁德路西边三百米,就是原来的济河古道。老人们还记得,'大跃进'时期还有水,河里养着鸭子。后来填掉了。古道上的拆迁工作已经结束了,河道已经挖好,土方堆成了一座小山。名字嘛,就叫共济山。"

共济山?程先生从来没有提到过这个名字。

"原来那里就有座小山?"

"原来就是个土堆,乱石堆,防洪用的,没有名字。子贡说了,这个名字好。你的朋友吴镇也说了,太好了。同舟共济,直挂云帆济沧海,济世先生、济河,全都在里面了。不瞒你说,我也觉得好。医生嘛,讲的就是悬壶济世。释延长也说了,这个名字好。他说,出家学佛,就是为了修福德智慧,济度众生。宗仁府教授你肯定认识的,研究《圣经》的权威,他也喜欢这个名字。他说,美国历届总统就职典礼上手按的《圣经》,就是圣约翰共济会珍藏的《圣经》。重要的是,道宏也觉得这个名字好。前天晚上,在桃都山吃饭,道宏几杯酒下肚,一时兴起,还唱了一段《白蛇传》。他唱许仙,我唱白素贞。"说着,窦思齐竟有板有眼地哼了起来,而且一人哼了许仙和白素贞两角：

> （许唱）同舟共济理该应，何足挂齿记在心。（白唱）古道有缘千里会，能得相见三生幸。（许唱）若不嫌弃请畅饮，如此厚待我愧领。

哼完，窦思齐说："最重要的是，栾庭玉也喜欢这个名字。他说，什么都别说了，和衷共济，振兴儒学，就叫共济山了，就这么定了。"

"这么多事，这么大的工程，我怎么不知道？"

"还不是因为大家都很心疼你，不愿打扰你，好让你腾出时间，多做学问。"

"照您这么说，太和研究院很快就建成了？"

"宜早不宜迟。越拖越被动，越拖成本越大。你都看到了，当地居民们反应很强烈，三天两头闹事。桃都山集团在此驻扎了个办事处，戒备森严的，安了监控系统的，猫进去都会响起警报的，可是不知道谁把它毁掉了。怎么毁的，不知道。那些人又隔窗丢进了一个雷管，还刚好丢到铁桶里。你也看到了，他们认出了吴院长，差点把他给扒光了。反了反了。当然，辩证地看，他们也闹得有理。老板们拔根毫毛都比我们腰粗，指头缝漏一点就够我们花一辈子了，不跟他们闹，跟谁闹？也确实是这个道理。"

吴院长？窦思齐说的应该是吴镇。

看来吴镇升官了。

他就问："吴院长挨打是怎么回事？"

窦思齐笑了："他？初来乍到，不知道济州人的脾气。看热闹就好好地看热闹，不要瞎掺和。他呢，一时管不住自己的嘴，冒出一句：有本事跟官府闹去啊，地是官府征的，开发商已经把钱上缴官府了。话音没落，头上就挨了生鸡蛋。他的运气还是比较好的，现场还发现几个煮熟的咸鸭蛋。那玩意儿跟手雷似的。"

吴镇脸上的那些黄色东西，原来是蛋黄啊。

"居民们以为,老板肯定赚大发了。其实赚不到几个。至少铁总是不可能赚的。原来或许还能稍挣一点,现在不行了。她得把最好的地皮献给济大,献给太和研究院。她还得往里面贴钱呢。"

"反正她有的是钱。"

"有钱是有钱,但也不能全用到这啊。所以,铁总必须与陈董合作。铁总和陈董,决定共同组建一个投资公司,负责这个项目。公司的名字也叫太和。"

"太和?投资?公司?"

"其实是三家。还有子贡嘛。子贡是专款专用,全投到太和研究院。吴镇说,这叫三家归晋。你的弟子卡尔文,如今是铁总的副手,他有一句话,把大家都逗笑了。他说,中国有一句话,说的是友谊,也是亲情,最具有儒家精神,用到这里是最合适了:四海之内皆兄弟,全都尿到一个壶里。"

"窦大夫,麻烦你陪我去一趟皂荚庙?"

"想当面感谢他们?算了,我们都是一伙的,别客气。"

"不不不,我还是去一趟为好。"

"改天吧。雷管一响,他们就撤了。"

"那您怎么没撤?"

这话不该问的。他能够感觉到这话带有挑衅意味。每吐出一个字,那挑衅意味就增加一分。这与我的本性不符,但我却抑制不住。只是为了缓和那种意味,他勉强地挤出了笑容。由于担心那笑容被窦思齐理解为嘲笑,所以他又及时地敛去了笑意。他听见窦思齐说:"天职嘛,救死扶伤嘛。我还不是担心应物兄、吴镇兄有什么三长两短?对于太和来说,你们两个缺一不可啊。"

这话他又听不懂了。

他追问了一句:"你是说,吴镇,吴院长,要来太和?"

窦思齐神秘地笑了一下。虽然周围没有人,窦思齐的声音还是压得很低:"你跟吴院长没矛盾吧?你看着吴院长挨打,却没有下车,我就想,这两个人是不是有什么矛盾?我们是老朋友,你听我一句劝。有矛盾,就趁早化解。吴镇本人姿态是比较高的,多次向葛道宏表示,他跟你是很好的朋友,而且说,他之所以认识程先生,还是你牵的线。你听我一句劝,不妨主动一点。"

他吃了一惊:"你是说,吴镇要来太和当院长?"

窦思齐说:"应院长,你是真不知道,还是装作不知道?我们是老朋友了,你用不着在我面前装啊。"

虽然车屁股后面有血,但他还是靠了上去。他点上一支烟,说:"我们没有矛盾。他认识程先生,确实是我介绍的。不过,从来没有人告诉过我,他要调到济大来,要来太和研究院。"

"别担心。"窦思齐说,"别愁眉苦脸。我给你吃个定心丸。道宏说了,你是常务副院长,他只是个副院长。说白了,他是替你跑腿的。打个比方,我虽然不是中医,但只要是我开的方子,历来跟中药方子一样,都讲究个君臣佐使①。你是君,他是臣。你看,你又不好意思了。你是不是想说,程先生才是君?好吧,如果程先生是君,你是臣,那么吴院长就是佐使。主动权在你手里。我原来的那个副院长,就是因为没有摆正位置,被我给一脚踢开了。"

71. 你

你是不是后悔把吴镇引荐给程先生?

在去见董松龄的路上,这个问题就像一只鸟,栖落在我们应物兄的肩头。哦不,应该说是栖落在他的脑门上,使他脑袋发沉。那只鸟还不时地啄一下他的脑门,使他感到一阵又一阵尖锐的疼痛。

脱衣舞事件之后,又过了三个月,应物兄陪同程先生前往德国

---

① 君臣佐使,方剂学术语,见《神农本草经》:"上药一百二十种为君,主养命;中药一百二十种为臣,主养性;下药一百二十种为佐使,主治病。用药须合君臣佐使。"

杜塞尔多夫,参加国际耶儒对话会议。在波士顿机场,他看到了办理登机手续的吴镇。他还以为吴镇要回国探亲呢,没想到吴镇要去的也是杜塞尔多夫,而且参加的也是这个会议。他后来知道,吴镇是从网上知道这个消息的,然后主动与会议主办方联系,拿到了参会名额。他们坐的不是同一个航班。柏林大学要授予程先生荣誉博士,所以他得先陪着程先生飞往柏林。吴镇则是要先飞到法兰克福,然后转机去杜塞尔多夫。当应物兄和程先生从柏林再赶到杜塞尔多夫的时候,先行到达的各国学者正在举行冷餐会。吴镇已经到了。用茶点的时候,吴镇会主动帮助上了年纪的人端盘子。一个日本学者把眼镜弄碎了,吴镇竟然变戏法似的从身上掏出来一副眼镜,而且正是对方需要的老花镜。

开会的地点位于杜塞尔多夫郊外,那里原是基督教会所,"二战"后成为一个学术团体管理的会议中心,就像个小小的度假村,安静得能听见自己的耳鸣。院外有一条河,河面上漂满松针,松针上栖落着鸟儿。有一种鸟,它的叫声就像有人往空瓶子里吹气。你甚至能听见换气的声音。早上他陪程先生在河边散步,看到地上有鸟的骸骨。有一排骸骨陈列在倒伏的树杈上,就像梳子,那应该是一只鸟的翅骨。它们从层层的羽毛上袒露出来,从肉身中袒露出来,精致,光滑,干净,轻盈,赛过所有女人的纤纤玉指。

程先生认为,那是寒鸦的骸骨。

寒鸦的骨头怎么会是白色的呢?他虽然没见过寒鸦的骨头,但他见过乌鸦和乌鸡的骨头,呈炭灰色。当然,他并没有提出异议。程先生说自己翻了会议上的一些论文,觉得不太满意。究竟怎么不满意,程先生没说。"有一个研究东正教的,论文中有一句话,倒是有点意思。当然也是大白话。他写道,过去与现在是由前呼后应的事件联缀到一起的,如铁链子一般,敲敲这头,那头就会响。耶稣和孔孟都知道我们在敲链子。两千多年过去了,他们也一直在敲链子。"

"敲吧,"程先生说,"他敲我听。我敲他听。"

有个志愿者跑过来对程先生说,会议主席之一,巴黎高师的一位神学教授在门口等着呢。程先生说:"让他等着吧。"志愿者操着生硬的汉语,说:"他要等,等到下雪。"哪有雪啊?正是初夏季节。应物兄随后明白过来了,神学教授是为了表示谦卑,说自己这是"程门立雪"。

程先生的不高兴是有理由的。

会议本来是耶儒对话,到了会上,才发现其中的一个议题是关于"混沌"的。也就是关于东西"混沌说"比较。而儒家是不谈"混沌"的,道家才谈"混沌"。当程先生向那个神学教授指出这一点的时候,神学教授竟然说,你们儒学讲的"天人合一"不就是"混沌"吗?这句话惹得程先生不高兴了。"天人合一",前提是有"天",有"人"。而"混沌"呢,所谓"混沌如鸡子","天"和"地"还没有分开呢,"人"还没影呢,哪里来的"天人合一"?

"也不是不能讲。宋明理学就受到'混沌说'的影响。但我不能惯他们这个毛病。"程先生说。

他就是在这个时候看见吴镇的。吴镇脖子上挂着相机,正在为别人照相。当吴镇指挥人家摆好姿势,转过身往回走的时候,看见了他和程先生。吴镇显然想过来的,但没敢过来,像是怕打扰他和程先生。这时候,那个神学教授自己来了,默默地站在那里,看着程先生。

程先生心软了,跟那个人一起回去了。

后来,他就和吴镇沿着河岸散步。树木斜躺在水中,笔直的树干在水中折弯了。而更多的树倒映在河面,树梢朝下,向河底生长。一群群鱼在云朵中穿行。

那天,他们首先谈的是郑树森。

"郑树森到日本开会去了,照片贴在他的博客上。"吴镇说。

"鲁迅在日本影响很大,听说每年都有关于鲁迅的会。"

"但他开的不是鲁迅的会,而是周作人的会。他以前是很讨厌周作人的,说周作人失了大节。对那些失了大节的人,躲得越远越好。这是他的原话。但为了开会,这次他专门写了一篇文章赞美周作人。他还在会上展示了一张照片,是抗战胜利后,周作人被押赴法庭的照片。他说,周作人完全是一副置之度外的样子,穿着干干净净的长衫,镇定自若,完全是不买账,无所谓,又清苦,又慈悲,总之非常酷。又说鲁迅属蛇,会钻洞子,遇到风吹草动就跑到租界里。而周作人属鸡,公鸡打鸣,很负责任。属鸡的人多了,墨子、孟子都属鸡,千古名妓李师师也属鸡,本·拉登也属鸡。我们陈董也属鸡。陈董崇拜的胡雪岩也是属鸡的。世界上十二分之一的人都属鸡。这能说明什么问题呢?当然了,我不能说他的话有错。问题是周作人本来就属鸡,你以前怎么不说?再说了,你可以研究周作人,我为什么不能研究李贽?当年我去研究李贽的时候,他是怎么说的?他挖苦我背叛了鲁迅。他说,李贽是大魔头。我就喜欢这个李魔头,怎么了?"

哦,如果吴镇来到了济大,那么他的对手不是我,首先是郑树森。

他记得,吴镇当时越说越生气。他懒得打听他们之间发生了什么。反正在这次谈话中,他知道了吴镇的儒学研究了。还真是有迹可寻哩。吴镇以前除了研究鲁迅,还研究《水浒传》而宋史而鬼,前者是他的专业,后者是他的爱好。现在说是研究儒学,其实吴镇主要研究的是明代思想家李贽与儒学的关系。吴镇说,这是在研究鲁迅的过程中"顺藤摸瓜"摸出来的。有一个现象让吴镇感到很纳闷:《鲁迅全集》中提到的中外名著有一万多部,涉及的有名有姓的历史人物就有五千多个,对于其中的一百多位中国古代名人,鲁迅或赞美或批判或讽刺或痛骂,但对于李贽,鲁迅却未置一词。对鲁迅来说,李贽好像就是一个屁。

"李魔头不是屁。"吴镇说。

按吴镇的分析,李贽和鲁迅都是反孔的,本该是一个战壕里的人,鲁迅本该将李贽引为知己的。于是他就开始研究鲁迅与李贽的关系:"我倒要看看,为啥鲁迅要将李贽当成一个屁?换个角度考虑,倘若鲁迅出生在前,李贽出生在后,李贽会不会将鲁迅也当成一只屁?"这个问题花费了他很长时间,最后也没有弄出一个答案。再后来,他就把鲁迅放下了,专心于研究李贽与儒学的关系。因为李贽是崇尚侠客的,吴镇就由此延伸开去,开始研究儒与侠的关系问题。

"搞儒学,我是新手。你一定要帮我。"

"我也是新手。在这个时代,任何一个从事儒学研究的人,只要他处理的是儒学与现实的关系,他都是新手。"

"程先生就是老手,"吴镇说,"我看他任何问题都谈得头头是道。"

"但他本人或许会认为,自己也是新手。"

"我正在拜读程先生的著作,还做了很多笔记。"

应物兄到吴镇的房间里坐了一会。吴镇喜欢喝茶,把喝功夫茶的一套家伙全带来了:除了茶壶、茶杯,黑不溜秋的日本铁壶,还有一杆秤。泡多少茶都听那杆秤的。吴镇声称,茶与水的比例应该保持在一比四十左右,从第二泡开始要么水量递减,要么泡茶时间递增。如此讲究的一个人,却喜欢啃指甲,好像那指甲就是茶点。他们喝的是陈年的普洱,茶饼看上去像墩布,喝起来有一股子霉味和灰尘的味道。但吴镇说,喝的就是那个霉味,这会给你带来一种幻觉,好像你喝的并不是茶,而是历史。

吴镇打开拉杆箱,从里面取出一套书,是程先生的书,都包上了塑料书皮。吴镇希望能得到程先生的签名。有英文版的,有中文繁体字版和简体字版的,还有一本是德文版的,那是主办方为了这次会议临时赶印出来的。

"兄弟看得够仔细的吧?"吴镇说。

确实够仔细的,很多地方都有折页,有的还写了眉批和旁批。比如,程先生提到,世人对李贽有误解,认为李贽只是一味地离经叛道,目中无人,谬矣!对王阳明,李贽就是真心地敬仰,全盘接受了王阳明的"良知说":圣人之所以为圣人,就在于其真心和天性,亦即"良知"。吴镇不仅在这段话下面画了红线,还加了旁批:

英雄所见,不谋而合,岂止略同?

别的眉批,他现在一条也想不起来了。

看了这些批语,程先生会不会不高兴?这话他当然没说。这么说吧,应物兄主要担心的还不是这个。他是担心程先生会因此小看了国内的学者。他紧张地思考着如何找个借口把这事推掉。他倒是想出了几个借口。就在他比较着哪个借口合适的时候,他看到吴镇边啃指甲边深情地望着他。

他心软了。

他还记得程先生看到那些批语的反应。程先生说:"这个人,读得挺细,不过好像没读懂。读不懂也不要紧。朽木不可雕,这话其实是一句气话。还是可雕的。雕不成祭祀的器皿,可以雕成文房四宝。实在朽得不成样子,雕不成文房四宝,还可以当柴烧。"

程先生问:"这个人是你的朋友吗?"

他又能怎么说呢?他只能说:"是啊,他读书还是挺多的。"

程先生又问:"他以前是做什么的?"

他想了想,还是如实相告了:"听说他以前是研究鲁迅的。"

程先生说:"从研究鲁迅,到研究儒学,拐得有点陡了。你觉得,我应不应该见见他?"

他没想到程先生会对吴镇感兴趣。总不能说不见为好吧?那样好像显得自己很不够朋友。于是他就对程先生说:"见见也好,给他打打气。"

程先生说:"他的批语中说,他和我是英雄所见略同。好!胆大!有雄心!壮志凌云啊。我喜欢这样的人。"

后来,他把吴镇领到程先生面前就出来了。吴镇见过程先生后立即跑到他的房间,给他作了个揖:"程先生说了,他从我的只言片语中看出了英雄的豪气。程先生的目光太准了。感谢你的引荐。程先生还说,让我向你学习呢。你可得帮我,不要让程先生失望。"

　　程先生第二天就离开杜塞尔多夫,去了波恩。柏林大学不是给程先生颁发了一个荣誉博士吗?波恩大学也要给一个。程先生说:"两德统一了,早该和谐了,他们怎么还争啊。"对于那顶即将戴到头上的博士帽,程先生还有点发愁:"带回去,放哪呢?"这倒合乎实情。程先生的荣誉博士帽已经泛滥成灾了,衣帽柜的雕花木门一旦打开,它们就像瀑布似的飞流直下。程先生之所以决定亲自走一趟,主要还是考虑到那帽子不只是给他本人的,还是颁给整个儒学界的。程先生走的时候对他说:"不要跟别人讲我已离开,以免军心不稳。"程先生担心自己这一走,耶儒双方的力量对比就会失去平衡,自己人会吃亏。傍晚时候,程先生悄悄地离开了那个院子。但在离开那院子的时候,程先生又回过头来交代他:"告诉那个小胖子,先读原典,再看我的书。"

　　他当然把这句话也告诉了吴镇。

　　为了不伤吴镇情面,他还临时充当了修正主义分子:"程先生说了,你可以把原典与程先生的书结合起来看。"

　　会议结束的当天,吴镇无论如何要请他吃饭。他不愿去,因为他已经和老朋友蒯子朋约好一起吃饭的,蒯子朋还叫上了从内地来的两位学者。他们一个是北京人,在复旦大学任教;一个是上海人,来自清华大学。

　　吴镇说:"多两双筷子嘛。全叫上。"

　　望海楼是杜塞尔多夫最有名的中餐馆,但做的菜却不敢恭维:看起来像中国菜,闻起来却像泰国菜,吃起来又变成了越南菜。蒯子朋来这里吃过饭,说这里老板和厨师其实都是菲律宾人。配送的小虾倒是不错,刚好可以下酒。那天他们喝的是蒯子朋从香港带过来的金门高粱,那原本是要献给程先生的。清华教授因为没能单独见到程先生而有些闷闷不乐。那位仁兄其实是个好人,原来是研究朱自清的,后来转向了儒学研究。越是好人越容易生闷气。那位仁兄无论如何不愿喝,声称自己酒精过敏。这让自告奋勇出任酒司令的吴镇很没有面子。吴镇说:"实话告诉你,我本来已经戒酒了,后来听了应物兄一席话,就又破了戒。所以,你也得破戒!"

那其实不是我说的,那是乔木先生的话。

有一段时间,他检查出了脂肪肝,谨遵医嘱不再喝酒,陪乔木先生喝酒的时候也只是浅尝辄止。乔木先生不高兴了,说,研究儒学的人怎么能不喝酒呢?孔子本人就很能喝嘛。文王饮酒千钟,孔子百觚。[①] 陶渊明说得好,悠悠迷所留,酒中有深味。不喝酒怎么能体会到那种深味呢?一天到晚满嘴酒气,打个哈欠就能熏死一片蚊子,当然不好。但是,要是从来没有喝醉过,从来都没有喝晕过,甚至连酒的味道都不知道,那就没啥意思了。

我确实向别人讲过这段话,是劝别人喝酒的,当时吴镇也在场。

不能不佩服吴镇的记性,他竟把这段话背了下来。

背完之后,吴镇给清华仁兄倒了酒,杯子往桌子上一放,"喝!"

清华仁兄说:"不好意思,我信佛。"

"信佛就可以不喝了?"吴镇一声断喝,"李贽都削发为僧了,还照喝不误呢!你比李魔头还牛吗?"这哪是酒司令啊,简直是侵华日军总司令。清华仁兄还要坚持,复旦仁兄劝解说:"册那,到什么山上唱什么歌吧。端起来吧。"

清华仁兄妥协了半步,说:"如果必须喝,那我只喝啤酒。"

吴镇说:"好!但酒钱自付。"

[①] 见《论衡·语增》。

那天,几杯酒下肚,吴镇就开始显摆他与程先生的关系。吴镇说,程先生问他在研究什么,他说他研究的是儒与侠的差异。程先生立即表示,这是个值得考虑的重大问题,并且提醒他,儒与侠其实是相通的。相通在哪?相通在"仁"。很多时候,儒与侠只是分工不同罢了。同朝为臣,文的叫儒,武的叫侠。同为武将,下马为儒,上马为侠。八十万禁军教头是儒,刀劈白衣秀士为侠。同为女人,大老婆为儒,姨太太为侠。大老婆死了,则姨太太为儒,通房大丫头为侠。程先生说了,三人行,必有一儒一侠。吴镇高声说道:"诚哉斯言!拨云见日啊。"

喝啤酒的清华仁兄问了一句:"你认为,程先生是儒还是侠?"

吴镇说:"先生是侠儒。处蛮夷之地,筚路蓝缕,传播中国儒学,非有侠之精神者,不可为也。"

那位仁兄又问:"程先生也认为自己是侠儒吗?"

吴镇说:"那你得问应物兄。"

他没有直接回答这个问题,只是透露了他和程先生的一次交谈。那次他们谈的是《史记》中的《游侠列传》。他告诉程先生,对于历史上那些儒家,他是尊重;而对于那些侠客,他则是崇敬。他认为《史记》中写得最好的就是《游侠列传》。风萧萧兮易水寒,生死聚散兮弹指间。士为知己者死,女为悦己者容。心是尧舜的心,血是聂政的血。吟到恩仇心事涌,江湖侠骨何处觅。他对程先生说,对于那些侠客,自己虽身不能至,但心向往之。

"程先生是怎么说的?"吴镇问。

"程先生说,大儒必有侠之精神,大侠必有儒之情怀。"

"都听见了吧?"吴镇说,"程先生肯定是侠儒嘛。我认为,程先生最亲密的朋友,应物兄也是侠儒。"

"我是程先生的弟子,子朋兄才是程先生的朋友,他们有几十年的交情了。"

这是必要的。任何时候,应物兄都不愿意看到朋友受到冷落。

他的补充起到了效果。蒯子朋的眼神中立即有了一种满足。

哦,如果来太和任职的是蒯子朋,那就太好了。

我宁愿给蒯子朋当副手,也不愿意做吴镇的上司。

清华仁兄起身买单去了。吴镇喊道:"回来,给我回来。别跟我争。"随后又把侍应生叫过来,问,"最贵的菜是什么?德国的蹄髈不是最贵的吗?一人来一个。"侍应生说:"这里不卖蹄髈,这是中餐馆。"吴镇抖着钱,说:"到别的餐馆给我买几个,越快越好。"侍应生用笔把那钱挡回去了。吴镇于是对朋友们说:"那好吧,待会我请朋友们乐呵乐呵。"侍应生后来给他们送了几个面包,模样类似于小船。侍应生用刀切割着小船,里面夹着芦苇叶、香肠,核心部分是土豆泥,土豆泥里又掺杂着紫米。侍应生说,今天是中国一个伟大诗人死亡的日子,餐馆特意为中国客人准备了这份礼品。哦,那份夹着芦苇叶和香肠的面包,原来既是龙舟,又是粽子。按照阳历,去年的端午节,就是这一天。但今年的端午节,换算成阳历,还差半个月呢。

吴镇的牙齿被狠狠地硌了一下。

原来那里面藏着钢镚。一定是去年在此用餐的中国人,把粽子里藏钢镚的风俗告诉他们的。吴镇把钢镚掏了出来,上面沾着血丝。蒯子朋也被硌了一下。

我没有被硌,是因为我用舌尖探雷,用门牙排雷。

钢镚上有鹰的浮雕。应物兄记得,他曾开玩笑地称之为座山雕。蒯子朋不知道什么叫座山雕。他正要解释,吴镇替他说了。吴镇的解释实在不伦不类:"孔子门下有七十二贤人,座山雕门下有八大金刚。某种意义上,座山雕相当于九分之一的孔子。"

葛校长,你说,这样的人怎么做太和的副院长呢?

蒯子朋当时提到,他本来要向程先生汇报一件事,就是要在香港设立一个儒学研究奖,没想到程先生提前走了。吴镇立即问:"奖金有着落了吗?这笔钱我来出怎么样?你报个数。"

蒯子朋说:"想掏钱的人很多。很多校董都可以掏钱的。"

吴镇立即向蒯子朋介绍了陈董,说:"谁也不可能比陈董掏得多。陈董准备把大部分钱都捐献出来的。"

蒯子朋问:"不给孩子留点?"

吴镇说:"昨天他还给我打电话,说儿子开车带着一个女孩子去北京,在保福寺桥下出了车祸,幸亏没有大碍。都是钱闹的。他说了,他对儿子的要求很简单:结婚,生子,结扎。这不孝之子不结扎是不行了,指不定还要闯什么祸呢,搞不好命都没了。"

蒯子朋又问:"我不信,他就这么一个儿子?"

吴镇说:"实不相瞒,确实不止一个。但他都安排好了。这方面,他跟别的老板不一样。陈董是个仁义的人。一般的老板,对女人那是什么态度啊?痛快完就走人!陈董不是这样。陈董把每个女人都照顾得很好。与女人见面,都是定时定量,雨露均沾。有时候还会三个人同榻共眠,两个女人还会互相化妆,其乐融融。这么说吧,如果对方是有夫之妇,陈董还会把对方的丈夫也照顾得很好。最近五年,有四个女人为陈董怀了孩子。打掉了三个,都赔了钱的。虽然打掉了,但月子还是要坐的。五年时间侍候四个月子,不容易。不是我小看你们,你们都做不到。"

蒯子朋说:"他到底能给多少钱?"

吴镇说:"陈董这个人很有意思。他可能会心疼几块钱,几十块钱,但几百万上千万的钱,他花起来却一点不心疼。因为那只是符号,是一串数字而已。他曾经也是个穷人嘛。几十块钱,和他曾经有过的真实体验有关,但几百万上千万,对他而言就是纸上谈兵了,多一点少一点都没关系。更何况,他也喜欢儒学。"

复旦仁兄说:"裤衩大王也喜欢儒学?"

吴镇说:"还不是我影响他的!他曾问过我,儒学研究有什么用?我对他说,这就好比你问月亮有什么用一样。没有月亮,地球照样转。但你不能说月亮没用。陈董年轻时候喜欢写诗,马雅可夫斯基的楼梯诗。我跟他说,儒学研究就像写诗。诗歌就像月亮。好多人都想去月亮上看看,但没有那么高的楼梯。只有诗歌才能创造出那么高的楼梯,把人送到月亮上去。我这么一说,他就说,就是嘛就是嘛。蒯教授,你说的那些校董啊,如果他们出港币,我就出人民币。港币有人民币值钱吗?没有嘛。我会陪着陈董亲自参加颁奖典礼的。"

清华仁兄立即用上海话对复旦仁兄说:"侬晓得哦?淘糨糊!有人就喜欢淘。我认得一个人,伊做研究,兜来转去,勿得门径,就是喜欢弄奖。喔唷,为了一只屁奖,为几只铜钿,伊是功夫做足。迭把年纪了,拿只面孔涂得雪白,搞得来,两根眉毛画到耳朵边,根本是只鬼嘛。还要穿长袍马褂出来混 Party。喔唷,伊也勿想想,吓死人也是要偿命的。册那。"

他们还以为吴镇听不懂呢。

吴镇当然听懂了,因为吴镇的夫人就是上海人。

那个时候,他可没有想到,清华仁兄将会为自己这番话付出沉重的代价。那代价当然是吴镇赋予的。不过,当时吴镇的表现倒是没有什么异常。

那一天,当他们从望海楼出来,我们的应物兄才知道旁边就是中国人所说的红灯区。附近有一个戒毒所,门口躺着几个人,有黑人,有白人,还有分不出到底是什么人种的人。有男人也有女人,还有看不清是男是女的人。他们路过的时候,一个男人突然拉下裤子,亮出内里乾坤。那些人身后的铁门上有油漆喷出的切·格瓦拉那张著名照片:贝雷帽是歪戴着的,嘴里咬着一根粗大的雪茄。跟原来的照片不同,现在那支雪茄被画成了一杆枪,烟头上画着准星,缕缕青烟正从准星升起。有一个光头把脸埋在女人的胸口,你搞不清他是吃奶呢,还是在表达爱情,还是在乳房的掩护下吸毒。天开始下雨了。雨不大,很凉爽。吴镇心情很好,瞥着那些男人女人,哼起了小曲。在这个时候,那些婊子,那些大洋马,在无声的雨丝中迈着猫步朝他们围了过来。她们称他们为"领导"：

领导好,来一炮。打八折,开发票。

她们的汉语讲得不错,至少这个"三字经"讲得很好。吴镇曾在天津接待过德国汉学家沃尔夫冈·顾彬先生,他认为她们的汉语发音与顾彬先生不相上下,重要的是她们好像比顾彬先生更懂中国国情。吴镇这时候冒出了一句名言："人一到外地,道德水平就会降低。"吴镇鼓动他们每人带走一个。

吴镇是这么说的："我买单,不干白不干。"

见他们直往后躲,吴镇竟然不合时宜地提到了程先生："程先生有一篇文章,你们看过吗？他说他很想知道白种女人的身体到底是什么样的。我也很想知道。难道你们不想知道吗？"

复旦仁兄说："我与太太感情甚笃,不能对不起她。"

吴镇说："别扯那些没用的。我与太太关系也很好。井水不犯河水嘛。"

复旦仁兄都结巴起来了："我不行了。我有前前前列腺炎。我我我,阳痿。"

吴镇竟然争起来了："前列腺炎？阳痿？就你有,我就没有吗？"

清华仁兄看不下去了,说："吴镇兄就没有一点心理障碍？"

吴镇竟然把这事跟历史、跟爱国主义扯到了一起："想想吧,八国联军进北京,烧杀奸淫的。"似乎觉得扯得太远了,吴镇终于拐了回来,"嗨,再说了,我都这把年纪了,又膝下无子,还是可以消受一点虚无主义的。"

清华仁兄说："那你留下吧。"

就在他们说话的时候,墙边已经有人拉着妓女干开了,动静很大,很吓人,声音激越,那是从喉咙深处传出来的声音,有如猿啸。吴镇突然把清华仁兄推到了一个婊子身上,那个婊子也就嬉闹般地搂住了清华仁兄。清华仁兄急着挣脱,冒出来两句上海话："手上事体太多,有时间一定陪小囡白相白相。"然后,吴镇又把复旦仁兄推向了另一个婊子。婊子也是有尊严的,突然骂了起来。吴镇有办法让她们听话,那就是拿出一沓欧元,塞给了她们。最后还把那枚染过血的钢镚丢到了一个妓女的掌心。

然后,吴镇笑着,打开了手机,拍了一段视频。

半年之后,那时候他已经回国了,有一天清华仁兄突然来到了济州,求他一起去天津拜见吴镇。清华仁兄说话的时候,额头冒冷汗,牙齿直打战。听了半天,他总算听明白了。吴镇竟以那段视频相威胁,要求清华仁兄聘他为清华大学国学院客座教授。

"是吗?还有这事?"

"我要有半句假话,就不得好死。我跟他说了,兄弟不是不办,而是我说了不算啊。他就是不相信。没想到,他随后就发来了那段视频,限我三天内回复。"

"不做亏心事,不怕鬼敲门嘛。你怕什么?"

"我也是这么对自己说的,可我还是害怕。我就耽误你一天时间,求你陪我去一趟天津。你现在外出的讲课费是多少?我按最高的讲课费给你结账。我是一堂五千块钱,我给你一万块钱怎么样?两万?两万三?两万五总够了吧?"

"您放心,有我在,他不敢拿您怎么样的。"

"应物兄真是侠儒啊。"

"别怕,我会给他打电话的。那两万五,你自己留着吧。"

"怎么能不怕?我太太问我,这个吴先生是你的朋友吗?只问了这么一句,我的血压就升高了。他要是再把视频发出来,我必死无疑。"

"你就这么胆小?"

"您说得对。我这个人什么都好,就是胆小。太太说我,放个屁都害怕砸住脚后跟。告诉您吧,就是为了改掉这个毛病,我才去研究孔子,想从孔子身上学到勇猛刚毅的品格。大慈大悲的应物兄,您就救救我吧。"

"我这就给他打电话。"

"千万别打电话!不然他以为是我告诉您的。他不会放过我的。"

"可不就是您告诉我的嘛。"

"别打,别打!您要不要先坐下来,先起草个稿子?您能不能这么跟他说,清华大学国学院,明年要召开一个东亚儒学研讨会,您推荐他做个重点发言?您放心,这个事情我可以安排。说完这个,您再过渡一下,过渡到我身上,说我这个人怎么够义气。然后,您再说——"

"您怎么这么厌啊。"

"谁说不是呢!"清华仁兄突然扇了自己一耳光,脆生生的。

他永远记得清华仁兄那个样子:发现他在看他,清华仁兄脸上呈现出半皱眉半微笑的奇怪神情,他从中看到了讥诮、忍受和自卑,读出了害羞、尴尬和麻木,也看到了愉快。这就是清华大学的资深教授、长江学者、国务院特殊津贴专家、教育部学科评估小组成员?

他的目光躲开了,跑到了博古架上。那只已经做成标本的野鸡,似乎正在引吭高歌,为清华仁兄的讲述伴奏。

他现在还记得,电话接通之后,他还没有说话,吴镇先告诉他一个喜讯,就是复旦大学国学院,刚聘请他为客座教授,明年复旦将召开一个中日韩三国儒学研讨会,自己将在会上做一个重点发言。"你也来吧,我会向会议推荐你的。"

吴镇还提到了程先生:"我给程先生写了信,程先生说,他可以考虑。"

那个会,程先生没来。应物兄当然也没去。

那位清华仁兄倒是去了。作为评议人,清华仁兄对吴镇的论文给予了很高评价,那个评价甚至上了会议的简报:"清华大学

××教授认为,吴镇先生的《'儒与侠'关系在近现代的演变》一文,首次将'儒与侠的关系'置于十九世纪末到二十世纪中叶这一历史时段进行考察,视野开阔,立论高远,示例丰赡……"

如果不出意料,董松龄应当是受葛道宏之命,向我通报要调吴镇来济大一事的。如果我把这些事情告诉董松龄,告诉葛道宏,他们不会怀疑我是嫉贤妒能吧?葛道宏经常讽刺有的院系主任是武大郎开店,他总不会认为我……

还真他妈的是个问题。

72. 董松龄

董松龄是从日本留学回来的,专业是国际政治,主要研究中日关系。董松龄从天津一所高校调过来,先干教务长,后做副校长。应物兄在美国访学时,得知董松龄已经升为常务副校长。据说,董松龄私下对朋友讲过,常务副校长要处理的问题,堪比中日关系,复杂得很。与其处理不好,还不如交给别人处理,所以他经常出国讲学、开会,当然主要是去日本。中央电视台国际频道在谈到中日关系的时候,多次和他现场连线,请他发表高论。电视上显示,那个时候他要么在东京,要么在京都,要么在神户。其中有一次,电视上的他竟然裹着浴巾,原来那时候他正在泡温泉。有趣的是,那次他竟是以日本人的身份出现的:留着仁丹胡,戴着金丝眼镜,操着流利的日语,说一句哈一下腰,弄得比日本人还日本人。

这是人家自己在课堂上透露出来的,意在说明自己的日语已臻化境。

早几年,董松龄还时常参加国内的一些思想论争。他参加论争的时候,用的是"龟年"这个颇具日本风情的笔名。很多人都注意到,在"新左派"和"新自由主义"那场论争中,龟年和一个网名叫

"冬瓜"的人经常交锋,各有胜负。"冬瓜"对别人时常口出恶言,但对龟年却保留着某种尊敬。这当然更增加了人们对龟年的好感。只有极个别的朋友知道,龟年和"冬瓜"其实是一个人。也就是说,董松龄笔名龟年,网名冬瓜。长达三年的论争之后,龟年和冬瓜终于在网上达成了共识:一个说,咱们既非"新左派",亦非"新右派"(新自由主义);另一个问,难道咱们就没派了吗?然后两个人不约而同地说,不,有的!咱们都属于"实事求是派"。

董松龄每次从日本回来,都要买几个马桶盖送给国内的亲朋好友。千里送鹅毛,礼轻情意重。鉴于马桶盖比鹅毛重多了,所以也就更显得情深意长。应物兄记得,董松龄也曾问过他要不要换个马桶盖。董松龄认为,最好的马桶盖是松下牌的,哟西哟西,方便之后温水洗净,暖风吹干,既能杀菌,又能预防痔疮。

"我已经换过了。"其实他并没换。已经有痔疮了,亡羊补牢的事就算了。

"是松下牌的?"

"董校长说得对。舒服极了。"

这天,应物兄敲门的时候,董松龄半天没有开门。董松龄在干什么呢?就是在享受松下牌马桶盖的服务。那玩意容易上瘾。董松龄还曾开玩笑地说过,女性其实更喜欢松下牌马桶盖,有了它,嫁不嫁人都无所谓了。在济大,只有四个人的办公室有洗手间:校长、书记、常务副校长、常务副书记。由于葛道宏同时兼任了书记,那么剩下的那间就给了纪检书记。应物兄的办公室当然也是有洗手间的,而且还是最高级的,内设冲浪浴缸。但严格说来,应物兄只是暂时借用。

他们这天的谈话就是从松下马桶盖开始的。

董松龄说:"先说个事,太和一定要用松下马桶盖。多不了几个钱嘛。"

话题很快就转到了吴镇身上:"你要没意见,我就让吴镇来落实。世上没有不透风的墙,你肯定已经听说了,你的老朋友吴镇要来了。其实,半个小时之前,此事才最后敲定。本来还想征求一下你的意见,但我们都已经知道,你与吴镇是很好的朋友,说不说都一样,对不对?吴镇也说了,你们在美国见过,在德国见过。上次程济世先生来北大讲课的时候,你们又见过。你们的友谊跨越了太平洋,也跨越了大西洋,对不对?"

董松龄的口头禅就是"对不对",不过它并不表示疑问,不涉及说话方式与语言及事物的关系。即便勉强算作疑问,那疑问也不是留给他自己的。也就是说,董松龄的"对不对",其实就是"对"。

应物兄觉得,自己的回答貌似中性,其实带有贬意:"吴镇嘛,他的底细,我还是知道的。"

董松龄突然说道:"瞧我这记性。差点忘了,还要代表庭玉省长跟你说句话。我这记性,越来越差了。你是否遇到过这种状况?正想着做某件事,中间突然冒出来另一件事。等你再回头,原来的那件事怎么也想不起来了。就在刚才,你进门之前,我只是回了条微信,就忘了之前在干吗。只记得,刚才我的注意力高度集中,全身心投入。你能想起那个心理状态,却想不起来是什么事了。你看,这会我就想不起来要跟你说什么了。"

"你说,你要代表庭玉省长——"

"对,就是这件事。"董松龄的口气突然变了,就像朗诵一般,"我代表栾庭玉省长、葛道宏校长,并以我个人的名义,向您表示慰问。"随后,又变成了日常口语,"应物兄,怎么搞的,砸车的那个家伙是谁啊?庭玉省长已经说了,一定要查个水落石出。你没事吧?你要有个三长两短,那可就是大新闻了。"

"你都看到了,我这不是好好的嘛。"

"我怎么听说,还弄得血糊拉洒的?"

"有人拿猫撒气,把一只猫摔到了车上。"他心中一紧,因为他又想起了骨头上那块肉。那块肉本来颜色浅淡,可现在想来,却突然变成了血红色。

"说来说去,还是素质问题!这一点,我们与日本人的差距就显示出来了,必须见贤思齐。对了,这是窦思齐告诉我的。我们的葛道宏校长,一直觉得窦大夫比较冤。因为一堆垃圾,就不得不辞职了,确实有点冤,对不对?其实当这么多年院长,并没有挣到什么钱,养老都成问题。道宏校长就向铁梳子推荐了他,让他做了铁总的健康顾问。道宏校长的意思,让他在那边先过渡一下。等程先生来了,就把他弄到太和研究院去,让他给程先生当健康顾问。你可以对程先生说,窦大夫以前当过省委书记的健康顾问,好让程先生感到,对于他的医疗服务,已是最高标准。"

哦,转眼之间,太和研究院就进来了两个人。

"应物兄,我私下问一句,你是不是不相信汪居常的报告,才亲自上前察看一番?发现什么问题了吗?"

"我是路过铁槛胡同,顺便拐进去看了看。"

"是吗?坦率地说,最初我也不大相信。后来研读了相关材料,我才不得不告诉自己,还是应该相信我们的研究报告。我也相信,如果程先生看到了,他也会相信的。黄兴已经认可那份报告。他的那个美女助手陆空谷,倒是问了一句:应物兄看过吗?道宏校长替你回答了,说看过了。你也确实看过了嘛。陆空谷说,只要应物兄认可了,她也就没有别的话可说了。"

"你们和黄兴已经开过会了?"

"刚刚开完,此时他们就在节节高吃饭,是庭玉省长在请大家吃饭。我简单扒拉两口就出来了。先送吴镇到机场,然后就按照庭玉省长和道宏校长的吩咐找你谈话。当然了,首先是要向你表示慰问。"董松龄让他看了手机录下的视频。在节节高饭店的一个包间,服务员正迈着优雅的步子呈上菜式。先上来的是泰汁浸虾球和紫菜包鱼,那是两道开胃菜,包裹在干冰之中,青花碟子上正升起道道浓雾。董松龄说:"我只吃了个虾球,就出来了。"

"你打个电话就行了。耽误你吃饭,真不好意思。是不是要通知我,吴镇将出任太和研究院副院长?"

"他连夜赶回天津,就是为了尽快地办理调动手续。我已经看了他的材料,越看越觉得,他是太和研究院副院长的不二人选。一、他对程先生的著作很熟悉,已有专篇研究论文发表,而且都发表在核心期刊上,这些都是可以在CSSCI数据库中查到的,想作假也作不了;二、他的英语很好,毕竟在美国待过的;三、最重要的是,他与你可以相处得很好。坦率地说,还有一点虽然不是最重要的,但也确实非常重要,那就是他鼓动陈董投资了胡同区的改造和重建工程。"

"这个工程项目,不是被铁梳子拿到了吗?"

"铁梳子嘛,心比天高,但实力有限。庭玉省长晚上还跟她开玩笑,说她是狗揽八泡屎,泡泡舔不净。她自己说,有了陈董,她就可以舔净了。据我所知,她拿到项目之后,本来准备在两年之内完成的,但因为济州要申办城运会,所以上边要求必须在半年之内完成,这一来,她的资金就出问题了。仁德路的改造和重建,刚好就在她的项目之内。程家大院的重建,当然不需要她花钱,但程家大院的地皮,却是一大笔钱,对不对?她本人表示可以无偿地把这块地献出来。这么一来,资金缺口就更大了,或许以后还要赔钱,对不对?所以,她的积极性已经没那么大了。庭玉省长特别担心工程虎头蛇尾。幸亏有陈董共同投资。陈董要是不注入资金,程家大院的拆迁和改造,就不知道拖到猴年马月了。周围的配套设施,几年之内也不可能完成。"

他突然走神了,想起了姚鼐先生在谈到《艺术生产史》的编撰工作时,曾出过一个上联,"虎头蛇尾羊蝎子",意在警告他们要抓紧时间,切勿拖延,拖到最后只能出个小册子,草草收兵。这句话中,有三个属相,当中还隔着一个属相,说的是不要从今年拖到后年。那么多饱学之士,都没人对出来。现在,一个下联突然冒了出来：

虎头蛇尾羊蝎子
猴年马月狗日的

真是愤怒出诗人！他很想立即中断谈话，把这个下联告诉姚鼐先生。姚鼐先生一辈子只说过一句粗话，那是骂"四人帮""狗日的"，骂完还漱了半天口。在姚先生面前说"狗日的"，我说不出口啊。我总不能说，姚先生，后面那三个字就是你骂"四人帮"的那三个字吧？我要这么说，那不是等着挨骂吗？臭小子，我说了那么多话，你都没记住，就记住那三个字了？还是算了吧。

"董校长，你是说，陈董要是不注入资金，你们就不会调吴镇过来了？"

"叫龟年！这个事情嘛，怎么说呢，我觉得不能这么说，这么说好像对吴院长不够尊重，对不对？所以，我现在只有一个想法，就是赶在退休之前，把程家大院建好，把太和研究院弄起来。悠悠万事，唯此为大。别的事情，都属于细枝末节，都不要再纠缠了。"

"吴镇的事，我不愿多嘴。我只是觉得，仁德路好像不在那一片，我们的结论是不是下得有点早了？"

"哎哟喂，你又来了。我们再这样磨蹭下去，全得嗝屁，嗝屁着凉。"

"嗝屁？着凉？"

"这是我们天津话。嗝屁嘛，着凉嘛。大限之时，腹中浊气上行发为嗝，下行泄为屁，两响定乾坤，然后身子就变凉了，对不对？我都是快退休的人了，我是想把这项工程当成此生最重要的工程来抓的。"

"董校长看上去正是年富力强……"

"叫龟年。你才是年富力强呢。赶快把太和建起来，把程先生弄回来，尽快开始招生，这才是我们目前要考虑的问题。时间拖不起啊。这一点你得向我学习。我五十岁的时候，有人说，龟年兄啊,天命之年了,别那么拼了。龟年不为所动,一如既往。五十五岁的时候,有人说,龟年啊,艾服之年了,能少干点就少干点吧。龟年不为所动,一如既往。再过几天,龟年就五十九岁了。从春节团拜会开始,以前的老部下、老同事、老同学就又开始劝我,都快六十岁的人了,要学会休息啊。我知道,这是爱我,关心我,对不对?我终于想通了,对他们说,谢谢了!老伙计们!我恨不得明天就退休。这都是心里话。可自从葛校长找到龟年,让龟年负责重建程家大院,我的想法就变了。我是这么想的:龟年啊,还是多干点吧,退休了,你就是想干也干不成了。我跟你说,你的老岳父,龟年最为尊敬的乔木先生,刚给我写了个条幅:廉洁如水,来不得半点污染;奉公如蚕,吐不完一身正气。你难道没有发现,我的微信名字已经改了,不叫龟年了,改叫如蚕了。所以,什么也别说了,赶快加油干吧。"

"好吧,我一定好好配合您的工作。"

"好!知道双林院士吧?龟年在天津工作的时候,请他去讲课。他不愿去,说了一番话。他说,我已八旬有余,为国家工作,就算不睡觉,也没有多长时间了,你们还是饶了我吧。讲得多好。虽然他拒绝了我,但我不生气。我想通了,对我们来说,能为太和工作,就是最有意义的事,对不对?但有一点,我得跟你交换一下意见。你还年轻,体力好,要尽量往前冲。我的任务呢,就是做好你的后勤部长,也给你提些建议。我听说,吴镇称你为侠儒?按我的理解,这是说你敢作敢当敢为。好,侠儒应物兄,尽管往前冲,龟年在身后,为你鼓与呼。"

"您与吴镇很熟?"

"天津卫嘛,一个坑里就那几个蛤蟆,能不熟悉吗?"

"陈董呢?"

"裤衩大王嘛,做漆皮内衣起家的。陈习武,字学文,比我大五岁。他早年倒卖外烟的时候,我就认识他了。我年轻的时候抽烟,而且只抽外烟。那时候他就号称董事长,所以老朋友们都叫他陈董。他这个人呢,说起话来,可能显得浅显、肤浅、浅薄,其实他是不愿意故作高深。他好歹也是读过大学的。我曾专门送过他一幅字,他的书房里就挂着那幅字:非名山不留仙住,是真佛只说家常。天津蓟县的八仙山上有他的几座别墅,抽空我们可以去住几天。铁梳子就去过。麦荞先生也去过。麦荞先生的外孙女在天津的工作,就是陈董安排的。陈董在天津,是很吃得开的。栾庭玉其实也去过。我们交通台的台长,还有那个清风小姐,都去过。所以,陈董对济州还是比较熟悉的,人脉也是不错的。他的前妻就在济州,大儿子也在济州。我给你交个底。他这个人,什么都好,就是比较好色。所以,以后不能让他跟儒学院的学生们多接触。如果我们引进了一些女研究人员,也要尽量不让他接触到。他长得像个麻秆,我是看不出来他什么地方吸引人,但就是吸引女人。那个清风小姐,多么高傲啊,一般人是弄不到手的,但他三下五除二,就把她弄到床上了。"

这顺口秃噜出来的一句话,似乎让董松龄本人也吃了一惊。

董松龄停顿了一下,好像在考虑要不要接着讲。

还是讲了。

当然,这跟我们应物兄的支持也分不开:"您放心,这话我不会对别人说的。"

"讲到哪了?对,清风小姐。要我说,清风小姐,长得也一般嘛。声音好听,长相一般。我对她基本上没什么印象,只记得她的裙子。我第一次见到她,天很冷,她却穿着一条裙子。一条领带的布料都比她的裙子用得多。吴镇也提醒过他,堂堂的电台主持人,脸盘也一般嘛。陈董把吴镇批评了一通,做人不能太肤浅,哪有上来只看脸盘的?里面就不看了吗?又说,美不美,看大腿。这个咱就不懂了。他喜欢年龄大的女人。新茶喝多了,就想泡个陈年普洱。他最近的几个女人,加起来有二百岁了。有一个女人,胳膊上都是毛,嘴唇上也有毛,眉心的痣上也有毛,他却喜欢。说她的舌尖厉害,一下子就够到了他的扁桃体,像笛子似的。这个,咱就真的弄不懂了。有些女人,为了他,什么委屈都能受,甚至可以和别的女人一起侍候他。当然,他也有这个本事让她们和睦共处。两个女人一起上桌,三人同榻共眠,也是常有的事。他躺在当中,胸口露着巴掌宽的护心毛,两个女人躺在两边,胳膊肘支着他的胸,互相描眉、涂唇、画眼影,情意绵绵,其乐融融。要用程先生的话来说,见到他,那些女人就像母蝈蝈,都有了后妃之德。但总的说来,陈董是个好人,唯一需要批评的,就是这个。女人确实有点多了。不过,跟他相处久了,你就知道了,见到美女,他并不像别的男人那样死盯着看。他的表现还是很好的,看上一眼,就闭上了眼睛,脸上浮现着笑意。因为他的女人有点多,朋友就送他一个外号:齐宣王。"

"这是恭维他啊。寡人有疾,寡人好色。把他当皇上了。"

"在内衣生产领域,人家确实就是皇上嘛。不过,要说起来,他搞女人的习惯,还是受到了西方文化的影响。他也是八十年代的大学生嘛。我记得很清楚,他对我说,有一天他和女人做了四次。那是在八五年。我问他,你不是说,你最多只做两次吗,这是吃胡僧药了?他说,这是为了庆祝华盛顿和林肯的生日。原来,那一天,华盛顿和林肯的生日是同一天过的。① 人家在那边过生日,他在这边放礼炮。你说,这叫什么事啊。"

"他这么乱搞,夫人没有意见吗?"

"有什么意见呢?陈董把她也照顾得很好啊。她自认为是女王。其实就是后宫之王吧。陈董还真的投其所好,送了她一个王冠。她就整天弄她的头发,弄她的王冠。她有九个发型师。发型师在整理她的头发时,必须分外小心,必须保证发胶或定型产品不

---

① 2月22日为美国首任总统华盛顿生日,2月12日为美国第16任总统林肯生日。美国将2月第三个星期一定为"总统节",同时庆祝两位总统的生日。

接触王冠上的宝石。自从有了那个王冠,她的发型已经多年没变过了。为了永远保持不变,发型师们每隔几周就要将每根头发剪短零点五厘米。她一直是短发,短发其实比长发还难侍候,对不对?她认为,短发象征着威严。铁梳子去天津的时候,陈董夫人还把那些发型师借给铁梳子用。你一定认为,这个女人有病。其实,这个女人是很让人尊重的。我跟她聊过,她告诉我,她不仅知道丈夫好色,而且知道丈夫为此而痛苦。我听了,感动得不得了。"

"我知道了,她是认为自己的丈夫上瘾了,是性瘾症患者。"

"应物兄,错了!概念弄错了。'上瘾'与'好色'是两个概念。上瘾讲的是,既和不同的人睡,又和同一个人反复地睡。总之,一天要睡好多次。推己及人,设身处地替她们想一下,如果只和一个女人睡的话,那个女人是受不了的。好色呢,说的是喜欢和不同的人睡。有了,那肯定要睡一下;没有,天也塌不下来。我可以负责任地讲,陈董没有上瘾。他是既好色,又为好色而痛苦。"

"他真的感到痛苦吗?"

"现在我要告诉你,他为什么会对仁德路改造工程感兴趣?他并不是要从中赚钱。他不需要钱。他现在看着钱都恶心了。他是认为,这个工程跟太和研究院有关,跟儒学有关。他现在也开始研究儒学了,他认为研究儒学可能有助于禁欲。"

不不不!儒家讲的是克己,而不是禁欲。饮食男女,人之大欲存焉。对于欲望,儒家强调的是适当的满足。禁欲主义是不讲饮食男女的。少饮少食,没有性事,才是禁欲。克己与禁欲,只是在实践层面上有很小的交集。陈董所说的禁欲,指的应该就是克己。是啊,如果他想禁欲,他不应该投资仁德路,应该投资慈恩寺。嗨,怎么那么麻烦,你干脆到慈恩寺当和尚不就得了?

当了和尚,欲望就可以消弭了吗?

在《艺术生产史》一书中,中唐部分最难写。中唐承平已久,欲壑难填,难就难在如何书写这欲望。上周六,他与乔木先生关于中唐,还有过一次谈话。他一进乔木先生的客厅,就感到气氛有些不对。小保姆端来了一盘火龙果,巫桃抱着木瓜也过来了。她们好像都预感到乔木先生要发火,想转移乔木先生的注意力。乔木先生在藤椅上挪动了一下身躯,将一条腿跷到椅子扶手上。乔木先生最讨厌站无站相,坐无坐相。但这不是在自己家里吗?他想怎么坐就怎么坐。

"怎么样?"乔木先生说。

"差不多了。"他说。

"什么叫差不多了?我说的是书稿。"

"昨天晚上,我还审读了一段文字。"

"哪一段啊?谁写的?"

"是伯庸的弟子写的,写的是元白①。"

"元白?我记得元和六年,元稹死了小妾,患了疟疾;白居易死了老母,患了眼疾。可元白二人呢,还是或狎妓,或唱和,优哉游哉。这些东西,都写到了吗?我好像没看到。中唐不好写,因为可写的东西太多。东西太多,是因人们的欲望太多。我不喜欢中唐,杂乱无章。还是初唐好啊。盛唐也好。生气勃勃,群星璀璨,豪放而明秀,沉雄而飘逸。中唐呢?看上去活力十足,其实暮气沉沉。好端端的一个社会,转眼间就走了下坡路。还不够气人的。所以,当初分章节的时候,我把它分给了姚先生的徒子徒孙了。倒不是要故意难为姚门弟子。姚先生本人就喜欢中唐嘛。可是呢,姚先生的弟子没接,伯庸倒接下了。"

乔木先生虽然面带微笑,但眼珠子却是冷的,有如义眼。

"这一段写得还不错,至少写出了新乐府之新。"他说。

"我怎么觉得,那新乐府和旧乐府,不过是换汤不换药。况且,那锅汤到底换了没有,换了多少,还在两可之间。你的意见呢?"乔

---

① 中唐诗人元稹和白居易并称元白。元白文学风格相近,文学主张相同,是新乐府诗歌运动的倡导者。

木先生说。

"我看新乐府,尤其是元白的诗,变雅颂为国风,变颂扬为警诫,变缘饰为讽喻,还是很有意思的。为此,我又重读了一遍白居易的《与元九书》。"

"好,那是新乐府的纲领性文献。但白居易的意思里面有投机主义成分。投机主义,逢场作戏。中国人的老毛病了,不好改。或许这就是你们儒家强调的实用理性?元白也是如此。应景文章他们可没少写。说来说去,还是为了自己的那点欲望。你每天研究孔夫子,孔夫子的话,大都是废话,但有一句话,我觉得他讲得好:视其所以,观其所由,察其所安。① 这十二个字倒是很重要。我告诉你,稿子我也看了,简单翻了翻。一翻就翻出了问题。提到《与元九书》的时候,竟然扯到了什么伽达默尔②。是叫伽达默尔吧?伽达默尔跟白居易有什么关系呢?他们在一起喝过酒,听过琵琶?裤裆放屁,两个体系嘛。其实,真要说到诠释学的宗旨,还是孔夫子那十二个字说得最透彻。你既然是研究儒学的,我的意思,这套书出版的时候,要把孔子的'十二字方针'放在篇首,作为题记。"

他还记得一个细节:乔木先生说完这话,把另一条腿也跷到了扶手上,在那里摇晃着。几缕斜阳从窗外树枝的缝隙漏了过来,照着他的前额,也照着那双脚。乔木先生的眼睛慢慢恢复了温度,不再是义眼了。即便已经上了年纪,乔木先生的眼睛仍然称得上慧黠,只是以前眸子显得很深,现在变浅了。乔木先生就用那慧黠的目光扫着他。有那么一会,他似乎从乔木先生身上看到了乔姗姗的影子。乔姗姗也有这样的目光,而且变本加厉,发展出一种专门用来讽刺挖苦的目光。他甚至觉得乔木先生那双脚都与乔姗姗有点相似,脚弓很深,可以滚过一只乒乓球。

――――――

① 见《论语·为政》。
② 汉斯-格奥尔格·伽达默尔(1900—2002),德国哲学家。最主要的作品为《真理与方法》。他对诠释学做出了巨大贡献。

突然，乔木先生提到了锁骨菩萨的故事。

乔木先生说，跟伯庸说一下，让他跟他那些不争气的弟子说一下，这个故事要写进去。这个故事出现在中唐不是偶然的。后来，它成为一条线索，从中唐到宋到明清，这个故事不断地出现在各种文本里，有意思，耐人寻味啊。

锁骨菩萨的故事，最早记载在中唐李复言的《续玄怪录》里，原名《延州妇人》①。这是中国创作的佛经故事，意在说明，佛是以欲来度化俗人的。最简单的理解就是，纵欲就是禁欲。

《孔子是条"丧家狗"》再版的时候，应该把这个故事加进去。

他现在想到，陈董不需要投资太和，你尽管接着乱搞好了，纵欲多了，自然也就无欲了，不要为太和破费了。

当然，这话他没说。

他与董松龄的谈话，被一个电话打断了。

电话是陈董的长子打来的。

就是他原来要去北大和吴镇以及自己的小姨一起听程先生演讲，结果却没来。董松龄没接那个电话，把手机调成静音，随手捏起几粒松子，说："这个孩子跟我的感情很深，相当于是我带出来的。这松子就是他送的。也算是一份孝心吧。是我安排他上的大学，安排他读研，又安排他出国的。他在美国学的是动物养殖。眼下他就在铁梳子的公司上班，专业也算对口，养猪嘛。猪也算动物，对不对？"董松龄嚼着松子，又说，"陈董的老二，倒是他自己带出来的，带成了混子，就喜欢香车美人。有一次，在北京的保福寺桥下，出了车祸，差点见了阎王。陈董对我说，想把这个老二安排

---

① 〔唐〕李复言《续玄怪录·延州妇人》："昔，延州有妇人，白皙，颇有姿貌，年可二十四五。孤行城市，年少之子悉与之游，狎昵荐枕，一无所却。数年而殁，州人莫不悲惜，共醵丧具，为之葬焉。以其无家，瘗于道左。大历中，忽有胡僧自西来，见墓遂跌坐，具敬礼焚香，围绕赞叹数日。人见谓曰：'此一淫纵女子，人尽夫也，以其无属，故瘗于此。和尚何敬乎？'僧曰：'非檀越所知，斯乃大圣，慈悲喜舍。世俗之欲，无不徇焉。此即锁骨菩萨，顺缘已尽。圣者云耳。不信，即启以验之。'众人即开墓。视遍身之骨，钩结如锁状，果如僧言。州人异之，为设大斋，起塔焉。"

到太和。你别急!你听我是怎么回绝他的。我说了两个字:没门。我的意思是说,以后进人,必须严格把关,绝对不能感情用事。我跟陈董说得很明白,如果必须从两个孩子中选一个,那么我选老大。我已经跟老大说了,说今天晚上我将和应院长谈话。如果他想来,我就向应院长求个情,如果不想来,也趁早给我一个答复。在你来之前,他已经打过电话了,说他不想来。有志气!对不对?"

应物兄松了一口气,但随后他又听见董松龄说:"但他这会打电话,是不是又改了主意,我就不知道了。我想了想,程先生不是喜欢养蝈蝈吗?黄兴先生不是要把那匹马留下来吗?他若能来,我认为最合适不过了,对不对?"

"一个海归,你让人家来养蝈蝈,是不是有些大材小用了?"

"不能这么说。不是所有人都有资格给黄兴养马,给程先生养蝈蝈的。"

张明亮怎么办?张明亮可是跟我说过,他想留在太和给子贡养马。

哦,转眼之间,太和研究院又进来了一个人。

他正这么想着,董松龄的另一部手机响了。董松龄说:"还是那小子。"

我们的应物兄紧张地看着董松龄把手机拿起来,紧张地观察着董松龄面部表情的变化,紧张地感受着董松龄语气的变化。他又听到了那三个字:"有志气!"接下来,他又听到董松龄说:"过了这个村,可就没这个店了。"他的心一下子提到了嗓子眼。但随后,董松龄又说:"我会向应物兄解释的。"

放下电话之后,董松龄说:"这小子说了,他不来。"

他立即重复了董松龄说过的那三个字:"有志气!"

董松龄说:"他说,你告诉应物兄,对不起了,我对儒学没有兴趣。他让我委婉地说明一下。年轻人嘛,有什么话就直说,好!"

多少年了,每当他听到有人说,自己对儒学不感兴趣,他都有些不高兴,都要忍不住跟对方辩论一番。只有这一次,他打心眼里感到高兴。今天,糟糕的消息太多了,只有这个消息令人愉快!一场糟糕的谈话,却有一个愉快的结尾。我应该带着这个愉快的消息,回去睡觉! 于是他问道:"董校长,我是不是该撤了?您也早点休息?"

73. 但是

但是,董松龄却不放他走。

董松龄竟然主动给他泡茶了。从进到这间办公室到现在,董松龄又是喝茶,又是吃松子,我们的应物兄呢,却是滴水未进。他总不能主动去泡茶吧? 所以他只能忍受着口干舌燥。现在,见他要走,董松龄突然拿出了一只纸杯。那茶叶已经做成了茶粉,泡出来很浓,有点像菠菜粥。这是日本人的泡法。董松龄把纸杯递给他,说:"我看得出来,你被今天的事情搞烦了。不瞒你说,我也有点烦。从早上到现在,我说过的话,如果整理下来,大约可以出一本书了。"

口力劳动者! 他想起了这个词。

费鸣说过,只要葛道宏不在场,董松龄就是一个滔滔不绝的人。今天,我算是领教了。董松龄略带天津口音,嗓音并不高,语速并不快,有时候近似喃喃自语,仿佛介于宣讲和独白之间。一个低烧者的语言。或者说,语言在董松龄这里患了低烧。

董松龄又说:"为什么要说这么多话? 因为要处理的关系太多了,太杂了。不瞒你说,我都想过打退堂鼓了。我跟道宏校长说,我怕自己做不好,还是让贤吧。道宏校长就讲了一番话,他说,那不是他的话,是程先生的话。程先生讲得好啊。程先生说,我们这些读书人,最大的毛病就是喜欢让。该让的让,不该让的也让。让来让去,天下没了,自己也没了。"

"对,程先生确实这么说过。"

董松龄指向了墙上一幅照片。那照片是他在日本照的,上面没有人,雪气氤氲中耸立着几株杉树。"杉木都是拔地而起,威严,刚健,有阳刚之气,对不对?杉树都是枝繁叶茂,成三角形往上长,但你看这里的杉木,下面被剪掉了,只在顶端剩下一个小的三角形。这是什么?这是让。我把下面的空间让给低矮的灌木,让给花花草草。但同时,我要集中精力往上长,该给我的阳光,我一点也不让。对不对?有人说,这么一剪,这杉树就有一种清旷之美,孤寂之美。说得也没错。但他没有站在杉树的角度考虑问题。从杉树的角度看,我是既让又不让。你再看这株杉树,"董松龄指着近处的那一株,"别的杉树,枝干都是直溜溜的,可这一株却像大姑娘挑水,扭来扭去的。但总的来说,它又是直着往上蹿的。这叫什么?还是那句话,又让又不让。扭来扭去,是让,是我根据别人的意志做些适当调整;不让,是我不愿跟你说那么多废话,我腾出精力好往上长。对不对?"

"这是在哪里照的?"

"日本京都的吉田。天皇亲戚的一个山庄。每次去,我都要在那里住几天。也只有到了这里,你才能真正理解,日本人的理性只是一个外壳,而内心深处保持了相当大的情感因素,或者叫它感性。这是李泽厚先生的说法。李泽厚先生去日本,也住在吉田山庄。日本朋友告诉我,李泽厚先生是他们见过的唯一穿着拖鞋在榻榻米上走动的人。李泽厚先生还在那里发表了一个观点,中国人是'重生安死',日本人是'轻生尊死'。日本朋友当然并不这么看。他们说,他们是'重生尊死'。下次你去日本,我可以安排你住到吉田。去过吉田吗?"

"很遗憾,我还没有去过。"

"要去,一定要去。我听说你去过高田?去过高田的月印精舍?其实,这次去日本,我答应道宏校长要去月印精舍看看的,却没能去成。我打听了一下,月印精舍已经没了。我最近也在研究葛任在日本的活动。葛任就去过月印精舍①,对不对?你去高田,就是奔着月印精舍去的吧?你是不是没敢告诉葛校长,月印精舍已经找不到了?这是应该的,没必要让他为此伤感。好吧,现在我要告诉你一件事。当然你也可能知道了,程先生去日本讲学的时候,也住在吉田。"

"你在日本见到程先生了?"

"缘分吧。程先生在北大讲完课,就去了日本,去的就是京都,住的就是吉田山庄。据说,程先生每次来日本,都住在吉田山庄。每一次,山庄都把程先生的到来很当回事。"

他想起来,珍妮曾经说过,程济世先生曾把程刚笃的母亲接到过吉田山庄。

"这次我作为吉田山庄的客人,受邀陪程先生吃了一顿饭。程先生觉得,这里很像中国的南宋。他的一个随从,叫敬修己的,劝他在这里买房。他说,他不喜欢买房子,还是喜欢住在宾馆里。他说古人说了,人啊,活在世上,都是匆匆过客,没有必要四处置办房产。这话正合我意。我就不喜欢四处买房。儿孙自有儿孙福。把自己这辈子过好,就得了。"

"我告诉程先生,我是济大人。我也告诉他,我知道他在北大讲课了。其实我不知道。临时上网搜的。吉田山庄只有一点不

---

① 月印精舍,位于东京郊外高田村,是一栋简陋的木房。1916年春天,李大钊在月印精舍完成了他著名的《青春》一文。葛道宏的外公葛任曾去过月印精舍,并在那里遇到李大钊和陈独秀。李洱在《花腔》中曾写道:"村里(高田村)的民房非常简陋,村边有一小山,小山后边一座颓败的古刹,但从古刹朽坏的飞檐上,仍不时传来鸣禽的啼啾。那些鸟是从池塘边的柳树和刺槐上飞过来的,池塘就在古刹坍塌的院墙后面。柳树已经泛绿,而刺槐的枝丫还是黑的。他(葛任)在位于小山旁边一间低矮的破败的木屋的门楣上,看到几个中国字:月印精舍。随后,他就看到了一个留着仁丹胡的男人。此人就是李大钊,而在房间里与李大钊高谈阔论的人,就是后来对中国历史产生重要影响的陈独秀。葛任,这个寻找父亲旧踪的人,同时见到了后来新文化运动中的主将:'南陈北李'。"

好，Wi-Fi信号不好。搜了半天才搜出来。程先生突然问我：'有人说，我是胡汉三。胡汉三是做什么的？'把我难住了。我可以轻易对付日本右翼的问题，却无法对付这个关于还乡团的问题。我想了一会，说，那是电影中的人物，说的是一个人老了，叶落归根的经历。我这么解释，也可以说得通，对不对？可旁边的那个敬修己，却非要纠正我，说，胡汉三被乡党赶跑了，现在又回来了。幸亏我把话头抢了过来，对敬修己说，你说得没错，也欢迎你像胡汉三同志那样叶落归根。你说说，这个敬修己，什么人嘛，八格牙路！我听吴镇说，他也是你的朋友？这样的朋友，多一个不如少一个，对不对？我听说，这个鸟人也想来太和研究院工作？"

"他？反正他没有跟我说过。"

"程先生的意思呢？"

"程先生倒是说过，希望他回济州。他本来就是济大出去的。"

"好吧，那就以程先生的态度为准。你得告诉这个鸟人，不该他说话的时候，他得把嘴巴给我闭上。"

"跟以前相比，他已经改了很多了。放心，我还会再提醒他的。"

董松龄站了起来。哦，我们的应物兄觉得，谈话到此终于可以结束了。错了，低烧可不是那么容易消退的。他没有想到，接下来还有一场谈论呢。这么说吧，在当时，应物兄觉得，董松龄的谈话有些杂乱无章。但事后想起来，董松龄的脑子还是比较清晰的。总的说来，董松龄抛出的话题基本上还是围绕着太和研究院。比如这会，应物兄看到董松龄站起来，自己也连忙站起来的时候，董松龄突然谈起了鸡。他原以为董松龄又跑题了，听下去才知道这只鸡其实也跟太和有关。

董松龄首先从书柜里拿出一只青铜做成的公鸡，它的模样像是野公鸡和家公鸡的综合。董松龄说："听说你的办公室也放了一只鸡？"

"野鸡。我搬进去的时候,它就在那儿了。"

"这只鸡,据说模仿的是桃都山上的天鸡。这是一个养鸡的朋友送过来的,先在我这儿放几天,以后将挪到学生食堂。这是他们鸡场的标志。这个人想跟我们学校签订战略合作协议。嗨,什么战略不战略的,就是向学生食堂提供鸡蛋罢了。他的养鸡场就在桃都山。这个人你肯定认识的。他女儿正跟你读书,对不对?"

养鸡场老板的女儿?那就是易艺艺了。

他想起了穿白西装、打红领带的那个人。那领带的颜色可以称为鸡冠红,稍带一点紫色。那人先是声称做"禽类养殖和深加工"的,后来承认自己就是养鸡的,还说要请他吃套五宝。直到现在,套五宝是什么东西,我还不知道呢。对,这个罗总也说过,想设一个奖。他就问:"那个老板是不是姓罗?"

"看来你是认识他的,对不对?易艺艺是随母亲的姓。她母亲是天津人,我认识的。我在日本遇到一个在济大留过学的学生,他告诉我,易艺艺的绘画水平相当高。我还听说她在香港也很有影响。她虽然是你的学生,但我听了,也觉得脸上有光啊。听说,你想把她留在太和?"

"董校长,您是说——"

"叫龟年,叫如蚕,就是别叫校长。那个老易,我是说易艺艺的母亲,我在天津的时候,她给我们捐过一笔钱的。她母亲最早是我的同事,当然不是一个专业,她是研究天体的。后来,不知道中了什么邪,非要去研究外星人。一个连邻居都不认识的人,却要去研究外星人。当然,从另一个角度看,可能正是有这种异想天开的基因,她才生下了极具艺术想象力的易艺艺。她呢,后来眼看研究不出个眉目,原来的专业也荒废了,就下海了。说起来都已经是上个世纪九十年代的事了,当时我还是政教系副主任呢。你大概不知道,我能够在学术界崭露头角,就是因为我操办了一个会议:冷战结束与中美关系变化。这个会的经费,就是她捐的。当时那是一笔巨款啊,两万块钱。两万块钱放到现在算个屁,当时却可以影响到中美关系。影响了中美关系,当然也就是影响到了中日关系。对不对?其实那都是她的辛苦钱。她是卖海鲜的。国内最早的澳洲海鲜,就是她卖的。这个小易呢,当时就在我们的幼儿园、附小上学。后来这个老易就死了,出车祸死的。我还去医院看过她。她交代我替她照看孩子。我答应了她。是我帮她合上了眼睛。然后呢,小易就被罗总接到了济州。等我调到济州,她已经长成大姑娘了。这孩子,从小好动,跟男孩一样。她是不是适合做学问,我不知道。但做些具体的工作,肯定是可以的。她的照相技术就很不错,也画得好,对不对?所以,我必须郑重指出一点,你是慧眼识珠,知人善用。当初,她的导师死了,你敢半路把她接过来,我就佩服你。现在,我就更佩服了。你对学生负责到底的精神,是很多人都应该学习的。"

董校长要是不提,他本人都差点忘了:易艺艺原来并不是自己的研究生。她尚未入学,导师就去世了。张光斗找到他,希望他把她接过来。他看了她的卷子,觉得基础不好。但他是个念旧的人,他其实是替女儿应波念旧:他们曾住过一个小区,应波很喜欢到她家里玩,并且很崇拜她的艺艺姐。

那就教教试试吧。

情况就是这么个情况。

与有没有慧眼、是否知人善用,没有一点关系。他对自己说。同时,他听到自己问:"你跟罗总也很熟吧?"

"太熟了。他原来是做工程的。这个人很大方。多年前,他承包了一个化工厂的工程。本来要盖烟囱的,却挖成了井。工人把图纸拿倒了。化工厂的领导同志很生气。他说,你别生气了,这井就算我白送的,再给你建个烟囱不就行了?你猜怎么着?后来化工厂失火,多亏了那口井。他就这样赚得了名誉,承包了很多工程,发了家。最近几年,他开始养鸡了。据他说,他的鸡身上就有桃都山天鸡的基因。这当然是个说法而已。其实就是野鸡。是野鸡和家鸡交配之后孵出来的鸡。他掌握了一项高科技,双黄蛋的概率大幅度提升,差不多占了一半。反正他也赚了不少钱。他还算是有良心的,虽然后来又生了孩子,但对前妻生的孩子,还是用心的,愿意在孩子身上花钱。"

"她家里的情况,她从来没有说过。"

"一点不像富二代是吧?这说明她有修养。当然这跟你的培养是分不开的。有什么样的老师,就有什么样的学生。你是研究孔子的,有一点你肯定比我知道得更详细。孔子当年强调'六艺',这个小易就占了两个'艺'。"说着,董松龄得意地笑了起来,但突然间又变得严肃了,"聪明的学生,都是不好带的。我知道她肯定没少惹你生气。孔夫子不是也强调'有教无类'吗?到了你这里,才算真正得到了贯彻。龟年为应物兄点赞!"

我是不是应该告诉他,易艺艺有多么不负责任?她竟然能将卡尔·马克思听成考尔·麦克司。当我指出这个错误的时候,她竟然会说:"卡尔·马克思就是领导们做报告时经常提到的那个马克思吗?不可能啊。程先生说这个考尔·麦克司是个儒家。马克思怎么会是儒家呢?"怎么不可能?虽然马克思主义的立足点是阶级关系和阶级斗争,但在程先生看来,只要有兼济天下之情怀的人,都可以看成儒家,马克思当然也可以看成儒家。这话我讲过多次,难道你一次也没有听进去吗?后来,他就不允许易艺艺再碰那些录音带了。

他对董松龄说:"她的性格,到太和工作,不一定合适啊。"

董松龄说:"我听说,她还陪着程先生的儿子儿媳去了西安,对不对?"

他说:"是啊,这个工作她倒完成得很好。不过,程先生的儿子没去,去的是儿子的女朋友。他们还没结婚。"

董松龄说:"有照片,有视频,还能有假?他们三个人去了西安。"

他吃了一惊:"你是说,程先生的公子也回到了内地?还去了西安?"

董松龄说:"这有什么好吃惊的!他们不仅去了西安,还去了香港。那小两口对她都挺满意。应该说,她出的是公差。但是呢,就我所知,她花的都是自己的钱。为公家贴钱的事,你干过,我干过,在济大的教职员工中,要找到第三个,恐怕比较难。在学生当中,如果你能找到一个,那我就可以大声宣告,我们济大的教育是成功的。现在,倒是突然被我们发现了一个,这个人就是你的弟子易艺艺。所以我认为,济大教育的成功,首先是你的成功。可你竟然还这么谦虚,认为她不够优秀。难道你的学生当中,比她优秀的还大有人在?刚才我还表扬你谦虚,转眼间你就骄傲起来了?"

董松龄突然变脸了。

应物兄双手伸向脑袋,插入头发。他得捋捋头绪。

头绪太多了。他觉得脑子都不好使了。

他听到的最后一句话是:"慢走,不送了。"

不过,他刚回到希尔顿,董松龄的电话就又来了:"到了吗?到了也不说一声,让我替你担心。有一件事,忘记说了,你的车该换了。你和吴镇,一人一辆宝马,先开着。车是罗总赞助太和的。司机就不另外配了。"

还有一件事,必须提一下。睡觉之前,我们的应物兄接到了吴镇的微信。吴镇是这么说的:"应院长,很高兴能为您效力。初来乍到,很多情况还不了解,还望应院长指教。今天,太和研究院医生窦思齐向我报告说:吴副院长,黄兴先生身上装了七颗肾,人称七星上将。此人言过其实,不堪重用。思虑再三,还是觉得向您汇报为妥。您的小吴。"

他回复了三个字:"知道了。"

吴镇却把电话打了过来。"应院长,我还以为您睡了。"吴镇说,"还有一件事,要向应院长汇报一下,铁总和陈董都表示,太和研究院动工那天,想搞个开幕式。黄兴先生对此也没有意见,只是表示自己可能参加不了,因为他接下来要去中东。陈董的意见,是将交通电台的主持人朗月请来主持开幕式。"

他眼前一黑。

"交通台有两个美女主持人,一个叫清风,一个叫朗月。她们既是搭档,又是闺蜜,好得穿一条裤子。她们的艺名都来自台长的一副对联:晚风轻拂,朗月当空照;晨雾弥漫,清风在侧畔。本来想把她们两个都请来的,但最近陈董和清风闹得有些不愉快。"

"陈董不是很会哄女人的吗?"

"这个清风,有点不听话嘛。她怀上了陈董的孩子。陈董计算了一下,那天自己喝了很多酒,担心生出来一个傻子,就让她打掉,但她就是不听。"

"一个人主持就够了。"

"那就听应院长的。你告诉朗月,这就相当于她一个人领了两份钱。"

"你自己跟她说吧。"

"好的,我听应院长的。"

吴镇的最后一句话,是关于乔木先生的。吴镇说,时间太紧了,他把要送给乔木先生的礼物,放到麦荞先生那里了。麦荞先生说,乔木先生牙不好,别吃了,吃了牙疼。他自己呢,反正没牙了,不怕疼,可以吃。吴镇现在要问的是这样一个问题:"乔木先生真的经常牙疼吗?牙龈出血吗?"

"他也没牙了,一口牙都是镶的。"

"那他可以吃。但也别问麦老了。我马上就去了,再带一份就是了。"

"千万别破费。"

"不是什么值钱的东西,就是我们天津桂顺斋的萨其马。我就是想表达一份孝心。这萨其马,是御膳房的做法,用的是真狗奶子加蜂蜜。"

"狗奶子?"

"真狗奶子。"

"狗奶子还分真假?"

无论是真狗奶子,还是假狗奶子,他都觉得恐怖。把母狗的奶头取下来,搅入蜂蜜,再做成糯米糕——哦,他的心顿时揪紧了。他的眼前不仅浮现出了狗奶子,还再次浮现出了清华仁兄那张脸。

"应院长也有所不知啊。狗奶子并不是狗奶子,真狗奶子也不是真狗奶子。真狗奶子,就是枸杞,滋肾润肺,补肝明目。"

他想起来,自己曾吃过真狗奶子加蜂蜜的萨其马。那些通红的真狗奶子,嚼烂之后就像狗血。这时候,你最好别说话,不然就会狗血喷人。

74. 杂碎汤

"杂碎汤"三个字,是启功体,是从右往左写的。落款两个字"庭玉"却是从左往右写的。应物兄这是第一次看到栾庭玉为别人题写匾额。费边卡着下巴,看着木匾上的字,说:"庭玉兄的字,不比启功差。"

那匾额不是挂在门楣上,也不是挂在墙上,而是放在地上。

唐风说:"看仔细喽。启功多用方折笔,粗的粗,细的细,写出来的字,对比强烈。但缺点和优点都在里面了。有时候只能看清粗笔,看不清细笔。好处是,好看,也热闹。庭玉兄的字,粗的比启功细,细的比启功粗,但还是瘦金体。"

费边说:"大师就是大师,开口就是不一样。"

这天是唐风请客,唐风给他打电话,说要请他吃饭的时候,他的第一反应是拒绝的。唐风说："应院长,你等一下。"随后他就听见了费边的声音:"当了院长,就请不动了?"电话随后传到了敬修己手上:"应院长,别人替你尽地主之谊,你也不露个面。"随后电话又回到了唐风手上。唐风说:"你现在下楼,有人接你。"

接他的人竟然是章学栋教授。

章学栋教授边开车边告诉他,自己刚出了一本书,样书还没有寄到,叫《钩心斗角》,今天忘带了,哪天专门送去,请斧正。他听了一愣:钩心斗角?章学栋说:"其实都是一些旧文,是关于古建筑的。杜牧形容阿房宫:廊腰缦回,檐牙高啄;各抱地势,钩心斗角。"他已经知道章学栋接下来要说什么了。果然,章学栋把它与孔庙联系起来,说孔庙的建筑,最能体现"钩心斗角"的风格。钩是钩挂,屋顶各构件之间榫榫相咬,携手向心,是为钩心。殿堂飞檐如公鸡互啄,又如执戈相斗,故名斗角。和谐美观,实为中国建筑美学之精髓。

他表示一定认真拜读。

章学栋说:"听说与您的大作放在一个书系。章某与有荣焉。"

哦,与我的哪本书放在一个书系?他想问,但没问。

车再次开到了铁槛胡同,由北向南,到了胡同口,向右一拐,就看到了一堵墙,墙很高。它比世界上所有的墙都要高,也比世界上所有的墙都要薄,因为它是用塑料布做的。但是,第一眼,你绝对看不出它是塑料布,因为塑料布上印着虎皮墙的图案。一些保安在墙外巡逻。"虎皮墙"上有门,门当然也是塑料布做的,但上面印的是高大的木门的图案。听到车响,门开了,站在门口的竟然是邓林。

邓林上了车。

眼前出现一片拆迁工地。

与应物兄想象的不同,工地上只能看到寥寥几个人,他们是负责洒水的,以防扬尘。倒是有十几辆大型推土机。一切都是静悄悄的。偶尔能听到哨音。戴着安全帽的人挥着一面三角形的小红旗在指挥那些推土机。推土机正把那些瓦砾朝着东南方向推去。那里已经堆起了一座小山。毫无疑问,那小山就是共济山。如果瓦砾全堆过去,共济山还真的可能变成一座有模有样的大山呢。

瓦砾上还矗着电线杆,电线也还扯着。

还有几株大树。那是柿子树还是皂荚树?

一些鸟儿从瓦砾上起飞,落到了电线上。那是燕子吗?他想起来,他住在胡同里的时候,到了春天,黑色的雨燕就飞临了千家万户。它们在朽坏的檐头啼叫,在黑色的屋脊高歌,在高大的树枝间盘桓吟唱。当它们从天上飞过,那剪刀似的尾巴仿佛在裁剪天空。据说雨燕识旧主。小燕子今年在檐头出生,明年还会再来,叼草衔泥,筑巢捉虫,生儿育女,生生不息。

这里拆成了这个样子,明年它们还会再来吗?

应物兄顿时把自己变成了一只雨燕。在雨燕看来,那些瓦砾,那些七倒八歪的房梁,那些在春天里蒸腾的尘埃,一定格外恐怖。有如开膛破肚,有如樯倾楫摧。哦,雨燕,别被吓着!等你们明年再来,一切都会好的。

车溜着塑料布院墙,向工地的西北方向开去。

那里有一座小庙。那自然就是皂荚庙。

门外长着一株高大的皂荚树,树下停着几辆车。门里也长着一株高大的皂荚树。应物兄顿时想起,老家的村子里其实也有这样的皂荚树,在所有树木中那是最有阅历的一株树。村里的老人们说,五百年前,应家始祖从山西大槐树下①迁移过来的时候,随手丢下了一颗皂荚豆,它就长出来了。五百年前是什么时候?那还是大明王朝呢。"大跃进"的时候,村子里所有的树都砍光了,只剩下那株树。夏天,它为村民提供一片阴凉。遇到荒年,村民们也曾

---

① 从明初洪武六年(1373)至明永乐十五年(1417)共进行了十多次大规模移民,洪洞大槐树下是当时最大的移民"点行地"。

摘取皂荚树的嫩芽充饥。当然,它之所以有幸躲过历史风云的摧折,主要还是因为它的皂荚。那些深浸的血汗,只有简朴有力的皂荚才能洗净。

眼前的这两株皂荚树,也是因此得以留下来的吗?

应波小时候,曾经摇头晃脑地背诵《从百草园到三味书屋》。鲁迅说,他家的后面有一个很大的园子,相传叫作百草园。"不必说碧绿的菜畦,光滑的石井栏,高大的皂荚树,紫红的桑椹;也不必说鸣蝉在树叶里长吟,肥胖的黄蜂伏在菜花上,轻捷的叫天子忽然从草间直窜向云霄里去了⋯⋯"应波感慨,除了鸣蝉和黄蜂,别的她都没见过,所以总是写不好作文。有一天,她就由外公带着来到了皂荚庙。那时候已经是秋天了,皂荚树已经开始落叶。应波在作文里文绉绉地写道,皂荚日渐苍老,时光在指缝中改变了容颜。最初的坠落,只是一片两片的黄叶,接着,就渲染出好大的一片金黄。

看到这篇作文,他内心无限喜悦。

哦,还有一个小小的细节。那一天郑树森刚好来到了家里。树森真是扫兴,上来就说,鲁迅弄错了,百草园里的那株树,不是皂荚树,而是无患子树①。应波问,鲁迅怎么可能弄错呢?郑树森说,鲁迅的那篇散文写于1926年,那时候鲁迅四十五岁,已经离开家乡好多年了,所以记错了,错把无患子树当成了皂荚树。不过,说完这话,郑树森又说,考试的时候,你可不敢按郑叔叔说的答题,你得把错的当成对的。郑树森有句话,给他留下了深刻印象:鲁迅反对说假话,但是如果你指出他的知识性错误,他会怎么样?如果他问你,《百草园》写得怎么样,你大概也只能够说:"啊呀!这文章啊!您瞧,多么⋯⋯啊唷!哈哈!"②

---

① 拉丁名 Sapindus 是 Soap indicus 的缩写,意即"印度的肥皂"。其厚肉质状的果皮含有皂素,是古代主要的清洁剂之一。
② 仿自鲁迅《野草·立论》。

但是有一点是可以肯定的,眼前的这两株树,就是皂荚树。佛门讲究用皂荚洗手,尤其是大小便后,用皂荚一直洗到胳膊肘。①不知道的人,还以为他们用胳膊擦屁股了。

这天他们就是在皂荚树下喝的杂碎汤。在庙里喝杂碎汤,当然是不对的。但现在属于特殊情况:平时用来做杂碎的那个院子,已经拆了。那块木匾就是从拆掉的院子拿过来的。最主要的是,胡同区改造工程现场指挥部,就驻扎在皂荚庙的后院,这前院临时被唐风包了下来。别说在这里做杂碎汤了,就是在这里杀羊宰牛,别人也无话可说。

费边这天刚从北京回来。

他意外地见到了费边的前女友蒋蓝。很多年前,他们在文德能家里见过,后来她出国了。那段时间费边要死要活的。他还记得文德能家的保姆曾经劝慰费边:"多大的事啊。一个茶壶总有一个盖子。那个盖子不适合你。"现在,这个盖子怎么又回来了?蒋蓝抽着摩尔烟,对他说:"怎么,不认识了?"如果费边不介绍,他还真的不敢认。她的容貌出现了奇妙的变化,眼睛更大了,鼻梁变高了,胸脯更鼓了。那几乎透明的皮肤,说明她在那张脸上没少花钱。那张脸有如橡皮,似乎脱离了岁月,成为一种非时间性的存在。

怎么能连个褶子都没有呢?

有个念头冒出来,怎么像蒙上了世上最大号的安全套?

她说:"应院长好!当初那帮朋友当中,好像就出了你这么一个名人。"说着笑了起来。她的声音与别人不一样。她是学过美声唱法的,好像每个字都要在嗓子里、在胸腔、在鼻窦里找找位置。她就是发笑,也跟别人不一样。或许可以称为美声笑法?

"什么时候回来的?一个人回来的?"

---

① 《禅苑清规》(第七卷):"用筹(即擦屁股的竹片)不得过一茎。洗手先灰次土。至后架用皂荚澡豆并洗至肘前。盥漱讫,还至本处。"

"I'm single①。这次回来就不走了。Take it easy②！我不向你要工作。这次回来见了几个老朋友,朋友们变化太大了。OK,费边的变化就让我吃惊不小,讲话文明了,不抠鼻孔了,衬衣领子洁白了,打麻将也不偷牌了,睡觉都不打呼噜了。"

她是不是在暗示,她和费边刚在一起睡过?

费边赶紧把话题扯开了,说他今天来找唐风,是要请唐风在他就职的网站上,开一个专谈《易经》的视频栏目。唐风若在北京,那就在北京录制;若在济州,那就由蒋蓝负责在济州录制。原来蒋蓝回国之后,被唐风聘请到网站的济州分部工作了。"她手下的人,私下都称她为蒋委员长。"唐风开了个玩笑。

唐风说:"费先生,我跟你说过了,此事仲秋之后再议。"

费边小心问道:"选这个日期,是不是《易经》上有什么说法?"

唐风说:"说法多得很,但不是因为这个。很简单,就是四个字,分身乏术。仲秋之前,已安排满了。"

费边说:"那就先签个意向性协议?"

唐风说:"六指挠痒,多那一道干吗?你是应物兄的朋友,我也是应物兄的朋友,我还欺你不成?"

蒋蓝说:"我可以等。"

唐风说:"费先生,你看,蒋委员长已经同意了。其实,我跟蒋委员长早就认识了。我去美国,蒋委员长给我做过地陪。我跟蒋委员长也早就是朋友了。蒋委员长,你说是不是?"

蒋蓝一定觉得,这句话似乎揭了自己的老底,让别人知道她在美国混得并不如意,只是接待国内旅游团的向导,所以她很快就说:"就这么巧,我去朋友的旅游公司帮忙,刚好就遇到了唐大师。"

他们的谈话,被敬修己打断了。敬修己从厢房里走出来,急赤白脸地喊道:"建新,丸子呢?我要先吃丸子。"

---

① 我是单身贵族。
② 别紧张。

唐风说:"你这个人,狗改不了吃屎。急!急什么?有什么立功立德立言之事等着你吗?一个丸子,你看你急的。正做着呢。"
　　敬修己说:"小颜现在就要吃。"
　　一个小伙子走了出来。应物兄立即认出,曾在希尔顿的电梯里遇到他。没错,这个人就是小颜。在网上跟别人讨论问题的时候,他用的名字是朱颜。他的脸色与朱颜这个名字,形成了巨大的反差:他脸色白皙,甚至有点发青,走近了看,你还会发现他脸上有着一种难以掩饰的风霜。但总的说来,他看上去要比所有人年轻。华学明曾说,他们是同学。初看上去,他和华学明是两代人,但细加分辨,还是能够感觉到,他们的年龄差距并不大。小颜笑了,对唐风说:"你别听他瞎说。我可没说要吃,我只是说,那个传说中的丸子在哪呢?"
　　然后小颜朝他伸出了手:"应物兄,见到你真的很高兴。"
　　敬修己说:"小颜早上刚赶过来。"
　　小颜说:"那天在电梯口看到了,以为还会遇到,第二天就回了北京。"
　　这话说得很自然。不知道为什么,我们的应物兄几乎立即就意识到,在他和小颜之间,似乎有一种神秘的联系。这联系通过他们紧握的手,第一次直接地传递给了对方。小颜穿着炭灰色的夹克,牛仔裤,发型有点乱,似乎是洗完澡之后被风给吹干的。脚上穿的是马靴。或许他刚从黄河湿地观鸟回来?我们的应物兄甚至觉得,那些泥点在马靴上也显得很干净。他眼睛很亮,就像紫葡萄。与所有人比起来,他一点也不矫揉造作,有一种君子坦荡荡的劲头。
　　章学栋和小颜竟然认识。
　　章学栋说:"我们济州欢迎你。"
　　你只有仔细听,才能听出小颜暗含的讥讽:"一来就有惊喜。国航终于换新飞机了,空姐也更年轻了。原定晚上十点起飞的飞机,延误到了凌晨三点。听说是济州机场出点小事。到这里是五点半。真好,因为有幸看到济州的朝霞。"

小颜自己拉过一把椅子坐下了。

敬修己也坐下了。因为看到别人还没坐,敬修己又站了起来,没有站直,而是弯着腰,手还按着椅子,总的说来介于坐与站之间。小颜则是一副无所谓的样子,已经开始打电话了。

旁边的人都在寒暄。应物兄当然也和他们寒暄。但他的耳朵却在悉心捕捉小颜的每句话。奇怪得很,小颜谈的问题,好像跟婴儿的出生有关。他后来知道,那电话是回给华学明的学生的。华学明一个学生正在观察一只怀孕的母羊——那是一只母山羊,即将生下一只山羊和绵羊的杂种。那学生通过彩超发现,羊羔好像正在喝母羊肚子里的羊水。

小颜是这么说的:"你不需要再问华学明了。你要知道,胎儿在子宫里面,四周都被羊水包围。胎儿的尿确实会排到羊水里,但那不能算是真正意义上的尿液。胎儿吃到嘴里,也仅仅是觉得味道不好,不会对它的身体构成不好的影响。你要知道,怀孕中的母亲,新陈代谢也很快,会尽快地将身体里不好的废弃物排走,不会让它们污染胎儿的生存环境。我要告诉你,你看到的黏稠物质,其实是胎儿拉出来的屁屁。这也不要紧,不要大惊小怪。胎儿的消化系统还没有完全发育完善,所以它拉出来的屁屁不是我们所理解的固体物质。我还要告诉你,它在出生的时候,如果遇到缺氧的情况,那么母体可能会提前排出胎便。无论是人,还是牛,还是羊羔,都是如此。所以它出生以后,你通过观察那些排出的羊水,就可以知道它是否有缺氧的症状。"

敬修己支着下巴看着小颜。

在那一刻,他理解了敬修己:他觉得小颜确实值得敬修己去爱。

同时他又隐隐觉得,敬修己和小颜并不般配。

小颜最后是这么说的:"别想那么多了。不管它在母体中是怎么样的,哪怕它已经病了,已经残疾了,只要它能够历经艰难,平安出生,我们都应该感到高兴,为它们母子感到高兴。"

小颜合上手机,说:"这个电话打过,我就可以安心享受唐风大师的杂碎汤了。听说你这里的杂碎,用的都是拖到羊体之外的那截肠子?我吃过最嫩的羊肠,还没有吃过这最老的羊肠呢。"

这句话,与他刚才表现出的对羊羔的怜惜,似乎形成了极大的反差。

如果是别人说出这话,我们的应物兄或许会感到不适。但现在,他却想到了与自己名字有关的四个字:应物随心。他甚至想到了司马迁的父亲司马谈的一段话:"与时迁移,应物变化,立俗施事,无所不宜。"①

他很想与小颜谈谈。他再次隐约感到小颜与朱三根老师的联系。只是小颜不提,他也不问。

他当然还不知道,小颜之所以来到这里,有一个重要原因,就是想和他见面。

关于杂碎,关于那风味独特的杂碎汤,应物兄并没有太大兴趣。他更感兴趣的是唐风和唐风的徒弟四指的话。四指是个三十来岁的年轻人,头发上打着发胶,穿着紫色绸衣,绸衣上有龙的图案,龙是黑色的,龙须、龙爪却是金色的。唐风叫他四指,因为其左手缺了一根中指。关于四指的情况,应物兄是后来听费鸣讲的。原来,四指本是汉拿山烤肉店的前台经理,因为老婆和女友几乎同时死掉了,四指就重金邀请唐风来看家中的风水。唐风略加指点,家中从此便平安无事,而且新夫人和新女友还相处和谐。后来四

---

① 司马谈"论六家之要指":"法家严而少恩。然其正君臣上下之分,不可改矣。名家使人俭而善失真。然其正名实,不可不察也。道家使人精神专一,动合无形,赡足万物。其为术也,因阴阳之大顺,采儒墨之善,撮名法之要,与时迁移,应物变化,立俗施事,无所不宜,指约而易操,事少而功多。儒者则不然。以为人主天下之仪表也,主倡而臣和,主先而臣随。如此则主劳而臣逸。"——《史记·太史公自序》

指就辞了工作,一定要拜唐风为师。唐风稍有迟疑,四指立即手起刀落,剁掉了一根中指,以表明自己献身堪舆学的决心。四指左手总是把玩着一只铜葫芦,铜葫芦上面有八卦图案。那只左手,因为缺少一根中指,显得有些稀稀拉拉的。

哦,对了,那天最先讲话的,其实是四指。

邓林显然跟四指比较熟,问四指,不是出国了吗,什么时候回来的?

四指看着师父说,师父带着去了趟印度,与印度的堪舆学家做个对话。唐风接口说:"四指出了一次国,感触很深呢。"

四指就说:"这次去印度,相当于接受了一次爱国主义教育。"

邓林说:"你可真能扯。去印度接受爱国主义教育?"

四指不急,转动着铜葫芦,说:"这次去印度,按师父要求,跟贫民窟里的人接触了几次。他们虽然穷得叮当响,但一个个都很快乐,一点也不崇洋媚外。你问他们,下辈子你想做印度人还是美国人?他们都会异口同声,当然还做印度人。可是你看看诸如墨西哥的穷人,如果可以选择,起码有一半人想托生到美国。师父说,这就是文化自信,这就叫物理存在与文化存在的统一。从根本上讲,这与堪舆学的原理是一致的。堪舆学关心的问题,就是物理存在与文化存在的和谐。"

费边说:"四指,你大概不知道,应院长和蒋老师都是从美国回来的。"

四指说:"怎么不知道?这正是我佩服应院长的地方。蒋老师的情况我不清楚,应院长的情况略知一二。按我的理解,应院长本身就是文化存在,他走到哪里,物理存在和文化存在都是统一的。尽管如此,他还是回来了,因为他想生活在一个更大的文化存在的内部。"

唐风说:"去擦擦你的嘴。瞧你那张小油嘴。"

四指不吭声了。

唐风说:"就是管不住那张嘴。不过,他说的倒是实情。我们这些人,包括敬修己先生,包括蒋蓝女士,都是从外面回来的。这说明我们对我们的文化有信心,要做点事。现在,程济世先生也要回来了。"说着,唐风对四指说,"你是小和尚没见过大菩萨。程先生走到哪里,那才叫文化就到了哪里。你把好听的话都对应院长说完了,见到程先生,看你还有什么话说?"

蒋蓝突然说:"这杂碎,我尝了几口,也太香了。再吃一碗,不会对身体不好吧?"

唐风说:"黄兴先生要吃,医生不让吃,说是对身体不好。医生把黄兴先生送回家,自己偷偷跑来了,吃了两碗。医生不比你更爱惜身体?"

唐风对四指说:"把师傅请出来。"

四指搀出来一个老人。那老人显然是为要出来见人,又刚洗了把脸,没有胡子,但眉毛很长,白眉毛飘着,像蒲公英,头顶全秃,发光发亮。老人不让四指搀扶,自己站着,给人一种严谨安详之感。在老人中,他的个子算是高的,所以又给人一种浑朴和凝重之感。如果不是他嘴唇皱瘪,别人或许会认为他只不过七十来岁。

唐风高声问道:"老人家,他们都夸你杂碎做得好。他们问你高寿几何?"

老人把手竖在耳边,说:"甜了,自个加盐。"

唐风说:"问你高寿?"

老人说:"芫荽,自个放。"

唐风笑了,朝老人拱拱手。四指把老人搀回去了。唐风说:"老人姓秦,今年九十高寿。你问他长寿秘诀,他就说,他天天喝一碗杂碎汤。"

然后唐风就说:"你们知道秦先生住在哪吗?"

唐风自己朝拆迁工地的方向指了一下:"秦先生住的地方已经拆了。他就住在帽儿胡同。程先生只说帽儿胡同的仁德丸子做得好,没说帽儿胡同的杂碎汤做得好。为什么呢？因为大户人家以前是不吃杂碎的。他没吃过,当然不记得了。"

应物兄急着插了一句:"这么说,你们找到程家大院的时候,它已经拆了？"

唐风说:"此种情形,每天都在发生。"

他问:"黄兴知道吗？"

唐风说:"当然知道。你问敬先生。"

现在是春末,离秋天还早着呢,但敬修已吟诵的诗句却是关于秋天的,那是秋瑾引用清人的诗句:"秋风秋雨愁煞人,寒宵独坐心如捣。我实在不知道,该如何向程先生解释。只能静待时日,看它整旧如旧,然后瞒天过海,告诉程先生,这就是你儿时待过的院子。"

接下来才是今天谈话的重点。唐风说:"敬先生大可不必如此伤怀。你大概不知道,程家大院原来的风水一点也不好,这次正可借改建之机,重整旧山河。"

蒋蓝说:"我在美国就知道程济世先生。听说他挺洋派的。他不会相信什么风水不风水的。我就不信。"

四指把铜葫芦举起来又放下了。

他其实是想拿铜葫芦去堵蒋蓝的嘴。

唐风的碗里,一片杂碎都没有,只是一碗汤,汤中漂着几叶香菜。唐风把香菜拨到一边,喝了一口,说:"美国人怎么不讲风水？中国人研究风水,常用孔夫子的墓地来举例。美国人呢,他们的历史太短,比兔子尾巴都短,他们只能以肯尼迪家族的墓地来举例。肯尼迪家族墓地,已是美国堪舆学家的活教材。肯尼迪的祖父死于1929年,葬于马萨诸塞,四面没有高峰守峙,左右也没有天龙围护,且右前方有他人的墓地,上面有一座耶稣石像,而耶稣像前后最忌动土。这个墓说好也好,说不好也不好。好与不好,说的都是对子孙仕途的影响。既能让子孙飞黄腾达,又可让子孙命丧黄泉。吉气来者缓矣,凶气来者速也。吉气难逢而易逝,凶气易召而难防。所以,肯尼迪既可袭祖墓之荫庇,以高票当选美利坚合众国之总统,又会横遭不测,惨遭狙击。死了一个肯尼迪还不够,还要再死一个肯尼迪。所以肯尼迪总统的弟弟,随后也吃了枪子。"

蒋蓝自知理亏,缓缓地嚼着肠子,不说话了。

唐风又说:"这说的是阴宅。程会贤将军的墓在台湾,我们就管不着了。据我所知,程家祖坟在'文革'时已经刨掉了,我们也不说了,只说阳宅。阳宅与阴宅,要分别来看。有一点,不管你们都是什么学术背景,你们都会认可的。堪舆学,也就是我们所说的风水学,研究对象其实是人,研究的是人如何顺乎天应乎地。顺乎天应乎地的人,就是有仁德的人。"

说到这里,唐风突然想起一件事来:"想起来,唐风最早是从一个韩国人那里听到应物兄先生大名的。"

哦?原来唐风早就知道我啊?

他就说:"我认识几个韩国人,您说的是……?"

唐风说:"是前些年的事了。唐风去韩国讲学,遇到成均馆大学的一位先生。那位先生倒是气度不凡,唐风记得他姓卢。他在唐风面前提到过应物兄先生。不过,唐风与他发生了一点争吵。事关重大,唐风没给他面子。他后来没在你面前提过此事吧?"

他一时想不起来,那个姓卢的朋友是谁,就说:"韩国朋友是很讲礼貌的,不愉快的事不会提起的。"

唐风说:"唐风参加的就是国际堪舆文化学术研讨会。卢先生不是会议代表,但跑来旁听了。这位卢先生对韩国的'风水申遗'也很热心。唐风虽是美国籍,但是,洋装穿在身,心是中国心。对卢先生的言谈,自然不敢苟同。我说,韩国的风水学说来自中国,申遗也只能由中国来申。卢先生说,风水学说传至韩国那天起,韩国的政治文化就与风水学说密切相关,但在中国,风水学说却被认为是封建迷信,与中国的政治文化已经没有关系了。他还说,风水学说源自《周易》的八卦理论,大韩民国的国旗上就有四卦。我对他说,风水文化是明朝时传到韩国的,区区几百年而已,根不深,叶不茂。风水文化在中国,才叫树大根深,枝繁叶茂。卢先生你也是研究儒学的,应该知道,孔子就是风水大师。孔子的墓地就是他本人选定的。孔子七十三岁那年,自感行将告别人世,便叹道,泰山其颓乎,梁木其坏乎,哲人其萎乎!① 遂领着众弟子勘选墓地。孔子信奉周公,而周公是很重风水的。孔子最后将自己的墓地定在泗水之滨②,少昊陵旁,那里风水绝佳。唐风对卢先生说,你不是曾到孔林祭拜孔子吗?你祭拜的是孔子,也是中国风水学。"

小颜咔嚓一声,咬了口黄瓜,问:"那人也被你弄晕了吧?"

唐风说:"朱先生有所不知,韩国人都是一根筋,岂能轻易丢子认输?没办法,我只好给他来个釜底抽薪。这位卢先生,与他们的前总统卢泰愚是同族,祖籍都是山东,先祖就是发明直钩钓鱼法的姜子牙。姜子牙的第十三代孙,因功封于山东卢县,后人遂以邑为姓。韩国卢姓始祖是在唐朝末年东渡到韩国的,名为卢穗。此人不是凡人。龙生九子,此人也生了九个儿子。如今韩国姓卢者,皆卢穗后人也。我告诉他,孔子欲复之礼何也?周公之礼也。姜子牙即为周公所聘之国师。姜子牙是中国最早的风水大师。谈风水,必谈姜子牙。没有姜子牙,风水学说就是无源之水。说风水学出自韩国,唐风答不答应倒在其次,只怕你的先祖姜子牙不会答应吧?我这么一说,卢先生终于偃旗息鼓了。唐风对他说,如此轻薄之辞,以后不可再讲。事后想想,话有点重了。人家其实也没错。说到底,都是各为其主罢了。此事也给唐风一个提醒:韩国那边已将风水提高到国家文化战略的高度了,我们这边若不迎头赶上,要吃大亏的。"

他还是没有想起来,那位卢先生是谁。

―――――

① 见《礼记·檀弓上》。
② 〔宋〕朱熹《春日》有句:"胜日寻芳泗水滨,无边光景一时新。"作者一生未到过泗水之地,此诗是作者心仪孔圣之作。

对不起,卢先生,请恕我愚笨。任何人,任何事,只要形成文字,我大都能够记得。没有以文字形式记载到书里的人和事,我确实很难记得住。不过,既然卢先生是研究儒学的,那么肯定经常来到中国。唐风不是说了吗,他曾到孔林拜谒孔子墓。等他再来中国的时候,太和研究院已经巍然屹立于济州,届时我一定请卢先生到太和做客。或许还应该叫上唐风。把酒言欢忆当年,抚琴谈笑论堪舆,岂不快哉?不过,为了不打断唐风的谈兴,这话他没有讲。

他对唐风说:"程家的院子,你又没有见过,怎么知道原来的风水不好呢?"

唐风说:"应院长问得好。庭玉兄也这么问过。可我要告诉你,清末民初,大户人家修的宅子,或多或少都模仿了一个园子。就是大观园嘛。学栋兄,你同意我的观点吧?我再问一句,程先生是不是曾把自己的园子称为大观园?他的话当然不是顺口说的。我现在要说的是,大观园的风水,就不够好。当然不好!不然不会落个风流云散,落个白茫茫大地真干净。看过《红楼梦》的都知道,从大观园南门进去,近水低洼处有凹晶溪馆,山脊之上有凸碧山庄,阴阳相对,倒是不错。东北有山,水源自山坳引到稻香村,这也没错。从东北角沁芳闸出来,只见青山斜阻,再转过山坡,路过蘅芜苑、藕香榭、紫菱洲、秋爽斋,就到了潇湘馆。有没有错?有,却也不是什么大错。让我怎么说才好呢?怪就怪那时候没有直升机,没有热气球。倘若从高处往下看,就可以看到问题了。从整体上讲,东北山坳水之分流处,与西南柳叶渚之盘道通幽处,两者之间,曲里拐弯,扭成了一个S形曲线,有如美人侧卧。一个基本常识,被曹雪芹给忽略了,太极图是乙形曲线,而非S形曲线。风水讲究的是乙形,而非S形。乙关阴阳,S关什么?用于时间,它的意思是秒。用于性别,它的意思是女性。贾宝玉就是毁在一堆娘们手里。你们不要误解。对于女人,唐风历来是尊重的。不怕你们笑话,我比贾宝玉还爱女人。我认为,女人和男人平等的说法是荒唐的,女人永远在男人之上。你随便给女人一点东西,女人就会让它升级,让它变得更好。你给她一颗精子,她给你一个孩子。你给她一间房子,她给你一个家。但是,要是有一群女人围着你,那就坏事了。从堪舆学角度讲,怡红院就存在这个问题。当然了,曹雪芹是故意这么写的,还是因为不懂风水才这么乱写的,唐风不便多嘴。唐风只知道,从堪舆学角度讲,大观园的风水问题,严重得很!谁要学着大观园造院子,那就要吃不完兜着走了。"

蒋蓝插嘴道:"太棒了。大师就讲这个,保管迷倒众生。"

唐风没接蒋蓝的话茬,问:"应物兄先生,你说是不是这个理?"

他对唐风说:"程先生说过,程家大院不是大观园,充其量只是怡红院。"

话音刚落,唐风就笑了。唐风往椅背上一靠,说道:"大观园中,就数怡红院风水最差。怡红院后院,满架蔷薇,还有个水池。不成样子。别的唐风就不说了,单说那蔷薇。蔷薇是扶架而生,柔弱无骨,风流成性,乃败家之兆也。院内不宜栽蔷薇,宜种牡丹。"

章学栋以速记形式,把唐风的话都记下来了。

唐风说:"你们不要紧张。程家原来的风水,值得夸赞的地方也不少,不然也不会孕育出程济世先生这样的大贤之人。只是大宅深院,有形无形之煞,多多少少总是有的。有煞,不要紧。或化或挡或制,届时唐风自有办法。"

费边说:"大师,我弟弟费鸣是太和的人,所以我要对您表示感谢。我没想到您对太和如此用心。"

唐风淡然地笑了,说:"儒学太重要了。没有儒学,堪舆学就是无源之水。没有儒学支撑,堪舆学就是有肉无骨。所以,唐风愿意略尽绵薄之力。还有,这些年为别人看风水,都是亡羊补牢。工程建好了,院子修好了,发现遇到麻烦了,才请你去看。你呢,只能因地制宜,修修补补。这一次,庭玉兄、道宏兄让我提前介入,也是为了省去日后的麻烦。"

不知道什么时候,小颜竟然歪在椅子上睡着了。

敬修己出神地看着小颜。似乎担心小颜睡着之后会感到冷,敬修己把外套脱下,拎在手里,想搭到小颜身上,又害怕把小颜弄醒,所以神色犹豫。

费边对蒋蓝说:"你不是想让应院长签名吗,还不拿出来。"

蒋蓝向包中找,翻来翻去,却没能找出来,说:"出来得急,忘记带了。"接着又埋怨费边,"都是你,催、催、催!催命鬼似的。"然后又对应物兄说,"哪天我专门请你吃饭,请你给我签喽。我买了两本,一本自己看,一本给女儿看。女儿在美国待久了,都不知道我们还有国学,连孔孟是谁,都搞不明白,还以为孔子姓孔名孟。这次,得让她好好补补课。暑假,她回国的时候,我带她去见您?您可是孩子的舅舅,您可得尽一下舅舅之责。"

他只能说:"我请孩子吃饭。"

这时候,小颜醒了过来。是敬修己的电话,把小颜吵醒的。

说来也怪,在他们谈话的时候,经常有手机响的,小颜却浑然不觉,这会敬修己的手机一响,他就醒过来了。这可能是因为敬修己的手机铃声与别人不一样。敬修己是研究儒学的,用的却是几十年前电视剧《济公》的主题曲:

> 鞋儿破,帽儿破,身上的袈裟破。你笑我,他笑我,一把扇儿破。南无阿弥陀佛,南无阿弥陀佛。

电话竟是小尼采打来的。敬修己对小颜说:"倪说先生问我们,是今天看还是明天看?"原来,是小尼采邀请他们去看戏。

小颜说:"我要先看本子。"

敬修己说:"他不是说了,没有本子。"

小颜说:"你带个速记去看,做个文字稿。我看了本子再去。"

敬修己只好又给小尼采打电话,让小尼采根据现场演出记下文字稿,然后对小颜说:"我也明天看。"

应物兄很自然地想到,小颜是对小尼采的戏不感兴趣。但他接下来却听小颜说道:"我不要他送票。我自己买票。他要送票,我就不去了。"

"买不到贵宾票的。"

"我就不喜欢狗屁贵宾票。"小颜说,"应物兄,你看过倪说的戏吗?"

"说实话,只在电视上看过他演的小品。"

"我约文德斯去看,文德斯说,他没空。他可能真没空。我约空谷去看,空谷说让我先看。好看,她才去。你看,人家这架子。"

听上去,小颜不仅认识小尼采,还认识文德斯和陆空谷。认识小尼采可以理解,因为敬修己是小尼采的朋友,他们可能已经见过面了。与文德斯和陆空谷认识,他就有些吃惊了。

"你认识文德斯?"

"我还替他在医院值过班呢。何老太太糊涂了,把我认成了文德斯,见到我就叫文儿。我说我不是文儿。她立即说,那你是愚儿[①]?我说,您说对了,是文儿让我来看您的。她撇着嘴,差点哭出来。她让我照看好她的柏拉图。后来我看到了那只黑猫。那只黑猫跟我有缘分啊,见了我,一点不认生。"

他还是把最想问的那句话说了出来:"你跟陆空谷女士也熟悉?"

令他吃惊的是,小颜竟称陆空谷为妹妹,而且是"六六妹妹":"六六妹妹,我怎么不认识呢?六六对你最好了,我说了我看过你的书,她就对我说,对应物兄不要横挑鼻子竖挑眼的。我说没有啊,我喜欢看应物兄的书,看了颇受教益。她认为我在说风凉话。可我说的都是真的。"

敬修己插嘴道:"陆空谷很感谢小颜的。"

他不由得问了一句:"她感谢小颜什么呢?"

敬修己说:"小颜从动物学、生物学的角度,证明程家大院就在

---

① 郑象愚。

此处。"

有一阵子没说话的唐风也说了一句:"找到程家大院,朱颜先生也是立了大功的。陆空谷能不感谢朱颜先生吗?"

作为寻访仁德路小组成员,章学栋也知道这件事。此时,唐风用奚落的口吻对章学栋说:"章先生,我们讨论那些材料时,你一言不吭,是不是有意见啊?"

章学栋立即说:"我不说话,是因为我在默默地表示敬意。"

唐风说:"如果不是朱颜,事情还真难定下来。朱颜,你立了大功啊。"

小颜的话带着强烈的嘲讽意味:"唐大师,你那一筛锣,我这就上竿?把我当猴子了。我只是说出了一种可能性而已。事情是你们定的,功劳也是你们的,我可不能邀功。如果这也算功劳,这功劳不应该记在我头上,应该记在那些寒鸦头上。这些好听话,你们跟寒鸦说去吧。"

75. 寒鸦

寒鸦竟是找到程家大院的重要线索?这是应物兄没有想到的。哦,停在电线上的那些黑色的鸟,其实有雨燕,也有寒鸦。空间的距离,使他无法看清它们,以为它们都是雨燕。

按小颜的说法,寒鸦是寒鸦,乌鸦是乌鸦。寒鸦胸前,有铜钱大一片羽毛是灰白色的。它的眼睛也更亮,像熟透的野葡萄。

因为程先生多次提到过程家大院的寒鸦,所以在应物兄的脑子里,也曾无数次地有寒鸦飞过,并且带着古典诗词特有的苍凉背景。但是,严格说来,那飞过去的,其实不是一只鸟,而是一个词,一阕词,一个古老的音符。他看不到它的翅膀,它的羽毛,它的爪子,它的喙。他看到的是程先生正在说出这个词,正在吟诵一首词,而且伴着二胡的悲音。

程先生说过,在离开济州之前,他最后一次听灯儿演奏二胡。那天家里来了不少人,吹拉弹唱,饮酒作乐,不亦乐乎。但是后来,琴声变成了悲音,欢唱变成了哭泣。他记得很清楚,说完这话,程先生吟诵了张可久的《折桂令·九日》:

　　人老去,西风白发,蝶愁来明日黄花。回首天涯,一抹斜阳,数点寒鸦。

程先生还吟诵了辛弃疾的《鹧鸪天》:

　　晚日寒鸦一片愁,柳塘新绿却温柔。若教眼底无离恨,不信人间有白头。

他当然也记得,程先生与北大校长见面的时候,在简短的寒暄中,程先生也提到了寒鸦。程先生搞错了,当时在林子里飞来飞去的并不是寒鸦,而是灰喜鹊。程先生说:"富家之屋,鸟所集也。寒鸦翔集,让人顿生欢喜之心。"校长当时回答说,生态环境嘛,我们一直在抓的。

在杜塞尔多夫,在那个由基督教会改成的学术会议中心的院墙外面,他陪着程先生散步的时候,鸟叫声此起彼伏。有一种鸟,叫声就像有人朝空瓶子里吹气,你甚至能听见换气的声音。不时能见到鸟的骸骨。有一架骸骨陈列在倒伏的树杈上,就像梳子。时间剥离了它的肉身,它显得那么精致,光滑,干净,轻盈。它在时间中变成了非时间性的存在。他认为那应该是燕子的骸骨。程先生弯腰去看那些骸骨,说,这是寒鸦。哦,就在那天,他将吴镇介绍给了程先生。

小颜如何通过寒鸦来确定程家大院就在这片胡同区一事,主要是唐风和敬修己来讲述的。小颜却表现得就像个局外人似的,好像对此并不关心。相比较而言,他好像对四指手中那只铜葫芦更感兴趣,借了过来,把玩着。

而随着他们的讲述,在我们应物兄的意念中,杜塞尔多夫的那排骸骨又还原成了鸟,还原成了寒鸦。张可久和辛弃疾诗中的鸟,从词语的鸟变成了一只只活生生的鸟。它们在天上飞着,高过所有的树梢。它有翅膀,有羽毛,有爪子,有喙。它斜着飞。根据飞矢不动的观点,它在空中有如一个静止的剪影。后来,剪影中的翅膀突然收缩了,又迅速张开,扇动着。它在屋顶上盘旋,缓缓降落,落到了程先生曾经提到过的程家大院的那株梅树上。

梅花开着,寒鸦叫着。

唐风和敬修己认为,通过寒鸦来确定程家大院,是小颜的一大发明。小颜反对这个说法。小颜说,在生物学界,肯定寒鸦的记忆和思考能力,其实是一个常识。小颜说,他去德国游玩时,曾拜访过鸟类学家尼德尔教授[1]。尼德尔教授认为,虽然寒鸦、乌鸦、喜鹊这些鸦科动物和人类不存在共同的祖先,但是在某些决策行为上,它们与人类有着惊人的相似性,具有相当的智力。寒鸦与灵长类动物有着不同的大脑,但在某些细胞调节上,却有着相似特征。寒鸦可以记住它见过的图像,还可以使用工具取食,它们有自己的语言渠道,可以用语言充分交流,最重要的是,它有惊人的记忆力。它们不仅能够记住飞行的路线,可以躲避曾经经过的危险空域,还有一种深刻的种族记忆,在繁衍多代之后,还能够记住某个重大事件,比如记住祖先曾经在哪里生活。它们总是要回到那个地方去,即便那里已经面目全非。

"尼德尔教授甚至相信,作为恐龙的后裔,寒鸦甚至还记得恐龙时代。"小颜说,"所以,几十年的时间,对它们来说,不过是一个瞬间。"

他还是提出了他的疑问:"你怎么知道这群寒鸦待的地方,就是程家大院?"

---

[1] 安德里亚斯·尼德尔(Andreas Nieder),德国图宾根大学教授,鸟类学家,动物心理学家。

小颜对程先生直呼其名,说:"程济世多次提到家中落有寒鸦。在济州,只有少数几个地方有寒鸦。你们的专家认为,只有这片地方,与历史相符。现在落在电线上那些寒鸦,只是进一步证明,它们飞来飞去的那片狭小的区域,就是程济世家,也就是你们说的怡红院。"

话里话外,他觉得小颜对程先生似乎有些不敬。

当然,他很快就想到,作为一个负责自然科学家与人文学者对话的学术主持人,拒绝客套,直呼其名,平等地参加对话,在对话中回到事物本身,这大概就是他在工作中养成的习惯。

在随后的交谈中,小颜不愿再谈自己,小颜甚至不愿意参加他们的谈话。每当唐风想让小颜"说几句"的时候,小颜甚至似乎都懒得搭理他。

唐风对小颜的耐心、尊重,让应物兄觉得有些不可思议。

直觉告诉他,唐风一定有什么事情有求于小颜。关于唐风与小颜的关系,他是在多天之后才知道的:自诩为《易经》专家的唐风,对《易经》其实也是半懂不懂,需要向小颜请教。这倒不是因为唐风天资不够。一个在八十年代能够考进清华大学的人,怎么会天资不够呢?接个吻就能从女人嘴里顺出一只金牙的人,怎么会天资不够呢?唐风之所以会被《易经》中的一些知识绊倒,是因为《易经》中涉及海量的自然科学知识,它首先是一部科学著作,描述的是物质运动及其规律。多年游走于江湖的唐风,对那些知识已经非常隔膜了,需要小颜的指点。

费边突然拉了应物兄一下,说:"我有件事要告诉你。"

往门口走的时候,费边已经开始大发感慨了:"德能兄死了快二十年了。"

应物兄心中咯噔一下。时间过得太快了。

费边说:"我们网站成立了出版部,我负责此事,正好利用这个权力给文德能出本书。我给文德斯写了信,让他把哥哥的遗稿编一下。他回信说,哥哥没有遗稿。怎么可能呢?"

"文德斯倒没有说错。"

"开玩笑吧?我看他每天写个不停。"

"至少我没见过他的文章。"

"不对吧,临死前他还提到了一篇文章,说没有考虑成熟。可见他一直在写。"

哦,那是一个谜。文德能死前,提到了一个奇怪的单词,"Thirdxelf"。文德能将那串字母分别说出,而且说了两遍。芸娘似乎听懂了他的意思,说她听懂了,会帮他找到的。芸娘后来说,那是他很早以前写的一篇文章的题目。

根据芸娘的解释,那是文德能生造的一个单词:文德能将"第三"(Third)和"自我"(self)两个词组合了起来,形成一个新的单词:Thirdself,第三自我。但是文德能又将其中的"s"换成了"x"。他还记得,文德能说完这个单词之后,又清晰地说出了最后两个字:逗号。按芸娘的理解,他是说,那篇文章他没有写完呢。

他对费边说:"他写的都是一些笔记。他好像谈过,无论是在八十年代还是九十年代,我们的经验都否定着理论,各种理论。它还没有成为一种话语。他说过,对我们来说,希望是个秘密,痛苦是个秘闻,但都没有形成文字。"

"那我就把他的那些笔记凑成一本书。这对他,也是个交代。哪怕是病假条,我也给他出了。你给他写个序吧。想借你的名声,我多卖几本书,少赔一点钱。"

我怎么能给文德能写序呢?能够梳理他的想法的人,不是我。每次和他交谈之前,我都得事先做准备。但是几句话之后,我就理屈词穷了。我是充电两小时,对话五分钟。

他摇着头。与其说是表示拒绝,不如说是表示愧疚。

费边说:"你们不是知音吗?我看到你在书中多次提到了他。"

没错。我提到过多次,有时提到他的名字,有时则隐去了名字。隐去名字,并不是要将他的思想占为己有,而是因为想不起来他的原话了。他想起来,他曾经在解释"君子不器"的时候,提到文德能的一则笔记:个人必须在公共空间里发挥作用,自我应该敞开着,可以让风吹过自我。但对于文德能那些复杂、敏感的想法,我是无法把握的。

他的沉默引起了费边的不满。费边噘起嘴唇,吹了一下前额的头发。那里的一绺头发被染成了黄色。有人说,那是精心设计的,在北京的富人圈里,那是股东的标志。那绺头发缓缓落下去的时候,他对费边说:"这个序,我没有资格写。有个人比我合适,那就是文德斯。"

费边说:"那还不如我写呢。我总比他有名吧?"

当他们谈完话,回到庙里的时候,小颜正准备离开。小颜说,他和一个朋友有约。多天之后,他才知道,约小颜见面的人,就是陆空谷。

到了下午四点钟的时候,唐风和四指也出去了。他们似乎要去替别人指点迷津。人们都走了,只剩下了应物兄和敬修己。皂荚庙里突然恢复了空寂。

在问候过程先生之后,应物兄发现,他竟然找不出话来了。

敬修己显然也是如此。

出去走走,谈谈天气?后来,他们就走出皂荚庙,来到了外面的工地。

应物兄不能不感慨工程进展之快,快得似乎超出了人类的想象力。仅仅过去几个小时,远处的共济山就长高了许多,而且又多出了一个山峰,与他来时看到的那个已经形成了连绵之势。他不由得想到,几天之后这里甚至可能出现群山呢。远远看去,有推土机往原来的那架山上堆土,那是从开挖的济河古道运来的土。运着参天大树的车辆已经开进来了,同时开进来的还有长臂吊车。吊车把树从车上取下,直接送到山腰。取下来的时候,那树是躺着的,但它很快就直立起来。它生长,在空中生长,迅速地向天空生长,向缓缓飘荡的云朵生长。第二棵大树又将这个过程重复了一遍。有时候空中同时出现几株大树,就像空中的森林。那森林整体地向山腰移动,但又给人一种感觉,好像山在向森林移动。日暮苍山远,你远远地看着它们,觉得它们要撞到一起了,甚至会为它们担心。它们呢,好像也担心相撞,慢慢地错开了,但最后还是撞到了一起。随后云朵被晚霞染得绯红,染成紫红色,又被浓墨重彩地涂得黑红。几乎所有的民工,都挤到了那山上去,他们要把一株大树从山腰抬到山峰,让它成为共济山的最高峰。

那原始的劳动号子从废墟那里传来:杭育,杭育,杭育。

已经适应了机器声音的寒鸦、乌鸦、雨燕等各种鸟,以及瓦砾中的那些飞虫,包括地鼠,包括在破砖烂瓦之间假寐的野猫,此时听到那整齐划一的人声,似乎都有些惊讶。它们不约而同地飞,不约而同地跳,又在飞与跳的同时,找到食物,发现配偶,迎来天敌。在这片废墟上,集中地演绎着什么叫"食色,性也"。

还有一只狗,它本来倚着一个被砸坏的黑乎乎的门框卧着,看到他们过来,慢腾腾地站了起来。那是一条母狗,一条说不出品种的狗,眼珠子蜡黄。它似乎是沙皮狗与土狗的杂交。它太瘦了,似乎已经多天没有吃饭。它肚皮下垂,本来排列整齐的乳头现在胡乱地长在上面,乍看就像用黑塑料做成的劣质的扣子。如果不出意外,它应该是偷偷跑回来的,回来寻找自己的孩子。它挪动了几步,挪到一个同样黑乎乎的门板上,屁股下垂,开始拉屎了。它拉出来的屎,一点不结实,松松垮垮的,就像肉松。随后,它掉转屁股,看着那泡狗屎发着呆。它是出于自恋吗?显然不是。它呜呜咽咽的,似乎在哭。

那个门板与砖头的缝隙间,长出了几株绿苗,那是丝瓜苗还是豆苗?它的眼睛就在狗屎与豆苗之间来回看着,狗眼分泌出大坨的眵目糊,似乎快瞎了。因为它动作迟钝,所以它给人的感觉倒像是陷入了思考。它在思考什么问题呢？种瓜得瓜,种豆得豆,它是不是在想,它拉出的那泡狗屎,能否变出小狗？

一阵疼痛,突然在胸中涌起。

当那只狗再卧下去的时候,门板的一头突然翘了起来。狗和狗屎,迅速地滑了下来。那门板继续向前滑动。这时候,一个事件发生了。门板挪开的那个地方,有个物件,一半埋在砾石里,一半露在外面。

狗用嘴把它叼了出来。

原来是个钱包大小的影集。

那只狗就叼着那本影集,慢慢走开了。它是不是觉得,那就是主人的影集？

有两张照片从影集中掉了出来。这件事本来与他们没有关系,但此时他们却走了过去,将照片捡了起来。敬修己拿的那张上面是个穿开裆裤的孩子,在麻石路上走着,而在应物兄拿的这一张上,那孩子好像在郊游,站在河边,河边有芦苇,远处还有一道沟渠。照片很小,黑白的,像火柴盒那么大。他自己小时候的照片已经找不到了,所以对这个经过狗嘴的过渡偶然来到手中的照片,他突然产生了一种奇怪的亲切感。他想起自己也有过类似的照片,也是站在河边照的。现在,看着那照片,他似乎闻到了芦苇的清香。一个奇怪的想法在他脑子里盘旋:如果我能找到过去的照片,那么上面的那个我,还在我身上吗？我会不会觉得,那个遥远的孩子如同是另外一个人？

敬修己似乎也有些出神。

一辆卡车从他们身边驶过,上面装的是铁棍。那辆车在皂荚庙门前停下来了。

敬修己终于说话了:"这皂荚庙外面,原来围着铁槛。要恢复原样了。"

听敬修己的口气,敬修己已对四周风物进行了多番考证。据他说,这皂荚庙,最早只是一个大户人家的外宅,就是小老婆住的地方。那个人后来看破红尘,到慈恩寺当了和尚,法号智能。虽说做了和尚,但仍然迷恋女色,这次迷恋的是个道姑。被慈恩寺赶出来之后,他就和那道姑住在这里。智能虽已还俗,但依然吃斋念佛。明嘉靖二十六年(1547)七月,黄河泛滥,济河决堤。水退之后,淹死鬼遍布田野,饿死鬼充塞街巷。凡死于此宅前后左右者,智能必为其收尸,火化,安葬。后来,人们感于这个还俗和尚的善举,助其在后花园建了个小庙。虽是小庙,时人却故意称其为智能寺,而称慈恩寺为慈恩庙。寺比庙大。这当然是为了笑话慈恩寺,因为大灾之年,瘟疫流行,慈恩寺竟紧闭山门,僧众皆不能来去。因为院内院外有皂荚树,所以它就有了两个名字:智能寺和皂荚庙。智能又陆续化缘,在此建起了禅堂、斋堂、客堂。到1664年,皂荚庙已初具规模。从此,皂荚树俯看香客礼佛,静对缥缈烟火。

"修己兄,这倒是从哪里查阅的资料?"

"《济州地方志》上有,《济河志》上有,《明史·河渠志》上有。且百姓代代相传,心中自有。"

"那它后来如何成了程家的家庙?"

敬修己接下来的讲述,依然环环相扣,由不得人不信。据他说,皂荚庙的清静,保持到1911年。时局动乱,清军将此当作军粮囤积之地。为了防盗,在庙外安扎了铁槛。与此相通的胡同,也装了铁槛,那胡同也就改叫铁槛胡同了。清军南下武昌与革命军交战前夕,革命军的线人在此放火,将军粮烧了个精光。从此,皂荚庙就只剩下了门外的两道铁槛。后来,善男信女曾化缘重修此庙,却断断续续弄不成个样子。程会贤将军的父亲程作庸,是城内有名的郎中,也是吃斋念佛的人,曾救治过一个做药材生意的人,这人有感于程作庸救命之恩,重修了这个小庙,将它送给了程家。

"程先生怎么没向我讲过此事?"

"他离开济州时,还是个孩子,如何知道这曲里拐弯的事?"

讲完皂荚庙,敬修己给小颜打电话,催小颜回来,说该去吃饭了。小颜一定是说自己吃过了,因为他听见敬修己说:"别骗我,你真吃了还是假吃了?把菜名报给我听听。"小颜在那边报菜名的时候,敬修己掰着指头数着,突然说:"你身上发痒,那是起疹子了。海鲜可以吃,但要少吃。"

随后,敬修己突然说:"小颜到太和任教如何?"

"你是说——小颜想调入太和研究院?"

"说错了!不是他想调入太和,而是太和需要他。"

"你是不是也要到太和来?"

"又说错了!我来不来,取决于小颜。他来,我就来。"

"我和小颜虽是初次见面,但对他的印象很好。"

"北京虽是首善之区,但压力太大了。你看他累的。活活心疼死个人。我跟葛道宏讲了,葛道宏说,你跟董校长说吧,这事归他管。我跟董松龄只有一面之缘,那是在日本,他请我和程先生吃饭。话不投机,我们吵了起来。他竟敢欺骗程先生。"

"欺骗程先生什么了?"

"程先生问他,有人说他是胡汉三,胡汉三到底是什么人?他说,胡汉三是个叶落归根、荣归故里的人。"

"一个玩笑嘛。"

"怎么能说是玩笑呢?第二天,有几个中国留学生前来拜访程先生。程先生就说,自己是胡汉三,也要叶落归根,回到济州。我当即找到董松龄,说他居心不良。"

"你跟程先生解释了吗?"

"我只能委婉地告诉程先生,胡汉三后来死于非命,还是不提为好。好了,不谈这个了。你就去告诉董松龄,要请敬先生到太和,必须将小颜也调入太和。"

"你是程先生身边的人,何不直接向程先生提出?程先生推荐的人,这边肯定是接收的。"

"我不找他。"

"为什么?"

敬修已开始搔头皮了。头发搔乱之后,露出了白发楂,就像口袋翻过来露出了密密的针脚。与此同时,他听见敬修已倒吸着凉气,发着咝咝的声音,嘴巴也变歪了。它还要继续变歪,因为敬修已几乎要哭起来了。敬修已的话就是从那张歪嘴里吐出来的:"先生说,凡是我看上的人,热度只有三分钟。"

"你对人家只有三分钟热度?"

"是人家对我。"敬修已说,"这次,不会了。"

76. 回家

回家取换洗衣服的时候,应物兄意外地被人堵住了。他们就站在他的门口。那是华学明的前妻邵敏和儿子华纪。邵敏说:"想溜,还来得及。"他听见房间里的电话还在响着。显然,她认为他躲在房间里不愿见她。

她是一名律师,大名鼎鼎。她接手的案子大都是关于名人出轨的,既有钱赚,又可以出名。最近两年,她成了公益律师,或为妇女儿童的合法权益奔波,或为伤残民工提供法律援助。原来她只在国内有名,如今也常在西方次要媒体上出现。世界妇女大会在中国召开的时候,美国前国务卿曾召见她。她没能赴京觐见,是因为她又结了婚,蜜月期间又被第二任丈夫打了,破了相。她虽然常为那些受到家暴的妇女免费打官司,但对于自己被家暴,却一声不吭。

借破相的机会,她整容了,现在看上去很年轻。

在济州大学由苏联人援建的筒子楼里,他们两家曾做过几年邻居。在后来的日子里,他偶尔也会想起其间一些令人感动的时刻。华学明曾说过,他最早的理想,是当一个天体物理数学家,最崇拜的人是天文学家卡尔·萨根[1]。有一天停电了,他们在斗室之内燃起了蜡烛,听华学明讲述卡尔·萨根的故事。华学明说,1990年的情人节,"旅行者1号"在进入银河系中心后回首太阳系,拍下了六十张照片,其中一张照片上,刚好包含了地球:在黑暗的背景中,地球就像一粒尘埃。在那粒微尘上,生活着很多人。每个你爱的人,每个你认识的人,每个曾经存在过的人,都将在那里过完一生。那里集合了一切的欢乐与苦难,集合了数千个自信的宗教、意识形态以及形形色色的经济学观点。

华学明说这话的时候,邵敏就斜躺在华学明怀里,在烛光中凝望着华学明。她的目光因为烛光而闪烁,而华学明的声音则因为她的凝望而流畅。

他还记得一个细节,华学明当时不停地轻轻地挠着她的手背。地球是一粒尘埃,而这个细节,这个爱的细节,却大于尘埃。华学明说,每个猎人和搜寻者,每个英雄与狗熊,每个文明的创造者与毁灭者,每个国王与农夫,每对相恋中的情侣,每对望子成龙的父母,每个童贞的孩子,每个发明家,每个探险家,每个德高望重的教授,每个贪污的政客,每个超级明星,每个至高无上的领袖,人类历史上的每个圣人与罪人,都住在那里。但是,它,却只是一粒悬浮在光线中的微尘。

"旅行者1号"携带的一张金属唱片,收录了从最古老的苏美尔语到现在的五十五种语言的问候语,为的是向可能遇到的外星人表达地球人的问候。其中也收录了贝多芬的《命运交响曲》以及七十年代的摇滚歌曲。里面收录的中国音乐,是流传了两千五百年的古曲《流水》。《流水》这部作品是一个名叫安·德鲁彦[2]的女士向卡尔·萨根提供的。当时,他们通了一个电话。结束通话时,

---

[1] Carl Sagan,美国天文学家,曾参与"旅行者1号"实施计划。
[2] Ann Druyan,美国女作家,纪录片制作人。

卡尔·萨根就向安·德鲁彦求婚了。在那张金属唱片上,也录制了安·德鲁彦的声音,包括她的脑电波。她的声音、联合国秘书长的声音、美国总统卡特的声音,还有那些音乐、那些问候,至今仍在太空翱翔,将翱翔四万年。

说完这话,华学明指着妻子说:"你就是我的安·德鲁彦。哪天我的生物学研究取得了重大突破,我也要制作一张金属唱片,录入你的声音,让它永世长存。"

幸福的泪水从她的眼角蜿蜒而下,流到了华学明的膝盖上。

华学明说:"我先给你起个音乐名字吧,邵敏,你就叫'嗦发咪'吧。"

邵敏调皮地说:"干脆叫我543得了。"

就在那天晚上,应物兄与他俩散步的时候,华学明钻到学校的花圃里去偷花,将它献给了嗦发咪。这当然是不应该的,但他却觉得那个画面很美。他想起了一个日本儒学家送给他的条幅,那是一首俳句:

秋夜的月光
温柔地照耀着
偷花的贼

俳句通常写的都是静止的画面,这一首却写到了一个动作:偷。倒也符合事实。而当初那个被"偷花的贼"感动得泪流满面的邵敏,那个"嗦发咪",现在就站在应物兄面前。邵敏对儿子华纪说:"快叫干爸。"

华纪说:"干爸好,您可一点不见老。"

以前每次见到华纪,他都会摸一下华纪的头。这孩子转眼之间已经蹿到了一米八,比他还高,这就不能再摸了。他看到华纪脸上出现了青春痘。那或许是他的第一个痘子,长在腮边,里面的脓包正在形成,还没有探头。看到华纪,应物兄不仅感到自己老了,还直观地感受到二十一世纪已经过去了很多年。

华纪的"纪"是新世纪的意思。华纪的生日很好记,2000年1月1日。

上个世纪九十年代的最后一年,各大媒体引用专家的话说,2000年作为公元后第二个千年之始,又适逢中国的龙年,对于以龙为图腾的中国来说具有特殊意义。当时盛传,凡是在2000年1月1日0时0分出生的婴儿,都有一个共同的名字:千禧宝宝。国家将免费把他们抚养到十八岁。

应物兄记得,第一次听到这个传说的时候,自己也曾感慨不已。他想,国家如此慷慨,实因中国人对新世纪有太多的期待。对中国人来说,二十世纪是个屈辱的世纪,现在它终于要被甩在身后了。千禧宝宝们将轻装上阵,实现民族复兴的伟大梦想。当时不少企业家在媒体上放言,他们将赞助千禧宝宝,赞助项目可谓五花八门:奶粉、奶嘴、婴儿床、尿不湿、定型枕、抱被、电动摇椅、婴儿保湿面霜、游泳圈、拨浪鼓等等,应有尽有。其实都是广告。对于这些带有福利性质的广告,准备怀孕的父母们是欢迎的。只有一条广告引起了人们的怀疑。那是一所整容矫形医院的广告:千禧宝宝中有兔唇者,终身接受免费治疗。

莫非永远治不好,所以需要终身治疗?

邵敏就是在这些铺天盖地的广告中怀孕生子的。她有信心把孩子生在1月1日。她的信心建立在丈夫身上:丈夫从事的是生命科学研究,有理论有实践,有经验也有教训——婚前就让她堕了两次胎。他们精心计算着怀孕日期,精心保胎,她每天的食量、运动量也是经过周密安排的。其实孩子出生前一周,她就出现了宫缩。到了前两天,则是每过十分钟就来一次宫缩,孩子随时都可能夺门而出。但她就是憋着不生。为此她让华学明将床尾摇高,并且又是吸肚又是提肛。反正是横下一条心,憋着一口气,坚决不进产房。

华纪在子宫里又踢又打,搞了个脐带绕颈,差点把自己给勒死。

华学明也没闲着。除了照顾孕妇,还要侍候电视台和报社的各路记者。根据要求,生在"零时零分"必须有文字和录像为证,也就是说,需要拍下婴儿诞生的经过,而且必须确认那是顺产,出生时间不是人为操纵的。邵敏被推进产房的时候,华纪的脑袋其实已经湿漉漉地拱出来了,随时都要滑出产道。她呢,虽然已经处于半昏迷状态了,但脑子里的那根弦还紧绷着。她终于如愿以偿,在零时零分生下了眼下这个正在玩手机的孩子。

他们也确实收到了厂家寄来的奶粉、奶嘴、吸奶器、尿不湿,以及婴儿床、爽身粉、吸鼻器、肚兜、拨浪鼓。仅仅是拨浪鼓,他们就收到了几十个。如今在华学明的生命科学院基地,至少还可以找到十几个拨浪鼓,它们成了工人们招呼林蛙的工具:那些林蛙只要一听见那"拨郎登,拨郎登"的声音,就会产生条件反射,纷纷从池子里爬出来,扑向那些搅拌在一起的蛋黄、鱼粉、豆渣和鸭血。但是谁能想到呢?关于千禧年的说法很快就变了。不少专家出来辟谣,说新世纪其实是从 2001 年 1 月 1 日开始的。他们的算法是这样的:从公元元年算起,满一百年为一个世纪,所以人类第一个世纪的最后一年是公元 100 年,第二个世纪的第一年是 101 年。依此类推,21 世纪的第一年就是 2001 年。闹了半天,华纪还是从旧世纪过来的人?

更让华学明窝心的是,有好事者还把"千禧宝宝"的"八字"列出来了:己卯、丙子、戊午、壬子。这个"八字"意味着什么呢?看似旺相,实则自身难保;身弱之命,常为不孝之徒;多有异母兄弟,手足关系不好。总之,属于弊多利少。当华学明在《济州晚报》上看到这篇文章的时候,真是气坏了,恨不得把华纪塞入子宫回炉。哎哟,怎么说呢,华学明可能到现在都不知道,那篇文章的作者就是伯庸。伯庸的长子没能坚持到 2000 年 1 月 1 日就来到了人世,生于 1999 年 12 月 30 日。

现在,邵敏要把从旧世纪过来的年轻人打发到另一个房间去。

邵敏说:"到那边玩去,我向你干爸请教点事情。"

她问的第一个问题是:"怎么没见到姗姗?出差了?"

对于他和乔姗姗的分居,她不可能不知道。但既然她这么问了,他也只能顺着她说:"是啊,又出差了嘛。"听上去,好像对乔姗姗的频频出差很有意见。

"我也是刚出差回来,去了一趟海南。"

"你还是老样子,没变化。"

"干我们这一行,看什么都是假的,只有身上的脂肪是真的,都是亲生的。所以我也懒得减肥。"

这话说的!你这个身材分明是减肥运动的结果嘛。他就换了个话题:"去海南办案?你们干的都是实事。"

"什么实事?干我们这一行的,每天处理的都是些乌七八糟的事。幸亏去得及时。晚去两天,不定闹出什么事呢。"

"是替民工说事,还是替妇女儿童说话?你现在可是个名人了。不过,我看你还是老样子,一点没有架子。"

"接地气嘛。只要接了地气,名人架子就端不起来了。不过,我这次处理的,可不是什么民工的案子。它差点成了自己的案子。"

"公益律师嘛,有时候会遇到压力的。"

她的声音突然放低了,说:"反正你是孩子的干爸,我也不瞒你。华纪和班上另一个男生,带着两个女孩去三亚玩了几天。直到女孩的家长打上门来,学明才知道此事。他抽不开身。他有时间忙蛤蟆,忙蝈蝈,可就是没时间管孩子。关键时刻还得我顶上去。幸亏我在那边人头熟,很快就找到了他们。他们在三亚住的是几十块钱的房间,连个厕所都没有。还被骗走了身份证。没被拐卖到山西的黑煤窑,已是万幸。我给他们安排了六星级宾馆。得让他们知道,好宾馆是什么样子的,有钱才能住好宾馆,但你必须好好学习,长大才会有钱。"

华纪戴着耳机,捧着手机,走了过来:"有话当面讲,背后议论不好。"

她愣了一下,说:"说谁呢?怎么说话呢?"

华纪把耳机摘了:"说谁谁知道。"

她拿起茶杯就要砸过去,当然最后还是轻轻放下了。她说:"你知道女生家长是怎么骂我的吗?我都不好意思说出口。"

华纪说:"说不出口,那就别说了。"

她说:"小小年纪,就敢和女人厮混。女人是怎么回事,你懂吗?"

华纪说:"话怎么那么难听啊。"

她说:"应物兄,你都看到了,你这干儿子,这是要活活气死我啊。你是知道的,当初生他,我差点把命都搭进去。"说着,她一下子站了起来,指着华纪,"你说,你对得起谁啊?"

华纪说:"额滴神啊!知足吧您。我没搞同性恋,已经对得起您了。"

她说:"滚!"

华纪说:"吓死宝宝了。"说着,又把两只耳机戴上了。

邵敏终于扔了个东西过去。不是茶杯,而是她的围巾。他示意华纪把围巾捡起来。但华纪没捡。他自己走了过去,捡起围巾,交到了华纪手上。华纪把围巾搭到她的肩上,然后又到另一个房间去了。

"其实,我可以理解孩子。孩子对我有怨气。'五一'小长假,我想带他出去玩几天。你去吗?再叫上几个朋友,一起热闹热闹。你和姗姗也带上应波。"

"我倒是想见应波。可她在美国。"

"哦,对了,华纪给我说过,应波妹妹去了美国。那就叫上姗姗。我也好久没见她了。听说你们现在不吵架了。好啊。"

"我们本来就很少吵。"

"那就好。她对我说过,你对世界要求太多了。"

什么意思?想搂着自己老婆睡一觉,就成了向世界要求太多?

他对她说:"你还是和那两个女生的家长一起去吧,也可借此恢复一下关系。孩子们在一起,以后总是会见到的。说不定,以后你们会成为亲家呢。"

她有点不高兴了,说:"你还有心思开玩笑?我真是吓坏了。女生家长领着孩子去做了处女膜检查,幸亏还完好无损。要是破了,还真不知道该如何收场呢。如果不是咱干的,咱到哪说理去?先不说这官司能不能打赢。就是打赢了,也身败名裂了。我骂他两句,他竟给我顶嘴,说这是遗传。我跟他爸可是上大学的时候才谈的恋爱,在未名湖畔、博雅塔下订的终身。我打听了一下,唉,其实也不能怪孩子。都是那些蝈蝈给闹的。一天到晚,华学明嘴里就两个字:交配,交配,交配。孩子让我看过照片,他爸一个个翻看着蝈蝈的生殖器,又是量大小,又是调角度,还吩咐女助手在旁边记录。那个女助手以前是干什么的,你知道吗?专门给母老鼠做阴道涂片检查的。想着就恶心。孩子好不容易过个星期天,他也要把孩子拉去帮忙,帮助蝈蝈交配。录音机里放的是交配,录像带里录的也是交配。您说说,青春期的男孩子怎么受得了这个?听说,那是你给学明吩咐的任务?还付了一笔钱给他?"

话题终于明朗了。她是从我这里打听,华学明从济哥研究中赚了多少。而且,听她的口气,华纪带女孩子出去开房,我也得负责任。

他说:"我向学明打听过济哥的相关知识。他告诉我,济哥已经灭绝了。"

"你到底给了他多少钱啊?"

"一分钱没给啊。"

"可我听华纪说,这个项目起码值一千万。是人民币还是美元?"

"我都不知道,华纪怎么会知道呢?"

"华纪是听学明的助手说的。学明的助手说,华教授是看在朋友的面子上才只要一千万的。如果这是国家课题,那么他至少可以拿到一个亿。济大附属医院申请的一个关于糖尿病研究的项目,项目资金就是八千万。历史系承担的一个狗屁项目,是关于怎么扮演皇帝的,就拿到了一千万。跟那些项目相比,这个项目意义更大,其意义可与克隆研究相比。华学明说了,即便把诺贝尔奖给他,他都当之无愧。"

"那我祝贺他早日获奖。"

莫非华学明真的培育出了济哥?他想起了在希尔顿那次谈话。当华学明看见那些死去的蝈蝈的时候,华学明说,那些蝈蝈已经完成了自己的历史使命,该退出历史舞台了,因为真正的济哥马上就要诞生了。在场的那个罐家听了,立即捂住胸口,说太激动了,心脏病都要犯了。他以为那是罐家对华学明的嘲讽。

"你知道,他还差我一笔钱呢。我算了算,连本带息,他至少还得给我六百万。这些年,华纪的抚养费、学费都是我掏的。吃喝玩乐的费用是他掏的,我认。但他住的房子是我们两个人的。当初,我可是净身出户。离婚协议书上,并没有谈到房子归谁。现在,他有了钱,得把钱还给我。我也不多要。以前,他不是矫情叫我嗦发咪吗?嗦发咪就是543,我只要543万。"

什么净身出户?哪有的事。你有那么好心吗?当初为了付钱给你,学明还从我这里借了几万块钱呢。学明就是不给你一分钱,也是应该的。因为是你先出的轨。他想起来了,当初她是跟自己的客户搞上了。那个男人是开4S店的,经常带她兜风。某种意义上,她是走在了汉语的前头:"车震"这个词还没有诞生呢,她就已经玩上车震了。学明起初还装傻充愣,只是对她旁敲侧击,提醒她别太当真了。再后来,华学明就觉得应该离掉了。按学明兄的说法,他每次吻她的时候,她都显得无动于衷,双手毫无反应地耷拉在裤缝上,眼睛睁着,眉头皱着,只是把嘴巴往前送,脸的上部却尽量躲得远远的。学明说,他想明白了,只有经常出轨的女人,没有只出轨一次的女人。猫儿偷腥,狗儿吃屎,能改吗?女人一旦出轨,就像一张沾了屎的钞票,扔了可惜,捡起来恶心,但不扔又不行。他还记得华学明说:"他妈的,一想起她还是处女座,我就觉得星座学说完全是扯淡。"

她无非想知道,学明从我这里拿了多少钱,好拿走一半。这怎么可能呢?别说我不会给他钱,就是给了,那也是项目资金,不能随便挪用的。

哦,等等,想起来了,邵敏和华学明离婚后,还又嫁了一次,就是嫁给了那个4S店老板。邵敏,隔着一次婚姻,你来向华学明要钱,你这是下象棋呢,隔山打炮啊?

她还在说个不停:"你都看到了,孩子大了,以后花钱的地方多着呢。上大学,谈恋爱,买房子,娶媳妇。我得把孩子抚养权弄到手。这件事给了我深刻的教训,我不能再让他管孩子了。"

"学明对孩子还是很尽心的,这些年又当爹又当妈,挺不容易的。"

"拉倒吧。孩子吃住都在学校,费他什么事了?别夸他了,他耳根会发热的。你也别替他瞒着了。他到底拿了多少钱?我这不是为了我,是为了你的干儿子。"

"好吧,那我就实话告诉你,他花的钱,我会给他报销的。但我不会另外给他钱。因为这钱不是我的,是GC集团给太和研究院的。再说了,我们跟GC集团还没有正式签约呢,钱还没到账呢。"

"GC集团?他们的老板就是那个换肾换上瘾的家伙吗?"

"大律师也关心八卦?八卦怎么能当真呢?"

"名流的八卦都是真的,都是他们自己放出来。你要是不关心,他们会失望的。谁的八卦最多,谁就最成功。我也听到过你的八卦。"

"我的八卦?"

"你跟朗月当空的八卦啊。"

"朗月当空?"

"朗月当空照,天涯共此时。我也做过她的节目。我们可是好姐妹呢。我是她的法律顾问。她有什么心事都会跟我说的。不过,请放心,我不会向姗姗透露半句的。律师最宝贵的个人品质是什么?口风紧。即便你亲眼看见你的当事人杀了人,你也得说没这回事。有理有据地说谎是律师的第一道德准则。如果我没有猜错,朗月当空照,也来过你这间屋子。难道不是吗?"

她竟然站了起来。她不光站了起来,还抬起了下巴。她的目光既像俯视又像逼视,给人的感觉好像是用下巴看人。华学明有句名言:"律师都是用下巴看世界的。"据华学明说,律师们喜欢声势夺人,鬼话连篇,那些鬼话没把别人吓住,倒先把他们自己的下巴给震掉了,所以他们经常下巴脱臼。

这就是威胁了。应物兄听见自己说。

我本来还把你看成大律师的,现在只能把你看成一个讼棍了。

她拉过一把椅子,以倒骑驴的架势坐在上面,下巴搁在椅背上,"你倒是说啊?"

他对讼棍说:"你的话我有点听不懂了。你到底想说什么呢?"

邵敏说:"只要你说出给了学明多少钱,我就告诉你朗月都跟我说了什么。"

他站起来,走到另一个房间,对趴在沙发上玩游戏的华纪说:"你妈妈好像身体不舒服,你是不是带她回去?"

华纪说:"应伯伯,求您了。您再应付一会,让我把这局打完。"他就站在华纪面前,耐心地等待着华纪打完那一局。华纪玩的游戏,似乎是在一座古老的寺庙里展开的:一些卡通和尚飞檐走壁,手持棍棒,在追打一群黑衣人;那群黑衣人像蝙蝠一样,在屋脊和屋脊之间飞翔;风吹起了黑衣,露出了一个人的脸,露出了另一个人的屁股;屁股和脸组合到一起,你就知道了,黑衣人原来是女人。应物兄突然想起华纪小时候曾问过一个问题:老和尚没有老婆,怎么生出了小和尚?

他也再次想起,华学明偷花献给邵敏的情景。邵敏把那花插在啤酒瓶里,摆了一圈,在地板上围成了心的形状。他们就盘腿坐在地板上交谈。哦,邵敏,我多么怀念那些曾经有过的交谈,乔姗姗当时也曾参与其中。我们相对而坐,直视着对方的眼睛。你讲述关于"法"的故事。你说,法,刑也,平之如水。故从水,触不直者去之,故从去。你说"法"字,原来写作"灋",是一种独角神兽,会用它的角去顶犯了罪的人。我还记得,你讲出这番话的时候,目光勇敢而纯净。我记得你说话时的样子,更记得你倾听时的样子。在你倾听的时候,你的目光因为专注而美丽,因为认真而闪耀。你的提问不是为了探听别人的隐私,而是对世界的探寻。

但是现在,你以倒骑驴的姿势,坐在我的客厅里。你自己出丑,又巴不得别人出丑。你怎么变成了这个样子?他用眼睛的余光看着她,就像望着一代人。哦,我悲哀地望着一代人。这代人,经过化妆,经过整容,看上去更年轻了,但目光黯淡,不知羞耻,对善恶无动于衷。

后来,她终于走了。

她走的时候,似乎面有愧色。他捕捉到了那点愧色,并感觉到她步履踉跄,于是突然体谅到了她的不易,暗暗地原谅了她。

有几分钟时间,他脑子里一片空白。

后来,他发现自己的手指在寻找朗月的电话。它似乎是自动打出去的。还好,朗月并没有接。就在他和衣躺下,曲肱而枕,清理着脑子里杂乱的感受的时候,朗月把电话回过来了。大概是在电台洗手间打的电话,朗月声音压得很低,近乎喃喃自语:"我跟那个邵律师只合作过一次,就在昨天。我请她来做节目,然后陪她吃了饭。她告诉我,你是她的朋友。她提到你与夫人关系紧张,我说这么好的男人,到哪里找去啊?就这么一句。"

"你们谈的是什么话题?"

"名人的性丑闻啊。她说从生物学的角度看,人不过是两条腿的动物,只是比别的动物更复杂,更聪明而已。所谓的人性,不过是人身上所有的更复杂的动物性而已。关键是掌握好一个'度'。如果'度'掌握得好,就能使人生更丰富,更充实,更有意义。她说,这不是她的观点,是李泽楷的观点。"

"李泽厚吧?"他说,"你把李泽厚和李泽楷混为一谈了。"

"对,就是这个人。"

"李泽厚先生可不是这么说的。李泽厚说,灵与肉有多种多样不同的组合。"这话,他最早是听李泽厚先生说的,哦不,是姚鼐先生转述的。很多年之后,他又听程先生讲过一次。程先生和李泽厚先生聊天的时候,李泽厚先生问起程先生养生之道,程先生说:"不近女色。"李泽厚先生就问:"是禁止的'禁',还是接近的'近'?"程先生就和李泽厚先生开玩笑,说有时候是禁止的"禁",有时候是接近的"近"。然后,李先生就提到,灵与肉有不同的组合方式。

朗月突然问他:"你觉得,夫妇之爱与情人之爱,你更爱哪个?"

他觉得,他的回答是诚实的:"我已经忘掉了什么是夫妇之爱。"

电话里哐当一声。虽然那应该是关洗手间的门,但是一个细节突然闪现了。有一次吵架,当乔姗姗摔牙缸、摔牙刷、摔毛巾、摔遥控器的时候,他本来也应该陪着她摔的,但他没有。他把它们全都捡了起来,把那些四处迸溅的遥控器的零件归拢到了一起。他觉得,它们是无辜的。

"我准备请华学明教授也来做一次节目。"她说。她的声音抬高了。

"谈什么呢?"

"让他来谈谈济哥啊。邵律师说,通过研究济哥,华学明教授狠赚了一笔,而且还是从你手里赚的。邵律师说,济哥有齐人之福。何为齐人之福?"

77. 第二天

第二天吃早饭的时候,应物兄想联系一下李医生,跟子贡见个面。他已经有两天时间没有见到子贡了。电话没有打通。那个流过鼻血的保镖,已经吃过饭了,神色慵懒,剔着牙,玩着手机。没穿外套,穿的是毛衣。保镖这个样子,是他从来没有见过的。等他吃完了饭,保镖凑了过来,小心地问道,自己能不能回趟西安,看看父母。

"我明天早上肯定赶回。"保镖说。

"实在不行,我晚上十二点之前赶回。"保镖又说。

随后他才知道,子贡这两天竟然不在济州。来无影,去无踪!子贡这个习惯,他是知道的。子贡说过,如果不在加州,他很少在一个地方待二十四小时的。子贡是个双脚不着地的人,不是在飞机上,就是在汽车里。有时候早上在欧洲吃早餐,下午就到了日本,晚上又去了新加坡。不过,作为东道主,应物兄此时还是觉得,自己有些失礼。

他赶紧向陆空谷打电话询问。陆空谷说:"他们在阿拉伯。"

至于是哪个阿拉伯国家,陆空谷不愿透露。

利用这突然多余出来的时间,他去了一趟生命科学院基地。他早该去看看华学明了,看看他的济哥是否真的羽化出来了。他也想告诉华学明,他见到了邵敏。

华学明的一个博士告诉他,华先生刚刚睡下。

他后来见到的是生命科学院基地的合伙人雷山巴。幸亏见到的是雷山巴,心直口快的雷山巴。不然,他还不知道,济州市胡同区的重建工程,可不仅仅局限于铁槛胡同、仁德路一带。那只是济州市旧城改造的第一步,接下来旧城改造将分期分批展开。用雷山巴的话说,济州要玩大的了,要放大招了。"放大招"俚语指的是拉大便,但在雷山巴这里,显然指的是济州有史以来最大的城建工程。雷山巴撸胳膊卷袖,说,他领会庭玉省长的意思,有钱的捧个钱场,没钱的回家拿钱捧个钱场。雷山巴认为,自己和铁梳子等人相比,虽然属于没钱的,属于需要回家拿钱前来捧场的,但也肯定不会落下的。雷山巴说,他跟庭玉省长讲了,一定要吸取北京市旧城改造的教训,要一步到位。雷山巴是这么说的:"作为旧城改造的失败典型,丫的简直太成功了。"这话从别人嘴里说出来,肯定很难听,但因为雷山巴是北京人,还是所谓的大院子弟,所以说出来不仅不难听,还格外好听,因为它透着一点很稀罕的自省意识。

雷山巴喜欢自称雷先生,别人当然也都叫他雷先生。雷先生出生于五十年代初,父亲曾参加过开国大典阅兵式,专门负责放礼炮的,后来又参加过抗美援朝。雷先生原名雷三八,父亲给他取这个名字,就是为了纪念志愿军曾经打到了三八线①。雷先生总觉得这个名字有问题,容易让人联想到"三八妇女节"。于是,他就"独立自主、自力更生",将"三八"改成了"山巴"。

与雷先生的每次接触,应物兄都会留下深刻印象,深感其粗中有细。雷先生毕业于中国人民大学,原来学的是哲学,毕业论文是关于《道德经》的。他曾留校任教,后来下海做生意了。雷先生之所以会从北京来到济州,是因为这里是他的外婆家。雷先生的父亲去朝鲜之前,攘外先安内,把雷山巴的母亲打发回了娘家,也就是生命科学院基地所在的雷家庄。当时雷山巴已经在母亲肚子里长成肉球了。雷先生的父亲从朝鲜回来之后,征尘未洗,就娶了一

---

① 位于朝鲜半岛上北纬38度附近的军事分界线。

个文工团员。或者说,那征尘是被文工团员洗掉的。不过,父亲并没有忘记雷山巴:七十年代末,父亲资助他上了中国人民大学。后来,下海做生意的雷山巴,也并没有忘记生他养他的雷家庄,除了在北京安家,也在这里安了个家。

这两个家,应物兄都去过,都是和华学明一起去的。不管从哪方面看,这两个家都一模一样:房子的式样,院子的大小,院子里的草坪和树木,甚至湖里的乌龟,都别无二致。雷先生称之为"京济一体化"。雷山巴曾对父亲非常叛逆,中年之后大变,对父亲格外敬重,提起父亲都称首长。因为首长很喜欢前苏联的一首歌曲,叫《苏丽珂》,雷先生家里就长年放着这首歌。他相信首长的英灵可以听见它,在歌声中重返沙场。那其实是一首格鲁吉亚民歌。据说,斯大林①在自己的婚礼上放的就是这首歌。这首歌,乔木先生会唱,姚鼐先生也会唱,说明它是五十年代的流行歌曲。人们当时之所以喜欢它,很可能是因为歌中有着那个年代少有的被允许歌咏的异国情调。

雷先生经常把这首歌献给房子的女主人。第一段很忧伤,说的是到处寻找爱人的坟墓。所以雷先生每次唱,都会直接从第二段唱起:

> 丛林中有一株蔷薇,朝雪般地放光辉。我激动地问那蔷薇,我的爱人可是你?我激动地问那蔷薇,我的爱人可是你?
> 夜莺站在树枝上歌唱,夜莺夜莺我问你,你这唱得动人的小鸟,我期望的可是你?你这唱得动人的小鸟,我期望的可是你?

既然有两个家,那么自然就会有两个女主人。雷先生在北京和济州的两个女主人也是一模一样的:她们是同卵双胞胎。什么是齐人之福呢?这就是了。当然,这也是雷先生"京济一体化"中

---

① 斯大林是格鲁吉亚人。

的点睛之笔。每当雷先生在北京唱起这首歌的时候,姐姐就会说,到济州找妹妹去吧!反之亦然。当这对姊妹花待在一起的时候,雷先生总是无法把她们区别开。当然,如果了解得仔细一点,她们还是有区别的:姐姐眼睛畏光,在光线强烈的春天容易流泪,惹人爱怜;妹妹则容易花粉过敏,鲜花盛开之际容易起疹子,招人疼爱。有人曾跟雷先生开玩笑:看来雷先生喜欢重复,喜欢把同样一件事干两遍。雷先生听出了其中的弦外之音,立即反唇相讥:"别以为雷先生不知道,丫的,那些精英人士,没有几个老实的。精英人士不出轨,几率等于出门右拐活见鬼。可以说,雷先生是个例外。她们本来就是一个人嘛。这说明什么?正好说明雷先生对爱情忠贞不二!"当然,在另外的场合,雷先生也会提到她们的一些不同。雷先生是这么说的:"就是接吻有点不一样。一个舌头用得多,嘴唇用得少;一个舌头用得少,嘴唇用得多。"

雷先生虽然研究老子,但最崇拜的人却不是老子,而是孙子。这有两个原因,一个是首长喜欢通过研读《孙子兵法》以治军,二是雷先生自己喜欢翻阅《孙子兵法》以经商。在一模一样的院子里,在一模一样的草坪上,都摆着孙子的金色雕像。不过说是孙子,其实模特是首长,只是穿衣打扮不同罢了。那雕像足有姚明那么高。雕像左手背在身后,右手向前挥起。雷先生养的大狼狗,平时就拴在雕像的手腕上。那是一条昆明犬。雷先生说,那是中国唯一具有自主知识产权的军犬,呈草黄色,强项是扑咬。晚上,它就睡在雷先生卧室的外面。雷先生把自己的卧室也搞得很大,床也很大,一半用来睡觉,一半用来放书。雷先生在济州的那个院子,是改革开放之后济州最早出现的私人宅院,虽然现在看来已经有点落伍了,但雷先生却从来没有考虑过更换。这倒不是因为念旧,也不是因为这边换了院子,北京那边也得换,太过于麻烦。雷先生这样做,是因为他尊重历史,准确地说是尊重自己的历史。雷先生说:"以后,这就是雷先生故居了。要是再换个地方,后人考证起来就麻烦了。丫的,别给后人添乱了。"

对于雷先生的发家史,应物兄并不清楚。雷先生的自传虽然送到了应物兄手上,但应物兄并没有翻过。雷先生现在的主打产业,应物兄当然是知道的,那就是蛙油贸易。一般从事贸易的人都是买来卖去的,雷先生却不是这样。雷先生说,科学技术是第一生产力,核心技术是企业之重器,必须掌握在自己手里,不能让别人卡了脖子。那么,他的核心技术是什么?就是林蛙的养殖技术。这个技术是谁提供的?就是华学明。

林蛙本来产自东北密林,是华学明把它引进到济州,培育出了适合在关内大量繁殖的林蛙品种。林蛙形似青蛙,却不是青蛙。它的另一个名字家喻户晓:雪蛤。雪蛤全身皆宝。雌蛙怀卵成熟期的输卵管,就是所谓的蛙油,也叫雪蛤膏。华学明培育出的林蛙,输卵管更为粗大,一个比较可靠的数字是,比东北林蛙的输卵管的直径要大一又八分之一。华学明的目标是,在未来三年内,将这个数字提高到一又四分之一。应物兄曾经看到过华学明拍摄的照片,本来光滑的输卵管现在变得疙疙瘩瘩的,就像蛤蟆的皮。根据吃什么补什么的原理,蛙油深受女性消费者青睐。因为它的美颜效果,因为容貌对一个女人来说简直就是最高的道德准则,所以广告中提到雪蛤膏的时候,用到了一个词:道器并重。

雷先生说:"赚钱不是雷先生的目的,只是手段。"

那么,他的目的是什么呢?当文化人,大文化人。

雷先生虽然毕业于人民大学,虽然自称雷先生,却没人把他当文化人。坦率地说,因为搞收藏,雷先生被看成文化人;又因为藏品来头很大,雷先生被看成了大文化人。那些藏品,来头确实很大:皇帝的朝服,也就是龙袍。迄今为止,雷先生已经收藏了三十位皇帝的龙袍。最早的一件据说是宋太祖赵匡胤穿过的,就是赵匡胤杯酒释兵权穿的那件。虽然这还有待于进一步考证,但已经有不少专家认为,如果没有另外一件龙袍冒出来,那就是它了。最晚近的一件龙袍是袁世凯穿过的,这已经得到了专家们的认可。不过,喜欢收集龙袍的雷山巴,自己最喜欢披的却是军大衣。

事实上,就在见到邵敏的那个晚上,应物兄还想到了雷先生。邵敏走后,他抓紧时间修改了一篇文章,那篇文章即将收入《从春秋到晚清:中国的艺术生产史》,作者是两个人,一个是葛道宏,另一个是乔引娣。文章附有几张清代朝服的图片,并注明"收藏家雷山巴先生提供"。他觉得,其中有一段话有些眼熟,好像在一篇关于李鸿章的文章中看到过,但一时想不起那篇文章的题目,就把那段话拍了下来,用微信发给了张明亮。正在希尔顿房顶上看护白马的张明亮,很快就告诉了他出处,并且把两段话中完全相同的句子标了出来,做了适当的改动。因为署了葛道宏的名字,他非常谨慎,在张明亮改动的基础上又做了一些修改①。

他想起来,葛道宏曾说过,太和研究院与黄兴的合作,可以参考生命科学院与蛙油公司的合作模式。关于这个模式,以及合作的细节,应物兄曾问过华学明,但华学明每次都说得很笼统:"模式嘛,我是略呈小慧,人家是略施小惠。一慧换一惠,互惠。"

这话基本上等于什么也没说。

这院子里有一丛丛的树林,有起伏的丘陵,有坟丘——那是村民们的祖坟。作为基地的合伙人,雷先生在基地里也有自己的房

---

① 应物兄改定后的文字,见于《从春秋到晚清:中国的艺术生产史》第108章,相关内容如下:"明帝朝服上取周汉,下取唐宋,为朱红色。清帝朝服则为明黄色,分为冬朝服、夏朝服。冬朝服是皇帝在秋冬季节朝、祭时穿的,上身形如柿蒂,圆领,马蹄袖披肩右衽;下身为裙式的礼袍。冬朝服上的纹饰极具象征意义:衣前衣后饰有日、月、星辰、火、山、龙、粉米、水藻、华虫、宗彝、黼、黻,称之为'十二章'。以'日月'饰之,有时不我待之意,'日月逝矣,岁不我与'。以'星辰'饰之,有众星环绕之意,'为政以德,譬如北辰,居其所而众星共之'。以'火'饰之,因'水曰润下,火曰炎上','民之于仁也,甚于水火',又有取暖之意。以'山'饰之,'仁者乐山',其仁,可仰也。以'龙'饰之,取其变化多端,能兴云作雨。以'粉米'饰之,取其养人之意,'食色,性也'。以'水藻'饰之,藻乃有花纹之水草,纹者文也,'郁郁乎文哉'。'华虫'取其'文采昭著'之意,与'水藻'之意相近。'宗彝'为宗庙尊者,表示不忘祖先。'黼'乃半黑半白构成斧形,意在宣示权威,'不重则不威'也。'黻'乃半青半黑,两弓相背,意为见善背恶,'尊五美,屏四恶',以从政矣。此'十二章'饰于朝服,以示帝德'如天地之大,万物涵覆载之中;如日月之明,八方围照临之内'……揆诸清帝朝服,可知直至晚清,帝王尊孔之意未有减弱。"

子,那是在院子西北角。你得绕过一片树林才能看到。雷先生的房子虽然是钢筋水泥盖的,却很像窑洞。水泥墙面因为加入了黄颜料所以很像黄泥。墙上挂着世界地图。房顶堆着土,远看上去与丘陵合为一体。房顶上种着枣树。不巧的是,枣树疯了[①],再换一株还是要疯掉。用土坯围个小院子,当然是少不了的。院子里栽着柿树。雷先生喜欢披着军大衣在院子里踱步。冬天的时候,雷先生还会在窑洞里生个炭炉子。他喜欢围着炭炉子与人谈话,夹着木炭给自己点烟,也给别人点烟。这房间摆着一张床,四帷柱的,是雷先生刚收上来的龙床。具体是哪个皇帝作威作福的龙床,暂时还没有考证出来。雷先生说:"不是光绪的就行。光绪太惨了,命不好。"

在应物兄的记忆里,雷先生谈到老区就会流泪,也格外牵挂"亚非拉"。上次,应物兄在西北角的院子里见到雷先生的时候,雷先生正在听销售人员汇报蛙油在老区的销售情况。听说销路很差,雷先生火了:"雷先生认为,要急老区人民之所急。只要老区人民需要,可以打折嘛。先打他个八折。遇到残疾人和军烈属,可以打七点五折。"

那天正谈话的时候,华学明接到了一个电话,一时愁容满面。

雷先生问:"怎么了,天塌了?"

华学明愁眉苦脸,甩着手,说:"他们又来闹了。真是没办法。"

雷先生说道:"是雷家庄的吗?"

华学明说:"雷家庄的人已经打发过了,这次是郭家庄的。"

雷先生将雪茄的烟头吹亮了,说:"遇到这种事,不能太书生气。小华啊,你就是太书生气了。丫的,给他们来点厉害的,让他们长长记性。"

这个基地占的主要是雷家庄的地,但也占了郭家庄西边的一块地。郭家庄人闹事的理由是,林蛙太吵了,吵得人睡不着,孩子

[①] 枣疯病又称丛枝病,令果实无收或全株死亡。

们的考试成绩直线下降,讨说法来了。对方来势汹汹,约有七八十人。竟然还带来了信访局的女工作人员。华学明将工作人员和三个带头的请了进来。说是坐下来协商,其实是请他们就近听听蛙鸣。他们什么也没有听到,因院子里并没有蛙鸣。华学明随后向他们解释说,雌林蛙不会叫,雄林蛙除了求偶时叫,其他时间都不叫。"那么什么时候叫呢?"华学明问。

一个代表把脸扭到了一边。

因为接到了雷先生的指示,华学明这次真的来硬的了!他竟然动手了,把那人的脸扳过来,让对方看木桶里的一只林蛙。华学明说:"它听我的,我让它叫它才叫。你们等一会,我先请你们喝杯茶。"华学明开始用电水壶烧水。水烧开之后,华学明却并没有去泡茶,而是把水倒进了木桶。

吱吱——林蛙终于叫了。

"听到了吧,"华学明说,"烫死它的时候它才叫。有人好像没听到。没听到不怨你,怨林蛙。因为它只叫了两声,吱吱。你还没听见呢,它就已经死了。可惜啊,它不是为科学献身了,而是被愚昧害死了。"

这时候,雷先生披着军大衣出现了。

雷先生是不是要来个更厉害的?可是不像啊。雷先生走过来,一抖肩膀,基地一个工人就把大衣接住了。雷先生还戴着白手套呢。雷先生开始脱手套,不是一下子脱下来,而是一根指头一根指头地拽。这个过程中,雷先生围着华学明转着,盯着华学明看。华学明都被他弄傻了。正要问,雷先生大跨步走到村民代表跟前,热情地跟他们握手,又问信访局的工作人员,多大了?孩子上学了没有?几年级了?那个工作人员说:"我还没结婚呢。"

雷先生说:"别挑挑拣拣了。找对象,重要的是人品。别让父母太操心了。"

接下来的一幕,让应物兄简直反应不过来。雷先生对着华学明说:"教授同志,该注意了,啊,有点脱离人民了!与父老乡亲的感情有点淡了。不与人民站在一起,与谁站在一起?该反思了,该改一改了。从思想到作风,都得改一改了。"

气氛顿时变得非常安静。

倒是能听见蛙鸣,不过那不是林蛙,也不是青蛙,而是癞蛤蟆。

雷先生说:"教授的思想问题,作风问题,雷先生回头教育他。现在,雷先生宣布一个通知。本想早点宣布的。晚了几天,对不起父老乡亲们了。我宣布,为感谢村民朋友长期以来的支持,村里的电费,雷先生替大家缴了。村里的孩子,凡是考上北大、清华、人大的,雷先生一律奖十万。凡是从国外留学回来的,雷先生一律负责安排工作。育龄妇女,只要结了婚的,持身份证、户口本,可以到这里领取一盒蛙油。听好了,不是一次性的,是每年都可以领取。"

一个代表说:"村里孩子哪有考上北大清华的!"

雷先生说:"人大呢?"

另一个代表说:"人大,市人大?省人大?"

信访局工作人员不准那位代表说下去了:"别扯了,听雷先生的。"

雷先生说:"还是要把教育搞好。村里的小学,雷先生已经捐过十万奖学金了,从今年起,丫的,翻一番。"

那些代表听了这消息,正要心满意足地离开,被雷先生叫住了:"回来回来,都回来!教授同志还没有道歉呢。"

华学明迟疑了一下,还是向村民代表弯下了腰。

村民们都走远了,那腰还弯着呢。

雷先生给泡了茶,说:"行了,小华!应物兄,你看这个小华,就是个死心眼。丫的,搞科学研究可以死心眼,做群众工作你也死心眼,那不是找死嘛。"

事实上,雷先生当天晚上还给村民们放了露天电影:《开国大典》。雷先生到场发表了讲话,曲里拐弯地透露自己的父亲就在剧中。村民们最喜欢的导演是冯小刚,所以后来两天,雷先生又放了两部,分别是《甲方乙方》和《天下无贼》。

前面说了,雷先生的窑洞在院子的西北角。华学明的博士带他朝窑洞走去的时候,他问那位博士:"济哥已经诞生了?"

那位博士说:"应先生,您注意脚下。"

脚下是新铺的麻石路,很平整,有什么好注意的?

他又问:"济哥是不是已经羽化了?"

博士委婉地说:"您知道的,如此重大的新闻,不该由我们来发布。"

他问:"那就是真的喽?"

博士说:"您看,谁来接您了。"

从那个院子里跑出来一个人,一条狗。他首先关注的是那条狗。是雷先生的那条狼狗吗?不像啊。那条狼狗是草黄色的,这条狗却是白色的。他本能地觉得,白狗要温顺一点,所以他不那么紧张了,得以把目光从狗身上转移到走过来的那个人的脸上。不是雷先生嘛。那就不用客气了。他就又把目光从那个人的脸上转移到了狗脸上。它的脸乍看像羊,慈眉善目的。耳朵很大,垂着,就像冬天人们戴的护耳。一般的狗眼通常又大又亮,这条狗的眼睛却是小的,呈暗褐色。最离奇的是它的尾巴。他从来没有见过那么长的狗尾巴,似乎比它的身体还要长,似乎可以随便将它自己五花大绑。

那狗一点声音都没有。

咬人的狗不叫! 他突然感到脊背发凉。

随后他听见来人说:"应物兄,没见过这宝贝吧?"

哦,原来是畜牧局局长侯为贵。侯为贵体态肥胖,脸却是瘦削的,令人想到鹰隼,阴沉,尖刻。脚与脸或许存在着某种对应关系,所以他的脚又是小的。他之所以注意到侯为贵的脚,当然是因为那双脚就在狗的旁边,因为视线的关系,好像处在狗肚子下面,给人的感觉相当怪异。

他说:"侯局,这狗,哈,这爱犬——"

他一时还真不知道该怎么说才好。

侯为贵手里拿着一只煮熟的兔头。他把那只兔头放到了地上。那狗先后退一步,前腿弯曲,向侯为贵施礼。与此同时,那尾巴竖起来了,旗杆似的,缓缓向前倾斜,放到了自己的背上。那尾梢先是抵达狗头,然后又慢慢缩了回去,就像一条白蛇要退回到洞中。侯为贵叫它哮天。侯为贵喘着气,说:"哮天,说你呢,别光惦记着兔头!记住了,这是我的朋友应物兄。"

哮天点点头。哮天似乎很懂计划经济,一口下去,咬掉了四分之一兔头,然后,咔嚓,咔嚓,细嚼慢咽。另外的四分之三,在地上滚动了一下,似乎想跑,哮天用一只前爪按住了它。

侯为贵并没有立即把他领到窑洞所在的那个小院子。"我们先抽支烟。雷先生在里面谈事呢。"侯为贵说,"黄兴这一走,什么时候回来?"

侯为贵都知道子贡走了?

他问:"你怎么知道他离开济州了?"

侯为贵笑了:"天下人都知道,和尚都知道,我怎么会不知道呢?铁总、陈董的股票,今天开盘都降了。"

他说:"他去那边,处理点事情,马上就回来了。"

侯为贵说:"我说呢。刚才它又往上蹦了一下。"

随后他们谈的是哮天。那狗果然来头不小,是侯为贵亲自从蒙古带回来的。原来,侯为贵当初去蒙古,就是为了寻找优良的蒙古白狗,也即蒙古细犬。应物兄由此知道,那天随着子贡一起来到济州的,除了白马,还有三条白狗。这只哮天,就是侯为贵送给雷先生的。按侯为贵的说法,是雷先生给它起名哮天的。哦,这个事实说明,雷先生不仅喜欢养狗,而且对狗文化略有了解。哮天,作为狗的名字,最早出现在干宝的《搜神记》中。而在元杂剧中,它则被称为白犬。当它在《封神演义》中出现的时候,它已经成了天狗,其特征是"形如白象"。"我是一只天狗啊,我把月来吞了,我把日来吞了",郭沫若的《天狗》写的也是哮天犬。

"另外两条送给谁了?"

"一条给了慈恩寺,一条给了铁梳子。"

"慈恩寺的那条狗,莫非叫谛听?"

"你见过那条狗?"

不,他没有见过。他之所以这么说,是因为地藏菩萨经案下趴着的那条白狗,就叫谛听。谛听明辨是非,可以避恶驱邪;通晓天地,可以广开财路。哦,想起来,他其实是见过那条狗的。那天在慈恩寺的香泉茶社,站在半山腰向下眺望,他看见两条白狗一左一右,在麦田里跳跃,在白马身边跳跃,有如明月出没于清波。其中一条是卡尔文带来的,另一条就应该是侯为贵送给慈恩寺的。照此说来,铁梳子现在有两条白狗了。多天以前,在动物诊所,那只白狗他只闻其名,未见其形。

"送给铁梳子的那条狗叫什么名字?"

"就叫卡夫子,卡尔文给它起的。卡尔文愿意与狗分享自己的绰号。等你的太和建起来了,为贵也送你一条。狗是好狗,就是喂起来比较麻烦,必须少吃多餐,吃的还必须是煮熟的兔肉和羊肉。兔头更好,嚼起来咔嚓咔嚓的,自带音响效果,能让它心情愉快。最好给它当夜宵。冬天,狗掌容易冻裂,需要涂上蒜泥。把它们弄到这里,其实是委屈它们了,因为它们最喜欢捕捉狐狸。桃都山原来倒有狐狸,可现在连只野兔都没有了。英雄无用武之地啊。我亲眼见过它捕捉狐狸。狐狸进了洞,它也能跟着爬进去,咬着尾巴就把它拖出来了。它聪明得很,知道狐狸皮值钱,所以只咬脖子。"

"里面在谈什么事?"

"也谈事,也念经。"

"念经?"

"为贵进来的时候,释延安刚到,还带来了一个和尚,说是要给'小嫂子居士'念经。我对延安说了,家电终生保修,念经也要终生服务啊。释延安说,小嫂子居士相当于 VIP 会员。应物兄和为贵就别进去影响人家念经了。为贵是这么看的。你说呢?如果你一定要进去,我带你进去。"

一会儿第三人称,一会儿第一人称,这使得应物兄有一种错觉,好像同时在与两个人说话。这样一种说话习惯,芸娘曾经有过精彩的分析,但他一时想不起来芸娘是怎么说的。他的脑子跑到了另一个问题上:陆空谷说是要见芸娘,怎么又不提了?陆空谷这两天在干什么呢?

"认识小嫂子居士吗?"

"见过的。"他说。

他想起来,以前有人称她为"小嫂子同志"。其实不能叫"小嫂子"。雷先生跟她们两个都没有结婚。雷先生说过,离婚太麻烦了,能剥掉你一层皮。既然没有结婚,那就不能称嫂子,更不能称小嫂子。自古以来,"小嫂子"的意思都是妾。如果一定要叫嫂子,不妨叫"新嫂子"。"新嫂子居士"?"新嫂子同志"?也够别扭的。他对侯为贵说:"没听说她吃斋念佛啊。"

"上周开始的。"

"受什么委屈了?"

"跟着樊冰冰学的。演艺界人士,把美容、吃素、瑜伽、念佛统一到了一起。"

去年秋天,他曾在这里见过樊冰冰。实验基地成立三周年,雷山巴举行了一个小型的庆祝仪式,请了两个演员来助兴:一个是樊冰冰,另一个是樊冰冰的男友。最后,樊冰冰却没演,樊冰冰的男友一个人既演了《夜奔》,也演了《思凡》。樊冰冰先把男友送走,然后回来道歉了,把事先领取的演出费给退了回来。雷先生没接:"拿着吧,权当死了几只林蛙。"

樊冰冰说:"不好意思。不是故意的。"

雷先生说道:"违反协议,首先是道德问题。道德问题,还是要用做思想工作的方法来解决。先问一下,是不是刚从西方回来啊?受了资本主义影响,道德水平滑坡了?"

樊冰冰说哭就哭,抹着泪,说:"要是演了,对不起观众,才是道德问题呢。人家今天嗓子不好。"

雷先生说:"就这么巧?偏偏今天坏了?看不起我们文化人吧?"

樊冰冰说:"今天早上,大姨妈来了。"

怪了,雷先生拥有一对姊妹花,却不知道什么叫大姨妈。雷先生恼了,雪茄在烟缸里一拧,说:"谁没个七大姑八大姨的?明知今天有演出,看演出的还都是大文化人,你就不能少说两句话?非得把嗓子说哑?归根结蒂还是责任感不强。丫的,你还敢犟嘴?这不是道德问题是什么?"

这时候,那个妹妹凑到雷先生耳边悄悄解释了一下。雷先生皱着眉头,倒吸了一口凉气,似乎无法理解那玩意为什么叫大姨妈。随后,雷先生又把雪茄点上了,并且表现得格外怜香惜玉:"来人啊,上一碗红糖水,煮一碗姜茶。"当时铁梳子也在,她是作为本地企业家代表来的。铁梳子率先鼓起了掌,说:"雷先生对女性的尊重,令人敬佩啊。"这句话,又惹得樊冰冰流了泪。樊冰冰说:"也不是不能唱,要唱只能唱些原生态民歌。如果你们想听,冰冰可以唱一曲。说来都怨我,本来事先可以吃药,让它晚来一天的。"

雷先生说:"讲到这里了,我就说一句,先打发大姨妈走了再说吧。"

樊冰冰说:"雷先生越这么说,冰冰越是羞愧难当。冰冰知道,雷先生挂念老区人民。冰冰还知道,雷先生喜欢格鲁吉亚民歌《苏丽珂》。那相当于苏联老区人民的歌。冰冰就来一曲陕北民歌吧。这民歌平时还真是唱不好,来了大姨妈,嗓子充血了,反倒可以唱出味道来了。"

这话把刚刚赶到的栾庭玉都感动了。栾庭玉作为政府大员,不能够随意参加企业活动的,所以他是在庆祝活动结束之后以私人身份匆匆赶来,陪大家吃夜宵的。栾庭玉说:"山巴同志,那咱们就接受一下老区人民的教育?"

雷先生打了一个响指:"听栾省长的!"

于是,添酒回灯重开宴,一时言笑晏晏。樊冰冰接过铁梳子递过来的一杯水,抿了一口。在把杯子还给铁梳子的同时,她已经微微地晃动着脸,手抚胸口开始唱了。现场顿时安静下来。唱得可真好啊!多么质朴,多么清新,多么活泼!应物兄不由得浮想联翩:遥想当年,孔子编辑《诗经》,之所以把乡间民谣放在文人诗歌和宗庙歌词前面,不就是看中了民歌的质朴和清新吗?"风"不是士风,不是官风,而是直接与土地紧密相连的民风。应物兄确实认为,他听到了最纯正的民歌。是不是应该感谢那个大姨妈?

> 大雁雁回来就开了春,妹妹我心里想起个人。山坡坡长草黄又绿,又一年妹妹我在等你。牵牛花开在后半夜,哥哥哎妹妹有个小秘密。大日头升起来照大地,看得清我也看得清你。山丹丹开花羞红了脸,哥哥你让我咋跟你言?司马光砸缸就一下,妹妹豁出去说句心里话。黑夜里月牙牙藏起来,扑通通钻进哥哥的怀。云从了风儿影随了身,哥哥妹妹不离分。娘啊娘啊生了儿的身,哥啊哥啊全都给了你。花瓣瓣落下果子熟,生一堆娃娃遍地走。

给樊冰冰伴奏的是风声,是虫声。虫声唧唧,使基地的夜晚显得更加寂静,使樊冰冰的声音更加悦耳动听。有些虫声是羞怯的,有如雏莺初啼,樊冰冰的声音中有这个。有些虫声却是清越的,有如临窗吹笙,樊冰冰的声音也有这个。但是唱着唱着,孔子所批评的"郑声"就出来了。孔子说:"放郑声,远佞人。郑声淫,佞人殆。"

本来唱得好好的,樊冰冰却奇怪地向"郑声"、向"郑卫之音"①的方向走了,声音也一点点"浪"起来了:

> 眼一闭呀眼一睁,河沟沟里起大风。树苗长高蹿上了天,哥哥你要进城挣大钱。树叶落光了只剩了干,你走后我夜里干瞪眼。水咕嘟嘟开了没有下锅的米,白马刨着蹄子没有人骑。晴天里打雷真真个怕,哥哥你在城里在弄啥?工地里干活你要吃三碗,小寡妇打饭你要扭过脸。妹妹知道有人裤带松,你可不要钻进那黑咕隆咚。娘啊娘啊,哥啊哥啊。一阵阵狂风一阵阵沙,妹妹的心里如刀扎。大河没水小河干,妹妹整天吃不下饭。大雁雁南飞一天天凉,哥哥你上了小×的炕。从此后我带着娃儿一个人过,你敢进门看我打断谁的腿。

浪归浪,樊冰冰还是动了感情,把自己都唱哭了。在唱完的那一刻,现场鸦雀无声。雏莺初啼似的虫声还在,临窗吹笙般的虫声也还在,现在又加入了一些粗声粗气的虫声,有如铜锤花脸在挥斧叫板。最先说话的是铁梳子。铁梳子站起来,说:"直抒胸臆啊!问题很尖锐啊。"然后问栾庭玉,"您说呢?"

栾庭玉说:"除了'生一堆娃娃遍地走'违反基本国策,别的都好。"

雷先生喊道:"来人啊!丫的,给双份,必须的。"

樊冰冰抹了泪,说:"冰冰不能拿。冰冰这是将功补过。"

雷先生说:"好!不拿,也不能亏了你。明天把你们团长给我叫过来,雷先生有话要说。团里给你发的,总可以拿吧?团里给你的提成,总可以领吧?"

栾庭玉率先鼓起了掌,说:"我这就代表京剧团,感谢雷先生了。"

---

① 即郑、卫两国的民间音乐。实际上是保留了商民族音乐传统的"前朝遗声"。孔子"恶郑声之乱雅乐也"(《论语·阳货》)。

据华学明说,雷先生捐给了济州京剧团一百万元人民币。

这会,侯为贵介绍说,上周末,就在这,樊冰冰给雷先生唱了《苏丽珂》。庭玉省长的夫人豆花女士也在。他们吃了烧烤。烤的可不是羊,是王八。"她们想吃烤王八蛋,这就难办了。也不是吃不到王八蛋,但那是人工饲养的,要吃野生的王八蛋,还得过段时间。"侯为贵问,"吃过王八蛋吗?过段时间,我请你吃。别笑。王八蛋像鹌鹑蛋那么大,高蛋白、高钙、低脂肪、低糖、低胆固醇。你大概不知道,王八之间会互相捣蛋。有意思吧?王八找到满意的沙地,正准备下蛋,小眼珠一溜,发现旁边已经有王八蛋了,它就会恶从胆边生,一定要把那些蛋全都捣烂。发现哪只王八在捣蛋,你就悄悄溜过去,把它翻过来。它正琢磨怎么回事呢,你已经把它的脑袋剁了。那时候,它的蛋是最嫩的!脑袋剁了,放在火上慢慢烤。烤着烤着,鳖裙下面,一会儿蹦出来一个王八蛋,一会儿蹦出来一个王八蛋。豆花夫人和小嫂子说,吃过两次就上瘾了,戒不掉。豆花夫人那天还带来了庭玉省长的小外甥。小家伙以前也吃过的。回忆起吃王八蛋的经历,小家伙竟然当场作了一首诗:王八吃木炭,黑心王八蛋;木炭烤王八,把我香死了。真是个小天才。"

程先生会喜欢吃吗?

侯为贵接下来问道:"豆花夫人好像情绪不对啊,以前见到我,从来都是很亲切的。这次,因为没让她吃到王八蛋,她竟然给我起了个外号,叫我朱贵。她说,朱贵失职了。她不是喜欢用《金瓶梅》给别人起外号吗?《金瓶梅》里有朱贵吗?好像没有啊。这是怎么回事?"

莫非栾庭玉与金彧的事,让豆花知道了?

他当然不能提到此事,他对侯为贵说:"他们挺好的。"

"那就好。你是庭玉省长的朋友,方便的时候不妨提醒他一句,正是关键的时候,千万不要后院起火。"

"你的意思是,庭玉可能会往上走?"

"如果各方面不出差错,那便是指日可待。豆花要吃王八,我就赶紧送来王八,为什么?我们做下属的,得替他考虑啊,得替他把夫人的情绪稳住啊。这个时候,后方一定要稳定。我自认为我们跟他都是一条线上的。一家人不说两家话,为贵还想跟着庭玉省长进步呢。"

莫非这就是侯为贵手持兔头,主动跑来迎接我的原因?

侯为贵问道:"知道那匹白马是怎么来到济州的吗?不知道了吧?嘿!为了他,我的脸都不要了。"

白马与侯为贵的脸有什么关系?他看了一眼侯为贵。侯为贵的嘴唇油乎乎的。大概是跑来的路上,不经意地咬了一口兔头。

侯为贵说:"入境动物必须提前报检,必须经过现场查验,必须通过隔离检疫,必须领到体检合格证。可黄先生团队提交的报检单,压根都弄错了。你想,填的是一头驴,来的是一匹马。还有比这更离谱的吗?"

"这个我也没有想到。"

"要不是为贵,白马就来不了了。白马要来不了,黄兴可能就不来了。黄兴不来了,你的太和不就抓瞎了嘛。"

"侯局,真没想到——"

"幸好为贵的大学同学就是负责边境动物检疫的。是个女同学。不瞒你说,当年我们好过一阵的。毕业后她去了北京,把为贵给甩了。我发誓再不理她的。毕业三十年同学聚会,我之所以没去,就是不想见她。我从朋友圈里知道,她就在那个边境口岸挂职,就硬着头皮去找了她。唉,已经老得不成样子了。水蛇腰变成蟒蛇腰,鸭蛋脸变成了鹅蛋脸。栽到她手上了,怎么办?只能夸!为贵硬是把她夸成了水仙花。这还不算,为贵还不得不做出非常痛苦的样子,说她是我心中永远的痛。什么叫痛?痛就是爱的代名词。您说,我这张脸是不是丢尽了?然后我才告诉她,白马其实不是马,而是学术研究的对象和工具。她说,你现在研究白马啊?

我又得做出吃醋的样子,说,当不成某人的白马王子,研究研究白马也不行啊?没错,我充分利用了她的愧疚心理。这么说吧,为了那匹白马,我他妈的差点对不起老婆啊。我跟你说,要不是为贵,那匹白马可能已经销毁了。报检手续不全,体检不过关,要么退回,要么销毁。"

马匹怎么销毁?火化吗?一匹马的骨灰该有多大一堆?他越过脑子里的那堆骨灰,向侯为贵表示感谢。

"真是委屈侯局了。"

"能替应物兄做点事情,为贵受点委屈,不算什么。听说太和下周即可动工?"

"侯局也关心太和的一举一动,让人感动啊。"

"为贵也是关心文化建设的。为贵可不是今天才开始帮你的。学明兄把蝈蝈弄到希尔顿,严格说来都是不允许的。严格说来,它们都是野生动物,是不能私下贩运的。最后还是为贵派人给它们收的尸,下的葬。为贵这个人有个特点,就是做好事从来不留名。白马的检疫费谁掏的?侯为贵!我那个前女友要替我掏,我没让她掏。我倒是开了发票。为了向她证明,我除了当局长,还做研究,发票上写的是太和研究院。她问太和研究院是什么单位?我说,就是研究马匹的。我对她说,我是太和研究院的特聘教授。她立即说,这些年,她把学业都荒废了。"

这个侯为贵,不是想到太和研究院兼职吧?

"检疫费,我得给你报销了。"

"看不起为贵?为贵虽然两袖清风,这点钱还是掏得起的。"

"那我怎么报答您呢?"

"为贵不求报答。为贵只是想,你哪天有时间,我做东,咱们喝一场?如果你能把庭玉省长请上,那就更好了。"

"好的,这事我记下了。今天你怎么有空了?"

"这不是为了工作嘛。庭玉省长现在抓扶贫了,咱不能给庭玉省长拉后腿啊。我负责的是双沟小学的改建工作。改建工作早就完成了,就是个别硬件、软件,有些小问题需要解决。篮球漏气,校服掉色,羽毛球上的鸡毛不合格。主要是抽水马桶必须换成蹲式坐便。抽水马桶太高了,有些孩子发育不良,个子太小,必须由老师抱上去。因为屁股太小,屁股蛋子太尖,很容易掉下去。夏天还好,冬天呢?让孩子们湿着屁股上课吗?这些东西当初都是雷先生捐的,我想让雷先生再去一趟,亲自看看。他已经答应了。我想请他吃个饭。当然,我还要告诉他一件事。他把两个老人的生日记错了,差点闹出笑话。就为这个,他帮我把双沟中学建起来,也是值得的。"

"他父亲不是已经——"他担心自己也记错,不敢往下说了。

"不是,他把小工他老娘的生日,记到了庭玉省长母亲的头上,让我帮着筹备一下。这个错误太严重了。要不是邓林提醒我,我就栽了。邓林不是你的学生吗?为这事我也得感谢你。我没有别的东西好送你。太和肯定需要个能看门的,我给你也弄条白狗?"

研究院里养条白狗?

不合适吧?

不过,那白狗可真是漂亮。此时,它就走在他们前面,长长的尾巴垂着,晃着,像钟摆。在暖烘烘的阳光下,它给人一种不真实的感觉。它好像不是狗,而是匹微型的白马,一匹微型的白象。

78. 窑洞

窑洞内,一个小和尚在说话。

释延安把他们领进去的时候,小和尚没说话。他们刚坐下来,小和尚开始说话了。这是因为"小嫂子居士"说:"别理他们,咱们还说咱们的。"

小和尚名叫净心。那天在香泉茶社,应物兄曾见到过净心。净心当时拿着礼品正要送给子贡,突然掉到了地上。此时,他听净心说道:"下了种,浇了水,过了七七四十九天,墙头便爬满了葫芦、黄瓜、丝瓜、倭瓜秧子。有了秧子,雨就来了。"

　　小嫂子盘腿坐在净心对面。

　　小嫂子泪痕未干。她穿的是灰色的毛衣,胸前挂着佛珠。都是信佛的人了,还动不动哭鼻子。看来本性难移啊。她曾说过,她是个感性的人,是浪漫的双鱼座,心特别细,特别软。被推上手术台,她会数着头顶的无影灯有几个;抱着姐姐的儿子去看医生,孩子没哭,她倒哭了起来。关于她的多愁善感,应物兄曾有领教。有一次,她抱着西瓜,边看电视边用勺子挖,正笑得很开心,突然听到雷先生说起老区人民如何受了苦,泪水就下来了,沙瓤西瓜顿时稀释成了西瓜汁。作为一个怜香惜玉的人,雷先生不想让她伤心,赶紧换了一个话题,从老区跑到了中东。雷先生说,同志们,知道吗?中东完全是个大粪坑,库尔德人聚集地,也就是叙利亚、土耳其和两伊交界地带,是大粪坑的中央。有人说,美国人插手,是搬起石头砸自己的脚。他想砸,就让他砸呗。丫的,竟然还有人替美国操心,劝美国人悬崖勒马,别往粪坑里跳。劝他干吗?让他跳!雷先生还顺便提供了自己的方案:趁美国人跳的时候,咱往粪坑里扔个炮仗,崩他们一脸。

　　本来是逗她高兴的,她却突然吐了。

　　这会,看见他们进来,雷先生说:"应院长,中午我请您吃饭。"

　　净心说:"下雨的时候,你听到的是雨声,是叶子的声音,还是雨和叶子的声音?没有雨,只有叶,没有雨声。只有叶,没有雨,也没有雨声。有了雨,有了叶,就有了雨声。'若言琴上有琴声,放在匣中何不鸣?若言声在指头上,何不于君指上听?'[①]故《楞严经》云:'譬如琴瑟、箜篌、琵琶,虽有妙音,若无妙指,终不能发。'"

---

① 苏轼《琴诗》。

小嫂子捻动着手指,似乎在感受手指上的琴声。

净心又讲道:"秧子爬上墙头,有白花,大白花,小白花。有黄花,大黄花,小黄花。蜂来蝶去,看不出是谁的花。结了果,眼看黄瓜秧结了丝瓜,丝瓜秧结了倭瓜,倭瓜秧结了葫芦,葫芦秧结了黄瓜。可顺藤摸去,葫芦还是葫芦,黄瓜还是黄瓜,倭瓜还是倭瓜,瓢里有丝的还是丝瓜。同是葫芦,开瓢的还是开瓢的,做蝈蝈笼子的还是做蝈蝈笼子的。万物皆是因缘,诸事皆有根由。"

净心脸上有喜悦,似乎也有悲戚。

本来是出于礼貌,应物兄才坐下来听的,却不知不觉听了进去。他为释延安高兴。释延安这个荤素不忌的花和尚,能带出这么一个弟子,也算是造化。

雷先生上了趟洗手间,回来说,里面的水管坏了。说着,甩着手,大概沾了尿水,说:"小和尚啊,你们谈,我跟应院长、侯局谈点事。"

小嫂子噘着嘴,说:"死去吧!"

有人端过来一盆水,雷山巴洗着手,说:"你看看,你看看。"

小嫂子对净心说:"快说说,快说说我画的葫芦怎么样?"然后瞥着雷先生,"某人说,不该在葫芦上画雪。我就是要画,就是画了,怎么着?"

净心停顿了片刻,说:"中国画,常有道家思想在里面。天地与我并生,万物与我为一。① 故天地造物随其裁剪,春花秋月可绘一卷,南北风物随意组合,四季花卉可成一图。王维作画,即有雪中芭蕉。雪中葫芦,自然也是可以的。"

小嫂子拍着自己的胸口,说:"听到了吧?我的画里都有道家思想了。以前,我常说什么臭道士、牛鼻子老道,以后不这么说了。等于骂自己嘛。"

雷先生对应物兄和侯为贵说:"瞧瞧,小和尚这么一说,她就有

---

① 见《庄子·齐物论》。

理了。"

小嫂子问:"豆花画的葫芦呢?"

净心说:"你的画,还有伊华居士的画,画得都好。只是画中葫芦,皆为藤所缠,为须所绕,纠缠不休。这院子里的葫芦长大了,居士自然就看出来了,葫芦藤须虽多,却无一根一丝纠缠自己。不纠缠,即为解脱。"

释延安说:"雷先生,听到了吧?这也是个重点。不纠缠即为解脱。说得好。"

雷先生说:"小和尚,讲得太好了。讲到这里呢,我就说一句。这个葫芦呢,我以前确实不够重视。要说没玩过葫芦也不对。小时候腰上系着葫芦,在后海游过泳。真是没想到,葫芦里面还有这么多道道。我要发动员工,溜着墙根,在这基地里广种葫芦。"

净心说:"僧问:如何是解脱?师曰:谁缚汝?又问:如何是净土?师曰:谁垢汝?问如何是涅槃?师曰:谁将生死与汝?[①] 阿弥陀佛!不纠缠,即为解脱。纠缠,纠缠的是自己。"

雷先生说:"重要的话,说三遍,好!"

小嫂子对净心说:"不理他。你说,葫芦上的蝈蝈该怎么画才好呢?"

净心说:"你画得很好了。只是,蝈蝈肚子不要贴着葫芦。蝈蝈的须,也可再长一点。翅膀一宽一窄为好。若画的是济哥,颜色可深一点。自古皆是如此。"

小嫂子问出了他想问的话:"济哥颜色为何要深一些?"

净心说:"济哥入画,自素净和尚始。素净晚年,山河破碎,心事沉重,用墨稍多。后人也就沿袭下来了。"

看他们一时说不完,雷先生就带他们走出了窑洞,向东北角那个院子走去。那是华学明和他的团队待的地方。侯为贵说:"小嫂子都是画家了。雷先生家里出人才啊。"雷先生说:"她?哪会画画

---

① 见〔宋〕释道原《景德传灯录》(卷第十四)。

啊。我跟她说,你要喜欢葫芦画,我给你买上几幅。她怎么说?她说,我自己挖鼻孔舒服,不代表别人替我挖鼻孔也舒服。"

侯为贵说:"只要她高兴就成。我看她今天就挺高兴的。"

雷先生摇摇头,说:"高兴?高兴个屁。她这两天一直在跟我怄气。女人啊,没她们不行,有她们也不行。"说着,雷先生突然说道,"应院长,讲到这里呢,我得说一句,你小嫂子生气,你是脱不开干系的。"

这话有点重了。我承受不了啊。从进窑洞到现在,我都没跟她说过话,怎么就惹她生气了?莫非是怪我没跟她打招呼?小姑奶奶,你在听人讲葫芦、讲经,跟你打招呼,那不是扰乱课堂秩序吗?

尽管他没错,尽管他知道自己没错,尽管他知道雷先生知道他没错,尽管他知道雷先生知道小姑奶奶知道而且净心、侯为贵、释延安都知道他没错,但他还是说:"雷先生,我错了。"话一出口,他就知道自己错了。真的错了,错在不该认错。不过,他旋即又想起了一个细节,他进门时,忍不住多看了她两眼,同时在意念中把她和她姐姐的容貌做了个对比。他再次发现她们真是一个模子里刻出来的,几乎分不出谁是谁。

莫非就是那个眼神让她感到了冒犯?

还有,她猩红的嘴唇,紫色的眼影,晃动的耳坠,胸前的佛珠,不就是给人看的吗?

随后,他听见雷先生说:"你没错。是她错了。"

他一时有些慌张:雷先生不会认为她对我有意吧?刚才我看她的时候,她好像启唇笑了一下,还闭了一下眼。粗中有细的雷先生,是不是觉得,她在对我暗送秋波?雷先生,你可别多想啊,既然要暗送秋波,又怎么会闭眼呢?

听了雷先生的解释,他终于放心了。

雷先生显然被她搞烦了,竟然以小×称之。雷先生是这么说的:"小×啊,想在海南买房子,我没答应。海南已经有房子了嘛。上下三层的房子,姐姐住过,你就不能住了?六个泳道的池子,姐姐游过,你就不能游了?瞎鸡巴闹嘛。我不准她胡闹。像个文化人的样子好不好?讲到这里呢,我就说一句。没错,半个月前,雷先生确实答应了,再他妈的买个一模一样的,面朝大海,春暖花开。丫的,这不是计划赶不上变化,刚好遇到旧城改造嘛。三千万,雷先生平时是不放在眼里的。可是,我操,一分钱难倒英雄汉啊。我正急着用钱,你就不能体谅一下?妈拉个×的。"

没错,应物兄就是由此知道,雷先生也参与了胡同区的改造工程。

雷先生随即换了口气,说:"应院长,讲到这里呢,我得说一句。我还得感谢你。太和呢,要是晚几天启动,我就把钱砸进去了。一买一卖,几百万就打水漂了。你说是不是?所以,雷先生得感谢你。她呢,就闹,说看破红尘了,要信佛了。丫的,你信去啊。吓唬谁呢?你就是把菩萨搬来,我也不能惯着你。当然了,我也就顺水推舟,让延安带了一个小和尚过来,每天陪她念经。"

哦——应物兄突然打了一个激灵!雷先生要参加的不是仁德路的改造工程吧?不会和陈董他们一样,具体参与程家大院的改造吧?换句话说,他不会也往太和塞一个人吧?

人啊,你越是怕鬼,鬼越来敲门。

随后他就听见雷先生说道:"道宏兄倒是说了,让雷先生往你的太和安插一个人。这事我还没有想法。应院长,这事我听你的。就你那两个嫂子,你觉得谁合适,你挑一个?"

这话顿时晃得他脚步不稳。

他眼前一黑。

这不是比喻,是真的变黑了。黑其实只是个布景,布景前面金星闪烁,麦芒摇曳,银针飞旋,碎石迸溅。脚下的麻石路也起伏如舢板。他同时还听见了自己的笑声。他听见自己一边笑,一边很有礼貌地回应着雷先生。

他听见自己说:"哈哈哈,雷先生说笑了。谁敢替你做主啊?"

随后麦芒复归田野,银针隐于匣盒。黑消失了,变成了灰,又变成了白。没错,他眼前确实是一片白,像一堵墙。哦,堵在眼前的是白狗,是狗肚子。原来,就在感到脚步不稳的那个瞬间,他下意识地蹲了下来。如果不蹲,我会不会摔他妈的一个狗啃泥?

鼻子离狗肚子太近了。一股子臊味。

他顺势系了系鞋带,以掩饰自己的失态。

雷先生还等着他回话呢。雷先生说:"雷先生向来说一不二。这个权力,雷先生交给你了。"

见他一时没有说话,侯为贵先接了一句:"雷先生,还是先让她们自己拿个意见。女同志嘛,不给她们发表意见的机会,以后没好果子吃。"

雷先生哈哈大笑:"她们?她们能有什么意见?她们除了对雷先生有意见,对任何人没意见。天上的事,除了对雾霾有意见,什么都没意见。地上的事,除了对交通拥堵有意见,什么都没意见。她们根本不知道意见为何物。去年夏天,她们毕业十年聚会,我去买单,算是开了眼了。那帮人,不管是班花还是校花,学霸还是学渣,也都是没意见的人。混得倒是人模狗样的。有人已混成部长秘书了。一个姓赵的,据说是个学渣,混得最好,已经是地级市掌门人了。她们只有牢骚,没有意见。最大的牢骚是什么?别的年级捐的铜像竖在了东门,她们捐的却被竖到了西门。传统上讲,东门是正门。就这点屁事,丫的,硬是吵了半夜,又哭又闹,还喊着要上街。饭店老板差点跪下,求姑奶奶们小点声,不然警察就要上门了。你说,让她们拿意见,她们拿得出来吗?"

雷先生又说:"所以,需要应院长拿个意见。"

他听见自己说:"我的意见嘛,姐妹俩都进去算了。"

话音没落,雷先生立即表扬了他:"够爷们!雷先生没看走眼!"

他又听见自己说道:"你也进去算了。"

还有一句话,他没有说出来:"这只白狗也进去算了。"

雷先生说:"我?我就不进了。不瞒你说,我对孔孟之道是不感兴趣的。我喜欢的是老子、孙子。我就是感兴趣,也不能进。首先呢,我家老爷子这一关就过不去。老爷子穿着开裆裤,就跟在大人屁股后面打倒孔家店。他要知道我弄起了这个,还不从八宝山下来,一枪崩了我?不过,我必须说一句,艺高人胆大,看来你比道宏兄有本事!是个爷们,纯爷们。"

他听见自己说:"过奖了。"

是啊,我怎么能跟姓葛的比呢?人家那才叫有本事呢。朱楼将起,就把地基给毁了。筵席刚开,老鼠屎就下锅了。我怎么能跟人家比呢?我只是一个做学问的,人家是什么?是历史学家,教育家,政治家。

雷先生说:"但你只能挑一个。我反对特殊化。别的哥们只安插一个,我安插两个,算怎么回事?"

一对姊妹花,两个姘头。一对神经病,两截朽木。一对女博士,两堆粪土。从她们当中挑一个进太和研究院?这是挑朽木来雕,还是糊粪土上墙?

一个寄托着程先生家国情怀的研究院,一个寄托着他的学术梦想的研究院,就这样被糟蹋了吗?此刻,两种相反的念头在他的脑子里肉搏、撕咬。一个念头是马上辞职,眼不见为净,所谓危邦不入,独善其身;另一个念头是,跟他们斗下去,大不了同归于尽,所谓杀身成仁,舍生取义。这两个念头,互相否定,互相吐痰;又互相肯定,互相献媚。

是侯为贵把他从那种互相吐痰、互相献媚的情景中拉出来的。

他觉得,善于察言观色的侯为贵,一定是捕捉到了他的情绪变化,听出了他的弦外之音,出于讨好他的目的,才说出那么一番话的。没错,他觉得侯为贵在帮他。侯为贵是这么说的:"雷先生啊,智者千虑,必有一失啊。这个嫂子进去了,那个嫂子怎么办?何必让嫂子去吃那个苦呢?为贵听说,凡进太和的,要有博士学位,日后还得用英语授课。讲得不好,那些读书人当面不说什么,背后是要嘀咕的。咱放着好日子不过,去受那些读书人的白眼,何必呢?小嫂子同志在那里受了委屈,回来还不把你当成出气筒?"

雷先生说:"侯局的意思——就这么拉鸡巴倒了?"

侯为贵说:"我倒有个小建议。小嫂子同志如果在家闲得慌,也可以给她找个清静的地方待着。要我说,地方是现成的。哪里?皂荚庙!据我所知,胡同区的改造,不包括皂荚庙。为什么不包括?因为慈恩寺释延长小心眼,从中作梗,生怕抢走了香火。皂荚庙该不该修?该修。原来的皂荚庙,内有钟楼,外有铁槛,内有斋堂、外有马店①,现在就是几间破房。雷先生何不掏几个小钱,将皂荚庙修缮一番。然后呢,雷先生,有可能忠言逆耳啊,你就随便听听。我的意思是,举贤不避亲,应派小嫂子去管理。小嫂子同志既念经,又创收,岂不两全其美?她要对儒学感兴趣,太和就在隔壁,几步路,迈腿就到了。"

在应物兄听来,侯为贵这话简直是声声入耳。

侯为贵那张阴沉、尖刻的脸,应物兄也顿时觉得格外顺眼。

奇怪的倒是雷先生的表现有些不同寻常。雷先生突然后退几步,都退到麻石路的外面了。那里有个雨水冲出来的小沟,雷先生差点绊倒在沟里。随后雷先生一下子冲到侯为贵前,压低声音问道:"你是不是听到什么风声了?"

侯为贵说:"雷先生,我可什么都不知道。"

雷先生不再自称雷先生了:"侯局若把兄弟当朋友,就如实告诉我。"

侯为贵说:"雷先生,我什么时候瞒过您啊!"

---

① 实指客堂。寺庙的管理中心。

雷先生说:"好吧,既然你已经知道了,那我就明人不说暗话。应院长,你也听着。我已经答应了庭玉省长,将皂荚庙整修一新。庭玉省长已经答应,胡同改造工程分我一杯羹。当然是我求的庭玉省长。我跟庭玉省长说,铁梳子吃肉,小兄弟喝口汤呗。庭玉省长答应赏我一口汤。庭玉省长说,铁梳子把程家大院的地皮捐出来了,你呢?这些年你在慈恩寺赚了那么多,吐出来一点?就是这句话提醒了我。我立即提出,修皂荚庙的钱算我的。庭玉省长说,好,这就叫取之于民,用之于民。取之于寺,用之于寺。庭玉省长这句话又提醒了我,规格要上去,不能按小庙的规格来修,得修成大寺了。我就向庭玉省长表态,放心吧,斋堂、客堂,一个不落;钟楼、鼓楼,一个不缺。我问庭玉省长,后面是不是再弄个菜园子?再栽上几株垂杨柳?庭玉省长以为我是要趁机圈地呢,我说了,那菜园子也要取之于民,用之于民,各地香客来了,可以趁机体验一下田家乐。庭玉省长说,不是不可以考虑。情况就这么个情况。至于铁槛,我告诉你们,你们现在去看看,铁槛已经安上了。皂荚庙,包括菜园子,方圆一千米,已经全都装上了铁槛,就像士兵列队完毕,静候首长检阅。"

侯为贵说:"这么说来,您让小嫂子同志学佛念经,就是提前为此做准备?"

雷先生表扬了侯为贵:"侯局真是猴精啊,什么也瞒不了你。"

侯为贵说:"过奖了。住持是谁?你可得安排个自己人啊。"

雷先生说:"按才学,按资格,按辈分,得请释延源。但延源此人,向来看不起我。丫的,一个臭和尚,也敢在我面前摆老资格。所以,我的意思是,就让释延安在那里先待着。一来,延安脑子比较活络,会来事,而且延安与延长关系不错,两个人是穿一条裤子的,这有利于两大名寺和睦相处。二来,当然这也是最重要的,是邓林的意思。邓林的意思,当然就是庭玉省长的意思。"

侯为贵好像还在为雷先生的家庭生活操心:"小嫂子同志手里

有个寺庙玩着,大嫂子同志没意见吧?"

雷先生说:"借她个胆!丫的,她敢放个屁,明天我就把海南的别墅给卖了。"

侯为贵连忙说:"我相信,大嫂子同志一定有大局意识。"

雷先生说:"明天,我就派延安带上净心和你小嫂子,去皂荚庙种葫芦。葫芦爬上皂荚树,好啊,又是皂荚又是葫芦。对佛学,雷先生已略有研究。知道庙里为何要栽皂荚树吗?意思是洗心革面,一心向佛。知道为何要种葫芦吗?葫芦者福禄也,意思是功德圆满。净心讲经时,我在旁边胡乱听了几句,就有如此顿悟,说明什么?说明我跟皂荚庙有缘。讲到这里,我要说一句。丫的,我之所以不让你们小嫂子进太和,还有一个原因,就是我担心首长不同意。首长小时候,就参加地下组织打倒孔家店,后来又批林批孔,忙了很多年。他要知道我让你们小嫂子进了太和,研究起了孔老二,还不从八宝山跑出来,一枪把我给崩了。首长是无神论者,当然不信佛。但他听我奶奶的。我奶奶呢,觉得他杀人太多,手上有血,天天为他烧香拜佛。他看到了,从来都装作没看见。"

这时候,他们已经走近华学明住的院子。

华学明的博士出来迎接他们,让他们等一会。

雷先生交代他们:"刚才的话,天知地知,你知我知。出了基地,不能说。"

与雷先生住的不同,华学明的房子是用原木搭起来的,四周扎着篱笆。篱笆内外,栽着毛竹。竹笋已经拱出来了。有的已经半人高了,裹着半绿半黄的皮,像刚出土的长了绿锈的长矛。长矛稀稀拉拉的,一直长到基地的围墙旁边。

那里堆着几个巨大的金属圈。

应物兄以为那是某种现代雕塑。雕塑全都搞成一个样子,倒也符合雷先生的思维:整齐划一。侯局也把它当成了雕塑,说那个雕塑不错,圆形,巨大的圆形,世间最好看的图形就是圆形啊。

"什么眼神!铁丝,施工用的。不过你要认为那是艺术,那就放着吧。龙袍本来也是用来蔽体御寒的,时间长了就成了艺术。"

"是给皂荚庙用的?"

"皂荚庙用的是铁槛,那是铁丝。倒是一起进的货。"

原来,雷先生正准备加固围墙。就在等待华学明召见的时候,雷先生再次广开言路,让他们对加固围墙的方案发表一下意见。一个是增加围墙的高度,另一个是在围墙上拉起铁丝网,通上电。雷先生介绍说,前者工程比较大,需要拆墙重建,但好处是死不了人。翻墙偷盗者,最多摔成个残疾罢了。后者倒是很快就可以落实,但坏处也是有的,要不了一个月,就可能会电死几个。雷先生说,虽说基地没有责任,但想到那些孤儿寡母,心中还是有些不忍。当然,如果考虑到生活质量问题,摔成残疾还不如电死来得痛快。

"你们的意见呢?"雷先生说,"刚才让你们拿意见,你们说,应该先让两个嫂子拿意见。现在是不是要让盗贼先拿个意见?"

不知道什么时候,释延安已经走过来了。他穿的僧鞋,走路没有一点声音。他们是先听到他说话,才注意到他的。他一来,就发表了意见。他考虑的倒不是残疾和死亡,而是墙根种的那些葫芦、黄瓜、倭瓜和丝瓜。他说:"等到下霜,葫芦下了架,再施工不迟。"

"你怎么跑出来了?"雷先生问,"净心呢?"

"净心走了。"

"延安就是延安,一叶一花都放在心上。菩萨心肠啊。问题是,他们现在要偷的不是林蛙,而是济哥。你们知道的,济哥可是价值连城。昨天已经有人进来了,被哮天发现了。哮天没有经验,以为那是狐狸呢,叫着冲了过去,把人吓跑了。我已经跟哮天说了,下次不准叫。"

"要不,我再想办法给你弄两条哮天过来?"侯为贵说。

"趁签证还没过期,赶紧去啊。"

突然,一道白光从树林那边一闪而过。起初,应物兄以为是哮天。它在树与树之间穿过,在起伏的丘陵上穿过,在坟头与坟头之间穿过。它无声无息,几乎是梦幻般的。他觉得奇怪,四处眺望,那影子已经不见了。他很快就在去往窑洞方向的麻石路上看到了哮天。眼下,它和小嫂子走在一起。当小嫂子弯腰去摘野花的时候,它看上去就跟她一样高了。于是应物兄就觉得自己可能看花眼了。此时,天空中正有白云飘动,近处的跑得很快,如洁白的羊群被驱赶向更远的地方。而更远处的,反倒是静止的,就像挂在那里。好像只有树梢的摆动,才能映衬出它的飘动。他想,可能是把树梢与树梢之间的白云看成了那道影子。

华学明的博士出来,请他们再等一会。

对于华学明,雷先生以前都是以"小华"称之,有时候还显得颇不耐烦,这会儿雷先生竟然改口了,称华先生了。

雷先生说:"再跟华先生通报一声?"

那个博士有点为难。

趁那个博士犹豫,雷先生已经大踏步走进了院子。他们三个人当然也跟了过来。他们刚走到华学明的门口,就听见华学明吼道:"当和尚?你以为和尚是好当的?"

靠着门框站着的是华纪。

华纪说:"不就是剃个头吗?"

华学明说:"剃个头?三下五除二剃个头,就当和尚了?连个游戏都戒不掉,还想断掉红尘。你别去当了,还是我去当吧。"

他们站在院子里,进也不是,退也不是。华纪看见了他们,微微地朝里面歪了歪头,意思是请他们进去,救自己于水火之中。而华学明则是微微仰着下巴,示意他们别进来。可怜天下父母心啊。华学明不想让他们看见儿子在挨训,想给儿子留个面子。

转过身来,应物兄又看到了那道白影,它在竹影之外。这次它消失得更快。他当然没想到,那就是白马。白马不是在希尔顿饭店的顶层吗?它怎么可能来到这里呢?所以,他压根都没有这样想。

他们退了几步,好让华学明训个够。

雷先生显然已经知道华学明训儿子的原因了,并且有感而发:"子不教,父之过。必须给孩子讲清楚,在人生的道路上,什么错误都可以犯,就是生活错误不能犯。我跟我的大儿子就是这么说的。我那个大儿子,就喜欢跟女演员混在一起。你也不按着胸口想一想,那些女演员,哪个是吃素的?生活错误对她们来说不叫错误,叫聚人气。但我们不行。我们是文化人,精英阶层。犯了错误,就是道德问题。风风雨雨我见多了。别的错误,经济错误,甚至政治错误,都可能翻过来,只有生活错误翻不过来。那边怎么没声了?"

几分钟之后,华纪走了出来。华纪的发型很奇怪,当中竖了起来,还染成了红色。应该是刚染的,昨天还是黑的嘛。还有,这小子为何今天没去上学?看见他们还在外面候着,华纪很有礼貌地挨个问候一遍:"雷先生好,侯伯伯好,性空大师好!大师,你带的那个小尼姑呢?"

和尚和尼姑都分不清楚呢,还想搞女人?

华纪说:"干爸好!跟华先生说一声,一把年纪了,不要肝火太旺。他要是有个三长两短,谁跟我妈斗气啊?"

难怪华学明说,恨不得把他塞回子宫回炉。

突然,华纪张着嘴巴不说话了,似乎被什么东西吸引住了,先是踮着脚尖,后是弯下了腰,手搭凉棚,晃动着脑袋,朝远处张望着。他要看的,其实也是白马。但跟应物兄一样,华纪也没有看出那是白马。跟应物兄一样,华纪也把它看成了白狗,看成了飘动的云朵。或者,干脆就是一股气流,一团雾?

当然,随后他从华学明那里知道了,那就是白马。

华学明是这么说的:"华先生让明亮帮着润色一个报告。他把白马也牵来了。早该牵来了。它都抑郁了。"

79. Illeism

Illeism！应物兄突然想到这个词。

这是因为他再一次听到华学明自称华先生，也是因为他听到华学明提到了释延安的师兄释延源。

他们进来之后，华学明首先把释延安骂了一通："华先生警告你，当着华纪的面，以后不要吃肉喝酒！华纪还以为当和尚是个美差事，都不想上学了，想当和尚了。你想让我们华家绝后啊？"

释延安连忙道歉："不敢了，不敢了。"

华学明又说："幸亏释延源把他送回来了。晚一步，你们是不是把他的头给剃了？华先生把话放到这儿，谁敢剃他的头，我就打烂谁的狗头。"

他雷山巴可以自称先生，你华学明不能啊。雷山巴是生意人，自称先生相当于自抬身价，相当于给自己做广告。你呢？你是学者，是生命科学家。世上有哪个学者称自己为先生的？

"Illeism"，说的就是这种以第三人称来谈论自己的方式。

他想起来，芸娘向他提到这个词的时候，释延源也在场。

子贡来到济州之前 有一天他陪着郑树森去了一趟芸娘家里。郑树森的一篇论文获得了高校人文社会科学优秀成果奖，是关于鲁迅与克尔凯郭尔关系的研究。郑树森认为，凭借这篇获奖论文，他完全有资格进入济州大学学术委员会。芸娘曾是学术委员会的成员，连任两届之后，芸娘以身体不适为由，写信要求退出。郑树森认为，越是主动退出的人，在学术委员会成员当中越有发言权。他其实是想接替芸娘。郑树森说，如果得到芸娘推荐，此事就十拿九稳了。

那天一见面，芸娘就拿郑树森的胡子开玩笑。

"你的胡子很像大先生。"芸娘说。

"真的吗?"郑树森摸着胡子说,"别人也有这么说的。"

"也有点像蔡先生,元培先生。"

"芸娘啊,这话可不敢让葛道宏听到。他会以为树森有什么想法呢。"

"好像也有点像李大钊。"

"芸娘,"郑树森吓坏了,"芸娘不会是咒树森早死吧?树森还有很多事没做呢。再说了,我要死了,你的学生怎么办?"

郑树森的第二任妻子是芸娘的研究生。在来的路上,郑树森说,他也想让芸娘调解一下他们的夫妻关系。郑树森说:"她又出走了。"

这时候释延源到了。芸娘以前曾陪着姚鼐先生在慈恩寺藏经阁查找资料,他们以此相识,偶有来往。芸娘在校对自己的一篇旧文,是关于闻一多的。因为闻一多对佛学也多有涉猎,芸娘对有些知识没有把握,就约了释延源来谈。释延源大概知道芸娘的爱好,带了一束芸香。他说,那是植物学家双渐施主在慈恩寺的后山上种的。小保姆给释延源拿拖鞋的时候,释延源自己从一个黄包里取出鞋子,换上了,安静地坐下看书。

看到芸娘气色不好,我们的应物兄未免有些担心。芸娘说:"脖子有点疼,肩膀也有点疼。其实也不知道是脖子疼,还是肩疼。总之是疼。医生诊断了一下,说多休息就好了。不让多看书,说要多看天。"接下来,芸娘又开玩笑说,"医生的话,延源可能不同意。在医生看来,人体是一个复杂系统,出了故障,医生就要先把它还原为单个的物件,器官、组织、神经、细胞,细胞核,一一过堂,再推断出一个结果。这个过程就叫诊断。只有这个时候,你才发现,自由意志、人格、主体性,这些概念跟身体没有关系。"

芸娘让保姆给释延源沏茶。看着那些茶叶在杯子里沉浮,释延源脸上似乎有一种忧思,那忧思慢慢地变成了微笑,于是更显得眉目疏淡。释延源的任何动作,都很慢:端茶杯的动作是慢的,放下茶杯的动作也是慢的。他向小保姆解释,自己不喝这绿茶。随后,他从黄包里取出了茶杯,里面泡的是柿子树叶。以虚诞而为高古,以缓慢而为澹泞,应物兄脑子里冒出了皎然的两句诗[1]。

郑树森把论文递给了芸娘,说:"请芸娘提提意见。"

芸娘说:"你是专家。七斤嫂怎么敢对九斤老太提意见呢。"

郑树森不知轻重,说:"九斤老太要能听进七斤嫂的意见,也会进步的。"

芸娘说:"大作我已经拜读过了。又改过了?"

郑树森说:"编辑说了,树森的文字,增一字嫌多,删一字嫌少。"

芸娘说:"注释很详细啊。"

郑树森说:"树森的文章历来以注释严谨著称。"

芸娘说:"好像缺了最重要的一条注释。克尔凯郭尔是现在的译名,鲁迅说的都是契开迦尔[2]。"

郑树森说:"一定是编辑给树森取掉了。这种错误,树森怎么能犯呢?芸娘觉得,鲁迅先生的思想是不是比闻一多先生更接近克尔凯郭尔?"

芸娘说:"鲁迅的思想并不等于影响了鲁迅的那些思想。鲁迅受到了克尔凯郭尔的影响,也受到了进化论和阶级论的影响。但鲁迅的思想既不等于克尔凯郭尔,也不等于进化论和阶级论。"

郑树森把那篇文章要了回来,说:"树森回去再琢磨一下。想起来了,树森的内人最近是不是来过这里?"

芸娘笑了:"她也问我,外子是不是来过?"

郑树森立即说:"她不懂事啊。芸娘,你在我们的婚礼上说,夫

---

[1] 〔唐〕皎然《诗式·诗有六迷》:"以虚诞而为高古,以缓慢而为澹泞,以错用意而为独善,以诡怪而为新奇,以烂熟而为稳约,以气少力弱而为容易。"

[2] 鲁迅《坟·文化偏至论》:"至丹麦哲人契开迦尔(S. Kierkegaard)则愤发疾呼,谓惟发挥个性,为至高之道德,而顾瞻他事,胥无益焉。"

妻要互相尊重,谁说得对,就听谁的。看来芸娘的思想并没有成为她的思想。"

芸娘笑了,说:"这次是因为一只鸡冠吵起来的?"

郑树森说:"瞧瞧,树森没有猜错吧?她来你这儿告状了是不是?你应该劝她,如果不想跟树森过了,那就离了算了。树森不拖她的后腿。"

芸娘说:"因为一只鸡冠,就要离婚?"

郑树森说:"不是鸡冠的问题。树森的母亲喜食鸡冠,她每次炖鸡,却都要把鸡头剁掉。"

芸娘说:"鸡头对身体不好嘛。"

郑树森说:"那你可以把鸡头扔了,把鸡冠留下啊。"

芸娘说:"前段时间还挺好的嘛。骑着双人自行车,铃铛响个不停。"

郑树森说:"谁说不是呢?她喜欢浪漫嘛,要求骑着双人自行车,车后放着太阳伞、休闲桌、休闲椅。她要求一直骑,还说世上本没有路,骑着骑着就有了路。骑到凤凰岭,骑到桃都山,一直骑到没有手机信号的地方。树森都快累瘫了。她倒好,一路上靠在树森背上睡着了,像个小猫似的。还吟诗呢。你若晴空一鹤排云上,我就便引诗情到碧霄。到了水库旁边,她说捉田螺吧,摘野菜吧,挖笋吧,喝点红酒读读书吧。她是个学者,不喜欢搞研究,却喜欢看偷情小说。书包里要么放着《包法利夫人》,要么放着《安娜·卡列尼娜》,翻来覆去地看。她一边读着《包法利夫人》一边问树森:田螺捉到了吗?他妈的,哪里有田螺啊。野菜倒是有的,蒲公英嘛,可她又觉得苦。她把芦苇当成竹子,让树森去挖下面的笋。还说,世上最有意义的饭局,就是自己挖笋,和亲爱的人一起煮着吃。还给树森讲道理呢,说一千万是过日子,一百万也是过日子,十万也是过日子,一万也是过日子。只要内心生活丰富,就是没有钱,也是幸福的。"

芸娘说:"这话她也跟我说过,我告诉她,当你说一千万也是过日子的时候,你脑子里已经有了一千万这个概念。"

郑树森说:"搞得跟真的一样,搞得树森反倒觉得自己很庸俗。他妈的!"

芸娘说:"听说还在山上住了一夜,吃了土鸡。那鸡冠就是土鸡的鸡冠?"

郑树森说:"她愿意骑车去,却不愿骑车回来。她说她不愿意重复。不愿重复为什么要反复地看《包法利夫人》?不愿意重复为什么要说世上本没有路,骑的人多了就有了路?山上叫不到出租。就是有出租,双人自行车也放不下啊。只好在山上住了一晚。她倒是挺高兴的,说自己最喜欢田家乐。她特别羡慕山民,说,养着鸡,养着狗,养着毛驴,多好啊。她说,世界上最好的闹钟就是公鸡。可是早上公鸡一叫,她就烦得不得了,说影响她睡眠了。她给人家掏钱,让人家把公鸡宰了。她是喜欢吃土鸡的,但是当人家把公鸡炖了给她吃的时候,她又觉得人家太残忍了,说这跟易子而食没什么差别。"

芸娘说:"可她跟我说,那公鸡好吃得不得了。"

郑树森说:"当时炖了半只,另外半只拿回来了。说好给老太太尝尝,他妈的,她却吃得比老太太还多。还说,距离产生美。所谓土鸡进城,美味倍增。树森认为,这跟距离无关,而跟老太太抢着吃有关。他妈的,说好的减肥,也不作数了。后来老太太就说,你吃吧,你全吃吧,我只吃个鸡头。可是怎么也找不到鸡头。他妈的,她竟然把鸡头剁了,扔了,喂猫了。"

芸娘说:"就因为一只鸡头,一只鸡冠?我送你们一筐鸡冠。"

郑树森抽的烟是鲁迅先生常抽的哈德门。这会他把哈德门的烟屁股捻碎了,说:"是她提出离婚的。树森只是附议。一开始,她并没有说离婚,只说想出去躲几天。树森还去机场送她来着。她最后一句话是,老天,你的耳朵怎么长成这样?树森问怎么了?她说,你的耳朵把帽檐支起来了。这是什么话?她说的是兔耳朵还是驴耳朵?后来就接到她的短信,说要分居。当年二人读《伤逝》,记忆最深的,不是子君与涓生如何相爱,而是他们如何分手。子君走的时候,把仅剩的一点钱放在桌子上,让涓生还能活下去。她倒好,把所有的钱都一扫而空,半个子儿都没给树森留下。树森就想问一句,鲁迅的书,她是怎么读的?"

芸娘说:"你用第三人称说话,我有点不习惯。"

郑树森说:"就是个习惯嘛。鲁迅也自称'迅哥儿'的。"

芸娘说:"我如果没有记错,'迅哥儿'是鲁迅小说里的人物,但不是生活中的鲁迅。"

郑树森说:"'鲁研界'的人,喜欢这样说。"

芸娘说:"连口头禅都是第三人称。你们'鲁研界',都喜欢这么说吗?"

郑树森知道芸娘说的是他挂在嘴上的"他妈的"三个字,一时有点不好意思了,低下了头,但随即又把头抬了起来:"不瞒你说,鲁研界这么说的人,还真是不少。鲁迅本人也常这么说的。鲁迅不仅这么说,还考证了这三个字的历史。按鲁迅的说法,这个'他妈的',从晋代就有了。为什么从晋代开始呢?因为晋代有门阀制度,讲究出身。你出身名门,就一切OK;你出身寒门,就一切Out。那些出身寒门的人,又不好公开作对,又不敢公开反抗。那该怎么办呢?哼,你那么神气,不就是因为有个好妈吗?那就骂你妈!所谓迂回的反抗,曲线的反抗。当然了,也是卑劣的反抗。鲁迅由此得出一个结论,只要中国还有等级存在,这个'他妈的'就不会消失。"

芸娘说:"家里就三个人,除了你,就是你妈妈,你儿子的妈妈。你反抗谁呢?'鲁研界'那些人,也一个比一个过得好。其实我挺佩服你们呢。都说一个人身处逆境的时候,才会和鲁迅相遇。你们呢,一个个身处顺境,顺得不得了,大都处在教授级别的上游,还这么爱鲁迅,所以只能让人更加佩服。我看'鲁研界'最近还特别喜欢谈'现代性',说它有五副面孔。这属于现代性的哪副面孔?"

郑树森终于说道:"芸娘,让你笑话了。树森一定改。"

芸娘示意郑树森吃一块蜜饯,然后扭过身子问释延源:"延源,僧人现在自称什么?"

释延源并没有像释延安那样,以"阿弥陀佛"开口,而是平平常常的,直接说道:"有的自称贫僧——"

郑树森立即说:"还贫僧呢,树森看他们过得都很舒服嘛。"

释延源慢慢放下自己的柿叶茶,说:"'贫僧'由'贫道'而来。'贫道',是说自己道德和智慧不足。近于儒家所谓'忧道不忧贫'之道。后因道士亦自称'贫道',僧人便自称'贫僧'了,也称'小僧'。我呢,老了,只好自称老衲了。"

芸娘说:"可见,用第三人称来谈论自己,是有很多说法的。鲁迅所讨厌的政客们最喜欢这样说。英文中,有个词叫'Illeism',说的就是用第三人称来谈自己的方式。这个词,源于拉丁语'ille',即英语中的第三人称'he'。最早这样谈自己的人,是恺撒。法国的戴高乐将军,也有这个毛病。戴高乐的口头禅是'戴高乐知道,国民求助于戴高乐的愿望日益强烈','除戴高乐之外无人可以胜任'。"

他突然想到了《山海经》中的"其鸣自詨":鸟兽的声音就像在呼唤自己的名字,所谓自呼其名。

郑树森说:"树森我,没别的意思,就是说顺口了。"

芸娘说:"你不是研究克尔凯郭尔吗?那你一定看过他的《论反讽概念》。他有一段话,就是专门讲这个的。他说,只有两种人会这么说话。一种人,是自大的人,他认为自己的所作所为就像恺撒,具有世界历史意义,以致他的生命不属于自己,而属于整个世界。这种人要通过不断地称呼自己的名字,来向自己表示敬意。另一种人,是自卑的人,他是因为感觉到这个世界过于沉重,使他忍受不了这个重压,想逃离自己,将自己从沉重的历史中抽出,或者将历史从自我中抛出。① 当然,延源师父说的是第三种人,即佛学中人。"

郑树森说:"芸娘,这——树森我还真没想到这么多。"

芸娘说:"我相信,不这么说,并不影响你的表达。你一个人的时候,可以这么说。"

郑树森说:"我记住了。"

芸娘说:"至于什么嫁鸡随鸡、嫁狗随狗,这样的话,最好不要再说了。"

郑树森又来劲了:"不说可以,但你要告诉她,也不要在家里讲什么女权主义。那叫什么女权主义啊?一谈权利,就讲性别平等。一讲责任,就讲性别差异。树森真是受不了。树森不指望她像伯庸老婆那样嫁鸡随鸡、嫁狗随狗,她也别指望树森像应物那样娶鸡随鸡、娶狗随狗。"

郑树森!你就是这样看我的?我的问题比你复杂多了。我没跟乔姗姗离婚,不是要娶鸡随鸡,而是因为那鸡不是一般的鸡,是乔木先生养的鸡。当然,这话他没讲。他只是指着郑树森,哆嗦着手指,代表自己生气了。

芸娘这时候问释延源:"延源,前些天收到你的信,发现你也以第三人称口气说话,并且自称'五一居士'?"

---

① 克尔凯郭尔《论反讽概念·费希特之后的反讽》:"她就这样坐在她淫逸的屋子里,浑浑噩噩,大镜子从各个角度反射着她的形象,由此所产生的外在意识是她惟一还保存下来的意识。因此,谈到自己的时候,她也惯于称自己莉色特,常常讲她写下、她想写下自己的历史,就好像这是别人似的。总的来说,她最喜欢以第三人称来谈自己。不过,这不是因为她在世上的作为像恺撒的一生,具有世界历史性的意义,以致她的生命不属于她自己,而是属于整个世界,不,这是因为这个过去的生活过于沉重,以致她忍受不了它的重压。对这个过去进行反省,让它的令人惧怕的各种形态来评判她,这将会过于阴森,不太可能是诗意的。然而,让她的可悲可鄙的生活融入朦朦胧胧的大轮廓,把它当作与她自己毫无关联的东西瞧着,这是她所甘干的事情。"莉色特,是德国浪漫派思想家弗里德里希·施莱格尔(Friedrich Von Schlegel)的著名小说《卢琴德》(Lucinde)中的人物。

释延源说:"前段日子,多次想到还俗,就给自己起了这么个名字。"

芸娘说:"又来了。以前不是还俗过吗,怎么又要还俗了?"

释延源似乎不愿多谈,只是解释了为何要给自己取个"五一居士"的名号。应物兄当时吃了一惊,他没想到释延源竟然对欧阳修很感兴趣。释延源说:"欧阳修自号'六一居士',所谓集录金石遗文一千卷,藏书一万卷,有琴一张,棋一局,置酒一壶,有一翁老于此五物之间。我呢,不会弹琴,不会下棋,也不喝酒。但我会画画,只是没有延安师弟画得好。会吹笛子,有笛子一管。哪天还俗了,也可自号'五一居士'。"

郑树森惊呼起来:"出家,还俗,再出家,再还俗?你们还可以这么搞?"

释延源说:"若自感不能精进,便可请乞舍戒还俗。若看到僧人丑恶而退失信心,也可还俗。脱下僧装,以另外一种方式修行,如何不可?可以的。"

哦,释延源与其说是个和尚,不如说是个隐士。

对了,"居士"在《礼记》中,就含有隐士、高人、山人、奇人之意。①

释延源问:"应物先生,你这个名字是来自欧阳修吗?"

他当然知道,释延源指的是欧阳修那句话,"无常以应物为功,有常以执道为本"②。他没说是,也没说不是。

释延源说:"我正要请教于你,如今你是应物还是执道?"

他听见自己说,我是既应物又执道。但这句话,只有他自己能听到。他不好意思说出口。随后,他听见释延源说:"正可谓,有常

---

① 《礼记·玉藻》:"居士锦带,弟子缟带。"
② 欧阳修《道无常名说》:"道无常名,所以尊于万物。君有常道,所以尊于四海。然则无常以应物为功,有常以执道为本。达有无之至理,适用舍之深机。诘之难以言穷,推之不以迹见。"

无常,双树枯荣。南北西东,非假非空。"①他半懂不懂,想让释延源解释一下,但释延源却站起身来,向芸娘走去了。不知道什么时候,芸娘已经走开了。此时,芸娘正在另一扇窗前侍弄一盆花。他后来知道,那盆花是刚从院子里挖来的。

郑树森早已经不耐烦了。

郑树森说:"我不懂佛学。这当然是受鲁迅先生的影响。鲁迅先生谈到佛教,向来没什么好话。我要不先走一步?"

这天的谈话,就以芸娘给郑树森送花结束。芸娘就把那盆花送给了郑树森。芸娘说:"去把她接回来!你们两个,脑子里都有一根筋搭错了,但错的又不是同一根,各错各的,偏偏又凑到了一起。在一起养养花,弄弄草,可能就好了。鲁迅先生也是喜欢养花的,也养过这个花。这是什么花,你回去研究一下。花养好了,你们再给我送回来。以前,不都是拉着手来的吗?"

他和郑树森都没有认出那是什么花。

倒是释延源认出来了,说:"这鸡冠花长得好。"

芸娘说:"你看,鲁迅和延源也有相通之处,相通于鸡冠花。"

释延源说:"藏经阁后面,多发鸡冠花。这鸡冠花,又名波罗奢花。民间有说这花是马可·波罗带到中国的。这花是印度传来,与佛经一起进入中国的。别忘了,我是扫地僧,这波罗奢花,有的高如扫帚,有的矮如鸡冠。"

郑树森问:"佛经关于鸡冠花是怎么说的?"

释延源犹豫了片刻,说:"佛经中,形容身毛皆竖,常说如波罗奢花。"

其实释延源故意少说了几个字。佛经中凡是提到波罗奢花

---

① 当年世尊释迦牟尼在拘尸那罗城娑罗双树之间入灭。东西南北,各有双树,皆一荣一枯。佛经中言:东方双树为"常与无常",南方双树为"乐与无乐",西方双树为"我与无我",北方双树为"净与无净"。茂盛荣华之树意示涅槃本相:常、乐、我、净;凋残枯萎之树显示世相:无常、无乐、无我、无净。如来佛在这八境界之间入灭,意为非枯非荣,非假非空。

的,常说"遍体血现如波罗奢花"①。

这天,释延源顺便提到了一件事,就是从事植物学研究的人,常到藏经阁的后山上采集植物和花卉的种子,他曾帮助他们找到了几种植物的种子,其中就有鸡冠花。应物兄又如何能够想到,释延源说的那个人,就是双林院士的儿子双渐。

现在,当应物兄把思维的线头重新拽回到科学院基地的现场的时候,鸡冠花又变成了鸡冠,而且那鸡冠就长在华纪的头上。是的,他突然觉得,华纪刚才弄的那个发型就像鸡冠。

一时间,他的脑子有点乱。

华学明再次把释延安训了一通:"一个臭和尚,却每天吃香的喝辣的,过得比谁都滋润,华公子都跟你学坏了。"

哎哟喂,因为研究出来一个济哥,不得了了,都把儿子叫成华公子了?

释延安都结巴起来了:"阿,阿,阿,阿弥陀佛。"

华学明说:"屙,屙,屙,屙屎到外面屙去。"

释延安反应倒很快:"华先生说得好,佛是干屎橛,道在屎溺中。"

直到这个时候,应物兄还没有意识到,华学明的精神已经有点不正常了。那天中午,当他们从华学明那个小院子退出来的时候,他倒是听他们有过一番议论。侯为贵说:"有本事的人都有脾气,越有本事的人越有脾气啊。雷先生,您说呢?"雷山巴这时候又恢复了第三人称说话的习惯,说:"这正是雷先生要格外强调的。我们一定要配合华先生的工作,把事业推向前进。"释延安倒是提到了一个"疯"字,但他说的"疯",指的其实是敬业精神。释延安是这么说的:"阿弥陀佛,不疯不魔不成佛。"作为华纪的干爸,应物兄考虑问题的角度更多一些,其中不乏自责。他说:"学明兄可能是被

---

① 《大般涅槃经》(卷第一):"作是言已,举身毛竖。遍体血现如波罗奢花。涕泣盈目生大苦恼。"

我那干儿子给气的。"

雷山巴提醒释延安:"在华公子面前,真的别吃肉了。"

释延安说:"雷先生,您知道的,性空吃肉,是有选择的。性空不吃牛肉。牛耕田劳作,相当于农户家中成员,性空怎么忍心吃它?虽说现在的牛是肉牛,奶都不挤,且从不下田,但吃无妨;但性空还是不吃。性空也不吃鸡,实在忍不住了,也只吃公鸡。"

80. 子贡

子贡、葛道宏、铁梳子、陈董,四个人在葛道宏的办公室谈话,其余诸人都在会议室里等着,计有:董松龄、陆空谷、李医生、应物兄、敬修己、汪居常、卡尔文、吴镇、费鸣。汪居常不愧是搞历史的,竟然联想到了分享"二战"蛋糕的开罗会议,把那四个人的见面,称为"四巨头会谈"。没搞错吧?开罗会议其实是"三巨头"会议,因为斯大林并没有参加。当然,这话他没说。

两个保镖则照例站在办公室门口。

谈话持续了很久,这期间小乔进去过一次,是送放大镜的。显然,在紧张谈话的间隙,他们抽空观赏了一番葛道宏养的那些蚁狮。

按照他对葛道宏谈话习惯的了解,结束的只是上半场。

陆空谷经常走出会议室,打电话或者接听电话。

董松龄和卡尔文坐在一起,两个人一直窃窃私语。他们谈的是桃都山集团刚刚向济大捐助的一些学生用具。GC集团不是在济大建立了实验室吗?就是那个观测男性生殖器发展变化数据的实验室。桃都山集团的科研团队,获悉了这个消息,立即联系自己,举一反三。还真让他们找出了问题,也找到了新的经济生长点。他们发现了一个重要事实:中国高校和中学目前使用的桌椅床铺,都亟须加宽加长加高,以适应青少年身体的变化。桃都山集团下属的家具厂,随即调整规格,赶制了一批桌椅和高低床,第一时间送到济大和济大附中,进行现场应用测试。董松龄和卡尔文现在谈的,就是学生们的反馈情况。

他后来了解到,根据他们搜集到的资料,中国确实正在变成一个加宽加长加高的国度。这跟美国上个世纪七十年代很相似。二十世纪七十年代,美国剧院的座位都加宽了,华盛顿所有剧院的座位一律加宽了两英寸,就是五厘米啊。棺材制造商把棺材的型号从二十四英寸加宽到了三十八英寸,就是三十五厘米啊。当然,中国人的棺材是不需要加宽了。死后都要火化的嘛。但座位、课桌和床铺则亟须调整。事实上,就在那些桌椅送到济大和济大附中的同时,桃都山影院的座位也加宽了,加宽了五厘米。观众少了吗?没有。影院里满当当的。按卡尔文的说法,上座率的提高可不是小事:电影发行公司认为,影院上座率提高的指数,与人民群众物质文化生活水平提高的指数,向来是同步的。

他们当然还谈到了别的事。

其中最重要的一件事是,铁梳子决定,把桃都山别墅捐给太和。

卡尔文当然也特意向董松龄说明:"就当我没说。还是等铁总告诉你。"

董松龄回应说:"就当你没告诉我。还是等铁总告诉葛校长。"

"四巨头"开会的时候,他和李医生和陆空谷之间,也有一次谈话。那时候,地点不是在会议室,而是在外面的过道上。李医生送给他一份礼物,强调那是他们这次去中东,卡塔尔王室送给子贡的礼物。李医生说:"他要送给你和夫人。"

那是一对纯金的孔雀,像鹌鹑那么大。它身上涂覆着蓝色及绿色珐琅,翅膀与尾羽镶着钻石。如果李医生不解释,他还以为那是从墓中挖出来的。李医生说,是卡塔尔王后收藏的纪念品的复制品,只送给最尊重的客人。

陆空谷接过来看了看,说:"比上次送我的那只好看。"

"那我送给你了。"

"应院长,这是一对孔雀。我怎忍心将它们分开呢?"陆空谷笑着说。

他当然听出话中有话。但他来不及细品,陆空谷就说:"你答应我看到济哥,济哥呢?我可是听说了,那些死在希尔顿的蝈蝈,好像不是济哥。"

按照今天的安排,待会他就要向子贡和陆空谷讲一讲济哥的事。所以他对陆空谷说:"一会你就知道了。"

陆空谷突然低声说道:"你不该骗我。"

骗你?怎么会呢?他一时语塞。

陆空谷说:"朱颜告诉我,济州没有济哥了。没了就没了。给程先生解释一下就行了。他就是那么随口一说。老年人,可能扭脸就忘了。我听说,就为了这么一只虫子,你们下足了功夫。"

他说:"我答应过的,要让程先生看到济哥的。"

他们站在窗边,好长时间没有说话。起风了。从窗户看出去,地面上的人像蚕茧似的,被风吹来吹去。关于济哥,他本来觉得挺自豪的,为满足了程先生的一个愿望而自豪。待会我还要讲吗?他突然觉得意兴阑珊。

陆空谷接下来的那句话,倒像是对他的安慰:"我主动联系了芸娘。这一点你倒是没有骗我。芸娘确实病了,不能见客。是她的医生告诉我的。"

他说:"空谷,我怎么会骗你呢。"

陆空谷说:"是啊,我也这么想。不过,这次来济州,我还是挺有收获的。"

他问:"我能分享一下吗?"

陆空谷说:"我是又伤心,又高兴。伤心也是一种收获,是吧?

就像放弃也是一种获得。"

她为什么伤心？是因为我吗？

旁边不断有人经过。有人会停下来，开玩笑地叫他应院长。这里不是一个讨论伤心、放弃、收获的地方。他对陆空谷说："看你方便，我想跟你聊聊。我还没能尽到地主之谊呢。太和马上要动工了，你是不是要留下来？"

陆空谷说："我又不是建筑师。"

说话间，他看到那两个保镖闪到了一边。门开了。是小乔把门打开的，她也闪到了一边。子贡和葛校长笑着并排走了出来。另外几个人跟在后面。

然后葛道宏就对大家说："到巴别去，我们到巴别去。"

于是大家纷纷起身，又秩序井然地坐电梯下到地面，前往逸夫楼。

这期间发生的一件小事，很有必要提一下。小乔本来跟在葛道宏后面，这时候故意落到了后面，和他并排走到了一起。他意识到小乔有话要说，就放慢了脚步。他发现，当他放慢脚步的时候，排在他后面的人就会停下来，等着他。显然，走路的次序无形中已经规定好了：子贡和葛道宏就应该在最前面，后面是李医生和两个保镖。然后是铁梳子、陈董、董松龄和敬修己。然后是他和汪居常。之后则是吴镇、卡尔文，落在最后的是陆空谷和费鸣。他提醒后面的人跟上去，但他们一定要他走在前面。他们看出小乔和他有话要说，只是稍微拉开了一点距离。

小乔悄悄地告诉他："敬，你的老朋友，已列入副院长。放心了吧？"

他事先确实没有想到。不过，从走路的次序上，他其实已经感觉到了。

他说："那我祝贺敬院长。"

小乔低声说："董，兼任执行院长。你是常务。还是你说了算。"

他笑着问:"以后,我该称董为校长呢,还是院长?"

小乔愣了一下,说:"您,您说呢?"

他说:"不知道嘛,所以问你嘛。"

小乔接下来的那句话就是玩笑了:"他喊你应常务,你就喊董院长。他喊你应院长,你就喊董校长。他喊你应物兄,你就喊他龟年先生。嗨,哪有那么复杂。明年他就退了。到时候就省事了,就两个字:老董。"

小乔说:"这其实对你好。他退了,你就成了执行①。照这个格局,到时候你可能还要升呢。"

升?升到哪?

小乔说:"他是副校长嘛。所以应院长你,啊,懂了吧?你肯定比我懂。"

他说:"说远了。我没有想过这事。"

小乔说:"想不想,都是这么回事。"

他问:"他们刚才就是讨论这个?"

小乔说:"还有就是钱已到账。铁槛胡同和仁德路改造的启动资金,已全部到账。别的嘛,你肯定已经知道了。"

乔引娣以为他已经知道的事,有的他其实并不知道。比如,从此以后,"太和"不仅指太和研究院,还指太和投资集团,它是子贡、铁梳子和陈董三方共同出资组建的投资集团,集团目前的任务是胡同区的改造,以后将参加旧城区的改造;从此以后,太和研究院将简称"太研",而太和投资集团将简称"太投"。

小乔说:"应院长,你可别记混了。"

小乔还告诉他一件事,那就是程先生对他表示感谢了。乔引娣是这么说的:"程院长说,连日来应物教授夙兴夜寐,靡有朝矣,功莫大焉。"

---

① 执行院长。

他问:"程先生什么时候说的?"

小乔说:"就在刚才。他们与程院长,还有庭玉省长,共同开了个视频会议。程院长还当场写了一幅字:太和投资。他的书法,可能比不上乔木先生,但也别有味道。我觉得吧,很像沈鹏先生送给葛校长的字。乍一看,就像塑料管子被开水烫过一样。有骨,有筋,有媚态,也飘逸。真好!等程院长来了,我请他吃饭,求他一幅字。到时候,您在旁边帮我说句话啊。"

这时候,人们已在逸夫楼前停下了。

楼前的台阶上,铺上了红地毯。

铁梳子和陈董在与子贡握手告别。他们说,关于太和投资集团的一些手续问题,他们必须马上去处理,就先走一步了。

其余的人,分乘两部电梯,直通巴别所在的顶楼。

此时,巴别外面的墙上,已经挂满了相框。那是曾在巴别做过演讲的各位名人的照片。看到那些人,应物兄一时浮想联翩。他们分别属于不同的学科,不同的知识领域。那些学科或有交叉,那些知识或相渗透,但他们的观点却常常大相径庭。即便同属于一个知识领域,同一个学科,他们也常常歧见丛生。也就是说,在现实生活层面,你是无法把这些人、这些大腕、这些学术大咖、这些泰斗,同时请到巴别,请到同一张桌子上的。他们会互相漠视,他们所操持的现代术语无法掩饰古老的敌意。举例来说,在何为教授演讲之前,一位研究奥斯曼帝国的历史学家刚在这里做过演讲,那个人也研究过柏拉图,对柏拉图推崇备至,但他对亚特兰蒂斯文明,却一点也不感兴趣,认为那是胡扯,是一种臆想。当他这么说的时候,他引用的是柏拉图关于知识的经典定义:一条陈述能称得上知识,它一定是被验证过、正确的,而且是被人们相信的,这也是科学与非科学的区分标准。何为教授关于柏拉图的所有观点,他都同意,并且赞赏有加,除了关于亚特兰蒂斯文明的研究。问题是,何为教授本人却把关于亚特兰蒂斯文明的研究,看成是自己晚年最重要的学术成果,别的倒可忽略不计。当何为教授这么说的时候,她引用的也是柏拉图关于知识的那个经典定义。这就难办了。他们都信奉柏拉图的名言:"美德来自知识,作恶来自无知。"所以,如果他们指责对方无知的时候,你就想吧,只来一辆救护车,显然是不行的。

这些照片,其实是第一次集中露面。

董松龄指着两边的墙,说:"看,这些大师们也在夹道欢迎黄兴先生。"作为日本问题研究专家,董松龄刻意保持着日本人的习惯,每说几个字,就要弯一下腰,都要笑一下。他现在觉得,董松龄的那张脸也有点东洋人的味道了。那张脸,是江户的,歌麿的?还是打进北京城的东洋人的脸?他觉得,每弯一次腰,董松龄都在告诉别人,自己是日本文化烘焙出来的。他觉得,每笑一下,董松龄都在告诉别人,自己令人厌恶。当然是我很厌恶。

在那面照片墙上,陆空谷认出了乔木先生。

她对子贡说:"这是应物兄先生的导师,上次程先生写的那幅字,就是送给这位先生的。"那其实是一张双人照,另一个人就是双林院士。乔木先生在近景,很清晰,连滋到外面的鼻毛都纤毫毕现。而双林院士则在远处。奇怪的是,子贡竟认出了那是双林院士。

子贡说:"这位先生我是知道的,造导弹的。"

葛道宏问:"黄先生认识双林院士?"

子贡说:"CIA、FBI、NSA[1]皆有此类人物的档案,且定期更新,传于我们。商界若与他们联系,CIA便要打上门来。他也在济大?"

葛道宏不知道那几个英文缩写的意思,以为都是美国的大公司或科研机构,以为双林院士受到了他们的重用,说了一句废话:

---

[1] 分别是美国中央情报局(Central Intelligence Agency)、联邦调查局(Federal Bureau of Investigation)及国家安全局(National Security Agency)的英文缩写。

"啊,双林院士就是双林院士。"小乔替葛道宏回答了:"双老先生已退休多年了,偶尔还在学校走动。"听上去好像是说,双林院士就是在济大退休的。

陆空谷又指着何为教授的照片,对子贡说:"这是敬院长的导师。"照片上的何为教授抱着一只黑猫。陆空谷对子贡说:"那只猫叫柏拉图。"

子贡说:"明明是只黑猫,却说自己姓白。"

可以把子贡的话理解为幽默。所以,所有人都笑了。

葛道宏说:"黄先生,这次能否挤出时间,给济大学生做次演讲?"

子贡说:"下马伊始,就哇啦哇啦,不好。"

陆空谷突然问道:"葛校长,怎么不见芸娘的照片?"

葛道宏说:"陆女士是——姚鼐先生的高足?"

陆空谷说:"我只知道,她是贵校最杰出的学者。"

葛道宏说:"谢谢!不夸张地说,济大达到她那个级别的学者,约有百人。"

董松龄对葛道宏说:"前段时间在日本,日本朋友也问起芸娘,我也是这么说的,吓了他们一跳。"

小乔赶紧补充了一句,说:"这是芸娘自己说的。"

芸娘会这么说吗?当然不会。但是小乔这话补得好啊。连费鸣都说,这话打死他也说不出来。

葛道宏当然讲到了巴别名字的由来,为何是三百个座位,等等。有一点是应物兄没有想到的,不知道什么时候,葛道宏就又在巴别外面的那个露台上搭了间房子。应物兄几乎天天来这里上班,从来没有听到一点动静啊?当他们从巴别出来,往露台走的时候,应物兄还以为,葛道宏是想让子贡来个登高望远呢。结果,在走廊尽头出现的却是一面灰白的墙。墙上挂的是历任校长的照片。

他立即明白了:这是为了让程会贤将军,哦不,是程会贤校长在此露个脸。

就是他赴美时送给程先生那套图册中的照片。照片上的程会贤先生,神态自若,正手搭凉棚,眺望湖面。那本是程会贤先生在济州最后的留影,但你从照片上是看不出来的。兵燹好像并不存在。他对自己的命运似乎并无感知,不知道自己一去不返,终将客死异乡。

葛道宏说:"济州人民怀念他,济大师生想念他。"

子贡说:"老先生跟你们打过仗的,你们还如此怀念他。如此不计前嫌,大仁大义,老先生地下有知,也会感激涕零的。"

葛道宏说:"老先生是抗日名将。老先生就像傅作义将军,将一座完整的济州城,一座完好的济大,交到了人民手里。乔引娣博士的导师汪居常教授就是研究这个的。"

小乔说:"恩师汪先生钩沉索隐,查到很多史料。刚才葛校长提到,老先生的作为很像傅作义将军。汪先生也提到,国民党部队中,跟八路军合作最好的,除了傅作义将军,就是程会贤将军。"

葛道宏说:"多么值得尊敬的老人啊。这边宣传得还是不够啊。老先生晚年,处境不会太好吧? 听说他晚年信佛了?"

子贡说:"他中年已信佛。铁槛胡同的皂荚庙,就是他们的家庙嘛。老先生晚年号称苍雪大师。心境苍茫啊。"

错了! 幸亏没人听出来。苍雪大师其实另有其人,那人远在明代。程老先生当年弃城南逃之后,多栖身于各地寺庙。离开大陆之前,他栖身的最后一座寺庙,是广西的明月寺。就是在那里,他看到了明代诗僧苍雪大师的一首诗[①]。手抄了这首诗,后来将它

[①] 苍雪,明代诗僧,画僧。五岁从父于昆明妙湛寺出家。十九岁后遍参名山大寺,在江苏吴县铁山承接一雨禅师衣钵,师从雪浪等。崇祯三年重建苏州中峰寺,历十年。后为中峰寺住持。传说崇祯年间,有人画了一幅松石图,石上摆一棋盘,除此之外,别无一物。苍雪大师为此画题诗:"松下无人一局残,空山松子落棋盘。神仙更有神仙着,毕竟输赢下不完。"

挂在自己的书房。看来,子贡去过程老先生的书房。

他们向新落成的小会议室走去时,葛道宏感慨道,幸亏程先生没有信佛,没有去当和尚,不然我们就少了一个儒学大师。

这时候,他们已经走到了会议室的门口。葛道宏说:"这个小会议室,只安排了七十二个座位。这是受到了程济世先生的启示。程济世先生在北大讲课时,只发了七十二张票。七十二这个数字好啊。孔子弟子三千,贤者七十二人。这会议室还没名字呢。刚才看了程老先生的照片,我就想,何不叫它会贤堂?"

所有人都鼓掌了。

葛道宏随即说道:"要不,请黄兴先生挥毫题写堂名?"

子贡说:"黄某怎敢不自量力。还是等我家先生来了再题。"

走进会贤堂,他们首先听到的是一阵窃窃私语。像蝉鸣,但声音要弱一点,节奏更快。像塑料布的抖动,但抖出来的却是金属的质感。又有点像高压锅的阀门在响,但更尖锐,更急促,也更清脆。随后,更多的声音加入进来。这就全乱套了,嘈嘈切切错杂弹的效果是有的,但大珠小珠落玉盘的效果却一点没有,更像是玉盘碎裂的声音,碎裂,再碎裂,全都碎裂,全都碎裂成了粉末。粉末是不可能有声音的,所以那声音减弱了,一点点减弱,听不见了,没了。

随后,程先生的声音浮现出来了。

81. 螽斯

螽斯羽,诜诜兮。宜尔子孙,振振兮。凡物有阴阳情欲者,无不妒忌,惟螽斯不耳。各得受气而生子,故能诜诜然众多。后妃之德能如是,则宜然。所以,螽斯之德,即为后妃之德。①

---

① 见《诗·周南·螽斯》郑玄笺。以"螽斯之德"指后妃妻妾之间不妒不嫉的妇德。

螽斯即蝈蝈。蝈蝈在济州,叫济哥。我最喜欢听济哥的叫声。放下廊檐下的苇帘遮阳,躲在廊檐下,听济哥叫,真是好听。我喜欢的一只济哥,是父亲的一个朋友送我的。我是小心侍候着,用蛋黄、肉糜、肝粉喂养。

　　美国也有蝈蝈。他们叫它Katydid。这里的螽斯跟济哥倒有几分相似,只是个头大一点,食性偏荤,喜欢吃瓢虫和蚂蚁,故叫声浑浊。济哥食性偏素,故叫声清亮。天底下没有比济哥更好的蝈蝈了。

　　有人说,这里的蝈蝈也好啊,叫得也好听啊。好听什么呀?没有经过《诗经》、唐诗、宋词处理过的蝈蝈,能叫蝈蝈吗?

　　凤凰岭的济哥,天下第一。多年没听济哥叫了。好听得不得了,闻之如饮清泉,胸中有清韵流出。世界各地的蝈蝈放到一起,我一眼就可看出,哪只是济哥,哪只不是。也不用看,听也听得出来。

　　程先生的声音,在会贤堂回荡。低沉、缓慢、苍老,令人动容。在程先生那里,济哥已经不仅仅是鸣虫了,而是他的乡愁。这是张明亮从录音带中剪辑出来的程先生关于济哥的言谈。不过,张明亮今天没来。他还要照看白马呢。帮他放录音的是费鸣。

　　他看着陆空谷,说:"陆空谷女士已经知道,济哥曾经灭绝了。坦率地说,当我和葛校长向程先生保证,要让他看到济哥的时候,我们并不知道济哥灭绝了。我们也是后来才知道,最后一只济哥死于1994年5月19日。它是济州蝈蝈协会秘书长夏明翰先生养的济哥。夏先生称它为末代皇帝。它死于夏家祖传的一只葫芦。君子重然诺。既然答应了程先生,我们就要做到。经过济大科研团队的努力,我要告诉黄兴先生的是,济哥已经重返人间。"

　　PPT上展示的就是"末代皇帝"的照片。它趴在一只竹编的蝈蝈笼子上,正蚕食着一只蝴蝶。其头部呈褐黄色,腹背则是褐红色的,长脚长股,股上有玳瑁纹,翅膀为金黄色,但膀墙却是翠绿色的。

他说:"黄兴先生一定还记得,程先生说过,他那只葫芦,那只蝈蝈笼子,是素净和尚送给他的。程先生那只葫芦,与素净的葫芦,看上去是一模一样的。都是鸡心葫芦,都是高蒙心盖子。上面画的山水是一样的,山是茫山,水是济水。里面的蝈蝈也是一样的,都是济哥。释延安告诉我,素净喜欢济哥。素净说,济哥的叫声让人心中清净,心中光明。心中清净即是佛,心中光明即是法①。可是,瞧仔细了,你会看到,两只葫芦还是不一样。不一样的不是葫芦,不是山水,是葫芦上所绘山水之画风。

"程先生葫芦上的山水,苍凉萧散,有忧愤之情,虽有禅意,却近于北宗禅,步步为营,意为执着修炼,与儒学相通。素净葫芦上的山水,则清远幽静,有清净无为之意,近于南宗禅,走的是南宗顿悟一脉,有道家思想在里头。"

他省掉了释延安的一句话。释延安认为,程先生日后能成为一代儒学大师,就跟那只葫芦有关,还说,这才是大因缘。

"素净成为住持的时候,慈恩寺其实已经衰败了。这当然都是因为兵荒马乱,民不聊生。素净当时与各方周旋,小心护寺,虽然没有大功劳,但苦劳是有的。1949年冬天,素净身着破旧衲衣,圆寂于寺后长庆洞。就是那天我们去看过的山洞。当然,那时候它还不叫长庆洞,就一个字:洞。

"需要说明的是,素净圆寂的时候,手中就拿着葫芦,济哥于葫芦之中哀鸣不已,如为素净诵经超度。因为山河破碎,百废待兴,所以又如素净仍在宣讲佛祖之慈悲。当时慈恩寺内只剩下三位僧人。按慈恩寺监院释延源的说法,这三位僧人,对慈恩寺不离不弃,其中一个,就是那天接待我们的释延安的师父。为颂素净之德以继往,祈后人之福以开来,这三位僧人仿旧制造塔,以存素净肉

---

① 《五灯会元》卷第十一录义玄语:"佛者心清净是,法者心光明是,道者处处无碍净光是。三即一,皆是空名而无实有。"

身。数十年来,此塔历经风雨,完好无损。

"去年春天,传戒活动结束之后的第二天,突然雷电交加,寺内大钟亦于雷电中悲鸣嘶啸,动人肺腑。等到天亮巡寺,只见那佛塔已塌掉大半。众人正看时,另一半又颓然倒下,归于尘土。他们看到素净和尚的肉身早已朽烂,遗骨散了一地。腿骨细小发黑,颅骨浑圆发黄,手骨破碎如梳齿,而牙齿则完好如初。白骨露于野,自然是不行的,必须重新造塔。"

还有一段话他也省掉了。释延长觉得,应该趁机申请一笔经费,将历代高僧之佛塔重新加固。他们的申请及时递上了,却迟迟未能批复。之所以没有批复,是因为负责此事的庭玉省长不高兴了。庭玉省长之所以不高兴,自然还是对桃园里那起狗咬人事件的处理方式有意见。当然,现在看来,没有及时造塔,反而是对的。当时造了,可能就没有济哥了。

"你们大概不知道,葛校长很早就委托生物学家华学明教授,负责寻找济哥。华学明教授是济大生命科学院院长。济哥已经灭绝的结论,就是华学明教授和他的科研团队得出的结论。但就在去年秋天,他们意外听说了素净和尚与济哥的故事,并且得知当年操办法事的人,曾将蝈蝈笼子与素净一起放入了塔内。时间久了,随着塔基下陷,佛塔倒掉,葫芦也应与素净一起埋于地下。华学明教授果真在那里找到了那只葫芦。幸运的是,葫芦还完好无损,上面的山水画还清晰可见。取下玳瑁高蒙心盖子,华学明教授从中取出了三只蝈蝈,一只公的,两只母的,如同睡着了一般。你们看,它们只是体色有变,是土灰色的,体色如灯蛾。

"华学明教授在葫芦的内壁,找到了济哥的卵。仅凭肉眼是看不到的。因为正常情况下,蝈蝈的卵长约六毫米,宽约二毫米,呈淡褐色。如今,它们明显缩小了,呈黑色,如黑芝麻。我们现在看到的,是放大一千倍后的照片。

"在生命科学院的实验基地,华学明教授从中羽化出了五只济哥。具体的羽化过程,华学明教授随后会形成论文。我现在要说的是,有三只济哥,刚刚羽化就死了。而那两只活下来的,则刚好是一公一母。这或许是老天爷的意志。华学明教授将它们分别命名为亚当和夏娃。现在看到的就是亚当和夏娃的照片。很遗憾,我们已经看不到活体了。它们已经死了。这是华学明教授制作的标本。它们现在被保存在冰柜之内,由冰包着,就像安眠于水晶宫内。

"谢天谢地!它们留下了子嗣。

"亚当和夏娃是如何留下子嗣的?这个事情说起来就复杂了。起初,它们完全表现得事不关己,高高挂起,对交配毫无兴趣,完全意识不到自己肩负的历史重任。当然,这个难题,最终还是被华学明教授攻克了。"

"怎么攻克的?"李医生突然说。

"你们这个华先生,是济哥之父啊。"子贡对葛道宏说。

"是啊,这个人以后是会为济大增光的。其实呢,他应该叫它们伏羲和女娲。外文名字可以叫亚当和夏娃。应院长,你还是把学明兄科学攻坚的过程讲一下。"葛道宏说。

"好的。先说明一件事,那天运到希尔顿饭店的蝈蝈,确实不是最近捕捉的。它们当然并不是济哥,而是燕哥、晋哥、鲁哥,也就是北京蝈蝈、山西蝈蝈、山东蝈蝈。它们很早就被带到了济州,为的就是服务这项实验。华学明教授首先要做的,就是观察那些蝈蝈如何发情、如何调情、如何交配,并将那些场景录制下来,反复观摩。对于不喜欢交配的蝈蝈,他需要倾注更多精力。对它们的观察当然也更有意义:若能让它们完成交配,夏娃和亚当的交配也就可能实现。"

对不起,陆空谷,我说的可不是粗话。当时陆空谷就坐在他的旁边。他微微侧身,这样可以避免看到陆空谷的脸,免得她感到尴尬。

"为让它们完成交配,华学明教授达到了废寝忘食的地步。起初,因为轻重缓急的分寸难以把握,葬身于手下的蝈蝈何止千百。"

还有的话,他也省略掉了,那是华学明的博士说的:被弄成残废的蝈蝈,比如断须断腿的,肚皮摔破的,生殖器官被揪掉或被戳破的,因为错把肛门当成了生殖器官而被搞得脱肛的,加起来有三千多只。

"华学明教授告诉我,尽管对蝈蝈的交配和生殖问题已经研究得非常透彻,但是当他把目光投向亚当和夏娃的生殖系统的时候,他还是有些不知所措。开句玩笑,他说那比自己初入洞房还要紧张。借助高倍放大镜,华学明用针孔套弄亚当的生殖器,并不停地朝那个地方哈气,以保持适当的温度和湿度。他的博士则用针头按摩夏娃的生殖器。与此同时,一个高保真音响持续地播放着燕哥、鲁哥、晋哥交配时发出的声音。按照生物学的规律,这些声音可以刺激济哥的大脑皮层,提高它们的性趣。整个过程,持续半个小时左右。虽然只有半个小时,但华学明教授却觉得,自己由此经历了一部完整的生物进化史。

"这些经验,这些知识,最终起了作用。奇迹终于发生了。亚当首先排出了一个精包,乳白色的,直径约一厘米,就像吹了个泡泡糖。这个精包呢,紧紧黏附在夏娃的生殖器上。在这个重要的历史关头,夏娃的腹部开始向前弯曲。大家看,这是慢动作。再弯曲,脑袋勾着,看,它用嘴咬住了那个精包,把里面的精液挤进了自己的贮精囊中。夏娃刚刚完成这个动作,亚当就仰面倒下了,腿一跷,死了,捐躯了,为济哥事业牺牲了。补充一点,我们现在看到的并不是亚当和夏娃。这是后来的济哥扮演的。

"华学明教授吓坏了。万一这次交配没有成功,万一夏娃殉夫而去,这济哥可能就真的要灭绝了。还好,夏娃终于成功受孕了,而且坚强地活了下来。大家看,随后它的肚子就跟吹了气似的,越来越大,体重变得足有原来的三倍。四个星期之后,它终于开始产卵了。本来要三个月才能羽化出来的,可因为温度适宜,它们竟然提前羽化而生了,而且将近三百只。

"葛校长有一句话说得非常好,济哥的羽化是中国传统文化与现代科学的结晶,是生物学研究的重大突破。我们当然要感谢华学明教授,但我们首先要感谢的是程先生。正是因为程先生,我们才启动了这个研究项目。所以,华学明教授说了,他要挑一只最好的济哥送给程先生。"

"什么叫最好?"子贡突然问。

"简单地说,就是个头最大,膀墙最壮,大腿最粗,声音最亮!通常情况下,蝈蝈的发声频率在870赫到9000赫之间,而济哥的发声频率最多可达到10000赫,其摩擦前翅的次数,即其鸣叫的次数,可以达到7000万次。这就跟它的个头有关,跟它的个头、膀墙有关。"

"什么叫膀墙?"子贡已经彻底被吸引住了。

"膀,就是翅膀。膀墙,指的是济哥前翅的侧区。"

"各位都看到了,为了让程先生能听到济哥的鸣唱,应物兄也变成了一个生物学家。"葛道宏说。

"这都是应该的。"他说,"为了让你们有一个直观的概念,我们再回看一下那个'末代皇帝'的照片。看到了吧,它头部褐黄,腹背褐红,长脚长股,股上有玳瑁纹,翅膀金黄色的,但是膀墙却是翠绿色的。史料记载,这只济哥的叫声最为宽厚,苍劲有力。华学明教授说,他会选出这样的一只济哥献给程先生。我们看看,经过千辛万苦羽化出的这些精灵。它们用触须,小心地触碰着这个世界。你看,它们不停地晃着脑袋,好像跟我们打招呼。华学明教授开玩笑说,它们一出生,就思考着一个哲学问题:我们是谁?从哪里来?我们要到哪里去?华学明教授就对它们说,你们是济哥,你们因程先生而来,你们来自佛塔,你们将从这里走进科学史。"

后面几句话,当然是他临时想起来的。华学明当然没这么说过。

但他认为,他这么说,是符合事实的。

"黄某可以去实验室看看吗?"子贡问。

"华学明教授也想邀请你去。只是那个实验室,一般人进去都受不了的。"

接下来出现的就是华学明进入实验室的镜头。谁能想到那个人就是华学明呢?华学明以及两个博士生,都穿着绿色的外套,浑身布满绿色的触须。头顶上的触须更长,令人想到电视天线、避雷针,或者戏曲中武将头上的翎子。没错,他们就像被放大的蝈蝈。他们这样做,当然是为了不引起蝈蝈的骚动。总的来说,蝈蝈是配合的,看到他们就像看见了自己的王,乖得很,赶紧去忙自己的事:该吃的吃,该喝的喝,该交配的交配,该唱歌的唱歌,该死的掉头就死。

"这行头,都是特制的,根据的是仿生学原理。里面的温度是二十七度。因为穿的是密不透风的绿皮衣,在里面待一个小时,浑身就会长满痱子。李医生不会放你进去的。

"蝈蝈的出生率极高,死亡率也极高,实验室里的气味非常难闻,尽管二十四小时有人打扫。济哥个个食量惊人,又很挑食。它们最喜欢吃沙瓤西瓜,伊丽莎白甜瓜。西瓜和甜瓜的水分太大,所以它们很容易患上腹泻。但是不让它们吃西瓜,它们又会绝食。这是因为它们还是卵子的时候,长期处于干燥的环境,从而产生了一种先天性的记忆,这种记忆作用于它们的肠胃,使它们对含水量丰富的食物有着本能式的贪婪。

"每只羽化出来的济哥,都要编号,都要记录下它的出生时间、死亡时间。一只济哥,从羽化到长大,要蜕六次皮。按释延安的说法,相当于经过六道轮回,一道闯不过来都不行。死去的济哥,还得记下它与生前相比体重有什么变化,然后还要给它的遗体拍照,蜕掉的皮、断掉的翅、须、腿,也都要收集起来,以保证信息的完整性。再用纱布包裹,放进木盒,存于冰柜,等待解剖。光是存放遗体的冰柜,华学明教授就买了一百个。一只冰柜三千六百多,仅此一项,就花了三十多万。解剖用的仪器,当然也是现买的。好在死亡率已经降下来了。

"死的问题解决了,生的问题又来了。济哥在佛塔里待得太久了,似乎急着要把失去的时间夺回来。所以繁殖特别快,甚至有违生育规律。按华学明教授的说法,这里涉及一个重要概念。他说,这是济哥在自动释放生育势能。"

葛道宏插了一句:"我说明一下,研究济哥的花费,与太和无关。对了,应该说与'太研'无关。这个词,我还用不习惯。这个经费是雷山巴先生赞助的。他也是我们的校董。雷山巴这次也将参加胡同区的改造。与铁梳子和陈董相比,他的资金没那么大,所以他没有参加'太投'。这个人,重在核心技术的开发。现在他手里就有两项重要的核心技术,一个是林蛙的人工养殖,另一个就是济哥的养殖了。这两项技术,都是济大和他共有的。关于济哥的研究,目前投进去了五百多万。他自己说,这也算是他向程先生致意吧。"

陆空谷突然说:"葛校长,程先生若是知道,为了他的一个爱好,你们如此兴师动众,会生气的。"

葛道宏说:"生气?大可不必!他不但不应该生气,还应该感到高兴。今天请黄兴先生看这个短片,就是想告诉黄兴先生,也想告诉刚加入'太研'的吴镇先生、卡尔文先生,学术问题从来不是单纯的理论问题,是可以产生巨大的经济利益的,是有巨大的社会效益的。程先生一定没有想到,他只是说了一句话,咣当一声,就开花结果了,就落地生根了,就长出了一株参天大树。不,不是一株,而是两株,三株,四株,无数株。好大一片。为什么这么说呢?因为它不仅会产生巨大的经济效益,而且还有力地促进了生物学的发展,对相关学科的发展也会产生重要影响。"

按照原来的安排,葛道宏是要放到最后发言的,现在不得不提前了。在应物兄的记忆中,葛道宏那天的发言,达到了他的最高水平。很简洁,没有"啊""这个""那个""嗯"等废话,没有加入莫名其妙的戏文,只是就事论事。还很有层次,竟然能做到"花开两朵,各表一枝",而不是东一榔头西一棒。可见是经过精心准备的。当然,小乔肯定没少下功夫。

葛道宏首先解释说,他比应物兄早一步知道济哥诞生了,重新填补了生物学的空白。之所以藏着掖着,除了庭玉省长,谁也没讲,是因为事关重大,知道的人越少越好。这些天来,济大动用了多方力量,想尽快拿到权威机构的证明。我们先证明济哥灭绝了。所有人都知道济哥灭绝了,但只有得到权威机构的证实,才能说它灭绝了,济哥的诞生在理论上才具有科学史意义。这些天来济大一直在与北京昆虫学会联系,与联合国环境规划署联系。关于动物灭绝的权威报告,必须由联合国环境规划署做出。昆虫学会告诉我们,最快的情况下,五年之后环境规划署那边才会有消息。我们总不能等到五年之后,再让程先生看到济哥吧?所以,我跟华学明教授商量,也跟雷山巴先生商量,别等了,还是尽早把这个消息告诉黄兴先生,告诉程院长吧。

接下来葛道宏提到了济哥带来的直接经济效益。济哥未来的发展前景,比林蛙要好多了。一只林蛙可以卖多少钱?卖不到五块钱!从林蛙到蛙油,还有一个复杂的生产过程,一个推销过程,而济哥呢?可以直接推向市场。不少喜欢蝈蝈的人都说,济哥在灭绝之前,市场价已经达到了二百元钱一只,相当于三十多美元。那还是在1994年之前的价格。1994年,一斤猪肉两块钱,现在是十五块钱,涨了七倍。大家可以算一下,一只济哥现在可以卖多少钱。华学明教授说了,正常情况下,基地一年可以羽化出十万只济哥。那么,大家可以算一下,一共有多少钱。当然,济哥多了之后,不可能卖那么贵了。就是除以二呢?除以三?那也是一个很可观的数字。

会贤堂里格外安静。

没有人提问,好像担心影响葛道宏的思路。

葛道宏接下来又讲道,最重要的是,济哥的研究具有方法论的意义。目前世界顶尖的生物学家,有一个梦想,就是将已经灭绝的生物重新复活,包括剑齿虎、猛犸象、大地懒、短面熊、恐龙,还有几种老虎,甚至包括尼安德特人。现在的科学家,主要是通过研究灭绝物种的基因组,探讨复原远古生物的可能性。现在,华学明教授的研究,有可能提供另一个途径。从最谦虚的角度说,它的重要性相当于克隆技术的出现。如果华学明教授哪天获得了诺贝尔奖,我们也不要吃惊。到目前为止,一只济哥也没有走出过生命科学院基地。雷山巴先生的意见是,可以拿出一部分先投入市场。但问题是,如果济哥在基地之外大量繁殖,那么,在得到权威机构的证实之前,你就无法证明它曾经灭绝了。后来大家想了个办法,就是在每只济哥身上装一个小的芯片,证明它来自济大生命科学院基地。同时,被带出基地的济哥,只能是雄性的,以杜绝其在基地之外繁殖的可能。就是所有买济哥的人,都必须写下保证书并交付一定的押金,保证不让济哥与别的蝈蝈交配,这样做的另一个目的是保障其血统的纯洁性。

葛道宏讲完了,已经过去半分钟了,还是没人说话。

葛道宏的最后一句话是:"本来,我要把华学明教授请到现场的。但他病了,住院了。当然是累的。他献身科学的精神,甚至感动了他的前妻邵敏女士。今天早上,我得知邵敏女士已赶到医院,亲自照料华学明教授。这是济哥研究的另外一个意义,就是他们夫妇又破镜重圆了。"

是吗?华学明现在最不愿见的可能就是邵敏。

躲还来不及呢。

当然,这话他没说。

葛道宏说:"让我们为华学明教授早日恢复健康,鼓掌!"

会贤堂里,立刻掌声四起。

随后,葛道宏示意应物兄接着往下讲。后面确实还有一段视频,是新闻系和学校电教室联合制作的一个短片,每个镜头都是从电影中剪辑下来的,但是打上字幕之后,短片中的蝈蝈就成了济哥,短片中的四合院就成了程家大院。于是他们看到,一只装着济哥的葫芦,悬挂在一株梅树上,济哥在鸣唱。一只济哥,出现在一尊青铜美人觚的旁边,它在鸣唱。济哥在佛塔之间的草地上跳跃,在智能寺的皂荚树上鸣唱。明月之下的共济山上,它在树丛中鸣唱。程家大院,树木丛生,百草丰茂,济哥在鸣唱。济河之上,秋风萧瑟,洪波涌起,它在一只小船上鸣唱。它的鸣唱,声声入耳,有着金属的质地。它声声鸣唱,仿佛在召唤自己的主人。随后,程先生的声音出现了。那是张明亮模仿出来的,简直与程先生的声音别无二致。程先生在吟诵一首诗。

那首诗,是程先生根据原来的一首旧诗修改的。几天前,董松龄派吴镇去了趟美国,将章学栋制作的程家大院的沙盘模型亲自交到了程先生手上,请程先生指正。程先生第二天就抄了这首诗,让吴镇带了回来。前面有个小序:

欣见旧居复原微缩实图(案:沙盘),睹物思情,如归童稚。时日如梭,岁云暮矣,能不感慨系之?所谓指正云云,概不敢当。谨作小诗以记之,无甚胜意,凑韵而已,以感念济州乡党之盛情也。

圣贤美德传千古,金口三缄效尼父。
梦里依稀还旧城,雪中咿呀辞梓楼。
君子居易以俟命,小人行险常怨尤。
蠹简兔毫终不废,且看振衰而起儒。

应物兄记得,读了这首诗,他顿时手足无措。他觉得,自己对吴镇等人加入太和,心中难以平复的不满情绪,是不是被程先生想到了?他认为,这是程先生对他的提醒。《中庸》说:"上不怨天,下不尤人,故君子居易以俟命,小人行险以徼幸。"我做到了吗?我学儒多年,怎么还这么沉不住气?"俟"者,视时而动,伺机而动,谋定而后动。急,急,急,你急个什么呀?

此刻,听到这首诗,他再次告诉自己,要把心态放平。

但就在这时候,一件事情发生了。

会贤堂内,突然上演了一个动作片。

本来正襟危坐的两个保镖,突然跳将起来,而且是同时!他们腾空而起,朝窗子飞去。随后做出反应的是李医生。"Assassin[①]?"医生喊道。医生本来坐在黄兴身后,此时一个前扑,将黄兴扑倒在地,压在了身下,同时把自己的外套垫到了地上,以防黄兴的脸被地板挫伤。

原来,保镖发现窗外有人影晃动,本能地怀疑有人行刺。

当他反应过来的时候,那两个人已经破窗而出。玻璃破碎的声音格外刺耳:咔里咔嚓,呼啦哗啦。需要说明的是,这个瞬间同时还发生了另外一件事,这件事留给应物兄的记忆将是长远的:就在医生喊出那个英文单词的同时,他感到陆空谷抓紧了他的胳膊,并且把脸埋向了他的胸口。他闻到了她秀发的气息,清幽,馥郁,甘洌。他当然知道那是洗发水的味道,但他宁愿认为那就是她肉体的气息。不,那就是她的肉体的气息。他对自己说。因为他觉得,那气息更多是从她的领口散发出来的。他为此还深深地吸了一口气。因为来不及调整姿势,他的一只手挨着她的耳轮,另一只手挨着她的鼻子。

他知道那不可能是刺客。

但他宁愿真有刺客,好让那个瞬间延长。

随后,他更多地也更紧地抱住了她。他抱着她,就像拥抱着被

---

① 刺客。

省略掉的生活,被省略掉的另一种可能性。随后,他突然伤感起来。那伤感如此真实。他觉得,此时此刻的自己,就像困在一具中年人身体里的孩子,一个青春期的毛孩子。

但她已经开始挣脱了。她坐了起来,把秀发掖到了耳后。

她说:"对不起。"

在后来的日子里,应物兄将不断地回忆他与陆空谷拥抱的这个瞬间。哦不,不是拥抱。她并没有抱我,是我抱着她。每当回忆起那一幕,他都会眼神迷离,但是渐渐地,他就会忧郁起来。

他不得不封闭起自己的万种柔情,退藏于密[①]。

当然,他的回忆中,也少不了当时那荒唐而杂乱的情形。

唉,那都叫什么事啊。

据吴镇后来说,葛道宏校长和乔秘书当时表现得很镇定,一动不动,真是临危不惧。应物兄当然不会这么想,他觉得那两个人是被吓傻了。他记得,葛道宏当时还爆了粗口,是结结巴巴爆出来的,是用土话的形式爆出来的:"日日日他他他妈,搞搞搞什什么么鬼?"在他的记忆中,这是葛道宏第一次爆粗口。他觉得,自己好像还把陆空谷的耳轮合上了,好像担心脏了她的耳朵。在葛道宏的地盘上,葛道宏说话怎么能没人响应呢?有的!不过那响应是从外面传过来的,也是粗话,粗得不能再粗了:"妈×的!"

这时候葛道宏已经反应过来了。葛道宏正色说道:"不能这么说,像什么话!"

那么董松龄呢?按卡尔文的说法,董松龄嘛,龟年嘛,龟缩嘛,缩到桌子底下,也算名副其实。

陆空谷重新坐好了。她把头发掖到耳轮后面,说:"Sorry!"

隐隐约约的,可以听见有人在欢呼,很遥远。那是从地面传上

---

① [宋]程颐论《中庸》乃孔门传授心法,"放之则弥六合,卷之则退藏于密。其味无穷,皆实学也"。另见《周易·系辞·上》第十一章:"圣人以此洗心,退藏于密,吉凶与民同患。"

来的。

原来,被破窗而出的保镖扑倒的那个人,本是学校保卫科的人。那粗口,就是他在被扑倒之时爆出来的。刚才映上窗子的枪管似的东西,其实是浇花的水管。现在,那人就吊在栏杆之外,悬挂在高空。必须感谢那个保镖!保镖现在骑着栏杆,紧紧地抓着那人的手。另一个保镖则是蹲在地上,双手搂着那个保镖的腰。这三个人,任何人略一松手,后果都不堪设想。

那些欢呼声又是怎么回事呢?原来,某个学生在仰望天空之时,碰巧看到了这一幕。他的惊叫引来了更多的人,更多的惊呼,惊呼转眼间就变成了欢呼,而且带着强烈的节奏感:"跳、跳、跳啊,跳、跳、跳啊。"

循环往复,伴之以掌声。

两个保镖联手,把那人拽了上来。

那人随后的反应,算是给济大长脸了。他显得极有礼貌。立步未稳,就双手抱拳,鞠了一躬,半文半白地说:"厉害厉害!大师不松手之恩,小人没齿难忘!"此人装扮奇特,裹格子头巾,穿对襟布褂,系腰带,下面是波纹状的灯笼裤,脖子上挂着粗粗的佛珠,脚上穿的与其说是马靴,不如说是橡胶鞋子,那橡胶老化了,因为老化而龟裂。有趣的是,经过刚才的一番折腾,那家伙脸上的墨镜竟然还完好无损。这家伙随后又扑通一声跪下了,连磕了三个头,说:"敢请大师收弟子为徒!"

董松龄显然认出了他,一语双关地说:"先去照照镜子。"

那人没有听懂。小乔就说:"董校长让你找个地方待着,给自己压压惊。"

葛道宏对子贡说:"总归是我们考虑不周,让您受惊了。"

子贡却带着欣赏的口吻说:"此人胆略过人。"

葛道宏当然也认出了他,说:"这是保卫人员。为了不引起注意,所以他们扮成了花工、园丁。"

董松龄对那人说:"还不快谢谢领导!"

那人扑通一声,又跪下了。

应物兄随后知道,这个家伙原来就是传说中的"鬼子六":在保卫科的临时员工中,此人排行老六,喜欢值夜班,人称"鬼子六"。提起"鬼子六",很多人恨得牙痒。一到后半夜,他就身着黑衣,骑上自行车,竖着耳朵,在校园里转啊转的。那双耳朵真好使啊,总能从虫鸣和鸟叫声中分离出人的低语。然后,他就把车停下,再拐回来,蹑手蹑脚,悄悄地摸入黑暗的角落,然后突然打开手电,厉声喊道:"不准动!"接着就是查身份、对口供、留电话,通知家属。他为此赚了多少外快,就只有他自己知道了。

他再次听到"鬼子六"的消息,竟跟雷山巴有关。一天晚上,"鬼子六"翻墙进入了生命科学院的实验基地,手中拎着一只布袋。那时候是凌晨两点多钟。当他在唧唧虫声中试图辨别出济哥的叫声,确定实验室所在方位的时候,哮天到了。他翻墙逃跑的时候,一只脚却被哮天咬住了。那只龟裂的橡胶鞋子,被他留在了基地,鞋子里装着几个脚指头。

82. 套五宝

套五宝,终于要吃上了。

这是应物兄陪子贡散步的时候,从吴镇那里得到的消息。吴镇说,都说慈禧太后最喜欢吃两样东西,一样是真狗奶子加蜂蜜的萨其玛,一样是套五宝。但套五宝是什么东西,他却不知道。没想到,到了济州,就吃上了。

这天,铁梳子在桃都山别墅设宴,为子贡饯行。应物兄先陪着子贡在别墅周围散步。别墅后墙的对面是悬崖。应物兄指着那悬崖告诉子贡,程老先生有一张照片,就是以它为背景的。因为那悬崖也是红色的,所以应物兄戏称它为赤壁。赤壁上长着野桃树,因为干燥,因为上面气温较低,所以那桃花刚刚盛开,看上去就像红被单上绣了浅色的花。程先生曾说过,桃树南北有别,在南方是花叶齐出,在北方是花先叶后。那几株野桃树果然只有花,没有叶子。别墅右边还有一段石墙,是当年遗留的营垒。他开玩笑地对子贡说:"故垒西边,人道是,民国程郎赤壁。"与当年的周郎不同,程郎败了。兵败之后,程郎差点跳崖,后来在部下劝说下退回了城内,苦撑危局多日,然后才弃城南逃。

他以为子贡要回美国,不料子贡说,这次要去的是"沙乌地"。

沙乌地?哦,对了,那是台湾对沙特阿拉伯的译称。

子贡说他不能不去。上次去了卡塔尔,没去沙乌地,让沙乌地的老朋友不高兴了。这次向他发出邀请的是沙乌地的一个王子——子贡说的是"王爷"。王爷不仅是他的老朋友,也是GC的股东。这位王爷得知他养了一匹白马,就决定将自己的私人飞机改装一下,好给白马留个舱位。子贡说,那不是飞机,而是一个飞行宫殿,有三个网球场那么大,里面有游泳池、电梯、音乐厅、车位、土耳其浴室。子贡上次应邀乘坐那架飞机的时候,与他同行的是驴子。他带的是驴子,王爷带的是骆驼。那是一匹母驼。王爷只喝新鲜的骆驼奶。骆驼已是那架飞机的常客了,非常安静,也非常好客,对驴子友好得不得了。驴子进来的时候,骆驼跪在地毯上欢迎驴子。到了睡觉的时候,那骆驼也要跪着,为的是驴子可以够着它的脖子,它们可以交颈而眠。

旁边的李医生说,他曾担心它们生出一只驼驴或驴驼,后来发现它们对彼此的屁股不感兴趣,才放下心来,同时又为生物界少了一个物种而略有遗憾。

驴子坐过了,白马也可以坐嘛,为什么还要另外设个马厩呢?子贡解释说,王爷知道,所有的马都是骄傲的,必须有单独的马厩。当然,还有一个问题,他也想跟王爷提出来。那架飞机上有一个电脑控制的祈祷区域,不管飞到哪里,膝盖下面的垫子都会自动转向麦加城。所以他想跟王爷说一下,若有可能,可以另设一个区域,也铺上那智能垫子,任何时候那垫子都可以转向济州,转向太和。"这不是为我考虑的,是为程先生考虑的。程先生也喜欢坐那架飞机。"

没那个必要吧?不过,这话他仍然没说。

他问的是:"陆空谷会留下来吗?她想见一个人,我还没带她见呢。"

子贡说:"修己兄留下就行了。陆空谷不去沙乌地,也不回美国。她要借此机会回老家。她说,她想看望家人。"

"她老家在哪里?"

"你问她呀。"

随后子贡提到,他感谢栾长官从谏如流。栾长官不是对硅谷感兴趣吗?他后来见到庭玉省长,就如实相告,硅谷项目最好别做。一个硅谷,不是三年五年能够建成的,不是盖几幢楼那么简单。GC集团的几个主要董事,包括沙特的那个王爷,都对此表示反对。栾长官起初有点不高兴,但后来还是想通了。他们私下第二次见面的时候,他告诉栾长官,要送他一个礼物:除了投资改建铁槛胡同和仁德路,"太投"将在桃都山区建基地,开发宠物产品。

"栾长官啦,搞扶贫嘛,可以帮他啦。他很高兴。"

"宠物产品?你说的是宠物养殖?"

"宠物培育啊,养殖啊,只是一个方面。要紧的是,宠物穿戴物品的开发。到时候呢,栾长官家里的鹦鹉、乔木先生家的木瓜,雷山巴先生的哮天,还有葛校长大人的蚁狮,皆可来做模特。"

"子贡兄,你不是开玩笑吧?"

"开玩笑?我,可以拿女人开玩笑,却从不拿生意开玩笑。你以为我养驴、养马,只是因它好玩?你以为王爷在飞机上养骆驼,就是要喝那口奶？应物兄,你的脑子没有栾长官好使。栾长官听了,立即知道这是一个新兴市场。这个市场,我已考察多时了,美国、日本、德国、蒙古、南韩①、星加坡②,当然也包括大陆,都考察完毕。这次去沙乌地,也是要考察中东市场。"

应物兄这才想起,GC集团还有两个人,后来再没有露面。原来他们就是负责市场调研和开发的。应物兄上次见到他们,还是子贡大驾光临的那一天。当时,他们随着白马走向了一片林子。他们一个是白人,一个是黑人,年龄都在四十岁左右。要想记住他们的容貌是比较困难的。他们就像单位里的中层人员,他们的容貌总是因为相近的习性和气质而变得模糊,无论他们是胖子还是瘦子,是小矬个还是穿天杨。唯一能够透露他们身份的,其实是运动鞋的鞋舌上绣着的狗项圈的图案。但谁会去注意他们的鞋舌呢？他们行踪诡秘,既没有住在希尔顿,也没有住到陆空谷下榻的国际饭店,而是住在机场附近的航空港大酒店。在济州期间,他们走街串巷,跟访贫问苦似的。

李医生说,他们的行踪曾引起小区便衣③的注意。要不是铁总派人陪同,他们的工作还真是难以展开呢。

子贡谈起感兴趣的生意,就会兴致勃勃。按他的说法,中国宠物的穿戴产品,还处于初级阶段,尚未上升到智能层次。宠物,作为人类文明社会的成员,作为人化自然的象征,它们的吃喝已经进入发达社会,但它们的穿戴基本上还处于原始社会,因为它们基本上都还是裸体。"在家里可以裸体,出门还裸体,那就与文明社会不符了。"子贡说。

子贡提到一个细节:白马进海关时,海关官员将白马的行头全都没收了,将它当成了走私物品。他既不高兴,又高兴。高兴什么

---

① 韩国。
② 新加坡。
③ 志愿者。

呢?这说明海关官员很少看到那些产品,把它们当成了宝物。从边境口岸到济州,他们一直试图给白马配齐穿戴,但就是买不到。这说明相关的产品在大陆地区,稀缺得紧哪。

李医生也顺便提到一个细节:白马下车的时候,生殖器露在外面,很不雅观;若给它系上带肚兜的马鞍,它就不会暴露隐私了。李医生甚至提到,之所以让白马待在楼顶,其中一个重要原因,就是替白马着想,免得它再次暴露隐私。

"马,也有隐私权。"李医生说。

一说到白马,子贡竟有些伤感,因为他与白马分离了。子贡说,昨天晚上,他为白马写了一首诗,是写白马的,也是献给太和的:

大海啊,好多水。白马啊,四条腿。太和啊,最尊贵。

按子贡的说法,"太投"首先将开发智能项圈的市场,然后再逐步拓展宠物智能饮水机、喂食器、狗笼、鸟笼、鸣虫笼等产品,当然也包括宠物的玩具产品。产品的开发只是一个方面。同样重要的是,"太投"还将开发电信增值服务、宠物社区服务以及宠物交友平台。子贡伸出一根手指,随后那一根又变成了三根,说:"一句话:智能硬体①生产、软体②服务、电商平台,三位一体。"

"我没想到,你们在济州做了这么多事。"

"我这是听我家先生的话啦,为他的故乡造福啦。"

吴镇从院子里跑出来,高声喊话:铁总请黄兴先生入席。子贡皱了一下眉头,低声说道:"应物兄,跟他讲明白,以后讲到请饭,不能大声。喊叫花子才大声。他在我家先生那里可以大声,因先生耳背。"

黄兴似乎故意怠慢吴镇,站在那里没动,继续讲着他的新项

---

① 硬件。
② 软件。

目。子贡还把这个项目与程先生和儒学联系到一起。他说,他已经跟先生汇报了,先生对他的项目非常支持。程先生说,穿戴起初只是用来御寒和遮羞,但在发展过程中,增加了区别身份、表达信仰、遮蔽弱点、突出个性的社会需求。穿戴问题不是小问题,孔子对穿戴是极为看重的。说到这里,子贡问他:"我家先生说,《论语》里有段话,讲的就是颜色。"

这个啊,如果不出意料,程先生指的应是《乡党》里那段话,强调的是君子在不同场合,应该怎么穿戴。比如,不用深青透红或黑中透红的布镶边,在家里不穿红紫色的衣服;夏天穿葛布单衣,但要套在内衣外面;黑色的羔羊皮袍,配黑色的罩衣;白色的鹿皮袍,配白色的罩衣;黄色的狐皮袍,配黄色的罩衣;还有,右边的袖子要短一些;等等。①

"先生对这个项目,还有什么建议?"

"我家先生只是建议,穿戴要用青色做底调②。"

"青色?"

"我家先生说,青色,是东方色。青是大自然的朴拙之色,是优美和谐之色。他说的那两句诗,我倒是记住了:雨过天青云破处,者般颜色做将来。③ 就这么定了,以后所有宠物的穿戴,都以青色为主。"

敬修己走了过来,说:"子贡,陆空谷走了。"

子贡问:"不吃饭就走了?"

敬修己说:"她说,你同意她走的。是吗?"

子贡说:"我让她走的。她该享受自己的假期了。"

我们的应物兄立即有一种失重的感觉。她不辞而别,还会回

---

① 《论语·乡党》:"君子不以绀緅饰,红紫不以为亵服。当暑,袗絺绤,必表而出之。缁衣羔裘;素衣麑裘;黄衣狐裘。亵裘长,短右袂。必有寝衣,长一身有半。狐貉之厚以居。去丧,无所不佩。非帷裳,必杀之。羔裘玄冠不以吊。吉月,必朝服而朝。"

② 基调。

③ 相传为五代柴世宗(柴荣)对柴窑瓷器的赞语。五代战火频仍,世宗胸怀大志,希望山河一统,像雨过天晴。

来吗?这种感觉一直持续到费鸣打来电话。费鸣说,他已把陆空谷送到宾馆,因为她的行李都在宾馆。文德斯和朱颜在宾馆等她。费鸣说:"她说,听说芸娘出院了,她想等见过芸娘再走。"。

铁梳子自己出来了。铁梳子走到子贡跟前,揽住了子贡的胳膊,说:"黄先生,这房子本来是程家的,我已想好了,把它还给程家。"

子贡说:"程家就是太和。"

铁梳子立即说:"谁说不是呢?所以,今天是借太和的地方,请大家小聚。"

子贡问:"栾长官真的不来参加?"

铁梳子说:"我们的栾长官,派人来了。"

应物兄还以为她说的是邓林。邓林确实来了,不过现在更能代表栾庭玉的,不是邓林,而是金彧。铁梳子对金彧的称呼也变了,称她为妹妹。

入了席,黄兴自然坐在首座。他一边坐的是铁梳子,一边坐的是金彧。其中最重要的一道菜,自然就是套五宝。铁梳子果然介绍说,套五宝是慈禧太后最喜欢的一道菜。乍看上去,它就像一只浮在瓷盆中的大鸟。那是一只大雁。铁梳子让大厨解释一下。大厨就站在他们身后。应物兄突然认出了这位大厨:多年前,梁招尘在一个胡同里,请他和乔木先生吃的五禽戏,就是这个大厨做的。套五宝莫非是五禽戏的另一种叫法?他还记得,那个师傅姓陈,梁招尘叫他老陈头。果然是他,因为铁梳子尊称他为陈先生。当年的老陈头穿的是大裤衩子,戴的是裂了一条缝的石头镜,一个人拎着勺子忙前忙后。如今的陈先生呢,穿白袍子,戴金丝边眼镜,镜腿上晃着金链子,由两个漂亮的女服务员搀着,手心还愉快地转动着两只文玩核桃。想起来了,五禽戏是用粗瓷砂锅端上来的,如今用的却是景德镇的青花细瓷。

铁梳子说:"陈先生,你讲讲?"

陈先生说:"看着只是一只鸿雁,其实不是。鸿雁吃完了,里面是一只麻鸭。麻鸭吃完了,里面是一只天鸡。天鸡吃完了,里面是一只乳鸽。乳鸽吃完了,里面是一只鹌鹑。它们是脸套脸、冠套冠、肚套肚、翅套翅、脚套脚,环环相套,血脉相连,所以叫套五宝。这道菜,有鸿雁之野香,麻鸭之浓香,天鸡之清香,乳鸽之嫩香,鹌鹑之醇香。"

金彧问:"怎么套得起来呢?"

陈先生说:"得把它们的骨头剔出来,一根不剩。脑袋上也没有骨头。没有骨头,却不散架,这就是功夫。这道菜,不学十年,拿不出手。难就难在剔骨。"

李医生问:"骨头如何剔的?"

搀扶陈先生的小姐,先接过陈先生手中的文玩核桃,然后把陈先生的手抬了起来,放到了自己的脖子上,同时把脸仰了起来。陈先生就摸着那小姐的脖子说:"比如说鸡,整鸡煺了毛,用清水洗净,在鸡脖子上沿着颈骨划开口子,七公分的口子。再用刀尖在鸡头处将颈骨折断,将颈骨一点点拉出来。再将鸡皮翻开,鸡头以下,连皮带肉往下翻。"那小姐好像有点怕痒,笑了一下,陈先生说:"别笑!剔骨的时候,最怕有人笑。一听人笑,手一抖,骨头就把皮戳破了。"

子贡说:"就是俄罗斯套娃嘛。"

铁梳子说:"黄先生说得对。俄罗斯套娃的灵感,可能就来自套五宝。"

铁梳子上去把大雁的眼睛剜了一只,放到子贡的碗里,说:"这是济州的规矩,叫高看一眼。"然后又给子贡盛了汤。

这天最先对套五宝表示赞美的,竟然是李医生。李医生其实没说话,只是嚼着一块肉,微微地闭上眼,又点点头。李医生这天都有些失职了,都忘记了需要保镖先品尝。不过,李医生没怎么吃肉,主要是喝汤。关于那汤,李医生竟然喝出了鱼翅的味道。李医生是环保主义者,多年不吃鱼翅了,但又很想吃。所以,他很快又盛了第二碗汤。他的碗里漂着一只鸡冠。他后来说,鸡冠很烂,有一种深海鱼肝的感觉。鬼知道他说的是什么鱼,什么肝。

突然,在桌边服待的小姐全都立正站住了。

随后一桌子的人全都站了起来。

原来是栾庭玉到了。

人们很自然地都簇拥到了栾庭玉身边。栾庭玉这天又穿上了唐装。他想将唐装领口的扣子解开,但一时却解不开。金彧走过去,撇着嘴,微笑着,只是探了一下手,就将它解开了。栾庭玉礼貌地向金彧表示了感谢。这时候,服务员已将另做的一份套五宝端上来了。大雁当然还是完整的。只要贴上毛,好像随时就可以翱翔。栾庭玉并没有立即入座。他显然已经知道,这别墅已送给程先生了,所以他开口的第一句话是:"有幸到程先生家做客,庭玉不胜荣幸。"

第二句话是:"你们的合作,不,是我们的合作,已经载入历史。并且来说,这个历史,是儒学史,是教育史,是文化史,也是我们每个人的历史。"

站在栾庭玉身后的是葛道宏,率先鼓掌。

栾庭玉跟每个人握手。握完之后,他自己鼓起了掌,所有人也就再次鼓掌。有趣的是,栾庭玉鼓掌的时候,转了个身,身体侧着,望向门口。因栾庭玉一直在鼓掌,所以人们也就不好意思停下来。慢慢地,那掌声就显得有些机械了,好像是为了鼓掌而鼓掌。栾庭玉的下一句话,使很多人一时没有醒过来。栾庭玉是这么说的:"今天,程济世先生、特别委派、他的、私人、代表,来到了现场,并且来说,和我们一起、见证这个、历史时刻!"

栾庭玉抬起右臂,指向门口。门口并没有人。在突然的静寂中,映入他们眼帘的,是远处通红的山岗,夕阳的余晖把它染得更红了。因为院子在低处,在阴影之中,所以那院子此时实际上笼罩在一片青色之中,接近于灰色。此时,夕阳的余晖正快速地收敛,所以那青色也在迅速地放大,向山岗曼延,形成一个漫无边际的空间,一个超级的阴影,一个巨大的无。静寂在持续,随后有轻脆的声音打破那静寂,那声音听上去是这样的:嘚啵,嘚啵,嘚啵。

在那青色之中,在半空中,出现了灰白色的马头。

随后是马肚子。哦,一堵灰白的墙。

那自然就是子贡的白马。白马后退两步之后,他们终于可以看清它的全貌了。牵马的人是珍妮,珍妮旁边是举着相机拍摄的易艺艺。镜头对准之处,是马背上的那个人。那个人正皱着眉头接听电话,模样类似于沉思,又好像有点不耐烦,又好像因为突然暴露在众人面前而有点害羞。那个人就是程刚笃。李医生快速地走了过去,把程刚笃从马背上接了下来。这一上一下,使得程刚笃有点头晕似的,竟然在李医生怀里停了一会。李医生搂着他,动作极尽温柔,好像那不是一个大人,而是一个巨婴。程刚笃从李医生怀里探出头,望着大家,随后终于在珍妮和李医生两个人的扶持下站好了。

程刚笃说:"老爷子打电话了,说了仁德路了,说了太和了,说了你们了,说了一遍又一遍。功臣!都是功臣!上上下下都是功臣,都有功于社稷也。"

那一刻,应物兄觉得,必须感谢程刚笃,感谢他下马了。这番话,他要是骑在马背上说的,那就太煞风景了。隐隐约约地,可以听见唧唧虫鸣,怯怯的,有如啼声初试。那是从易艺艺的怀中传出来的。

是济哥在叫吗?

可不是嘛。易艺艺,你从哪里偷来的济哥?

83. 太和春煖

"太和春煖"四个字,被风吹起了一个角。它抖动着,似乎想站起来,还要带动整张宣纸站起来。可它太软了,很快就委身于地了。它似乎有些不甘心,又抖动了起来。不过这次它不是要迎风站起,而是想换个地方待着。借助空调的风力,它开始向藤椅下面移动。要不要过去,把它捡起来呢?几乎与此同时,乔木先生那只悬空的右脚放下了。最终,它被乔木先生的脚趾钩回了原地。很多年前,乔木先生站在梯子上从书橱顶端取书。他抽出了《词综》,旁边的《四部备要》却跟着跑了出来。落向地面的途中,它在乔木先生右脚二脚趾上逗留了一下。从此,那二脚趾的趾甲就变黑了。现在,应物兄虽然并没有看清是哪根脚趾把它钩住的,但他却直观地认定,就是那黑着趾甲的二脚趾干的。

这幅字,是程先生请乔木先生写的。

程先生说的是"太和春暖",乔木先生将它改成了"太和春煖"。

在程先生的记忆里,进了大院,迎面就是萧墙,萧墙的侧壁,在靠近月亮门的地方,原来挂有一个木匾,上书四个字:杏林春暖。他的祖父程作庸先生,当年是济州名医,悬壶济世,深受百姓爱戴。那个木匾自然是百姓送给程作庸先生的。时间久了,那个木匾就是能够找到,也必定是字迹漫漶,不可示人。如今它成了儒学研究院,再挂这样一个匾额,显然也是不合适的。程先生说,思来想去,可以另换一个匾额,上书"太和春暖"四个字。程先生特意提到,若乔木先生不弃,当请乔木先生题写,再找名家刻成匾额。

当他把程先生的话转达给乔木先生的时候,乔木先生问:"急吗?"

他只好说:"不急。"

乔木先生说:"那就等着吧。"

这一等,就从孟夏等到了仲夏。这期间,他被程刚笃搞得焦头烂额,竟把这事给忘了。什么事呢?哦,现在想起来,应物兄还感到后怕。珍妮因为怀孕,前脚刚返回了美国,程刚笃就和易艺艺住到了一块。"不就是滚个床单吗?以后不滚就是了。"董松龄说。这说法也不能说没有道理。问题是,他们滚床单的录像竟落到了别人手里。他们滚床单的地方,并不在别墅内部,而是半山腰的一个山洞里。别墅的地下一层,原来是地堡,后来被改建成了游泳池。游泳池旁边有一道门,通向一个地道。地道顺着山势缓缓向上,走上三百米,就到了半山脚的一个山洞。那个山洞原来就有。从洞内的石壁的缝隙间,可以看到螺蚌的壳。这说明它是从海底隆起的。铁梳子在装修这个山洞的时候,特意将它们保留了下来。为了突出它的原始洞穴性质,除了保留那些贝壳,铁梳子甚至找人在石壁上画上了壁画,它模仿的是古老的岩画:造型简单的牛和马,以及男根和女阴。岩画用的颜料通常是马血。为了追求那种惟妙惟肖的效果,她用的也是马血,然后又用砂纸、鼓风机、气焊,一点点去掉它的鲜艳,让它显得古朴,再古朴,直到原始,直到它能够直观地给人一种史前的感觉。在装上了空调、摄像头、Wifi 之后,它成了最新事物与史前事物的巧妙混合。铁梳子曾与不同时期的男朋友在那里相会,后来它当然也成了她与卡尔文的睡房。珍妮在济州期间,它自然就属于珍妮和程刚笃。珍妮前脚刚走,易艺艺就跟程刚笃滚到了一起。如果仅仅是滚床单也就罢了,问题是,竟被完整地录像了。最先发现那些录像的,是卡尔文。卡尔文回洞内取自己的私人物品,发现了那些录像。这个卡尔文,竟把那些录像作为礼物送给了程刚笃。卡尔文承认,他看过其中几个片断,觉得其精彩程度完全可以与 Paris Hilton[①] 的性爱录像带相提并论。

[①] 美国希尔顿集团的女继承人、艳星帕丽斯·希尔顿。

这小子,竟然复制了一盘。

卡尔文说:"能卖大价钱,但我不卖。"

卡尔文不知羞耻地告诉他,铁梳子也看到了,而且看得性趣大增。

奇怪的是,这些录像带,竟然很快流传了出去。他至今没有看到录像带,不是看不到,而是不想看。据费鸣描述,有时候竟然是三个人同床共枕:除了程刚笃和易艺艺,还有珍妮。有一个镜头,按费鸣的说法,程刚笃玩得实在太 High 了,就跟疯了一样:录像中的程刚笃,就像老鹰抓小鸡似的,把易艺艺翻过来翻过去,并且推拉着易艺艺,用她的屁股不停地拍打自己的脸,直到把自己拍晕过去,那股邪劲才过去。费鸣说,他怀疑他们嗑药了。果然里面不仅有三个人抽大麻的镜头,还有三个人吸食毒品的镜头。

卡尔文和铁梳子当然矢口否认是他们传出去的。

后来,事情终于弄明白了。原来别墅里有一台监视器,连接着几十个高清摄像头。监控室的工作人员都可以看到这些镜头。如果不出意料,就是他们流传出去的。目标最后锁定的那个人,倒是承认了。此人原来就在罗总的养鸡场工作,还是个头,负责的就是鸡场的电子监控。去年鸡场闹过鸡瘟,死了一千多只鸡,罗总责怪他没有及时发现异样,按规定将其免职不说,还扣掉了全年的奖金。此人将录像带分寄给了鸡场的几个股东。当然是匿名寄出的。随后,整个养鸡场差不多都知道了。养鸡场的人私下议论说,老罗不愧是养鸡的。罗总的现任妻子生的也是女孩,刚上小学,养鸡场的人还替罗总展望了一下未来:"老罗不会让人失望的,肯定又养了一只鸡。"有人听说男方是美国人,但不知道他其实是中国人,就乱发议论,说罗总在鸡场养的是杂交鸡,在家里也孵上了杂交鸡。

多亏了邓林。邓林安排公安人员秘密查清了此事,将录像全部收缴销毁了。

应物兄找程刚笃谈过一次。程刚笃发誓,他们吸的不是毒,只是在模仿吸毒的样子,为的是告诉易艺艺吸毒是怎么回事,并告诫她千万不要沾上。程刚笃只承认自己吸过大麻。大麻怎么能算毒(品)呢?美国人、欧洲人,经常吸着玩的,他们的平均寿命比中国人还长呢。真是一派胡言。这事他没敢跟程先生说,应物兄此时已经完全清楚了,程刚笃的母亲原是旧相识。他从芸娘那里要来程刚笃的母亲谭淳女士的电话,让谭淳帮他戒毒。后来,他又亲自将他送到了日本京都,将程刚笃交到了谭淳女士手里。

他当然也找易艺艺谈过一次话。

其实是葛道宏催他找易艺艺谈话的。葛道宏说:"应院长啊,知道吗?英格兰有一首民谣,说的是帝国的成败,都是由不起眼的事件引起的。什么民谣呢?少了一枚铁钉,掉了一只马掌。掉了一只马掌,丢了一匹战马。丢了一匹战马,败了一场战役。败了一场战役,丢了一个帝国。跟你那个学生说一下,裤带给我系紧喽。我已经让董校长跟她说过一次了。据说,她还敢顶嘴,按下葫芦起来瓢。你给我按死了。"

易艺艺看上去很爱干净,跟他说话的时候,脱下皮鞋,朝鞋面哈着气,擦着上面的土。她擦得实在是太认真了,鞋带下面也不放过,穿鞋带的每个窟窿眼也都照顾到了。可是一开口,就脏得不得了。当他问她这些天住在别墅里是否习惯,她立即说道:"习惯又咋的,不习惯又咋的?都是为了工作嘛。那可不是闹着玩的,蚊子多得不得了。白天花蚊子上你,夜里黑蚊子继续上你。轮奸啊。"他怀疑易艺艺是不是又吸了,不然怎么会如此放肆。当他旁敲侧击谈起此事,易艺艺一口咬定:"没吸。谁吸谁是王八蛋。我吸的不是白面儿①,而是白糖。"

"吸白糖?"

"看着是白面儿,其实是白糖。我追求的是艺术真实。"

---

① 海洛因的俗称。

"还有一件事。年轻人嘛,在一起打打闹闹很正常。可是,怎么说呢,刚笃有女朋友的,跟他相处,还是要稍微注意一点分寸。"

"您说的是这个啊?董院长找我谈,吴副院长找我谈,你也找我谈。你们真的让我很有存在感啊。求你们了,别这样了,你们这样反而会让我有点太骄傲了。"

他感到自己的手在哆嗦。易艺艺啊,如果你是我女儿,我肯定要抽你几个耳刮子。他告诉自己要冷静,一遍遍地告诉自己要冷静。我必须把这事处理好。这可不仅仅是易艺艺的事。处理不好,会连累程先生的,会连累太和研究院的。这倒不是葛道宏说的"少一枚铁钉"的问题,而是马掌上多了一枚铁钉,钉得还很不是地方,马掌都要裂开了,都要马失前蹄了。拔,拔掉,拔掉它,必须拔掉它。可是,怎么拔呢?那得冷静地想一想。他听见自己说。但是,还没想出个门道,他就发火了。当他发现自己把杯子举起来的时候,那杯子已经从他的手里掉了下去,砸向了地面。

那一地的碎玻璃,把他自己都吓了一跳。

易艺艺突然哭了。

他从来都怕女人的泪水。从小,只要看见母亲流泪,他就感到天要塌了。结婚之前,乔姗姗在他面前也是流过泪的,因为那是考托福没有过关。他本来为此暗喜,但一看到她的眼泪,他就恨不得替她去考了。再后来,只要应波一哭,不管她提出什么要求,他都会满足。应波三岁的时候,有一天不好好吃饭,他说:"不好好吃饭,想吃星星不成?"应波就吵着要吃星星。他就爬上树去给她摘星星,并万分遗憾地表示,今天的星星有点高,明天再摘。此刻,一看见易艺艺流泪,他的心就慌了。他告诉自己不要心慌,千万不要乱了分寸,要趁热打铁进行教育。可他没有想好怎么教育,易艺艺就开始哭诉了。当然了,多天之后,他才知道那是易艺艺的表演。易艺艺一边抹鼻子,一边说,自己现在已经后悔了,不该喜欢程刚笃。程刚笃也没有原来想象的那么好。她承认与程刚笃上了床。

他故作惊讶地喊道:"真有这么回事?你呀!"

她哭得更厉害了,好像还很生气,把穿好的鞋带又拽了出来,当成鞭子在自己腿上抽了一下。她是这么说的:"先生啊,上了床,我就后悔了。先生啊,你一定要相信我啊。他看上去很有礼貌,文质彬彬的,可上了床你就知道,他这个人挺霸道的,控制欲特别强,动作粗暴得不得了。我也不瞒你,我其实喜欢温柔的。可他呢,他给我的感觉就是发泄。他连问都没问,就把脚踩到了我嘴上。我很不舒服。虽然那脚是我给他洗的,洗得很干净,可我还是很难受。我想,他可能是心里不痛快,想发泄。我想,嗨,就这么着吧,就这么痛并快乐着吧。我对自己说,总体而言,他好像还是不错的。就当是替他解闷吧。我这都是为了我们的'太研'啊。我吃亏吃大了,找谁说理去?那天,服务员做了黄豆炖猪蹄。是我推荐给珍妮的。珍妮倒吃得挺香,可我一块也没动。看见那猪蹄,我就想到了他的臭脚丫子。"

"你看你,孩子呀,这这这——"

"先生,我再也不敢了。下次见他,我一定跟他做到男女授受不亲。"

有一个细节不能不提:子贡走的前一天,当程刚笃骑着白马来到桃都山别墅的时候,易艺艺怀中有济哥在叫,那是怎么回事?

听他问到这个细节,易艺艺知道谈话要结束了,破涕为笑,说:"你说那个呀?那是明亮送给刚笃的。刚笃觉得吵得慌,就让我替他养着。早就死了。"

总的来说,他认为这次谈话效果还不错。

有一件事是他没有想到的:两天之后,易艺艺的父亲,就是那个养鸡的罗总,抽着所谓的由古巴姑娘在大腿上搓出来的雪茄找上了门。罗总嘴上说,生米做成熟饭了,家长才知道,能不生气吗?都要气死了。脸上呢,却有些笑眯眯的,还拐弯抹角地打听,程先生对此事怎么看?听他说程先生还不知道此事,罗总竟有点生气,说:"这么大的事,还是要给孩子父亲说一下。"罗总又提起了套五宝,说:"程先生来了,我把最好的厨师请来,给他做真正的套五宝。我告诉你,陈师傅跟我说了,上次你们吃的那个套五宝,鸡是小母鸡,鸭是小母鸭,雁也是雌雁。那算是母系。这次咱们来个父系的。男人嘛,还是要吃父系的。"

罗总这是要把程先生当成易艺艺的公公了。

为了打消罗总这个幻想,他请罗总吃了两顿饭。

等这事处理完,孟夏已逝,仲夏已到。

他确实把取字的事给忘得一干二净了。这天,巫桃打电话让他来取字的时候,他半天才想起来这回事。

这天他一进门,乔木先生就说:"怎么样?忙完了?心亡为忙啊。忙完了,心就该收回来了。"

他说:"先生说得对。"

乔木先生说:"那个不肖之子,拍屁股走了?"

他知道乔木先生说的是程刚笃,就说:"把他还给他母亲了。"

乔木先生说:"作孽啊。济世兄,家门不幸啊。好了,不说他了。"

乔木先生终于提到他写下的这幅字,解释为何要将"春暖"改为"春煖":"庄子说,'凄然似秋,煖然似春'①。'煖'者,无日而暖。做研究,也是如此吧?别人怎么看,都是闲扯淡。你说,应是'春暖'呢,还是'春煖'?"

"自然'春煖'更合适。"

"听你的意思,就用'春煖'?"

"那就用'春煖'吧。"

"你好大的胆!程大院长的字,你也敢改?他要说,他写的就是'暖',不是'煖',你怎么办?他要说,他的意思就是,儒学研究要

---

① 见《庄子·大宗师》:"若然者,其心志,其容寂,其颡頯。凄然似秋,煖然似春,喜怒通四时,与物有宜而莫知其极。"

有好环境,大气候、小气候,都要跟得上,都得风调雨顺,你怎么办?"

乔木先生随后就把已经写好的"太和春煖"四个字扔到了地上,然后另外交给了他一幅字,那上面写的自然是"太和春暖"。也就是说,"太和春煖"那四个字被乔木先生废掉了。乔木先生本该直接把它揉了,扔进纸篓的,却没有这么做。我们的应物兄现在就想着,要不要把它也收起来?

最后把它收起来的是巫桃。巫桃过来,弯腰把它捡起来,叠了,装进了一个牛皮纸信封。巫桃顺便问乔木先生:"先生,药吃了吗?"

乔木先生说:"吃了,吃了。"

巫桃又问:"服前要摇晃的。摇了吗?"

乔木先生说:"摇了摇了。放心吧,摇了三下呢。"

巫桃走了,上楼了,楼梯在响,接着他听见巫桃在和别人说话。乔木先生从藤椅上站起来,把肚子晃了几下。这就是亡羊补牢了。刚才他肯定忘记摇了。乔木先生一边摇着,一边说:"吴镇向我求字,那幅字刚好送他。程大院长哪天看到了,问他为何要将'春暖'改为'春煖',看他怎么说。我这是替程大院长给吴镇出一道题。"

和巫桃在楼上说话的那个人,难道是吴镇?

楼梯又响了。脚步声一轻一重。

他无论如何也没有想到,下来的竟是双林院士的儿子双渐。

当乔木先生介绍他们的时候,他们互相辨认着对方。哦,他们其实早就见过面了,只是未曾交谈,是熟悉的陌生人。他们不仅从朋友和亲人的言谈中知道对方,而且还多次擦肩而过。

逸夫楼七楼,有一个专家阅览室,它只供有高级职称的专家和学者使用。非本校的人也可以进去,但必须持有身份证、高级职称证书和济大专家的介绍信。应物随后将知道,双渐持有的介绍信,竟然是姚鼐先生写的,姚鼐先生在桃都山考古的时候,与双渐认识了。当然,他们之所以能够成为忘年交,还是因为双林院士。在那个阅览室,你需要查什么书、什么资料,只需填写一张卡片,馆员就会尽力帮你找到。那里也可以复印和打印资料。应物兄曾在那里多次遇到过双渐。印象中,双渐总是匆匆地来,匆匆地走,就像一只飞来飞去的大鸟,一只苍劲但又疲惫的大鸟:脑后的羽毛总是有些凌乱,但鸟喙的坚硬以及目光的锐利却是显而易见的。每次遇到这个人,他都会觉得,这只大鸟只是一时没能准确地找到鸟巢,而暂时盘旋而下,落到了这间阅览室。他记得双渐待的地方,常常是西北角靠窗的位置,旁边书架上放的都是动植物方面的书刊。双渐常常拿起一份期刊,直接走到复印机前,付钱,复印,装订,然后匆匆离去。

双渐曾给馆员开了一个书单,其中有几本是英文书。女馆员为难了,不知道该从哪里找到那几本书。双渐于是给女馆员做了示范,如何登陆美国的一个学术网站,从那里购买或者下载资料。女馆员问他何不在家里下载?双渐指着网页,说:"你看,它只对公共图书馆开放。"

还有一次,双渐要女馆员登陆俄罗斯的一个网站。女馆员说,俄语她可看不懂。双渐说,只需要她将网页打印出来。应物兄刚好在旁边填写卡片,听见女馆员问:"俄罗斯的植物,我们这边也可以引进吗?"

双渐好像没有找到相关的网页,失望之余,还是跟女馆员开了个玩笑:"俄罗斯姑娘可以嫁到这边来,植物为什么不可以?"

正是听了他们的对话,他知道这是一个从事植物学研究的人。但他不知道,他就是双渐。

这会,他问双渐:"你上次要找的资料,找到了吗?"如果乔木先生不在,他或许会问,那个像俄罗斯姑娘的植物的资料,你找到了吗?

双渐显然想不起这回事了。他就提醒说:"跟俄罗斯有关的。"

双渐立即想起来了,说:"对,我要找的是俄罗斯野山参的资料。俄罗斯的阿诺钦克地区,有野山参自然保护区。那里的野山参与桃都山地区的野山参,都属于苎变野山参①。"

乔木先生问:"桃都山也有野山参?"

双渐显然带着书生气,竟然解释得非常详细:"明代以前,北纬三十三度以北,都有野山参。《桃都植物志》记载:'桃都山参,又名苎变山参。苎变山参即为苎变野山参。皮稍粗,少光泽,直而少曲,须条偏短。灵气不足,野韵略逊。'"

他顺便说:"若你时间紧张,有些资料,我或可让学生帮你查找。"

双渐立即说:"还是我自己来吧。"

乔木先生说:"你想在桃都山种野山参?"

双渐说:"也想种上野生牡丹。桃都山原有众多野生牡丹。牡丹分两种,一种是中原牡丹,一种是江南牡丹。最后一株中原牡丹,在上个世纪九十年代,养在嵩县一个退休教师的花盆里,已经死了。最后一株江南牡丹倒还活着,长在巢湖银屏山的悬崖上。"

乔木先生说:"到处都有牡丹。找个野生的,很重要吗?"

双渐说:"乔叔叔,太重要了。现在我们看到的牡丹,是由五个野生品种反复杂交之后形成的。传到现在,它很容易生病。如果能找到野生牡丹,再进行杂交,它就会健壮很多。乔叔叔,唯有牡丹真国色,花开时节动京城。唐诗里的牡丹,说的就是曾经在桃都山区生长的野生牡丹。"

乔木先生立即说:"哦,那得找。讲了一辈子古诗,不知道那是野生牡丹。这些年,你就在桃都山找野生牡丹?"

双渐说:"那倒不是。我的工作,还是研究植被恢复。"

---

① 苎变野山参,也称苎变山参,野山参的一个种类。是在遭到兽踩、火灾、病虫害之后,主根受损,不定根(苎)继续生长,代替了主根,长成了不典型的山参。这种现象,被称为山参苎变,这种山参,被称为苎变野山参。

他突然想起,芸娘说过,文德斯曾在山上寻找一种植物。人们以为它已经消失了,但一个科研人员找到了它的种子,还很饱满。文德斯看到它,竟然流泪了。那个科研人员指的一定就是双渐。

他就问双渐:"文德斯你认识吧?他在山上找什么呢?也是野生牡丹吗?"

双渐说:"他找的是野生兰花。桃都山的野生兰花有三种,我替他收集了几种兰花的种子。"

这时候,乔木先生问巫桃:"打个电话,问师傅到哪了。也问问鸣儿。"

原来,乔木先生把刻匾的师傅叫来了,也叫了费鸣。好像有什么事情要发生。应物兄对自己说。今天确实有些不同寻常。最大的不同寻常,就是遇到了双渐。哦不,不是要发生什么事,而是一定发生了什么事。

乔木先生突然问双渐:"都抄好了吗?"

双渐说:"谢乔叔叔。我抄好了。个别看不明白的,巫老师讲给我听了。"

刚才在楼上,双渐其实是在抄写一篇序言,乔木先生为双林院士编辑的那部诗集写的序言。乔木先生的书房,外人是很少进去的。这是一份难得的优待。

乔木先生对双渐说道:"那是我最好的书法作品。说起来,这些年,我写了多少幅作品,都已经记不清了。但是,写下的都是别人的话。写这个序的时候,我都忘记这是书法了。渐儿,你大概不知道,普天之下,也只有你们家老头子敢对我说,我比不上书法史上那些大家、名家。他说的倒有道理,他说那些人写的时候,没有当书法来写,情真意切,物我交融,见字如面;而我是当书法来写的,字写得再好,也少了点味道。他说得对。古人读书写字,写信写告示,开药方,记账本,原本都没当书法来写。这次,我借这篇序,回忆了我与你们家老头子一辈子的交往。往事历历在目,搞得我血压都高了。昨天写了一整天。你来之前,我又看了看,才想起这是书法。好啊,忘了这是书法,就回到了'书'的本义。'书,箸也。从聿,者声'①。'文者祖父,字者子孙'②。古人把写字说成生孩子。写这篇文字,就像生了个孩子。我走了十万八千里,又回来了,回到了'文、字、书'三者的真实关系当中。几十年来,这是我最好的一幅字。再写一遍、十遍,也写不了这么好。渐儿,你把抄好的信,给他看看。这篇文字就放在这儿,要他自己来取。"

他相信,乔木先生说的都是真的。他相信,那篇序言将是书法史上的名篇。他相信,昨天是当代书法史上最重要的一天。

他听见自己问道:"先生,我能先睹为快吗?"

乔木先生说:"它现在还是私信。收信人还没读到呢。"

巫桃说:"先生,你可以再抄一遍。你把个别字涂掉了,有几行还写歪了。"

出乎意料,乔木先生竟然对巫桃发火了:"歪就歪了。再写,行是不歪了,但心思多了。我只写这一幅。'导弹'要是不来,我也不留它了。揉了它,烧了它。到时候,你也别拦我。"

巫桃哪见过这个阵势,又窘迫,又无奈,又想笑,但最后发出来的却是叹息。巫桃叹息着,对双渐说:"先生从昨晚到今天,真是返老还童了,跟孩子似的,闹人。你快把你爸爸接来吧。"

双渐低着头,沉默不语。他坐在那里,身体前倾,把手插入了花白的头发,随后那双手又捂住了脸。多少年来,从乔木先生的言谈中,从乔木先生和双林院士交谈时偶尔透露出来的一言半语中,应物兄其实已经感觉到,久不见面的双氏父子之间,一定有过难以排遣的误解,一定有着难以解开的疙瘩。现在,他看到双渐的肩胛

---

① 许慎《说文解字》:"書,箸也。从聿,者声。"箸(著),即显明。聿,象形字,一只手握着笔的样子。表示用笔使文字显明。

② 〔唐〕张怀瓘《文字论》:"文字者,总而为言。若分而为义,则文者祖父,字者子孙。察其物形,得其文理,故谓之曰文;母子相生,孳乳浸多,因名之为字。题于竹帛,则目之曰书。"

骨耸了起来,而且微微颤抖。泪水从指缝中流出,在手臂上流淌。

那混浊的泪水啊。

乔木先生看见了双渐流泪,却并没有立即去安慰他。

随后,乔木先生好像突然想起了一件事,说:"我们的应院长,孔子说的那个欹器,就是那个'虚而欹'的欹器①。你没见过吧?"

他不知道乔木先生什么意思,以为乔木先生是在提醒他,"太研"人员渐多,说话要注意,要谦虚,再谦虚。他就点点头,说:"先生,我懂了。您放心。"

乔木先生说:"接话不要太快。你到底见过没有?"

他只好说:"没有。"

乔木先生说:"你啊,只是纸上谈兵。你大概不知道吧,双渐很小就知道欹器。渐儿,你还记得你父亲给你讲过欹器原理吧?"

双渐说:"叔叔,我记得。"

乔木先生说:"你说过的,长大了,要做个欹器给我们瞧瞧。"

双渐说:"叔叔,这个我不记得了。"

双渐此时情绪已经平复了,抬起脸,看着乔木先生。这时候巫桃将茶杯递了过来。应物兄接过茶杯,递给了双渐。双渐双手握着茶杯,听乔木先生讲着。在应物兄的记忆里,乔木先生这种语调,他好像从来没有听到过:诚恳,缓慢,接近于喃喃自语,像往事一样幽远。好像不是乔木先生在说话,而是往事自己在说话。那些往事,好像担心打扰忙碌的人,所以悄悄地来了,就在旁边站着,在乔木先生提到的春天里站着,在春天的薄雾中站着。有时候离你很近,有时候又离你稍远,但你能听到它的呼吸。

"春天来了,河已解冻,但还是很冷。我们两家人去看戏。不

---

① 《荀子·宥坐》:"孔子观于鲁桓公之庙,有欹器焉。孔子问于守庙者曰:'此为何器?'守庙者曰:'此盖为宥坐之器。'孔子曰:'吾闻宥坐之器者,虚则欹,中则正,满则覆。'孔子顾谓弟子曰:'注水焉!'弟子挹水而注之。中而正,满而覆,虚而欹。孔子喟然而叹曰:'吁!恶有满而不覆者哉!'子路曰:'敢问持满有道乎?'孔子曰:'聪明圣知,守之以愚;功被天下,守之以让;勇力抚世,守之以怯;富有四海,守之以谦。此所谓挹而损之之道也。'"

是两家人,还有一个老先生。你应该还记得,就是俞平伯先生。他是我和你父亲的前辈。他个子矮小,你叫他小伯伯。他跟我们不是一个农场,提前一天来找我们。他是想让我们带他一起去看戏。那天是兰梅菊的戏。他说是来看看你父亲养的猪,其实是想看兰梅菊的戏。他说,猪到了你父亲手下,要吃一起吃,要拉一起拉。吃完拉完,靠着墙根晒太阳,一动不动,念经似的,可以称为八戒。

"那个兰大师呢,要提前回城了,要离开桃花峪了。他向干校提出,为了感谢乡亲们,想给乡亲们唱一出戏。俞先生既想去看,又不好意思去看。因为他跟兰大师有些不快。有一天,干校集中开会,散会后兰大师悄悄地向俞先生请教《红楼梦》,被路过的农民朋友听到了。一个农民朋友问俞先生,《红楼梦》是你写的吧?你为什么要写书反对毛主席?俞先生说,不敢不敢,《红楼梦》不是我写的,我也写不出来。这个农民朋友恼了,说,你狗胆包天,还有你不敢的?都过来,都来看看他多么不老实,报纸上都说是他写的,他还敢抵赖。这时候兰大师说,别抵赖了,就说是你写的吧。俞先生认为,兰大师可以不为他说话,但不能这么说。从此俞先生就躲着兰大师了。但这次,听说兰大师要亮一嗓子,俞先生就犯了戏瘾。

"那天有雾。春雾风,夏雾晴,秋雾阴,冬雾雪。路过一个引黄灌溉渠,渠首有水车,水车上有翻斗,在雾中转啊转的。你小小年纪,就看出那翻斗用的是欹器原理,大喊大叫,欹器!欹器!你父亲给你讲过欹器的。应物应该知道的,就是孔子说的那个'虚而欹'。

"那天兰梅菊唱的,嗨,可真不怎么样。他男扮女装,演的是江水英。也没有从头演到尾,只出来唱了一段。'听惊涛拍堤岸心潮激荡。夜巡堤,披星光,但只见,工地上,人来车往,灯火辉煌'[①]。走在大堤上的江水英,扭扭捏捏的,捂着胸口,就像来到断桥头的

[①] 京剧《龙江颂》中江水英的唱段《望北京更使我增添力量》:"听惊涛拍堤岸心潮激荡,夜巡堤,披星光,但只见,工地上,人来车往,灯火辉煌。同志们斗志昂扬,准备着奋战一场。九龙水奔腾急千年流淌,看今朝英雄们截流拦江……风浪要征服,暗礁尤须防,望北京更使我增添力量。"

白素贞,就像患了心绞痛。干部不满意,群众不满意,他自己倒挺满意。俞先生想说不满意又不敢说,想说满意又说不出口。正看戏呢,你父亲发现你不见了。

"我想呢,你呀,大概就在旁边玩呢。知子莫若父啊。他却突然说,你是看水车去了。哦,忘记说了。现在看戏都是晚上,那时候看戏都是白天。白天看戏,能看你是怎么看的,有没有边看戏边搞破坏活动。幸亏白天看戏。要是晚上,你就没命了。他是拔腿就跑。我也跟着往外跑。果不其然!到了水车旁边,只看到你的鞋子。鞋子摆得很整齐。你父亲立即跳了下去。

"那是什么河?那是黄河啊!自古吃人不吐骨头的。为了捞你,他差点陷到泥沙里淹死。你呢,捞上来一看,口、鼻、耳,都是泥。别人都说不行了。你父亲呢,不死心啊。他也真有办法,把你搭在牛背上。这用的是什么原理,我不知道,但真是管用。我在前面牵着牛,他在后面赶着牛,你母亲在旁边哭着叫魂:渐儿醒醒,渐儿醒醒。本是死马当成活马医,没想到,还真救过来了。这事,你还记得吗?"

"记得。活是活过来了,他又把我打了个半死。"

"你小子!别人是记吃不记打,你是记打不记吃?我叫他打的。我说,打,不打不长记性。他舍不得打。他说,先记着。刚把魂叫回来,别给打跑喽。又过了几天,专等你又犯了错,老账新账一起算,结结实实打了一次。

"有一天,你看见推土机前面的翻斗,又说,欹器欹器。你母亲以为你又去河边玩了。这次是她要打你,是你父亲拦住了她。这个你忘了吧?"

"叔叔,这个我真的忘了。"

"要不怎么说你记打不记吃呢?"

直到这个时候,我们的应物兄仍然不知道到底发生了什么事。有一点,他能够听得出来,乔木先生是在委婉地调解双氏父子的关系。为什么现在突然想起来调解了？巫桃刚才为什么会对双渐说,赶紧把双林院士接过来？就是为了让双林院士看到那幅书法作品吗？好像不是。

这时候,费鸣到了。费鸣和那个刻匾师傅几乎是同时到的。他们彼此并不认识。费鸣把刻匾师傅当成了司机,说:"是你开车吗?"师傅被他问得一愣。然后费鸣又把双渐当成了司机,问:"你们两个到底谁开车?"费鸣拿着车钥匙,好像不知道该给谁。"车在楼下。就是那辆奥迪 A8。你们可得小心点开,千万别剐蹭喽。这是一个大慈善家留给我们应院长的,一般人不让开的。"

他当然听出费鸣话中带刺。

前两天,费鸣向他提出想离开"太研",问起原因,费鸣却不愿解释。再问,费鸣说了四个字:"一说便俗。"除此之外,再也无话。

那车是子贡留给程先生的,不是留给我的。应物兄听见自己说。现在,应物兄开的还是自己那辆车,一辆曾被死猫砸碎了后窗玻璃的车。窦思齐说得没错,铁梳子后来倒是给他配了一辆宝马,但应物兄一天也没有开过。他觉得有点扎眼。送来的当天,它就被汪居常借去了。

费鸣这会又对乔木先生说:"先生,有专业师傅开车,我就不去了吧?"

乔木先生说:"怎么能不去呢?你们两个人轮替开。"

费鸣说:"先生,桃花峪,我路不熟哎。"

怎么？双林院士此时就在桃花峪？

乔木先生这才对费鸣说:"鸣儿,这是双渐老师。你陪他去一趟,把双林院士接到我这。我想他了。"

当着乔木先生的面,费鸣竟然有些油腔滑调的,说:"我真是有眼不识泰山。原来是双老的公子。我以前接送过双老的。我不是不愿陪你去,只是中午喝了点小酒。酒驾,可不是闹着玩的。抓住了,丢人的可不是我,而是'太研'。应院长、双老都会受连累的。"

对于关门弟子费鸣,乔木先生历来宽容。因为这份宽容,费鸣也就习惯在乔木先生面前装孙子。装来装去,好像就成了真孙子。乔木先生这会对费鸣说:"别闹。有去有回,去时他开,回来时你开。"

乔木先生说着,拿起了刻匾师傅送来的木板样品。师傅说那是香樟木。乔木先生说:"应院长,好事做到家,我不光送字,连匾也送了。我问师傅,什么木头最好,师傅说香樟木。好啊,儒学正吃香,刚好用得上香樟木。"

双渐说:"这不是香樟木,这是柚木。"

刻匾师傅急了,脑门上迅速跑出来一层汗珠,说:"就是香樟木嘛。谁作假,把谁的脑袋割了。"

双渐说:"没说你弄虚作假。柚木就挺好,不比香樟木便宜。"

刻匾师傅改了口,说:"师傅说是香樟木。我也不知道怎么回事。"

费鸣说:"你是说,可以把你师傅的脑袋割了?"

乔木先生则把"柚木"听成了"楢木",说:"楢木也行。孔子当年周游列国,车轱辘用的就是楢木。也算歪打正着。"

双渐却很认真地纠正了乔木先生:"乔叔叔,这个柚木是柚子的柚,不是做车轮的楢木。做车轮的楢木,材质柔软,油性大,易燃。古人钻木取火,春取榆柳之火,秋取柞楢之火。① 这个柚木,木质坚硬,又有韧劲,不易变形翘裂,适合做木雕、浮雕。"

乔木先生说:"那还是要换成香樟木。"

刻匾师傅说:"换,一定换!"

应物兄把装着"太和春暖"四个字的信封递给了刻匾师傅。乔木先生让师傅把字取了出来,交代了几句:"想起来了,萧墙的侧壁只能挂个木条子。字是从上往下排的。'和'字的'口'字边,往下

---

① 《论语集解》引马融曰:"《周书·月令》有更火之文。春取榆柳之火,夏取枣杏之火,季夏取桑柘之火,秋取柞楢之火,冬取槐檀之火。"

移一点。'和'后面没字,'口'可以高一点;后面有字,就不要撅那么高。跟谁抢食呢?往下移一点。"

等刻匾师傅走了,乔木先生对费鸣说:"记住,必须把双老给我接来。我就在这等他。接不来,我是要打屁股的。"又对双渐说:"接来了,你也住过来,我这还住得下。"

费鸣对巫桃说:"师母,我觉得吧,接到桃都山别墅比较好。安静,空气好,地方也大,您说呢?这么热的天,都挤到这,还不挤出一身汗。"

乔木先生说:"先把他接来再说。"

双渐说:"他要是不来呢?"

乔木先生说:"那就少跟他啰嗦。你就告诉他,乔木也病了,快不行了,要走到他前头了,想见他最后一面。"

巫桃让他们稍等一等。她是要让费鸣和双渐将两套换洗衣服带给双林院士。随后,我们的应物兄才从巫桃那里知道,双林院士病了。这个消息竟然是兰梅菊告诉乔木先生的。兰梅菊与乔木先生向来不和,这天乔木先生竟然接到了兰梅菊的电话。稍事寒暄之后,兰梅菊就说,他在北京医院体检的时候,从相熟的一个医生那里知道,双林院士也住在这个医院。他当然立即前去探望,但从值班医生那里知道,双林院士三天前已经不辞而别。

"老双患的是前列腺癌。"兰梅菊说。

按兰梅菊的说法,医生知道他与双林院士是老朋友了,就让他劝说双林院士,还是要"听话",回到医院来,至少要跟医院联系一下。

"他不是一般人。他这样做,医生也会受到处分的。"兰梅菊说。

兰梅菊猜测,双林院士有可能到济州来找乔木先生了。巫桃说,乔木先生当天晚上就没有吃饭。乔木先生是了解双林院士的,猜测他可能去了桃花峪。他们当年待过的那个五七干校,如今办有一个招待所,主要是用来接待当年下放劳动的那些名人和他们的后代的。电话打过去,他果然在那里。

"先生说,他一定是看老伴去了。"

"看老伴?他老伴不是早就去世了吗?"

"看老伴的坟。先生让他来济州。他也答应了,但没有来。"

这天,乔木先生亲自送双渐下楼。在电梯里,乔木先生一直握着双渐的手。双渐说了一句话,引得乔木先生又动了感情,喉咙响了一阵。双渐说:"叔叔,我还以为,以后有的是机会侍奉他的。"乔木先生说:"有,有机会。这不就是机会嘛。放心,他不要紧的,死不了的。我不准他死。"

就在双渐和费鸣准备上车的时候,乔木先生突然说:"稍候。"

原来,乔木先生突然改主意了,他要让双渐把那个序直接捎给双林院士。在应物兄的记忆里,多少年了,乔木先生走路从来都是慢条斯理的。拄着手杖散步,牵着狗链子溜达,或握着烟斗伫立于微风之中,是乔木先生留在镜湖岸边的风景。但此刻,乔木先生却走得很快。

双渐的眼圈又红了,蹲了下去。他就像鸟收拢了翅膀,并且用翅膀挡住了脸。

他蹲的时间有点长了。

我该怎么安慰他呢?应物兄听见自己说。那种痛苦,似乎无法安慰。那种痛苦,只有经过自己的消化,才会转化为别的情感。门洞的门打开,他们以为是乔木先生来了,都纷纷朝那边看。原来不是乔木,而是一个扭着篮子的老太太走了出来。这时候,双渐把手从脸上拿开,按着自己的膝盖站了起来。站到一半的时候,发现那不是乔木先生,双渐就又蹲了下去。

他好像被地上的什么东西吸引住了。

哦,原来那里有一群蚂蚁,蚂蚁正在埋葬死者!它们用土盖在死者身上。有一只蚂蚁,是它们当中最大的,显然太动感情了,竟然不顾别的蚂蚁的阻拦,把死者又挖了出来,然后身体俯仰不息,似乎在行三跪九叩之礼。一只黄色的蚂蚁站在一块土坷垃上,就像主持葬礼的主教。或许是触景生情,让双渐想到了垂危的父亲?或许那自然界的微观世界,使他联想到了旷渺的人世?

这时候,乔木先生在巫桃的搀扶下,走了出来。

汗水把乔木先生的衬衣都打湿了。乔木先生手里拿着一个信封。似乎担心汗水把它濡湿,乔木先生在外面罩了一个塑料封套。

乔木先生对双渐说:"我没有盖章。我就是不给他盖章。他来了,我才给他盖章。我这就去给他刻个章,让他自己盖上。"

84. 声与意

声与意不相谐也。

应物兄听见自己说。这是他再次听到《苏丽珂》时,突然萌生的感受。

那歌词本身是忧伤的,但是唱出来的感觉却是欢快的。沈括在《梦溪笔谈》里说:"治世之音安以乐,则诗与志、声与曲,莫不安且乐;乱世之音怨以怒,则诗与志、声与曲,莫不怨且怒。"[1]而眼下这首歌呢?则是以乐声而歌怨词,声与意不相谐也。

奇怪的是,尽管声与意不相谐,他还是觉得好听。起码比雷先生唱的好听多了。同样奇怪的,他一时竟然听不出来,那是男声还是女声:

为了寻找爱人的坟墓,天涯海角我都走遍。但我只有伤

---

[1] 沈括《梦溪笔谈·乐律》:"古诗皆咏之,然后以声依咏以成曲,谓之协律。其志安和,则以安和之声咏之。其志怨思,则以怨思之声咏之。故治世之音安以乐,则诗与志、声与曲,莫不安且乐;乱世之音怨以怒,则诗与志、声与曲,莫不怨且怒。此所以审音而知政也。"

心地哭泣,我亲爱的你在哪里?但我只有伤心地哭泣。我亲爱的你在哪里?

丛林中有一株蔷薇,朝雪般地放光辉。我激动地问那蔷薇,我的爱人可是你?我激动地问那蔷薇,我的爱人可是你?

夜莺站在树枝上歌唱,夜莺夜莺我问你。你这唱得动人的小鸟,我期望的可是你?你这唱得动人的小鸟,我期望的可是你?

夜莺一面动人地歌唱,一面低头思量。好像是在温柔地回答,你猜对了正是我。好像是在温柔地回答,你猜对了正是我。

这是应物兄第一次完整地听完这首歌。现在,他和邓林要去桃花峪。双林院士在桃花峪失踪的消息惊动了栾庭玉。所以,栾庭玉现在派邓林去桃花峪坐镇,一定要查清楚双林院士的下落。乔木先生当然更是格外关心,本来要亲自去的,但因为身心受到了刺激,在巫桃的劝说和生拉硬拽之下,只好作罢。他现在,当然是代表乔木先生去的。

邓林开的是白色巡洋舰。音响很好。邓林也喜欢这首歌,使应物兄感到意外。在他的印象中,通常都是上了岁数的人才喜欢的。邓林说,正是因为老年人喜欢,所以他才特意带上了这盘CD。等见了双林院士,就给他放一放这首歌。邓林顺便告诉他,老板也喜欢这首歌,"听上去,是不是还有那么一点雄壮?既雄壮,又忧郁。既坚硬,又柔软。"

他又一次想到了那个词:声与意,不相谐也。

那音乐还在响着,循环往复。

随后,邓林接了一个电话。电话是桃花峪的县长打来的。

那县长姓杨,名叫杨双长。杨县长向邓林保证,只要双林院士还在桃花峪,就一定能够找到。杨县长有一句话,遭到了邓林的批评。确实需要批评。什么叫"挖地三尺,也要找到"?什么叫"生要见人,死要见尸"？有这么说话的吗？所以邓林说："双长兄,你没喝多吧？"

放下电话,邓林说："这鸟人！用老板的话说,这个羊蛋啊,三天不打,上房揭瓦。双长与双肠谐音,羊双肠嘛,羊蛋嘛。老板私下就叫他羊蛋。"

这个杨县长,应物兄是认识的。乔木先生每次去桃花峪,他都要登门拜访的。乔木先生抽的烟丝,就是他专门派人送来的。

按邓林的说法,杨县长马上就要升了,到南边一个地级市当副市长。那个地级市的市长将在两年后退休,所以如果不出意外,两年之后,羊蛋将百尺竿头更上一步,成为正厅。这个羊蛋呢,还真是个锐意进取的人,性格强悍,喜欢大刀阔斧,最喜欢说的一句话是"闯出一条路"。在桃花峪待了四年,他竟把县城拆了个遍,活生生地造了个新城。

"书记呢？书记也听他的？"

"也真是怪了,来个新书记,不知不觉就成了二把手,都得听他的。前年新搭了个班子,一年不到,书记就被他打发走了。当然,那个书记也有问题。节俭得要命,过于精打细算,剪下脚指甲也要埋在花盆里沤肥。两个完全不同的人,当然免不了有些摩擦。那个人走了之后,才敢跟羊蛋斗。羊蛋很快就把他送进去喝粥了。也真是想不到,那么精打细算的人,那么谨小慎微的人,竟同时搞了两个女的。再一审,嘿,操他妈的,搞的女人可不是两个,而是一堆。还都是他自己说出来的。他能说出来的情妇数量,比他知道的党纪条规都多。按说,羊蛋这也是立功了。可是风气啊,风气不对啊。很多人因此也都对羊蛋有看法了。反正从那之后,再来的书记,谁到这里来,在羊蛋面前都是乖乖的。他想干什么,没人拦得住。"

"我听说,他在桃花峪砍了很多树？"

"谁说不是呢？桃花峪的坡地上,本来有很多野桃树,他呢,一声令下,砍！他竟然要在桃花峪广种竹子,声称要把野生大熊猫弄到桃花峪,说大熊猫生活的地方,不仅适合人类居住,而且适合野人居住,而且适合外星人居住。他要让别人看看,他治下的桃花峪生态环境发生了怎样的巨变。你自己想闯出一条路,你闯就是了,干吗要连累人家大熊猫?干吗逼着人家大熊猫也闯出一条路?胡闹嘛。恩师,您肯定知道。那些野桃树大都弄到了桃都山。"

"这么说,桃花峪的野桃树已经没了?"

"少了一多半。羊蛋说,桃花峪嘛,没有桃花不行,桃花太多了也不行。小工出事之前,暗地里是支持双长这么瞎搞的。不在桃花峪这么瞎搞一通,那么我们桃都山的野桃树就难以成林。不过,小工出事之前,又把羊蛋臭骂了一通,把这个项目给他叫停了。随后,羊蛋就又想出了一招,就是在桃花峪办个萤火虫节。萤火虫对生态环境比大熊猫还敏感。什么地方有萤火虫,就说明那个地方的生态搞得好。这事后来被人告了。因为那些萤火虫是高价买来的。华学明从别的地方买蝈蝈,花的是雷山巴的钱。羊蛋呢,花的可是公款。一个项目下来,就是两百万。两百万就为了看看萤火虫屁股?说是请人看萤火虫屁股,其实是为了让人看他的脸。老板刚才交代我,见了羊蛋,一定提醒他,路可以闯,但方向要对。步子可以大,但一定要稳。"

"这个杨县长,原来就是你们老板的部下?"

"恩师的记忆太好了。那年去深圳提溜郏象愚的时候,带了三个人过去,这个杨县长就是其中之一。他原来在公安口。还记得大虎二虎吗,会玩几句英语的那两只鹦鹉?就是羊蛋从南美弄来的。他原来跟小工走得很近。小工出事了,他迷途知返,又来投靠我们老板了。老板倒是既往不咎!有好长时间,老板都叫他双长同志。老板说,双长同志,都是为了进步嘛,想进步也是为了工作嘛。他都哭了,说,老板,求你了,别叫双长同志,还是叫我羊蛋吧,我一辈子都是你的羊蛋。老板这才给了他一个面子,改口又叫他羊蛋。羊蛋是叫了,但老板还是比较警惕的。小工出事之后,羊蛋急于将功补过,主动向纪委递交了很多材料。羊蛋认为,小工与双沟村的团支部书记有一腿,后来查清楚了,人家确实没有那种关系。小工私生活还是比较严肃的。这个羊蛋,现在跟豆花走得很近,豆花不是做杜鹃花生意嘛,桃花峪就从豆花那里大量购买杜鹃花。老板对豆花说了,那个双长同志啊,说不定哪天就捅出娄子了,还是小心点为好。"

事后想起,途中这次谈话,关于豆花的内容,才是真正值得留意的。

邓林说:"说到捅娄子,还没等别人捅呢,豆花自己就先捅了。老板气坏了。栾庭玉的母亲是个戏迷,豆花为了讨好老太太,最近又开始学戏了,想在老太太生日那天露一手。就在前几天,她去跟一个退休的老演员上课,那个老演员也真是的,认真得不得了,说她唱得不对,走得不对,手势也不对,把她弄烦了。上完课出来,她看到有辆车停在她的车前面,二话不说,掏出钥匙就把人家的车给划了。从后门划到前门,来回划,上下划,划得跟地震记录仪上的曲线似的。被人发现了,人家当然不放她走。人家刚拉住她,她就说人家耍流氓。她的钥匙链上挂了个指甲刀,她竟然用指甲刀把人家的脸给划伤了。没办法,人家就报警了。好在她还有一点理智,没说她是老板的夫人。"

他说:"不可能吧?怎么会呢?"

邓林说:"是啊,说给谁听,谁都不会相信啊。警察是新来的,不认识她,向她要家人电话。她当然不给。没办法,只好关了她。到了后半夜,她被蚊子叮得受不了,才让警察联系家人。她给的是我的手机号。我就猜到是她闯祸了,果然是她。看到了吧,我整天就忙着给她擦屁股了。我只能对警察说,这是我表妹,请高抬贵手。我能怎么办?只能要求严肃处理。人家看我的面子,象征性地罚了点款,把她放了。我本来没打算跟老板说,可后来那个警察知道她是谁了,主动跑来向老板道歉,说是负荆请罪。老板气坏了,逮住我就是一通训斥,说我多管闲事,知法犯法。老板说,关她两天又怎么了,让她长点记性啊。谁让你把她领出来的?事情到此还没有完。恩师,你说说,这屁股擦得恶心不恶心?按说,事情过去就算了,但接下来她却来劲了,声称自己怀孕了。她说,抓孕妇是犯法的,必须处理。"

"她真的怀孕了?"他立即想到了唐风在西山脚下的那番说辞。

"已经是第三次怀孕了。结婚的时候,她其实就怀孕两个月了。但她后来把它打掉了。因为医生说,她怀的是个女孩。在济民中医院的一位老中医和济大附属医院一位儿科医生的帮助下,她在四个月之后再度怀孕。这次她终于怀上了男孩,但同时还有两个女孩。也就是说,她怀的是三胞胎。医生在全面检查了她的身体状况之后,提出了一个方案,就是她最多只能生下两个,还有一个必须终止妊娠,否则所有胎儿都会受到影响。老板和豆花为此专门跑到北京,听取北医三院专家的意见。北医三院也是这个看法。老太太知道了,立即烧香拜佛。一炷香没有燃尽,就颁布了命令。带把儿的,不带把儿的,老娘全要。老板赶紧解释,说医生说了,只能要两个。老太太说,老天爷说了也没用,敢弄死一个,老娘就死给你们看。"

"孩子呢?后来怎么一个也没了?"他问。他同时又感到奇怪:邓林从来不说栾庭玉的家事的,今天这是怎么了?

"就在这期间,发生了一件事情。豆花的母亲赶来了,肩负着劝说老太太的使命。豆花的母亲比老板还小一岁,老板不叫妈,可以理解,但老太太不把人家当成亲家,就有些过了。人家行李箱放好,老太太就说,来就来了,还带这么大的箱子?豆花的母亲赶紧说,是出差路过,带了些换洗衣服。老太太说,都说母以子贵,这当姥姥的也跟着贵了起来。豆花的母亲终于忍不住了,说,女儿想吃酸的,给她带了自家酿的柿子醋,这醋放下我就走,还得赶火车呢。她还真的带了柿子醋。老板对这个岳母还是有礼貌的,请她在外面吃了饭。豆花的弟弟,小名叫猴头,就在豆花的公司上班。老板把猴头也叫了过来,让他们一家人在宾馆里住了两天。老板劝说岳母不要把老太太的话放在心上,又交代猴头陪着母亲在济州多玩几天,有事情可以直接打他的电话。当然了,老板给他们留的,其实是我的电话。三天之后,我的电话响了。原来,猴头在送母亲回老家的高速公路上撞了人。好在责任并不在猴头一方。此前一天,那个地方刚出过一次车祸,一辆卡车将高速公路的栏杆撞断了,在那里留下了一个缺口。附近村庄里的一头毛驴,刚好从那个缺口走上了高速公路。那是一头公驴。它听到了公路另一侧一匹母马的嘶鸣。一种来自远古的杂交欲望支配着它,让它穿越高速公路,与那匹母马会合,赶驴人当然赶紧越过栏杆找驴。事情就这么巧,猴头驾驶的那辆越野车正好赶到。幸亏那里离收费站不远,猴头已经提前踩了刹车,不然猴头很可能也要来个车毁人亡了。"

"消息捂得挺紧啊。"

"您听我说。我当时就赶到了现场,然后又随着众人去了医院。赶驴人已经死了。在医院里,我看到医生正往那个人的天灵盖里塞纱布,塞了整整四大卷。人的脑壳怎么那么空啊。我的腿都吓软了。当时我并不知道,就在我赶往出事地点之前,豆花也出事了。豆花比我先接到猴头的电话,当场就瘫倒在地了。然后,在场的人就闻到了一股血腥气。她流产了。"

"豆花可真够倒霉的。"

当他这么说的时候,他脑子里想的其实是那个养驴人。那塞到脑壳里的纱布,被血泅红,变黑。他的眼前一片黑红色。

"现在,她是第三次怀孕。是她说的,怀没怀上,我不知道。反正,只要她坐我的车,我都提心吊胆的,好像怀孕的不是她,是我。按说怀孕了,应该少安毋躁,她倒好,整天骂骂咧咧的。她跟艾伦不是朋友吗?我曾劝艾伦多过来陪陪她。艾伦说,谁敢见她啊。人家是谁?人家是娘娘!动不动就要发娘娘脾气的。我问,什么叫娘娘脾气?艾伦说,你正跟她说话呢,她可能突然来一句,都退下吧。周围没别人,什么都不都的。她说顺嘴了,有一天竟然对老太太说,都退下吧。老太太气坏了,说,谁退啊?退哪啊?就少不了要跟我们老板唠叨,腿都夹不住,还有理了?"

"老太太还好吧?"

栾温氏从来都喊邓林为哪吒,那是夸他本事大。栾温氏说:"娘胎里待够三年六个月,才能出来一个哪吒啊。"邓林则称栾温氏为奶奶。但这一天,邓林却一口一个"老太太"。他再次感到,邓林这天的谈话有点不正常。

"她?毕竟上了岁数,糊涂了。说是糊涂了,有时候又清醒得吓人。有那么几天,因为太忙了,我没去看她,您猜怎么着?她竟然以为我升官了,放道台了,出去闹海了,是闹海归来了,就拉着我说了好多闲话。当然了,那些话,也都是她以前跟别人说过的。"说着,邓林的声音就变成了栾温氏的声音,苍老,疲惫。太像了,庶几可以乱真。邓林模仿着栾温氏的声音说:"小哪吒啊,编筐编篓,重在开头。开好了头,还要收好口。织衣织裤,难在收口。"

"老太太说得好。"

"我又能说什么呢。老板在旁边站着呢。我只好对老太太说,奶奶,哪吒舍不得离开您,所以没走。"

"还有一次,她把我当成了她那死去多年的丈夫。她上厕所,没纸了,拐杖捣着门,喊人给她送纸。我就去给她送纸。她劈头就给了我一棍。还喊呢,老不死的,又来偷看了。"

"也真是难为你了。"

"反正我就这样耗着。我总结了一句话:想做的事做不成,不想做的事做不完。最近,我的主要任务是辟谣。豆花负责造谣,我负责辟谣。辟什么谣?她说金彧跟老板肯定有一腿。我劝她,怎么可能呢?千万别胡思乱想。她跟很多人说过,艾伦啊,葛道宏啊,铁梳子啊。说来说去,还是我来擦屁股。有一次,老板去桃花峪考察,碰巧金彧也随着济民中医院的人去了桃花峪。忘了跟您说了,金彧已经到济民中医院上班了。桃花峪有济民中医院的药材基地,所以金彧有时候会到桃花峪。有一天我接到杨县长电话,曲里拐弯地问我,晚上要不要另外给他们两个安排个地方。我装作听不懂。杨县长说,你这就是不把我当亲人了,艾伦都跟我说了,你还给我装蒜。"

有一句话,到了嘴边,他没有说出来:"你给我交个底,栾庭玉和金彧是不是已经有一腿了?"

邓林真是聪明过人,随后就说:"我想,您可能也会怀疑他们两个有一腿。我以人格和党性担保,他们的关系是清白的。老板只是跟济民中医院打了个招呼,把金彧安排进去工作而已。这算什么,这算政府关心民营企业,积极向民营企业推荐人才。当然了,一进去就当上股东,步子迈得确实有点快了。"

他当然不相信邓林的说法,但他还是说:"没有就好。"

邓林说:"刚子前天对我说,都后半夜了,豆花还给他打电话,追查老板的行踪。刚子说,在车上睡着呢。豆花说,把车开来,让我看看。刚子说,他替老板喝了两杯酒,不能开车,正等代驾呢。豆花说,你们在哪里,我去替你们把车开回来。恩师,您说说,每天这样疑神疑鬼的,像什么话。"

"你说的刚子,是他的司机?"

"我正要对您说。我现在之所以比较清闲,就是因为刚子。这个刚子,会开车,会武术,会外语,还会修电脑。这样的人,黄兴竟然因为人家流过一次鼻血,就不用了?就打发人家去养马了?"

"你说的刚子是黄兴留在济州的那个保镖?"

"是啊,现在明亮不是在负责养马吗?明亮还请了个养马师傅,两个人轮替着养马。这样刚子就可以抽出身来了。老板现在负责的事情比较多,旧城区改造涉及太多人的利益,人身安全会受到一点影响。'老一'要求确保老板的安全,要给老板另配保安。老板谢绝了'老一'的美意,说他还是自己想办法吧。就临时把刚子叫过来了。当然这是经过董松龄同意的。有时候,他也会回去看看那匹白马。前两天他对我说,看到明亮那么会养马,他就放心了。我对他说,明亮是谁？明亮是应物兄先生的得意门生,'六经'注得,马养不得？就在昨天,陪老板在希尔顿接见客人的时候,我还和刚子上楼顶看了看。明亮给白马订购了苜蓿,是内蒙的苜蓿。明亮说起苜蓿,都头头是道的。他告诉我,苜蓿是公元前139年传入中国的,最早在长安种植,本来就是用来喂养从西域带回来的御马的。苜蓿的营养价值很高,粗蛋白质、维生素和氨基酸含量都很高。吃一口苜蓿,相当于吃半块豆饼。他还告诉我,他天性喜欢马,喜欢骑马。他说,'御'也是'六艺'之一嘛。他愿意一辈子在'太研'养马,为程先生养蝈蝈,在'太研'洒扫庭除。"

就在"太研"养马,养蝈蝈,洒扫庭除？

怎么可能呢？

他清楚地记得,有一年教师节,几个弟子凑钱请他吃饭,席间大家戏言,如果可以选择,自己最愿意生活在哪个朝代。有人说民国,有人说晚明,有人说南宋。轮到张明亮的时候,张明亮借着酒意把他们数落了一通。明亮说,你们喜欢的民国,一定不是兵荒马乱的那个民国,而是林徽因客厅里的那个民国。你们喜欢的晚明,一定是闲情逸致的小品中的晚明,而不是东厂西厂横行霸道的晚明。至于南宋,你们喜欢的那个南宋也是挑拣出来的,没有靖康之耻,没有崖山之殇,而是只有西湖十景,只是一个富贵温柔乡。易艺艺当时就问,你呢,亮子？张明亮倒是一点也不含糊,声称自己最愿意生活在战国时代,乱世出英豪嘛！可见张明亮的理想从来不是什么洒扫庭除,而是扫天下。不是养蝈蝈,也不是养马,而是金戈铁马,气吞万里如虎。明亮最崇拜的人物是齐桓公：九合诸侯,一匡天下。明亮给自己起的笔名是小白。这是齐桓公的名字。明亮住的是四人一间的集体宿舍,但文章落款却总是要标明"写于葵丘"①。

张明亮其实已经向他当面表明过心迹了。这会,他脑子里就想着张明亮的话:"恩师啊,'太研'一定要成立程先生著作编辑委员会啊。"

"你是说——"

"这个位置不能让别人占了,您一定要当这个主任。"

"等程先生回来了,再说吧。"

"到时候,您不方便说,我来替您说。"

"你的意思是,我来当主任,你来当副主任?"

"我?"张明亮说,"我听您的。您让我干什么,我就干什么。您让我做一根蜡,我就蜡炬成灰泪始干。您让我做一只鸟,我就青鸟殷勤为探看。您让我做桃树,我就多结桃子。您让我做桑树,我就多长叶子。"

张明亮本来是个老实人,是个不说客套话的人,那天竟然冒出了这么一堆话。

他很想对张明亮说,我倒愿意把你留下来。如果你真想留下来,我可以去跟程先生说,跟葛道宏说,跟董松龄说。我相信,他们会给我这个面子的。问题是,你是在职博士,读博士期间,你还领着原单位的工资呢。把你留下来,你对原单位怎么交代?你跟原单位是有协议的。人家要告你违反协议呢?

出于爱才心理,我倒是想过,如果他掏钱就可以解除与原单位的合同,那么我倒愿意帮他把这笔钱先垫出来。问题是,小荷怎么办?小荷是贵州遵义一所中学的英语老师。留下了张明亮,也就必须把小荷调过来。把小荷安排到附中教书?济大附中可不是轻

---

① 据《左传》《孟子》《谷梁传》《史记》记载,公元前651年,齐桓公会诸侯于葵丘,以周天子的名义给他们立规矩:不得擅自改立太子,不得以妾为妻,不得让女人参政,不得随意修坝垄断水利,不得阻止邻国来买粮食,等等。虽然最先违背这规矩的就是齐桓公本人,但葵丘之盟,毫无疑问是齐桓公一生中的高光时刻,相当于做了联合国秘书长。八年后,齐桓公死了,他的五个儿子互相攻打,想不起来为他殓尸,硬是把老爹给放臭了。《史记·齐太公世家》记载:"桓公尸在床上六十七日,尸虫出于户。"

易能够进去的。他还曾经想过,就让小荷做程先生身边的工作人员吧。还有,他的父母怎么办?张明亮是独生子,父母年事已高,这些年都是小荷在照顾。

一大家子人呢。是不是要先买房?市内商品房,一天一个价格,一个穷博士,你能买得起吗?哦,想起来,就让人头皮发麻。

正是因为考虑到这些,他劝张明亮,关于以后工作的事,要和小荷多商量。

张明亮说:"男人嘛,事业为主。"

这话我可不爱听。丢下父母,抛妻别雏,有违人伦啊。

这会,他听见自己说:"从桃花峪回来,我一定找张明亮好好谈谈。"

白色巡洋舰早已驶出了济州,在高速公路上奔驰。两边是麦地。麦子已经收割,光秃秃的,就像刚剃光的头。麦地里偶尔可以看到玉米秧子,那是麦子收割之前已经套种下去的。不时出现一些丘陵。丘陵上长着柿子树。过一个收费站的时候,邓林也非常守规矩地在后面排队。收费站一边的田地里,人们在种植水稻。稻田旁边的那片地,则是棉花地。棉花尚未吐絮。他的思绪一下子飘得很远,想到了小时候随母亲在地里拾棉花的情景。到了深秋,地里只剩下了棉花秆,一半倒伏,一半支棱,全是褐色的,接近于黑色,有如山水画中的枯笔。他和母亲会将那些没有来得及吐絮的棉铃也摘下来。那东西其实没用,摘它们纯粹是出于习惯。或者是出于对它们的爱怜,似乎担心它们受冻。

棉花地头,野花在静静地绽放,就像绽放在梦里。

他好像又看到了母亲,心中一阵绞痛。

去年没给母亲上坟,今年一定要去,再忙也要去。当然,首先得找到母亲的坟。母亲的坟在村西的土坡上面。村里的人死了都埋在那里,后人通常在坟前种一棵树,通常是柏树。柏树长得很慢,今年什么样,明年好像还是什么样。只要认出了那棵柏树,就认出了母亲的坟。前几年市场上崖柏突然吃香,人们到山上到处搜寻崖柏,做成木雕、手串。崖柏很快就砍完了,有人就打起了柏树的主意,将柏树烘干了冒充崖柏。一夜之间,坟地上的柏树就被偷完了。前年他去给父母上坟的时候,发现各家的坟头新栽了旱柳,是公安局为平息民愤栽上的。我又怎么能够通过那焕然一新的旱柳,确定哪座坟头才是父母的坟呢?那天我特意带了保温箱,里面装的是从本草镇上买来的油炸麻糖,是父母生前最爱吃的。小时候,只有过年过节的时候,母亲才炸上几根。

我带着保温箱,本来是想让父母趁热吃的。

他的喉咙咕咚一声。

他想起来,那天半夜醒来,他发现自己在睡梦中将枕头垫得很高。他在梦中寻找母亲的坟,因为一直朝一个方向看,他竟然落枕了。早上起来,他又去了一次坟地。他歪脖而登高,俯看着死去的芸芸众生,仍然没能确定,哪个才是母亲的坟。

车队缓缓向前,终于到了收费口。收费口没有收邓林的钱。显然,这个车牌号在收费站的电脑里是有记录的。横杆升了起来。

收费员说:"首长慢走。"

邓林随口哼了一句:"丛林中有一株蔷薇,朝雪般地放光辉。"

过了收费站,邓林突然说:"有件事,我想求恩师。能不能跟老板说一下,让我去桃花峪?"

一开始,我们的应物兄没有听懂:现在我们不就是往桃花峪走的吗?但随后,他明白了,邓林是说,自己想顶替杨县长。

"我的话管用吗?"

"您都看到了,在济州,我几乎什么事都能办成。刚才过收费口的时候,我其实想交钱来着,但人家不让交。您都看到了,前面的栏杆是自动升起来的。严格来讲,这就违反规定了。如果有人去告,一告一个准。所以说,在一个地方待久了,难免会犯错误。谨慎谨慎再谨慎,也没用。您不会眼看着我犯错误吧?现在您知道了吧,我为什么不要孩子?这是高危职业。我可不想连累孩子。"

"父母不催你要孩子啊?还是要考虑老人的心。"

"好吧,我也跟您说说,这次到桃花峪,除了双林院士的事,我还要干什么。老板当初去深圳领人的时候,带去了三个人。除了杨县长,还有一个人。那个人混得更惨,只混到桃花峪的商业局局长,副处级吧。他是杨县长带过去的。这哥们说起来还是个文人,琴棋书画都会一点,最喜欢画老虎,画武松打虎。前不久,出事了。他父亲死了,他大操大办,被人告了。没办法,书记就把他给撤了。书记点头了,杨县长也就不便再说什么。杨县长本来打算,等风头过去了,再给他安排个闲职,比如文化局局长什么的。他倒好,一点沉不住气,受了多大委屈似的,声称要告这个、告那个,严重影响了干部队伍的稳定。有人就要求查他。这一查,问题当然就来了。私设小金库啊,出差坐了头等舱啊,公款宴请超标啊。什么都出来了。你不是喊着要打虎吗?好啊。你是武松,就不怕老虎,但你不是武松。你是谁?你撒泡尿照照自己。你是武大啊。你说你,一个武大,一会斗西门,一会打老虎,不是找死吗?"

照这么说,还没有敬修己过得好呢。

"判了五年。谁都没想到,他竟然藏了那么多名人字画,足有上百幅。光是书法作品,启功的,欧阳中石的,沈鹏的,就有几十幅。虽然事后认定,大多数都是假的,甚至是根据假的复制的,但受贿的帽子已经戴牢了。当然也从院子里挖出了一些金条。因为他属于小鱼小虾,所以媒体懒得报道。没关在桃花峪。关在哪?其实就关在济州,就在茫山,就关在敬修己曾经住过的地方。这次去桃花峪,我还得去看看他的家属。为什么见他的家属?因为他的儿子是我的干儿子,已经上中学了。有一年他带着孩子来老板家拜年,老板不在家,他就在这儿等着。那孩子就跟我玩到一起了。孩子本来叫我叔叔。事后,他非要孩子叫我干爸。干爸就干爸吧。就在前几天,他老婆给我打电话,说儿子想见干爸。他老婆对他不离不弃,倒是让人感动……"

公路把前面的丘陵劈开了,车开过的时候,噪音很大,是那种唰唰唰的声音。邓林也暂停了讲述。驶出丘陵之后,《苏丽珂》的声音又浮现出来了:

你这唱得动人的小鸟,
我期望的可是你?

当邓林恢复讲述的时候,那声音就低下去了。邓林说:"我这个人心软啊。那孩子小时候我抱过的,给他擦过屁股的。这次去,除了看干儿子,我还得让他老婆转告他,为了儿子的前途,他还是要学乖一点,在里面该闭嘴就给我闭嘴。我也得告诉他老婆,他在里面没受什么苦,已经不错了。让她别在外面大呼小叫的,又是发帖子,又是发微信,以为全天下就数自己倒霉。那是你自作自受。有一天,狱长来找老板。老板没见,让我替他见了。我问有什么事,他拿出了一封信。我一看信封,就知道怎么回事了。里面什么也没写,只是用牙膏皮画了一窝小老虎。我说那就别寄了,撕了算了。我请狱长大人吃了顿便餐,随便聊了聊。狱长说,关的人太多了,不好管理。我就跟狱长提到了国外管理囚犯的一些经验。比如墨西哥,墨西哥也是囚犯太多,不好管理。怎么办呢?就从囚犯中选一些人去管理。狱长问,墨西哥很乱吧?我跟他说,千万不要小看墨西哥。首先,人家是人口大国,有一点三亿人呢。其次,因为紧邻美国,近水楼台先得月,所以人家的市场化程度、全球化程度,比我们都要高,人均收入达到一万美元了,牛得很呢。"

前面出了车祸。

一辆车撞弯了隔离带,后面一辆车紧跟着追尾了,车头瘪了,玻璃碎了一地。又一辆车追了上去,但撞得不要紧。消防车和清障车正从对面驶来,它们得过一会才能绕过来。邓林放慢了车速。有个司机站在隔离带外面打电话。打着打着,突然向后一躺,栽到外面的沟里了。随后,警笛响起来了。奇怪的是,警车是从对面的车道上驶过来的。显然,警察并不是奔着这场车祸来的。对面的车道上,显然也有一起车祸。

邓林嘴巴没停,接着往下讲:"我就跟狱长说,所以啊,墨西哥的一些经验,也很值得我们借鉴。您应该能听出来,我就差直接说了,就是将那哥们提拔成牢头狱霸。狱长当然听懂了,回去就找他谈话了。先安排他负责出黑板报,从文字到插图,都由他一个人负责。你不是喜欢画老虎吗?粉笔管够,水彩管够,画去吧。然后又安排他负责给犯人讲解政策。他呢,讲来讲去,就又讲到了武松打虎。意在向别人说明,他只是小老虎。您说气人不气人?这两天,听说他安静了,不喊冤了,不再给别人寄老虎了。听说血脂也不稠了。这就对了。再他妈的胡乱寄信,人品就败光了。估计过段时间,就可以放了。恩师,您觉得,我对朋友,已经够意思了吧?"

邓林说得非常动情。

《苏丽珂》一直在播放着,就像背景音乐,就像在给邓林的话伴奏。邓林突然笑了起来,笑得没有道理。那笑声初听上去是粗放的,但又戛然而止,随后又笑了起来。那笑意又在邓林脸上停留了一会儿,有点苦,还带着一点腼腆。《苏丽珂》还在低声回响。因为邓林的笑声,他觉得,乐词与怨词、哀声和乐声,突然间显得相悖又相谐,简直难分彼此。

他依然分不清那是男声还是女声。他脑子里倒是闪过樊冰冰的名字,但又觉得不像。樊冰冰的声音有一种夸张,而这个声音总的来说还是比较内敛的。他想起自己曾在课堂上讲过一个故事。遥想当年,哟,这个"当年"有点远了,都远到春秋了。不过,虽然远到了春秋,但想起来仍然历历在目。说的是孔子跟师襄学琴的故事。有一首曲子,孔子虽然不知道谁作的,却很喜欢,觉得听上去有一种豁然开朗的感觉,就反复地弹奏那首曲子。后来,孔子竟能从曲子中感受到作曲者的模样:黑脸膛,高个子,目光明亮,视野宏阔,像个统治四方诸侯的王者。孔子就想,这人不是文王又是谁呢?他把这话告诉了师襄,师襄吃了一惊,恭恭敬敬地对孔子行礼,说:"夫子,您弹的正是《文王操》。"

与孔子相比,我就是个乐盲啊。

后来他才知道,演唱者跟樊冰冰还真有点关系:他是樊冰冰的男朋友。

这当然是小事。与这首歌有关系的另一件事,才算是大事。那件事是栾温氏八十大寿之后发生的:有一天,人们终于找到了多日未归的豆花,她躺在慈恩寺的长庆洞里,正拿着手机听着这首歌。那时候,她已经疯了。她的身边有两个扣在一起的瓦盆,瓦盆里盛着她的孩子。那孩子尚未成形,像剥了皮的兔子。

85. 九曲

九曲黄河,在这里拐了个弯。

但只有在万米高空,你才能看见这个弯。

缓慢,浑浊,寥廓,你看不见它的波涛,却能听见它的涛声。这是黄河,这是九曲黄河中下游的分界点。黄河自此汤汤东去,渐成地上悬河。如前所述,它的南边就是嵩岳,那是地球上最早从海水中露出的陆地,后来成了儒道释三教荟萃之处,香客麇集之所。这是黄河,它的涛声如此深沉,如大提琴在天地之间缓缓奏响,如巨石在梦境的最深处滚动。这是黄河,它从莽莽昆仑走来,从斑斓的《山海经》神话中走来,它穿过《诗经》的十五国风,向大海奔去。因为它穿越了乐府、汉赋、唐诗、宋词和元曲,所以如果侧耳细听,你就能在波浪翻身的声音中,听到宫商角徵羽的韵律。这是黄河,它比所有的时间都悠久,比所有的空间都寥廓。但那涌动着的浑厚和磅礴中,仿佛又有着无以言说的孤独和寂寞。

应物兄突然想哭。

这是午后,他再次来到了河边。从近处看,阳光下的河水像铁锈一般。有细微的声音从那浑厚和磅礴中跳出来,更生动,更活泼,更平易近人,如鸟儿啁啾、鱼儿唼喋、虫儿低吟。靠着河水的坡地上,野草像马鬃一般,猎猎飘动。

他脚步泥泞,思想潮涌。

而换一个时间,换一个时代,譬如回到乔木先生和双林院士在这里生活的那个年代,他们感受到的可能是另一种情形。被迫离开自己熟悉的知识生活,离开一种创造性的知识劳动,被抛入这荒天野地的时候,他们感受到的又是什么呢?同样的夏天,他们承受的是烈日的暴晒。秋天,收获的喜悦其实饱含着屈辱。当凛冽的寒风吹起,知识人咀嚼的或许是谎言的真相。冬天,当落日坠向大河,他们体会到的将是无尽的寒冷。他们躲进黄泥小屋,门窗紧闭,滚滚沙尘还是要渗进来,渗到他们的牙缝里。春天终于来了,行走在田野中,他们还要不时地背过身去,继续忍受煎熬。

三天之前,双林院士也曾在此徘徊。

那时候,在双林院士心头浮现的,是哪一种情形?

他想起了乔木先生和双林院士的争执。乔木先生对韶光易逝的感慨,双林院士向来不以为然。显然,对一个物理学家来说,有关过去、现在和将来的普通观念,其实是陈腐的。时间的每时每刻,都包含着过去和未来。现在只是一个瞬间,未来会在其中回溯到过去。在这种观念中,你感受到的不是伤感,而是谦逊。当双林院士面对着这浩荡的大河的时候,他是不会沉浸在个人的哀痛之中的。

后面这几句话,也是他对双渐说的。

双渐母亲的坟,就在河边不远的地方。双渐刚给母亲上过坟。坟前的香烛还没燃尽,采来的那束野花还没有枯萎,供品还静静地放在草地上。双渐祭奠之前,双林院士已经来过了。坟前倒伏的青草告诉他们,双林院士曾在此站了很久。

我们的应物兄现在已经从双渐那里知道了事情的大概:双林院士从桃花峪回京之后,就去了甘肃玉门。那里有一个隐秘的核生产基地。双渐的母亲自然不知道,丈夫这一走,两个人再也无缘见面。我国第一颗原子弹试爆成功的第二年,双林院士来过一封信。当双渐看到那封信的时候,母亲已经去世两年了。双渐还记得,信上留的地址是"(玉门)西北矿山机械厂"①。

那年,双渐八岁。

母亲死后,双渐被小姨收养。双渐的小姨后来嫁到了桃都山。在后来的几年,双渐曾往"玉门西北矿山机械厂"写过两封信,但从来没有收到过回信。一九七七年,双渐考入北京林业大学。直到大学三年级,双渐才知道父亲还活着。

"他来看过我。我想跟他说话来着。话一出口,我就冒犯了他。我真是不该那么说。可是后悔又有什么用?我说,你怎么还活着?活得挺好的嘛。

"他问我能不能吃饱?塞给我二十斤粮票。北京粮票。班上还有两个同学,他们的父亲也与他们多年没了联系。等有了联系,发现父亲已经另有家庭了。我想,他肯定也是如此。我是在很多年之后,才从乔木先生那里知道,他依然孤身一人。

"毕业后,我在门头沟②一个植物研究院上班。也做了些研究。工作说不上好,也说不上坏。和别的地方一样,人浮于事的情况总是少不了的。再后来,我去西藏待了两年。做植物学研究的,不在

---

① 核工业基地之一。位于河西走廊玉门低窝铺地区,厂区范围2000平方公里。初期对外称西北矿山机械厂或国营工业器材公司,也叫甘肃矿区。由于涉核部队高度保密,部队的通联一直使用代号,除了"玉门西北矿山机械厂",使用的代号还有"兰州市跃进村100号""7169湘江部""乌鲁木齐市15号信箱""新疆马兰一支队""西宁莫家泉湾"等。1964年,也就是中国第一颗原子弹试爆成功第二年,参与核工业的专家和部队家属,才第一次知道这支部队名叫"中国人民解放军7985部队"。目前,"西北矿山机械厂"已经军转民,专门从事处理核废料业务。

② 北京门头沟区。

青藏高原上待两年,书就算白读了。青藏高原的种子资源是最丰富的。沿横断山脉一线,是全世界生物多样性的热点地区。前段时间,文德斯还对我说,他想跟我去横断山脉。

"从青藏高原回来,又过了几年,我就提前办了退休手续,回到了桃都山。姨母不愿去北京。因为我,姨母和姨父的关系一直不好。小时候,家里穷嘛,又多了一张嘴嘛。还不喜欢劳动,喜欢看书。我不怨他,也愿意为他养老。可他很早就去世了。有一个妹妹,妹妹出嫁后,就剩下了姨母一人。我回来,当然也是为了照顾姨母。三年前,她也去世了。人这一辈子啊。

"我听说父亲曾到桃都山找过我。也是后来听乔木先生说的。我本以为,以后有的是时间,坐下来与他好好说说话的。我好像都忘了,我都老了,他能不老?"

在河边,在招待所,在双渐母亲的坟前,在桃花峪县城的小巷,应物兄与双渐的谈话断断续续。他相信,还有更多的话,双渐没有说。更多的时候,双渐不说话,盯着窗外。偶尔路过一个老人,都会引起双渐的注意。有的老人看上去比双林院士年轻得多,双渐也会长久地看着,好像要在时间的长河中逆流而上,要与父亲再次相逢,从头再来。

这个下午,回到招待所的时候,天已经快黑了。"五七干校"招待所,其实并不在干校原址,而是向南移动了一千米左右,所以更接近黄河。当然,按照杨县长的说法,它也算还在"五七干校"之内:当年那批著名知识分子,曾经荷锄到此,种烟叶、刨红薯,也曾头戴草帽,在此拔草、施肥、掰玉米棒子。

杨县长特意指出,招待所东边那片韭菜地,就是兰梅菊大师负责的,这一点曾得到兰梅菊大师现场指认。

至于乔木先生和双林院士当年养猪的猪圈,当然已经无迹可寻。

招待所里,有双林院士留下的一本诗集。最终,双林院士还是听取了乔木先生的建议,收录了李商隐的《天涯》。哦,他们两个见面就要抬杠,但却惺惺相惜。

> 春日在天涯,天涯日又斜。
> 莺啼如有泪,为湿最高花。

也就是说,乔木先生的序写晚了。它已经提前出版了。书中有双林院士对这首诗的解释。双林院士特意提到,这是诗人思念妻子儿女之作:"父亲对妻子儿女的眷恋,是人世间最悠久最深沉也最美好的情感。"对诗中的一些字词,双林院士解释得很详细。你一看就知道,那是说给孩子们听的:

"天涯":离家乡很远的地方。

"斜":古音读"xiá",今音读"xié"。至今在一些方言中,比如在黄河沿线,人们依然读"xiá"。这里可以读古音,也可按中小学语文教学通例读"xié"。

"莺啼":黄莺在啼叫,啼出了泪。"啼",既指啼叫,又指啼哭。

"湿":这里读入声,打湿。这里可以指"洒向"。

"最高花":最高处的花,开在树梢顶上的花。

在朗月家里,他曾看到过双林院士这首诗的墨迹。他当然也记得,在乔木先生家里,他们曾经讨论过这首诗。乔木先生认为,黄莺就是《诗经》中提到的仓庚。乔木先生同时认为,这首诗是儒道思想的结合。李商隐在《锦瑟》一诗中,因梦蝶而化身为庄生,在《天涯》中因啼泪而化为黄莺。乔木先生说,李商隐这个人,多愁善感,没个谱。他其实多次写到过黄莺,有时候叫它流莺,有时候叫它黄鹂;有时候叫它哭,有时候又叫它笑。

费鸣问:"都要成道家了,还要哭鼻子?"

乔木先生拿起烟斗,做打人状,说:"道家就不哭了吗?关尹子是怎么说的?观道者如观水,以观沼为未足,则之河之江之海,曰水至也。殊不知我之津液涎泪皆水。① 道家只是把泪当成水罢了。把泪当成了水,那么河水、江水、海水,也就成了泪。"

双渐告诉他,其实他很早以前就知道父亲在编辑这部诗集。父亲一直保持着读古诗的习惯,保持着用毛笔写字的习惯,保持着用算盘的习惯。父亲与同代人之间,也一直保持着用古体诗通信的习惯。应物兄想起来,乔木先生曾提到过双林院士的古体诗。在乔木先生看来,它写得并不地道,有时候也免不了要拿双林院士开玩笑。但等双林院士离开了,乔木先生又会说,那些古诗写得还是不错的,至于出律嘛,虽然有点多,但那也是难免的。乔木先生说,杜甫的诗,一方面"晚节渐于诗律细",另一方面也常有出律现象。杜甫也是逮着什么写什么,想怎么写就怎么写,而且怎么写怎么是。那些差一点的诗人,倒是合韵合辙,讲究章法,步步为营,但也只能是小诗人。黄庭坚写字,说"老夫之书本无法",就是这个道理。

这么好听的话,乔木先生为何不当着双林院士的面讲呢?是怕双林院士害羞吗?

他又想起了乔木先生写给双林院士的《浪淘沙·送友人》:

聚散竟匆匆,人去圈空。徒留断梦与残盅。从此江海余生寄,再无双影?无处觅萍踪,恨透西风。桃花谢时雨却冷。抵足卧谈到蓬莱,梦中有梦。

他觉得,他们文言古律式的交往,好像是要在现代的语法结构之外,用古代知识分子的语式和礼仪,重构一个超然而又传统的世界。他们的古诗,与其说是一种文类,不如说是一种道德理想,其中涌动着缅怀和仁慈。

双渐提到了一个细节,自己小时候睡觉不老实,父亲哄他睡觉

---

① 关尹子,名喜,曾为关令。周朝大夫,哲学家、教育家。道家始祖之一。〔汉〕刘向谓:"喜著书凡九篇,名《关尹子》。"传闻《道德经》系老子应关尹子之请而撰。

时,张口就是一句杜甫的《茅屋为秋风所破歌》:"娇儿恶卧踏里裂。"此时,提到"娇儿"二字,双渐喉结滚动了一下。

"我唯一欣慰的是,他和我的孙女相处得很好。他的一些情况,我是听我的孙女讲的。应物兄,我也是当了爷爷的人。孙女在上小学。他找到学校,把诗集给了她。他常到孙女读书的小学,义务给孩子们讲课。他教孩子们读古诗,给孩子们讲述有趣的算术知识。他也经常给他的重孙女发短信。去年暑假的时候,我把孩子接到桃都山住了几天。有一天,孩子收到他一条短信。他其实是看了我的一篇文章,觉得有话要说,想通过孩子转给我。孩子回信说,那段话她看不懂。他先说发错了,又说,可以给你爷爷看看。"

"多可爱的老头啊。"

"短信中说,在《德意志意识形态》一文中,马克思提出一门包含自然史和人类史的'历史科学',历史是自然界向人生成的历史,自然史是人类史的延伸。马克思批判了西方观念中自然和历史二元对立的传统。①'自然'的概念是理解马克思科学发展观的一把钥匙。孩子拿给我看的时候,我扭过了脸,流泪了。"

"双渐兄,双老他——"

"昨天我从儿子那里知道,父亲的两套房子,一套房子已过户到我儿子名下,一套房子卖了。杨县长告诉我,他给这里的小学捐了一笔钱。他们准备以他的名义设立奖学金。但父亲说,这笔钱是替失怙儿童交学费的,一直交到他们上完大学。

"我现在才知道,他与我儿子经常见面。我儿子在他的鼓动下入了党。他对我儿子,哦,我或许不该这么说,应该说,他对自己的孙子说,一个人啊,倘若没有坚定的信仰,早上清醒,并不能保证晚

---

① 马克思、恩格斯《德意志意识形态》:"我们仅仅知道一门唯一的科学,即历史科学。历史可以从两方面来考察,可以把它划分为自然史和人类史。但这两方面是不可分割的;只要有人存在,自然史和人类史就彼此相互制约。"

上不糊涂,所以你要入党。"

"双老是真正的共产党人。"

泪水,浑浊的泪水,在双渐的眼眶里打转。

双林院士之所以选择那所小学,是因为当年一同下放的一个老朋友,后来与那所学校的一个民办教师结了婚,没有再回北京。那人比他们更惨,是个右派。他想起来,乔木先生也曾开过这个右派朋友的玩笑。那个朋友原来是研究哲学的,有一天给农民朋友讲述马克思主义原理,内因是关键,外因是条件,外因是通过内因起作用的。看到农民朋友听得糊里糊涂的,那个女民办教师站了起来,说:"马克思的意思是说,苍蝇不叮无缝的蛋。"乔木先生后来说:"一只苍蝇一个蛋,成就一段好姻缘。"那个老朋友日后就致力于将西方的哲学概念,都用中国的民间谚语表达出来。关于"一分为二",他的说法是:牛蹄子分两半。而关于虚无主义的观念,他的说法则是:死猪不怕开水烫。

如今,那段好姻缘中的两个人都已经去世了。双林院士给他们的孩子留了点钱。陪同前来的小学校长,听见双林院士吟诵了两句诗:

学道深山空自老,留名千载不干身。①

这天傍晚,杨县长带着县公安局局长来到了招待所。局长姓孙名金火,杨县长介绍说:"孙局嘛,金火嘛,孙悟空火眼金睛嘛。能干得很。"孙局长说:"老孙我是为杨县长伏魔捉妖的。"

按孙金火局长的说法,新城、旧城都查过了,火车站、汽车站也查过了,监控录像全都调出来看了,还是没有消息。倒是查出来双老曾在一个药店出现过,买的是常见的退烧药。还有一种药,叫比卡鲁胺片,药店说那是处方药,本来是替别人进的,但那个人已经去世了。药店的人说,那是治疗前列腺癌的药。

————

① 〔宋〕晏几道《临江仙·东野亡来无丽句》。

杨县长问:"双老买这个药——"

双渐说:"这说明,父亲对自己的病情很清楚。"

杨县长安慰双渐:"你不要担心。我问了医生。医生说,老年人新陈代谢很慢,病情发展也会很慢的。这病要是放在年轻人身上,今天脱了鞋,明天就可能穿不上了。我再次向你保证,我会全力以赴。咱们的名字里都有一个'双'字,我肯定会把这当成自己的事来办。"

双渐最担心的是,父亲的记忆出了问题。

招待所的服务员告诉双渐,双林院士本人说过,人老了,记不住事了,早上起来转了一圈,睡了一个回笼觉,就忘记吃过早餐了没有,也忘记洗漱了没有。为保险起见,他只好再次刷牙、洗脸。前天一上午,就刷了三回牙,洗了三次脸。他还开玩笑说,不敢向别人借钱了。借了钱,那就很可能要还两次钱、三次钱。

孙局长征求双渐的意见,要不要在网上发布寻人启事。他们以前用这个办法,效果还挺好,因为网民们的眼睛是雪亮的。公安局长只有四十来岁,却显得笨重、迟缓,当然也因此显得很有威势。他似乎很容易高兴或生气,接电话的时候一会朗声大笑,一会却又咆哮起来。当然,在双渐面前,他是很恭敬的。

但他的建议被双渐拒绝了。

双渐说:"父亲不会同意这么做的。"

孙局长说:"那我们就只好在这里死等喽。"

这话太难听了。杨县长拉下了脸,命令孙局长道歉。

孙局长拍了一下自己的脸,说:"这张臭嘴!其实呢,我说的死等,说的是要耐心。大队人马,这会儿还在外面搜呢。猪往前拱,鸡往后刨,都忙着呢。咱们就在这儿候着,该吃吃,该喝喝。"

院子里有一辆房车,与黄兴那辆运送白马的车有几分相似,看上去虎头虎脑的,浑身漆成了绿色。他刚进院子里的时候,正有五六个人从车上下来。他听出他们是北京人:舌头不愿伸直,像二郎腿那样懒洋洋地翘着;腔调油腻腻的,好像刚喝了一碗炒肝;发音黏糊糊的,好像喝完了炒肝又来了一碗豆汁。他们虽然或站着或溜达,给人的感觉却像是歪在炕上。应物兄后来知道,这些人其实是当年下放"五七"干校的学员的子弟。其中领头的,是清华大学法律系教授。此人算是子承父业,他的父亲曾参与制定婚姻法。此人的头发从额头梳起,一直往后梳,再用发胶固定,但脑后的部分却是散乱的。可能是因为到了外地,说话非常随意,满嘴的男女生殖器。给人的印象,好像是担心别人把他看成读书人似的。

他们大老远跑来,是为了寻根。

这天,杨县长要在招待所请那几个人吃饭。

杨县长试图把他们并到一桌,但他和双渐都拒绝了。杨县长低声说:"好吧,其实我昨天已经陪过他们了,今天我陪你们。这也是邓大人的吩咐。"

他倒希望杨县长还是去陪那些人为好。

邓林确实来过一个电话,说自己必须连夜赶回济州,就不来招待所了。"该说的话,我已经对双长同志说了。双长同志会好好陪你们。"邓林说。费鸣要随邓林一起回去。他交代费鸣,见了乔木先生,就说双林院士已经在桃花峪接受治疗了,待情况稳定,就带他回济州,不用担心。

杨县长建议他们点一道菜:空心兰。杨县长说,双老前几天就曾在这里点过这道菜。空心兰其实就是空心菜。原来,桃花峪种空心菜始自兰梅菊大师,是他从北京带来的种子。空心菜不需要多加照看,就像韭菜,割一茬长一茬,也不需要特殊的肥料,有尿浇就行。当年人们就把空心菜叫"空心兰"。

据杨县长说,兰梅菊大师最近又来过一次桃花峪,是带着徒弟来的,在这里看过韭园,也看过"空心兰"菜园,并且亲自担尿浇地。当然桶里不是尿,而是临时倒进了两瓶桃花峪牌生啤。当时孙局长也在,亲自负责兰大师的保卫工作。这会儿,杨县长就说:"金火,你跟大家说说,兰大师当时的风采。"孙局长说自己不会说话,还是学一下吧。又说,因为每学一次,都会受到一次深刻的教育,所以不光自己学了,还在公安队伍里进行了普及。哦,孙局长不简单,一个五大三粗的汉子,模仿起兰梅菊大师,竟然也形神兼备。主要是那个女儿态,学得太像了。步子是小碎步,但屁股扭动的幅度却特别大;脚尖是翘着的,奇怪的是脚跟也跷了起来,好像是用脚心走路,很像奥运会上的竞走比赛。房间里虽然没有扁担,但局长的那根筷子就完全胜任了扁担的功能。孙局长把筷子放在肩头,颠了颠,用手扶着,另一只手叉着腰。叉腰用的不是手指,而是手背,手指是用来向外翘的,翘出的当然还是兰花指。向地里泼"尿"的时候,他的一只脚向后伸出,抬起,抬得比屁股还高,上身却探向想象中的菜地,同时两只手臂张开,就像燕子展翅。

杨县长说:"好!像!真像!"

孙局长谦虚了,说:"再像,也没有兰大师本人做得好。兰大师当时就在这个包间吃的饭,在这个包间接受的采访。你们要不要看一下?"

服务员打开了闭路电视,调出了当时的新闻录像。记者的问题非常业余,确实是县级水平,但兰大师的回答却非常认真。

记者问:"大师当年为什么选择演花旦?"

兰梅菊说:"兰大师天生就是青衣花旦。老天赐我做了男人,却给了我一颗女儿的心。男人是泥做的,女人是水做的。我呢,身子是泥做的,魂儿是水做的。都说女人要温柔,要会撒娇,这些我却不会。我的魂儿是水做的,但不是一般的水,是雪碧,带气的,一晃,就喷出来了。"

记者又问:"这空心兰,可能是世界上对空心菜最美妙的称呼。是您起的名字吗?"

兰梅菊说:"因为兰大师姓兰嘛,他们就叫它空心兰。俞平伯先生,你们该知道的。不知道,就得挨板子。最初,那俞先生还真的以为,空心兰就是一种兰花。他是研究《红楼梦》的。他说,《红楼梦》写到过'茂兰',这空心兰就是那'茂兰'吧?他还送我两句诗:桃李春风结子完,到头谁似一盆兰。① 谁似一盆兰?当然是说我兰大师。"

随后出现的镜头,是一大片绿油油的空心菜。哦,不,是空心兰。别说,那一片一片空心菜,因为有远处的黄土高坡作背景,有原始的沟壑,原始的塬啊,梁啊,峁啊,作背景,看上去还真像是最古老的兰花。

双渐放下筷子,说道:"应物兄,'空心兰'确是个好名字。文德斯就曾把桃都山的空心菜当成兰花。我还取笑他。以后不能笑他了。你看,这世上确有空心兰,确有可以吃的兰花。"

杨县长还代表桃花峪人民向双渐道歉,说双老住在这里的时候,他们忘记给双老录像了。孙局长立即说,不是不录,而是双老本人不让录。杨县长说:"双老那是谦虚,那是礼让,你们该录还是要录啊。"

孙局长说:"我也是这么对电视台说的,但他们就是不听。"

杨县长说:"其实我也可以理解。人嘛,都不愿触动伤心事。当年双老在桃花峪受苦了,喂猪、割草、翻地,什么活都干过。兰大师可以把伤心事变成艺术,双老是科学家,不需要承担这个任务。所以,我虽然批评了电视台,但我知道这其实不怨他们。在此呢,我也代表桃花峪人民,为当年没有照顾好双老,向双渐同志道歉。"

杨县长说得如此恳切,双渐也就不得不解释一番。

双渐那番话,应物兄其实在乔木先生那里听到过。事实上,那也是乔木先生和双林院士争执的内容之一。双林院士认为,当年下放劳动也有益处:他在劳动中发现了自己。给玉米锄草的时候,

---

① 《红楼梦》第五回《游幻境指迷十二钗 饮仙醪曲演红楼梦》:"诗后又画一盆茂兰,旁有一位凤冠霞帔的美人。其判云:'桃李春风结子完,到头谁似一盆兰。如冰水好空相妒,枉与他人作笑谈。'"

他发现了自己的腿,发现了手,也发现了心脏的运动规律。腿不仅是用来散步的,腿、心、手必须保持一致,必须通过前腿弓、后腿蹬、心不慌、手不松来完成这项工作。挑水的时候,他发现了自己的肩,发现肩负使命不是一句空话。他还发现了草的意义。草不仅可以装点广场和街道,还可以喂猪,可以喂牛。他甚至发现了脚后跟的意义,以前谁会在意脚后跟啊?到了五七干校,才知道脚后跟可以坐。蹲下吃饭的时候,它就是你随身携带的小板凳。当然了,因为吃不饱,也发现了自己的胃。

双渐说:"父亲如果对桃花峪有怨恨,就不会来了。"

杨县长说:"双老大人大量啊。"

双渐说:"他这个人,一辈子不会客套。他说的都是真的。"

应物兄相信,这些天来,双渐一定是在回忆父亲说过的每句话。

他也顺便提到一件事:乔木先生曾说过,在北京,双老每天早上起来,常常看见桌子上覆盖着一层薄薄的细沙。当他拿起鸡毛掸子,拂去桌面、笔筒、砚台上的细沙的时候,他会感到一种难以形容的快乐,就会想到桃花峪上桃之夭夭,想到大漠深处孤烟直上云霄。

双渐的眼睛湿润了。

杨县长说:"你们的家风好啊。邓大人告诉我,你在西藏待过?"

双渐说:"很惭愧,我原想多待几年的,只待了三年就回来了。"

杨县长问:"去那里做什么?插队还是——"

出乎意料,双渐竟然提到了野桃树。他说:"你们桃花峪不是遍生野桃树吗?我在西藏也找过野桃树。"

杨县长说:"你要早点跟我说,我把野桃树直接送你家。你想要多少要多少。"

双渐说:"各地的野桃树也有一些差异。我在西藏做的就是收集不同植物的基因,也就是我们常说的种子。这些种子,有可能为我们提供食物、花卉、药品。获得这些种子,对人类,对地球都是必要的。有些种子,我们可能永远用不上。但有些种子,却可能很快就转化为一种食物,进入我们的胃。"

杨县长说:"野桃太难吃了。"

双渐说:"昨天,我在旧城东边看到一片猕猴桃林。你们这里种猕猴桃是对的,这里原来就是野猕猴桃的产地。"

杨县长说:"不不不,桃花峪原来没有猕猴桃,那都是经我手引进的,是从新西兰引进的猕猴桃。"

双渐说:"桃花峪的野桃,不单指野桃树,也指野猕猴桃。只是人们不认识那是野猕猴桃,有人叫它野桃,也有人叫它狐狸桃,因为它披着褐色的毛,跟狐狸毛相近。1842年以前,桃花峪还有野猕猴桃,后来就不见记载了。新西兰的猕猴桃,就是根据从中国引进的野猕猴桃改良出来的。桃花峪就是猕猴桃的故乡。"

按双渐的说法,猕猴桃最早是英国传教士在湖北发现的,时间是在1904年。英国人发现它的味道很独特,维生素C的含量特别高,是一种特殊的水果,就剪了二十多根枝条带了回去。猕猴桃是雌雄异株。当时全世界的植物学家都不知道植物的雌雄异株机制。后来,这些猕猴桃就传到了新西兰。新西兰人根据这些源自中国的猕猴桃,培育出了一个新的品种。它们跟桃花峪的野猕猴桃是同一个基因。"也就是说,猕猴桃又回家了,它肯定会长得很好。"

杨县长立即说:"妈的,这些事情都没人告诉我。它们的销路不好,我差点把它们砍了。算了,不砍了。孩子好不容易回家了,得好好待它。"

孙局长说:"双同志,你们的工作太有意思了,太浪漫了。哪像我们,每天不是杀人,就是偷盗;不是打架,就是强奸。① 起得比公

---

① 处理各种案件。

鸡早,睡得比母狗晚。"

双渐说:"我有两个同事死在了西藏。我自己也差点死在那。"

孙局长说:"看来,革命工作,干起来都不容易。"

双渐说:"桃花峪原来的种子资源是很丰富的。去年,中国林业大学的一个研究小组还来这里调研。他们如果再来,你们可以不提供方便,但不要随便扣他们。你们要知道,采集的种子资源,必须马上送进实验室,时间耽误不起。"

此话一出,杨县长和孙局长立即扭捏起来。原来,双渐的话是有所指的:那个研究小组来此调研的时候,竟被当地的公安给扣了起来,理由是他们未经允许,私自上山,采摘野果,践踏植物。当然,真正的原因是他们将砍伐野桃树的照片发到了网上,引起了摄影爱好者和野游爱好者的不满。

帮助杨县长和孙局长解除尴尬的,是从另一个房间传出来的阵阵酒令。随着服务员进进出出,猜拳行令声不时响起,偶尔能听见易拉罐在走廊上滚动,哗啦哗啦的。杨县长说:"那帮人当中,有个股神。我昨天接见了这个股神。股神只喝啤酒,而且不允许别人喝白酒。昨天请他们喝的就是啤酒,喝了三箱。我原以为,不喝名酒,是要替我省钱,后来才知道跟股市有关。他在中国炒股,也在美国炒股。那几个人当中,有三个人是美国籍,包括那个清华大学教授。他们对中国股市不愿发表意见,理由是很多股东都是他们的朋友,不能在背后嚼舌头。对美国股市,他们倒是有很多话说。清华教授的脑子最好使,对我说,如果你去年买了一千美元达美航空[①],那么你今年只剩下五十一美元。如果买的是 AIG[②],那就只剩下十七美元了。最惨的是,如果你买的是房利美[③],那么一千美元就只剩下三块二了。但是,如果你一年前买了一千美元的啤酒,喝光了,把易拉罐卖到回收站,那么你能卖到二百一十九美元。他认为,目前最好的投资策略,就是大喝特喝,只要喝不死就是胜

---

①②③ 指该公司的股票。

利,然后回收易拉罐。他和那个股神目前的主要工作,就是在中国大量回收易拉罐。他们建议我在桃花峪建起世界上最大的易拉罐回收站,然后兵分两路,一条走高速,一条走水路,运到出海口,再装船运到美国。他们认为,这样可以大量套取美元,不失为兴国之路。"

难怪外面不断有易拉罐滚动。

杨县长说:"不能说没道理,但我已谢绝了。没有科技含量嘛。"

杨县长随即提出聘请双渐到桃花峪工作:"你能不能带几个人过来,弄几篇文章出来？证明这些猕猴桃,就是从原来的野猕猴桃培育出来的,拥有我们自己的知识产权？你别用这种眼神看着我。我认为这不能算是作假。它本来就是我们的嘛。黄河沿线,那么多沟沟坎坎当中,肯定还有野猕猴桃的。我这就派人去找找？我认识你太晚了。要是早认识几年,桃花峪已经成为中国最有名的猕猴桃产区了。为官一任,造福一方。我是准备在这里再干几年的。当然,如果领导一定要调我走,我也只能服从组织。但我是想给桃花峪人民留点东西的。怎么样？帮我这个忙？你也是桃花峪人民的儿子嘛。我们都是桃花峪人民的儿子嘛。我们是兄弟。兄弟说话,不打马虎眼。能给你的条件,我全部给你。"

双渐没有当面拒绝:"见到父亲,我问问他的意见。"

杨县长说:"一言为定！兄弟放心,上天入地我也要把咱家老爷子找出来。"

说完立即要求服务员上酒,要求服务员加菜,但被双渐拦住了。

不过,杨县长他们走后,双渐还是点了一瓶酒,就是当地产的小瓶装的二锅头。双渐只喝了一口,就知道那里面灌的其实是红星二锅头。后来,他们谈话的时候,双渐就不时地抿上一口。

他们的谈话伴随着涛声,持续到了深夜。那涛声仿佛是在大脑深处响起,给人一种耳鸣的感觉。只有在绝对安静的时候,你才能够听到自己的耳鸣,所以他们的谈话就像是在耳鸣所创造的寂静中进行的。双渐主动地提起,自己看过《孔子是条"丧家狗"》。双渐说:"我前后看了半个月。我虽然不是做这个专业的,但大致都看得懂。这当然是因为你写得深入浅出。"

双渐提到了"天人合一":"我对这个概念很感兴趣。"

他想起来,他在书中将"天人合一"与环境保护联系了起来,而双渐从事的植被恢复和种子收集工作,似乎与此有关。他突然觉得,某种意义上,他和双渐的工作是一致的。他由此感到与双渐又亲近了一层。但随后的谈话,却超出了他的预料。双渐是这么说的:"我与文德斯讨论过多次。文德斯对我说,你试图说服自己,自己是错的,应物兄是对的,但你没能说服自己。"

哦,我们的观点其实不同。

双渐说:"'天人合一'说,其实是一种以宇宙等级秩序来证明人间等级秩序的理论。它与环境保护没有关系。认为它们有关系,或者说,将生态保护意识附丽于它,来提醒人们,当然也不是不可取。文德斯说,这是作为符号的语言能指在历史中增添了新的所指,也就是所谓的托古改制,借古喻今。"

"你的意思是——"

"不是作为学问,而是作为宣传手段,它是有用的。"

"你是说,它不属于认识论范畴?"

"你是住过筒子楼的,那里的公共厕所和水房,为什么会污水横流?是因为它不需要搞干净吗?在我国古代,在儒家思想占主流的时代,我们的环境保护也做得实在不够好。徐霞客的游记里,浙江、江西、湖南、广西、贵州、云南,他一路走下来,多次写到严重的环境破坏,造纸业污染河流,烧石灰污染空气,乱砍滥伐使得'山皆童然无木'。永州、柳州等地名胜,因垃圾遍地而被他形容为'溷圊'①。是啊,那时候确实没有 PM2.5,没有酸雨,没有臭氧层空洞,

---

① 厕所。

但这不是因为人们懂得'天人合一',而是因为当时的技术还达不到。"

"那你认为,解决生态环境问题,主要靠什么呢?"

"只有三条路可走:全球合作,制度安排,技术创新。这是个系统工程。当然,全球合作,意味着讨价还价。不管他们是否听说过'天人合一',他们都知道环境保护的重要性,但各国都想搭便车,都想让别人多掏钱。这又跟我前面提到的公共厕所问题一样,属于利益协调机制问题,而不是认识论问题。1984年的时候,我回来接姨母去北京。那一年大旱,政府用运水车往山里送水。送水给谁吃呢?给在山上砍树的工人吃。他们难道不知道砍树会破坏植被吗?不知道山区大旱与植被破坏有关系吗?知道的。我还记得,乌鸦疯了似的绕着运水车飞,从溅水口抢水喝。那些树运到哪里去了?就我所知,大都运到了日本。日本人又是最注意自己的生态环境保护的。他们跟中国人一样,懂得什么叫'天人合一'。坦率地说,我曾给日本友人写信,告诉他们,我的家乡就是因为日本人大量使用中国的木头才变得童山濯濯的。日本友人除了道歉,还告诉我,这其实涉及技术革新问题。如果能找到替用木材的方案,就可以解决这个问题。后来,我们倒是引进了一些技术,开始大量生产合成材料,这些材料的生产又造成了大量的污染,而且直接对人体造成伤害。这是我们引进技术的同时,隐瞒了那些合成材料会对人体造成伤害的信息。就在桃都山区,就曾经有过十个家具厂,他们都是生产合成木材的。有十几个塑料厂,还有采石场、红砖厂、化肥厂。说来就跟笑话似的,我小时候的一个朋友,在家具厂打工,他被蛇咬了。他没死,蛇死掉了,因为他全身是毒。当然他后来也很快死掉了,不是死于蛇毒,而是死于癌症。在那个家具厂打工的人,五年内死了十七八个人。"

"那些家具厂还在吗?"

"其中最大的家具厂,就是铁梳子的。它还在,只是搬到了更深的后山。我为此找过铁梳子,让她给一个死去的朋友掏出一点抚恤金。她说那不是她的,早就转手了。可有一天,她去厂里训话,让我给碰上了。她说,来,双同志,咱们出去走走。出了门,她说,你抬头往天上看,三百六十度,所有的天空都是我的。我想怎么就怎么。还有个硫黄厂,也是她的。"

"我怎么听说,她是在后山养猪?"

"养猪场就在家具厂旁边。"

为了解释此事,双渐画了一幅地图,标出了养猪场、家具厂、硫黄厂的方位,画出了桃都山区复杂的山脉,干涸的泉眼、砍伐的山林。那些地方,双渐都去过。双渐甚至知道那些村史,知道某个地方曾有过的考古发掘。他画出了山脉、地理和人文,也画出了自己的信念。

"难道铁梳子不知道天人合一的道理吗?知道的。她在双沟村旁边建了个度假村,度假村的广告牌上就写着:天人合一,桃都胜景。"双渐苦笑了一下,说,"说到这些,我不免心情复杂,不知该为自己感到可笑还是可耻还是可敬。"

"可耻?怎么会有这种想法呢?"

"我从不求人,竟然哀求她。这还不是主要的。主要的是那些工人并不理解我。老百姓也不理解我。不理解我也是对的,因为我没能给他们指出一条生路。你不让我干这个,你倒是给我找个能挣钱又不受污染的工作啊?我为什么说这是个系统工程?塑料厂停了,采石场停了,化肥厂停了,空气倒是干净了,你是不是想让大家就喝这西北风啊?"

黄河那边传来的声音突然加重了。应该是有大船通过。那浑厚的背景中,有尖啸的声音。它持续着。你一旦感觉到它,它好像就无法消失了。因为它消失的时候,你感觉到它还在那儿。

"昨天在县城里,杨县长说,这里的空气多么好,多么好。我说,我用鼻子一闻,就知道这里的空气好像也不达标。杨县长受刺激了,说,老百姓生活好了吧,车太多了嘛。他说他跟环保部门的同志说话,环保部门的同志也是一肚子苦水,说,老百姓已经开始闹了。老百姓说,我们开着检验合格的车,烧着达标的油,贴着排放合格的绿标,你却告诉我空气质量差,是汽车尾气造成的。这车不是国家造的?油不是国家炼的?合格证不是你们发的?烧完了,你们说不合格,污染了。难道是开车的姿势不对吗?我和杨县长,还真是无言以对。"

黄河边传来的声音又加重了。好像是个船队。那声音持续着,经久不散,好像要一直响到天亮。

"我们都只能尽力而为,你说是吧?"他对双渐说。

"是啊,我也告诉自己,问心无愧就好。"

"听说,你的想法就是让桃都山的植被先恢复到九十年代以前的样子,然后是八十年代,然后是七十年代?"

"其实很简单,就是该长树的地方长树,该长草的地方长草。我小时候,桃都山还到处是山泉。山上长着金银花。小姨喜欢用金银花泡茶。其实那山泉水才叫个甜呢。泡什么都比不上它自己。到山上采金银花,偷偷拿到市里卖钱,换些针头线脑。采金银花的时候,随便摔一跤,啃到嘴里的泥都是干净的。"

"双渐兄——"

"到了春天,我喜欢看树发芽。它像婴儿的第一颗乳牙。树枝从窗户伸进来,像孩子戳窗纸,伸进来的是小拇指。"

"双渐兄,我没想到,你还挺浪漫的。"

"不,我一点不浪漫。也非常欠缺想象力。做梦都很有条理,非常现实主义。以前,也去中学和大学讲课,讲课提纲都是一条条的。绝对不会现场发挥。现场发挥的东西,哪怕只是一个细节,如果没有经过验证,就可能是错误的。下了讲台,我就会焦虑。我真的不浪漫。"

有人敲门。双渐愣了一下,然后迅速扑了过去,把门拉开了。

在那一刻,他是不是以为,父亲回来了?

门口站的是一个女警察和两个男警察。他们向双渐敬礼。那个女警察显然是领导,非常正规地说道:"根据领导指示精神,根据党组的决定,我们向双林同志的家属双渐同志,通知如下情况:双林院士已于昨日下午一点零五分,在旧城东边新时代路和皇城路交叉口东一百三十米处的长途汽车站上了车,向东驶去,于两点三十五分驶出桃花峪地界——"

双渐急着问:"人呢?人在哪呢?"

女警察说:"经与济州方面联系,在汇总了相关情况之后,我们认为,双林同志当天晚上已经登上飞往兰州的国航班机。双林同志的家属双渐同志,如果想进一步了解情况,请随我们一起前往公安局值班大队。杨双长同志和孙金火同志正在那里等待着你。他们此时正与兰州方面联系。"

双渐松了一口气,但紧接着问道:"济州能直飞玉门吗?"

哦,显然,双渐已经意识到,双老要去的地方,其实是玉门的核工业基地,也就是那个西北矿山机械厂。就像他在桃花峪所做的那样,他要在那里祭奠英灵。

他送双渐出门。在最后这点时间里,双渐对他说:"我们下次再讨论。你有一个看法,我是认同的。就是将人类命运看成一个共同体。在儒家看来,这个命运共同体的建立,基于彼此的信赖和道德约束。我想,你说的共同体,其实是 Moral community,道德共同体。这个说法,我倒完全认同。但这也是问题的一个方面。人类为什么会犯错?只有两个原因,一个是无知,一个是无耻。好心办坏事,是无知。明知道不对,还要那么干,就是无耻。当然还有既无知又无耻。在桃都山上广种杜鹃花,就是既无知,又无耻。下次,我们叫上文德斯,一起讨论。"

他说:"我们也听听双老的看法。"

双渐说:"但愿还有机会。"

他说:"我在济州等你们。"

车在院子外面停着。当双渐在夜色中匆匆向门口走去的时候,他有一种强烈的冲动,就是陪双渐一起去。车子在夜色中消失了。他想到了一个词:孤身长旅。但愿双老一切都好,但愿他们父子团聚。

因为知道了双老的下落,我们的应物兄感到宽慰了许多。临睡之前,他终于有心情去处理一些必不可少的公务了。那是两份用微信发来的请示报告。微信截屏显示,葛道宏和董松龄已经画过圈了。等他画圈之后,就可以传给吴镇画圈了。两份报告都是章学栋提交的。章学栋认为,程家大院的屋顶设计,应在原稿的基础上略加改动。这种改动当然是参考了故宫和孔庙的屋顶。故宫和孔庙的屋顶,虽然从来没有人打扫,但任何时候都很干净,既没有落叶,也没鸟兽的粪迹。原因是屋顶的建筑坡度很大,建筑材料很滑,鸟兽不容易在上面落足。还有一个原因,是房檐柱的通径很大,远远超过了鸟爪子能张开的程度。如此改动的另一个好处,是可以有效地防火防盗。

另一份报告其实是章学栋替唐风转交的建议,即将一个厕所放到其中的一个小院子的西南角。这有两个原因:一、按照风水学理论,西南为"五鬼之地",在八卦中为煞位(白虎星),不宜建卧室,只宜建厕所,也就是用秽物镇住那白虎星;二、济州的风向,要么是西北风,要么是东南风,厕所建在那里可防止味道向院中扩散。

唐风还有一个建议,以前大院里的厕所是不分男女厕所的,现在既然成了太和研究院,那还是要分开。考虑到程先生也关心生态环境问题,所以唐风建议在厕所的男女标志上做点文章,女厕所门楣上雕刻长颈鹿图案,男厕所门楣上则雕刻大象图案。他不解其意,给章学栋发了微信,问为什么用这两个动物?这两个动物为什么可以代表两种性别?章学栋说,其实他也不清楚,问了唐风才知道怎么回事。原来,唐风指的是,长颈鹿撒尿的时候两腿要分开,和女性上厕所有相似之处;而大象用鼻子喷水,所以可以用来代表男性。

他通过微信,对前两个建议画了圈,对最后一个打了叉。哦,我所能做的,就是尊重风向,让臭味、臊味飘向远方。我所能做的,就是在大象的鼻子上打个叉。董松龄不是要求在"太研"装上日本马桶吗?有了日本马桶,哪里还有臭气?

由他去吧!

这天晚上,到了后半夜,他似乎听见外面有匆匆的脚步声。那声音是从浑厚的涛声中浮现的,若有若无。有那么一会儿,他失神地望着窗外的月亮。那是黄河上的月亮。它不是升起于浩渺人世,而是在时间的长河中升起,在亘古的原野上升起。它在空中,在所有的屋顶、树木、山巅之上,在被黄莺的泪水打湿的"最高花"之上。它的颜色和黄河一样,也是黄的。它在浩瀚的天宇飘动,飞行,旋转,呈金黄色。他注视着月亮,月亮也注视着他。在他和月亮之间,浮动着如云似雾一般的幻觉。他同时想到,月光下的河面一定也是一片金黄。但随后,他否定了自己的想象。他知道,月光下的大河只能是黑沉沉的,如铁流一般。

此刻,双林院士也看着这月亮吗?

后来他又迷迷糊糊地睡着了。他赤条条地躺着。无论平躺,还是侧身,还是肚皮朝下,他都能感到月光照着他。在睡梦中,月亮,那荏苒的烟球,向西边飘去。黎明的微风吹着他,凌晨的霞光洒向他。在半梦半醒之间,他真想就这么躺下去,忘却"太研"的一切。

86. 芸娘

芸娘!从芸娘那里打来的电话!电话虽然不是芸娘亲自打来

的,但接到芸娘保姆的电话,他还是满心喜悦。保姆说:"芸娘想见你,如果你有时间,就见一面。"这么说,芸娘身体好了?可以待客了?太好了。他几乎同时想到了陆空谷,想把这个喜讯与陆空谷分享。可惜,陆空谷不在济州。他甚至异想天开地想到,要不要打电话把陆空谷从美国叫来?哦,她现在到底在哪里呢?是回了美国,还是又去了别的地方?

他上次见到芸娘,就是为了安排她们见面。出乎他的意料,芸娘不仅知道陆空谷,还知道陆空谷是武汉人,还知道她的小名就叫六六。而且,芸娘还知道陆空谷对儒学并不太感兴趣。但说到见面,芸娘却推掉了。

"等我身体好些了,再见不迟。"芸娘说。

"下周呢?"

"你什么时候成了大夫?下周身体就好了?"

"肯定好了。"

"好了,也不见。"芸娘说,"谁让她那么年轻漂亮呢?我可不想在她面前显得太老。要不,干脆等我走不动了,坐上了轮椅,你再推着我去见她?"

随后芸娘就把这个话题放到了一边。芸娘说:"我还是从姚先生那里知道,你在筹备儒学研究院。我还有点不敢相信呢。"

"本该早点告诉您的。"

"听说在国际儒学界呼风唤雨的程济世,要在济州安营扎寨?"

"是啊,程先生也算是叶落归根。"

"这么说,我得到西安置办房产。不,不是西安,是西柏坡。我得到西柏坡挖两个窑洞。"

芸娘祖籍济州,祖父逃荒到了西柏坡,但她生在西安,上大学是在上海,她是为了读姚鼐先生的研究生才来到济州的。

"芸娘,我知道,您不喜欢他。"

"喜欢?不喜欢?我没有你感觉到的那种感觉。因为我对他没有感觉。"

"你是不是也不喜欢我研究儒学,去研究那些故纸堆?"

当他这么说的时候,他心中有凉意,就像下了雪。

"我可没这么说。听说你们的研究院,名叫太和?"

"你是不是不喜欢这名字?"

"我也不喜欢自己。医生说,你要再不好好注意身体,说不定哪天就倒下了。我倒没被吓住。一个哲学家,一天要死三次。为什么要死三次,因为他对自己有怀疑,他不喜欢自己。孔子也不喜欢自己,也有很多人不喜欢他,不然不会成为丧家狗。如果人人都喜欢耶稣,耶稣也不会被钉上十字架。"

"这么说,您没意见了?"

"对孔子,我是尊敬的。没有喜欢不喜欢。你知道,我有时候会怀疑存在着真正的思想史学科,因为思想本质上不是行为,它只能被充分思考,而无法像行为一样被记录。好像只有儒学史是个例外。所以,我对你的研究儒学是理解的,充分理解。"

"谢谢您的理解。"

"小应,我知道,你研究儒学、儒学史的时候,你认为你仿佛是在研究具有整体性的中国文化。它自然是极有意义的。但你知道,我知道你知道,我们今天所说的中国人,不是儒家意义上的传统的中国人。他,我说的是我们,虽然不是传统的士人、文人、文化人,但依旧处在传统内部的断裂和连续的历史韵律之中,包含了传统文化的种种因子。我们,我说的是你、我、他,每个具体的人,都以自身活动为中介,试图把它转化为一种新的价值,一种新的精神力量。"

他很想告诉芸娘,程先生也说过类似的话。

那是在北京大学。程先生说,我们今天所说的中国人,不是春秋战国时期的中国人,也不是儒家意义上的传统的中国人。孔子此时站在你面前,你也认不出他。传统一直在变化,每个变化都是一次断裂,都是一次暂时的终结。传统的变化、断裂,如同诗歌的换韵。任何一首长诗,都需要不断换韵,两句一换,四句一换,六句一换。换韵就是暂时断裂,然后重新开始。换韵之后,它还会再次转成原韵,回到它的连续性,然后再次换韵,并最终形成历史的韵律。正是因为不停地换韵、换韵、换韵,诗歌才有了错落有致的风韵。每个中国人,都处于这种断裂和连续的历史韵律之中。

芸娘,其实你们对历史的看法,有着相近之处。

为什么?这是因为孔子其实始终与我们相伴,亦远亦近,时远时近。

他又听见芸娘说:"噫吁嚱,蜀道之难!这里面涉及的问题太多了,你要穿越各种历史范畴、文化范畴、地域范畴,或许还有阶级范畴。我是想告诉你,尽力而为,问心无愧即可。无常以应物为功,有常以执道为本。我有时候,难免要退一步。你看,这些年,我经常看的,都是那些故纸堆。我也不觉得这是消极。因为我有个积极的榜样啊。这个榜样就是闻一多先生。闻先生也研究故纸堆,而且还研究得津津有味。"

哦,世上唯一能理解我的,就是芸娘。

事实上,没等芸娘说完,他就觉得所有的阳光都扑向了雪。

如前所述,姚鼐先生的老师是闻一多。芸娘本人不仅研究故纸堆,而且研究闻先生怎么研究故纸堆,她的硕士论文《杀蠹的芸香》研究的就是闻先生与传统文化的关系。闻先生虽以诗人名世,以民主斗士名世,但首先是一个研究中国传统文化的学者。在一封写给友人的信中,闻先生曾以"杀蠹的芸香"来形容自己的传统文化研究:

> 你想不到我比任何人还恨那故纸堆,正因恨他,更不能不弄个明白。你诬枉了我,当我是一个蠹鱼,不晓得我是杀蠹的

芸香。虽然二者都藏在书里,它们作用并不一样。①

芸娘认为,以"杀蠹的芸香"自喻,透露了闻一多先生对于传统文化的认知方法:通过一系列卓有成效的校勘、辨伪、辑佚和训释,闻一多先生对浩繁的中国古代典籍,进行了正本清源、去伪存真、汰劣选优的工作,在传统文化研究中引进了"五四"新文化运动所开启的思想成果。他虽然是在古代文献里游泳,但他不是作为鱼而游泳,而是作为鱼雷而游泳的。他虽然是夹在典籍中的一瓣芸香,但他不是来做香草书签的,而是来做杀虫剂的。芸娘这篇论文完成于1985年,它在相当大的程度上象征了一代学人在上个世纪八十年代的思想和情绪。而她之所以给自己取了"芸娘"这个笔名,就与闻先生这段话有关。

那么,她为什么不叫芸香而叫芸娘呢?这好像是个谜。有一种说法认为,"芸香"虽是"杀蠹的芸香",但还是有些脂粉气,所以她不愿意用。另一种说法则与此完全相反。"芸香"这个名字太好了,她都舍不得用了,想给女儿留着。既然希望中的女儿名叫芸香,她自然就是芸娘了。她确实想生个女儿的。芸娘后来没有生育的原因很简单。她的丈夫患有X连锁隐性遗传病,他是红绿色盲。一想到女儿生下来就是隐性携带者,她就提前觉得亏欠了世界。

不过,对于"芸娘"二字,应物兄倒有另一种解释:芸者,芸芸也,芸芸众生也;芸娘,众生之母也。这种解释,并非矫情。他确实

---

① 见闻一多1943年11月25日致臧克家的信,转引自芸娘的硕士论文《杀蠹的芸香》。芸香,最早见于儒家经典著作《礼记·月令》:"(仲冬之月)芸始生。"郑玄注曰:"芸,香草也。"晋人成公绥著有《芸香赋》,其中有"美芸香之修洁,禀阴阳之淑精"之句。宋代沈括在《梦溪笔谈》中写道:"古人藏书辟蠹用芸。芸,香草也,今人谓之七里香者是也。叶类豌豆,作小丛生,其叶极芬香,秋后叶间微白如粉污。辟蠹殊验,南人采置席下,能去蚤虱。"宋代词人周邦彦在《应天长》(条风布暖)中写道:"乱花过,隔院芸香,满地狼藉。"芸香为多年生草本植物,但又常被误认为是木本植物,因为其下部为木质,故又称芸香树。民间又称之为"臭草""牛不吃"。芸香夏季开花,花为黄色,果实为蒴果。花叶皆可入药,性平,凉。味微苦,辛。有驱虫抗菌、平喘止咳、散寒祛湿、行气止痛之效。

觉得,在她的身上,似乎凝聚着一代人的情怀。芸娘曾兼任过他们的辅导员,所以外地的同学来到济州,常常会让应物兄陪同去见芸娘。有一次他陪着费边去见芸娘,听到费边的那句话,他才知道费边其实也是这么想的。费边对芸娘说:"对我们来说,您就像古代的圣母。"芸娘顿时像个女孩子似的,满脸羞红。

随后,芸娘拒绝了这个说法:"圣母,这是一个残酷的隐喻。女人通往神的路,是用肉体铺成的。从缪斯,到阿芙洛狄忒①,到圣母玛利亚。这个过程,无言而神秘。它隐藏着一个基本的事实:肉体的献祭!"

肉体的献祭!这个早上,当他想到芸娘提到的这个词,他突然有些不祥的预感。所以,当芸娘保姆又给他打电话,通知他见面的具体时间和地点的时候,他就连忙追问芸娘的身体到底怎么样了。

保姆说:"这几天还好。"

在应物兄的记忆里,芸娘是最早雇用保姆的人。这个保姆她用了很多年了。她们待在一起,就像姐妹。保姆的生活习惯基本上与芸娘保持一致,只是对那个习惯的理解有点不一样。比如喝茶,芸娘除了喝绿茶还喝减肥茶,喝绿茶是因为爱喝绿茶,喝减肥茶则是因为她受制于美学暴力。她开玩笑地说,对女性而言,夫权和陪葬属于伦理暴力,镜子和人体秤属于美学暴力。保姆呢,喝减肥茶是因为它是用麦芽做的,喝下去肚子里踏实;喝绿茶呢,则是因为看着杯中的绿茶,就像看到了麦苗,喝下去心里踏实。芸娘开玩笑说,看到了吧,她也受制于美学,食物美学。

由于芸娘研究现象学,研究语言哲学,何为教授主编的《国际中国哲学》曾约他写一篇关于芸娘的印象记。何为教授在约稿电话里说:"就像闪电、风暴、暴雨是大气现象一样,哲学思考是芸娘与生俱来的能力。她说话,人们就会沉寂。嫉妒她的人,反对她的人,都会把头缩进肩膀,把手放在口袋里。人们看着闪电,等待着

---

① 阿芙洛狄忒,希腊神话中的爱与美的女神,与情人生下爱神厄洛斯。

大雨将至。空气颤抖了几秒,然后传来她的声音。"芸娘曾听过何为教授的课,并参加过何为教授在家里组织的研讨会。显然,这是年轻时候的芸娘留给何为教授的印象。

但这个印象记,他却没有写。

如果说她是"圣母",那么她肯定是另一种意义上的"圣母",一个具有完整心智的人,一个具有恶作剧般的讽刺能力的人,一个喜欢美食、华服和豪宅,又对穷困保持着足够清醒的记忆和关怀并且为此洒下热泪的人,一个喜欢独处又喜欢热闹的人,一个具有强烈怀疑主义倾向的理想主义者,一个哲学学生,一个诗人,一个女人,一个给女儿起名叫芸香却又终生未育的人。

他觉得,他没有能力去描述芸娘。

对于芸娘,他怀着终生的感激。他的第一本学术专著,是关于《诗经》与《诗篇》的比较研究,就是在芸娘的帮助下完成的。他还记得芸娘当时说过的话。当他对芸娘说,在《诗篇》中上帝无处不在,而在《诗经》中上帝是缺席的,所以他很难找到这项研究的基石的时候,芸娘说:"你是在二十世纪末写这本书的,这个上帝已经不仅仅是《圣经》中的那个上帝。你应该写出人类存在的勇气。存在的勇气植根于这样一个上帝之中:这个上帝之所以出现,是因为在对怀疑的焦虑中,上帝已经消失。"

按照济州大学当时的惯例,研究生出版一本书,就应该在阶梯教室举办一个学术讲座。多年之后,有一天芸娘整理书柜,翻出了当初他做讲座时的照片,那其实是芸娘悄悄为他拍下的。看到自己那时候的形象,他顿觉恍若隔世。芸娘开玩笑地对弟子们说,你们看,八十年代的应老师,分明是个帅哥嘛:头发一定要长,胡子要连着鬓角;通常不笑,笑了一定是在表达骄傲;腰杆笔直,托腮沉思的时候才会偶尔弯腰;目光好像很深邃,哪怕看的是窗口的臭袜子,也要装作极目远眺。芸娘对弟子们说:"八十年代,头发留长一点,就算是打扮了。"

他当时准备得很充分,口若悬河,妙语连珠。他虽然非常骄傲,但他也没有忘记公开感谢乔木先生和芸娘对他的指导,他把每位朋友都感谢到了,包括文德能、郏象愚、伯庸和小尼采。关于芸娘对他的指导,他还特意提到另外一个例子。《诗经》中有一首《匏有苦叶》①,是关于济河的,最后一句是"卬须我友"。他说,芸娘说了,这首诗中出现了一个人称代词。

他在黑板上写下了那个字:卬。

他说:"这个字读作 áng,'卬'就是'我'。我们济州人以前说'我'不说'我',而说'卬'。跟'我'的发音比起来,它更加昂扬。'卬'通'昂',是激励的意思。司马相如《长门赋》里说,'意慷慨而自卬'。'卬'又通'仰',是仰望的意思,《国语》中说,'重耳之卬君也,若黍苗之卬阴雨也'②。所以,在《诗经》时代,人的主体意识,女人的主体意识,是非常强的。芸娘告诉我,一个词若有两种或两种以上的意义,那就必须把它们同时保持在视线之内,仿佛一个在向另一个眨眼睛,而这个词的真正意义,就在这眨眼之间呈现了。"

乔木先生虽然没听他的讲座,但听说了所谓的"盛况"。乔木先生表扬了他,说:"看来,你天生该吃粉笔灰。"

两天之后,他收到了芸娘的一封信,其中有一段话他后来经常引用:

> 强悍的智慧是必要的,但或许不是最必要的。太丰富的想象、太充裕的智力、太流畅的雄辩,若不受到可靠的适度感的平衡,就可能忽略对于细微差别的思考。真正的学者谨慎地倾向于回避这些品质。你提到"重耳之卬君也,若禾苗之卬阴雨也",这里的"卬"含有"希望"之义,而美好的希望常常几

---

① 《诗经·邶风·匏有苦叶》:"匏有苦叶,济有深涉。深则厉,浅则揭。有弥济盈,有鷕雉鸣。济盈不濡轨,雉鸣求其牡。雍雍鸣雁,旭日始旦。士如归妻,迨冰未泮。招招舟子,人涉卬否。人涉卬否,卬须我友。"

② 《国语·晋语》:"重耳之卬君也,若黍苗之卬阴雨也。若君实庇荫膏泽之,使能成嘉谷,荐在宗庙,君之力也。"

乎不能实现而又隐含在有可能实现的魅力当中,有如在无枝可栖的果实的反光中,隐约地映现出新枝的萌芽。

称之为耳提面命,似不为过吧?芸娘对于"或许""可能""倾向于""尽可能""而""却""几乎"这些词语的高频率的使用,尤其使他印象深刻:她排斥绝对性,而倾向于可能性;她尽可能地敞开各种可能性的空间。

如前所述,八十年代末、九十年代初,他虽然读的是古典文学专业,但他更大的兴趣是阅读西方的哲学和美学著作,每有所得,必亢奋不已;遇到啃不动的难点,则又沮丧颓唐。这些当然都没有逃过芸娘的眼睛。有一天芸娘找他谈话,劝他去读一些小说,劝他去翻阅史料。芸娘的话,直到现在他还记着呢:"神经若是处于高度亢奋的状态,对于身心是不利的。沮丧有时候就是亢奋的另一种形式,就像下蹲是为了蹦得更高。一个人应该花点时间去阅读一些二流、三流作品,去翻阅一些枯燥的史料和文献。它才华有限,你不需要全力以赴,你的认同和怀疑也都是有限的,它不会让你身心俱疲。半认真半敷衍地消磨于其中,有如休养生息。不要总在沸点,要学会用六十度水煮鸡蛋。"

他突然想到,筹备太和研究院,我是不是过于亢奋了?

因为亢奋,所以沮丧?因为蹦得太高,所以加速下坠?

当然,考虑到芸娘身体欠安,这些话还是不提为好。他对自己说。

这天,如果保姆不专门提醒他,他很可能就找到芸娘家去了。每次去芸娘家,他都得仔细想一想,芸娘这会搬到哪了。从上世纪九十年代开始,芸娘多次搬家。九十年代初的时候,济州城南北只有十五公里,市中心有一个人民广场,广场上正中心是毛泽东的汉白玉雕像。如果你拿一把尺子,从雕像头发的中分处画一条线,然后向身前身后延伸,那就是济州的中轴线了。芸娘最早的家,就在这条中轴线上,离广场只有几百米。但她很快就从市中心搬到市郊,因为她觉得太闹了。当市郊又变成了繁华地带,她就再向远处搬迁。她是为了求得一个"静"字,也为了接近田野和树林。应物兄和乔姗姗刚结婚那会,有时候会到芸娘这里过周末,然后在林间吃烧烤。有时候吃着吃着,乔姗姗就发火了,两个人就闹起了别扭。这时候,芸娘是两边都劝。她曾对他说:"小应,我给你们两个都支过招。因为我爱你们。给两个人支招是什么感觉?就像自己跟自己下棋。"她确实爱他们!他们结婚时佩戴的那对钻戒,就是芸娘送的。后来,当他们再闹别扭,去找芸娘说理的时候,却扑了个空,因为芸娘又搬到了市中心。芸娘开玩笑说,既然要闹,就闹个彻底,就算是闹中取静吧,相当于大隐隐于朝。

这天,奇怪的是,保姆通知他说,芸娘是在姚鼐先生家里等他。

姚鼐先生和乔木先生住的是同一幢楼,只是分属两个单元。两套房子的楼层和格局完全一样。它们的客厅,甚至共用了一堵承重墙。

保姆看了看表,悄声对他说:"芸娘一早起来送客人去机场,累了。再等半个小时,可以吗?"

保姆话音没落,芸娘就在里面说:"我这就起来。应院长来了,没有远迎,已经失礼了。"

他赶紧说:"您休息一会儿,我也刚好要处理一点事情。"

这话倒不全是客套。

他要回复吴镇的短信。吴镇说,铁槛胡同的住户还没有完全搬走。因为厕所已经填了,所以很多人随地大小便。有些妇女也会这么干。月光下,她们蹲在墙根,上衣搂起,撅着屁股,就像奶牛。吴镇急了,一急就冒出了个歪主意:赶紧给学校保安队队长打个招呼,带上警棍,来个大扫荡。吴镇还说,这事要放在天津,不是吹的,陈董把坦克都开过来了。当然是吹的!

他让吴镇直接去找董松龄。

吴镇说:"行,有你这句话,就行。你看到了,我从不越权。"

桌子上有一束芸香。它散乱地插在一个土黄色的汉代陶罐里,已经枯萎。几片花瓣落在桌面上,就像从木纹里开出的花。保姆把那几瓣花捏了起来。他问保姆,为何不往罐子里注水?保姆说,芸娘说了,让它变成干花再收起来。

客厅里,八个书柜一字排开,最左边那个书柜,放的是马恩全集以及不同国家不同流派的人撰写的关于马恩的研究专著。其余的则大都是线装的古书。有一个书柜上放着一只闹钟,书柜的一角挂着一只葫芦,是可以开瓢的大葫芦,上面有烙铁烙出的画。张光斗曾说,姚鼐先生的办公室里有一只葫芦,上面烙烫的是济河的古渡口。那只葫芦他没见过,这只葫芦他以前倒是见过,烙铁在上面烫出了济河入黄口的景象,入黄口的左边也有一个渡口。将军发白马,旌节渡黄河。明月黄河夜,寒沙似战场。有人说,那幅烙画是明代人的作品,姚鼐先生说,怎么会是明代呢?烙画虽然源于西汉,盛于东汉,但元代以前已经失传,是清代一个鸦片鬼无意中用烧红的烟扦烫出了烙画,才渐渐被重新发明出来的,所以那个葫芦只能出自晚清。不过,对于那个渡口,姚鼐先生是有深刻的历史记忆的。他说,从崇祯十五年到一九四八年,那里一直是兵戈相向之地、捉对厮杀之所。死的人太多了,你在岸边随便挖个坑,都能看到累累白骨。栾庭玉最早计划的硅谷,其实就是要从这里向东延伸,延伸一百零三公里,直到桃花峪。

窗外树枝摇曳。那是悬铃木的树枝,很粗壮。很难想象,一棵树能长九层楼那么高。这株树,与乔木先生客厅外的那株树,其实是同一株树。那株树是他们刚搬来的时候栽下的。只用了十几年时间,它就长成了参天大树,如同古木。每次看到那株树,那个古老的感慨就会在他的脑子里一闪:树犹如此,人何以堪?悬铃木的一只果球突然弹向了玻璃,咣的一声,变得粉碎。那是去年的果球。今年的果球已长大,去年的果球还挂着。它将在风中被时间分解,变成令人发痒的飞絮,变成粉末,变成无。

墙上挂着一幅油画,《错开的花》。上面画着夕阳中的泡桐,花椒树,麦秸垛,还有田野上的拾穗者。泡桐下的花椒树正开放着圆锥形的小花,但麦秸垛上面却覆盖着几片残雪。而那个拾穗者,正手搭凉棚眺望天上的流云。这幅画其实是芸娘早年的习作。芸娘认为它是半成品。她没有再画下去,是因为她觉得不管怎么画,都无法画出自己的感觉。芸娘也做过两年知青,那或许是她对知青生活的回忆。这幅画曾经挂在芸娘的书房,芸娘有一天说,画得太难看了,谁想要谁拿走。当然没有人拿。没想到,这幅画跑到这里来了。

姚鼐先生此时住在二里头。即便身在济州,他也很少住在校园里。镜湖边上的这套房子,姚鼐先生平时就交给芸娘照看。他现在知道了,双渐去桃花峪接双林院士的当天,芸娘就派人把这套房子收拾干净了。按保姆的说法,姚鼐先生打电话了,要求把双林院士接到这里。姚鼐先生说,双林院士住到这里,乔双二人若想见面,敲敲墙,就可以约到阳台上,想抬杠就抬杠,不想抬杠就做伴晒太阳。"他说,他最喜欢听两个聋子抬杠。"保姆说。

其实,乔木先生和双林院士只是耳背而已,并不太聋。

聋的是姚鼐先生自己,必须戴助听器。

双林院士没来济州,看来这房子是白收拾了。

芸娘出来了。可能是觉得空调开得太凉,芸娘围着纱巾。好在气色不错。芸娘前段时间非常消瘦,这会儿好像恢复了一些。

芸娘说:"我在哄孩子睡觉。"

那是保姆的小孙女,五六岁的样子。这天是周末,没上幼儿园。

芸娘说:"孩子身上的味道太好闻了。断奶这么久,还有一股奶香味。"

保姆有点不好意思,说:"是奶腥味。"

他拿着遥控器要关空调,芸娘说:"不用关。我的脖子涂了点药,才围了纱巾。"他当然不知道,这是善意的谎言。

芸娘说:"谭淳刚走。"

谭淳?程刚笃的母亲?她什么时候来了?哦,陶罐里的那束芸香原来是谭淳送的。芸娘又说:"她在此住了一天。我让她住家里,她不去。她也不愿住宾馆,想当天就走。那就只好安排她住这。我刚才去机场送她了。我有一种感觉,这是我最后一次见她了。"

"你是说,她不会回来了?"

"她就是回来,我们也不会再见面了。"芸娘说。

"她来了就走,是要办什么急事吗?"

"她回来给父亲扫墓。在坟前哭了一场,眼泡都哭肿了。她当然也想顺便看看先生①。但我听出来了,她这次回来,主要是为了见一个人。"

他觉得自己有点自作多情了:她想见的,难道是我?当然,这话他没说。接下来,他听见芸娘说:"她见了你的弟子小易。"哦,程刚笃,你真是不知羞耻。和易艺艺的那点丑事,你也敢跟你母亲说?

"小易写信告诉程刚笃,说她怀孕了。"

"什么时候怀孕了?"他着急地问道,"程先生知道吗?"

"谭淳没说,我也没问。"

但愿程先生还不知道。他听见自己问道:"她见易艺艺,是要劝她把孩子——"他没把"打掉"两个字说出来。

芸娘准确地理解了他的意思:"对,她要劝小易去做手术。"

"她们见过面了?"

"她是见过小易才跟我联系的。小易告诉她,手术已经做了。谭淳说,她为女人难过。我责备了她两句。动不动就把自己放到一个'类'里面。你为自己难过,我可以理解。为小易难过,我也可

---

① 姚鼐。

以理解。但你要说你为女人难过,我好像就不敢苟同了。她说,小易表现得很镇定,这让她有点意外。我说,孩子很镇定,你慌什么,难过什么?"

"做了就好。"他听见自己说。

"话虽如此,我还是要提醒你,小易还小,她的镇定不是镇定,不是思考之后的结果。她告诉谭淳,她是无神论者,所以不要替她担心。谭淳说,正因为你是无神论者,所以我才替你担心。小易就说,那好,我明天就去信个教。这话很不真实。她的生活很不真实。你要留意。你不妨找她谈谈。"

"你是说,她说了谎,没打掉?"

"我说的不是这个。我是说,小易可能都不知道自己说了什么。一个不知道自己说了什么的人,她的话就是不真实的。她的生活也是不真实的。"这时候保姆过来,在芸娘的腿上盖了一条薄毯子。他再次要关空调,但被芸娘拦住了。"一切真实都是变成的。一个二十多岁的姑娘,她的无神论只是一种抽象的无神论,是不合实际的。无神论也是慢慢获得的。一些哲学家到了他的老年,才能最终成为一个无神论者。这个时候,他的无神论才是具体的真实的无神论。小易显然不是。不然她不会说,她明天就去信个教。"

他脑子里一闪:我呢?我是一个真实的儒家吗?当然,这话他没说。

"你尽快找小易谈谈。"

芸娘的话,他向来都是听的。但这件事,他觉得,芸娘可能想得复杂了。也就是说,他嘴上说会跟易艺艺谈谈,心里却知道自己不会去找她的。他想,芸娘对现在的年轻人,尤其是易艺艺,可能不够了解。易艺艺是不会太当回事的。要是当回事,反而好了。易艺艺是什么人?这个丫头,好像天生就是给别人当情妇的。道德感、羞耻感、贞操观念,在她那里都快成负数了。就在前些日子,巫桃还跟他说,有一天易艺艺来家里送了两只鸡,刚好有个学书法的官员在客厅里。乔木先生提到晋代书法家卫夫人的一句话:"多力丰筋者圣,无力无筋者病。"①乔木先生不便给那个官员多解释,就故意问易艺艺:"这话你懂吗?说说看。"易艺艺张口就来:"用力过猛牛×,肾虚手抖傻×。"

乔木先生惊得眉毛都要掉了。按巫桃的说法,这丫头,嘴得缝上了。

他想,芸娘一定是担心易艺艺会做出什么傻事。

怎么可能呢?他想起卡尔文说过,他以前在坦桑尼亚的女朋友,打胎第三天就要上床,说闲着也是闲着。易艺艺可能就是这样的人。

他对芸娘说:"她?没事的。出了事,我兜着。"

保姆把几片药给了芸娘。当着保姆的面,芸娘好像服下了药。当保姆去放杯子的时候,芸娘把手展开了,朝他亮了一下。那几片药还在她的手心。她说:"我告诉她没事,她就是不信。没办法,我只好骗骗她。"

此时的芸娘,就像个俏皮的孩子。

87．1983年

1983年春天,一个晚上,正读二年级的应物兄,随着辅导员芸娘第一次来到姚鼐先生家里。姚鼐先生当时住在苏联专家当年援建的楼房。楼梯嘎吱作响,楼顶经常漏雨。从廊上能看到被分割成不同形状的天空。有时候能看到老鼠搬家。它们拖家带口,以小分队的形式溜着墙根疾速前进。

一个姑娘在楼梯口等着芸娘。

---

① 见〔晋〕卫铄《笔阵图》。

她就是谭淳,本来学的是外语,由于对历史感兴趣,她准备报考历史系的研究生。她也写诗,经常把自己的诗拿给芸娘看。芸娘自然鼓动她考到姚鼐先生门下。这也是她第一次来见姚鼐先生。她很漂亮。"漂亮"这个词用到女人身上,是最无力的,基本上等于什么也没说,但除了"漂亮",他还真的找不到别的词。也就是说,她的漂亮是那种规规矩矩的漂亮,眉眼、脸盘都没有什么特色,但组合到一起,却给人一种漂亮的感觉。她穿着讲究,比一般的大学女生要讲究得多,是那个年代少有的灰色风衣。她一头长发像溪流一般。她显然知道自己的漂亮,这从她那摆动头发的动作就看得出来:好像摆动的只是头,只是头的后半部分,颈部以下是不动的。她高傲得就像女王,哦不,是公主。

她对芸娘说:"我还没决定,考还是不考。"

芸娘说:"报考时间还早着呢,不急着定。"

她说:"我一直没告诉你,父亲想让我去香港。"

芸娘说:"你自己决定。"

她显然是个大胆的姑娘,因为她谈到了在内地还属于禁忌的名字:邓丽君。她说,她前段时间去香港探亲,发现在那里可以大大方方地听邓丽君的歌。这么说的时候,她随口哼了两句《何日君再来》:"好花不常开,好景不常在。"

芸娘说:"如果为了父亲去香港,我可以理解。但如果只是为了一首歌,那就没有太大的必要了。"

她说:"我离开香港时,父亲放了这首歌。"

芸娘没再接话。

现在看来,那天她来到姚鼐先生家里,其实是想找到一个理由:留在大陆的理由,或离开大陆去香港的理由。

姚鼐先生的客厅里已经围坐了七八个人。这些人都是姚鼐先生的弟子。有的弟子已经四十多岁了,是姚先生"文革"前的弟子。

姚鼐先生正在讲述闻一多先生。那是追忆,是深情的缅怀,但口气却是轻松活泼的。当然,如果仔细听下去,你就可以感觉到,作为历史学家和考古学家的姚鼐先生,其实辞约而义丰。前面是怎么讲的,他们不知道。他们听到的第一句话,是关于闻一多先生的胡子。

闻先生公开声明:抗战不胜,誓不剃须。他的胡子是山羊胡子,下巴上有,别的地方没有。不对,别的地方也有,即上髭,又浓又黑,像个"一"字。都看过闻先生那张木刻像吧?就是口衔烟斗的那张?他回头侧身看你,目光既冷且热,如同他的内心世界。

闻先生上课,总带着一个笔记本。笔记本很大,像小案板,像画夹,毛边纸做的。闻先生的字,是正楷,字体略长,一丝不苟。不是因为他是恩师,才说他的字一丝不苟。真的是一丝不苟。闻先生写字,用的是别人用秃的笔。秃笔写小楷,如纸上刻字,那字如铭文显于珠黄。

他夹着笔记本进来,点上烟斗,立即开讲:"痛饮酒,熟读《离骚》,乃可以为名士。"战国之后,最适合讲楚辞的,即是闻先生。这一点,乔木先生也是认的。乔木先生说,闻先生是不发牢骚的屈原。闻先生是太阳吟,屈原是月亮赋。太阳可以照亮月亮,月亮不能照亮太阳。这话讲得好。

闻先生讲《湘夫人》,缓缓吟诵道:"帝子降兮北渚,目眇眇兮愁予。袅袅兮秋风,洞庭波兮木叶下。登白薠兮骋望,与佳期兮夕张。"先是满面愁容,而后双目悲戚,随后举目四望,心驰神往。闻先生的视野,非一般人所能及也。讲晚唐的诗,闻先生能联系到西方印象派。闻先生说李贺的诗,最像印象派。闻先生曾在芝加哥美术学院学画,他的画也受印象派影响,用各种颜色代替阴影,用粗壮的笔调大勾大抹。闻先生之死,是现代中国最重要的文化事件:现代中国与中国传统和西方的对话,暂时搁浅了。

闻先生喜欢晚唐的诗。但说到最喜欢的唐诗,闻先生却首选初唐张若虚的《春江花月夜》。闻先生说,那是诗中的诗,顶峰上的顶峰。乔木先生说,张若虚就这一首诗,所以他是名诗人,不是大诗人。闻先生不这么看。闻先生说,只要有这一首名诗,就是大诗人。呜呼!孤篇压全唐!满天星斗多而不够,孤灯一盏少而足矣。然而,《春江花月夜》又是一首虚无的诗。闻先生如此喜欢,大有说头,但后人少有提及。人生代代无穷已,江月年年只相似。这虚无中,又有积极。一种积极的虚无主义。一轮孤月徘徊中天,大江急流,奔腾远去。一种相思,两地离愁。闻先生说,落月摇情满江树。"摇情"二字,情韵袅袅,最是摇曳生姿。

应物兄注意到,谭淳似乎被打动了。

谭淳把风衣脱下,叠好,放在膝上,对芸娘说:"好,我不走了。"

姚鼐先生说,闻先生受他的老师梁启超影响甚巨。对梁启超先生,闻先生向来直呼其名:梁任公。闻先生讲,梁任公给弟子们讲乐府诗《公无渡河》①,先把那首古诗写在黑板上,微闭双目,摇头晃脑,吟道:"公、无、渡、河——好!"然后又是"公、无、渡、河——好!"然后再吟:"公、竟、渡、河——好!"然后又吟:"堕河——而死——将奈——公何!好!真好!实在是好!"众人虽没见过梁任公,但经由闻先生,梁任公音容宛在。

姚鼐先生说,闻先生此时就是梁任公。梁任公就是闻先生。梁任公有多么陶醉,闻先生就有多么陶醉。梁任公有多少伤悲,闻先生就有多少伤悲。闻先生说,梁任公虽无半句解释,众人却无不身临其境。尔后,闻先生模仿梁任公先生喊道:"谁上来?擦黑板!"众人愣神片刻,方知此时身在教室,而非大河之畔。大师授课,即是如此。只述本事,境界已出。不著一字,尽得风流矣。闻先生授课,如重写古文、重雕玉器、重烧彩陶。

---

① 《乐府诗集》引崔豹《古今注》:"子高晨起刺船,有一白首狂夫,被发提壶,乱流而渡,其妻随而止之,不及,遂堕河而死。于是援箜篌而歌曰:'公无渡河,公竟渡河,堕河而死,将奈公何?'声甚凄怆,曲终亦投河而死。"唐代诗人李白、王建、李贺、温庭筠等,亦都以此题为诗,留下佳作。

谭淳把头靠着芸娘的肩膀,说:"谢谢你带我来,我真的不走了。"

芸娘说:"你也得能考上啊。"

谭淳立即说:"怀疑我考不上?"

芸娘说:"考的人多了,你得下大功夫。"

应物兄直到现在还记得,他完全被姚鼐先生吸引住了。在那一刻,姚先生即为闻先生,即为梁任公。他也由此知道,那么多学习考古学和历史学的青年学子,为什么会千里迢迢,投奔到姚鼐先生门下。

姚鼐先生那狭小的客厅,此时极为安静。在姚鼐先生讲完的那一刻,他听见人们长舒了一口气。刚才,因为全神贯注,听者无不屏声敛息。斯是陋室!那脱了漆的木地板,受过潮的木墙围,本来给人衰败的感觉,但此时却突然有了另外的含义:它们是为奏响这历史韵律而特意准备的。

他觉得,那盏老式吊灯也有了贵族气息。

那时候姚鼐先生的夫人还健在。她是姚鼐先生就读西南联大时的学姐,一个清清爽爽的老太太。她担心姚鼐先生过于激动,就端出一碟大白兔奶糖要发给每个人,也给姚鼐先生剥了一颗糖。如果不是有弟子在场,她肯定把奶糖塞到姚鼐先生嘴里了。姚鼐先生快速地把糖嚼了,咽了,说:"历史重新开始了。一切都耽误得太久,但为时未晚。历史从来不会浪费,历史从来是得失相偿。"

那时候的姚鼐先生,沉默时是老年人,一说话像中年人,吟起诗来就成了青年人。姚鼐先生随后吟诵了闻先生的《太阳吟》。哦不,想起来,吟诗的姚鼐先生既是老年人,又是中年人,又是青年人,或者还像个孩童:

> 太阳啊,也是我家乡的太阳!
> 此刻我回不了我往日的家乡,

便认你为家乡也还得失相偿。
太阳啊,慈光普照的太阳!
往后我看见你时,就当回家一次,
我的家乡不在地下乃在天上!

但是接下来,姚鼐先生又对弟子们说了一段话:"公无渡河!这首乐府诗,我也送给诸位。乱流不渡,危邦不入。屈平沉湘不足慕,复生引颈诚为输。"

屈平自然是屈原,复生指的则是梁启超的同仁谭嗣同。

姚鼐先生这么说,当然是出于对学生的爱护。

这时候,一个细节发生了。谭淳突然站了起来。她侧着脸,冷冷地追问道:"先生,那两句诗是梁任公说的,还是闻一多说的,还是你说的?"

姚鼐先生这才注意到她,问道:"你是芸娘带来的吧?"

她说:"我是慕名而来。"

姚鼐先生说:"第一句诗是李贺的,第二句诗是我说的。"

她说:"'复生引颈诚为输',是你觉得他'输'了,还是你觉得他觉得他'输'了?"

姚鼐先生说:"他没觉得自己赢了吧?"

她说:"他唤醒了中国人,怎么能说输了呢?"

那个上了年纪的学生站起来说:"谭嗣同要是不死,会怎么样呢?梁任公、康有为倒是没死,后来也没干出像样的事来。"随后,那个学生继续发表看法,"姚鼐先生是提醒我们,我们都只能生活在历史中。个人只能是历史的人质。你选择反抗,那是人质的反抗,你是反抗的人质。你选择合作,那是人质的合作,是合作的人质。对历史而言,我们是小姐的身子丫鬟的命。"

谭淳追问姚鼐先生:"你说,他说得对吗?"

姚鼐先生看着她,说:"孩子,我要对你说,人是历史的剧作者,又是历史的剧中人——"①

姚鼐先生话音没落,谭淳就抓起风衣,一抖,穿上了,然后就夺门而出了。姚鼐先生的夫人用埋怨的目光看着姚鼐先生。

芸娘追了出去。

那天,芸娘倒是在镜湖边追上了谭淳。1983年的济大校园,镜湖比现在大得多。它不像个湖,倒像一片野地。湖岸杂花生树,湖里长着芦苇。枯死的树倒在水中,像一个又一个独木桥伸向湖心。因为树梢淹没于湖中,所以它们都像是断桥。镜湖岸边的几只路灯也大都闪掉了,只有微弱的光。她们挽着胳膊走着。应物兄没有靠近,只在后面跟着。后来,谭淳突然又跑开了。应物兄将永远记得她在昏暗的光线里奔跑的姿势:她的胳膊夹着,当一只脚落在身后的时候,脚往外撇,偶尔亮起来的灯光,有时候就照在那只脚上。如果他没有记错的话,她穿的是那个时代少见的靴子。

她就那样跑啊跑,从春天跑到了夏天,从济州跑到了香港,然后在一天晚上,与程先生相遇了。然后,她接着跑,跑到了日本。奔跑成了她的基本姿势,奔跑的影子成了她留在大地上的影子。而在这个夏天,她又从日本跑回了济州,跑到了姚鼐先生的客厅。然后呢,然后她又跑掉了。

关于谭淳与程先生的相遇,芸娘显然是知道的,但他从未听芸娘讲过。

芸娘似乎不屑一谈。

---

① 马克思《哲学的贫困》:"每个原理都有其出现的世纪。例如,与权威原理相适应的是11世纪,与个人主义原理相适应的是18世纪。因而不是原理属于世纪,而是世纪属于原理。换句话说,不是历史创造原理,而是原理创造历史。但是,如果为了顾全原理和历史我们再进一步自问一下,为什么该原理出现在11世纪或者18世纪,而不出现在其他某一世纪,我们就必然要仔细研究一下:11世纪的人们是怎样的,18世纪的人们是怎样的,在每个世纪中,人们的需求、生产力、生产方式以及生产中使用的原料是怎样的;最后,由这一切生存条件所产生的人与人之间的关系是怎样的。难道探讨这一切问题不就是研究每个世纪中人们的现实的、世俗的历史,不就是把这些人既当成剧作者又当成剧中人物吗?但是,只要你们把人们当成他们本身历史的剧中人物和剧作者,你们就是迂回曲折地回到真正的出发点,因为你们抛弃了最初作为出发点的永恒的原理。"

那么,后来他是从哪里知道的呢?从他的朋友蒯子朋那里。蒯子朋这样做,倒不是搬弄是非。某种意义上讲,蒯子朋是替程先生辩解。他相信蒯子朋讲的都是真的。因为其中一些细节,与他在姚鼐先生家里看到的细节,惊人地相似:它只能属于谭淳,而不可能属于第二个人。

那是在1984年,即谭淳到香港之后的第二年。

这一年,程先生在香港出席新亚书院成立三十五周年纪念活动。新亚书院,是儒学大师钱穆、唐君毅等人创办的,其教学宗旨即为"上溯宋明书院讲学精神,旁采西欧大学导师制度,以人文主义之教育宗旨,沟通世界中西文化,为人类和平社会幸福谋前途"。对照这个宗旨,还有比程先生更合适的嘉宾吗?程先生当时应邀做了一场学术演讲,题为《和谐,作为一种方法论和世界观》。程先生是用英文演讲的,担任翻译的就是谭淳。程先生在香港停留了一周。离开香港之前,程先生在下榻的浅水湾饭店设宴,答谢了谭淳和蒯子朋。蒯子朋当时已经在香港中文大学任教,负责全程陪同程先生。

肌肤若冰雪,绰约若处子。这是蒯子朋当年对谭淳的印象。

谭淳告诉程先生,自己正在写的一篇论文是关于谭嗣同的《仁学》的。她问程先生对谭嗣同的看法。程先生其实当时就怀疑她跟谭嗣同有什么关系,但谭淳说,他们只是碰巧都姓谭,五百年前是一家而已。程先生就说,他认为谭嗣同是近代中国建构哲学体系的第一人,《仁学》一书集中体现了他的哲学思想:佛道为表,儒家为里。谭淳说,她不这么看。她说,变法失败以后,康有为、梁启超等人都逃跑了,跑得比兔子都快。康有为跑的时候还带着小妾,日后更是声色犬马。唯有谭嗣同谢绝了日本友人的安排,坚拒出走。这其实是佛陀式的割肉喂鹰,投身饲虎。谭淳说:"谭嗣同不是佛道为表、儒家为里,而是外儒内佛。"

程先生让了一步,说:"半儒半佛吧。"

谭淳说:"他若是儒,断不会走上断头台。儒家说,危邦不入,乱邦不居。① 儒家太爱惜自己了。他呢? 明知山有虎,偏向虎山行。他体现的是'有一小众生不得度者,我誓不成佛'的精神。"

程先生再次让步了:"待我重读了《仁学》,我们再讨论好不好?"

当时在场的还有几个外国朋友,他们也是应邀来参加纪念活动的,好客的程先生将他们一并请来了,其中就有应物兄多年后在感恩节那天见到的那个东方学教授。东方学教授关心的是男女问题,说,儒学好是好,就是只讲修身,不讲身体;只讲仁爱,不讲做爱。程先生说:"谭美人刚才还说,儒家因为爱惜自己的身体所以不能做到舍生取义,这会儿你又说儒家不讲身体。"

程先生说道:"夹板气不好受啊。"

"夹板气"一词,很难译成英文。谭淳在"suffer wrong from the boards"和"be bullied from two side"两种说法之间来选取,都觉得不满意,突然造出了一个生词:"squeezed middle"②。

程先生觉得,谭淳真是个天才。

讨论从饭店持续到海滩。程先生认为,因为身体发肤受之父母,儒家确实是爱惜身体的。但爱惜身体,不是爱自己,而是一种孝道。儒家并不排斥身体,儒家其实更愿意用身体语言来表达自己的观点。孔子讲"视思明、听思聪、色思温"③,这是不是身体? 六十而耳顺,讲的是不是身体? 孟子讲养气、讲正气、讲浩然之气,强调从自然转化为文化,是不是讲到了身体? 荀子讲教化,讲 Vir-

---

① 见《论语·泰伯》。
② 迟至2011年,时任英国能源与气候变化大臣的米利班德(Ed Miliband)才在公开场合首次使用这个词,这个词直译为"被挤压或者夹扁的中间部分",即中文所说的"受夹板气"。米利班德用这个词来形容陷入经济困境的中产阶级。这个词随后被《牛津大词典》评为2011年度新词、热词之首。
③ 《论语·季氏》:"孔子曰:'君子有九思。视思明,听思聪,色思温,貌思恭,言思忠,事思敬,疑思问,忿思难,见得思义。'"

tue[①],讲化性起伪,强调以文化矫治自然,是不是涉及身体?儒家所说的身体,既是真理的感性显现,也是处世的礼仪之道。它沟通天人,承续族类。

东方学教授说:"我说的是,儒学排斥肉体快感,所以影响了它在世界各地的传播。"

这话把程先生给惹急了。尽管谭淳在场,程先生还是讲了一下儒学与性爱的关系。因为它属于学术讨论,所以谭淳当时好像并没有感到难堪。在将程先生的话逐字逐句译成英文的过程中,由于海涛阵阵,谭淳还相应地提高了嗓门,像是在高声朗诵。

程先生当然是半开玩笑地说,儒学的核心观念是"仁义礼智信",这五个字甚至都可以用在男根上面。中国有一本书,叫《素女经》,早就讲过,夫玉茎意欲施与者,仁也;中有空者,义也;端有节者,礼也;意欲即起,不欲即止者,信也;临事低仰者,智也[②]。程先生说:"这是世界上最早论述人的道德观念与身体快感相同一的著作。"当然,谭淳的翻译再次让程先生大吃一惊。程先生认为,谭淳是他见过的最适合将中国典籍译成英文的人。当然了,程先生也由此怀疑,谭淳的性爱经验一定非常丰富。谭淳那朗诵般的语调,无疑也增加了程先生的错觉。程先生随后就悄悄地向蒯子朋打听谭淳的情况。他对蒯子朋说,看来谭淳不仅性爱经验丰富,而且就像一座自由的港口,像一个买票就可以进去的剧场。

随后,程先生邀请谭淳到房间喝茶。

谭淳说:"喝茶的人喜欢谈过去,喝酒的人喜欢谈未来。"

程先生问:"那你喜欢谈过去,还是谈未来?"

---

① 美德,德行。
② 《素女经》:"黄帝曰:何谓五常? 素女曰:玉茎实有五常之道,深居隐处,执节自守,内怀至德,施行无己。夫玉茎意欲施与者,仁也;中有空者,义也;端有节者,礼也;意欲即起,不欲即止者,信也;临事低仰者,智也。是故真人因五常而节之,仁虽欲施,精苦不固。义守其空者,明当禁,使无得多。实既禁之道矣,又当施与,故礼为之节矣。执诚持之,信既著矣,即当知交接之道。故能从五常,身乃寿也。"

谭淳说："我喝咖啡。喝咖啡的人只谈现在。"

蒯子朋说，他是第一次听到这个说法，程先生显然也是。这个说法，好像有点道理。当然，它也进一步增加了程先生的误解。随后的事情，好像就水到渠成了。这天晚上，他们就住到了一起。程先生和谭淳都是单身，所以他们之间发生的事情，似乎也不应该受到道德的谴责。所有的问题只在于，程先生的身体太好了，谭淳当天也刚好排卵了。

只有这么一次，谭淳竟然就怀孕了。

程先生返回美国之后，谭淳曾寄去过一封信，说她可能会去美国留学，还说自己最近身体不适，大概跟香港常年潮湿有关。她其实是向程先生暗示，自己怀孕了。程先生不仅回信了，而且还写得很认真，完全是站在她的角度看问题。程先生说，你是研究历史的，应该知道，美国的历史比兔子尾巴都短，爷爷的烟斗就是文物，所以他们研究历史的时候，从来不善于把具体的历史事件放在一个历史长河中去考察，只考虑眼下。程先生建议她去英国留学。对于她所说的身体不适，程先生也是关心的，程先生劝她，不妨回内地看看中医。

谭淳好像被说服了，没有再写信。

七年之后，也就是1991年秋天，程先生再次来到香港讲学。程先生这次演讲的内容，某种意义就是上次谈话的延续，题目叫《谭嗣同的"仁学"思想与中国当代社会状况》。正如很多人所知道的，这次演讲后来引起了持续的反响，被认为是学术界对于中国的现代性进行反思的开端。程先生说，谭嗣同竟然认为，"两千年来之政，秦政也，皆大盗也。两千年来之学，荀学也，皆乡愿也。惟大盗利用乡愿，惟乡愿工媚大盗"。这完全是置中国文化于死地。这不是历史虚无主义又是什么？谭嗣同的激进主义，是另一种形式的虚无主义。谭嗣同又说，儒学所说的"五伦"当中，只有"朋友"一伦涉及自由平等，可以保留，其余"四伦"都应该扔进垃圾堆。这是什么话？你受了后娘虐待，便恨天下的母亲？你挨了父亲的棍棒，便恨天下的父亲？① 程先生的感慨是，谭嗣同以一己之私看天下，是一竿子打翻一船人；数典忘祖至此，却被后人视为英雄，岂不谬哉？谭嗣同这个人，就是孔子所批评的好直、好勇、好刚，却不好学之人。此人冒失急躁，引颈就义，成就了自己的一世英名，对二十世纪前半期的中国或有意义，对于二十一世纪的中国却无可取之处，我们必须对此进行反思。

程先生说："这个谭复生！非佛家，非儒家，非墨家。"

那么，到底是什么呢？

程先生说："非驴非马，非僧非俗，不伦不类，不三不四。"

不少人扭头去看坐在后排的一位女士。那个人就是谭淳。他们都知道谭淳是研究谭嗣同的，想看看她的反应。谭淳身边坐着一个男孩。她正在给那个男孩翻书，那是一本卡通画册。程先生其实没有注意到她。而谭淳呢，发觉很多人回头看她，似乎在期待她的回应，她就站了起来。起初她还是轻言细语，但随后便激烈了起来，说，她以为先生身为海外名师，定有高论的，不承想竟是人云亦云。又说，她有一言献于先生。潜身缩首，苟图衣食，本是人之常情，倒也无可指责；舍生求义，剑胆琴心，却唯有英雄所为，岂是腐儒所能理解。说了这么一通之后，不等程先生说话，就坐了下去，像没事人一样，继续替孩子翻着那本卡通画册。那个孩子当然就是谭轻，也就是后来的程刚笃。

程先生的反应其实不失儒学大师的风度："'腐儒'就'腐儒'吧。历史上很多鸿儒都被称为'腐儒'。'腐儒'也要有自信，要相信自己是'豆腐乳'，有益于人。"然后又说，自己之所以讲到这个话题，只是因为我们刚刚经历的八十年代，是一个 process of radical-

---

① 《〈仁学〉自叙》："吾自少至壮，偏遭纲伦之厄，涵泳其苦，殆非生人所能任受，濒死累矣，而幸不死。"

ization①,radicalism② 也需要 reflections③,就像人到中年,会反思自己年轻时做过的荒唐事一样。

坐在程先生身边的蒯子朋,悄悄提醒道:"那位女士名叫谭淳。"

但程先生没能想起谭淳是谁。

蒯子朋又提醒道:"她是谭嗣同的族人。"

程先生朝谭淳所坐的方向微微鞠了一躬,说:"知道维护先辈名声,说明这个人重视人伦,是个儒家——"

按蒯子朋的说法,程先生的记忆好像突然被唤醒了,突然不说话了。就在这时候,热心的听众拥了上来,要与程先生合影留念,或拿程先生的著作请他签名。程先生的目光从人缝中看过去,寻找着记忆中那个"肌肤若冰雪,绰约若处子"的美人。他只能看到她的背影了,因为她领着孩子正向门口走去。门口站着一个人,那个人就是黄兴。如前所述,黄兴当时还是那个海运大王的马仔。黄兴在等着程先生,要把他送往浅水湾。在那里,海运大王将宴请他。

就在程先生收拾完讲义要走的时候,一个人走了过来。

随后,这个人跪在了他面前。

这个人就是郑象愚。郑象愚当时刚被那个叫彩虹的女人赶出家门。他双手递上了在慈恩寺求来的那个卦签,祈望程先生为他指点迷津。

在随后的两天时间里,程先生曾通过蒯子朋联系过谭淳。谭淳曾经答应见面,但最终却没有来。程先生看到的是蒯子朋捎来的一封信,上面只有一句话:

---

① 激进化的过程。
② 激进主义。
③ 反思。

采薪之忧①,不能赴宴,祈望谅解。

那么,程先生什么时候才知道有程刚笃这么一个人呢?

那已经是1994年3月了。当时,香港中文大学出版了程先生一本书,蒯子朋第一时间将样书寄了过去,书中夹着一张婴儿出生证明复印件:婴儿的名字填的是谭轻,父亲一栏填的是失踪,母亲的名字填的是谭淳。蒯子朋告诉程先生,谭淳已去日本京都大学留学。她现在的研究方向是"小野川秀美与日本的谭嗣同研究"②。几年前,她就收到了小野川秀美的邀请,但她没去。等她去了日本,却得知小野川秀美先生已经去世了。

蒯子朋没有想到,早在三十年前,程先生就与小野川秀美见过面。程先生告诉蒯子朋,小野川秀美最早研究王阳明,还是听了他的建议。

程先生当然也问到了那个孩子。

蒯子朋说,那孩子还在香港,由外公抚养。

随后,程先生就先飞往日本见了谭淳,又飞到香港将那孩子接到了美国,并给谭轻改名为程刚笃,英文名字就叫 Lighten Cheng。对于程刚笃,程先生是尽了父亲之责的。有一天,发现程刚笃在吸食毒品,程先生竟然老泪纵横。美国人遇到这种情况,通常会把孩子送到戒毒所了事,但程先生不。程先生二十四小时和程刚笃待在一起,外则延医以药石去其瘾,内则教诲以圣德感其心,终使程刚笃病去身健、修心向善,得以完成大学教育。

在应物兄的记忆中,程先生对程刚笃只发过两次火。第一次,

---

① 采薪之忧,有病不能上山采薪,意谓生病。见《孟子·公孙丑下》。
② 小野川秀美(1909—1989),奈良大学教授,京都大学名誉教授。著有《晚清政治思想研究》《梁漱溟的乡村建设论的形成》。谭淳认为,小野川秀美为谭嗣同的研究提供了另一种视角:在小野川秀美看来,谭嗣同深受王阳明"诚意正心,修身齐家,治国平天下"思想和实践的影响,至《仁学》形成,谭嗣同的变革思想已经完成升华,即,认为救人的根本是政治革新,必须从科学与政治上着手;革新的目的则是,既复兴中国,又赈济人类。

珍妮也在。如前所述,珍妮曾说,她最想看的是兵马俑,它们的表情看上去很沉醉,就像做爱,就像刚做完爱,就像在回忆做爱,看上去很性感。程刚笃附和道,是啊,它们一回忆就是几百年,可见做得棒极了。程先生发火了:"就按你们说的,那也不是几百年,而是两千年啊。"程先生勒令程刚笃多读中国历史,不然对不起列祖列宗。第二次发火则是因为程刚笃一周内换了三个发型。第三个发型是莫希干发型、美国大兵发型与清代男子发型的三合一:头顶竖着一撮毛,左右两边却刮得头皮乌青,脑后呢,竟然留着一条辫子。程先生说:"剃头三日丑,修身一世强。三天两头剃头,不知道丑吗?有那闲工夫,何不多读几本书?"

记忆中的一天,程刚笃终于理了个跟程先生一模一样的发型。他们的头型还真的很像。程先生看了,心中喜悦,一时又不好意思当面表扬,就以散步为名,跟了出去,好从背后多看几眼。应物兄记得,当时正有大风吹过,路上行人姿态各异,顶风而行的都是身体前倾,顺风走路的则尽量后仰。程先生是顶风而行,应物兄呢?因为要听程先生说话,所以他是背对着来风,脸向着程先生。大风灌进了程先生的口鼻,程先生几乎都要窒息了,但还是探着头,看着儿子的背影,一脸笑意。一直到程刚笃上了车,程先生才以身体后仰的方式往回走。

就在那一天,程先生提到与孔子、孔鲤、孔伋[①]祖孙三人有关的一个故事。程先生说,孔子的儿子孔鲤似乎是比较平庸的,最大的成就就是给孔子生出了孙子孔伋。孔鲤曾对孔子说:"你子不如我子。"又对孔伋说:"你父不如我父。"

程先生说:"哪一天,刚笃要是也说出了这样的话,我就可以含笑于九泉了。"

如果程先生知道易艺艺还把孩子打掉了,会有什么感想呢?

[①] 孔伋(前483—前402)。《史记·孔子世家》:"孔子生鲤,字伯鱼。伯鱼生伋,字子思";"尝困于宋,子思作《中庸》"。据传,孟子即孔伋再传弟子。

不,这事不能告诉程先生。

这天,他在姚鼐先生的客厅里待了很久。芸娘告诉他,她在等文德斯,她要把这房间的钥匙交到文德斯手上。在等待的时候,芸娘和保姆一起整理着姚鼐先生堆放在书案上的手稿、笔记和书信,将它们分门别类地装到书架下面的柜子里。他插不上手,在客厅里待着。

后来,他听见芸娘轻呼了一声:"先生!"

先生?屋里还有人?姚鼐先生也在?

随后是保姆的声音:"先生太细心了。"

原来,从一只用蓝布做成的小口袋里,跑出来几张散乱的纸头。纸头上的字,竟是弟子们在听课和讨论时随手记下的一些笔记。当年,他们走的时候,把它们当成废纸留下了。那不是一只口袋,而是一排口袋,像果实一样垂挂在那里。保姆在用鸡毛掸子拂扫上面的灰尘的时候,它自己掉了下来。芸娘在一张纸头上看到了自己的几句话:

  这是时间的缝隙
  填在里面的东西
  需要起新的名字
  在骨头上锉七孔
  这不是在做手术
  也不是为了透气
  是要做一支骨笛

这首无题诗,若以首句为题,则可称为《时间的缝隙》。时间的缝隙!这是芸娘和文德能都喜欢的词语,将时间化为空间的概念。诗是用圆珠笔写的。上面有姚鼐先生修改的痕迹:将第五句和第六句的顺序调整了一下。调整之后,确实更押韵了,更符合闻一多先生所说的"音乐美"。姚鼐先生改动时用的也是圆珠笔,这给人一种印象,好像那是芸娘自己改的。之所以能确认那是姚鼐先生改的,是因为姚鼐先生特意在修改符号旁边写了一个字:鼐。此外,姚鼐先生还写了一句话:"只写了七句,还是有第八句?有了第八句,即为新七律。"

这是哪一天写的,是听了哪堂课之后写的,它到底要说什么?芸娘全都不记得了。上面字迹凌乱,甚至歪歪斜斜。那是一张带着横线的纸,右边豁豁牙牙的,这说明它是从本子上撕下来的。因为纸张发黄,蓝色的横线已经模糊了。芸娘又把它装进了那只口袋,把它挂上了墙。

在等待文德斯期间,保姆的小孙女出来了。小姑娘手里捧着一个纸盒子。她一边走一边和纸盒子说话,还歪着头,把耳朵贴向纸盒子。哦,原来里面养了几只蚕宝宝,她是要听蚕宝宝说话呢。

芸娘问她:"蚕宝宝说什么呢?"

小姑娘说:"它问我叫什么名字。我告诉她,我叫蚕姑娘。"

芸娘笑了,说:"昨天还叫荷花姑娘,今天又改名了。明天,是不是还要再换个名字?"

小姑娘说:"不许叫荷花姑娘!只许叫蚕姑娘。"

他跟"蚕姑娘"只见过一面,她竟然还记得他,问:"我叫你应爷爷好不好?"

童言无忌啊。上次她还叫我应叔叔呢。看来,我转眼间就老了。

保姆说:"叫叔叔。"

"蚕姑娘"歪着头,听着蚕宝宝吃桑叶的声音,说:"我是荷花姑娘,他是应叔叔。我是蚕姑娘,他就是应爷爷。"

芸娘说:"蚕宝宝会变成蝴蝶的。你要变成了蝴蝶姑娘,又该怎么称呼应爷爷呢?"

"蚕姑娘"看着他,说:"那我就叫你应姥爷。"

芸娘说:"孩子就是这样,每天都在给所有人、所有事物起名字。"

几只灰白色的蚕,已经快把桑叶吃光了,只剩下了一些脉络。那种有如春雨般的沙沙沙的声音,此时变弱了。有一只蚕,蹲在盒边,挺着胸,昂着头,一动不动。"蚕姑娘"指着那只蚕,问芸娘:"它吃饱了,想睡觉了?"

芸娘说:"都不是。它在想问题呢。"

"蚕姑娘"问:"想什么问题?是不是在想,还有什么更好吃的?"

保姆立即说:"它最爱吃桑叶,别喂它吃别的。"

芸娘随即解释说:"我们蚕姑娘啊,每天变着法子给蚕宝宝做吃的。早上喂它吃榆树叶,中午喂它吃葡萄叶,下午喂它吃荷叶。昨天,偷偷跑去了湖边,把人给吓死了。"

他从"蚕姑娘"身上看到了应波小时候的影子,忍不住想抱一抱。但孩子却迅速跑开了。保姆赶紧打开了电视。那孩子一手拿着盒子,一手拉着芸娘的手,要芸娘陪她看电视。保姆要带她出去,她不愿出去。芸娘说:"我也不愿她出去。我就想抱着她。"芸娘牵着她的手,坐到沙发上,然后把她放到了膝上。

孩子喜欢看的动画片,名叫《鲸鱼入海》。

跨度太大了。刚才喜欢的是幼小的蚕宝宝,这会儿喜欢的是庞大的鲸鱼。

竟然是佛教题材。做保姆的奶奶,经常看这个动画片。

孩子看进去之后,芸娘突然低声向他讲述了一件事,竟然也跟鲸鱼有点关系。芸娘说:"其实年前我去过日本,在日本见过谭淳。两个女人,两个老朋友,见了面,一下子反而找不到话。我们跟这孩子一样,也只好看电视。电视里讲的是航母。竟然看进去了。航母远航时,后面会跟随大量的鲸鱼。航母的螺旋桨很大,转得很快,会将海里的鱼搅碎,形成一片血海肉林,这就正好吸引了鲸鱼。大快朵颐的鲸鱼不会料到,它也将被那螺旋桨打碎。鲨鱼也是如此。"

孩子拍着芸娘的腿,说:"不准说话。"

芸娘说:"好!不说话。"

孩子说:"又说话了。"说着,就从芸娘腿上滑了下来,推着芸娘走。

后来,芸娘和他就在离孩子几步远的地方,悄悄地说着话。芸娘说:"环保主义者常搭乘航母进行远洋考察,他们当然也看到了这些现象,但苦无良策。从日本回来之后,她倒给我打过一个电话。电话里,我们倒是聊得很愉快。她还谈到了我们那天相见无言的场景。她把自己比喻为一个仰泳者,躺在水面上,随波逐流。没有水花,没有涟漪。虽然身下是水,却好像躺在沙漠里。"

他不知道芸娘到底要表达什么,只能听着。

动画片里,出现了蝈蝈。孩子喊道:"蝈蝈,蝈蝈!爷爷的蝈蝈。"

芸娘就哄着孩子说:"爷爷养的蝈蝈都拍成电视了?太好看了。"

随后,芸娘突然问他:"听说学明为济世先生养出了济哥?"

他说:"是啊。也算是无心插柳柳成荫。学明认为,这是他的一大科研成就。"

孩子又喊:"快跑!蝈蝈!快跑!"

原来是一只老鹰从天上盘旋而下,在塔林里捕捉蝈蝈。

蝈蝈藏到一块巨石下面。老鹰站在巨石上,伸出舌尖舔着自己的嘴,然后那舌尖越伸越长,越伸越直,像蛇芯子,像食蚁兽的舌头,那舌头缓缓伸向巨石的底部。蝈蝈从巨石下面出来了,不过,它并没有被老鹰吃掉,因为蝈蝈用它的腿缠着那舌头,并发出轰鸣。老鹰受不了蝈蝈的声音,用翅膀遮住了耳朵。孩子又是鼓掌,又是跺脚,又是高兴,又是害怕。保姆过来,抱住了孩子。

芸娘说:"她说的爷爷,就是我父亲。他一辈子不喜欢中国老头玩的那些东西。老了老了,却喜欢上了提笼架鸟,喜欢上了蝈蝈。他不会养,在一只笼子里同时养了几只,蝈蝈打架,有的断了腿,有的断了翅膀。我观察了一下,发现蝈蝈如果掉了一条腿,它马上就会用另一条腿来代替这条腿的功能,只是走得不稳罢了。如果这条腿折了,还吊着,没有断掉,用细绳把它绑住,那么替代的现象就不会出现。这条腿走不了,别的腿也不会替代它。它斜倚栏杆,不走了。这说明了什么?说明这种替代不是自发的,不是有意的,不能用'主—客'模式来认识它。否则你就无法解释,伤腿被绑住的蝈蝈,为何不靠主体意识来适应作为客体的环境。我们以前是否讨论过,'主—客'二分前的原结构?讨论过什么叫'在世界之中存在'?"

"芸娘,我对现象学的概念已经很陌生了。"

"虚己应物,恕而后行,①说的就是面向事实本身。面向事实本身的时候,你的看、听、回忆、判断、希望、选择,就是现象学的要义。你有什么好陌生的?现象学的'自知'与王阳明的'良知',就有极大的通约性,你有什么好陌生的?"

"芸娘,我从来没有这样想过。"

"我只是想说,我的朋友,那个虚己应物的谭淳,那个恕而后行的谭淳,她就是那只伤了一条腿、斜倚栏干的蝈蝈。"

这时候,孩子吵着要看第二集,保姆不准她看。保姆过来抱她的时候,有人敲门了。保姆抱着孩子去开门。原来是文德斯。孩子一下子扑到了文德斯怀里,喊着:"叔叔抱,叔叔陪我看电视。"

文德斯从怀里掏出一个小笼子,说:"你看,这是什么?"

是一只用麦秸秆扎的笼子。

里面还真的是一只蝈蝈。那是一只济哥。文德斯说,这是敬修己给他的。

文德斯同时带来了双林院士的消息,他跟双渐联系了,双渐说,半个月前,北京医院派专家赶到了玉门,双渐的儿子也去了玉

---

① 见《晋书·外戚传·王濛》。

门,还带去了双渐的孙女。"双渐老师说,老爷子病情稳定,已经被接回北京接受治疗。"

"我得赶紧跟先生说一下。"

"看来真的不要紧了。双渐老师说,知道孙子入党了,双老还跟孙子碰了杯。医生不让他喝酒,他就让人买了几个蛋筒冰淇淋,当成酒杯,一家人互相举杯、碰杯、庆祝。"

"还能吃冰淇淋?"

"是啊,所以双渐老师说,双老身体不像兰梅菊大师说的那么糟。哦,还有一件事,我差点忘了。双渐老师让您去跟乔木先生说,酒坛子里的巨蜥,还是趁早处理为好。"

"是不是对身体有害?"

"他说,那其实是五爪金龙。官员们喜欢泡那个。一万五千年前,桃都山上也有五爪金龙。龙袍上镶的就是五爪金龙。其实是四爪,是四个爪子上各有五指。官员们喝这个,喝的不是酒,喝的是潜意识,喝的是幻觉。有人说它大补。其实镜湖里的一条泥鳅,都抵得上一条五爪金龙的药用价值。"

他突然想起,葛道宏那篇关于龙袍的文章,也提到了五爪金龙,但又提到,有的龙是五爪,有的龙则是四爪,这表明各个朝代对于龙袍的规制有不同的理解。他想顺便问双渐,这是怎么回事?他没想到,这个问题文德斯已经替他问了。文德斯说,双渐告诉他,朝鲜的龙袍上都是四爪,日本的龙袍则是三爪。前者表明朝鲜当时对中国的臣属,后者则表明日本对中国文明的谦恭。

既然双渐还有心思考虑这些问题,他就想,双林院士的身体应无大碍。

他们都不知道,双渐说的并非实情。此前一周,双林院士的一半骨灰已经安葬于玉门烈士陵园。双渐此时其实是在桃花峪,因为他遵父亲之嘱,要将父亲的另一半骨灰埋到母亲身边。

88. 它

  它的内部在摩擦,咯吱咯吱的,仿佛窃窃私语,仿佛梦中磨牙。它还会突然塌陷,唿里嚓啦的,斜插在废墟上的那些木板会突然摇晃起来,又慢慢躺下。应物兄首先想到,那是在坍塌过程中散架的书柜。随后,在木板躺下去的某个地方,一把椅子会突然从废墟中拱出来,缓缓升起,在风中摇晃着,像被遗弃的摇椅,又像风中的秋千。椅子上虽然没有人,但它的突然下沉,却使应物兄顿时有一种失重感,好像他就坐在那把椅子上,正与它一起陷入废墟内部。

  带大了文德斯的那个阿姨也来了。

  记忆中,她还是个中年妇女,健壮、朴素、干净、善解人意。如今,她已年老,满头银丝,蓬乱着,如被风吹散的雪。她手中拿着一只压瘪的奶锅。她固执地认为,那就是她当年给文德能、文德斯兄弟煮奶的奶锅,理由是那锅底是她曾经换过的:有一次煮牛奶的时候,她忘记关火了,牛奶潽了出来,锅底烧坏了,她就给它换了个锅底。现在,她用一块砖擦着锅底,要把它擦亮。

  那个阿姨认出了芸娘,却不认识应物兄了。

  应物兄再次意识到,自己的容貌已经发生了根本性的变化。没错,他的抬头纹更深了。原来清晰的三条抬头纹,现在衍生出无数条皱纹,纵横交错,混乱不堪。那家族的徽记,渐渐失去了它的个人性,使他一步步地泯然于众人。

  如果文德能还活着,他还能认出我来吗?

  他现在已经想起来,这一天其实是文德能去世二十周年。眼前这堆庞大的、崭新的、活跃的废墟,就是二十年前文德能、文德斯兄弟住过的那幢楼。它是昨天深夜被爆破的。一队工作人员正围着废墟拍照,并记下数字。他们穿的背心上印着施工爆破单位的名字:济州建工集团爆破工程公司。还有更多的人在拍照留念。他们其中不乏原来的住户。从手机上已经能够看到早间发布的新闻:"爆破之前,墙体上钻孔 2600 个,安插导爆雷管 4200 余发,形成导爆网络,埋设乳化炸药 465 公斤;属于一次性起爆,原来预计 4 秒钟内同时起爆,而且必须精确到千万分之一秒;1 分半钟内夷为平地,飞石却不能超出 9 米。"

新闻中说,根据监测结果,一切符合预先的测算。

新闻里还提到全国各地爆破拆楼的一些资料,意在说明,济州建工集团的爆破技术,已走在全国前列。其中最重要的一个数据是:飞石没超出五米。

往前推二十年,这幢位于济水河边的住宅楼,不仅是济州最高的住宅楼,还是济州唯一带电梯的住宅楼。文家住在七楼。在应物兄的记忆中,文家的客厅很大,像个小剧场。八十年代中期到九十年代初,这里是朋友们的聚会之所。爬墙虎将窗户都要挡住了,叶子是绿的,枝茎却是红的。撩开绿叶,能看到枝茎上栖息的土灰色的壁虎,它如同某种原始生物,总能把你的思绪带入万古长夜。从枝叶的缝隙望出去,可以看到济河的粼粼波光。到了深夜,总有人骑着嘉陵摩托呼啸而来,呼啸而去。那是最早的飙车族。按郑树森的话说,他们中的大部分人都已经撞死了。郑树森套用鲁迅的话说:"没有撞死的,或许还有?"

只需四秒钟,青春的记忆就被引爆了,就腾空而起了。

再用一分半钟,它们就归于尘土,仿佛一切从未有过。

文德斯将一张文德能的照片,放到了一块砖上。照片上的文德能微微蹙眉,目光中有探询,嘴半张着。他似乎向他们打听到底发生了什么。

死者比活人更关心现实。应物兄听见自己说。

墙边原来有几株高大的核桃树。它们之所以能长得那么高,而且不被损坏,是因为结的是夹皮核桃,吃起来非常麻烦。就在文德能的照片旁边有几根被砸断的树枝,勉强可以认出那就是核桃树的枝条,上面还挂着青皮核桃。有几个核桃被砸开了,露出白色的核桃仁,像微型的人脑。他闻到了核桃皮那酸涩的味道。他奇怪地觉得,其中有隐隐的血腥气。

"说是只用了一分半钟,其实他们在这儿忙了一周。"文德斯说。

"文儿,这几天你住在哪里?"芸娘问。

"刚好在医院替梅姨照顾老太太。梅姨病了。"

"老太太好点了吗?"

"她自己说,好就是不好,不好就是好。医生说,那就以她说的为准。她自己说,还有件事没有办完呢。办完了,就拜拜了。"

"就你一个人在医院照顾?"

"敬修己老师也去了。"文德斯说,"我现在知道了,他就是哥哥的朋友郏象愚。今天梅姨已经休息过来了。敬老师本来要过来的,我告诉他,楼已经拆了。还有几个人,他们都给我打了电话,表达对哥哥的思念。费边说他很不好意思,因为他早就说过,而且不止一次说过要做一个纪念活动。他说,他确实走不开。他说到三十年纪念的时候,他就退休了,就可以从头到尾参加了。还有一个叫蒋蓝的人。我不记得她,但她说她当年经常到这里来,也是哥哥最好的朋友。她说她在美国,没办法赶回来。"

费边其实就在济州。

这是费鸣告诉他的。费鸣说,费边这次回来,原本是要跟蒋蓝打官司的。费边委托蒋蓝在济州买了一套房子,蒋蓝填的业主竟是她的女儿。打官司总是耗时耗神,而且很伤感情,所以双方都先请老朋友郑树森帮助调解。费边退了一步,表示房子可以明年再卖,涨价的部分归蒋蓝。奇怪的是,蒋蓝竟然不同意:如果房子降价呢?蒋蓝说,她对中国的经济形势是看好的,但对房价继续上涨并不看好。费鸣显然站在哥哥一边:"臭娘们,花别人的钱,还他妈的有理了?"

关于费边和蒋蓝的事,他倒是从郑树森那里听到了几句。郑树森说,蒋蓝这么做,其实是抓住了费边的把柄:买房子的钱其实是公司的,属于公款私用,费边之所以让蒋蓝买房,并不是为了住,而是为了半年后出售,赚个差价。按郑树森的说法,如果把蒋蓝逼急了,蒋蓝就敢把这事抖出来。

"问题其实简单。蒋蓝要是再年轻几岁,就什么事也没有了。"郑树森说。

"此话怎讲?"

"费边说,蒋蓝一脱衣服,他就后悔了。费边说,以前她躺在那里,腰是腰,奶是奶,屁股是屁股。如今虽然取掉了几根肋骨,腰倒是说得过去。乳房填了硅胶之后,倒也马马虎虎。就是屁股完全不像个屁股。费边感慨啊,说以前那个屁股多好啊,多么饱满,像熟透的苹果。看到那个屁股,他就想变成一只鸟,上去啄一口。时光不饶人啊。简直不像屁股了,像铺陈烂套①。他本来对那个屁股倒不是很在意,可蒋蓝每天都要叫他在那屁股上抹这个,抹那个,用手心抹,用手背抹,还得画着圈,一圈一圈抹。一开始,他还挺有兴趣的。可是,抹着抹着就烦了。他说,他都没有这么认真地抹过脸。"

"你告诉他们,不要变成仇人。"

"蒋蓝有句话,让我不寒而栗。她说,对于那些拔了鸡巴就跑的臭男人,她肯定会念念不忘。能踩两脚的,岂能只踩一脚?"

"你告诉费边,能让一步,就再让一步。"

"费边已经被吓住了。"

当然,应物兄没把这事告诉文德斯。

文德斯说:"费边也可能生我的气了。他要替哥哥出书,我告诉他,我已经替哥哥出版了。"现在,文德斯就从书包里掏出那本

---

① 铺陈烂套,济州方言,多指用过多年的被褥里絮的棉花。

书,并把它和那张照片放在了一起。《The thirdxelf》,这是它的书名。如前所述,这是一个你在任何词典中都查不到的词,一个生造的词。

89. The thirdxelf

"The thirdxelf",是文德能留于人世的最后的声音。用它作书名,倒也合适。这其实是芸娘的建议。芸娘说,她后来终于想起来,文德能说过,他曾写过一篇短文,但没有完成,题目就是这个词,这个生造的词。

这本书厚达五百五十五页。这么厚的书,本该很重的,但由于选用了进口的六十克轻涂纸(LWC),所以显得并不重。它还有一种从沉重中逸出的轻盈的感觉。

这是文德能的最后一本书,也是他的第一本书。

文德能生前,甚至没有发表过单篇论文。文德能曾开玩笑地说,自己也是"述而不作"。文德能总是说,虽然自己看了很多书,但总觉得那些知识还没有内化为自己的经验,所以无法举笔成文。哦,有句话,我永远来不及对你说了:你之所以会被那些知识所吸引,你之所以会向我们讲述那些知识,不正是因为它们契合了你的内在经验吗?你的"述而不作",其实就是"述而又作"。任何"述"中都有"作"。"述"即阐述,即阐幽,即开启幽隐之物。

他记得很清楚,同一本书,文德能总是买两本:一本自己读,一本借给朋友读。文德能总是会以批注的形式写下自己的阅读感受。哦,对于那些伟大的著作来说,我们都是迟到者,但是在个人经验和已被言说的传统之间,还是存在着一个阐释的空间,它召唤着你来"阐幽",把它打开,再打开。

在他看来,文德能就是这样一个杰出的"阐幽"者。

此时，在临近正午的阳光下，应物兄仿佛突然置身于一个黑暗的房间——那个房间现在就埋葬在眼前的废墟中。他看见文德能举着灯盏朝他走来。灯盏在这里不是隐喻，而是事实本身。他们之所以秉烛夜谈，是因为那天又停电了。那段时间经常停电。他记得那是郏象愚带着乔姗姗逃走之后的某一天。他之所以又来到文德能家中，是因为他突然想起来，乔姗姗那天走的时候，将乔木先生家的钥匙留在这里了。他来到这里的时候，阿姨正陪着文德斯吃饭，文德能在房间里陪着费边看一部日本电影《罗生门》。当他也坐下的时候，突然停电了。事实上，那时候电影已经接近尾声：云开日出，樵夫在罗生门旁看到一个哭泣的女婴，正想着要不要把她抱起。

那部电影是根据芥川龙之介的小说《竹林中》改编的。文德能此前不仅搜集了导演黑泽明的所有资料，而且重读了芥川龙之介的小说。文德能点燃了灯盏，一盏交给了阿姨，一盏拿到了阳台上。两个灯盏在房间里遥相呼应，相互安慰。他们谈话的时候，微弱的灯光就在芥川龙之介的自传性小说《大导寺信辅的前半生》上闪耀。文德能推荐他和费边看看这本书。文德能说，我们很多人就像书中的信辅，依赖书本，尚无法从书本中跳出。

文德能已经在那本小说上，密密麻麻地写了很多。

他和费边都说，何不把它整理成文呢？

文德能侧脸看着一个瓦罐，瓦罐中盛的是沙子，他把手伸进了那些沙子。从黄河里采来的沙子，干净得就像豆粉。那是阿姨采来的，用它来清洗餐具、酒具，用它来炒豆子，也用它来做沙包供文德斯锻炼拳脚。文德能说，他一直想写书来着，他想写的书就像一部"沙之书"。沙子，它曾经是高山上的岩石，现在它却在你的指间流淌。这样一部"沙之书"，既是在时间的缝隙中回忆，也是在空间的一隅流连；它包含着知识、故事和诗，同时又是弓手、箭和靶子；互相冲突又彼此和解，聚沙成塔又化渐无形；它是颂歌、挽歌与献词;里面的人既是过客又是香客;西学进不去,为何进不去?中学回不来,为何回不来?

哦,时间的缝隙!如前所述,这个词也曾在芸娘的诗中出现。

显然,在他们看来,正如空间有它的几何学,时间也有它的地理学,而地理也有它的历史学。这是文德能和芸娘共用的词汇。

"世上真有这样的书吗?"他问。

"至少可以试试。"文德能说,"或许到了老年,可以写出一章?"

谁又能想到,没有任何不良习惯的文德能,竟然没有自己的晚年。死是突然找上门的。在此之前,文德能只是发烧而已,有些气喘。皮肤上偶尔出现的绿色硬块,他还以为是郊游教文德斯爬树引起的。后来到了医院,竟然已是白血病晚期。应物兄还记得,最初的震惊过去,他立即想到,文德能完不成那本书了。

令人恸心的告别时刻到了,在生命的最后时刻,因为担心引起出血,医生不允许文德能刮胡子,文德能那清秀的脸上也因此杂草丛生。那个时候,文德斯坐在芸娘和阿姨中间,双眼噙泪,眼看着生如何成为死。文德能脸上的苦楚慢慢消失了,变成了微笑,很安详,就像睡着了一般,好像随时都能席地而坐,与朋友们聊天。就在这时候,文德能似乎又从昏迷中醒了过来,一个字母,一个字母,说出那个单词:Thirdxelf。

然后又清晰地说出了两个字:逗号。

正如芸娘后来所说,这个词其实是文德能生造的一个词:第三自我。那是文德能最早的一篇文章的题目。它的第一句话,就是:"The thirdxelf,这是我生造的词,意为'第三自我'。"哦,这说明了什么?这说明垂危的文德能,又回到了最初的那个创造性的时刻,也说明他的思考一直清晰地持续到临终。

文德能的脸色随之变得微黄,又变得蜡黄。医生掐着表,记下了那个最后的时间。接下来的一个动作,是应物兄永生难忘的:芸娘抬起了文德能的手,将那只手抬向了文德能的胸部,然后继续缓缓移动着那只手,在它变得僵硬之前,用它合上了那双眼睛。芸娘后来解释说,这是文德能本人的要求。

哦,文德能,你用自己的手,合上了自己的眼帘。

文德能最后的泪水溢出了,慢慢消失于那片杂草。因为文德能说过,谁也不要哭,所以当护士给文德能剪去指甲、剃去胡子的时候,他们都没有哭。而文德能自己的眼泪,那曾经消失于野草中的眼泪,这时候再次出现了。剃刀挪开之后,文德能的脸有如黄绸,那泪水也就如同在黄绸上滑动,流得很慢,像蜜。

文德能的墓地就在凤凰岭,与他父母的墓地相邻。

朋友们手捧花环来给文德能送行。那白黄相间的花枝,开在被太阳晒得滚烫的金属圈上。麦子收割之后,大地光秃秃的。一群鸟儿正在低空盘旋,它们叽喳不停,跌宕起伏,仿佛在朗诵大地的语言。朋友们就在文德能的坟前约定,等一周年的时候,一定要相聚一次。这话当然是真诚的。在后来的日子里,文德能的名字确实也经常被朋友们提起,那当然也是真诚的。但是一周年过去了,三周年过去了,朋友们再也没能聚起来。如今,二十年过去了。

哦,死去的人是认真的,活着的人已经各奔东西。

这天中午,芸娘执意要去凤凰岭的墓地去看看文德能,但被他和文德斯阻止了。他们觉得,芸娘脸色很不好,点个头似乎就要晃倒。文德斯说,自己和阿姨去就行。

文德斯和阿姨走后,他和芸娘先在济河边的一个小饭店里坐了下来,然后又来到了小饭店旁边的一个旧书店。他们要在这里等待文德斯,然后一起再回到姚鼐先生家里吃饭。保姆已经来过电话了,问他们什么时候回去,共有几个人。

芸娘说:"让孩子先吃。"

随后,芸娘坐到了河边的空椅子上,面对着河水。他也坐了过去,轻轻地翻开了那本书。他觉得,自己仿佛回到了三十年前,就像一个学生在老师的监督下读书。他觉得这个时刻既神秘又美丽。在芸娘面前,我内心沉静。"

他听见芸娘说:"文儿让我写序。我想了想,摘了两句别人的诗,送他作题记。那是我的感受,不是文德能的。德能不会那么想。他涉及的领域太多了,哲学、美学、诗学、神学、经学、史学、文学、社会学、政治学,来不及孤芳自赏。"

那题记是芸娘手写的,笔迹略显凌乱,那是因为每个笔画都有些颤抖:

> 谁见幽人独往来,缥缈孤鸿影。拣尽寒枝不肯栖,寂寞沙洲冷。①

芸娘说:"文儿说他不知道依什么顺序来编。我告诉他,你该问应物老师,《论语》各章节的编辑顺序是怎么形成的。我也提醒文儿,一部真正的书,常常是没有首页的。就像走进密林,听见树叶的声音。没有人知道那声音来自哪里。你听到了那声音,那声音瞬间又涌向树梢,涌向顶端。"

他现在看到的第一则笔记,是关于尼采的。文德能先是摘抄了尼采的话,然后写下了自己的话:

> 人们应尊重羞愧心! 大自然就是因为这羞愧心才把自身掩藏在谜的背后,掩藏在斑驳陆离的不确定性背后。②

在尼采的晚年,他意识到自己时日无多,为《快乐的科学》重写了序言。这温情脉脉的言辞,似乎来自另一个尼采。尼采认为,不健康的现代哲学既是启蒙的代价,也是哲学本身的代价。尼采为何重提羞愧? 因为现代哲学已经不知羞愧。羞

---

① 苏轼《卜算子·黄州定慧院寓居作》:"缺月挂疏桐,漏断人初静。谁见幽人独往来,缥缈孤鸿影。 惊起却回头,有恨无人省。拣尽寒枝不肯栖,寂寞沙洲冷。"
② 尼采《快乐的科学·自序》:"'亲爱的上帝无处不在,这是真的吗?'一个小女孩问妈妈。'我认为这么问,有失规矩。'这便是对哲人的提醒。人们应尊重羞愧心! 大自然就是因为这羞愧心才把自身隐藏在谜的背后,隐藏在斑驳陆离的不确定性背后。"

愧的哲学，宛如和风细雨，它拥吻着未抽出新叶的枯枝。无数的人，只听到尼采说"上帝死了"，并从这里为自己的虚无找到理由。但或许应该记住，羞愧的尼采在新年的钟声敲响之际，曾经写下了对自己的忠告：今天我也想说出自己的愿望和哪个思想会在今年首先流过我的心田，并应该成为我未来全部生命的根基、保障和甜美！我想学到更多，想把事物身上的必然看作美丽：我会成为一个把事物变美的人。

芸娘说："如果德能活到现在，我不知道他的想法会不会变。可能会变。当然也可能不变。"

"您是说，现在看来，他有点乐观？"

"我们可能都是理智上悲观，意愿上乐观。你知道的，1888年春天的时候，尼采完成了最后一部书稿《权力意志》，他谈论的是今后两个世纪的历史。他描述的是即将到来，而且不可能以其他形式到来的事物：虚无主义的降临。我为什么会关注现象学？是因为又过了十二年，也就是二十世纪的第一年，胡塞尔开始用他的《逻辑研究》来抵御虚无主义。他的方法是回到'意义逻辑'和'生活世界'。这个过程极为艰难，持续了一个世纪。我看后来的那些西方哲学家，好像还没有人能够从根本上粉碎尼采的预言。似乎梦魇依旧。这也是我试图走出现象学的一个理由。"

"您是说，德能还是有点天真？"

"他也可能比我更早地意识到这一点。所以他说，想把事物身上的必然看成美丽，想成为一个把事物变美的人。"

芸娘说着，咳嗽起来。

他不便再问了，只好默默地翻书。

随着书页的翻动，我们的应物兄再次回到了很多年前的那个夜晚：两个灯盏遥相呼应，如微风中的蓝色火苗。这是因为他又看到了文德能提到的《大导寺信辅的前半生》。文德能显然非常喜欢这段文字，不然他不会一口气抄了那么多：

这样的信辅，一切都是从书本里学来的。不依赖书本的事，他一件不曾做过。他是先看到了书本中的行人，才去看街头的行人。他为了观察街头的行人，又去查看书本中的行人。而街头的行人，对他来说，也只是行人而已。这是不是就是他通晓人生的迂回之策？为了了解他们，了解他们的爱，他们的憎，他们的虚荣心，他读书。读书，特别是读世纪末欧洲产生的小说和戏剧。他在这冰冷的光辉中，发现了在他面前展开的人间喜剧。他发现了许多街道的自然美：靠了几本爱读的书，他观察自然的眼光变得尖锐了一些，发现了"京都郊外的山势""郁金香花丛中的秋风""海上风雨中的船帆""苍鹭在黑夜里飞过时的叫声"。他在自己的半生中，也曾对几个女性产生过爱，然而她们却没有一个使他懂得女性的美。至少没有使他懂得书本以外的女性美。"阳光中女性的耳朵"和"落在面颊上的睫毛的影子"，他都是从戈蒂耶①、巴尔扎克、托尔斯泰那里学来的。

　　这个夜晚，曲终人散，我再次蓦然从朋友的背影中读出了信辅。他们匆匆而来，匆匆而去。他们这是要去观察街头的行人？而我伫立窗前，如同信辅看着信辅，如同一个信辅看着另一个信辅从书中走向街垒。

　　"这个夜晚"是哪个夜晚？就是我取钥匙的那个夜晚吗？他们是谁？是我和费边吗？遗憾的是，这些笔记都没有注明时间。街垒？这个词没有用错吧？我记得，那天晚上，我回去得很晚，街道非常安静，哪里有什么街垒？哦，翻开下一页，他看到文德能对"街垒"这个词的解释。原来，文德能使用的"街垒"一词是有特指的。他也由此认定，文德能这段话，是在另一个晚上写的：

――――――――――
① 戈蒂耶(1811—1872)，法国唯美主义诗人、小说家。"为艺术而艺术"的倡导者。代表作为《死亡的喜剧》《珐琅与雕玉》。

在这个晚上,我怀着道德的重负,提到了兰波。1876年8月15日,在印度尼西亚爪哇岛,一名华人在海边救起了一个濒死的士兵。这个人大口地吐着海水,自称是诗人兰波。他确实就是兰波,隶属荷兰外籍军团,是这年5月被派到爪哇岛的。三个月后,他就成了逃兵。我讲这些,是因为我的朋友,一个写伤痕小说的人,每次见面必谈兰波。我曾经喜欢兰波,但后来不喜欢了。我很想告诉他们,兰波的诗,在这个时代可能已是陈词滥调。

在二十世纪,"兰波族"成为专有名词,兰波的诗句"生活在别处"①,成为很多人的口头禅。二战以后,美国作家亨利·米勒,兰波的崇拜者,一个真正的混子,一个流氓,一个瘾君子,宣称在未来世界里,"兰波型"的人将取代"哈姆雷特型"的人和"浮士德型"的人。他似乎说对了。于是在1968年,在法国巴黎,反叛的学生将兰波的诗句涂于街垒:"我愿成为任何人;要么一切,要么全无。"我很想对朋友说:不要成为兰波,不要成为亨利·米勒笔下的兰波;不要相信兰波,因为兰波本人从未成为兰波。

文德能当然也摘抄了他喜欢的理查德·罗蒂。很多年前,文德能从竹编的书架上抽出了一本书,那本书就是《偶然、反讽与团结》。应物兄记得,文德斯曾经说过,哥哥走得太早了,没看到罗蒂的另一本书《托洛茨基与野兰花》,看到了,可能会更喜欢的。不过,现在他看到的不是文德能对那本书的摘抄,看到的是罗蒂关于海德格尔的一次发言:海德格尔是我们时代最伟大的欧洲思想家,而在真实世界里,海德格尔却是一个纳粹,一个怯懦的伪善者。文德能几乎全文翻译了罗蒂的那篇发言,然后简单地写下了几句话:

从逻辑上看,海德格尔没有活着的理由,因此他才将余生

---

① 见兰波《巴黎狂欢节》。

投入到比自我更伟大的目标中。我可以想象,海德格尔在他垂危之际,会祈求上帝给他力量,让他再度过一天,或是一小时,或是一分钟,让他继续投入到那个目标当中去。

他觉得,他触摸到了文德能那颗悲悯的心。

对文德能来说,仅仅悲悯是不够的。他不会停在那儿,他还要披荆斩棘继续往前走,继续"思"。哦,谁见幽人独往来,缥缈孤鸿影。

海德格尔说,在我们这个激发思的时代最激发思的东西恰恰是我们尚不会思。海德格尔后来对纳粹言行的缄默,是因为他在思。

海德格尔尊崇黑格尔,认为黑格尔是西方形而上学的完成,终结了两千年来无数的哲学家不断地给西方哲学打上形而上学印记的传统。海德格尔显然对黑格尔的那段名言耳熟能详:"在我们这个富于思考和辩论的时代,假如一个人不能对于任何事物,即便是最坏的最无理的事物,说出一些好理由,那还不是一个高明的人。世界上一切腐败事物之所以腐败,无不有其好理由。"

海德格尔在他的思中,拒绝给自己找一个奇特的好理由。为坏事物找到好理由,已经耗尽了多少聪明才智。

书中影印了一些笔记。从影印的图片上看,文德能的那些文字,简直是叠床架屋:他甚至不断地继续给自己的笔记作注。比如,他将黑格尔的那段名言画下来,又在旁边写道:

马克思在《资本论》中驳斥资本家所谓的延长童工劳动时间的荒谬理由时,也引用了这段话。"好理由"何止存在于黑格尔、马克思、海德格尔所处的"富于思考和辩论的时代"?越是"最坏的最无理的事物",越是会有一个最冠冕堂皇的"好理由"。

关于这则笔记,文德能要批注的内容还多着呢。就在这一页的页脚,文德能用批注的形式谈到了海德格尔对马克思的评价:

> 海德格尔也惊叹马克思的深刻:"因为马克思在体验异化时深入到历史的本质性维度中去了,因此马克思主义的历史观优越于其他的历史学。但胡塞尔没有。据我看来,萨特迄今也没有在存在中认识到历史事物的本质性。所以,无论是现象学还是存在主义,都没有达到可能与马克思主义进行建设性谈话这一维度。"①我已提醒芸娘这一点,并期待与她进一步讨论。

他问芸娘:"你们讨论了这个问题吗?"

芸娘说:"这段话,应该是他最后写下的。很可能是在医院写下的。他总是在不同时间重新翻阅自己的笔记,再给以前的笔记做批注。"

旧书店老板让服务员给他们送来了两杯茶。这个旧书店,三十年前就有了,他和芸娘都曾经是这里的常客。老板只有一条胳膊。当年还是个年轻人,现在已经老了。书店门上写着一个红色的"拆"字,笔画上的颜料往下滴,一直滴到地上,使那个字显得格外长,像三十年历史一样长。应物兄想起,九十年代初他再次来到这里的时候,八十年代那批启蒙主义理论的书籍,已经被论斤卖了。有一套书,曾经是他最喜欢的书,是李泽厚先生主编的,叫"美学译文丛书"。当年为了把它配齐,他曾不得不从图书馆偷书。当时,那套书就躺在书店里那间既作厨房,又作会计室,还兼作小便室的房间里。那些书摞了一层又一层。它们都还用红色的塑料绳捆着,还没有解开呢。老鼠曾用它来磨牙,在书脊上啃出了月牙似的豁口。蟑螂曾用它做婚床,在上面留下了黑色的斑点。那捆"走向未来丛书",他曾视若珍宝,可在这个旧书店里,老鼠竟在上面掏

---

① 海德格尔《人道主义的书信》。

了个窝,在里面留下了自己的形状。他记得很清楚,当他跪在地上,歪着脑袋朝窝里看时,一只土灰色的蜘蛛爬了出来。老板看见了他,在身后咳嗽了一声。

老板笑了:"帮个忙,拿出来,拿出来晒晒。"

于是他依着老板的意思,把它放到了窗台上,让它接受微风的吹拂。老板摸着书脊,指着那个洞,说:"就像拔了一颗牙,留了个洞。"

现在,这里的书大都已经搬走。老板之所以还留在这儿,是想拍下拆毁的镜头以作留念,还为了与老顾客告别。里里外外都打扫得很干净,跟顾客说话的时候,他不时抬起右手用袖管擦擦桌面。桌上还放着几本书,每本书上都夹着纸条,纸条上写着老顾客的名字。那是等待最后的顾客来取。

已经过了十二点了,文德斯还没有回来。

芸娘让他给文德斯打电话,告诉文德斯,直接到姚鼐先生家里去。

奇怪的是,文德斯竟然去了机场。他说,他要接的朋友飞机晚点了。

老板问芸娘:"文先生,走了二十年了吧?"

芸娘说:"你还记得文德能?"

老板说:"怎么不记得,当年你们两个经常来这里淘书。"

芸娘说:"大概也只有你还记得他。"

老板说:"他弟弟上周送来几本书。他说,整理哥哥的书架,发现有几本书是从这里借的,里面还夹着条[①]呢。当年我向外租书,一月五毛。他说,按这个价格算,那就是天价了。文先生定是忘了是租来的,在上面东画画,西画画,画了好多记号。他弟弟一定要付钱,我收了一百块。"

他赶紧问了一句:"那些书呢?我都买下来。"

[①] 借条。

老板说:"都被一个人买走了。"

芸娘也追问道:"是你的老顾客吧？你一定认识他。他是谁?"

老板说:"这人呢,路过这儿,就会来坐坐。也不说话,阴着脸。他不是济州城的笑星吗？自己却从来不笑。过年过节,他常在电视里露脸的。去年春节晚会他又出来了。'想死我了吧？我才不想你们呢,我是路过。'他第一句话总这么说。他是学狗像狗,学猫像猫,学驴就打滚,学牛就哞哞。他肯定是文先生的老哥们。他把二十年的租金,一股脑全都掏了。他记性真好,扳着指头数,第二年租金就涨了,涨到了两块,第三年涨到了四块。我逗他,第四年涨到了五块！他摇头摇得跟拨浪鼓似的。不不不,第四年你就只卖不租了。脑子多好使！一共七本书,他付了两万块。是不是觉得老汉我丢了饭碗,该买个烧饼充饥？他说,他手里也有几本,也忘了还了,算是一并结了。真知道顾全老汉的面子。不客气了,我收了他五千块。"

他听出来了,那人是小尼采。

哦,小尼采,我的朋友。

这时候,有个老顾客来了,五十来岁,问老板吃了吗？老板分明没吃饭,却说:"吃了,不过了,老汉我只拣好的吃。吃了两只烤鸭。不过呢,这济州的北京烤鸭,跟北京的济州丸子,一样难吃。"

那老顾客径直去桌上拿书,然后拉开抽屉,把一百块钱丢了进去。

老板又说:"这事,我跟文先生的弟弟说了。就又往这里搬了一箱书。数了一下,五十本。说是送给哥哥的朋友。"没错,桌子旁边的板凳上,就放着一摞《The thirdxelf》。"可是,这一半天,店就要拆了。你们要不都拿走？再者说了,读书的人不少,可会读书的人不多。读这一本书,等于读了一屋子书。你们还是拿给会读书的人看吧。"

后来,他把那箱书搬到路边,招手拦车。

等车的时候,他问芸娘:"这些书,要不先放到我那?"

芸娘问:"乔木先生给太和写了一幅字:太和春煖?'春煖'这个词,含自我取暖、独自得暖之意。这本书,就是给学人看的。你发给你的学生吧。得告诉学生怎么读,要带着问题去读。这只是初步整理出来的笔记,就像线团。得有进入线团的能力,还要能跳出来。"

在人来人往、车水马龙的大街上讨论学术,是不是不合时宜?有那么一会,应物兄想到了这个问题。他想,如果对方是另一个人,那么不仅自己会觉得别扭,也会替对方感到别扭。但这是听芸娘谈,跟芸娘谈。芸娘在哪里,哪里就会形成一个学术的场域,就像在荒野里临时支起了一顶学术帐篷:一切都顺理成章,合乎时宜,水到渠成。线团就悄悄地等在那里,知趣地、静静地等在那里,等着芸娘把它解开,等着芸娘把它织成一块飞毯。

芸娘说:"这是一代人生命的注脚。看这些笔记,既要回到写这些笔记的历史语境,也要上溯到笔记所摘引的原文的历史语境,还要联系现在的语境。你都看到了,这本书没有书号,没有出版社。它只能在有心人那里传阅。可是很多人都睡着了,要么在装睡。你无法叫醒装睡的人。怎么办?醒着的人,就得多干点活。需要再来一个人,来给这个注脚写注脚。这个工作,你本来可以做,但我指望不上你了。"

他认为自己说的是真话:"倒不是因为忙。我是怕自己能力不够。"

芸娘说:"你倒不需要责备自己。所有给《论语》作注的人,都比不上孔子,但他们的工作仍然值得尊重。等你有时间了,你可以帮文儿把这个工作做好。文儿的国学功底,哦,国学,权且用这个词吧,毕竟还不够扎实。你可以帮他。文儿说,小时候,他以为那些注啊,那些眉批啊,都是作者吩咐他哥哥写的。他有个说法,把我逗乐了。他说小时候看见通红的煤炭,觉得很神奇,以为它是小精灵拿着红刷子刷上的。他后来觉得哥哥的工作,就是用红刷子把煤炭刷红了。应物,现在那煤炭暗了下去,所以需要刷掉外面的灰烬,然后继续刷。一个刷子不够,那就用两把刷子,三把刷子。我想,你可以成为那第二把刷子。可你现在正忙着刷别的煤炭。我对文儿说,要是应物兄院长指望不上了,那我们就得另找一把刷子。"

他还不知道,文德斯此时在机场要接的那个人,就是"另一把刷子"。

他更不知道,那"另一把刷子"竟是陆空谷。

当然,还有更多的事情,他是无论如何也想不到的。哦,倒不是芸娘故意要隐瞒我。几天之后,当应物兄知道了事情的来龙去脉,他将对自己这么说,对芸娘,他唯有感佩。那个时候,他也才能知道,芸娘其实是在安排她的身后事。

90．返回

返回的路上,芸娘提到了一个名字:海陆。

芸娘是这么说的:"刚才在旧书店,我又想起了海陆。海陆和那个老板见面就吵。他要把那些旧书全都烧了,换成新书。他说他可以掏钱给人家进书。老板说,书无新旧。他们就吵起来了。"

然后芸娘说:"我累了,得小睡一会。"

芸娘还是有点怕冷,从小包里取出纱巾,挡在了胸前。纱巾是淡灰色的,但上面有着靛青色的图案。他提醒司机,关掉空调。司机小声问:"你说去济大,是要去济大附属医院吗?"他对司机说:"是去济大的镜湖,要开进去。"

海陆?没错,这个时候他还不知道,芸娘的话看似无意,其实有意。

那是一个久远的名字,一个完全淹没在记忆中的名字。这两个字从刚才的废墟中升起,同时升起的还有废墟本身:它的一砖一石重新聚拢,楼道盘旋着向上延伸,门窗和阳台各就各位,核桃树再次挂上青果,爬墙虎重新在水泥墙面蔓延,土褐色的原始生物一般的壁虎又悄悄地栖息在爬墙虎那暗红的枝条上,并张开嘴巴等待着蚊子飞过。当然,与此同时,文德能重返青春,文德斯重返童年,用沙子擦拭奶锅的阿姨重新回到素净的中年,而所有的朋友突然间又风华正茂。

舞台搭好了,海陆就该登场了。

那是初春的午后。应物兄其实晚到了一会。文德能的客厅,气氛有些异样:竟然没有人吞云吐雾,抽烟的人都自动跑到了阳台上。有一个魔术师正在表演节目,他能够朝任何方向弯曲身体,仿佛是用橡皮泥做的。在表演的间隙,他蘸着口水去捻自己的胡子,好使胡子两边的尖头向上翘起。这个人其实是文德能的邻居,喜欢来这里凑热闹,然后混上两杯酒。若在过去,这套动作总能使人开怀大笑,但那天不管他做出怎样的怪动作,都没有多少人在意。文德能正一脸羞涩地与一个人说话。那个人,就是海陆。

海陆其实是他的绰号。他有多少个绰号?因为他研究胡塞尔,每每以胡塞尔的观点统摄一切,所以人们叫他陆塞尔,或者塞尔·陆;研究海德格尔的时候,他叫陆海德,也叫海德格尔·陆。当他第二次还是第三次出现的时候,人们就叫他海陆了。

现在,在返回的出租车上,他想到了海陆姓陆,但他没能想到海陆与陆空谷的关系。

海陆问文德能:"她不是研究闻一多的吗?何时开始研究哲学了?"

海陆有些疑问,是因为文德能告诉他,芸娘待会要来。

文德能说:"这并不矛盾。"

海陆说:"女性哲学家?一个奇怪的词,一个矛盾修辞。就像方的圆,圆的方。就像白色的乌鸦,饶舌的哑巴。女人研究哲学,既糟蹋了女人,又糟蹋了哲学。她为什么要去研究哲学呢?哲学,让女人走开!"

对了,当时一个写先锋小说的人就站在他们旁边。小说家翻着一本杂志,杂志的封面是个女作家。小说家突然笑了起来。笑声引起了海陆的注意,他问文德能:"这位朋友是——"

文德能说:"他是小说家——"

海陆就说:"喂,小说家,问你呢?中国的小说为什么总写那些儿女情长?还他妈的特能狡辩,说中国是人情大国,不写儿女情长写什么。可是,儿女情长算什么呢?说说看,情感又算得了什么呢?有多少哲学意义?"

小说家把杂志从脸上移开,随口附和道:"我就不写。哥们,哥们只写花园迷宫。"这个小说家其实是个结巴,反问道,"阿、阿、阿兰,罗罗罗伯,格格格里耶,知道吗?豪、豪、豪尔赫,路路路易斯,博尔赫斯,知道吗?"

海陆说:"你喜欢的人还真不少呢。不过,这七八个人,我全无兴趣。"

小说家说:"没意思。"然后,把那个杂志扔到了沙发上。

海陆掏出过滤烟嘴,非常熟练地把香烟拧进去。他是唯一在客厅里抽烟的人。他对小说家说:"你的表情告诉我,你说的没意思,并不是没意思。是这个意思吧?我想,我没有说错。"

小说家说:"你说的意思,是什么意思?"

海陆吐了一口烟:"问得好啊!没意思就是另一种意思。"然后他歪着头,看着沙发上那本杂志,看着杂志上的女作家头像,说,"我喜欢和一流的女人谈论问题,读二流的小说思考问题,写三流的诗歌表达问题。"他到底要说什么呢?他要谈论、思考和表达的问题,属于一流、二流还是三流?

就在这时候,芸娘进来了。

芸娘是自己将那虚掩的门推开进来的,所以几乎不为人所知。应物兄之所以及时地看到她,是因为他的目光刚好落到门边。由于文德能不会拒绝人,所以客厅里常会出现一些莫名其妙的人。他觉得,海陆就是这样的人。他正想着,要不要离开呢。芸娘进来之后,坐在了门口左侧的一张沙发上。在她的面前,刚好是魔术师带来的一只鸟笼子,里面是一只鹦鹉。她俯下身子观察那只鹦鹉。她披着一条很大的披肩,黑地红点的披肩。在她俯下身子的同时,她轻轻地抬起了手腕,拦住了那条披肩,预先防止了它的滑落。她的打扮看上去是漫不经心的,但那是一种精心打扮之后的漫不经心。芸娘无疑是俏丽的,但俏丽出现在别的女人身上就只是俏丽,而芸娘略显丰满的脸颊以及略显苍白的脸色,在她的身上却发展出了一种混合了不幸的贵族气息的优雅。她无疑是敏感的,她的脸,她的嘴角与眼角,都透露着她的敏感,但她又用一种慵懒掩饰了自己的敏感。当她把目光投向文德能的时候,她看到了海陆。于是她又起身,走了过来。她没有伸手。此刻,她的披肩好像能够心领神会似的,恰到好处地滑落了下来,使她刚好需要用手把它拦住。她对海陆说:"德能告诉我,你到了济州。"

"久仰!久仰!"

"久仰我什么呢?我要写的书,还没有写出来呢。"

"你太美了。"

"谢谢!不过,我并没有你感觉到的那种感觉。"

芸娘无疑是尖锐的。同时,她好像又为自己的尖锐感到了不好意思,于是她伸出手来,示意海陆落座。海陆这次挑了一个最好的位置坐了下来,而她却暂时还留在原地。但她的目光,却已不在此处。她侧着脸,向应物兄打听一个人。

"小郏有消息吗?"她说的小郏,就是郏象愚。

"听说去了香港,听说拜在了一个儒学家的门下?"

"是吗?"她问。一道阴影出现在了她的嘴角,有如阳光下浮雕的纹路。

然后,她对海陆说:"我在德能这里看到了你寄来的杂志,上面有你的照片。杂志上的照片,比你本人要大。女人总喜欢挑年轻的照片放在书上,男人却是相反。当然也不一定。男人老的时候,就喜欢年轻时的照片了。都说女人是本质主义的天敌,其实男人也是。"

与记忆中这些鲜活的细节比起来,那天谈论的话题好像就显得微不足道了。应物兄记得,芸娘拍拍沙发,让他坐到她的身边。她虽然曾是他的辅导员,但她却反对他叫她老师,他跟别人一样叫她芸娘。他说:"芸娘,您应该坐到那边去。"他指着另一张沙发。那个沙发的位置更好,而且刚换了干净的沙发套。但她说:"这里离门窗近,透气。"她无疑是极爱干净的女人,沙发上扬起来的微尘使她的鼻翼皱了起来,但随之而来的又是宽容的笑。

海陆问文德能:"我可以讲话了吗?"

文德能一愣:"可以,当然可以。"

奇怪得很,海陆竟然随身带了一个麦克风。他先是反复调试着麦克风,然后咬着麦克风说,他刚从德国回来。哦,其实他三年前就从德国回来了。他说,解构主义已经吃不开了。本来就是痞子当道,再解构下去,裤衩就要脱光了。脱光了也回不到伊甸园,回到伊甸园也吃不到树上的果子,非饿死不可。然后,他又提到了一大堆名词,一连串的英语单词、德语单词。

应物兄觉得,英语和德语反正听不懂,听着倒很悦耳。倒是已经译成汉语的那些名词,疙里疙瘩的,有如一个个绊脚石,让人很不舒服。陆塞尔又再次说到了情感。他说情感在哲学上没有意义,哲学家应该排除情感。黑格尔说,肉是氮氢碳,虽然我们吃的是肉,不是氮氢碳,但现在的哲学研究应该回到氮氢碳。他说,他希望把他的这个想法,传递给在场的每一个人,并通过在场的朋友传递给所有研究哲学的人。

芸娘用手遮住了前额。她为他感到羞愧。

她左手的无名指上,戴着一枚硕大的戒指,是祖母绿。

但大多数时候,芸娘只是静静地听着,偶尔蹙眉。应物兄听见她说:"给我一支烟。"他递给她一支烟,但她只是闻着,并不点燃,或者用它在手上画来画去。每次看到这个动作,他都知道,芸娘这是在提醒自己不要说话。每次看到这个动作,他都会想起耶稣面对不贞的妇人,在沙地上写字的情形:它代表着宽恕。

海陆说了一通之后,似乎意识到了气氛的异样,突然停下来不讲了。他犹豫了一下,还是说:"我想听听女性哲学家的看法。"海陆把麦克风递了过来。

似乎无可回避。

芸娘的嘴角又涌现了略带嘲讽的微笑。她说:"我开会的时候是不说话的。我怕麦克风。有一种现象就叫麦克风现象:只要坐到麦克风前面,你说的就不是你想说的,再好的麦克风似乎都不能完全保真。"

海陆摸索着,把麦克风关掉了。

芸娘说:"但你可以用麦克风。这个麦克风的保真效果很好。"

海陆似乎并没有听出其中的讥讽,又把麦克风打开了,并坚持让她说几句。那麦克风就伸在他和芸娘之间。

芸娘微微侧着身子,以躲开麦克风。芸娘说:"听德能说,经常往济州寄杂志的朋友来了,就过来看看,以示谢意。我很后悔自己的英文不够好,读英文原著很吃力,需要看那些翻译,需要看那些根据翻译写成的文章。不过后来我不后悔了,因为除了英文原著,还有德文原著,还有古希腊原著。即便你是个语言天才,你也不可能全都掌握。"随后她又就近取譬,以眼前的鹦鹉为例,说,"我现在看到的大部分关于西方哲学的著作,大都是鹦鹉写出来的,说了很多问题,其实是没有问题,因为鹦鹉说出来的问题都是别人的问题。"

那只鹦鹉突然在笼子里跳了起来。

芸娘停下来,问那个魔术师:"它是不是饿了?"

魔术师橡皮泥似的身体朝芸娘弯去:"说得对!它饿了。"

芸娘说:"不能说饿了,只能说,在一定时间内,胃的排出量多于进食量。"

世上所有魔术师,都是机灵鬼。他听懂了芸娘的弦外之音,弯下腰,脑袋几乎挨着了地面,看着鹦鹉说:"我得给它吃点氮氢碳。"他从袖口掏出了一只精致的镶着铜钉的木匣子,打开后,里面蠕动着通体发红的小虫子。没错,他所看到的最好的鹦鹉食品,似乎都是那些小虫子。它们纠结在一起,上下翻滚,争先恐后地摇晃着小脑袋。

海陆的嘴巴咔嚓一声。他竟把塑料烟嘴咬劈了。

这天还发生了什么,我们的应物兄已经记不起来了。

他倒是记得芸娘对海陆的评价。那已经是几天之后的事了。地点是在芸娘的家中。芸娘当时刚搬到城郊,紧挨着一片麦田。小麦已经安全越冬,正在返青。他们谈话的时候,透过窗户可以看到麦田里的乌鸦时而惊飞而起,时而又栖落在某棵孤零零的柏树上。柏树下面是坟头。柏树在初春的阳光中是耀眼的,比柏树下面的残雪还要耀眼。耀眼的还有乌鸦的翅膀,它有如黑色的锦缎。

"海陆离开济州了吗?"

"听文德能说,第二天他就去了武汉。"

"又到武汉做报告去了吧?有人说,他做的是带功报告。做带功报告,听众必须放松,寂静无声,然后就会有哭的,有笑的,有跳的,有跪的,有耍猴拳的,有学驴打滚的。如果他的报告没有达到效果,他就会感到失望。"

"我也是第一次见到他。"

"他虽然是从德国回来的,但却是英国意义上的学者。"

"为什么说是英国意义上的?"

"这里面有一个好玩的典故。一个德国哲学家问一个英国哲学家,英国人的词汇里有没有和 Gelehrte[①] 相对应的词,那个英国哲学家说,有啊,我们管他们叫作沾沾自喜的人。"芸娘说着,笑了起来。

但随后,芸娘透露,海陆第二天其实并没有去武汉,而是来到了她的家中。她还请他吃了饭,并陪着他在麦地里散步。她的父亲和海陆喝了酒。海陆酒量很大,喝白酒就像喝啤酒。海陆说,要把她的诗译成英文和德文。

"那几首歪诗,不值得劳他大驾。不过,他可能真的是个好译者。本来就是歪诗,他要是再翻译歪了,那就刚好是负负得正。"

哦,有一点是他们不知道的,就在他们这么开玩笑的同时,海陆其实已经又到了济州。在后来长达两年的时间里,海陆还将无数次地在济州出现。最初,他住在文德能家里,后来有时候住在车站旁边的宾馆,有时候住在芸娘家附近的招待所。比他本人到达更勤的,是他的一封封情书。他觉得文德能对芸娘更为了解,所以经常向文德能请教,他该做些什么才能够打动芸娘的芳心。

那个时候,除了文德能家里的阿姨,没有人知道文德能也深爱着芸娘。

由于海陆对芸娘的疯狂追逐,文德能知难而退了。

芸娘难道就没有感觉到文德能的爱吗?当然会感觉到。那么,芸娘为何在此之前没有与文德能走到一起呢?除了文德能没有主动提出之外,是否还有别的原因呢?这真是个谜。但无论是芸娘还是文德能,都没有提起过此事。

说起来似乎有点残忍:海陆写给芸娘的情书,有时候就是在文德能的书房里完成的。关于那些情书,芸娘倒是提起过两次。芸娘说,海陆的汉语词汇量好像有限,最喜欢用的标点符号是惊叹号,最喜欢用的一个词叫"络绎不绝",最喜欢说的一个句子是:"芸娘啊!我对你的爱!!络绎不绝!!!"

[①] 德语:学者。

两年后,文德能在父亲去世之前,与一个姑娘结了婚。正逢出国大潮,那女人随后就去了澳大利亚。又过了两年还是三年,她回国与文德能办了离婚手续。

海陆来参加文德能婚礼的时候,对朋友宣布这次绝对不能空手而返,一定要让芸娘接受他那"络绎不绝"的爱。

芸娘再一次拒绝了他。

拒绝的理由,还是那句话:"我没有你感觉到的那种感觉。"

病急乱投医。求爱不得的人,总是会向别人诉苦,向别人讨教。应物兄现在想起,有一天他去文德能家里,文德能刚开门,对面的门也开了。原来,那些日子里,海陆白天就待在对面魔术师家里。他们已经混成朋友了,一三五打麻将,二四六看录像。听到这边门响,海陆麻将一推,就跑过来了,向他打听芸娘有什么动静。海陆是这么说的:"我今天运气特别好,做了个七对子,也做了个一条龙,刚才又来了个杠上开花。连鹦鹉都祝福我了。你是不是给我带来了好消息?"

文德斯问:"鹦鹉怎么说的?"

海陆说:"格尔高,格尔高。意思是海德格尔陆,高,实在是高。它其实是想说,我运气来了,挡都挡不住。"

文德斯说:"它那是虫子吃多了,打嗝呢。"

阿姨把文德斯拉到他自己的房间去了。海陆立即垂头丧气,向他和文德能复述了一遍自己和芸娘的谈话,然后让他们替他分析他到底哪里做得不好,芸娘的话到底是什么意思。海陆说:"我们已经谈到女儿问题了。她很喜欢我女儿。她说,如果她有女儿,就叫芸香。我已答应她,回去就把女儿的名字改了,改成芸香。"

他问:"芸娘原话是怎么说的?"

海陆说:"她的原话是,你有个漂亮女儿,是吧?我就说,她也会是我们的漂亮女儿。她跟你长得还真有点像哎。你们在一起,就像一对幸福的母女。"

他问:"芸娘怎么说?"

海陆说:"她说,'像'从来不是'是'。你'像'一棵树,和你'是'一棵树,从来不是一回事。她跟我不谈爱情,谈词性。她说,'是'是判断系词,是把谓词归结到主词的本质里去。我都被她弄晕了。"

他劝海陆,还是接受这个事实。

海陆立即说:"我都准备为她离婚了,已经拉下脸,给老婆下了最后通告了。这通告不是白下了吗?"海陆看着沙发上的麦克风。那麦克风已经被他摔坏了,成了文德斯的玩具。文德斯喜欢拿它去逗魔术师家里的那只猫。

他记得,大概在两天之后,芸娘倒是主动跟他谈起了海陆和他的女儿。芸娘对海陆虽然没有什么好感,但也并不太反感。芸娘说,她劝海陆不要离婚。她甚至首次向别人讲述自己的童年。她七岁的时候,父母离了婚。父亲对她依然很好,甚至更好了。她吃药的时候,父亲总是一手端着水,一手拿着她爱吃的话梅。等她含了药,他就赶紧喂她喝水,然后把话梅塞到她嘴里。她小时候最喜欢吃话梅,但因为那是父亲喂的,她就告诉自己不去舔它。她想把它吐出来,但又担心伤了父亲的心。父亲呢,一会跑来按按她的腮帮子,发现它还在那,以为她舍不得吃呢。她小时候最喜欢的图形,不是圆形,而是椭圆形,因为它有两个焦点,它还像鸡蛋。小时候她喜欢吃鸡蛋羹。他总是用小勺把软黄的鸡蛋羹挖成椭圆形,然后喂她吃。尽管如此,她仍然对他不满,觉得他遗弃她和母亲。

她是不愿看到同样的故事,在那个女孩身上重演。

她说:"别说我没有感觉到他的感觉。就是感觉到了,我也不会同意的。思想的本质就是警觉,就是不安。让我不安的事情,已经够多了。"

他说:"那我去劝劝他?"

芸娘说:"很快就过去了。"

他说:"看他的架势,他好像真的准备离婚。"

芸娘笑了:"一三五打麻将,二四六看录像。再换成一三五看录像,二四六打麻将,事情就过去了。"

这么多年过去了,他已经把这事忘得一干二净了。现在,想起此事,他却又觉得,它好像就发生在昨天。他甚至还能记得,他和芸娘说话的时候,外面下着雨。芸娘喜欢住一楼。她在一楼的小院子搭了个小的工具房。雨点在工具房的檐头顿一顿,拉长了,变成了芸娘喜欢的椭圆形,然后落下来,在地面上溅起细碎的水滴。哦,瞧啊,我们的应物兄记得多清楚。他的脑子真是太好了。

可是,这么好的脑子竟然没能想到,那个女孩就是陆空谷。

此时,在返回济大的路上,他从后视镜里看到,芸娘已从小睡中醒来。她一定是发烧了,因为她用两条纱巾裹着自己。光线照临到车内,树影在她的脸上滑过,不同形状的光斑在她的前额一闪而逝。她的嘴角依然带着惯常的微笑。而她微蹙着眉头,则表明她其实忍受着病痛。他想把外套脱下递给她,但又担心上面的烟味让她感到不适。

镜湖终于到了。

经过第一个减速带的时候,芸娘说,她想下去走走。

他也下了车。出租车先是缓慢地开着,与他们保持着相近的速度,然后和他们一样停了下来。靠近湖岸的地方,水面上摇动着荷叶。芸娘问:"那就是所谓的程荷吗?"

他向芸娘解释道,当初子贡带来了九颗莲子,取的是"九思"的意思。确实种到镜湖中去了。为了保证它不与别的荷花混到一起,就把它埋在了陶制的大缸里,里面放的是河泥。大缸下水的位置,并不是他们现在看的位置。那里长着一株野生的构树。而在这里,岸边的乱石丛中,长的却是一株无花果。他告诉芸娘,自己曾经去看过几次,发现那里并没有荷叶长出。"没什么动静,倒是有鱼草浮出来。"他说。他进一步解释:子贡带来的莲子,早已干透,硬得像子弹,需要先用水泡开,再撬出一条小缝,才有可能发芽。当然,他也告诉芸娘,说不定过上一两年,就可以看到那古莲,也就是所谓的程荷了。

有几片很小的荷叶浮在水面,与别的荷叶不同。

那是睡莲。

镜湖里到底种了多少种荷花?

芸娘似乎就是被睡莲吸引了,弯腰朝它看去。

哦,在那片睡莲上,有两只虫子。不是虫子,是蚕宝宝。原来"蚕姑娘"把蚕宝宝放到这里来了。还好,斜向湖面的无花果树刚好在那里洒下一片浓荫,不然它们非被晒死不可。有一只蚕,正在吐丝,它大概就是早上看到的那只旁若无人、挺着胸、昂着头、什么也不吃的蚕。丝从它的嘴里吐出来,同时吐出来两缕,离开了它的嘴才合成一缕。它的身体上已经缠了一些蚕丝。随着新的蚕丝吐出,缠在它身上的蚕丝明显变厚了。他开玩笑地对芸娘说:"它正一点点变成您喜欢的椭圆形。椭圆形的蚕茧。"

另一只蚕则在荷叶的边缘爬行。

芸娘说:"先生曾在殷商墓中发掘出一个玉器,荷叶用墨玉雕成,荷叶上的蚕宝宝则用白玉雕成。先生说,这只是宫廷艺人的想象。快把它拍下来。先生回来了,给他看看。"

他拍了照片,也拍了视频。

那只蚕宝宝在荷叶上蠕动着。荷叶为此而荡漾。它其实是找不到下嘴的地方,因为它必须从边缘下嘴,但荷叶的边缘却是水,而水正是它的天敌。也就是说,必须在荷叶上戳一个小洞,它才能够把荷叶吃到嘴里。但如果挖一个小洞,水又会冒出来。现在,它的尾巴朝向荷叶的中心,头则是朝向水面,它要小心地从翘起的那一点点荷叶的边缘下嘴。它的嘴巴处在水与叶的界面。

他摘了一片无花果树的叶子,把它捏了起来。他没有去惊扰那只正在吐丝的蚕。他怕影响它作茧,影响它化蝶,影响它做梦。手中的那只蚕,他本想放到无花果树上,但不知道它是否吃那叶子。芸娘又摘了两片叶子,把它包了起来,说待会把它还给"蚕姑娘"。一只蚂蚱从芸娘的脚下飞过,她猛地抬脚,给它放了生,并且目送它挺立在草茎的顶端。

就是那一抬脚,芸娘就累了,说她想坐一会。

他就陪着芸娘坐了下来。

芸娘又是有意无意地问到一件小事:"八五年冬天,我们在湖面上办过一次冰上舞会。还记得吗?"

哦,当然记得,因为那是他第一次看到芸娘跳舞。那天是元旦前夜。一九八五年,风调雨顺的一年。它将在黎明到来之前离他们远去。那年冬天的寒冷其实是对温暖的春天、热烈的夏天以及果实累累的秋天的回应。所以,它的寒冷也就同时蕴含着温暖、热烈和喜悦。好像是为了提醒人们注意这一点,雪花及时地飘落了下来。哦,只有在未来的记忆中,你才能感受到当时未能体会到的无限惜别之意。

芸娘说:"我这会想起来了,文儿在书里收了一首诗,写的就是那场舞会。他搞错了,那首诗不是文德能写的,是文德能的一个朋友写的。"

哦,那天他是第一次看到文德能。文德能还带了一个朋友,那个朋友是山东人,也是研究闻一多的,主要研究方向是闻一多和十四行诗的关系[①]。如果没有记错的话,那个诗人名叫华清,留着一

[①] 华清《闻一多的"商籁体"》:"闻一多译介的十四行诗,力图重现原诗的格律形式,体现了他本人的'节奏就是格律'的诗学观。闻一多对韵式、建行、意象等诗学元素的处理,同时借鉴了中国格律诗和意、英、俄十四行诗的经验。我本人在 1985 年冬天写下第一首十四行诗的时候,体会更深的是闻一多对十四行诗的一句论断:一首理想的商籁体,应该是个三百六十度的圆形,最忌的是一条直线。我写的是一对相恋甚深的人在冰上跳探戈的情景。探戈的旋转正好为三百六十度的圆提供了契机。闻一多曾写过十四行诗《爱的风波》,我模仿闻一多,将自己的第一首十四行诗起名为《爱的风度》。"注:"商籁体"一词,是闻一多先生对 Sonnet(十四行诗)的音译。

部络腮胡子,令人想到张飞,但说起话来却柔声细语的。华清刚和文德能一起走黄河回来。华清写了几首诗,是带有闻一多风格的诗,想让芸娘看看,就让文德能带他来到了济大,没想到刚好碰上他们在冰上举办舞会。几个女同学缠着文德能和那位诗人,让他们讲讲自己走黄河的壮举。想起来了,那天芸娘穿的是暗红的毛衣。华清说,她就像一只火鹤。

芸娘说:"你把这湖,当成海了。"

华清说:"你不是说过,从另一个星球上看,海就是湖。"

芸娘说:"那是很早以前的话了。"

华清说:"最近的,也看过啊。雪崩的时候,每片雪花都不是无辜的。"

芸娘说:"德能,未经允许,你就把那些句子拿给别人看了?"说这话的时候,芸娘佯装生气。

文德能说:"是他自己从本子里翻出来的?"

同学们依然缠着文德能,非让他说说走黄河的壮举。

文德能说:"好多人走黄河,是给自己定的任务,从头走到尾。我没走黄河。我只是去了几个想去的地方。很多人世世代代在那里生活,你认为是英雄壮举,人家认为你是来玩的。很多人就是为了玩。"

华清说:"这一路上,我陪着文德能,颠簸在穷乡僻壤、荒山野岭,驻足于荒寺古庙,考察危梁斗拱。骡子骑得,鸡毛小店住得。在风陵渡遇到下雪,过铁桥的时候,文德能差点被掀到河里喂鱼。同学们,你们肯定不知道什么叫风雪交加。城市里再大的风,都是扇子扇出来的,不叫风。城市里再大的雪,都只是撒胡椒面,都不叫雪。真正的风是从山上吹过来,真正的雪是从天上砸下来。"

芸娘说:"德能啊,你这是逞能啊。弱不禁风,却敢走黄河?你要有个闪失,德斯怎么办?"

文德能说:"那不还有你吗。"

芸娘说:"我?我连自己都照顾不好,还能照顾孩子?"

他们的对话自然又亲近。随着音乐响起,周围那些年轻的身体舞动了起来。不时有人滑倒并发出欢快的尖叫。后来,人们鼓动芸娘也跳上一曲。芸娘说,那种迪斯科她不会跳,华尔兹倒是会跳,但它太慢了,越跳越冷,会冻着的,她只会跳探戈,是跟着父亲学的,不知道这里有没有人会跳?华清立即说,文德能会跳。又说,他最想学的就是探戈,但文德能说,他只和最漂亮的女士跳。事后想来,善于观察的诗人之所以这么说,除了赞美芸娘,可能还在暗示,他知道文德能暗恋着芸娘。

文德能走向了芸娘。探戈史上最著名的舞曲《为了爱》响起来了。它的另一个译名更是致命的隐喻:《一步之遥》。那是一首三分多钟的曲子。多年之后,应物兄在电影《闻香识女人》中再次听到这首舞曲的时候,他眼前浮现的就是那个冰上舞蹈。

  两双眼睛因羞涩而更加明亮
  有如冬夜因大雪而变得热烈
  多么优雅,力与速度的节奏
  那孤独者的三分钟:为了爱
  热流与冰,呼吸与风的交替
  回旋出这个时代特殊的气息
  火鹤将飞,掠过湖心的碎银
  美慕的眼神是我祝福的诗句
  欲拒还迎啊,瞬间即是永恒
  那摩擦的热与能,迅速升华
  但又后退,错过,无言闪开
  仿佛是要独自滑向冰的背面
  而波涛中又有着精确的方位
  为凝视彼此保持必要的间距

没错,这首诗的作者就是华清。华清说,他虽然研究的是闻一多和十四行诗的关系,但这首诗却是他写下的第一首十四行诗。现在,我们的应物兄突然意识到,芸娘之所以提到这首诗,可能并不仅仅是为了说明文德斯搞错了,而是为了委婉地向他透露这样一个信息:这首诗里,其实隐含着她与文德能为何没能走到一起的原因:他们后退,错过,无言闪开,为了保持精确的方位,为凝视对方、为两颗心的相撞,拉开必要的距离。

哦,火鹤!那只火鹤,现在穿的是灰褐色的衣服,围着靛青色图案的纱巾。

据说,当华清把这首诗拿给芸娘看的时候,芸娘对这首诗本身未置一词。随后华清与芸娘有过简短的交谈。

"我看见有人传抄你的诗。你好像很少写到爱情?"华清问芸娘。

"我太注重爱了,因而无法在诗里写到它。"芸娘说。

"可我感觉到,你好像被爱所包围。"

"那么,你是说,我不写这个,是出于谦逊?"

在后来的日子里,镜湖岸边这个正午,也将多次走进应物兄的回忆。他甚至记得,身边的那株无花果树正散发着淡淡的乳香。在回忆中,芸娘纱巾上那令人愉悦的靛青图案,也不免带上悲剧的意味。也只有在回忆中,他才会知道,芸娘随后对他说的那几句话其实已经在暗示,她认为自己将不久于人世。

"那个华清,张飞的脸,黛玉的心。他真是心细,打过电话,说他今天要来。我没让他来。我说,等镜湖结冰的时候再来吧。我还跟他开玩笑,是不是看到德能的书中收录了你的诗,来打官司了。他说,不,那首诗其实是经过德能修改的。他说,改了那一句,才像是闻一多先生所说的三百六十度圆。"

那当然是最后一句。它们首尾呼应,仿佛可以循环往复,仿佛那三分钟时间可以不断重来,不断从羞涩到凝视。当文德能亲自动手修改这个句子的时候,他一定默认了一个事实:保持终生的朋友关系。

他对芸娘说:"我只见过他一面,记得他长着络腮胡子。"

芸娘说:"他再来的时候,如果我不在了,你替我接待他。"

正是因为芸娘直接提到了那首诗,他才突然意识到,芸娘是在向他委婉地解释自己与文德能为何没有走入婚姻。

虽然只有几步路了,但芸娘还是又上了出租车。有一件事,他是后来才知道的:就在他们乘坐的出租车开进校园,驶到镜湖边第一条减速带的时候,陆空谷刚好打开车门。她和文德斯走进了经五路的花卉市场。他们当然没能买到芸香,因为芸香并不是常见的花卉,必须提前预订。

陆空谷要想手持芸香来拜见芸娘,最早也得等到第二天。

这一天,应物兄把芸娘送上楼的时候,倒是问了一句:"那个海陆,后来好像没有消息了。他后来是不是不做研究了?"

芸娘说:"他又去了德国。两年前,去世了。"

他愣在那了。在那一瞬间,在那个"时间的缝隙",他原谅了海陆所有的疯狂、荒唐和冒失。

芸娘说:"一代人正在撤离现场。"

他不知道该怎么接话。接下来,他听见芸娘说:"我也是听朋友说的。他最后倒向了儒学研究。你看,我可能说错了。不该说'倒向',该说'转向'。他后来研究王阳明,有了个新绰号,他用它做了笔名。还真是好听:格竹①。"

保姆的小孙女从楼梯上跑了下来。

她穿着花衬衣,小短裤。她胖乎乎的下半身还像个蚕宝宝,上

---

① 王阳明《传习录》:"众人只说格物要依晦翁,何曾把他的说去用?我着实曾用来。初年与钱友同论做圣贤,要格天下之物,如今安得这等大的力量?因指亭前竹子,令去格看。钱子早夜去穷格竹子的道理,竭其心思,至于三日,便致劳神成疾。当初说他这是精力不足,某因自去穷格,早夜不得其理,到七日,亦以劳思致疾。遂相与叹圣贤是做不得的,无他大力量去格物了。及在夷中三年,颇见得此意思,乃知天下之物本无可格者。其格物之功,只在身心上做。决然以圣人为人人可到,便自有担当了。这里意思,却要说与诸公知道。""守仁格竹"一词,即由此来。

半身已经变成了蝴蝶。她噘着嘴,哭着。一只哭泣的蝴蝶。蝴蝶飞到了芸娘的怀里。在楼梯上,还站着两个人。那两个人与保姆站在一起。他们夸芸娘气色真好。

他们是济大附属医院的医生。

应物兄认识其中的一个,他是肿瘤科的医生。一种不祥的感觉,像最苦的药丸,迅速地卡在了应物兄的喉咙。

"芸娘,你让我们找得好苦啊。"那个医生说。

"可不是故意躲你们。"芸娘说,"我手头的事太多了,忙不完啊。"

"有个好消息要告诉你。"医生说,"检查结果出来了,情况比想象的好。但还得再做一项检查。"

"我今天可不能跟你们走。我等人呢。"

"不就是等文德斯吗?"

"你认识文德斯?文儿怎么了?"

"他没怎么。我认识他,是因为老太太是他照顾的。医院上上下下的人都认识他。我就是从他那里知道,你在这儿呢。跟我们走吧。"

"你们回去吧。明天早上我自己去。就是检查,不也得等到明天早上吗?"

"葛校长给我们下了命令,让我们必须把芸娘照顾好。"

"你们可真逗,葛大人那么一个大忙人怎么会管这么细!"

"葛校长是这么说的,"医生拿出一张纸,念道,"同志们,要充分引起重视了。GC集团的人都知道芸娘,可见此人还有国际影响哩。姚老也太低调了。举贤不避亲嘛。他怎么从来没有跟我说过?亡羊补牢,犹未晚也。总之,你们要好好制定一个医疗方案,有什么好药,有什么好办法,都给我上。必须让她在济大好好发光发热,好让她为济大美好的明天贡献力量。"

"快收起来吧。说得我好像是个文学人物似的。"芸娘抹去孩子脸上的泪,说,"我总得吃饭吧?"

"文德斯说了,您不屑做文学人物,您是人物。"医生说。

"这帽子,能把我压死。"芸娘说。

芸娘把无花果树的叶子打开,让"蚕姑娘"看那个蚕宝宝,还咬着"蚕姑娘"的耳朵,问:"告诉我,是不是你放在荷叶上的?"

"蚕姑娘"说不是的。她感谢芸娘又给了她一个蚕宝宝。她说的肯定是真的。因为她立即接过那蚕宝宝,捧着它,然后像蝴蝶一样飞走了。她要把它放到那个纸盒子里。

第二天中午,十点多钟的时候,他想,芸娘的体检结果或许应该出来了。他立即下楼要赶往医院。他把车倒出车位,就接到了文德斯的电话。文德斯说:"芸娘担心你来医院,让我跟你联系。"他仔细地品评着文德斯的声音,觉得那声音中好像没有悲音。他有点放心了。接下来,他听见文德斯说:"胸部有个很小的肿块,它压迫了神经,使她感觉到双肩和颈部有些不适。幸亏发现得早。"

"肯定是良性的,是吧?必须是良性的。"

"当然是良性的。"

"德斯!"他喊道,"我马上就到。"

"别来。你知道,芸娘是很注重隐私的。这事不能让任何人知道。医生和芸娘也签订了保密协议。"

"现在都有谁知道了?"

"你,我,陆空谷。"

"陆空谷?她在济州?"

"她要亲自照顾芸娘。我当然也可以照顾她,但毕竟不太方便。"

91. 譬如

譬如我幼时住的济水边的那个院子。地势是高的,高于四方。所谓高门大户,门要高,地势要高。院子一律坐北朝南。《周易》讲,向明而治。向明即是向南。大院子套着小院子,多得数不过来,真是藏猫猫的好地方。有正院,有偏院,有前院,有后院,有跨院,还有书房院。有月亮门,有垂花门。看上去是乱的,却是一点不乱,有一条中轴线,把它们挨个儿串起来了。怎么能乱呢?乱不了的。譬如我们讲天圆地方。四合院即是天圆地方。不管从哪里看,那天都是圆的。最为逼仄的地方,也有个小天井。乾为天,为圆,为君为父。院子是方的,坤为地,为母,为方。西周时,我们看世界,看万物,都有一个秩序在里面。东有启明,西有长庚。维南有箕,维北有斗。先有东后有西,先讲南后讲北。中央为核心,众星拱北斗,四方环中国,规范而有序。

栾庭玉说:"程先生的话,常看常新。"

这是在会贤堂,巴别旁边的会贤堂。他们每人手持一本小册子,围坐在沙盘的四周。小册子里的话,包括两部分,一部分是程先生的原话,另一部分是对程先生那些话的解释。它们当然都跟程家大院有关。小册子是汪居常组织人马辑录的。现在,他们正根据小册子的话,核对沙盘上的一山一石、一草一木。

如果芸娘在场,她会不会把他们的工作列入知识考古学的范畴?应物兄问自己。小册子涉及的知识,上下五千年。这个通了电的沙盘,与实物以一比五百的比例呈现。词与物的关系,似乎从来没有如此透明:词就是物,物就是词。而同时,在词与物的关系中,又涉及所有领域:人的,动物的;自然科学的,历史科学的;地球的,外太空的。所有这些知识,这些领域,从鸡毛蒜皮到浩瀚的星空,它们共同被纳入一种规范,一种秩序,一种气。呜呼!气者,天地冲和之气者,何哉?太和也。

应物兄觉得,自己就像站在词与物的交界,就像在一个界面上滑动。

他突然又想起了在睡莲的叶子上爬动的那只蚕,那只灰白色的蚕。随着它的蠕动,荷叶在荡漾。它的身体,主要是它的头,主要是它那个用来吐丝的嘴,在荷叶与水的界面上抬起,又俯下。

他们本该去程家大院的现场进行核对的,但铁槛胡同和仁德路再次开膛破肚了。前几天埋下的那些水泥管道,只是自来水和排水管道。根据陈董的建议,虽然是整旧如旧,但地下管道则必须是最新的,而且必须一次到位,需要将排水管道、自来水管道、燃气管道、热力管道、电信电缆一起埋入。刚下了两天雨,进去又帮不上什么忙,搞得两腿泥不说,还会影响工人施工,相当于添乱,何必呢? 栾庭玉的话是这么说的:"同志们要记住,添乱的事,我们一件也不能做。更何况,大家以前都去过了,已经有了直观的印象。"

在所有人当中,大概只有我还没有进去过。当然,这话他没说。他现在想,我之所以没进去,并不是因为我有什么情绪。不是的。我是把这事看得太重了。如果看到不满意的地方,我会受不了的。看到不满意的地方,我是说出来呢,还是咽到肚子里? 说出来会讨嫌,不说出来又会在肚子里发酵。

现在,栾庭玉看着小册子,问道:"太平花是什么花?"

应物兄听见自己说:"桃都山上就有,老百姓叫它虎耳草。"

栾庭玉说:"那还是太平花好听。你们说呢?"

葛道宏说:"那肯定是喽。虎耳草再好,也只是一株草。太平花就不同了,说的是天下太平。"

他们现在看的那段话,是程先生和子贡的谈话。他现在想起来,谈话的地点是在加州。那天是感恩节,他们一起吃了火鸡。程先生的话其实是对子贡那个院子的评论:

这房子好是好,结实,也不怕火烛。独缺了情趣噢。院子里一定要有廊。廊是院子的魂。你们想啊,春天好光景,堂屋前若有两株太平花,桃花也开了,看那一庭花木,多好。济哥叫,夏天到。我最喜欢听济哥的叫声。放下廊檐下的苇帘遮阳,躲在廊檐下,听济哥叫,真是好听。我喜欢的一只济哥,是父亲的一个朋友送我的。我是小心侍候着,用蛋黄、肉糜、肝粉喂养。我后来又见到过别的济哥,可都没有那一只好。听着济哥叫,很快就睡了过去。在廊下昼寝,粗使丫鬟和老妈子要垂手站在庭中,蝇子飞不过来的。秋天有小阳春,在廊下站站,也是好的。最有情趣的还是冬天,隆冬!鹅毛大雪,廊前的台阶叫雪给盖住了。扫了雪,雪是白的,地砖是黑的。到了夜间,你在屋里看书,能听见落雪。蜡烛有心还惜别,替人垂泪到天明。一年四季,春秋冬夏,风花雪月,有喜悦,有哀愁,想来都是好的。哪像你这院子,一览无余。要有月光花影,要有济哥鸣唱,要有闲笔,要有无用之用。

栾庭玉拿着小乔递过来的教鞭,指着堂屋前的那丛花,说:"不对嘛。这是什么花?狗尾巴花?"

章学栋说:"杜鹃花。"

栾庭玉脸一紧,说:"挖掉!是太平花,就种太平花。"又问,"伊华是不是来过济大?"

葛道宏说:"夫人来过济大,她很关心校园的绿化工作。"

栾庭玉把手中的教鞭一下扔了,扔到了沙盘上面,戳破了院墙上的窗子。众人没想到栾庭玉会发这么大的火。有人赔笑,有人低头,有人把目光投向了屋顶。栾庭玉说:"我再强调一遍,凡是打着我的旗号来做生意的,你们都必须第一时间告诉我。否则,别怪我翻脸不认人。"

章学栋说:"谢谢省长。我这就改过来。"

汪居常说:"我也马上通知工人,把那几株花铲掉。"

栾庭玉脸色好点了,咳嗽了一声,又接过小乔递过来的茶水,喝了两口,说:"道宏兄,看到了吧?只要你认真,准能发现问题。"

墙是虎皮墙。说是虎皮墙,就是烂石块垒的。砌得好,一石卡一石,结实得很。外人看了,会说这一家子会过日子。有句老话讲,济州城里有三巧:烂石垒墙墙不倒,稻草拴牛牛不跑,姑娘偷嘴①娘不恼。门口是高台阶,门上有对子,刻在木头上。楹联嘛。忠厚传家久,诗书继世长。何意?讲的是后代子孙,一要人品好,二要有学问。门两边有门墩儿。门口还有一个拴马桩,离河边很近。上门的人,多是行伍出身嘛,骑着高头大马。进门,就是一溜房子,五间,叫南书房。有人来送信,送帖子,就放在南书房。帖子送进来,人就在南书房等。南书房里摆着烟袋、纸烟、茶、点心。靠里面的那两间,才真正是念书的地方。我就喜欢在最靠里面的那间房念书。里面都有什么摆设?有桌,八仙桌。有椅,太师椅。门口的墙边有一株桃树。"人面不知何处去,桃花依旧笑春风。""落花水流红,闲愁万种,无语怨东风。""不知命,无以为君子也。""知之为知之,不知为不知,是知也。"这些句子,我都是那时候记下的。大北房也是五间,三明两暗。靠北墙摆着大条案。条案上供有佛手、木瓜,还有一只美人觚、一只香炉。条案两边,是花架。条案前有八仙桌,重得很,四个壮小伙才抬得动。两边是椅子,太师椅,父亲喜欢坐右边的那只,左边那只留给客人。两边各放四椅两几,是给晚辈和下属备下的。大厅东边那间是父亲的卧房。正房的后头,有个哑巴院。何谓哑巴院?外人看不到嘛,它又不会说话,说我在这呢。后面有个小房子,叫老虎尾巴。萧墙后头摆着夹竹桃,前头摆着石榴树。天棚鱼缸石榴树,先生肥狗胖丫头嘛。萧墙的侧面,靠着月亮门的地方,挂有木匾,上书四个字:太和春暖。下面有鱼缸。鱼缸上贴着红纸,写着"招财进宝"。赶上过节,萧墙前还要放一棵摇钱树,就是砍一截松枝儿,上面挂上金纸。还要摆个盆子,盆子里装着沙子,沙子上插着柏枝,叫聚宝盆。越是大户人家,越是花钱如流水。不弄个聚宝盆摆着,过年过节的,心里头不踏

---

① 偷嘴,济州方言,指勾搭成奸。

实不是?

栾庭玉问:"基本上都落实了吧?"

汪居常答道:"都落实了。'太和春暖'四个字,程先生建议乔木先生来写,乔木先生已经写了,也已经刻好了,挂上去了。"

栾庭玉看着被教鞭戳破的墙,说:"这墙是不是也得换掉?并且来说,这好像并不是什么虎皮墙嘛。"

章学栋说:"曾考虑用虎皮墙的。一来,与周围环境不符,二来程先生也不建议再用虎皮墙。程先生说,墙还是用青砖,白灰勾缝。"

栾庭玉说:"天棚鱼缸石榴树,先生肥狗胖丫头。我昨天对金彧女士说,'太研'的那个院子,万事俱备,只欠一个胖丫头,你来还是不来?她说,不来。我说,应物兄请你去,你也不去?她说,不去。有志气。你们看看,谁家有胖丫头,可以考虑一下。"

葛道宏说:"已经考虑好了。有个叫易艺艺的,说她就是胖丫头。"

卡尔文说:"过段时间就瘦了。"

栾庭玉说:"瘦了,还可以再胖嘛。"

随后,栾庭玉似乎突然想起易艺艺是谁了,脸上浮现出不易察觉的笑,问董松龄:"是养鸡的老罗家那个丫头吗?跟她说一下,丫头就要有个丫头的样子,别疯疯癫癫的,跟吃药了似的。"

董松龄说:"我找她谈过了,应物兄也找她谈过了。她说,她将洗心革面,重新做人。"

　　父亲尽其所能,要营造出济州旧居的风度。旧居的室内,曾设置一张屏风,金漆螺钿工艺,上有牡丹富贵图案。屏风上裱贴着一幅画,是五代顾闳中的《韩熙载夜宴图》。《夜宴图》中也有一张屏风,此为屏中设屏,梦中做梦。在台湾,父亲也找来一张屏风,也买到这幅画裱于其上。闲来无事,闲来无事啊,他竟辨出《夜宴图》中屏风上的山水画,是宋代马远的风格,由此认定《韩熙载夜宴图》并非五代时期作品。"

葛道宏说:"这是居常兄从程先生的一本书中翻出来的文字。太好了。好就好在,他说得很明白,是张假画。他要说那是真画,我们从哪给他弄去?"

栾庭玉说:"雷山巴有一张明代仿制的《夜宴图》。我对他说,山巴啊,老雷啊,雷先生啊,交出来吧。你要有一模一样两张画,我就不要了。只有一张,姊妹花知道了,还不都来抢?现在交出来,以后少生闲气。"

葛道宏说:"我这就派人去取。"

栾庭玉说:"我已经送到博物馆了,让专家修一下。有几个地方已经发霉了,长了绿毛。歌女们抱的好像不是琵琶,而是个绿枕头。修好了,就送过来。今天都是自己人,我也不瞒你们。山巴说了,我要感兴趣,我就留着。我不是没动心。但这事我不能干。把它献给'太研',我心安!"

栾庭玉指着门槛上的一个洞,问:"这是怎么回事?实物上没有这个洞吧?"

章学栋拿起教鞭,指着门前一个像老鼠那么大的动物,说:"庭玉省长,看,这是一只猫。"

葛道宏说:"这是一只泥塑,用泥捏成的猫咪。这一点,正是我要向庭玉省长汇报的。这个洞,是根据程先生的建议挖出来的。所谓猫有猫道,狗有狗洞。这个洞,就是猫道。程家有养猫传统,这个洞,就是给猫留下的。程先生说,程将军养过一只猫,叫将军挂印,也叫拖枪挂印。汪主任也喜欢养猫,说将军挂印,说的是白身黑尾,额上也有一团黑。程先生说,那只猫,打个哈欠,都有老虎下山的派头。往门槛上一蹲,竖着尾巴,拧着眉,耸着双肩,嘟着嘴,模样很像丘吉尔。这只猫咪,就是将军挂印,就是丘吉尔。"

"不仔细看,还真以为是一只老鼠呢。嘀,还有秋千?那是秋千吧?看着跟摇篮似的。程先生还玩秋千?"

"这是唐风先生的建议。"汪居常说。

"风水方面,唐先生是不是有什么说头?并且来说,我好像也有些日子没见到他了。"

"唐先生满世界飞。此时在美国。前些日子他在清华大学有个演讲。我们也是刚知道,他毕业于清华大学。真是藏而不露啊。八十年代的清华大学毕业生,肯定是省里的理科状元,但他从来没有提起过。"汪居常说。

"不是演讲。他不喜欢演讲。教国学课的教授,是我和应物兄的朋友,就是他请唐风先生去的。"吴镇说。

应物兄吸了一口凉气,想起了那个因为吴镇而狂扇自己耳光的清华仁兄。他问吴镇:"你是说,是我们那个老朋友请他去的?"

"是啊,就是那个长江学者嘛。我们私下都叫他长江。我们在杜塞尔多夫不是见过他吗?长江前段时间来过济州。我请他吃了杂碎。他和唐风聊了一次,佩服得不得了。唐风对他客气,因为他是母校的老师嘛。清华大学的学生历来认为,如果本科不是在清华上的,就不能算清华人。他说,唐风才算清华人。"

栾庭玉半天没说话,因为他完全看进去了。

哦不,栾庭玉看到半道的时候,还由衷地夸奖了一句:"这个老唐啊,这个卖杂碎的,我总觉得呢,是个大仙,游走江湖的。操,没想到啊,这鸟人啊,还是个学术大师哩。"

母校请我回来,唐某不敢不来。于情于理,都得来。(抬腕看表)此时此刻,唐某本该出现在香港。香港的九龙填海造田,要修一个跑马场,一定要请我去相一下。不是相媳妇(众笑),也不是相马。我又不是伯乐。是相地!待会下了课,我就得直奔机场。

刚才上楼的时候,唐某看到了我当年的班主任的画像。听说他已经去世了,向他表示哀悼(下面有人喊,没死,没死,还活着呢)。那我向他表示祝福,祝他健康长寿,万寿无疆。

在他之前，我们还有一个班主任。那个班主任对我非常好。我昨天回到北京之后，第一时间就去看望了他。他现在住在北京西山脚下的院子里。他院子里那个湖，就是我建议挖的。风水之法，得水为上。湖边的秋千是我送给他的。有的朋友知道，我最近在济州参与了太和研究院的建设。我们都非常尊重的程济世先生，是这个研究院的院长。说实话，作为清华人，我为清华没能请到程先生而感到惋惜。这个就不说了。我要说的是，我已经建议太和研究院，院子里也要弄个秋千架。秋千者，千秋也。先有秋千之乐，后有千秋之寿。秋千者，千秋万岁之义也。

我给我那个老师建议弄秋千的时候，他说不行，不行。他奶奶说过，世上三般险，撑船、骑马、荡秋千。我跟他说，不是让您打秋千，是让您的小夫人打秋千。（众笑）宋代大儒欧阳修说了嘛，"泪眼问花花不语，乱红飞过秋千去"①。欧阳修就喜欢打秋千。后来他就在那里弄了个秋千架。他的小夫人荡得好看极了。长裙曳地，飘拂而起，煞是好看。（众笑）

长江先生给我出了个题目，叫《堪舆与当代生态学》。好多人，都认为风水是迷信啊。长江先生，其实题目中出现"风水"二字，也没什么。我不在乎。最早提到"风水"这个概念的是谁？是东晋的郭璞②。郭璞既是文学家，还是训诂学家。他曾经花了十八年时间，用来研究和注解《尔雅》。《尔雅》是儒家十三经之一。十三这个数字好啊。老外讨厌十三，中国人喜欢十三。有儒家十三经，也有佛教十三经。康熙皇帝的皇子胤祥干活不惜体力，就说他是拼命十三郎。说一个人为人

---

① 欧阳修《蝶恋花》："庭院深深深几许？杨柳堆烟，帘幕无重数。玉勒雕鞍游冶处，楼高不见章台路。" 雨横风狂三月暮，门掩黄昏，无计留春住。泪眼问花花不语，乱红飞过秋千去。"

② 郭璞，两晋时期著名文学家，训诂学家。曾注释《尔雅》。著有《葬书》，为中国风水文化之宗。

忠义,就夸他是十三太保。这儒家十三经,都有哪些呢?让我们扳起指头来数一数。《诗经》肯定是有的。孔夫子编的嘛。孔夫子说,不学诗,无以言。这是普天之下最好的广告语。孔夫子是广告大师。(众笑)还有《尚书》《周礼》《仪礼》《礼记》《周易》《左传》《公羊传》《谷梁传》。还有什么经?《论语》嘛。这是国学之本啊。中国人要是不知道《论语》,那他肯定不是爹妈生的,是石头缝里蹦出来的。《论语》下面就是《尔雅》。接下来是《孝经》和《孟子》。诸位,你们说,给儒家经典《尔雅》作注的,是不是儒家?所以郭璞是个大儒。他要活在当今,肯定也是长江学者。

就是这个郭璞,最早提到了"风水"这个概念。他写了一本书,叫《葬书》,里面提到了这概念。有人说,《葬书》嘛,说的不就是埋人吗?埋人的学问可就大了去了。郭璞在书里说,"葬者,乘生气也。气乘风则散,界水则止。古人聚之使不散,行之使有止,故谓之风水"。这就是"风水"一词的来历。也就是说,风水是关于活着还是死去的学问,是关于 to be or not to be 的学问。但是,如果你以为,到了晋代,人们才有"风水"意识,那就大错特错喽。

现在确实有一个流行的看法,就是把郭璞看成是风水师的祖师爷。唐某总是对他们说,郭璞如果在世,这个帽子他是不敢戴的。不敢啊。为什么不敢?数典忘祖嘛。唐某提醒诸位,一定要注意《论语》里面的一段话。《论语》里面,孔夫子有个夫子自道。他说自己是"出则事公卿,入则事父兄,丧事不敢不勉"。在外面呢,他是跟当官的打交道,回到家里他要好好侍奉父亲和兄长。孔老二嘛,上面有兄长的。给别人办丧事呢,他会尽心尽力,把事情办利索喽。办得不利索,那就放臭了(众笑)。怎么办丧事?(有人喊:当吹鼓手)对,当吹鼓手。那么吹过之后呢?那就要埋人喽。埋到哪里?怎么埋?

还得听孔子的。孔子搞的是一条龙服务。诸位,唐某要郑重地告诉诸位,中国最早的风水师,就是孔夫子!

有人可能要问了,唐大师啊唐大师,这里没有提到"风水"二字呀?好,唐某告诉你们,那时候看风水不叫看风水,叫"相地"。刚才说,唐某这次去香港,就是"相地"。《礼记》里面有一段话,说的是有人死了,死的是个女的,请孔子的徒弟子张看风水。人家问他,这女人应该埋在男人的东边呢,还是应该埋在西边。女人比男人长寿嘛,男人先埋,女人后埋嘛。我们都来听听子张是怎么说的。子张说,情况是这么个情况,我师父,啊,曾经替人相地,他当时说过,男人应该埋在西边,女人应该埋在东边①。长江先生,唐某没说错吧?(长江插话:没错。)所以中国第二个风水师是谁呢?子张!孔子的徒弟子张!孔子死后,儒分八派,子张之儒,即为八分之一。②有人说,唐某所奉即为子张之儒。对此,唐某本人不予评价。但是,我可以送你们一个博士论文题目:《"子张之儒"与风水学》。免费赠送,分文不取。那么,子张继承的是谁的风水学说?当然是孔夫子!那么,历史上的风水师的祖师爷是谁呢?那还用问,当然是孔夫子!你们说,这风水师的头把交椅,郭璞他敢坐吗?吓死他!

从孔子开始,自古以来的大儒,都是懂风水的。程济世先生就懂风水。当然,他的职业是教书育人,不是看风水的(众笑)。太和研究院的沙盘,曾送给程先生看过。举个例子,我以前跟他们说过,太和研究院的厕所应该建在西南角,章学栋教授开始还不同意。我跟他说,你要是不同意,以后就不要来

---

① 《礼记·檀弓》:"国昭子之母死,问于子张曰:'葬及墓,男子妇人安位?'子张曰:'司徒敬子之丧,夫子相,男子西乡,妇人东乡。'"
② 子张,即颛孙师,孔子晚年弟子。《论语》记其向孔子问学达二十次之多。子张秉性有点偏激,孔子说他"师也过""师也辟"。子张传下来的弟子后形成了"子张之儒",位列战国儒家八派之首。

找我。这个章学栋,原来就在清华大学教书。后来这个章教授呢,拿着沙盘给程济世先生一看,程济世先生就问,你们是不是请风水师看过?章学栋说看过。程济世先生说,这个风水师不错,看得挺准。章学栋说,牛啊,唐大师!唐某说,怎么,程先生要是不说好,你是不是就不知道好?

哪里栽什么树,哪里建个厕所,哪里竖个屏风,程先生都内行得很。都符合风水学原理。程先生在《朝闻道》一书里,提到风水的地方不止一处。所以,唐某要说,研究儒学的人不懂风水,就像研究风水的人不懂儒学,只能是个半吊子。儒学与风水学,本来就是一家子。或者说,风水学属于儒学的一个分支。儒学现在是国学,一国之学,那么风水学,或者说堪舆之学,当然也属于国学。

接下来,唐风除了进一步论证风水学属于国学,还要分别讲述风水学与地球物理学、环境景观学、生态建筑学、地球磁场学、气象学和人体信息学的关系。不愧是清华毕业的,知道得可真他妈多啊。不愧是小偷出身,不管哪个学科,他都能偷一点过来。唐风还郑重提议,在高校里设立风水学硕士学位,博士学位。唐风说:"别的专业面临分配难的问题,风水学的硕士和博士,那是全世界都要抢的。"在随后的提问环节,唐风又着重讲述了他在韩国如何舌战群儒,以一己之力粉碎了韩国人"风水申遗"梦想的壮举。

栾庭玉抖动着小册子,说:"以后不能叫他唐大仙了。"

葛道宏说:"我一直叫他唐大师。"

栾庭玉说:"这个唐大师,好像话里有话啊。"

葛道宏说:"我也听出来了。他其实是跑到清华呼吁我们在'太研'开设风水学课程。不过,鉴于风水学几个字容易引起误解,我们或许可以先请他在济大开设一门选修课。等条件成熟了,再把这门课引进到'太研'。董校长,你说呢?"

董松龄说:"可以先放到历史系。当然也可放到中文系。"

栾庭玉说:"龟年兄,日本人对风水学是什么态度?"

董松龄说:"日本人对风水学的研究相当深入,相当细致。风水与血型、星座的关系都研究到了。"

栾庭玉说:"这个问题,我觉得,还是应该引起重视。在这方面,我们还是要保持自己的优势。我们有的,他们可以有,但我们的优势必须保持。他们有的,我们也要用,并且来说,一定赶超他们。情况就是这么个情况。"

这话似乎是对葛道宏的批评。

葛道宏委婉地向栾庭玉解释道:"我们正在编辑太和研究院丛书。唐风先生的著作,可以放到这套丛书里再版一次。"

这是应物兄第一次知道,"太研"在编辑一套丛书。

栾庭玉说:"这个嘛,我就不能过问了。并且来说,我这个人呢,有时候可能会说些违心话,但骨子里我是提倡学术争鸣,百花齐放的。"这么说的时候,栾庭玉手指蘸着唾沫,继续翻着小册子。似乎想起了什么事,脸上稍微有点不耐烦,所以越翻越快。在座的人对此是满意的:他翻得越快,挑刺的机会越少。每当他从小册子上抬起脸,狐疑的目光投向沙盘,所有的人都会不由自主地紧张起来。

最紧张的当然是章学栋,衬衣早已湿透;因为长时间半皱眉、半微笑,那眉头好像被蚊子叮了个大包。

"咦——"栾庭玉说,"咦?应物兄躲在这呢。"

栾庭玉要是不说,我们的应物兄还真是没有注意到,小册子里竟然也收录了自己的一段话。和唐风那段话一样,这段话也是根据视频整理出来的。是他关于"觚不觚!觚哉!觚哉!"的解释。

栾庭玉说:"我是应物兄的忠实粉丝。粉丝文化我们也必须重视。前几天,宣传部一个年轻人,给我上了一课,说于丹的粉丝团叫鱼丸,易中天的粉丝团叫乙醚,我问他们,应物兄呢?应物兄的粉丝团呢?他说叫物流。我说,那我就是个物流啊。"

众人都表示自己是物流。栾庭玉笑着问:"应物兄,你呢?你是不是物流?"

应物兄只能笑而不答。此刻他想到的是易艺艺。易艺艺说,每次洗完澡照镜子,她都要来一句:"太他妈性感了,我真想把我自己干了。"易艺艺就是自己的粉丝。

汪居常接了一句话:"他是儒家。儒家是不会崇拜自己的。马克思说过:'我只知道我自己不是马克思主义者。'①"

还真是不能小看栾庭玉,栾庭玉竟然知道这句话:"那个,啊,那是恩格斯转述的。并且来说,马克思那是批评假马克思主义者的。"

汪居常同时跷起了两个大拇指,像牛角。由于指甲有点脏,所以可以看成犀牛的角。汪居常说:"庭玉省长的马克思主义水平,牛!"

两千多年来,对"沽不沽"三字,有无数的解释。

有两种解释,至今还在流行:一种解释,"沽"是"沽"的借字,即待价而沽。所以孔子这句话可以译为:"老夫我要不要把自己卖了?卖吧!卖吧!"按照这种解释,孔子之所以周游列国,浪迹天涯,无非是想遇到好的买主,已经恨不得把自己降价处理了。另一种解释是,"沽"即是"孤",是孔子的弟子听错了,以讹传讹,一直传到二十一世纪。所以这句话可以解释为:"老夫我孤独不孤独啊?孤独啊!孤独啊!"按照这种解释,孔子就像个小资,动辄向人讲述自己的孤独。小资识尽愁

---

① 恩格斯《致保拉法格的信》(1890年8月27日):"近两三年来,许多大学生、著作家和其他没落的年轻资产者纷纷拥入党内。他们来得正是时候,在种类繁多的新报纸的编辑部中占据了大部分位置,到处是他们的人;而他们习惯性地把资产阶级大学当作社会主义的圣西尔军校,以为从那里出来就有权带着军官军衔甚至将军军衔加入党的行列。所有这些先生们都在搞马克思主义,然而他们属于十年前你在法国就很熟悉的那一种马克思主义者,关于这种马克思主义者,马克思曾经说过:'我只知道我自己不是马克思主义者。'马克思大概会把海涅对自己的模仿者说的话转送给这些先生们:'我播下的是龙种,而收获的却是跳蚤。'"

滋味,爱上层楼,爱上层楼。

这两种解释,都是自作聪明,其实说的都是皮毛。

很多人崇拜比尔·盖茨。现在最赚钱的行业,一是娱乐业,一是IT业。你们知道吗?比尔·盖茨说过一句话:"IT不是IT"。套用孔子的句式,那就是"IT不是IT! IT啊! IT啊!"有人会问,比尔·盖茨也看过《论语》吗?我告诉你,他对《论语》非常熟悉。

有问题要问?好,请讲。你说得没错。性产业也很赚钱。不过,性产业也可以划归到娱乐业里面,是不是?说到娱乐业,我们知道,从事娱乐业的人,倾向于把世界看成"terrestrial paradise",就是"人间乐园",或者干脆就叫"celestia paradise",即"天堂乐园"。我以前讲过,这个"乐园"之"乐",与孔子所说的"乐"是两个概念。"不亦乐乎"之乐,是具有道德感的快乐,是对友情的享受。用亚理士多德的话来说,就是"Eudaimonia"①,是一种"道德习惯"。现在所谓的娱乐,是花钱买乐。掏多少钱,享受多少快乐。虽然不能说那是一种"非道德习惯",但它与纯正的"道德习惯"有所抵触。用康德的话说,要享受这样的快乐,你得暂时将自己的道德感放在引号里。

好,我们先来看什么叫"觚"。它是盛行于商代和西周早期的一种酒器。在座的人都喝过酒吧?如果你生活在春秋战国,你用的酒壶就是觚。也就是说,觚就是酒器。有个叫毛奇龄②的人,写过一本书,叫《〈论语〉稽求篇》,专门说到这种酒器。如果有人涉及《论语》考证,请不要漏掉这本书。毛奇龄这个名字很好记。中国历史上,有两个姓毛的人跟孔子关系

---

① 希腊语:幸福。
② 毛奇龄,清初经学家、文学家,与弟毛万龄并称"江东二毛"。著述极富。所著《西河合集》分经集、史集、文集、杂著,共四百余卷。

甚巨。第一个是毛亨①,第二个就是毛奇龄。毛奇龄在书里面说,"觚,酒器名,量可容二升者。"就是说,觚中的酒,通常是二升。汉代以前,一升酒相当于现在的 0.53 斤,二升差不多就是现在的一斤。元代以前,酿酒用的发酵法,度数在 5 度到 8 度之间。也就是说,当时喝上一觚酒,相当于现在喝多半瓶啤酒。

那时候,主要的烹饪方法是什么?对了,烧烤。吃烧烤,喝啤酒,只喝半瓶,是不是有点少?所以,总是有人想再多喝上几口。问题是,喝上一觚,是合乎当时的礼制的,再来一觚,那就违规了。那么,怎么才能做到,我虽然多喝了,但看上去好像只喝了二升呢?办法是有的:把觚的容量改大,但看上去又像没改一样。

商周时期,一个标准的觚,其外形有严格的规定:它的表面刻有动物图案,其中最多的是饕餮纹,肚子上还有扉棱。这个扉棱是里外对称的,体积是一样的。古人就是通过这个扉棱,来控制觚的容量。在觚的外部形体已经规定好的前提下,里面的扉棱如果细一点,小一点,也就是缩小其体积,那么觚的容量就会增加。当然了,如果你干脆把里面的扉棱取消,容量就更大了。也就是说,通过改变内部的形状,本来装二升的,现在装三升。喝了三升,却好像只喝了二升。

这里还得提到朱熹。今天不说朱熹之虚伪,只说朱熹之卓见。具体到孔子这句话,你得承认,他的理解比毛奇龄深刻得多。毛奇龄说来说去,就是喝酒。朱熹呢,却把这个形而下问题上升到了形而上范畴。他发现,觚的容量的改变,其实就是形制的改变。酒器的形制是不能随便改变的,它是用青铜做成的,是礼器,是制度的化身。马克思说,什么是美?美就

---

① 毛亨,西汉经学家,生卒年不详。现存的《诗经》是毛亨传下来的,故《诗经》又称《毛诗》。

是人的本质力量的对象化。借用马克思的话,我们也就可以说,觚作为一种礼器,它就是"礼"的对象化。觚者,礼也。朱熹就此认为,觚的形制的改变,就是"礼"的丧失。

按朱熹的解释,惹得孔子大发感慨的觚,已经取掉了里面的扉棱。朱熹在《论语集注》中是这么说的:"不觚者,盖当时失其制而不为棱也。"里面没棱了,肚子里光溜溜的。朱熹又说:"觚哉觚哉,言不得为觚也。"别看它还叫觚,其实它已经不是觚了。那么按照朱熹的解释,"觚不觚!觚哉!觚哉!"就可以译为:"作为'礼'的对象化的'觚',由于形制的改变,已经不能再称为'觚'了!哎呀呀,'觚'啊!'觚'啊!"接下来,朱熹又引用了程子的话:"程子曰:觚而失其形制,则非觚也。举一器,而天下之物莫不皆然。故君而失其君之道,则为不君;臣而失其臣之职,则为虚位。"什么意思?既然觚已经不是觚了,那么君也就不是君了,臣也就不是臣了。所以"觚不觚"不仅仅是酒壶的问题,"觚不觚"与"君不君,臣不臣,父不父,子不子"是相通的,是相同的。进一步说,看上去孔子说的是觚,其实说的是国家的法度。

我知道在座的朋友当中,有人对西方的文学理论很感兴趣,比如可能研究过符号学。我建议,你可以用符号学的理论来研究这只觚。比如,觚的名称,与作为其形象特征的扉棱,还有孔子通过这只"觚"要表达的意思,这三者之间构成了怎样复杂的关系。按照符号学的理论来解释,我们可以说,这三者构成了"能指—象征—所指"的关系,构成了"言—象—意"的关系。所以,如果你认为,孔子是公元前的符号学家,是世界上最早的符号学家,那我是不会反对的。与当代那些时髦的理论家不同,孔子的感叹,包含着对违背礼制、名实不符的现象的不满,表达的是对"正名"的诉求,而当代西方那些时髦的理论家,更不要说中国那些追随者了,只不过是在玩弄辞藻和概念而已。从这个意义上说,《论语》和《周易》都可以看作最早的符号学著作。

我在美国访学时,我的导师程济世先生多次在我面前提到觚。前段时间,程先生到北大讲学,我与栾庭玉省长和葛道宏校长到北大又拜见了程先生。当时程先生又向我们提起了觚。程先生说,他离开济州的时候,还是个孩子呢,不知深浅,以为很快就会回来。他没想到,一走就是一辈子。程先生说,他家里有一只觚。程先生喜欢养蝈蝈,蝈蝈笼子经常放在一只青铜美人觚的旁边。请注意,我这里提到的"觚",已经变成了一只美人觚。那么,蝈蝈是怎么叫的?听上去就是:去、去、去!所以程先生说,蝈蝈好像在催他快走。他回首看到了那只觚,放在案几的一头,里面还插着一枝梅花。对那只觚,程先生有着深刻的记忆。他曾用八个字来描述:盈盈一握,春色满觚。

看过《红楼梦》的人都知道,黛玉初进贾府,还没有见到宝玉,先看到了王夫人屋里那只觚。王夫人屋里放着一只觚,一只鼎。鼎用来焚香,觚用来插花。鼎是文王鼎,觚是美人觚①。不过,这个"觚",已不是青铜美人觚,是汝窑美人觚,是烧出来的瓷器。无论是青铜美人觚,还是汝窑美人觚,都已经不是酒器礼器了,都已经与"礼"、与国家法度,没有关系了。它变成了装饰品,变成了摆设,变成了花瓶。

在《朝闻道》一书中,程先生也提到他父亲程老先生与觚的关系。老先生到了台湾之后,也时常想起那只青铜美人觚。这个时候,觚又有了新的含义,所谓"四十年来家国,三千里地

---

① 《红楼梦》第三回《托内兄如海酬训教 接外孙贾母惜孤女》,写黛玉初入贾府,"于是老嬷嬷引黛玉进东房门来。临窗大炕上猩红洋罽,正面设着大红金钱蟒靠背,石青金钱蟒引枕,秋香色金钱蟒大条褥。两边设一对梅花式洋漆小几。左边几上文王鼎,匙箸香盒;右边几上汝窑美人觚内插着时鲜花卉,并茗碗唾壶等物。地下面西一溜四张椅子,都搭着银红撒花椅搭,底下四副脚踏。椅子两边也有一对高几,几上茗碗瓶花俱备。"

山河",这只觚此时代表着什么?代表着游子的家国之思。所以,程先生写道:"'觚不觚'一句,实为感时伤世之辞也,在整部《论语》中也最为沉痛!"程先生接下来又写到,他日后从事儒学研究,就与那只觚有着千丝万缕之关联。他的第一篇文章,就叫《觚棱何处》。写的是陆游,语出陆游诗《蒙恩奉祠桐柏》:"回首觚棱渺何处,从今常寄梦魂间。"①

事实上,在我看来,这是孔子在亘古长夜中发出的最沉痛的浩叹。

栾庭玉说:"我真想回到课堂上去,听应物兄讲课。讲得好啊。看来,放在博物馆的那只觚,必须物归原主了。我跟馆长讲了,放在你那里,是个死东西。放到太和研究院,它就活过来了。现在,应物兄的这个讲稿,更证明了我的这个判断。馆长说,只要你们能证明它是程家的,我们就可以还回去。我现在想知道,你们是不是有足够的证据,证明它就是程家的物件?这才是我今天来这里的主要目的。别的问题,都是小问题。道宏兄应该记得,在北大博雅国际酒店,我在程先生面前拍了胸脯的,说一定要帮他找到。我会不会食言,就看你们这篇文章怎么做了。"

葛道宏说:"这个,也正是我们今天要向您汇报的。"

随后,汪居常把相关材料发了下去。

第一份材料,是济州博物馆对青铜美人觚陈列品的文字说明,它镌刻在一个铜牌子上。从照片上看,那铜牌已经生了绿锈,好像也成了文物:

1975年,此青铜美人觚于济州北郊大屯村的一个西周窖藏中出土,高25.9厘米,体重1488克,圈足径9.23厘米。造型庄重优美,器身饰以凸起的蕉叶、饕餮等纹饰。圈足内有铭

---

① 陆游《蒙恩奉祠桐柏》:"少年曾缀紫宸班,晚落危途九折艰。罪大初闻收郡印,恩宽俄许领家山。羁鸿但自思烟渚,病骥宁容著帝闲。回首觚棱渺何处,从今常寄梦魂间。"程济世先生的论文《觚棱何处》,研究的是"靖康之难"对陆游的影响。

文二字：旅父。通过对原器的工艺分析，得知觚泥范仅为两块，属于对开分型，芯范为上下各一块。此觚的出土，为研究商周时期的历史文化，提供了重要的依据。"古《周礼》说，爵一升，觚二升，献以爵而酬以觚。"①"传语曰：文王饮酒千钟，孔子百觚。"②这说明觚在古代人们礼仪生活中占据着重要的地位，但只有身份高贵的人才能用觚。宋以后，逐渐演变为用于居室插花陈设之器，且多为瓷制，以汝窑觚最为有名。直至明清，在文阁雅舍中，觚仍是装点厅堂之重要器物。

关于这只觚最早的新闻报道，竟是栾庭玉的恩师麦荞先生写的，它见于1975年9月23日《济州日报》。汪居常提供了当天报纸的彩色影印件。报纸题头是红字印刷的《毛主席语录》：

《水浒》这部书，好就好在投降。做反面教材，使人民都知道投降派。《水浒》只反贪官，不反皇帝。摒晁盖于一百零八人之外。宋江投降，搞修正主义，把晁盖的聚义厅改为忠义堂，让人招安了。宋江同高俅的斗争，是地主阶级内部这一派反对那一派的斗争。宋江投降了，就去打方腊。

麦荞先生的新闻报道出现在第2版：

伟大的无产阶级文化大革命的强劲东风，吹遍了济河两岸，时刻鼓舞着革命群众"学大寨，战天斗地"的万丈雄心。在全国上下喜迎"国庆"的革命日子里，我市大屯村的革命群众深刻学习伟大领袖毛主席"深挖洞，广积粮"的光辉指示，热火朝天修建济河引水渠的同时，发现了一个商周时期封建地主的窖藏，从中出土了大量文物。专家在进一步发掘此处窖藏的同时，又意外地在附近发现了一个洞窟，其中竟有一只青铜美人觚。此青铜觚应为后人收藏，后又再次埋入地下。这个

---

① 〔东汉〕许慎《五经异义》。
② 《论衡·语增》。

发现再次证明了一个颠扑不破的真理：在长达几千年的封建社会中，封建地主阶级不顾人民群众的死活，一直过着腐化堕落的生活。这些文物的发现，给革命群众提供了批判万恶的封建社会的活生生的教材。"

"好眼力！"栾庭玉说，"麦荞先生好眼力啊。火眼金睛啊。打眼一看，就看出那是个商周时代的酒器。不佩服不行。不过，正如应物兄文章里提到的，程先生说的那只觚，是细腰，所谓'盈盈一握'。这只觚虽然也是细腰，但好像还是有点粗了。虽然粗一点细一点，没什么不同，但馆长要这么问我，我还真不知道该如何回答。"

"庭玉省长说得对。"葛道宏说，"我也在想这个问题。不过，在历史研究中经常遇到这样的事情：当事人的记忆只能作为参考，不能当作唯一的依据。"

"道宏兄的意思是，程先生可能记错了？"

"完全有这种可能。人的记忆，多多少少总会出现偏差。孔子要恢复周礼，他所恢复的周礼，肯定也与最初的周礼不完全一样。那点不一样，其实就是改革。孔子也是改革家。反正我是这么看的。庭玉省长，关于记忆，这方面的材料，我们也准备了。喏，看，何为老太太的一个博士弄的。他是这么说的，传统哲学家把记忆看成灵魂的能力，当作灵魂的构成部分。近代哲学家倾向于把记忆看成心灵的能力，而不是理性的能力。当代哲学家把记忆看成意识的形态，或者干脆一点说，就是意识形态。然后，他又说——"

"行了行了。博士买驴，书券三张，未见驴字。对了，老太太近况如何？"

"她的生命力顽强得很。"董松龄说。

"要多去看看。临终前，一定通知我，我得赶过去。"

"当然。我们会代您去看望她，转告您对她的关心和爱护的。"

我们的应物兄后来根据时间推算，事实上就在他们提到何为先生的前几分钟,何为先生在文德斯、敬修己的陪伴下,离开了人世。在何为先生的临终时刻,芸娘也赶到了那间病房。此前半个小时,巫桃也代表乔木先生赶到了。何为先生去世的消息,最早是兰梅菊大师在微博上公布的。兰梅菊同时晒出了他与何为先生在桃花峪五七干校的合影。兰梅菊大师之所以那么早就知道了这个消息,是因为兰梅菊大师新收了个徒弟,这个徒弟就是樊冰冰。樊冰冰当时刚好在同一层病房探望病人。

而此时在会贤堂,他们正要开始研究第三份材料:

通过碳14检测,通过与出土的已有定论的春秋战国时期的青铜觚的比较分析,认定这只青铜觚铸造于春秋战国时代。

在春秋战国时代,郑国、晋国、韩国、魏国、齐国、鲁国先后逐鹿于济州,而郑国曾于公元前497年在济州郊外建都。孔子六十岁那年,即公元前492年,曾到过此地,其位置就在今天的大屯村附近。

也就在这里,曾经出土了大量的陶器和青铜器皿,其中既有青铜爵,也有青铜觚。根据《史记·孔子世家》《白虎通·寿命》《论衡·骨相》《孔子家语·困誓》记载,孔子就是在如今的大屯村附近与自己的弟子走散的,他独自站在城外等候弟子;有个郑人对子贡说,东门外有个人,脑门像尧,脖子像皋陶,肩膀像子产,腰以下比大禹短了三寸,上半身像个圣人,下半身却像丧家犬。

大屯村出土的原本具有国家法度和礼制意义的青铜觚,与西周时代的青铜觚在形制上已有较大的差异,如,觚的容量要么变大,成为纯粹的酒器;要么变小,更具有装饰意义。变大的标志是觚的腹部增大,变小的标志是觚的腹部缩小,成为美人觚。

栾庭玉说:"这个可能有点言过其实了。不要说过头话。照你们这么说,孔子喝啤酒的时候,很可能就用过那只觚。是这个意思吧？你们就没想想,果真如此,博物馆还会让给你们吗？那就不仅是国宝,而是世界最重要的文化遗产了。关于孔子那段话,务必删掉。"

汪居常对葛道宏说:"要不,我们就删掉它？"

葛道宏问:"这段话是谁写的？到底有没有谱？如果实在有谱,现在删了,以后再补上去。"

汪居常说:"这是历史系的傅全陵教授写的。您知道的,他曾经作为姚鼐先生的助手,参与过伟大的夏商周断代工程,把中华文明又向前推进了好多年。"

葛道宏说:"庭玉省长,这个人还是很靠谱的。"

栾庭玉说:"我当然知道他。他跟我同届,也是当年学生会的。前些天我见到他,发现他已经成了大秃瓢。他说,我们的文明史每向前推进一百年,他的头发就会掉下来一千根。我说,为中华文明计,应该马上派人将你现有的头发数量统计清楚,以便我们心中有数,知道我们的文明大致上还可以向前推进多少年。当然了,我也跟他开玩笑,为了数字的准确性,请你千万不要再用生发剂了。"

众人大笑。葛道宏趁机说道:"要不,那段话,就先留着？"

栾庭玉说:"还是删了好。东西拿到这了,你们再加上去不迟。"

葛道宏立即说:"删,删,马上删！"

汪居常很会做人,又替傅全陵教授开脱了一句:"那段话,其实是傅全陵教授的博士写的。傅全陵教授本人也是存疑的。但他的博士说,老师,你不要太天真,就应该这么干。唉,以前都是老师告诉弟子不要太天真,现在都是弟子告诉老师不要太天真。敢说老师天真？真是狂得没边了。"

栾庭玉说:"年轻人嘛,元气足,自然气盛,自然就狂。他多大了？三十岁之前,可以狂。三十岁以后还狂,就没人理了。"

汪居常看来要把好人做到底了,又说:"傅教授也是这么说的。

可学生呢,先说自己这不是狂,又说,就算是狂,又怎么了?孔子到了晚年还狂着呢。傅教授只好对他说,孔子到了晚年还狂,那是因为孔子那个时代很年轻。"

本来是替傅全陵开脱的,不料最后一句话,却让栾庭玉有了意见。栾庭玉说:"孔子那个时代年轻,我们这个时代就老了吗?这个问题还是要跟学生讲清楚。周虽旧邦,其命维新。好了,这个问题先不讨论了。等'太研'正式开张了,这个问题可以拿来好好讨论一下。现在还有一个问题,我觉得你还没有解决。你们虽然证明,那只觚,啊,是后来又埋入地下的,但是,并没有能够说明,程先生也好,程先生的家人也好,用人也好,是他们埋进去的。"

葛道宏说:"董校长,你跟大家说说?"

董松龄说:"谢葛校长!既然在座的人都已经签过保密协议,那么我也就直言相告。程先生的母亲,应该就埋在大屯。他的母亲具体死亡日期不知道,为什么没有埋入程家祖坟,我们也不得而知。这当然还有待于进一步考证。但也只有偷偷考证。因为这事宣扬出去,传到程先生耳朵里,他可能会接受不了。为什么呢?根据我们掌握的情况,'文革'期间,程先生母亲的坟被刨掉了。情况就是这么个情况。"

栾庭玉说:"都看看!有点不像话。"

随后,葛道宏将一个铜牌子双手呈给了栾庭玉。那铜牌子虽是新作,却已生绿锈,似乎已成了文物。上面镌刻的字,当然是另外编写的。不过,一般的游客,不可能注意到文字已做了改动:

1975年,此青铜美人觚于济州北郊大屯村的一个西周窖藏附近的洞窟中出土,高25.9厘米,体重1488克,圈足径9.23厘米。应为后人收藏后又再次埋入地下。此青铜美人觚造型优美,器身饰以凸起的蕉叶、饕餮等纹饰。圈足内有铭文二字:旅父。通过对原器的工艺分析,得知觚泥范仅为两块,属于对开分型,芯范为上下各一块。此觚的出土,为研究商周时期的历史文化,提供了重要的依据。"古《周礼》说,爵一升,觚二升,献以爵而酬以觚。"传语曰:"文王饮酒千钟,孔子百觚。"这说明觚在古代人们礼仪生活中占据着重要的地位,但只有身份高贵的人才能用觚。宋以后,逐渐演变为用于居室插花陈设之器,且多为瓷制,以汝窑美人觚最为有名。直至明清及民国时期,在官僚家庭及文阁雅舍中,美人觚仍是装点厅堂之重要器物。

"我给馆长送去了,馆长不收。您看,这——"葛道宏说,"还劳庭玉省长,亲自转给他?"

"这个人啊,就是个书生。我的话,他也不一定听。试试看吧。"

"还有一件事,我们想跟庭玉省长汇报一下,就是我们想把程先生母亲的墓修一下,在那里立个碑。我们查了一下,现在有规定,农田里不准立碑。我们不知道该去找哪个部门。您能否给有关方面打个招呼,让他们通融一下?"

"这个事,找邓林就行了。"栾庭玉说。

葛道宏要留栾庭玉吃饭,说已在镜湖宾馆准备了便餐。栾庭玉强调,只能四菜一汤,想了想又说:"改天我请大家吃饭吧,待会我还是先去一趟医院。小工同志的夫人也住院了。老板今天早上问起此事,结果谁都不知道。老板倒没说什么,只是耸耸肩。唉,说起来,我与小工啊,与这个老梁同志啊,毕竟共事过一场的,还是有些于心不忍啊。"

说着,栾庭玉竟有些发怔。

把栾庭玉送出逸夫楼的时候,邓林到了。邓林凑到栾庭玉面前,告诉他何为教授已经去世了。邓林说,他已经在第一时间代表栾庭玉赶到了医院。几乎在同一时间,小乔把这个消息告诉了葛道宏。于是众人又再次上楼。小乔在给管理巴别的工作人员打电话,让他赶快把何为教授的照片找出来,挂到墙上。他们要第一时间对着那面墙默哀。邓林和小乔随后为栾庭玉和葛道宏准备好了悼词。在电梯里,他们经过了简单的排练。

栾庭玉先说:"泰山其颓。"

然后葛道宏对曰:"哲人其萎。"

巴别的工作人员及时地拍下了他们对着那面墙默哀的镜头。第二天的《济州日报》和《济州大学校报》用的就是这个照片,当然也用到了这两句话。照片上,所有人都在默哀,只有应物兄在打电话。那个电话他是打给文德斯的,他想安慰文德斯,但没有打通。他当然打不通。那个时候,文德斯已经到了太平间,那里是没有信号的。那个时候,文德斯正遵嘱把老太太的手表摘下,那是老太太留给张子房先生的。当文德斯从太平间出来,给他回电话的时候,他们已经再次进入了电梯。邓林正在说,他代表栾庭玉赶到医院向老太太告别的时候,老太太的手还是热乎的。邓林这么说的时候,及时地流出了泪水。

栾庭玉也动了感情,从小乔手中接过纸巾,递给了邓林。

邓林闭着眼,仰着脸,让泪水又流了一会儿。

等邓林擦过了眼泪,栾庭玉向大家宣布了一个消息:"邓林同志,即将到桃花峪任职,任代县长。何为教授在桃花峪待过几年,所以邓林同志去看望何为教授,既是代表我去的,也是代表桃花峪人民去的。"

此时,我们的应物兄都有点替邓林发愁了:破涕而笑,放在一个丫头身上,可能比较容易做到,放到一个大老爷们身上好像有点困难。嗨,其实邓林根本不需要他操心。邓林做得相当自然。邓林先用一声深沉的叹息,过渡了一下。然后,用沾着泪水的纸巾擦了擦手,再将那三根刚擦过的手指伸出来,说:"不瞒各位老师,我有三怕:一怕辜负老板的信任;二怕辜负桃花峪人民的期待;三怕辜负何为先生们。为什么这么说呢?如果自己干得不好,我又如何对得起那些与何为先生一起,曾在桃花峪战天斗地的前辈?"

92．默哀

默哀三分钟。

脑袋整齐地低下去，然后又整齐地抬起来。

何为先生，或者说何为先生的遗体，并不在现场。她还在冰柜里放着呢。她的遗言是，让张子房先生来给她致悼词。谁也不知道张子房先生在哪，谁也不敢违背她的遗嘱，所以她只好还在太平间的冰柜里待着。济大附属医院的太平间，被一家名叫凤凰的殡仪公司承包了，遇到这种不愿及时火化的情况，他们自然喜不自胜。处理何为先生后事的董松龄，从济大附属医院获悉，济州有九家医院的太平间，都是凤凰殡仪公司承包的。公司已经派人来说，考虑到何为先生的名望，也考虑到与济大的关系，他们愿意将停尸的费用打八折，并去掉零头，取个吉利的数字，即每天只收888元。

已经过了"头七"了。

过了"头七"第二天，济大哲学系举行了一个小型的纪念仪式。

乔姗姗也来了。她前天从美国回来。当他们站在一起默哀的时候，他们就像一家人。几乎就在人们把头抬起来的同时，哲学系主任把何为先生的遗像从墙上取下来了。然后，人们纷纷从哲学系的会议室出来，互相握手告别。这个时候，应物兄和乔姗姗又成了路人。乔姗姗和巫桃分别挽着乔木先生的左右臂，走在前面，应物兄跟在后面。他跟在他们后面走出会议室，走下楼梯，走下楼前的台阶。因为他们是整体移动，所以在外人看来，他们其实还是一家人。

巫桃边走边回头问道："中午回家吃饭？"

他说："还有些小事要处理，可能回不去了。"

巫桃说："我正有点事，要和你商量。"

说着,巫桃的手从乔木先生的右臂那里抽出来了,转过身,等着他。巫桃似笑非笑的眼神说明,她认定他是故意找借口,逃避与乔姗姗一起吃饭的。我不是故意的。只能说凑巧有个理由,可以不与乔姗姗一起吃饭。雷山巴此时就在离他不远的地方站着。雷山巴现在既然是以文化人自居,那就得经常出席文化人的追悼会、纪念会,并在个人网站上发布照片。进入会议室之前,雷山巴还和他谈了一下济哥文化的宣传问题。这个问题当然可以谈,但场合不对。他对雷山巴说:"待会再议。"这句话,乔姗姗也应该听见了。刚才走下台阶的时候,雷山巴又凑过来,说:"你那哥们,这里好像有点问题了。"雷山巴是指着自己的太阳穴说的。当然说的是华学明。关于华学明的不正常,他已经略有耳闻。据说华学明经常跑到慈恩寺的塔林,在那里一坐就是半天。有一天竟在塔林放火。幸亏塔林有监控,一群和尚及时赶到,将火扑灭了。

雷山巴说:"雷先生有时候认为,得把他捆起来。"

他立即觉得,这个靠养林蛙发家的雷山巴,脑子里住着一个癞蛤蟆。

他对雷山巴说:"学明兄的事,就是我的事。一会我们商量一下。"

这话,乔姗姗也应该听见了。都涉及捆人的问题,当然是大事。所以,乔姗姗也应该觉得,他不是在找借口。

还有,他们刚走下台阶,季宗慈就跑了过来,说:"老太太的文集快出来了,准备开个发布会。老太太的追悼会到底还开不开了?最好是开完追悼会,接着就开发布会。治丧委员会到底是谁负责的?"

这话,不仅乔姗姗听见了,乔木先生也听见了。乔木先生仰脸看着天空,发出了一声长叹:"唉,这人啊,从何说起呢。"

也就是说,如果他不回去吃饭,理由完全是说得过去的。

这会巫桃又说:"没看见她不高兴了?"

"没有啊。她就那样。"

他本来还想说,不高兴对她来说是常态,高兴反而是不正常的。

"邓林昨天来了。"巫桃说,"他到桃花峪上任了,和杨双长搭班子。他说,他和杨双长都希望我和先生到桃花峪住几天。"

这时候易艺艺走了过来。易艺艺好像从当初的打击中恢复过来了,明显地胖了。巫桃顺便问易艺艺:"还好吧?交了男朋友带过来,我替你把把关。"本来就是这么顺口一说而已,不料易艺艺却一本正经地说:"不交了,再也不交了。我现在是性冷淡,冷淡了,淡了。"这孩子,到底会不会好好说话?

等易艺艺走了,他问巫桃:"哪天去?"

"明天就去。姗姗也去。你和我们一起去?"

乔姗姗这次从美国回来,他事先并不知道。也真是巧了,郑树森刚好去机场送人,就把她从机场捎了回来。乔姗姗先去了乔木先生那里。把乔姗姗放下之后,郑树森还打电话来邀功:"看你怎么感谢我!"

他差点脱口而出:"你把她领走算了。"

现在,他知道,巫桃想让他一起去桃花峪,其实是为了减少她和乔姗姗的摩擦系数。或者说,是为了将那摩擦系数,不管大小,全转移到他这里来。巫桃和乔姗姗是无法相处的。事实上,昨天他和乔姗姗通过电话之后,巫桃就把电话打过来了。巫桃显然是在院子里打的。巫桃上来就说,先生想让乔姗姗回国。"我也想让她回来。先生年纪大了,她回来可以多个帮手。当女儿的,平时就该多回来的。回不来,也该常打电话。她倒好,只管自己潇洒,哪管家里雨打风吹。什么养儿防老,哄自己空喜罢了。"他当然赶紧代乔姗姗向巫桃表示歉意。巫桃说:"她回来,看什么都不顺眼。阳台上的花都能惹她生气。说龟背竹叶子都黄了,也不知道上肥。不是没上肥,那是先生上肥上多了,烧的!也真是活见鬼了,书案上也不知道怎么回事,刚好爬了一条蜈蚣。她小题大做,又拍照又录像,发给很多人。莫非蜈蚣是孙悟空变的,知道她回来了,故意来吓她?"

那张照片,他也在第一时间看到了。

照片上的蜈蚣,腰已经断了。但它每只脚都还抓着一团东西,内容很丰富,有泥团,有苍蝇,有蚂蚁,或者是一截细细的树枝。看到那些东西的时候,他首先想到的是,它要把那些东西献给谁?献给蜈蚣王,还是送到孩子嘴边?哦,书案上那盆新买的文竹说明了一切:那蜈蚣是被花圃的园丁弄伤的。它虽然受了伤,但还是要爬行。它本想回到自己幸福的家庭,却不幸地在死亡之前介入了人类的家庭纷争。

"你们准备在桃花峪待多久?"

"待不了几天。兰梅菊大师快来济州了。先生说他要看兰大师的演出。"

"怎么回事?以前,兰大师亲自送票上门,他都不去看的。"

他示意雷山巴等他一会。雷山巴指了指镜湖,说:"我在湖边等你。"

巫桃说:"这次才知道,先生一直没有原谅兰大师。当年在五七干校,兰大师曾揭露过双老:学习《敦促杜聿明等投降书》的时候,双老不好好听讲,在沙地上写字,写的是鬼啊神啊,大搞唯心主义。科学家怎么会唯心主义呢?双老写的其实是陶渊明的一句诗:'天道幽且远,鬼神茫昧然。'双老为此被批斗,为此被剃了阴阳头。都不让他喂猪了。先生只好替双老喂猪,一个人干两个人的活,差点累死。前两天,兰大师打来电话,跟先生谈起双老,说他们当年相处得多好,只差义结金兰啊。先生一时激动,竟把这陈年老账翻了出来。兰大师哭了。表演艺术家嘛。说哭就哭,说笑就笑——"

"所以,先生也不要太在意。"

"先生确实吓了一跳。兰大师说,从桃花峪回到北京,确实能吃饱了,但没过几天好日子'四人帮'就倒台了,他就被隔离审查了,说他追随江青的文艺路线。虽然没有给他剃阴阳头,但那比剃阴阳头还难受。说完又哭,边哭边唱,第一句是'乔木啊,听君言不由人珠泪满面',第二句就成了'叫一声公瑾弟细听根源',原来唱的是《卧龙吊孝》。先生说,你不是唱青衣的嘛,也会唱老生?兰大师这才住了口。"

"兰大师没有说漏嘴,跟先生说双老已经去世了?"

"先生早就知道了。一天早上,他起来后,不穿衣,不洗脸,不吃饭,一个人坐在楼上。你跟他说话,他也听不见。他手里拿着早报,早报上有这个消息。"

"这些天,他情绪肯定不好,你也只好多担待了。"

他得先送巫桃回家。他们虽然朝家里走去,但巫桃却没有上楼。巫桃后来在那株高大的悬铃木下面站住了。巫桃在那里种了几棵丝瓜,秧子上开着黄花。跟他说话的时候,她偶尔会仰起脸,看向自家的阳台。

一只流浪狗在离他们不远的地方,围着垃圾桶转圈,那个垃圾桶没有盖子,垃圾堆得冒出来了。那只流浪狗猛地一跳,从上面取下一个东西。那是个婴儿的尿不湿。它用嘴一点点撕开它,然后去吃里面的东西。在它看来,那一定形同点心!相当于慈禧太后爱吃的豌豆黄。它吃得慢条斯理的,还不时伸出舌尖把嘴唇周围舔上一遍,一点屎星子都舍不得浪费。它吃得很销魂。

同是流浪狗,木瓜过的是什么生活?

除了没有爱情,木瓜什么都有。

巫桃抬头看看自家的窗子,目光最后落到了一朵黄花上。丝瓜的黄花开在悬铃木最低的那截树枝上,花后已经长出来拇指大的丝瓜。

"先生倒没有太伤感。"巫桃说,"先生说,这么些年,他从来没有梦见过双老。这些日子,他天天和双老在梦中见面,一起喂猪,一起锄地,一起挖红薯尾巴。天天见面,高兴还来不及呢。"

"这就好。人嘛,花开花谢——"

"好什么好!那天午睡,他梦见了何为先生。到了晚上,就听说何为先生走了。今天一大早,他就跟我讲何为先生的事。姗姗呢,当女儿的,陪着爸爸出去走走啊。她不,就钻在家里,哪也不去,除了挑毛病,就是让她爸爸给她讲五七干校那些破事。还说,她以后就研究这个了,题目就叫《五七干校里的女性》。她还说,她最关心的,除了兰梅菊大师,就是何为先生。这句话倒把她爸爸逗乐了。她爸爸说,兰梅菊是男的。她连这个都要争辩。还摸着她爸爸的头:没发烧吧?没糊涂吧?怎么会是男的呢?"巫桃冷笑着,说,"就这水平,还要在美国申请学术专项基金呢。"

他真正感兴趣的,是巫桃转述的关于何为先生的一件小事。

是关于猫的,关于一只黑猫。

按乔木先生的说法,何为教授下放的时候,跟当地农妇无异,也是青布衫裤,蓝围裙,到了冬天就裹上头巾,像个农民起义军中的女兵。大家都饿得要命,几个月不见荤腥,何为先生当年是负责喂鸡的。都以为她能吃饱的,可她饿得比谁都瘦。她连老鼠运到鼠洞里的鸡蛋,都要挖出来,如数登记。闲下来的时候,她就像农妇一样坐着晒太阳。不同的是,农妇喜欢坐在墙根,何为先生喜欢坐在河边,靠着土崖,面对黄河。她既是免费吸收钙,也是观水。

想起来了,她有一篇文章,提到自己曾在黄河边观水。她一边观水,一边思考问题:东西方哲学都以水的流动性来揭示万物的变易。不同的是,中国历史上有大禹治水,对中国人来说,没有治好的水是灾难,治好的水是喜悦。但西方哲学中,面对洪水,首先想到的是逃亡,是想获得上帝的救赎。

有一天,她在河边晒太阳的时候,看到一只黄狗与一只黑猫打起架来,为了争一只死去的山雀。猫把麻雀吃了,但却被狗咬伤了,还掉了一只耳朵,动不了啦。看猫和狗打架的,可不止她一个。一个农民拎着镰刀走了过来,就像弯腰提鞋子似的,神不知鬼不觉,就砍掉了猫头,剁去了猫爪,把猫皮给剥了。黑猫转眼间变成一团白肉。那只狗又踅摸了过来,把剁下来的猫爪挨个儿吃了,血也舔得一干二净。

就像什么也没有发生过。

然后呢,农民就拎着猫去黄河冲洗。都说猫有九条命,看来是真的。那只猫突然从农民手里溜走了,跑掉了,顺流而下。农民气得直跺脚。那只狗呢,也沿着河岸跑着。它倒不是要与猫打架。此时,那猫在它眼里,与在人眼里,具有同一性:都是食物。何为先生看见那只猫,好像很有灵性似的,藏身于岸边的树根里了,藏得严严实实的。按乔木先生的说法,何为先生暗中为猫高兴。谁说哲学家都是一根筋?何为先生就聪明得很。她不说话,装作没看见,在河边转悠,好像在思考严肃的哲学问题。等农民垂头丧气地走了,何为先生就下去了,把猫给抱了起来。猫已经被冲洗得干干净净,只是嘴里有沙子。哦,对了,没头了,没嘴了。反正看不出是只猫了,只是一个肉团。

接下来的事情,是别人想不到的。

何为先生把它煮了。

这事本来没人知道,是何为先生自己讲出来的。她就病了一场,说胡话,总认为是猫在向她索命。再后来,何为先生见到猫,就觉得欠它们的。

巫桃说,乔木先生承认,他和双老都喝了一碗猫汤。

乔木先生还提到一个细节:他们喝猫汤的时候,连何为先生养的鸡都为他们高兴。鸡在外面散步,好像知道他们在吃肉喝汤,主动为他们站岗放哨,一个个抖擞着翅膀。看到有人过来,公鸡母鸡一起叫。乔木先生说,连鸡都能理解,我们难道不能理解吗?所以,没必要觉得欠猫什么。

按巫桃的说法,乔姗姗听了这故事,认为她爸爸与何为先生后来对猫的不同态度,正说明东西方哲学不同之处:中国哲学不知忏悔,西方哲学则以忏悔为先导。"这句话,惹得先生不高兴了。"巫桃说,"我和你双伯伯都快饿死了,喝口猫汤又怎么了?就得忏悔?你知道什么叫忏悔吗?你在美国都待傻了,忏悔是佛教的概念。忏者,忏其前愆。从前所有恶业,愚迷骄诳嫉妒等罪,悉皆尽忏,永不复起,是名为忏。悔者,悔其后过。从今以后,所有恶业,愚迷骄诳嫉妒等罪,今已觉悟,悉皆永断,更不复作,是名为悔。故称忏悔。我后来又喝猫汤了吗?一句话,说得她哑口无言,只好又拿那只断掉的蜈蚣来给我找碴。"

哦,与其说那是忏悔,不如说那是感激。何为先生曾说过,因恩惠而产生的感激,与因礼物而产生的谢意相比,在情感上要深入得多。礼物可以回报,恩惠无法补偿。何为先生曾在文章里写到,感激让你意识到,你和恩惠之间的关系,有一种无限性,它不但不会枯竭,而且还在不断地涌现,你不能够通过有限的赠礼来穷尽。

当然,这些话,他没有说出口。

巫桃说:"看,姗姗这会儿在换窗纱呢。她是真不把自己当外人啊。昨天她就要换,我没让她换。你知道的,原来的窗纱,上面有蝴蝶,有花,挺好的。还是先生自己选的。她却要换成纯白的,什么图案也不要。有什么好?挂在窗前,就像患上了白内障。不行,你得跟我上去。"

他只好上去了。

晚了一步,乔姗姗已经把客厅的窗纱换过来了。旧窗纱摊在客厅里,在无风的空间里颤动。窗纱上的蝴蝶好像振翅欲飞,窗纱上的花也好像在缓缓开放。这都是因为木瓜。那小东西从这头钻进去,从那头钻出来。如果钻不出来,它就急,哼哼唧唧的,给人的感觉好像旧窗纱在申诉,为什么把它换下来。木瓜终于钻了出来,得意地看一眼乔木先生,又用前爪撩起窗纱,要再次钻进去。乔木先生说话了。乔木先生说的是狗,但他觉得那其实是对乔姗姗的委婉批评:"你呀,木瓜啊木瓜,一会儿抓蝴蝶,一会儿采花,跳来跳去,全凭兴趣,什么也抓不到。"

乔姗姗用舌头顶着腮帮子,看着狗。

这会,听了乔木先生的话,她目光突然警觉起来。

巫桃和小保姆把饭端上来了。

他当然走不开了。只好跟雷山巴打电话,说回头再去基地找他。

当着乔木先生的面,他们客客气气地吃了一顿饭。那个酒坛子里还泡着五爪金龙。双渐的话,还没有告诉乔木先生呢。乔木先生亲自给他斟酒。乔姗姗一句话,倒没把他当外人。细品一下,好像有几分亲昵。乔姗姗说:"爸爸,别惯他,他又不是没长手。"

乔木先生笑着说:"我给我们家姑爷倒杯酒,不行啊?"

记忆中,乔木先生这是第一次在他面前提到"姑爷"二字。其中的家常气息,本该让他放松的,但却让他紧张起来了。

乔姗姗吃饭的时候,似乎躲避着他的目光,虽然他并没特意去看她。她穿着棕褐色的衣服,那是画眉的颜色。她的头发也有些发灰了。岁月也在乔姗姗身上留下了影子。一时间,他真想和她好好地共度余生。但随即,她的一个动作又引起了他的不满:喝水的时候,她不是把杯子端向嘴巴,而是把嘴巴探向杯子。这是在美国学来的吗?这可不好。要以食就口,不要以口就食。只有动物才以口就食,那是因为它们不会使用工具。当然,这话是万万不能说的。哪怕以开玩笑的方式说出来,乔姗姗也敢把桌子掀了。

于是,那共度余生的念头,转眼间就又打了一个折扣。

乔木先生说:"待会,你们回你们家去。跟以前一样,周末再过来。我这暂时不需要人。"

他当然听得出来,乔木先生是要他把乔姗姗带走。

乔姗姗似乎变了,变得懂事多了,吃完饭竟然主动帮着巫桃和小保姆把碗筷收到了厨房。收拾完之后,乔姗姗对小保姆说:"你跟我走一趟,帮我把应院长的狗窝收拾一下。"简直是太阳从西边出来了。当然,他快速回忆了一下,上次与朗月见面之后,战场是否打扫干净了。应该是干净了。哦,那已经是很久以前的事了。他听见乔姗姗说:"我听见了,有人等你是吧?我忙我的,你忙你的。我的门锁没换吧?"

哦,"我的"!门锁也是"我的门锁"。

他说:"没换。那你先回去?"

乔姗姗有个大箱子。他要帮她拿下去,但乔姗姗说:"我有手,我自己会拿。"但转脸就把箱子交给了保姆,"帮我一下。"

巫桃笑着说:"女学者办事,就是不一样,凡事都有板有眼。"

乔姗姗立即怼了过来:"学者就是学者,还分男学者、女学者?"

巫桃说:"看到了吧先生?我又说错了。"

乔木先生和起了稀泥:"学者嘛,确实不分男学者、女学者。何为先生也常这么说。可姗姗你是研究女性问题的,说你是女学者,是夸你呢,近水楼台先得月,向阳花木易为春。"

乔姗姗说:"爸爸是批评我好辩?"

乔木先生说:"好辩不是缺点。孟子就好辩。你说他好辩,他还要跟你辩论一番呢,'予岂好辩哉?予不得已也'!"

乔姗姗说:"知女莫若父。予亦不得已也。"

乔木先生笑笑,说:"应物,你留下,我也正好有话对你说。"

然后,乔木先生就带他上了楼梯,在书房里坐下了。

乔木先生笑着说:"姗姗好辩,但好辩之士,其实都是单纯的人。孟子就比孔子单纯。有人说,孔子说话如春风沂水,你自然也就如沐春风。孟子呢,那是吹风机,如秋风扫于舞雩。孔子善对话,孟子好辩论。对话是我听你说,你听我说。辩论是我说你听,你还得听懂。你装作听懂,不就得了?"

哦,先生还是来和稀泥的。

他正想着如何答话,乔木先生却好像只是要点到为止,并不求他回应,已经顺势提到了另外一个人。乔木先生是这么说的:"姗姗好辩,但不是最好辩的。最好辩的是谁?校园之内,张子房要算一个。我以为,子房今天会露面的。我今天去那里三鞠躬,当然是为了跟何为先生打个招呼。其实人都死了,去不去,她也不知道。她就是知道,也不会在乎。这位大姐的脾气,我是知道的。我知道她不在乎。我是奔着子房去的。我以为他会去的。这个张子房,就是天下最好辩之士。七八、七九年的时候,济大公厕还多是旱厕,每日早起,一排人蹲坑。蹲着坑,他也不忘辩论。那真是舌辩滔滔。辩论什么呢?看不见的手。手当然看不见,都夹在膝窝下面呢。不不不,也不是夹在膝窝下面,你得提着裤子,随着换坑,否则那些摞成宝塔的粪便就顶着屁股了。你拎着裤子,半蹲着,就像空投。这时他也要跟别人辩论。辩论什么呢?市场经济好,还是计划经济好?来一拨,他辩走一拨。时间一长,难免双腿发麻,脑部缺血,有一次他差点栽入粪坑。他这次该露面的,却没有露面,要我看,这也是一种辩论。你们都以为我会来,可我就是不来。"

哦,原来是要谈张子房。

应物兄一时有点感动。

乔木先生显然知道,何为先生曾说过,须由张子房先生来致悼词。乔木先生现在提起张子房,其实还是因为关心何为先生的后事。

何为先生的后事该如何处理,身为治丧委员会主任的葛道宏,并没有发表过意见。具体负责此事的,是新上任的哲学系主任,此人就是那个著名的"风衣男"。如前所述,这个人长得有点像电影演员陈道明,说话阴阳怪气的,除了夏天,任何时候都穿着风衣。"风衣男"评职称时,拿出来的著作竟是自己的写真集,只是在每张照片旁边都写上一段话而已。那些话大都摘自经典作家的著作,但他却声称那就是他的"哲思"。这天,"风衣男"虽然没穿风衣,但衫衣下摆过膝,也基本上穿出了风衣的感觉。对于何为先生的后事,"风衣男"拿不出一个主意。他把何为先生的遗像从墙上取下来的时候,别人问他,追悼会还开吗?这么简单的问题,他都不知道如何回答了。

"风衣男"平时说话从来不用口语的,都是书面语。但这天,"风衣男"慌乱之中竟来了句济州土话:"我被老太太骑驴了。"济州方言中,"骑驴"是被骗的意思。他说他去看过老太太,委婉地问过老太太还有什么要交代的,老太太说她都安排好了,不会让系里为难。大概觉得,这种场合声称自己被骗实属不宜,就又补充了一句:"我说的是,骑驴看唱本,只能走着瞧了。"

下台阶的时候,有人嘀咕道:"这哥们还是会说人话的嘛。"

不到万不得已,"风衣男"怎么会说人话呢?

这只能进一步说明,事情非常棘手。

这会,乔木先生问道:"那只黑猫,还给子房先生了吗?"

乔木先生看来也已听说,何为先生还有一句遗言,她死后,把柏拉图还给张子房。如前所述,张子房先生重译了亚当·斯密的《国富论》,其译后记《再论"看不见的手"》,在八十年代曾经风靡经济学界,所以何为先生习惯以亚当称之。何为先生的原话是这么说的:"柏拉图还给亚当。它本就是亚当的。"

他说:"应该没还吧。我听说,哲学系的人去找经济系的人,要他们带着去找张子房,经济系的人说,张子房先生早就离开经济系了,不属于他们的人。所以,直到今天,好像还没有和张子房先生联系上。"

乔木先生说:"你知道吗?当年张子房先生与双林院士也吵过架的。后来双林院士每次来济州,除了想见双渐,就是想见子房。"

这些天来,他留意了一下双林院士的相关资料。他了解得越多,越觉得双林院士和他的同伴们,都是这个民族的功臣。他们在荒漠中,在无边的旷野中,在凛冽的天宇下,为了那蘑菇云升腾于天地之间而奋不顾身。他觉得,他们是意志的完美无缺的化身。与他们当年的付出相比,用语言对他们表示赞美,你甚至会觉得语言本身有一种失重感。

最难能可贵的是,双林院士拒绝将自己和同伴们的生活神圣化。与北京木樨地一所中学的孩子们对话的时候,他提到,那时候他的梦大都是关于吃的。"空中成群地飞着脆皮烤鸭,扑棱棱地飞向你的嘴边。"双林院士说。

双林院士随后提到了一件小事。

关于当年全国人民勒紧裤腰,举全国之力去造原子弹,确有一些专家反对。一直到八十年代,还有人对此持有异议。当时,他和同伴们可能有些不理解,有些人还觉得有些委屈。但是,过了这么多年,他也理解了他们:

有个朋友是经济学家,友人都叫他亚当。他既单纯又善良。举个例子,他很少去参加告别仪式。他不能去。只要一听见哀乐,他就会哭,哭得止不住。哪怕那哀乐是为一个与他不相干的人播放的。他就当面对我说过,他反对造原子弹。他说,这个代价太大了。要是考虑到这期间,还有大跃进,还有三年自然灾害,中国人饭都吃不饱,代价太大了。从感情上,我接受不了他的观点。我们足足吵了两天。后来,我听说他为自己说过的这番话付出了不小的代价。那是几年之后的事了。有人把他当时私下说的话写了出来,引来了批评,说他污蔑核科学家的劳动。那篇文章也引用了我的话。我为此而感到惭愧,因为他的不幸也有我的原因。其实他只是说出了事实,说明自己的观点不该受到责备的。因为科学家首先是要面对事实,要找到事物之间的因果关系。当然,去年我听他一个哲学家朋友说,他的想法变了。他现在研究经济史,已经意识到,现实生活中的任何一点、任何一件事,都是历史演变的结果,背景有着无限的牵连。①

这样的话,不是每个科学家都能说出来的。他再次为双林院士而感动。

这会儿,他向乔木先生提到了双林院士这个谈话。他问乔木先生:"双老所说的哲学家,应该就是何为先生。听双老转述的意思,张子房先生好像并没有疯掉。疯子怎么能研究经济史呢?"

乔木先生的说法,让他吃了一惊:"我从不认为子房疯了。"

"你是说,他只是装疯?"

"他这个人,怎么会装呢?"

"我记得曾在街上见过他。见他在垃圾箱里翻啊翻的。"

"谁知道呢,他或许认为,垃圾里面也有经济学。"

"不会吧,我记得他的嘴唇都变厚了——"

"或许是摔倒了,在什么地方碰伤了呢?"

"那您知道他住在哪吗?"

"我不知道。还是上次办书法展的时候,看到过很像他的身影。"

当时,乔木先生曾吟诵了一首诗。这会,乔木先生又将它吟诵了一遍:"州亦难添,诗亦难改,然闲云野鹤,何天而不可飞'?"和上次一样,乔木先生好像还是在赞颂子房先生,有着闲云野鹤般的自由。

乔木先生又说:"上次我路过皂荚庙,看到一个人,有点像张子房。我还想,子房信佛了?再一看,不是。当然不可能是。他这种人,是不可能信佛的。巫桃说,子房先生若信佛,倒是可能成佛。这就是妇人之见了。自古以来,杀人如麻、如砍瓜切菜者,佛家倒是鼓励他们放下屠刀,立地成佛。连一只猴子,都能成为斗战胜佛。那些行善的人,那些吃斋念佛的善男信女,成佛的机会反倒很

———

① 见《中原人物周刊》(2011 年第 15 期)载《与中学生谈谈当代科学史》一文。

小。这就像老师带学生。坏学生经常不交作业,偶尔完成一次,老师赶紧发个奖状给他。那些规规矩矩的好学生,老师顶多口头夸上两句。"

乔木先生的话,是不宜细品的。

稍微一品,也就知道,那好像也与程先生归来伊始,便尽享荣华有关。

乔木先生又顺便问道:"风闻释延安要去皂荚庙做住持?怎么样,德行高远的释延源只能苦苦念经,调皮捣蛋的释延安倒是什么也没耽误。"

接下来,乔木先生又提到了乔姗姗。他本以为乔木先生又要再和一遍稀泥的,不料,乔木先生突然说道:"姗姗这次回来,说她也开始研究儒学了。好啊,她可能是受了你的影响。这就是志同道合了。我不想放她走了。就让她去太和?"

如果说,他对此没有一点预感,那显然是不确切的。从巫桃告诉他乔木先生想让乔姗姗回来那一刻起,他就担心会有这么一出。他只是不愿承认,这会变成真的。哦,其实相当于另一只鞋子掉了下来。

跟乔姗姗一起工作?

不,不,不!他立即有一种窒息之感。当然,他尽量不让乔木先生看出他的情绪变化。他认为自己已经做得足够好了:坐姿不变,手势也不变。当然,和乔木先生说话,他其实是没有手势的,因为他的两只手通常平放于膝盖,就像在给自己的膝盖按摩。但乔木先生似乎还是捕捉到了他的内心变化。乔木先生的眼睛突然变冷了,有如义眼。乔木先生说了三个字:"怎么样?"

他小心地问道:"姗姗也有这个想法?"

那双义眼好像有点温度了:"先别管她。先说你。"

他说:"她说过她不愿在国内待的。她每次回来嗓子都要发炎。她说过,只要想到要回来,嗓子就会提前发炎。"

乔木先生拿起了通条。那银色的、有如绾发的簪子似的通条,透着寒意。乔木先生把它捅进了斗柄。乔木先生说:"我知道,你们以前常闹别扭。不闹别扭的夫妻,我还没见过。关于夫妻关系的论述,比世上所有的经文都多。但谁都没有我们那个女道士说得好:至亲至疏夫妻。① '至亲至疏'四字,道尽了婚姻的甘苦。别在意。年龄大一点就好了。夫妻嘛,就是个有限责任公司。"

"先生,我是想和她把日子过好的。"他听见自己说。

"婚姻幸福的关键是什么?我送你四个字:记性要差。记住了?"

"我一定记住,记住记性要差。"他尽量保持郑重的语调,重复说道。

"你那个太和,尽心即可,不要想那么多。听说你们盖的那个院子,外面看上去稀松平常,但里面用的水泥钢筋,都可以建个太和殿了。那个章学栋说,他求的是永恒。哎哟喂,你们这些年轻人啊。处理好你们现在的生活就行了。永恒这个东西,是老天爷说了算,不是你能说了算的。以前的高门大户,哪家门前没有两株歪脖树,哪家屋后没有一株蟠龙槐?现在都在哪呢?树犹如此,人何以堪?麦荞先生的情况,你知道吗?编一套没人看的文集,也声称要藏之名山、传之后世。这倒好,文集还没出版,人却不行了。起落架和发动机都失灵了。我明天还得去看他。"

乔木先生也引用起小工的话了。

"您代我问个好?"

"当然会代你问好。人生无常啊。"

"先生,双老和何为先生的死,可能让您伤心了。别想那么多。"

"我才不想那么多呢。我只想着,让闺女回来。怎么样?就让姗姗进去?"

---

① 〔唐〕李冶《八至》:"至近至远东西,至深至浅清溪。至高至明日月,至亲至疏夫妻。"

"我没意见。只是,为什么要进太和呢?"

"你还不知道她?自以为讲课很受欢迎,其实人家恨不得把她轰下讲台。坏就坏在她那脾气!竟会和学生在课堂上吵起来。进了太和,她就安心做她的研究,能做到哪一步是哪一步。她不焦虑了,不发火了,你也就不必再当烟囱了。"

"这事——程先生知道吗?"

"就是程先生建议的嘛。程先生提到姗姗,说了四个字:秀外慧中。"

"那姗姗的意思呢?她若不同意呢?牛不喝水不能强按头啊。"

"你出面请他,她扭捏一阵,就答应了。"

"她能来当然是好的。我只是担心,有人会说,太和怎么成了夫妻店。"

"我的姑爷啊。你又不是院长,开什么夫妻店?姗姗得回来。我想闺女了。我知道,她那个臭脾气,可能让你受了伤。"

"没有,没有。"他听见自己说,"没有受伤。就是有,伤口也结了痂。"

"结了痂,就要脱皮了。不管在家里受了什么委屈,都不要出去说。如今网络发达,小保姆每日也用手机上网,又哭又笑。要我看,每日上网者,都有嗜痂之癖,都是拿别人的苦,当自己的乐。太和大事已定,波儿不在家,你们夫妻二人,每日静坐读书,少管闲事,敦伦理,屏嗜欲,必有所成。我哪天就是走了,跟双林这个老伙计抬杠磨嘴去了,这边也没有要担心的了。回去吧。"

哦,敦伦,敦伦理!

乔木先生用语极雅。这其实是委婉地提醒,乔姗姗在家等着他呢。

这天,乔木先生还戴上贝雷帽,拄着手杖,罕见地送他下了楼。出了电梯,乔木先生又陪他走了几步。乔木先生突然说:"我们这代人,终于要走完了,要给你们挪地方了。"

不用说,双林院士和何为先生的死,还是让乔木先生感受到了死亡的阴影。他当然立即劝乔木先生要保重身体。"以后,我会多来看您的。"他说。

乔木先生动了动贝雷帽,让它好看地歪着,说:"死嘛,我有九个字:不想死,不等死,不怕死。不想死,是因为活着挺好。不等死,就是该说什么,还说什么。不怕死呢?人人如此,怕有何用。"

93. 敦伦

"敦伦"一词,就他所见,出自董仲舒《春秋繁露·必仁且智》,意思是敦睦人伦①。后来,"敦伦"就成了夫妻生活的代名词。它的另一个说法是"周公之礼"。"周公之礼"当然不仅仅是指"敦伦",但提起"周公之礼",人们首先想到的就是"敦伦"。在开车回家的路上,我们的应物兄想起来,自己最早看到"敦伦"一词,是在鲁迅的《且介亭杂文·病后杂谈》一文里:"我想,这和时而'敦伦'者不失为圣贤,连白天也在想女人的就要被称为'登徒子'的道理,大概是一样的。"他不解其意,急忙去看文后的注释:

> "敦伦"意即性交。清代袁枚在《答杨笠湖书》中说:"李刚主自负不欺之学,日记云:昨夜与老妻'敦伦'一次。至今传为笑谈。"

他看得心里扑通扑通的。他的目光在阅览室扫过。遇到女同学的脸、背影、腿,目光就悄悄躲开。但同时,他又忍不住想:"以后,和谁'敦伦'呢?"那天,乔姗姗在图书馆吗?好像不在。想起

---

① 董仲舒《春秋繁露·必仁且智》:"何谓仁? 仁者,憯怛爱人,谨翕不争,好恶敦伦,无伤恶之心,无隐忌之志,无嫉妒之气,无感愁之欲,无险诐之事,无辟违之行,故其心舒,其志平,其气和,其欲节,其事易,其行道,故能平易和理而无争也。如此者,谓之仁。"

来了,那天郑象愚倒是在。郑象愚路过他身边的时候,还问他看的是什么。郑象愚对鲁迅不感兴趣,手中拿的是黑格尔的书。想起来了,就是在那一天,郑象愚对他说:"瞧,黑格尔讲得多好。人是死的神,神是不死的人。对于前者,死就是生,生就是死。"①

在一家药店门口,他把车停下了。

他需要买盒避孕套。也就是说,这个时候,他心里已经准备好要与乔姗姗"敦伦"一次。他已经想不起来,上次买避孕套是什么时候了。好像已经是上个世纪的事了。这倒不能怨他。因为每次他做好准备,要和乔姗姗"敦伦"的时候,乔姗姗都会说她刚来例假。他曾经感慨,她的例假应该是全世界来得最勤的,都可以申请吉尼斯世界纪录了。再后来,当他提出这项要求的时候,她甚至会说,他对世界要求太多了。想搂着老婆睡一觉,就成了对世界要求太多?

他突然想起以前讨论过的"温而厉"。费鸣说过,"温而厉"已经上市了,只是名字不叫"温而厉",而叫"威而厉"。

哦,还真有卖"威而厉"的。

盒子的封面上印着一个半裸的女港星。那女港星牵着一匹白马,背景是辽阔的草原。那白马在此显然有另外的寓意:白马王子。应该还处于促销阶段,因为买一盒"威而厉",可以赠送一盒伟哥。

子贡够狡猾的。

子贡当初可是说过,名字一旦采用,即付一百万 dollar。子贡的原话好像是这么说的:"我是想把这一百万 dollar 留在济州的。"如今他只是稍加变动,将"温而厉"改成"威而厉",就把那一百万 dollar 省下了。当然了,这个时候,我们的应物兄完全不可能知道,

---

① 黑格尔《哲学史讲演录》(第 1 卷):"人是死的神,神是不死的人;对于前者,死亡就是生,而生活就是死","神圣是那种通过思想而超越了单纯的自然性的提高;单纯自然性是属于死亡的。"

那一百万 dollar 其实并没有省下,它已经进入了济民中医院的账户。如前所述,金彧就在济民中医院工作。

当他带着"威而厉"和"伟哥"离开药店的时候,接到了雷山巴的电话。电话中的雷山巴,一点不像将军的后代,也不像他自称的文化人,倒像是草寇托生的。就他妈的像个流寇。雷山巴是这么说的:"你要不管,出了事,那可不赖我。雷先生可是要溜了。明天,雷先生可就要带着几个先进分子,去慰问老区人民了。"

"到底什么事?"

"大事倒不是大事。雷先生眼里,能有什么大事啊?但是,得让你知道。"

他怎么能想到,雷山巴所说的事情,与华学明有关呢?他当时说了谎,说:"我太太有病,在医院呢。要不,咱们明天见?"

"反正我已经跟你说了。"雷山巴说。

保姆一定在窗前看见他停车了,因为他上楼的时候,保姆刚好下来。保姆走得太急,袖套都忘记取下了。当然也可以理解为,看到他回来,她连袖套都顾不上摘,就逃出来了。保姆把袖套给他,低声说道:"我可什么也没说。"他由此知道,保姆刚才过堂了,受审了。

他进门的时候,乔姗姗正在打电话。

房间里并没有怎么整理,所有物件还原样放着。被子还是乱成一团,还像个狗窝。书房里,地板上的书倒是归拢了,但只是把它们胡乱地归拢到了一起。甚至茶几上那盆半死不活的吊兰,枯死的叶子还耷拉在盆边。地板倒是擦了。乔姗姗的箱子倒是打开了,但什么东西也没有取出来。哦不,还是取出点东西,那是一双人字拖。看来,刚才只记得升堂了。洗手间好像用过了。因为手纸原来放在一本书上,现在放在另一本书上。她总算和家里发生了一点关系,虽然用的是屁股。

乔姗姗甚至没用家里的水杯。她喝的是瓶装水。

"Mr Ying has come home[①]，"但这话不是跟他说的，而是跟电话那头的人说的，"OK, I'll talk to him[②]."

她的英语很生硬，但声音很好听。

只要说话的对象不是我，她的声音就是好听的。既然她现在研究儒学了，那么她就应该知道，儒家对世界的爱，是从自己家人开始的。有一个说法，好像是费孝通先生说的，西方人的社会关系，好比是一捆一捆扎得很清楚的柴，人们属于若干人组成的团体。我们最重视的则是亲属关系，以自己为中心，像石子投入水中，形成同心圆式的波纹，那波纹一圈圈推出去，愈推愈远，也愈推愈薄。她呢？对陌生人，对远方的人，对那些八竿子打不着的人，是和风细雨的，对待自己最亲近的人，则像一条狗。

她还要再打电话。按了几个数字之后，她停下来，说："你一进门，味道就不对了。"这么说的时候，她的手还在鼻子跟前扇了一下。

什么意思？难道我是个屁？

当然，从最美好的意义上理解，她应该是催我去洗澡，准备"敦伦"。

在洗澡的时候，出于惯性，他把衣服扔进了浴缸。于是，他像往常一样，一边冲澡，一边原地踏步，一边思考问题。现在，他脑子里有两种观念在搏斗。一种是，待会到了床上，必须做好。敦伦者，敦睦人伦也。做不好，则有违敦伦之义。但另一种观念也具有同样的强度，它是对前一种的否定。如果做得好，如果让她感受到了敦伦之妙，那么她可能就真的不走了，要回来了。这两种观念，就像一场球赛，一攻一守，我攻你守，防守反击，全攻全守。他的步子不由得加快了，激起阵阵水花。如果她回来了，她能和同事们和睦相处吗？如果她不会回来呢？她不回来，就这样待在美国，她和

---

① 应先生回家了。
② 我会跟他讲的。

应波能够长期相处吗?为了应波少受气,我是不是应该让她回来?

怎么说呢,作为一个电视球迷,应物兄的脑子里其实同时举行着两场,不,应该是三场,不,很可能是四场球赛。就像世界杯小组赛的最后一轮,几场比赛同时开球。首先要考虑自己能不能出线,还得考虑出线之后会碰上什么对手。

他简直有点想不过来了。

当然,最关键的问题是,自己必须能够及时地硬起来。

那就有必要吃点药。他从未吃过伟哥。不仅没吃过,如前所述,他还曾在书中对此大加嘲讽,认为这有违"乐而不淫"之精神。但现在,为了"敦伦",我只能把这个问题暂时放到一边了。当然,这个时候他也想起来,他忘记把伟哥掏出来了,它还装在口袋里,此刻就在他的脚下。

裤子因为浸水而变得很沉重。

那板药一共有五片,它们组成一个心形。洗发水的泡沫在上面不断地聚合,闪烁,破灭。他抠出一颗,就着水龙头,将它喝了下去。

他最后冲了一遍水,出来了。再用脸盆盛上衣服。家里虽然有两个浴室,但万一乔姗姗要用这个浴室呢?乔姗姗出国之前,用的就是这个浴室。

通常情况下,洗完了澡,他都要尿上一泡。水虽然是浇在身体外部,却好像渗入了他的尿脬。每到这个时候,他都会想到一个词:水到渠成。当然,具体到这一天,这泡尿还具有另外的意义,相当于清扫外围:"敦伦"时刻,身体的冲撞难免对尿脬构成挤压,若是突然想撒尿,是暂停还是继续?

突然,有人敲门。当然是乔姗姗。因为她敲的是卧室的门,而不是直接敲浴室的门,所以他最初的感觉是,好像敲的是邻居家的门。当然,接踵而至的敲门声很快就让他意识到,站在两道门之外的就是乔姗姗。

他差点尿到鞋子上。

乔姗姗说:"Mr Ying,出来,有话对你说。"

幸好他把换洗衣服拿进来了,否则还真是无法出去。虽然这是他自己的家,是他的思想生产基地,某种意义上也是当代儒学的一个小小的中心,而他是这里的主人。他嘟囔了一句,算是对她的回应:"Mr Ying这就出来。"哦,如果没有记错,在这个家,这是第一次有人叫我 Mr Ying;如果没有记错,这也是我第一次称自己为 Mr Ying。当他穿好外套,梳好头,穿上袜子,来到客厅的时候,却不见了乔姗姗。

"在这儿呢。"乔姗姗说。

那是从应波的房间传出来的。这里倒是被保姆打扫得很干净。干净得不像人住的,床上什么也没有,只有一张席梦思床垫,床垫上的塑料封套还没有取掉。乔姗姗对镜梳头。哦,那其实是乔姗姗的标准动作之一:她常常只梳一半头发,也就是抓住一绺,一直梳,反复梳,而对另一半头发置之不理,就让它披在那里,遮着自己的脸,遮着自己的嘴。这时候,如果有声音从头发下面的嘴巴里传出来,那就通常是冷笑了。听到那声音,他有时候会起鸡皮疙瘩。

不过,这次乔姗姗没有冷笑。

这时候乔姗姗终于开始梳另一边的头发了,而且开始说话了。

乔姗姗说:"回国前,我陪着程先生去了一趟茶园。"

他一时没有反应过来:"茶园?哪个茶园?哦,你是说子贡的茶园吗?"

乔姗姗说:"我刚才就是跟他通电话。"

他问:"他在哪?"

乔姗姗说:"又去了中东,现在除了叙利亚,别的国家都有他的生意。当美国人或者俄国人撤走了,他在中东就玩成全垒打了。"她随口吐出的棒球术语,说明这段时间她在美国过得挺好。

乔姗姗又说:"你要不要跟他通个电话?程先生应该还在那里。"

还没等他说话,乔姗姗又说:"不打也行,听不清楚。他要么在直升机上,要么在直升机下面,轰隆隆的。当然,打不打,由你。"

没错,有一次他给黄兴打电话,听到的就是那巨大的轰鸣声。乔姗姗显然话里有话,但她不讲,他不好问。乔姗姗去那里干什么?休闲吗?

打还是不打呢?

乔姗姗说:"你该打一个,向他表示感谢。应波也去了,玩得很 high。"

他眼前立即出现了一片又一片葱绿的山冈,阴影在山冈上快速移动,那些茶树正在风中摇摆,而乔姗姗就在那茶园里走动。那几片茶园离硅谷不远,位于圣塔克拉拉县府圣何塞的 101 公路两侧。公路深陷于山谷之中。他曾多次从那条山谷走过,透过车窗仰望山冈上方的茶园。那是北美大陆仅有的几片茶园,它的主人就是子贡。十多年前,子贡的一个朋友从台湾来到了美国,他们开车穿越山谷前往圣何塞。因为山脉挡住了来自太平洋的热浪,所以那时候虽是炎炎盛夏,但山谷中却非常凉爽。朋友是个茶商,会看风水,对黄兴说,大山能够挡住热浪,自然就能够挡住寒流,所以这里应该四季如春,藏风聚气,很适合种茶。朋友鼓动子贡弄一片山坡种茶。朋友说,茶文化就是中国文化,如果在这里种上茶树,那么茶文化就会在美国落地生根,在北美发扬光大。这个意义可是非同小可,相当于把玉米和红薯从中美洲引种到了亚洲,史书上应该大书特书的。子贡一听就动心了,先后从阿里山、武夷山引进了多种茶树。为了把那些茶树苗弄到美国,子贡可是费老鼻子劲了,这是因为它们必须通过美国海关严格的植物检疫。生物安全部门的负责人虽然喜欢喝茶,对此外来物种却是警惕百倍,担心它们危及本地物种。他们被泛滥成灾的中国鲤鱼弄怕了。在北美的那些沟沟汊汊,中国鲤鱼逢佛杀佛,逢祖杀祖。

那些树苗后来是通过墨西哥边境弄进美国的。

时间拖得太久了,三千株树苗还没有运进山谷已经死去了大半,后来成活的只有百余株。但经过无性繁殖,茶树在几年之后就发展到了一千多株。为了那些树苗能够健康成长,子贡从福建和台湾弄来了多名茶农,帮助他们办了绿卡,并安排他们住在那山清水秀、四季如春、空气新鲜的山谷之中。只有从热爱中国文化的角度去看,你才能够理解子贡为什么会在那些中国茶树上倾注那么多心血。那些在茶园上空盘旋的直升机,就代表着黄兴的心血:每年茶树吐出新芽之时,黄兴都要调动五六架直升机,让它们从薄暮到凌晨在茶园上空盘旋,通过改变气流来防止霜冻;而在别的季节,子贡则喜欢让客人登上飞机,一边喝茶,一边俯看茶园,据说直升机形成的气流同时可以防止虫害滋生。

不过,出于安全原因,子贡本人是不上直升机的。

他问乔姗姗:"你和应波坐直升机了吗?"

乔姗姗说:"我没坐。波儿坐了。"

他的心立刻揪紧了,好像随着应波登上了颠簸的直升机。

那时候乔姗姗一定坐在木屋里,看着应波乘坐的直升机在天空盘旋。茶园里有一片木屋,它们在高处,从那里也可以眺望茶园风光。那片木屋其实就像个度假村,游泳池、电影院、会议室一应俱全。主屋是黄兴自己住的,内设电梯,可以通向地下三十米的山洞。即便核战爆发,即便外星人入侵,也能在里面安然无恙地度过半年。房顶是粉红色的金字塔,与映在山岗上的落日余晖交相辉映。说白了,它就是子贡的行宫。他陪程先生去的那次,子贡还请了硅谷的几个朋友。那些朋友对子贡的毛驴很感兴趣。毛驴被拴在一个石柱上,石柱来自雅典卫城,是子贡用船运回来的。有个朋友看中了那个石柱,先报了个价,然后又请子贡出价。子贡说:"卖给你,驴子拴到哪去呢?"

乔姗姗这会说:"比尔·盖茨也去了茶园。"

哦,是吗?乔姗姗这么说,是要炫耀自己,还是在向我暗示什么?乔姗姗接下来要说什么呢?

他知道子贡与比尔·盖茨关系很好。1994年的第一天,子贡还曾应邀参加了比尔·盖茨的婚礼。子贡很喜欢说比尔·盖茨的段子:比尔·盖茨很想从政,曾打电话给希拉里,试图成为希拉里的幕僚,但那个女人一口回绝了他。后来比尔·盖茨又把电话打给了奥巴马。奥巴马就装糊涂,说:"比尔?哪个比尔?是比尔·克林顿吗?"子贡说:"如果程先生把电话打给奥巴马,奥巴马肯定会说,程先生,我马上派空军一号去接您。"这些玩笑虽然并不好笑,但所有人都还是笑得前仰后合。子贡对比尔·盖茨的夫人梅琳达的评价很高。他说,如果能遇到梅琳达那样的女人,他会马上结婚。据他说,梅琳达能够忍受比尔·盖茨与老情人安·温布莱德的关系,又能够容忍比尔·盖茨与小情人斯特凡妮的关系,真是让人感动啊。他还说,比尔·盖茨比自己的老情人小了九岁,所以他一直担心——没错,子贡用的就是"担心"这个词——比尔·盖茨有恋母倾向。知道比尔·盖茨后来又跟小情人斯特凡妮搞到一起的时候,他才把心放回肚子。

兴之所至,子贡还给比尔·盖茨起了个外号:狗洞。

程先生解释说,这是因为盖茨(Gates)的前面部分(gate)包含着"篱笆的门"的意思,"篱笆的门"当然可以看成"狗洞"。

他现在想起来,他们那天谈论这事的时候,子贡身边其实坐着一个香港女演员,那女演员穿着旗袍,露着嘹亮的大腿。子贡曾给她出演的一部描述日军侵华的电影投资,她在里面演的是慰安妇。她也唱歌,不断地向他们讲述唱歌的意义:歌曲会潜移默化地塑造我们对世界的认识,进而规范我们的行为。程先生对这话当然会表示赞赏。但这个女演员随后举的例子,却有些不伦不类:周杰伦的《双截棍》最火的时候,他爸爸揍他的拖鞋,就换成了双截棍。

程先生不愿理她了。

但是子贡的兴致却上来了。子贡讲起了比尔·盖茨勾引斯特凡妮的趣闻。子贡摸着那个香港女演员的膝盖说："'狗洞'在咖啡馆里，就是这样把手伸在桌子下面抚摸人家的。摸一下，又摸一下。"

这个动作有点突然了，也有点过分了。他正担心女演员会生气，女演员却主动把两只膝盖微微地分开了，当然她同时也笑着解释，说她模仿的是斯特凡妮。

那一摸的代价是很高的：子贡随后就赞助女演员出演了另一部电影。这次，她扮演的是上海二马路上妓院的头牌姑娘。这笔钱，子贡当场就答应了。

程先生事后批评子贡，这是拿钱不当回事。子贡说，他这个人的毛病，就是无法拒绝朋友，尤其无法拒绝朋友的女朋友。哦，原来那个女演员是子贡当年在香港混码头时的一个朋友的女友。子贡是这么说的："幸好我的朋友中间没有不法之徒，没有 running man①，不然我最容易成为 Concealer②。"

现在，他很想提醒乔姗姗，还是不要把应波往这种地方带。

不过他没说。一旦说出来，乔姗姗可能就发火了。

好在他接下来又听乔姗姗说道："黄兴让波儿带同学去玩，我谢绝了。我也告诉波儿，学业为主，玩耍为辅。只要学好了，进了大公司，这样的好日子，以后多着呢。"

这个时候，他感到吃下去的药起了效果。它仿佛有了自己的意志，在裤裆里一点点胀大，充血，发烫，跃跃欲试，不知羞耻地想要露一手，想要登上历史舞台，他的个人历史的舞台。因为他是靠着门框站着，这就更使得它有着一种旁逸斜出的效果，有着别树一帜的愿望。诗学上的旁逸斜出本是一种意外之美，但对它而言，却透着一股子浑不吝的邪乎劲。他站直了，站到了她的身后。与此

---

① 逃犯。
② 窝藏犯。

同时,他插在口袋里的手摸住了它。它依然发烫。但发烫是他的感觉,而不是它的。它好像没有感觉,他用指甲掐它,它是麻木的,就像掐的是别人,别物。它虽然发烫,却像一条冻僵的蛇。

这个时候,她已经把头发盘了起来,露出了整张脸。当她往头上别发卡的时候,她的唇齿间咬着另一只发卡。透过镜子,他能看见她的脸了,能看见她的脸的正面了。那是他不喜欢的正面。那张脸,曾带给他一个家。"家"这个概念,让他突然产生一种眩晕感。那眩晕感从记忆中涌出,但又被记忆抽空。现在,这张脸被镜子放大,在他空洞的眩晕感中被再次放大,大出了镜框,然后继续被放大,像毯子在飘,像海水漫延。他呢,我们的应物兄呢,他突然感觉自己乘桴浮于海,海水无涯,回头无岸。

有个声音飘了过来。那声音把他带回到了日常伦理之中。

乔姗姗问:"我爸爸是不是跟你说什么了?"

片刻之后,又说:"说啊,我爸爸是不是告诉你,他想让我去'太研'?"

他问:"你的想法呢?"

乔姗姗说:"笑话!我怎么可能去'太研'呢?"

他问:"那你的想法是?"

乔姗姗没有正面回答这个问题:"那个陆空谷,那个六六,在这里做得怎么样啊?你们合作得如何?"

她是不是听到了什么风声?那就是名不副实了。我倒真的想与陆空谷发展出一种新的感情呢。可是,襄王有意,神女无心啊。当然,这也跟襄王本人的不主动有关。我觉得,我好像无法爱了。我觉得,我无法带给人家什么。我觉得,我在她面前,似乎天生理亏。

他说:"我很少见到她。"

乔姗姗下面一句话,他没有听懂。乔姗姗说:"这就是问题所在。"

他说:"什么意思?"

她说:"我回来两天了,她也不来见我。你知道她住在哪里吗?"

他说:"不知道。她好像在陪伴芸娘。"

她说:"公私要分开。陪芸娘是私谊。GC、太和是公事。我也想去陪陪芸娘。我知道她在陪芸娘。她跟我说了,说她抽不出身。Bullshit!① 她这是拿架子吧。"

哦,在俚语的使用方面,她倒是做到了入乡随俗。此处就是一例:她已经非常自然地将中国人的"放狗屁",改成了美国人的"放牛屁"。

不过,乔姗姗!你是不是管得太宽了?陆空谷做什么,用得着你来管吗?

他不想在这个问题上纠缠,就追问了一句:"先生的话,你是怎么考虑的?"

乔姗姗笑了,说:"我刚才的话,你是不是又没有听懂?我怎么可能进'太研'呢?开夫妻店,那不是等着让人说闲话吗?那是'太研',不是私塾。我进去,不是给你添麻烦吗?我何时给你添过麻烦?我是谁?我是乔姗姗。"

事后想起,我们的应物兄不由得直拍脑袋,骂自己太笨了,竟然一点没能想到乔姗姗其实是要告诉他,她回济州,其实是接陆空谷的班。她现在要负责 GC 集团在济州的业务了。她之所以没有直接告诉他这一点,用她后来的话说,这是 GC 集团的秘密,在 GC 集团正式公布之前,她是不能跟别人说的,包括自己的父亲,自己的女儿,还有那个啥那个 Mr Ying。

乔姗姗的最后一句话是:"那辆奥迪 A8 呢?让费鸣给我开过来。箱子给我提下去。有事可以去找我。我下榻于希尔顿。"

在等待费鸣开车过来的时候,乔姗姗跟他谈起了郑树森。"郑树森约我们晚上吃饭,你要去吗?"

哦,雷山巴还等着我呢。当然,这话他没说。

他说的是:"你们是不是已经约好了?"

---

① 瞎扯!屁话!

乔姗姗说:"那天不是他把我接回来的吗？其实有车接我,不需要他接。但他不由分说,就把箱子抢走了。在路上,他跟我说,一定要请我们一起吃饭。我是很讨厌吃饭的。"

他问:"你们约在哪里吃饭啊？"

"他说有个餐馆,就在共济山上。济州还有个共济山？他说那里的羊杂碎是天底下最好吃的。他不是研究鲁迅的吗？我记得,他以前请我们吃饭,菜谱都是从鲁迅日记中抄来的。鲁迅吃羊杂碎吗？我问他。他说,他现在也研究孔子了,还说是受了你的影响。孔子也吃羊杂碎？"

色恶不食！臭恶不食！割不正不食！① 颜色难看的,味道怪的,切得不方正的,孔子就不吃了。大肠啊,毛肚啊,白花花的羊脑啊,心啊,肺啊,难看不难看？味道怪不怪？刀功再好的人也切不出个样子,孔子当然不可能吃。

他终于可以理直气壮地告诉乔姗姗:"孔子不吃杂碎！"

乔姗姗说:"所以我不去。你去。"

94. 共济山

共济山提前进入了深秋。深秋的感觉,是树叶传递给你的。除了四季常青的松柏,别的树木的叶子都已发黄,预示着季节的转换即将来临。黄得最好看的自然是银杏,其叶子有如黄金。这当然是因为那些树木是刚刚移栽的,虽然来的时候都带着巨大的土球,但毕竟伤筋动骨了。

袅袅兮秋风,共济山兮木叶下。

---

① 《论语·乡党》:"齐必变食,居必迁坐。食不厌精,脍不厌细。食饐而餲,鱼馁而肉败,不食。色恶,不食。臭恶,不食。失饪,不食。不时,不食。割不正,不食。不得其酱,不食。肉虽多,不使胜食气。唯酒无量,不及乱。沽酒市脯不食。不撤姜食,不多食。"

他提前到了。我要不要到仁德路上走一走呢？下车的时候，我们的应物兄问自己。没有人知道，他从未走近过这个新修的仁德路，甚至连费鸣都不知道。费鸣只是知道，他还没有去过程家大院。

他从未对人说过：直到今天，我还怀疑它是不是原来的仁德路。

这个念头如此顽固，他本人都拿它没有办法。

葛道宏前来视察"太研"进展的那天，董松龄、汪居常都陪着来了，他当然也应该来的，但他却推掉了。他说了谎："我和程先生约好了，待会要谈一本书的删节问题，需要对着书稿逐字逐句核对。"一个谎言总是需要另一个谎言来掩盖，他知道这一点，觉得这样不好，但接下来他还是听见自己说："程先生说了，他第一次去'太研'，一定要和我一起去，一起感受。先生说，这就是师徒同心。"他的真实想法，当然是不能说出来的。我想等它全部修好了再去，到了那个时候，我就不会再怀疑它不是仁德路了。

这天的饭局，本来是郑树森与乔姗姗约好的，但听说乔姗姗不来了，郑树森就又约了吴镇，吴镇又约了章学栋和卡尔文。

差不多同时到达的，就是章学栋。

章学栋似乎不知道这是郑树森请客，见到他就说："应院长，今天我来买单。"

在穿衣打扮方面，章学栋是个比较讲究的人。章学栋曾说过，衣着就是人脸。脸都不干净，别人怎么会相信你的建筑设计？所以，再邋遢的建筑设计师，也邋遢不到哪里去。但是这一天，章学栋却是蓬头垢面，脸上甚至还有泥点。

章学栋说："刚才，我把马槽升高了十公分。这是我最后的工作。"

"马槽都安好了？"

"这里拆迁的时候，从土堆里刨出来一个马槽。旧马槽比新马槽要好。马槽用久了,马脖子会在马槽上磨出一道凹槽,马吃草的时候,脖子刚好放到里面。"

"那为什么又要升高呢?"

"白马又长高了,比一般的军马都高。"

"学栋兄去看过白马?"

"开句玩笑,我比黄兴先生还懂得那匹白马,也比张明亮要懂。"

"学栋兄小时候养过马?"

"替张明亮喂马的那个人,最早是学明兄找来的,但人家很快就不干了,说是晕高。现在喂马的老头,是我替你们找来的。他是我表哥。见到他,你就叫他老刘。他闲着没事,在家带孙子,我叫他过来帮帮忙。"

"老刘以前养过马?"

"我舅舅早年在生产队就是养牲口的。我这个表哥就算是门里出身了。"

随后,章学栋告诉他一件事:"应物兄,我们虽然没什么来往,但我对您很尊重的。济大成立建筑系的申请报告,再次被驳回了。'太研'的建筑工作也已经结束,没我什么事了。我要回清华了。"

章学栋拍拍自己的书包,说:"我先上去换套衣服。脏得像个泥猴似的,怎么见人?咱们是自己人,无所谓,这不有个老外在场吗?"

所谓"老外",指的是卡尔文。

话音没落,卡尔文到了。卡尔文西装革履,白衬衣,绿领带,手中还拎着一个箱子,似乎是从机场过来的。卡尔文好像意识到他们在看那条领带,立即说:"这领带好啊,往头上一系,就是个绿帽子。"

或许在中国生活时间长了,卡尔文的容貌都发生了变化。肤色好像变白了,准确地说是有点变黄了,更准确地说是变浅了。头发也不那么卷曲了。关键是口音变了,就像个胡同串子。卡尔文说:"听说是'三先生'请客?我替'三先生'买单就是了。"三先生?哦,是这么来的:鲁迅是大先生,周作人是二先生,郑树森是三先生。卡尔文说:"大先生、二先生、三先生,都爱吃韶兴①菜。三先生也请鄙人在知味观吃过韶兴菜。甜不丝丝、白不呲咧、黄不拉叽、黑不溜秋的。还是唐先生的杂碎好吃。"知味观离这里不远。他曾陪着乔木先生在那里宴请过麦荞先生。它本是一家新开的绍兴菜馆,却弄得很有历史感。从装修到桌椅板凳,处处都往旧处做,清爽中带着适当的油腻。那天,他们吃的都是"糟货":糟鸡、糟肚、糟猪舌、糟鸡爪。

他和卡尔文说话的时候,郑树森到了。

郑树森留的还是鲁迅式的胡子,像鞋刷,但已黑白参半。头发也不再根根直立了,而是整齐地向后梳着,乍一看像电影里的日军翻译官。

郑树森和卡尔文说话的时候,随着那脖子一扭,他看见郑树森颈后贴着膏药。郑树森说:"改天,我另在知味观请你们。"又说,本来要预订的是知味观,不料知味观已经拆了。附近的餐馆都关了,听说要重新装修。只是不知道,是要咸与维新呢,还是要咸与维旧?当然了,旧就是新,新就是旧,干净就好。

他们顺着青石铺就的小路,走向山腰。

站在山腰往下看,仁德路一带已经初具规模,就像明清古城的一部分。可以看到一片片白墙,一片片黑色的屋脊。有些房子还没有封顶,所以那黑色的屋脊也就还没能连到一起,整体上缺了点气势。很难分清哪个是程家大院。当然,稍为仔细一点,还是能分出来的。它比别的房子要高,要大,或者说那屋脊的黑色比别的黑色要醒目。绿地把它与别的院子隔开了,使它成为相对独立的存在。那绿地已栽上了树,当然是大树。或许是刚刚移栽过来的,叶

---

① 即绍兴。

子还是绿的。

他想起了董松龄的话:"除了妓院不能恢复,别的都要恢复。"

葛道宏说:"龟年说得对。要整旧如旧,不能整旧如脏。"

也可以看到皂荚庙。原来的皂荚庙,只是一个小院子,现在它顺着济河向后延伸,后面的院子里正建着佛塔。那些正在脚手架上忙活的人,远看就像一只只鸟落在树上,或者挂在树上。这个皂荚庙建下来,花钱不会少吧?他不由得替雷山巴担忧起来。哎哟,我操的这是哪门子心啊。雷山巴只需要把他在慈恩寺赚的香火钱拿出来一点,就绰绰有余了。

就这么巧,他刚想到雷山巴,雷山巴的电话就过来了。

"你们要吃杂碎?"

"是啊,你在哪?"他怀疑雷山巴就在附近,看见他上了山。

"旁边有人吗?"

"都是朋友。"

"我五分钟后打过去。"雷山巴说。

杂碎馆左右两侧,各有一个亭子。右边的亭子里,有几个人在说话,既像游客,又不像游客。在等待电话的时候,应物兄走向了左边的亭子。亭子旁边栽着竹子,竹叶发黄,干枯,垂挂着,有些臊眉耷眼的。竹子外面种着槐树。一个戴白帽子的厨师正和吴镇说话。厨师句句不离本行:"这槐树,你看它只有鸡蛋粗,是不是?等着吧,赶明儿就有碗口粗了。"

应物兄主动把电话打了过去。

电话响着,但雷山巴一直没接。

吴镇说:"应院长!济州的效率太高了。这才几天时间啊,就完全变了个样。在天津,还不磨叽个三年五载?火车跑得快,全凭车头带。这话不是我说的。这话是陈董对庭玉省长说的。"哦,上次你还说,拆迁太慢了,要在天津,陈董一个电话就把坦克调过来了。你说,那才叫摧枯拉朽。

隐约能听到虫子的鸣叫。

那是什么虫子？蛐蛐？蝈蝈？好像既有蛐蛐，又有蝈蝈。哦，这当然是不可能的。这座山，看上去好像来自远古的造山运动，其实它是全世界最新的一座山。它或许来自蚂蚱翅膀的扇动，或许是小鸟的呢喃。他突然间走神了，想到了很多年前住过的那个院子里的燕子，想到了雏鸟那嫩黄色的喙。鸟喙张开，翘出小小的雀舌。它们虽然在乌黑糟烂的檐头鸣叫，但听到那声音，一瞬间你会产生一种幻觉：万物初始，所有的生命都回到了它的童年。

雷山巴把电话回过来了："我在机场，正风雨兼程，奔赴革命老区。"

风在哪？雨在哪？没影的事。但这是雷山巴说话的风格：雄壮。雷山巴不仅对人"雄壮"，对林蛙也很"雄壮"。雷山巴每次看林蛙都要说："列队！站好！雷先生这是来检阅你们了。"前几天，雷山巴通过微信给他转来公众号上一篇文章，主人公当然就是雷山巴。雷山巴向记者提到了，小学时代，他曾在上学途中遭遇暴雨。苍茫大地，空无一人。他全身湿透，感受着滚滚雷声和金色闪电之壮美。最终到达学校的时候，他心头狂喜：我战胜了狂风暴雨，而且是独自一人。他相信，自己从此将战无不胜。

他问雷山巴："不是说明天才走吗？提前了？"

雷山巴说："老天爷不等人嘛。雷先生要给老区人民送些秋衣秋裤。"

他说："雷先生，好人啊。"

雷山巴说："应该的，应该的。吃水不忘挖井人嘛。"

莫非雷山巴去了瑞金？吃水不忘挖井人的故事是小学课文，就发生在瑞金。他就问雷山巴："雷先生，您要去的是瑞金？"

雷山巴说："瑞金？你倒提醒我了，应该去。以前曾陪家父去过，深受教育。"

他说："那祝你玩得好。"

雷山巴迅速纠正道:"玩,玩,玩?不是玩!是工作。要把走访老区常态化,当成工作的一部分。"随后,雷山巴又提到了华学明,"见到华先生了吗?"

他说:"实在太忙了。你哪天回来?"

雷山巴说:"你刚才不是说,还应该去瑞金吗?"

我没说你应该去瑞金,我只是怀疑你是不是去了瑞金。

一个拄拐的人从餐馆出来,向左边走去。原来左边亭子后面,还有一个茶馆。拄拐人还没有走到茶馆,服务员就把门打开了。好像有人在那里吊嗓子。门关上之后,那声音就没有了。唐风出来,就是为了送客。四指代表师父唐风一直将拄拐人送到茶馆门前才折回来。应物兄突然想到,当初拿敬香权的时候,他们曾在一个拄拐人的茶馆里等候。他觉得,从身材上看,从走路的姿势上看,他们很像。他还记得,那个人拄的也是单拐,脚上缠着绷带。缠绷带的那只脚悬空着,偶尔在地面上轻点一下,动作协调,很优雅,令人想到蜻蜓点水。

应物兄的记性很好:他们确实是同一个人。

有些事,应物兄后来才知道:这个拄拐人,其实就是电台主持人清风的前男友。当然,清风和他谈恋爱的时候,他还没有拄拐。他的拄拐,当然是拜陈董所赐。他听说了清风和陈董的事,就打上门去了。进去的时候,他的腿还是好的。出来的时候,就已经拄上拐了。他认命了。作为对他的补偿,陈董给他开了几家茶楼。这个茶馆,就是陈董交给他的。

唐风热情地跟他们打招呼。唐大师这天的行头很有说头:灰色的棉麻上衣,斜襟襻扣,斜襟处掖着一块白手绢,瓜皮小帽,黑色圆口布鞋。

他们正要进去,那个拄拐人又过来了。

拄拐人显然认出了应物兄,说:"应先生,待会,我请各位喝茶。"

唐风对拄拐人说:"要不,你过来一起吃?"

拄拐人说:"谢唐总。我晚上不吃饭。咱们说定了啊。也可以听戏。"

说完,扭身走了。多天不见,那单拐被他玩得更熟了,都玩出艺术感了,挥拐前行的时候,动作很轻巧,很写意。又因为走得很快,所以应物兄又想到了一个词:如虎添翼。那边的门又开了,有声音传了过来:

> 我也曾赴过琼林宴
> 我也曾打马御街前
> 人人夸我潘安貌
> 原来纱帽罩哇罩婵娟。

他们正要进去,卡尔文接了一个电话。电话显然是铁梳子打来的。他们听见卡尔文说:"过安检的时候,你的卡卡差点过不去。他们说卡卡心里装着一个你。"片刻之后,他们又听卡尔文说道,"知道什么地方最冷吗?南极?NO!北极?NO!是没有你的地方。"

等卡尔文挂断了电话,应物兄说:"你这张嘴啊。"

卡尔文说:"女人嘛,怕胖,不吃糖,但又想吃糖。跟她们说话,就是喂她们吃糖。"

餐馆尚未开业。按唐风的说法,他们是第二拨人。第一拨人是谁呢?应物兄想到了敬修己。其实不是,是栾庭玉。准确地说,还不是栾庭玉,而是"老一"。也就是说,栾庭玉是陪着"老一"前来微服私访的。当然,微服私访也要有人陪同,陪同者主要是纪委和信访局的人。

唐风介绍说,"老一"说了,本以为只能吃到羊杂碎,没想到还能吃到鱼杂碎。两种杂碎既可分开吃,亦可炖在一起吃。炖在一起的,"老一"起了个名字:鲜杂。一个"鱼"字,一个"羊"字,放在一起可不就是"鲜"嘛。"老一"说了,还要不断开辟新的发展空间,寻找新的经济增长点。这当然需要在品种的多样化方面继续做出努力。比如,还可以发展出驴杂碎、马杂碎。"老一"说了,驴杂碎和马杂碎一起炖了,名字也是现成的:骡杂。

吴镇说:"这个'老一',是个文化人啊。"

唐风显然把吴镇当成了"理想读者",所以唐风接下来的话,主要是面对吴镇说的。唐风说,稍加回想就能发现,"老一"的文化太深了。动物学、文字学、进化论、生育理论,都涉及了。"老一"走后又打来电话,不是秘书打的,是亲自打的,这就更显得语重心长了。说什么呢?切莫涨价!要让老百姓吃得起,要让老百姓感受到传统饮食的魅力,要让老百姓都能享受到旧城改造的红利。

卡尔文问:"唐大师有没有跟他讲讲,这羊肠好在哪里、妙在何处?"

唐风对四指说:"去,去把那东西捧出来。"

然后唐风说道:"我简单讲了讲,此处所用羊肠,接近于魄门。信访局的同志竟不知道何为魄门。我只好多说了一句。大肠为肺之表,肺藏魄,肛门为大肠之末端,即为气魄之门,故美其名曰:魄门。人呢,气魄若足,则行动力强而少反悔,进而大肠通达,身体健康。若气魄不够,必然耽误大事,事后追责,悔之晚矣。有反悔之心,又必伤大肠,继而再伤其魄。① '老一'听了,说了三个字:好!好!好!好就好在,我们的传统文化历来是强调执行力、行动力的。'老一'品尝之后,又说了八个字:推陈出新,饶有别致。"

这时候,四指把一幅卷轴拿了过来。

唐风说:"'老一'就是'老一',站得高,看得远。移步案前,当场挥毫,写了一幅字。"

舟不覆于龙门而覆于沟渠,马不蹶于羊肠而蹶于平地。

---

① 张介宾《类经四卷·藏象类》:"魄门,肛门也。大肠与肺为表里,肺藏魄而主气,肛门失守则气陷而神去,故曰魄门。不独是也,虽诸府糟粕固由其泻,而藏气升降亦赖以调,故亦为五藏使。"

落款处有四个字:深秋省识。此书先行后草,到了落款,又变成了正楷。这说明什么？这说明"老一"在写字的过程中,情绪是有波动的,那颗心好像在经历过山车。有一点,是我们的应物兄不能不佩服的,那就是章学栋竟然从中看出了岳飞书法的味道。

章学栋说:"这幅字,有岳将军之神韵。"

唐风说:"这么说来,'老一'定然临过岳飞的字。"

这倒不一定。岳飞的字,不是你想临摹就临摹得了的。就书法艺术本身而言,秦桧的书法对后世的影响可能更大。如今人们使用的"宋体字",就有秦桧的贡献。但只要略懂书法,看到岳飞的字,你就会肃然起敬。乔木先生曾说,岳将军的字,常是挥涕走笔,不计工拙。先行后草,如快马入阵,纵横莫当。而后人的字,工则工矣,但常常只是巧妇绣花而已。

唐风说:"刚裱好的。明天将挂于大堂之内。我顺势向'老一'建议,何不将这里作为反腐基地？'老一'没有吭声,相当于默认了。"

卡尔文还是很好学的,将这几个字拍了下来,说回去再好好琢磨。然后卡尔文又说:"我倒没想那么多。我以前是从不吃内脏的。自从跟着铁梳子喝了羊杂汤,我就发现,吃了之后肚子里舒服。两个字:得劲。"

唐风说:"那是你的胃舒服了。没来中国之前,你甚至不知道自己有胃。这不是种族歧视。我在香港待了多年,太明白了,英国人就不知道自己有胃。他们从来不会谈到胃。杂碎汤,一是服务嘴,二是服务胃。外国朋友,只要他跟你提到胃,你就可以说,他已经进入了中国文化的核心。食色,性也。食的问题,胃的问题,是排在第一位的。"

接下来,唐风又介绍了这里的鱼杂。这里的鱼分两种,一种是鲤鱼,一种是鲶鱼,都是黄河野生鱼。黄河鲤鱼是黄的,是我们皮肤的颜色。需要多讲一句的是黄河鲶鱼的胡子。野生的黄河鲶鱼,有四根胡子。多一根胡子少一根胡子,都不是野生的黄河鲶鱼。黄河鲶鱼捕来后,用网箱兜住,放在济河里,可以随吃随取。但是,它在网箱里不能超过两天。超过两天,胡子就会少一根,也可能少两根。"知道原因吗?"唐风问。

"莫非时代加速了,物种变异也加速了?"吴镇说。

"被别的鱼吃掉了?"卡尔文问。

"应院长,您说呢?"唐风问。

"我吃过黄河鲶鱼,但从未数过它有几根胡须。"应物兄说。

"应物兄有所不知。举目四望,世界各地的鲶鱼,只要有水都可以活。下水道里都可以活,而且可以活得更好!只有黄河鲶鱼,它只愿意畅游于那滔滔大河。别的池子再大,都太小了。它离不开我们的母亲河。离开了母亲河,它会生气。它是有气节的鱼。你把它捞出来,放入清水中,两天后它就会咬掉自己的胡子。这叫什么?这叫去须明志。有人说,那是饿急了,把自己的胡子给吃了。不能这么说。你在池子里放入小鱼小虾,它也不吃的。这叫什么?这叫义不食周粟。所以说,吃黄河鲶鱼,不是吃鱼,那是重温做人的道理。"唐风说。

吴镇说:"人啊,贵在有气节。"

唐风又说,他问了"老一",要不要喝酒?"老一"不愿喝酒,但为了给纪委和信访部门的同志们鼓劲,"老一"建议喝上三杯。什么酒?牛二,也就是牛栏山二锅头。

四指站在旁边,说:"大师也给诸位备下了牛二。"

当初,在北京西山脚下那个院子里,他们说是去吃杂碎,其实还吃了别的。只是事后想来,只想起杂碎罢了。这天也是这样,也吃了别的,但印象最深刻的,还是杂碎。杂碎是最早端上来的。"老一"没有说错,鱼杂碎和羊杂碎炖出来的鲜杂,味道果然不一般:它的腥不是腥,而是鲜;它的膻不是膻,也是鲜。它的鲜不同于一般的鲜,其特点是综合,那味道来自五脏六腑,但又超出了具体的五脏六腑。比如羊肠,如果唐风不说那是羊肠,你真的不知道那就是羊肠;比如羊心,它切成了薄片,漂在那里,像暗红色的花瓣;比如肺,你吃起来像冻豆腐。

碗里看不到鱼肉,因为它已化为浓汁。

每人只盛了一小碗,相当于暖胃汤。

卡尔文咧开大嘴,直接倒了进去,像鸡那样抖擞着身子,用胡同串子的口音说:"奶奶个尿,得劲!再弄一碗。"那厚厚的嘴唇上,泛着油星。

95. 晶体

"晶体出院了。德斯在开车,他让我告诉你。"

晶体就是芸娘。那是弟子们私下对芸娘的另一个称谓。芸娘对这个称谓很感兴趣。芸娘曾说:"这也算我一个绰号吧。我倒喜欢这个绰号。他们是说我有不同的切面。笛卡儿说过,人是一个思想的存在,而思想就是呈现。所以人是一个呈现的晶体,是以显现作为其本质的存在。"①

芸娘做完了手术?效果一定不错,不然不会这么快就出院。

他当然不知道,此时的芸娘正躺在陆空谷怀里。她没做手术,只是接受了化疗。化疗之后,她极度虚弱,并且已经开始脱发。现在,她头上戴着陆空谷的黑色礼帽。他甚至不知道,陆空谷新换了手机,那短信就是陆空谷发来的。

多天之后,他才会知道,芸娘拒绝做手术,也拒绝再化疗。

文德斯后来告诉他,芸娘问医生,如果不做手术,还有多长时

---

① 转引自芸娘的未刊随笔《存在何以隶属于显现》:"米歇·昂利(Michel Henry)认为,使存在论隶属于现象学,也就是'使存在隶属于显现',这本来早在西方思想史的一个关键时刻中就已经被笛卡儿所发现。对笛卡儿来说,人是一个思想的存在,而思想就是呈现。所以,人是一个呈现的晶体。他是以显现作为其本质的存在。"

间。医生顾左右而言他。芸娘又问,如果做了手术,还有多长时间?请告诉我实情。医生说,两者其实差不多。差不多,为什么要做手术呢?芸娘问。

医生说:"基本上都是这样的。"

看她态度坚决,医生就又倒过来劝她:"也有不做手术,生存期更长的病例。医疗标准是一样的,但患者个体有差异。您这么坚强,这样做或许是对的。我其实既想说服您,又不愿说服您。"

芸娘说:"有人说,哲学就是研究死亡。我研究了一辈子,还没有死过呢。这次我要自己死一次。"

几天之后,当他见到芸娘,发现芸娘比住院前的情况好多了。他想,芸娘拒绝做手术和化疗,或许是对的。他进而觉得,芸娘甚至是欢乐的。她膝盖上放着两顶绒线帽,那是她小时候戴过的绒线帽。她说,她发现人长大了,头好像还那么大,正好戴着玩。

他们说话的时候,保姆把一台缝纫机挪了出来。很多年来,那台缝纫机一直被用来码放书籍。那还是芸娘结婚的时候,丈夫家里送的,但她从未用过。她当然不是要重新学习缝纫,她是要保姆给孩子做几件她自己设计的衣服。

他以为她说的是保姆的孩子呢。

那台缝纫机被抬到了保姆的房间里。因为担心影响她休息,保姆干脆又把它抬到那间房的阳台上。芸娘自己反倒忍不住要去看个究竟,并在保姆指导下踩了一趟线。保姆做好一件,她就看一下,仔细检查着,剪掉上面的线头。在随后的一段时间里,尿布和襁褓,鞋袜和小帽,竟然就这样被她备齐了。从衣服尺寸的变化上,可以看到一个孩子在成长。那些衣服,四季分明,但看不出是男孩穿的还是女孩穿的。

芸娘说:"也不多做,只做到三岁。"

为什么只做到三岁呢?因为三岁的孩子就上幼儿园了。芸娘记得,她三岁的时候,就绝对不穿哥哥留下的衣服了,要自己选衣服,她已经可以顽强地表达自己的意志了。"大人不同意,还不行。那时候怎么那么能闹人。"芸娘说。

那些衣服其实是给文德斯的孩子准备的。

有一天,她把那些衣服拿给了陆空谷。她还什么都没说,陆空谷已经流泪了。陆空谷说:"芸娘,我听您的。"

就在那一天,我们的应物兄又再次接到了这个手机发来的短信。

陆空谷说:"我和德斯要结婚了。我知道你会祝贺我们。因为芸娘要参加我们的婚礼,所以此事还要早办为好。周六你有空吗?我们周五领证,周六上午,如果你在济州,我们五个人小聚一次如何?"

他当然要表示祝贺。

他只是问,能不能换个时间?

她说,最好别换,因为那天是芸娘的生日。

他从来不知道芸娘是哪天生日。在他的记忆中,芸娘也从不过生日。芸娘说,当你突然想明白了一个问题,你就会觉得那一天就是你的一个生日。这样算下来,你的生日会有很多。一个研究哲学的人,有时候一天要死三次。死了三次,也就意味你又出生了三次。这样算下来,你的生日就太多了。

接到那个短信的时候,他已经快到本草镇了。

他是奉程先生之命,前往本草镇程楼村的,他要在那里等待一个孩子降生。

那天下着雪。先是小雪,下着下着,就变成了大雪。他拧开收音机,听见天气预报说,整个中部地区以及太行山沿线都在下雪。后来文德斯打来了电话。文德斯没提结婚的事,只是告诉他,芸娘的状况不是很好,芸娘的丈夫已从国外赶回,姚鼐先生也从二里头回来了。

他把车停在路边,在车内抽烟。

窗外,雪花飞舞、陨落、消融。路边的麦地里,最后的绿色正被白色覆盖。鸦群散落在麦秸垛上,背是白的,翅膀是黑的。他想,此时此刻,那雪花也应该飘落在程家大院,飘落在那片黑色的屋脊之上。那屋脊,先变成灰色,再变成白色。雪花当然也在镜湖上空飘落,就像从湖面升起的浓雾。它飘落在凤凰岭、茫山、桃都山,以及整个太行山地区。那雪花当然也飘落在桃花峪,飘向九曲黄河。雪落黄河寂无声,风抛雪浪向天际。

第三天午后,他接到了文德斯的电话。

文德斯说不成句子,无论如何说不出一个完整的句子。

随后,他听到了陆空谷的声音:"我是六六。德斯和我感谢你派人送来的鲜花。你送给芸娘的芸香,她也看到了。芸娘昨晚走了,今日上午火化。"

陆空谷转告了芸娘的遗言:"若有来生,来来生,我们还会相逢。"

哦,芸娘,有一天我会到你那去的,你却再也不能到我这来了。

96. 鱼咬羊

鱼咬羊,是第一道热菜。

看上去就是一条鲤鱼。它就像刚从黄河里跳上来,还在拍打着鱼鳍,嘴巴还在一张一合,好像要跟他们打个招呼。唐风说,鱼咬羊,本是安徽菜,这里的厨师因地制宜地做了些改革,吃过的人都说好。倒不全是手艺好,主要是食材好。徽菜里的鱼咬羊用的是鳜鱼,这里用的是野生鲤鱼。黄河鲤鱼日日搏击风浪,相当于天天锻炼身体,所以身上没有一块死肉。肉,又紧又嫩。

吴镇在接电话,低声问对方到哪了,说:"快点快点!"

唐风介绍说,这鱼身上没有刀口,好像只是上岸休息片刻,待会还要下水。内脏当然已经取出。从哪里取出的?鱼嘴。一双筷子从鱼嘴两侧伸入鱼腹,借助它的弹跳,也就是借力发力,将其内脏和鳃一并绞出。如果是死鱼,肯定绞不干净。人、鱼、筷子,三者要在动态中紧密配合。既然叫鱼咬羊,那么必定用到羊肉,不然就名不副实。羊肉必须是腰窝肉。何谓羊腰窝肉?就是后腹部上后腿前的那块肉,肥瘦相间,适于炖、酱、烧。那块肉膻味较小。再小,也得搞,搞起来也得有技巧。先速冻排酸,再解冻烫洗,撇去血沫,所谓冰火两重天!此时,羊肉已有八成熟了。再用筷子把羊肉一点点塞入鱼腹。这个时候,因为没了内脏,鲤鱼会觉得肚子里空落落的,它会配合你,咬着羊肉,囫囵吞枣,全都咽进去,一直咽到尾巴梢。好啊。它是主观为自己,客观为别人。鞠躬尽瘁,死而后已。我们当然也不能辜负它这份善意。好啊,那就下油锅吧。

应物兄突然觉得腮帮子疼,像患了化脓性腮腺炎。胃也疼了起来,像患了糜烂性胃炎。肠子也有点不舒服,像患了肠梗阻。

不由自主地,他一手卡着腮帮,一手按向了肚子。

卡尔文这时候已经开始敬酒了。

如果卡尔文还是他的弟子,他当然可以不喝,但现在卡尔文是他的同事,他就不能不喝了。他喝了一大口酒,从嗓子到肠胃,一阵发热。

一直没有说话的郑树森说:"我陪着应院长喝一杯。"

卡尔文的手机也响了。卡尔文似乎不愿接,但它一直在响。卡尔文看着手机,一脸狐疑。上面直接显示了一句话:未显示号码。卡尔文说:"好不怪哉!瘸子的魄门,够邪(斜)的。"这小子活学活用,真是聪明。

吴镇说:"从国外打来的电话,常这样显示。是电信部门的程序设置。"

卡尔文说:"这是不行的,侵犯了知情权。"

话是这么说,卡尔文还是接了。能够隐约听出来,对方是个女人。卡尔文说:"我已上飞机。刚才在过安检。我差点没过去,安检人员说,我心里装着一个人。那个人是谁?就是你啊。亲爱的小傻×。"

吴镇说:"卡先生,生活很丰富嘛。"

卡尔文说:"刚认识的。手都没拉过,就要和我睡觉。她对我说,你已弄乱了我的心,什么时候弄乱我的床?我是那种人吗?她看走眼了。"

说完,卡尔文开始给大家分鱼。卡尔文接下来的话,在济州的酒宴上其实比较流行,但从卡尔文嘴里说出来,就显得有些不一般了。卡尔文先干了三杯酒,先夹出了一块鱼骨头,放到应物兄的盘子里,说:"应夫子,应院长,您是中流砥柱,这根骨头必须给您。"

应物兄说:"谢卡夫子。"

鱼唇给了吴镇。卡尔文随后又捣啊捣的,夹出了一个鱼的牙齿,说:"这叫唇齿相依。我们以后,就是唇齿相依了。"

吴镇喝了一杯酒,说:"谢卡总!"

卡尔文把鱼尾巴给了章学栋,说:"这叫委以重任。"

章学栋喝了一杯酒,说:"谢谢了。"

仿佛还在拍打着的鱼鳍,被夹给了郑树森。卡尔文说:"祝你展翅高飞。"

郑树森喝了一杯酒,说:"尔文兄,谢谢了。"

在卡尔文布菜这个过程中,唐风一直看着他,石斧般的脸上浮现着笑意。卡尔文当然也没有忘记唐风。卡文尔的筷子在接近鱼尾巴的地方夹了一块肉,放到唐风的盘子里,说:"屁股嘛,腚嘛,定有后福嘛。"又问唐风,"弟子可有说错的地方?"原来,这一套都是唐风手把手教出来的。

唐风说:"鱼眼!忘记说鱼眼了。"

卡尔文夹住了鱼眼,放到了自己盘子里。

唐风问:"此话怎讲?"

卡尔文说:"弟子学得这么好,你们还不高看一眼?"

唐风笑了,站起来,从斜襟处掏出手绢,一抖,擦了嘴,说:"《周易》有言:穷则变,变则通,通则久。卡尔文,你出师了。"

这话把卡尔文都惊住了。一只鱼眼已经送到了嘴边,此刻停在了那里,又被放到了盘子里。那鱼眼翻了个身,露出鱼眼背后复杂的成分,那是一些软乎乎的胶状物质。卡尔文将信将疑地问:"Really? 我靠! Is it true?"

唐风说:"为师何曾有半句戏言? 来,我敬卡尔文一杯。"

卡尔文很郑重地接过那杯酒,放下,又倒了一杯酒,端给唐风。然后再端起唐风递过来的酒,一仰脖,干了。又倒了一杯,又干了。然后第三次倒满,与唐风碰杯。这个过程中,两个人都没有说话。仰脖喝酒的时候,卡尔文学着唐风的样子,用袖口稍微挡了一下脸,显得颇有古风。

四指凑到唐风耳边说了句话。

唐风说:"请他们进来,各赏一碗杂碎。"

四指正要出去,唐风让他等一下,又对众人说道:"什么叫闻香下马? 这就是了。警察同志什么没吃过? 可是闻到这香味,还是来了,警犬都带来了。人犬情深,人犬一体,好!"唐风扭脸对四指说,"也赏警犬一碗。"

四指正要走,唐风又说:"告诉他们,我改天专请他们喝酒。这些人啊,能喝得很。我还不知道? 他们家里的麻雀都能喝上二两。"

早年多次出入警局的唐风,好像对此深有体会。

又一条鲤鱼上来了。

这道菜倒没什么稀奇:鲤鱼焙面。卡尔文应该是第一次看到这道菜,连忙让唐风讲讲。唐风一开口就跑到了二十世纪初:1900年,光绪皇帝和慈禧太后为躲避八国联军,曾在开封停留。开封府衙的名厨,当时贡奉的就是糖醋鲤鱼。史书记载,二人"膳后忘返"。陪同的地方领导,就向厨师暗暗下了指示,既要公开守成,又要偷偷维新。维新? 谈何容易! 就这样拖到民国,还是没能改过来。历史很快进入了1930年。这年冬天,一个厨师将油炸龙须面,盖到了糖醋鲤鱼的背上。客人既可吃鱼,又可吃面。前者软糯如汤圆,后者焦脆有麦香。此时离维新变法失败,已有三十年之久。历史常常是三十年之后,才可露出真容,所以这道鲤鱼焙面可以看作是对历史的纪念。

卡尔文说:"龙须面盖在鱼背上,很像裸女盖着毛巾被。"

又说,他在日本吃过"女体盛":"儒家文化中的'食色,性也',在日本就表现为'女体盛'。"

又问:"先吃鱼,还是先吃面?"

四指过来了,低声对唐风说道:"他们说,巡逻就是巡逻,吃饭就是吃饭,不可混为一谈。"

唐风说:"好!反正我们礼数到了。"

一个光头出现在了门口。哦?释延安。延安怎么来了?延安先把随身带的一个黄色布兜交给四指,双手合十,嘴里唱喏,等着别人请他入席。

唐风说:"坐啊,延安住持。"

没错,释延安如今已是皂荚庙的住持了,只是尚未上任。

只要离开慈恩寺,延安便荤腥不忌。这天当然也是如此。章学栋笑着对延安说:"延安住持,听说常州天宁寺住持早年写过一首诗,说的是和尚为何可以吃鸡蛋①。你这不忌荤腥,可也有说头?"

延安此时已经吃上了,筷子在鲤鱼焙面和嘴巴之间来去自如,其间还拿起勺子,舀了口汤汁,耐心地分两次喝完。

章学栋又问:"延安师父,莫非你这刚做住持,就要还俗?"

延安从嘴巴里拽出一根鱼刺,说:"有此疑问,并不奇怪。延安正要告诉诸位,这段日子,延安跟延源师兄学习佛法,了解皂荚庙

---

① 相传乾隆下江南时,在常州天宁寺,曾把鸡蛋赏给和尚,试探和尚是听旨还是遵守戒规。《大藏经》有云:"一切出卵不可食,皆有子也。"天宁寺住持遂吟诗一首:"混沌乾坤一壳包,也无皮骨也无毛。老僧带你西天去,免在人间挨一刀。"巧妙化解之。

的历史。这皂荚庙与慈恩寺,虽然同在济州,却一个信奉大乘佛教,一个信奉小乘佛教。皂荚庙最早的住持,那个叫智能和尚的,信的就是小乘佛教。中土佛教并非全部直接传自印度,也有传自西域的。传自西域的小乘佛教,并不反对佛门弟子吃'三净肉'。"

说过这话,延安夹着焙面,蘸了汤汁,塞到了嘴里,然后又说:"延安的话,你们可以不信。延源的话,你们也不信吗?"

没有人敢说不信。

因为谁都知道,延源的学问,深不可测。

应物兄后来倒有机会向释延源求证此事,但终于没问。那时候已经进入冬天。芸娘的身体已经越来越差了,延源想亲自挖些莲藕,做成藕粉,送给芸娘。慈恩寺外面的荷塘干了,正是挖莲藕的时候。延源挖莲藕不用工具,用的是脚。延源说,莲藕若被铁锹划伤或者弄断,进了泥水,味道就变了。只见延源把裤子高高挽起,两手卡在腰间,赤脚在泥地里踩着。踩一会,弯下身子,从泥巴里拎出一根莲藕。它头尾完整,根须俱在,泥中见白。他觉得延源的动作很像踏歌。

就在那田埂上,他向延源打听过延安后来的下落。

早年,延安曾把毛笔绑在"那话儿"上,写诗作画。这些视频,在延安正式就任皂荚庙住持的前几天,被人翻了出来,重新发到了网上,更是在微信朋友圈快速传播。僧俗两界的惊诧和愤怒,是可以想象到的。迫于舆论压力,延安不得不在上任前一天,写下一封辞职信。

延源说:"他回了老家,听说成了杀猪匠。"

这会儿,猛吃了一阵的延安,指着那个黄色布兜,对四指说:"打开它。"

原来,延安是奉吴镇之命,前来送字的。那是程先生新写的一首诗,吴镇对延安的书法推崇有加,就让延安将那首诗抄写了一遍。吴镇要将它送给即将离开济州的章学栋,以作留念。程先生

在序中提到了章学栋制作的沙盘:

> 又见新作之沙盘,感慨万端。
> 门槛上所设之猫道,梅树上的济哥笼子,与记忆中无毫厘之差。泥捏之猫咪,与昔日那只名为将军挂印之猫咪,亦庶几相近。呜呼!白云苍狗,世情多变,唯乡党情谊,万古长存。
> 谨作小诗以记之。

> 梦里也知身是客,仁德巷口夕阳斜。
> 危墙扶正谋虎皮,老房维新扫旧瓦。
> 济哥问花花不语,美人走过秋千架。
> 先父当识将军印,慈母有灵泪溅花。

吴镇、四指、延安三人,相互配合着将它徐徐展开了。那是一幅书法长卷,可以贴着这包间的墙转上一圈。章学栋说了一声感谢,然后又说:"延安师父模仿的是杨凝式的字?杨凝式的字,我倒是喜欢。只是我家里哪有那么大的地方。吴镇兄的心意我领了,我就把它捐给'太研'吧。"

延安立即说:"那我给先生再写一幅。"

章学栋说:"我跟葛校长说了,我是赤条条来的,我也要赤条条走,不带走一张纸片。"

延安说:"既做了住持,延安以后就免不得要常去北京开会,到时候我赶到清华园中,为你写上一幅。"

章学栋没说话,给延安端了一杯酒。

延安喝了酒,抹了抹嘴,问:"你既然看出我学的是杨凝式,那你有没有看出,我对杨凝式的发展?"

章学栋说:"杨凝式写字,字若分左右,左必大于右;若分上下,上必大于下。是谓左欺右,上欺下,头重脚轻。住持的字刚好相反,你是右欺左,下欺上,头轻脚重。说起来,你这是反弹琵琶啊。"

释延安说:"你说得太对了。"

应物兄眼前浮现出杨凝式的书法。哦,三言两语,能将杨凝式的字体说得如此清楚的,章学栋应该是第一个人。

他不由得有些遗憾,以前与章学栋接触得太少了。

他对章学栋说:"你这一走,那院子若遇到什么问题,我们该找谁呢?"

章学栋说:"能有什么事?没什么事了。剩下的事,傻瓜都能应付了。中国建筑,不论亭台楼榭,都是同构的。一个亭子加上四个面,就是阁。阁放大了,就是厅堂。院子放到最大,就是太和。连屋顶上张牙舞爪的脊兽,从程家大院到太和殿,从皂荚庙到雍和宫,都是一样的。昌明隆盛之邦、花柳繁华之地、温柔富贵之乡,所有建筑的构造都是一样的。以后要在院子里加盖什么东西,照葫芦画瓢就是了。"

他问:"能否再晚走几天?听说还有一些细节,需要推敲。"

章学栋说:"那就是您的事了。中国园林与西方园林相比,最大的不同,就是我们的一草一木、一砖一石都有文字。匾额、对联、碑刻,文字才是主体。比如苏州的拙政园,有一个亭子叫'与谁同坐轩',字是清代人写的,写的却是苏轼的话:与谁同坐?明月清风我。① 看到那轩名,你就想到了苏轼。时间拉开了,你立马到了宋朝。亭子边有副对联,出自杜甫的《后游》:江山如有待,花柳自无私②。杜甫写这首诗是在四川。空间拉开了,你到了巴蜀。这时间空间,你想拉多宽就有多宽,想拉多长就有多长。你在院内小溪旁写一句话:逝者如斯夫!那你就到了春秋。你既在此地又在他乡,既在此时又在过往。"

他接着追问:"学栋兄,我还是想知道,这里里外外,哪里还需要改进呢?"

---

① 〔宋〕苏轼《点绛唇》(闲倚胡床):"闲倚胡床,庾公楼外峰千朵。与谁同坐?明月清风我。 别乘一来,有唱应须和。还知么,自从添个,风月平分破。"
② 〔唐〕杜甫《后游》:"寺忆曾游处,桥怜再渡时。江山如有待,花柳自无私。野润烟光薄,沙暄日色迟。客愁全为减,舍此复何之?"

章学栋似乎不愿再说什么。

他对章学栋说:"学栋兄,但说无妨。"

章学栋说:"已经做到最好了。别的,我们就无能为力了。这是因为,我们虽然兴师动众,做了大面积拆迁,甚至引来民怨无数,但大的空间并没有改变。"

他说:"请学栋兄明言。"

章学栋说:"我的恩师做过几个古都的旧城改造。他已尽力,但仍有遗憾。他是累死的。死前,他对我说:'空间病了。'我不解其意,附在他耳边,小声问:'空间如何能够痊愈?'他呻吟道:'无法痊愈,因为它患的是时间的病症。'"

什么意思?坦率地说,他没有听懂。

他想继续追问,但章学栋说:"不要问我了,我至今也不懂。"

他对章学栋说:"章先生,我们相见恨晚啊。"

章学栋说:"若路过济州,我会来看您。"

这时候,四指陪着两个警察进来了。哦不,是三个。还有一个女的,穿着便服。她其实是翻译。四指对唐风说:"他们想跟卡先生说句话。"

警察给唐风敬礼,说:"唐先生,我们向这位外国朋友打听一件小事。可能需要几分钟。这样做,也是对这位外国朋友负责。"

卡尔文说:"靠,这是我遇到的第二批大盖帽了。刚才我来的时候,他们就查过我的护照,还问我在哪里学的汉语。我对他们说,应物兄知道吗?那是我的恩师。铁梳子知道吗?那是我的情侣。栾庭玉知道吗?他是领导,却是我的哥们。喂,说你们呢,应物兄就在这,我没蒙你们吧?"

年龄稍大也稍胖的警察重复说道:"对,所以我们更要对你负责。"

卡尔文要给警察敬酒,警察手掌一竖,说:"工作时间,我们不能饮酒。"

卡尔文似乎意识到了什么,嘀咕了一句:"莫非我的哪位黑哥们出事了?他妈的,Fuck you!"

在座的都没想到,卡尔文随着警察出去后就再也没有回来。

席上继续上菜:焦熘肠圈,干锅鱼泡,洋葱炒羊肝。

出面请客的郑树森起来敬酒了:"在座诸位都是'太研'的,只有我,是'鲁研界'的。早年,我与吴院长是同行。吴院长来到济州,我请了几次,都没有请到。今天我跟吴院长说,晚上我要请应物兄和夫人吃饭,不知道能不能拨冗作陪。吴院长这次的反应快透了。好!我先喝一杯,再敬吴院长赏脸。"

吴镇当然赶紧解释,前面两次未能赴宴,确实有事:"改天我另外请你。"

郑树森说:"树森也很想效仿吴院长,从'鲁研界'转到儒学界。在'鲁研界'待久了,常以为自己看透了世界的虚假,知道自己所面对的,就是一个无物之阵。无物之阵里的每个头衔,都是多么美好啊:慈善家,学者,文士,长者,青年,雅人,君子,学问,道德,国粹,逻辑,公义,民意,等等等等,真假难辨。鲁迅说了,幻灭之来,多不在假中见真,而在真中见假。连真中都能看出假来,你还敢相信什么?正是因为看了太多的鲁迅,内心不由得荒凉得很,这荒凉又一天一天长大起来,如大毒蛇,缠住了我的心。但我不愿意再跟无物之阵缠斗了。一句话,树森也想告别鲁迅了,想撤出来了,也想投奔孔子了。'鲁研界'不少朋友都信了基督。但是,与其信基督,不如信孔子。我看,那些信基督的人,前后好像也没什么变化。时间永是流逝,心里并不太平。既有前车之鉴,我也就别瞎费工夫了。还是信了孔子吧。算是耸身一摇,从泥土中挖一个小孔,好苟延残喘。我看你们都过得挺好。我是不喜欢吃杂碎的,但听说你们喜欢吃杂碎,我赶紧订到这里。我得见贤思齐啊。"

树森兄到底要说什么?

接下来,他又听郑树森说道:"不过,你们不要担心。我喜欢孔子,自己喜欢就行了,不需要进'太研'。我说这些,只是因为一件小事。你们知道的,凡事不论大小,只要和自己有些相干,便不免格外警觉。与我自己有些什么相干呢?我听说,吴院长在外面说了,他在'太研'是管事的人,只要和他说一声,就可以进'太研'。别人问吴院长,树森呢?树森只要开口,也可以进去吗?吴院长说,那要看我高兴不高兴。我今天来,就是想哄吴院长高兴。"

吴镇说:"树森兄,谁在你面前乱嚼舌头?"

郑树森说:"先生说了,这些流言和听说,当然都只配当作狗屁!你怎么能跟狗屁计较呢?所以树森并不计较。"

他听出来了,郑树森之所以在这里请客,就是为了羞辱吴镇。本来嘛,当他告诉郑树森,乔姗姗因为时差没有倒过来,晚上无法赴宴的时候,郑树森大可以临时取消的,但郑树森却执意要请。

郑树森给吴镇端了一杯酒,说:"吴院长,把酒杯端起来。"

吴镇说:"树森兄,你怎么搞得像鸿门宴似的?"

郑树森说:"鸿门宴,须有项庄舞剑。项庄在哪?再说了,这是共济山,不是鸿门。共济山,这个名字好啊。先生在《肥皂》里提到过一个词:恶特拂罗斯(Oddfellows),就是共济社①。先生说,听上去就像'恶毒妇'。你们不要怪我胡乱联想,因为又有皂荚庙,你当然会想到《肥皂》。"

吴镇说:"好,这酒我喝了。改天我请你喝三十年茅台。"

郑树森说:"孔子没有喝过茅台,鲁迅也没有喝过茅台。所以,你请我喝茅台,我是不敢去的。"

吴镇把酒杯放下了,说:"树森兄,你有话直说啊。"

郑树森说:"我说了呀,我是来向诸位致敬的,也是来哄吴院长高兴的。你不喝,是不是?你不喝,我喝了。"郑树森给自己倒上

---

① 鲁迅《彷徨·肥皂》后的注释是:"共济讲社(Oddfellows)又译共济社,十八世纪在英国出现的一种以互济为目的的秘密结社。"在这个短篇小说中,人物将此听成了"恶毒妇"。

酒,很夸张地昂起脖子,张开嘴,直接倒了进去。

然后,郑树森又端起了一杯酒,对唐风说:"唐大师,我也要向你表示感谢。你在清华大学的演讲,我已经看到了。受益匪浅,我在'鲁研界'公众号上发了一下,转发者甚众。你说孔子是世界上第一个风水师,让人茅塞顿开。我研究孔子,就从这里开始?"

唐风说:"郑先生,未经授权,随意转发,是要负责任的。"

郑树森说:"欢迎你来告我。"

应物兄担心郑树森喝醉,醉了不定闹出什么事呢,就对郑树森说:"树森兄,有话咱们回去再说。"

郑树森笑了,慢慢地倒上酒,端给应物兄,说:"夫人今天答应我了,我把别的活动都推了,专门请夫人吃饭。夫人为什么没来啊?莫非在夫人眼里,树森的话就是流言,只配当作狗屁?"

外面突然响起一阵噼里啪啦的声音,类似于爆竹。窗玻璃上迅速闪过零碎的光。郑树森说:"烟花?鲁迅先生是很爱放烟花的。"

应物兄赶紧接过话头:"好,好,我们一起出去看看烟花。"

确实有人在放烟花。

一束焰火正在空中盛开,有如巨大的菊花。

这焰火其实已经放了三天了,都是晚上十点以后放的。那是已经在仁德路和铁槛胡同抢购到房号的人,在庆祝自己的好运气。济州城区,即便是在春节期间,也是禁止燃放烟花爆竹的。所以他们是偷偷放的。他们其实得到了太和集团的暗中支持:这焰火就是最好的广告,促使更多的人前来竞价购买。

空气中,隐隐有着硫黄气味。

有一朵火苗,或者说一个花瓣,脱离了那朵花的整体。它没有向下坠落,而是向上飞去,带着一个优美的弧度。虽有弧度,但它依然上升,仿佛要直上云霄,与遥远的星辰相逢。它越来越亮,又红又亮,像一颗烧红的炭,或者干脆就像一颗陨石。突然,它又再次绽放了,瓦解了,崩裂了,变成无数的火星,在空中飘浮着,慢慢熄灭了。刚才变得黯淡的星光,再次亮了起来。

郑树森摇摇晃晃地下了山。

章学栋说:"账单我已经结了。应物兄放心,我送树森老师到家。"说完,章学栋就迅速地追了过去,这是章学栋留在他记忆中的最后形象。

随后,一切都安静了下来。

实在太安静了,他的四周又浮起了蛐蛐和蝈蝈的叫声。先是怯怯的,然后胆子大了起来。这次,他真切地听到了。没错,就是它们的声音,那不是鸟叫。它们的个头比鸟小,声音却比鸟大,节奏更快,持续时间更长,而且此起彼伏,有如举行赛歌会。这些鸣虫,无疑是最敏感的昆虫:刚才焰火升起之时,它们因为受到惊动而敛声屏息。现在,它们要把失去的时间补回来,于是叫得更加起劲,都称得上热烈了。

事实上,他不仅听到了,而且准确地区分出它们的不同。正如它们的名字所示,蛐蛐的叫声是"去、去、去",蝈蝈的叫声是"国、国、国"。

那个疑问再次萦绕在他心头:这山是刚造的山,是全世界最新的山,哪里来的蛐蛐和蝈蝈?唐风就是喜欢蛐蛐和蝈蝈,也不可能买这么多啊。

是啊,他无论如何也想不到,那些蝈蝈其实就是济哥,野生的济哥。

97. 它们

它们的欢唱多么热烈。

它们在塔林欢唱,在凤凰岭欢唱,在桃都山欢唱,在共济山上欢唱,在新挖的济河古道两岸的草坡上欢唱。它们当然也在生命科学院基地欢唱。应物兄感到自己被这声音包围着,无处藏身。程先生曾说,济哥的叫声好听得不得了,闻之如饮清泉,胸中有清韵流出。但此时此刻,他想到的却是欧阳修《秋声赋》里的句子:"但闻四壁虫声唧唧,如助予之叹息。"他甚至觉得那些虫子突然变大了,变成了巨虫,变成了庞然大物,张牙舞爪,狂呼乱叫,声嘶力竭。

济哥啊,你们能不能消停一会?

因为这些突然冒出来的济哥,我们的应物兄终于理解雷山巴为何对华学明有些不耐烦了。

哦不,岂止是不耐烦。

应物兄来到生命科学院基地的时候,小颜正在向华学明的学生讲述如何制作野生济哥标本。他每讲上几句,都要问一下华学明:"这样说,对吗?讲得不对,你就指出来。"那是华学明新招的博士生。一个男生,一个女生。他觉得,男生长得很像年轻时候的华学明,女生则长得有点像年轻时候的邵敏。类似的情形他多次遇到过:导师好像不是在招收弟子,而是要通过这种方式唤回青春。

那两个学生站在小颜两侧,华学明则坐在他们对面。华学明好像在听,也好像没听。不过,每当小颜问他的时候,他都很配合地点点头。华学明现在无法说话。他舌头上缠着纱布,嘴巴无法闭合。基地做饭的阿姨每过几分钟就用棉签蘸水,往他嘴唇上涂抹。

小颜说:"对于虫体较大的标本,要用针插式固定保存。对于虫体较小的标本,则用加拿大树胶粘在三角纸上,再用昆虫针固定。"

女生问:"几号针?"

小颜说:"建议使用3号或者4号。"

女生看一眼华学明,悄悄问小颜:"朱先生,还要放入冰柜吗?"

小颜说：" 叫我小颜即可。不需要放入冰柜。须写上采集标签，放置在有防虫药品的标本盒、标本柜中干燥保存。你们的标本盒、标本柜都是现成的。"

男生问：" 雄性外生殖器的处理，华先生说应该多请教您。"

小颜说：" 外生殖器构造的解剖，他本人做得最好，至少做过一千例。我只能简单讲一下方法。具体操作，他以后会带你们做。通常用水蒸气将标本末端还软，在显微镜下用手术剪将腹部右侧剪开 2—3 节，再用镊子夹出或用解剖针拨出。将外生殖器置于 5% 的氢氧化钠溶液①中浸泡，把其上的肌肉组织和结缔组织清理干净，用蒸馏水清洗，置于事先滴好甘油的单凹玻片上，在显微镜下用解剖针轻轻地将生殖器的结构，比如阳茎基背片、阳茎基侧突、骨化端部等拉出，然后进行观察并绘图。华老师已经绘有一千张图了。再对比查阅晋哥、鲁哥等相关资料，进行物种鉴定。"

" 然后呢？" 女生问。

" 观察完成后，将其保存在装有甘油的 PCR 小管中，置于原标本下方，以备后续研究。"

" 华先生制作标本，后续似乎还有程序？" 女生问。

" 你观察得很仔细。确实如此。若长期保存，还须整姿、脱水，滴加拿大树胶，用盖玻片封盖，贴上标签，永久保存。外生殖器结构图的绘制在 Olympus CX41 显微镜下进行。草图绘好后，全彩扫描，将其导入 Adobe Illustrator CS6 绘图软件，进行数字覆墨，然后拼版成合适大小的图版，再添加结构编号，最后导出目的格式图片，并设定分辨率大小。华老师，我这么说，对吗？"

华学明将头伸过来，看着小颜随手画下的一张张草图。

小颜又说：" 制作标本时，务必对它保持爱心。要对它说，感谢你让我将你用于实验。"

---

① 氢氧化钠溶液，化学式为 NaOH。其固体又被称为烧碱、火碱、片碱等，是一种白色固体，有吸水性，可用作干燥剂。其液体无色、滑腻、有涩味。

这边正说着话,华学明突然躺到了地板上。原来是一只蜜蜂飞了过来。华学明虽然神经受到了刺激,反应有点迟钝,但此刻他的表现却极为敏捷。他的手指往标本盒蘸了一下,然后轻轻一弹,就将那只蜜蜂击中了。那只蜜蜂顿时落到了小颜前面的桌子上,并且已经身首分离。

小颜看着那只蜜蜂,脸上浮现出笑意。他对那两个学生说:"华老师这个功夫,我是没有的。我手生了。"

被斩首的蜜蜂,突然扑向了自己的头。

它扑得太猛了,身体跑到了前面,脑袋却从它的腿间溜了出去。失望不能够写在它的脸上,但能够表现在它的形体动作上。只见它的身体俯仰不息,似乎是在捶胸顿足。然后,它定了定神,慢慢地扭身,徐徐走向自己的头,伸出前腿,搂住了那个头。其动作之温柔,之缠绵,令人心有戚戚焉。应物兄觉得自己的后脖颈有些冷。就在这时,那蜜蜂怀抱着自己的头摇摇晃晃地起飞了,越过室外的花朵,蝴蝶,草丛,不见了。

女生问道:"难道它没死?"

华学明指了指小颜。小颜就替华学明解释说:"任何动物,首身分离并不意味着死亡。当然了,它最终还是会死的,因为没有了脑袋会影响它进食。"

他想起来,他们曾在这个基地吃过烤全羊。对于烤肉本身,他已经没有更多的记忆了,他记得的是那个羊头。他们蘸着孜然吃烤肉的时候,那个穿着蒙古长袍的烤肉师傅一直在剥弄那只羊头。羊头没有架在火上烤,它被割了下来,刀口齐整,就像锯出来的。它被放在一只盘子里,银色的胡子迎风飘舞,眼睛闭着,像在做梦,梦见的还是好玩的事,因为那张脸仿佛在微笑。师傅亲切地拍了拍它,然后开始剥它的皮,乍看上去就像在给它修面理发。很快,一个完整的头盖骨就呈现出来了,很干净,就像用砂纸打磨过一样。羊头之所以要单独处理,是因为雷山巴喜欢喝羊头汤。"补气,养肝!骗你们是这个。"披着军大衣的雷山巴,右手握成乌龟的形状,中指跷着,代表龟头。那乌龟在他自己的大腿上爬了几步,然后又恢复成手的样子,从胸前推出,不着四六地说:"同志们,气可鼓,不可泄。"

羊头需要先丢到沸腾的铁锅里去腥,然后再放入另一只稍小的不锈钢锅里慢慢地熬。在那个大铁锅里,沸水与羊头相激荡,形成了漩涡,那只羊头也就溜着锅沿开始转圈。华学明说,羊头这是在寻找自己的躯干。从生物学角度讲,首身分离,并不意味着它们已经相互隔绝,它们在意念中仍然在寻找一个整体感。

当时,华学明也是就地取材,用牙签击中了一只黄蜂。

那只黄蜂的表现,与这只蜜蜂的表现,别无二致。

阿姨提醒华学明,该出去散散心了。

那两个学生将标本盒收了起来,随着华学明走了出去。济哥的叫声突然又大了起来。嘈嘈切切错杂弹,叽叽喳喳乱成团。华学明似乎无法忍受它们的嘈杂,用手捂住了耳朵。看着华学明缓缓移动的背影,泪水从小颜的眼中涌出了,像半融的冰。

就在这天,我们的应物兄从小颜这里,知道了事情的来龙去脉。

十天前,章学栋的表哥老刘将白马牵到了慈恩寺。

塔林旁边和缓的山坡很适合遛马。老刘说,必须让白马在山地行走,在乱石中行走,不然它就成了病马,只能杀了吃肉了。马蹄角质跟人的指甲是一样的,需要磨掉。如果没有磨掉,那么每过六个星期就得修剪一次。白马以前在草原上活动,在沙地里奔忙,角质自然可以磨损,现在,它活动量有限,必须替它修剪。

但是白马拒绝修剪,它嘶鸣着,又是蹬腿又是尥蹶子,使你近身不得。它的蹄子已经受伤了,已经成了瘸子了。它已经不能奔跑了,一旦跑起来,必将马失前蹄,轻则摔伤,重则残疾。老刘之所以把它牵到那里去,就是要让它在塔林山坡上乱石堆里行走,以磨去它的角质。

"我从老刘那里学到了很多。"小颜说。

高傲如小颜者,说出这样的话,不容易啊。

小颜接下来又说,他想拜老刘为师,但老刘不收他,他只好退而求其次,以冰淇淋为"束脩",拜老刘的孙子板儿为师。他还真从板儿那里学到了不少知识。比如,马儿吃草的时候会闭着眼,为的避免草尖刺伤眼睛。他由此发现,在所有油画作品里,马儿吃草的时候都睁着眼,睁得还很大,为的表现它吃草时的愉悦。画家显然认为,那才是美。他曾主持过一个画家与一个科学家的对话,那画家送他一幅画,画的是人骑着白马,在月光下散步。月光如水,马儿如银。马儿低头吃草,好不惬意。画家认为,那是他画得最美的一幅画。他后来问了老刘,老刘说,睁眼吃草的马都是瞎马。草尖扎着它的眼,它疼啊,疼得屁股乱颤。

小颜说:"我想起了一句话,盲人骑瞎马,夜半临深池①。我问了我的同学,当中有院士,有二级教授,有长江学者,说起来都是搞这一行的,竟然都不知道。学明也不知道。你说,板儿收我为徒,我只送了个冰淇淋,是不是太轻了?"

按小颜的说法,板儿就是在塔林那里发现了济哥,野生的济哥。

慈恩寺重修了素净大和尚的墓塔。同时整修一新的,还有素净以上三任大住持的墓塔。说来奇怪,明代以前的墓塔都很牢固,越是晚近的墓塔越是东倒西歪,早晚都得重修。随着一个个塔基被挖出,原来被死死封闭在塔基下面的济哥的卵,也就被带到地表,它们遂应运而生,有如春风化雨,在完全自然的环境下纷纷羽化。小颜借用了华学明提到的那个词:生育势能。小颜说,受生育

---

① 《世说新语·排调》:"桓南郡与殷荆州语次,因共作了语……次复作危语。桓曰:'矛头淅米剑头炊。'殷曰:'百岁老翁攀枯枝。'顾曰:'井上辘轳卧婴儿。'殷有一参军在坐,云:'盲人骑瞎马,夜半临深池。'殷曰:'咄咄逼人!'仲堪眇目故也。"

势能的支配,它们一旦羽化,就疯狂交配,疯狂繁殖,好像发誓要把错过的时间全都找回来。其实,正如你已经知道的,共济山也出现了济哥。它们是随着旧房拆迁而出现的。这种情况,不仅出现在济州。重现人间的,也不仅仅是那些鸣虫,很可能还有消失多年的病菌。那些虫卵,那些病菌,数十年间只是在沉睡。看上去很漫长,但在生物学史上,那只是短短的一瞬。它潜伏在那里,伺机重返人间,挑战我们的生态系统,也可能挑战我们的免疫系统。遇到合适的机会,它就会被唤醒。济哥迎合的是人的癖好,病菌却可能会给人带来不幸。

小颜说得很平静,他却感到头皮发麻,嗖嗖作响,通电了一般。他好像看到,那些病菌,密密麻麻的,蠕动着脊背,摇晃着脑袋。

他的肩胛骨耸了起来。

小颜说:"在老刘眼里,那只是一些害虫。"

"害虫?蝈蝈怎么会是害虫呢。"

"老刘说,他小时候,这东西多得很。越是天旱越多,它们吃庄稼的叶子。有人在田间地头收这个,一个馒头能换十个。在庄稼人眼里,它们跟蝗虫类似,当然都是害虫。老刘说,他小时候,饿急了,会抓来烧着吃。我说,你可真会享受,因为它的营养成分与虾相近。"

"华学明是什么时候知道出现了野生济哥的?"

"板儿带着野生济哥回来了嘛,让他看到了。他一时发疯,打了板儿几个耳光。他认为是板儿从他的实验室偷的。"

"老刘和板儿就是因为这个走的?"

"当然与此有关。得知是在塔林抓到的,学明立即奔赴塔林。是我陪他去的。我开着车。我不能让他开车,因为他已经抓狂了。在塔林里,我看到密密麻麻的济哥,塔林里的草已经快被济哥吃光了。你走过去,会踩上它们,咯吱作响。他当场就跪下了。这些天来,他一直在整理材料,要向联合国环境规划署递交报告,以证明济哥已经灭绝。正如你知道的,他将济哥的羽化再生,看成他迄今最大的成就,并为此洋洋自得。其实我来到济州的第一天就告诉他,济哥不可能灭绝。对于蝈蝈这个物种来说,即便在世界各地一只也见不到了,也并不意味着它已经灭绝了。当今世界任何地方,都已经没有该种成员存在,仍然不能认为它已经灭绝了。根据世界自然保护联盟的规定,灭绝是指在过去五十年中,未在野外找到其物种。即便在五十年之内,在中国看不到一只蝈蝈了,也只能算是局部灭绝。这些常识问题,学明兄本该知道的。"

"你是说,他的研究毫无意义?"

"我当然极力向他说明,他的研究还是很有意义的。比如,他提供了一些研究方法,也从生物学角度证明济哥与鲁哥、晋哥、南哥之间存在一些细微的差异,可能也提供了一些生物学的数据。"

"他能听进去吗?"

"他虽然备受打击,但还是接受了这个事实。但那个雷山巴,却对他大加痛斥,认为被他欺骗了,认为他非常无知。对一个学者来说,你可以说他无能,但不能说他骗人,更不能说他无知,那是对他最大的污辱。学明兄本来能言会道,却被雷山巴搞得百口难辩,一着急,竟把舌尖咬碎了。他后来写条子与雷山巴对话。他提出,可以把雷山巴投进去的钱如数奉还。他哪有钱啊。他连房子都没有了。你知道,邵敏是个律师。律师是什么人,律师是最能钻法律空子的人。邵敏早已经背着他把他的房子卖了。"

学明兄,对不起!都怪我。我们的应物兄听见了自己的呻吟。过了一会,他听见自己问道:"你觉得,学明兄还能恢复吗?"

"你尽量多来陪陪他。我陪了他一周,得走了。"

"我能做些什么呢?"

"雷山巴说,他可以不再索赔,但华学明必须从基地搬走,在蛙油公司所占的技术股份也必须退出。雷山巴说,他不想再见到华学明。你可以在济州给他找个住处吗?"

"雷山巴呢？我去跟他解释。"

"他去了延安,去了瑞金,又去了井冈山。他说了,华学明从蛙油公司吐出来那些利润,他不会装到个人腰包,会捐给老区人民。鬼知道他下面还去哪里。"

"我先帮他租个房子,然后再替他想办法。"

"铁梳子倒是说她可以向华学明提供一套房子。铁梳子准备建一个动物医院。只要华学明辞去教职,她就任命他为动物医院的院长。您是他最好的朋友,您说,这样做,可行吗？"

这个时候,他们已经走到了白马跟前。在那个远看像个现代雕塑的金属圈上,站着一只猫。它就是何为先生那只名叫柏拉图的黑猫。

它已经被制成了标本。小颜说,它是在何为先生去世一周后死去的。

"这标本是谁做的？"

"我做的。修己兄把它抱回来的时候,它已经快死了。"

"没想到你还会做动物标本。"

"与刚才的济哥标本比起来,这太容易了。当然,方法有所不同。我其实是想给华学明演示一下制作方法。如果他以后没有了工作,可以靠这个手艺养家糊口。先把它整体皮毛烘干,然后开剥。像写论文一样,开口要小,挖掘要深。内脏要全部取出,皮上的脂肪要刮干净。最困难的部分是猫嘴,须将猫嘴与骨头小心地分开。有些人认为这很残忍,但也有人认为这是给它第二次生命。消毒液、防腐液,学明兄这里都是现成的,而且是最好的。需要将它们仔细涂抹到它的体内,不能有任何死角。头部比较困难,鼻腔、耳郭、眼窝,处理起来就需要动用消毒针了。好在这里也有现成的。皮可剥,发型不能乱,所以头皮上涂了少量毛发蓬松剂,使它显得朝气蓬勃,虎虎有生气。"

它蹲着后腿,前腿直立,尾巴绕出来,伸展在锈迹斑斑的铁圈的顶端。它的头微微上仰,同时又侧着脸,仿佛在侧耳倾听他们的谈话。小颜的话,好像惹它不高兴了,所以它有些吹胡子瞪眼睛的。

"听说,敬修己就是因为这事与你吵架了?"

"他说入土为安,应该埋了。"

白马在他们身边哝哝地叫着。在深秋的艳阳下,白马依然给人一种梦幻般的感觉。它脚下是一个挖好的沙坑,沙坑里铺着石子,石子上有苜蓿。沙坑四周,竖着四个低矮马桩,马桩之间扯着粗大的绳子。对一匹奔腾的马而言,那就相当于五花大绑了。白马低头吃草的时候,要么屈膝,要么把两条腿岔开,不然它就什么也吃不着。章学栋说得对,它长高了。显然,它被子贡带到济州的时候,还只是一匹马驹。

小颜摸着马鬃,然后顺着它的前腿摸下去,一直摸到蹄子与腿交界处的那撮白毛。他揪了揪那撮白毛,说:"老刘临走交代我,马其实也是顺毛驴,要让它听你的话,你得会摸,得摸到家。我现在也把这话告诉你。"

"张明亮呢?这话你应该直接告诉张明亮。"

"他正在奋笔疾书,据说已经写了五万字了,是替雷山巴捉刀,书名也是雷山巴起的:《济哥振翅兴中华》。"

"他是不是不知道这些事情?"

"怎么可能不知道呢。他认为,他可以在济哥的历史文化、野生济哥与华学明的济哥研究之间建立起关联。他给我讲了他的主要观点:济哥,不仅是负载着中华文明信息的昆虫,而且济哥文化能为生态学、遗传学、地方生物资源开发、生物多样性保护带来启示。"

"你告诉他马上停止。"

"他说了,已经领了钱,就必须把任务完成。而且,他认为,这确实是一个值得投入时间和精力的研究项目。"

从雷山巴那个窑洞式的院子里，走出来两个女人。她们就是雷山巴那对姊妹花。应物兄突然想到，她们其实也是标本，是雷山巴"京济一体化"的标本。她们挽着手，各提着一只篮子，沿着院墙根走着。她们是要去摘瓜。你真的分不清她们谁是谁。

一个厨师模样的人跟在后面。

摘瓜的时候，她们不让厨师动手。她们要的是摘瓜的动作、摘瓜的美感。她们摘了丝瓜、南瓜，没摘葫芦。很快篮子就满了。一只弯曲的南瓜被厨师放在肩头，乍一看就像扛着一条腿。

又有一个人从那个院子里走了出来。那人走路的动作似乎很快，但效果却并不明显。也就是说，只闻匆忙的脚步声，难见快速的形和影。这不是因为别的，只因为他不是一般人。他是谁？应物兄几乎不敢相信自己的眼睛：那个胖子，那个穿着黑色长袍的胖子，竟然是宗仁府。

他也是来帮助姊妹花抱南瓜的。

小颜说："这对姊妹花信教了。宗仁府是来给她们传教的。那个叫净心的小和尚，前天来了，对她们说，他要去北京龙泉寺进修了。她们说，这也好，她们正要改宗呢。信了佛，这也不能吃，那也不能吃。这也不能穿，那也不能穿。骂个人都不方便。算了，还是信别的吧。昨日擦黑，宗仁府就来了。今天，天刚麻麻亮，他就又来了。他比哞天都起得早。"

那只名叫哞天的蒙古细犬，此时也跟在那对姊妹花旁边。宗仁府过来的时候，它的尾巴高高竖起，然后又缓缓放下了。

98. 兰大师

兰大师来了。

媒体上说，兰大师这次来，是要收济州京剧团当家花旦樊冰冰为徒。收徒仪式结束之后,兰大师没在京剧团停留,很快就来到济大,然后由乔木先生陪同,到何为先生遗像前敬了三炷香。

中午,乔木先生在镜湖宾馆设宴,请兰大师吃饭。席间谈到去世的双林院士和何为先生,兰大师顿时泪水涟涟。有一句话,兰大师说得至为动情:"两位走了,再也听不到我的戏了。您说,您说,我唱着还有什么劲啊?不唱了。"说完,伏到乔木先生肩头,痛哭失声。虽然乔木先生说过,兰大师的眼泪就像小孩子的尿,总是说来就来,但此时此刻,乔木先生也忍不住双眼噙泪。

有一道菜是兰大师自己点的:酸萝卜老鸭汤。兰大师说:"有一次我来济大,姚鼐先生请我喝了酸萝卜老鸭汤,好喝极了,开胃。我回去就对老双说,下次你去济州,一定要喝。"满满一桌菜,兰大师几乎没怎么动,只喝了两碗老鸭汤。兰大师说,那第二碗汤,算是他替双林院士喝的。

乔木先生问:"梅菊兄接下来如何安排?"

兰大师说:"下午,就不劳乔木兄了。有几句话,我还得交代徒儿。"

乔木先生问:"我听人说,你这次来,还要给栾庭玉母亲祝寿?"

兰大师说:"刚好碰上。他们请不动你,只好请我去。"

乔木先生说:"梅菊兄也要唱上两句?你要唱,我就去。"

兰大师说:"别去!你做寿的时候,我专门唱给你听。"

乔木先生说:"姚鼐先生知道了,可是要吃醋的。"

兰大师说:"好好好!他做寿,我也来,总行了吧?"

陪他们吃饭的,还有应物兄的博士孟昭华。兰大师就是孟昭华开车送来的。这倒不是应物兄的安排。孟昭华现在应聘到了济民中医院,负责中医院的广告策划。栾温氏的八十大寿,就是济民中医院操办的。中医院院长王中民是栾温氏的干儿子。干儿子也是儿子。儿子为母亲做寿,当然是应该的。

孟昭华这天开的是王院长的加长林肯。

下午四点钟左右,应物兄也赶到了王中民院长的别墅。它与季宗慈的别墅,同属于一个小区,但面积要大很多。董松龄和吴镇也来了,还比他先到。窦思齐也在。窦思齐正和董松龄讨论减肥问题。董松龄拍着肚子说,吃得很少,为什么还会发胖呢?还查出了一个脂肪肝。窦思齐的解释别具新意。他说,因为我们小时候都挨过饿嘛,现在虽然不饿了,脑子已经忘了,可是各个脏器都还记得呢,记得还很牢。比如你的肝,它会自作主张地把营养都收藏起来,就像松鼠藏东西似,时刻准备着过冬呢,时间长了,血脂就稠了,脂肪肝就来了。

　　吴镇说:"这就叫积淀。"

　　窦思齐说:"下辈人,那肝啊,血管啊,就不会再自说自话,替人做主了。"

　　吴镇说:"我儿子,二十岁不到,就已经是脂肪肝了。"

　　窦思齐说:"那就再下一辈。"

　　大厅的装修风格是中西合璧式的,一个最简单的例子就是,墙上虽然悬挂着一幅幅中国山水画,但最大的那幅山水画下面却装着一个壁炉,眼下里面正是炉火熊熊。不过,那些通红的木炭以及微蓝色的火焰其实都是灯具:有炉火的形状,有炉火的噼啪声,却没有炉火的热度。有个穿着灰色襻扣袍子的老头,走进了大厅,这老头是拉二胡的。据栾庭玉说,他曾想把这个老头和他母亲撮合到一起。有一次,栾温氏说,以前跟那个"老不死的"在一起,天天吵架,可那个"老不死的"一死,连个吵架的人也没有了。听上去,她好像很怀念那种吵架的日子。栾庭玉就说:"那就给您找个吵架的人?"栾温氏听明白了,立即给了他一拐杖。

　　在这个老头指挥下,这里很快就成了一个小小的戏园子:椅子呈弧形摆放在一个木台子前面,前排正当中的位置自然属于栾温氏,那里摆的是一把老式的太师椅,靠背上有蝙蝠的图案,有寿桃的图案,还有变形的如意,取的是"福寿如意"的意思。

这时候,礼仪小姐把铁梳子领进来了。

铁梳子跟他们打了招呼,说:"我跟老寿星说过话了,我还有事,先走了。做好的套五宝我已经送来了。厨师就留在这,听候使唤。"又说,"窦大夫,你全权代表我,待会记着给兰大师献花。"

窦思齐用埋怨的口气对铁梳子说:"跟你说别来了,你还非要跑一趟。"

他和窦思齐出来送铁梳子的时候,孟昭华走了过来。

孟昭华说:"您是不是还生我的气?"

他说:"当初确实生你的气。培养一个博士容易吗?没想到,你不去做研究,不去教书,却来给一个卖狗皮膏药的人写讲话稿。不过,我已经想开了。"

孟昭华说:"您不是说过,自古医儒不分家嘛。"

他说:"只要你满意就行。你忙你的去吧。"

这个院子很大,几乎像个小型的高尔夫球场,设置了路灯和路牌。路牌很有意思,有忠孝东路,还有忠孝西路。通往别墅正门的那条路叫罗马路,但当罗马路穿过别墅,从屁股后面出去的时候,它的名称又变了,变成了旧金山路。院子里有小桥流水,有水榭亭台。天气晴暖的日子,可以看到水中的乌龟,其中绝大多数是中华龟。不是你要看到乌龟,而是那些乌龟一定要闯入你的眼帘。那些乌龟都是王院长费了大工夫才搞到的,据说有的来自寺庙,有的来自道观,还有一只来自山东曲阜的洙水河。那些龟看上去都很有些年头了,龟甲很大。如果把那些龟甲收集起来,将传留至今的甲骨文全都 Copy 上去,似乎也绰绰有余。一般的乌龟叫起来声音是咝咝的,它们呢,却是叫声粗嘎,都有点像鹅了。

孟昭华走后,窦思齐说:"你这个学生,是个人才啊。"

他问:"如何见得?"

窦思齐说,他曾在这里住过几晚,为的是与王院长配合,中西医兼治,治疗省里的一个重要人物。有一天晚上,听见外面的声音,听起来很瘆人,扑扑通通的,就像有人翻墙进来了。由于这里发生过盗窃杀人案,所以他不能不有所防备。正想打电话报警呢,突然听到有人说话,原来是孟昭华带人来录像了。录什么呢,录的就是乌龟交配的情景。一共有四只乌龟在交配。它们闹出的动静实在太大了。因为夜深人静,所以听上去都有些四海翻腾云水怒的气势。在强光照耀下,他发现乌龟的生殖器竟然那么大,"如椽巨笔"用到这里是合适的。那支"如椽巨笔"正在龟甲上泼墨挥毫。摄制组的一个小伙子问孟昭华,乌龟不交配的时候,阴茎也会勃起吗?孟昭华说,当然会了,有时候你摸摸它的龟甲,它就硬了。防御敌人的时候它硬,着急的时候它也硬。闲着没事,它也会硬一个玩玩。摄制组的小伙又问,灯光照着,它们也不受影响吗?孟昭华说,它们那是把那灯光当成月光了,把人影当成树影了。而远处的树影,它们却当成了神女峰,所谓神女雾掩,巫峡云遮。还有比这更好的交配环境吗?江水浩瀚,星沉平野,日月出入其中,隔岸但见山影。而我们说话的声音呢,在它们听来就像大浪淘沙,石崩岸裂,刚好为它们的交配助兴。当然,它们交配也不全是为了自己快乐,也是为了传宗接代。这是天给了它们这个命。

窦思齐说:"你这个学生,出口成章。"

可惜啊,好钢没有用到刀刃上。他听见自己说。

窦思齐说:"龙生九子,各不相同。那个卡尔文也是你的学生吧?"

这一下他知道窦思齐为什么要陪他散步了。原来是要打听卡尔文的。自从卡尔文在共济山上被警察带走之后,他再没有见过卡尔文。关于卡尔文的消息,他都是听费鸣说的。费鸣说,有多名女性因为卡尔文被查出了艾滋病。卡尔文更是被查出来,已经是艾滋病四期患者,差不多已经病入膏肓了。警方让他交代出了与他发生过性关系的女性名单的第二天,就买了一张机票,把他遣送回了坦桑尼亚。费鸣说:"真是他妈的杂种!"

他对窦思齐说:"他只是旁听过我的课而已。"

窦思齐说:"你肯定知道,他又从坦桑尼亚溜回了美国。如果你能联系上他,一定让他闭嘴。他在美国恶毒攻击中国,是可忍孰不可忍!"

有一句话他很想问,但不知道如何开口:铁梳子是否也传上了艾滋病?窦思齐似乎明白了他的意思,立即说道:"外面有传言说,铁总与卡尔文有什么关系。胡扯,全是胡扯。我以人格担保,他们没有那种关系。铁总怎么能看上他呢?没错,铁总确实叫他卡卡。这又能说明什么问题呢?铁总还叫我齐齐呢。"

孟昭华过来说,兰大师到了,庭玉省长也到了。

当孟昭华带他走进王院长的客厅,兰大师正在讲酸萝卜老鸭汤。与中午的说法不同,鸭子在此又有了新的含义,成了能否成为京剧大师的标志。兰大师说,京剧大师都和鸭子有着不解之缘。梅兰芳、俞振飞、马连良都喜欢吃鸭子。梅兰芳喜欢吃北京全聚德的烤鸭,俞振飞喜欢吃上海燕云楼的烤鸭,而马连良则是自己做鸭子,菜名就叫马连良鸭子[①]。马连良鸭子好吃哎,皮酥肉烂,香味透骨。蘸着小料,就着荷叶饼,好哎。用济州话讲,就是两个字:得劲!

兰大师对侍立在旁边的樊冰冰说:"所以,你也得吃鸭子。"

樊冰冰说:"弟子听您的,以后多吃鸭子。"

兰大师接下来又提到,不久前他去了江苏。那边有个剧团正在排练《西厢记》,邀请他当顾问。他可不像某些人,说是当顾问,其实不顾不问,只知道伸手要钱。他呢,是又顾又问,忙得来,像个陀螺。他提到了《西厢记》里红娘的一段唱词,说,虽然鸭子人人爱吃,可是在中国经典戏曲里,鸭子却很少出现,红娘这段唱词里出现的鸭子,算是少有的一次:

[①] 马连良,著名京剧表演艺术家,代表作有《借东风》《甘露寺》等。马派艺术创始人。马连良喜欢吃鸭子,但"马连良鸭子"却不是马连良本人做的,而是两益轩的厨子专门做给马连良吃的,与烤鸭不同,是一种香酥鸭。

嫩绿池塘藏睡鸭
淡黄杨柳待栖鸦
仔细着夜凉苔径滑
绣鞋儿踩坏了牡丹芽

兰大师竖起食指,问:"听清楚了?出现了几只鸭?"

樊冰冰说:"两个。"

兰大师浅浅一笑,说:"No也!No也!第一句说的是水鸭,第二句说的是乌鸦。此鸭非彼鸦也。记住了?"

樊冰冰说:"恩师,记住了。"

兰大师又对栾庭玉说:"这《西厢记》,昆曲是一个味,京剧是一个味。一个是糯米年糕,一个是小米黄金糕。北方人还是喜欢吃黄金糕。若是用京剧来演,不叫座,就取我项上人——头——"兰大师的话形如京剧道白,又拱手对栾庭玉说,"还请栾大人多多支持我们的国粹啊。"

栾庭玉说:"兰大师这是批评我,对国粹关心不够啊。"

樊冰冰立即摇着兰大师的胳膊,说:"恩师,栾省长很关心国粹的。"

兰大师说:"你看这小妮子,多么知道替父母官说话。"又对樊冰冰说,"那你以后可得好好学,好好练,不能给父母官丢脸。"

樊冰冰拼命点头:"嗯、嗯、嗯。"

这天的礼仪小姐,都是济民中医院的护士客串的。她们穿着旗袍,脖子上系着红丝巾,不管是走还是站,都保持着一个姿势:左手捏着右手,手放在肚脐位置。这会,两个礼仪小姐走过来,对栾庭玉说:"首长,老寿星问,什么时候开始?"

栾庭玉说:"别问我,问老寿星的干儿子。我忙昏头了,今天才想起来是我们家老太太的生日。都是王院长操办的,我事先一点不知道。王院长呢?怎么没有看到他?院长夫人怎么也没见到?"

礼仪小姐说:"院长夫人在老寿星身边侍候着呢。"

栾庭玉又问:"中民呢?王院长呢?"

礼仪小姐看着孟昭华。孟昭华犹豫了一下,说:"听院长夫人说,王院长昨天去了北京,按说中午就该赶回来的,可到现在还没有回来。刚才打电话问了他的助理。他的助理说,王院长是故意不来的。王院长说,一切都由夫人操持。王院长也说了,他虽是悬壶济世,但在有些人眼里,还是个商人。他要露面的话,担心外面有人议论。他本人倒无所谓,只是担心对您不好。"

栾庭玉说:"中民是个细心人啊。"

礼仪小姐说:"老寿星说,早该开始了。"

栾庭玉说:"这个老太太啊,一辈子都是急脾气。"

兰大师抓紧时间对樊冰冰说:"我给老寿星备下的宝贝呢?"

樊冰冰赶紧将一个烟盒大小的布包送到兰大师手上。兰大师说:"隔着布袋买猫,猜猜是个什么猫?"当然没人猜得出来。兰大师对樊冰冰说:"你猜。"

樊冰冰说:"恩师,我可猜不出来。"

兰大师说:"这是赵皇帝送给佘太君的那个玉牌。我从北京带来,送给老寿星的。"说着,就像给小孩子脱裤子似的,一点点把那个布包从玉牌上脱了下来。玉牌是黄的,上面刻有字,一笔一画里都有些黑泥似的东西。兰大师似乎要咬它一下,但牙齿并没有挨着那玉牌。他把那玉牌交给了栾庭玉:"替老寿星收了。"

栾庭玉往后躲了一下,说:"玉牌?真是皇帝老儿送的?"

兰大师说:"送您真的,您也不敢要。是清人仿制的。"

栾庭玉这才接住了:"兰大师对我太好了,怕我犯错误。"

兰大师笑了,说:"栾大人,您的手一摸,假的也成真的了。当年乾隆爷啊,那些贵妃娘娘啊,手里的宝贝也并不都是真的,可您猜怎么着?那些假玩意儿,如今个顶个都成真宝贝了。"

栾庭玉把它交给了身后的礼仪小姐。

这天,董松龄带来的是一幅书法作品。董松龄说,这是他在日本讲学时,一个日本汉学家送给他的。董松龄的话,一半是真的,一半是假的。两周前,也就是卡尔文从共济山上被带走后的第二天,董松龄打来电话,说,有个日本朋友来济大讲学,这个朋友很喜欢书法,想见乔木先生一面,不知乔木先生哪天方便待客。现在看来,那幅字或许就是那个日本朋友用乔木先生的纸和笔写下的:

芝兰玉树
植于阶庭①
柱上曲木
结以相承②

应物兄后来知道,同样的内容,日本朋友写了多幅。当然不是专门为栾庭玉的母亲写的。它其实是写给太和研究院的。写得不能算好,也不能算不好。一笔一画,一撇一捺,都有板有眼,有童趣,像童体字。

栾庭玉说:"龟年兄,让你费心了。替我谢谢那位日本朋友。"

应物兄这天来,没带礼物。看到人们纷纷献礼,不免有些困窘。这会儿,听了栾庭玉的话,他终于找到了说话的机会,把自己从那种困窘中解脱出来了。他对栾庭玉说:"这幅字,用作寿礼,真是再恰当不过了。"

栾庭玉本来要把它卷起来,这会儿又把它摊开了。

吴镇说:"我看出来了,这里面有个'庭'字,也有个'玉'字。"

应物兄说:"还有个'栾'字。也真是巧了,这幅字若讲给老寿星听,老寿星定会很高兴的。'柱上曲木,结以相承',说的就是'栾'字。盖房子要有立木,要有横梁,把立木和横梁连接起来的那块曲木,就叫'栾'。房子结实不结实,跟它关系甚巨。世人都拿

---

① 《世说新语·言语》:"谢太傅问诸子侄:'子弟亦何豫人事,而正欲使其佳?'诸人莫有言者。车骑答曰:'譬如芝兰玉树,欲使其生于庭阶耳。'"
② 出自张衡《西京赋》:"结重栾以相承"。其中的"栾"指的就是"柱上曲木,两头受栌者",曲者为栾,直者为栌。

'栋梁'来比喻人才,但若没有那块曲木,再结实的栋梁也没用。"

栾庭玉说:"长学问了。姓'栾'姓了几十年,竟不知'栾'字还有这么多讲究。意好!字也好!并且来说,有些字画我转手就送给了朋友。但这幅字,我要当成传家宝,代代相传。"

这边还说着话,那边已经拉响了京胡。

这天,最先出场的就是樊冰冰。虽然她没穿戏装,但仅凭手势、眼神和体态的变化,仍然可以表现出那个神韵。她唱的是《霸王别姬》那个著名唱段:

> 看大王在帐中和衣睡稳
> 我这里出帐外且散愁情
> 轻移步走向前荒郊站定
> 猛抬头见碧落月色清明
> 适听得众兵丁闲散议论
> 口声声露出了离散之情
> ……

众叛亲离,四面楚歌,虞姬拔刀自刎于垓下,是谓霸王别姬。那个抹脖子的动作优雅极了。应物兄想,幸亏乔姗姗不在这里,她若在肯定会提出异议:哪里是霸王别虞姬,分明是虞姬别霸王。是啊,在任何情况下,她都愿意较这个真。在她那里,女性是不存在被动语态的。如果你对她说:"请给我打电话。"她肯定会说:"不,你给我打电话。"哦,打电话与接电话的动作,在她那里也有公母之分。

兰大师对栾庭玉说:"这小妮子,底子不错。这中国几千年的好东西啊,都保存在戏曲里面。一招一式,一唱一叹,一声笑两行泪,都讲究着呢。"

随后出场的,是市京剧团的三个小演员,她们表演的是翎子功。

她们身高还没有翎子长。从扮相看,一个演的是吕布,一个演的是孙悟空,一个演的是白骨精。演吕布的那个小演员稍高一点,她在伴奏声中疾步扬鞭上场,右手举起鞭子,左手勒住缰绳,头上的双翎如杨柳舞于狂风,但她那张小脸却是骄矜的,表现的正是吕布骑在赤兔马上摇头晃脑的得意。随后,她绕到蹦蹦跳跳的白骨精旁边,用翎子在白骨精脖子上抹了一下,又把翎尖弯到自己鼻子下面闻了闻。这时候,孙悟空跑上前来,朝着白骨精就是一棒,然后又弯过翎尖,用翎尖挠起痒来。众人不由得拍手叫好。掌声中,孙悟空跑下台来,变戏法似的从身上摸出一个蟠桃,跪献给了栾温氏。栾温氏拿着那蟠桃,在孩子头上敲了一下。众人再次拍手叫好。

豆花是在翎子功表演之后出场的。

因为唐风说过,栾庭玉夫人又怀上了,连栾庭玉自己都说"已经取得了阶段性成果",所以应物兄的目光忍不住落到了她的小腹位置。好像变化不大。现在他可以肯定的是,她不会唱,压根儿不会唱。虽然她这里拜师,那里拜师,但连皮毛也没有学到。当然了,如果考虑到她到处拜师,只是为了博得栾温氏的欢心,那么从孝心角度考虑,你还必须对她表示敬意。

她唱的不是京戏,而是豫剧。

这当然也是为博得老太太喜欢。老太太最喜欢听的就是豫剧。

全场最为难的人就是那个老琴师。他还在调试琴弦呢,她就已经亮开了嗓门。老头脸一紧,迎头赶上了。刚才,老头在伴奏的时候,眼睛是半闭着的,现在却是双眼圆睁,紧紧盯着豆花的嘴巴。豆花唱的是《花木兰》的著名唱段《谁说女子不如男》:

> 刘大哥说话理太偏
> 谁说女子享清闲
> 男子打仗到边关
> 女人纺织在家园

白天去种地

　　夜晚来纺棉

　　……

　　她唱完之后，人们竟然忘记了鼓掌，直到大师叫了好，人们才想起来应该报以掌声。掌声过后，兰大师对栾庭玉说："夫人的发展空间很大啊。"豆花刚走出台子，转眼间又回来了。倒不是为了谢幕，而是因为栾温氏已经走出来了，她得赶紧上去搀扶婆婆。栾温氏拄着一根拐杖，还带着一个道具，那是一个用黄绸子包裹的纸盒子，代表着帅印。此外还有一个道具，出乎意料，那个道具就是金彧。金彧现在扮演的是丫鬟，当然应该算作一个道具。她搀着栾温氏另一条胳膊。哦，老太太的嗓子，已经不能用糠心萝卜来形容了，只能用萝卜干来形容了。她唱的是豫剧《穆桂英挂帅》选段。她那身行头是穆桂英的祖母佘太君的，包括与行头相配的拐杖和丫鬟，但一开口，唱的却是穆桂英：

　　猛听得金鼓响画角声震

　　唤起我破天门壮志凌云

　　想当年桃花马上威风凛凛

　　敌血飞溅石榴裙

　　有生之日责当尽

　　寸土怎能够属于他人

　　番王小丑何足论

　　我一剑能挡百万的兵

　　我不挂帅谁挂帅

　　我不领兵叫谁领兵

　　叫侍儿快与我把戎装端整

　　抱帅印到校场指挥三军

　　豆花躬下身来，将栾温氏的衣襟整理了一下，然后迈着小碎步围绕着栾温氏转了一圈。肯定是事先商量好的,兰大师要现场辅导一下。据说,王中民后来交代,那个辅导费是十万元人民币。此时,只见兰大师走上台子,双手合十,向老太太表达着敬意。他还把嘴巴凑向栾温氏,说:"唱得比我好!"好像担心栾温氏耳聋,他的嗓门提得很高,吓得栾温氏侧身躲了一下。其实,严格地说来,他并没有指导栾温氏,他指导的是豆花。他捏住豆花的手,指导她怎么围绕着老太太转圈。他把豆花的一只手弯到胸前,胳膊肘抬平,又让她另一条胳膊平伸出去,然后推了她一把,让她转圈。在他的辅导下,豆花转圈的动作活像是公鸡支棱着翅膀围绕着母鸡飞奔。兰大师自己率先鼓起了掌,并且连声说道:"好,好,好!"大师还示意众人,掌声应该更响一点,并且问他们:"你们说,好不好欸?"

大家的喊声整齐划一:"好!好!好!"

然后,他又指导金彧,只有一句话:"下巴尖要收,不要抬起来。"

金彧收了一下,兰大师说:"好!收得多了,再稍抬一点。好!"

然后,兰大师搀着老太太退场了。

因为兰大师还要赶飞机,所以老太太退场之后,栾庭玉陪着兰大师直接去了餐厅。"应物兄同志,你也过来。"兰大师说。到了餐厅,发现桌子上已经摆上了一碗粥,还有几样小菜。兰大师说,他晚上只喝粥。这天,他喝的是用乌鸡汤熬出来的粥。兰大师用勺子舀着粥,慢悠悠地说,他率团去美国演出时,程济世先生曾到现场观看。

"中午我没讲,怕老乔生气。"兰大师说。

"不,不会的。他们现在挺好的。"他赶紧解释。

"那就好。"兰大师说,"程先生给我题了五个字。"

"哦,是吗?哪五个字?"

兰大师想了一会,好像没能想起来。兰大师是这么说的:"别人说你好,你不要放在心上。说你不好,你要记着,好好改进。"

说着,兰大师用毛巾沾了沾嘴,掏出手机,让栾庭玉和他看手机里的照片:果然是兰大师与程济世先生的合影。兰大师当时演的是《贵妃醉酒》。照片应该是在后台照的,兰大师还没有卸装,其扮相实在是太美了,都近妖了。兰大师把手机收了起来,换了另一条毛巾擦了擦手,又喝了几口粥。

兰大师说:"程先生说了,太和挂牌的时候,要我来一趟。"

应物兄还没说话,栾庭玉就说:"到时候,我亲自去北京请您。"

兰大师说:"到时候,只要我还能动弹,我一定来。"

接下来,兰大师问到一个人:"程先生说,有个叫灯儿的,是个二胡大师,可惜死得太早了。如果不死,让她给你伴奏,那才是珠联璧合。我想问一下,灯儿是谁?我没听说过这个人。你们帮我打听一下,她的弟子是谁。到时候,就让她的弟子来给我伴奏。"

他正想着如何回答,栾庭玉说:"济州确有几个琴师,都是灯儿的弟子。到时候,我们优中选优,先带给大师看看,能不能用。"

这当然就是哄兰大师高兴了。

这天,由孟昭华开车,应物兄和栾庭玉亲自送兰大师去了机场。樊冰冰自己开车在后面跟着。应物兄后来知道,后面跟着的可不仅是樊冰冰的车。还有中纪委进驻济州的专案组的车,挂的是济州牌照。他们当然是担心栾庭玉跑掉。栾庭玉和兰大师寒暄的时候,应物兄在手机上搜到了兰大师在美国演出的相关报道。演出地点是纽约大学史克博拉艺术中心,兰大师当时演出的是《贵妃醉酒》《霸王别姬》片断。程济世先生确实曾到现场观看,并对这位兰梅菊大为赞赏,并题写了五个字:翩然云间鹤。

他疑心这是程先生对兰大师的讽刺。"翩然云间鹤"一语,出自清代戏剧家蒋士铨的杂剧《临川梦》:

妆点山林大架子,附庸风雅小名家。
终南捷径无心走,处士虚声尽力夸。
獭祭诗书充著作,蝇营钟鼎润烟霞。

翩然一只云间鹤,飞来飞去宰相衙。

本来是讽刺那些装模作样的伪隐士的。

当然了,他对他的怀疑也有怀疑:兰大师无论如何是跟"隐士"不沾边的,既非"隐士",也非"伪隐士"。程先生称兰大师为"云间鹤",有可能真的是在表达自己的直观感受。也就是说,在程先生眼里,兰大师就是一只热心于传播中国传统戏曲文化的仙鹤。

从机场回来的路上,栾庭玉问他:"听说乔总又去了美国?哪天回来?"

他知道他问的是乔姗姗。乔姗姗如今已是GC集团在济州的总负责人。这个消息,他还是听巫桃说的。当他打电话向陆空谷求证的时候,陆空谷说:"这是旧闻了。我已辞去GC的工作,所以你不要问我。"

这会,他对栾庭玉说:"听我女儿说,她昨天刚到。"

栾庭玉说:"听说象愚兄已经走了?"

他说:"小颜走了,他追小颜去了。"

这是他和栾庭玉最后一次谈话。栾庭玉在三天后被双规了。他得知这个消息,已经是十天之后的事了。那天早上,多天没有露面的费鸣突然来了。外面下着雨。费鸣虽然带着雨伞,但进来的时候,后脑勺、肩膀却都是湿的。从窗户看出去,雨下得并不大,甚至听不到雨声。所以他只能猜测,费鸣是因为心事重重,都没有注意到雨伞早就被风吹歪了。

莫非费鸣又是来辞职的?

当初劝说费鸣加入太和研究院的情景,仿佛就在昨天。费鸣大概是在吴镇被任命为副院长之后不久,第一次提出辞职的。他问起原因,费鸣说了四个字:一说便俗。除此之外,不愿再多说半句。他当然极力挽留,劝说费鸣再等一等,等到太和研究院正式挂牌之后再作考虑。当然,他也委婉地提醒费鸣,董松龄明年就要退休,到时候太和研究院的人事安排肯定会做调整。他觉得,费鸣听懂了他的意思。

这天,费鸣不开口,他也就打定主意,不主动提起此事。

他正在审读范郁夫博士论文的开题报告:《〈国语〉中孔子言论与孔子形象》。与《左传》相比,《国语》偏于记言,记录的大都是贵族之间讽谏、辩说以及应对之辞,主要通过对话来刻画人物。《国语》中,有孔子八条未出现在《论语》和其他典籍中的言论,在范郁夫看来,这几条言论极为重要,是对孔子形象的补充。

费鸣说:"应老师,可以耽误您几分钟吗?那件事,您可能已经知道了。"

哪件事?他有点放松了。看来费鸣还是来谈工作的,并不是来辞职的。

他在范郁夫的开题报告的首页上写了一段话:"《国语》中,孔子讲夔、讲蝄蜽、罔象以及神兽龙,与《论语·述而》中的'子不语怪、力、乱、神'显然相悖。柳宗元《非国语》有云:'君子于所不知,盖阙如也。孔氏恶能穷物怪之象形也,是必诬圣人矣'。"

然后,他抬起头来,问:"哪件事?"

他以为费鸣要说卡尔文。

从昨天到今天,微信群里都在讨论卡尔文。卡尔文在推特上连载了回忆录《How happy we are》,这个题目其实是卡尔文对"不亦乐乎"的翻译。他写到了他在济州的生活,其中提到了栾庭玉、葛道宏、铁梳子。关于栾庭玉,他提到铁梳子曾送给栾庭玉的俄罗斯套娃。他特别提到,那是用金子做的。关于葛道宏,他提到葛道宏曾多次邀请福山来济大做讲演,并请他去找过福山,因他没能请到福山,葛道宏对他态度大变。关于铁梳子,他的用语极为下流,说铁梳子虽已绝经,但性趣不减。他当然也写到了别的女性。那个胸脯上被他画过怀表的女孩也出现了。

当然也没有放过应物兄。卡尔文写道:"应物兄还是比较忠厚的,请我吃过鸳鸯火锅。但是,三先生说了,大先生说过,忠厚是无用的别名。"

是谁把它译成中文,并发到朋友圈的?

它很快就被删掉了,但随后,它又以截屏的形式继续传播。

卡尔文尚未写完就自杀了,并对此进行了直播。

他自杀的方式倒是中国式的:上吊。最后一句话说的是中文:"吾日三省吾身,快乐吗?不快乐!不快乐吗?也快乐!怎么办呢?悲欣交集,死了去屄!"

这会,应物兄对费鸣说:"我不愿再谈这个人。他真是个杂种。"

费鸣说:"哦,是啊,不过,我们说的不是同一件事。"

他这才警惕起来,问:"又有什么事?"

费鸣说:"豆花死了。"

接下来他又听费鸣说:"栾温氏生日第二天,豆花失踪了。现在已经在长庆洞找到了。她应该是去长庆洞敬佛去了。因为她是庭玉省长的夫人,所以她不愿让人们看到,就去了长庆洞。她应该是在洞里流产的。应院长,你听着呢吗?"

"听着呢。你说。"

"栾庭玉已被控制。"

"你是说,他们怀疑是他干的?"

"不,豆花死前,举报了栾庭玉。"

"这消息可靠吗?"

"我是听侯为贵说的,应该不会有错。侯为贵说,有关方面甚至把栾庭玉家里的两只鹦鹉都带走了。栾庭玉的外甥说,那鹦鹉是他和姥姥养的,能留下吗?"

"你去忙你的吧,我想一个人待会。"

"我知道您最担心的是'太研'会不会受到影响。您不用担心,'太研'还会存在下去的。明天上午,学校将召开处级以上干部会,宣布葛道宏调离。葛道宏将到省教委出任副主任,但保留原来的级别。董松龄将代理校长。"

他想起来了,他已经收到微信通知,明天上午到巴别开会。

原来是宣布这项内容?

"董校长对'太研'是不会放手的,不然他不会让吴镇出任常务副院长。您的工作不会有变化,您以后将专门负责'太研'的学术研究。"

"我们得好好想想,这事如何去跟程先生说。"

"最好还是等一段时间再说,因为程先生最近可能比较——"

"比较什么?不会是身体有什么问题吧?"

"那倒不是。是珍妮那边有点情况。珍妮生孩子了,那孩子是三条腿。"

"哦,男孩?好啊。终于有个好消息了。"

"确实是三条腿。从大腿根又长出了一条腿。要是再短小一点,可以认为那是鸡鸡。要是长得靠后一点,可以认为那是尾巴。但它不长也不短,不前也不后,末梢还有一只脚。其实这也是旧闻了。珍妮把那孩子掐死了。珍妮说,中国人就是这样做的。妈的,有屎盆子就往我们中国人头上扣。她已经被拘留了。"

"这怎么可能呢?怎么会生出这么一个……"他把"怪物"两个字咽了回去。

"窦思齐说,这是因为大人吸毒所致。这种情况很常见的,医生早就见怪不怪了。一个月不遇上几起,医生还会觉得奇怪。老窦说了,那孩子就是活下来,也是天生的瘾君子,活不长的。与其活不长,不如早死早托生。"

费鸣虽然没提辞职,但他知道费鸣其实是来告别的。他第一次将费鸣送到了楼下,然后把雨伞递给了费鸣。

费鸣说:"我哥哥与蒋蓝的官司打输了。"

他说:"不就是一套房子嘛。"

费鸣说:"我也是这么劝他的。还有一件小事,我想了想,还是应该告诉你。易艺艺并没有堕胎。她可能很快就要临产了。"

99．灯儿

灯儿还活着？

起初,应物兄以为文德斯说的是另一个人。

入冬后,芸娘的身体似乎稳定了下来。芸娘自己开玩笑说,那些肿瘤细胞似乎也进入了冬眠。因为不再化疗,芸娘又长出了新发。芸娘说,她死之后,当天就要火化。一会儿冰冻,一会儿烧热,何必多一道工序呢？最好直接火化。

芸娘也提到了那句话：早死早托生。

这是他和芸娘最后一次见面。"最后"这个词,总是会给人带来伤感,不过在当时,因为没有意识到这是"最后"一次,所以他并没有伤感。相反,看到芸娘精神头不错,他还暗暗期盼,或许会有奇迹发生。

这天,陆空谷不在。

文德斯提了一句,说她感冒了,担心传染芸娘,所以有两天没来了。

话题随后转向了何为先生。何为先生至今还在医院地下室里躺着呢。他们现在讨论的是,何为先生坚持要张子房先生来致悼词,用意何在？

应物兄的看法是,何为先生要以此向学校证明,张子房先生并没有疯掉,学校应该请他回来,让他重新上课,带研究生。何为先生这样做,或许是替张子房先生晚年的生活考虑。

芸娘认为,这种理解可能失之于简单。

文德斯仍然称何为先生为奶奶。他说："我也试图在奶奶的日记中找到答案。"

据文德斯说,何为先生的日记,一直写到她走进巴别的前一天。她的日记很简单,记的都是日常琐事。写得最多的,都是关于那只猫的。那只黑猫是张子房先生送给她的,而张子房先生则是从一个叫曲灯的老人那里抱来的。每当猫生病的时候,她就去找曲灯。黑猫曾经误食过中毒的老鼠,也是曲灯把它救过来的,灌了肥皂水,又喂了生鸡蛋清。

芸娘说:"这老太太,就是个猫奴啊。"

文德斯说:"那倒不是。看了日记,我才有点明白,奶奶为何爱猫如命。奶奶说,猫和狗是两种动物,爱猫人和爱狗人也是两种人。猫是生活在人和神之间的动物,它以中间人的身份在活动。说猫是奸臣、说猫忘恩负义的人,都没有意识到一个问题:猫是遵照神的旨意,用离家出走的方式指出了人的弱点。而狗呢,则把人当成了自己的上帝。说狗是忠臣的人,需要的就是这种毫无原则的忠诚。"

芸娘笑了:"幸亏我不养狗,也不养猫。"

文德斯说:"奶奶说,只要稍加观察就会发现,狗与主人在相貌方面总是存在着某种相似性,狗就像人类的镜子,它们属于同一种文化范畴。猫与主人却没有这种相似性,因为猫属于另一种文化,就像外星人。"

芸娘又笑了:"这话,乔木先生定然不同意的。"

文德斯说:"奶奶也写到了她和乔木先生的争论。她说,爱狗的人爱的都是自己,爱猫的人爱的都是别人。乔木先生说,胡扯!武则天也爱猫,还有比武则天更爱自己的人吗?奶奶说,她那是把猫当狗养了。或者说,武则天是在差异性中看到了相似性。真正喜欢猫的人,既要在差异性中看到相似性,也要在相似性中看到差异性。她说,这是人和猫关系的辩证法。"

芸娘说:"你最近又见到子房先生了吗?"

文德斯说:"见到了。他说,他在心里给何为先生致过悼词了。

第二天再去,他就不见了。倒是见到了曲灯老人。曲灯老人也不知道他去了哪里。"

直到这个时候,他仍然没有把那个叫曲灯的老人,与程先生多次提到的灯儿联系起来。

芸娘说:"你有没有告诉他,何为先生还在冰柜里躺着呢。"

文德斯说:"他当然知道。曲灯老人也知道。曲灯还到医院看过奶奶,只是我不知道她就是曲灯。有一次下雨,我曾开车送她回去。她无论如何要留我吃饭,她的老伴,人称马老爷子,会做丸子。那丸子太好吃了。我还在那院子里遇到过章学栋。章学栋看中了曲灯老人家里的老虎窗、木地板和扶手,还看中了老式的铸铜门把手。他要买,曲灯老人不卖。章学栋以为我跟老人很熟,还让我劝她。"

事实上,这天他之所以陪着文德斯来到那个大杂院,并不是为了见曲灯老人,而是为了见张子房。在他前往那个大杂院的途中,他压根都没有往那方面想。是啊,程先生多次说过,灯儿早就去世了。

说来可笑,张子房先生现在住的院子,就在济河旁边。

当初,寻找程家大院的时候,他曾经多次从这里经过。那里有一个花鸟虫鱼市场,他曾经盯着一只笼子里的蝈蝈,在想象中比较着它与济哥的差异。河边有个茶楼,茶楼前有两株枣树,一株枣树疯了,另一株枣树也疯了。茶楼前面的那片空地,则是大妈们跳广场舞的地方。她们最喜欢唱"小呀小苹果,怎么爱你都不嫌多"。应物兄记得,有一天晚上,他和费鸣、张明亮从那里走过,张明亮认为她们跳得很好。他对张明亮说,她们当中跳得最好的,其实都是八十年代的大学生。那时候,她们最常用的伴奏舞曲是《年轻的朋友来相会》:

再过二十年,我们重相会。伟大的祖国该有多么美。天也新,地也新,春光更明媚。城市乡村处处增光辉。啊,亲爱的朋友们,创造这奇迹要靠谁?要靠我,要靠你,要靠我们八十年代的新一辈。

二十多年过去了,她们成了广场大妈。

旁边就是胡同区。那是济州残留的几个胡同区之一。应物兄想起来,站在筹备处外面露台上看到的那片胡同区就在这里。

它与济州大学的直线距离不会超过五百米。

文德斯带着他,从一个胡同出来,经过金融街,走进交通银行和工商银行之间的一条缝隙。说它是一条缝隙,绝对不是夸张。很难相信,两幢高耸入云的大楼之间的距离还不到一米,一次只能通过一个人,而且还得侧着身子。如果你是个胖子,那么仅仅侧身还不够,你还得吸着肚子。哦,金融或者说资本所追求的利益最大化,在此直观地呈现了出来。两家银行临街的那面,装饰都极尽奢华,但它们的山墙却露着砖缝。侧身走过去的时候,能听到衣服跟墙的摩擦声。他甚至觉得,高鼻梁的老外是不可能从这里穿过的,他们的鼻子会卡在这里。

穿过那个缝隙,又是一条胡同。两边依然是砖墙,很有年头了,接近地面的部分已经粉化,与土坯没有什么差别。走出十几米远,墙上有一个半人高的豁口,跳过那个豁口,是一片丛生的树林,有槐树,有榆树,有柳树,还有些低矮的灌木。林间被人踩出了一条小路,路边有人粪,也有狗屎。

怎么会有一片空地呢?

应物兄后来知道,这其实就是他们曾经寻找的军马场,后来它变成了棚户区。几十年来,因为私搭乱建,这里火灾频仍。中国女排首次夺得世界冠军那年,和全国各地一样,这里也是鞭炮齐鸣,最终酿成了一场大火,首次被夷为平地。只过了半年,它就又一次变成了棚户区。最近一次大火,发生在中国足球队首次进入世界杯的时候。再后来,这里就成了济州首批应急避难场所之一。

但它看上去,就像一片野地。

突然听到一阵唰唰唰的声音,草丛在起伏,树枝在摇晃。原来有两只猫踩着柔软的步子在林子里走动。哦不,还有两只。另外两只从树上出溜下来。它们刚刚配合着掏过鸟蛋吗?奇怪得很,随着它们下滑,一串清脆的铃声响起。它们并不是野猫,因为它们脖子上戴着铃铛呢。它们下来得太猛了,先是猫头着地,然后又叠起了罗汉。其中一只是黑猫,与他们刚才看到的那只黑猫非常相似,只是体型更大,威风凛凛,像一只黑豹。在后来的日子里,应物兄将知道,这只黑猫与何为教授那只黑猫其实是亲兄弟。

伴随着铃铛的响声,黑猫朝他们走了过来,在路边站住了。另外几只猫也跟着围拢了过来,虎视眈眈地看着他们。它们其实全都是曲灯老人养的。

文德斯说:"猜猜它们在说什么?它们或许会说,哥几个,要不要一起扑上去,吓唬他们一下子?"

野地外面,正在拆房子。一个高高的吊车上悬挂着一个闪闪发亮的钢球,那钢球就像荡秋千似的,朝一幢五层小楼荡了过去,穿过了水泥墙壁。当它荡回来,应物兄恍惚觉得,它就像来自外层空间的飞船。它晃动,它产生风。就在风吹净它的同时,楼顶突然塌下一角,掀起一片浓雾。接着,它又荡了过去,这次它撞的就是从楼顶上挂下来的水泥板。浓雾使天色变暗了,而突然飘来的乌云使它更暗。接着,他看到了火花。那是钢球与水泥中的钢筋剧烈撞击的产物。随后,那钢球再次荡了回来,它跑得那么快,似乎越来越快。

跳过一堵院墙上的豁口,他们走进了一个大杂院。

应物兄觉得,与他当年住过的那个院子相比,它更是乱得不能再乱。说是院子,其实它已被各种简易的房子填满了。房顶铺的东西也是五花八门,有黑瓦,有油毡,有石棉瓦,还有塑料布。砌墙的材料也是名目繁多,有青砖,有红砖,有卵石,也有土坯。红砖大多数是半截的,显然是捡来的。有的砖头很厚,颜色乌黑,阴森森的,令人疑心它是从墓中挖出的。还有的砖头很长,像人一样躺在那里,仔细一看原来不是砖头,而是木头。

墙边堆放着各种垃圾。看得出来,垃圾经过了大致的分类:这一堆是废纸,那一堆是易拉罐,另一堆则是矿泉水瓶子之类的塑料品。所以,他由此判断,这里住的主要是拾垃圾者。有个不到一岁的孩子穿着开裆裤,正向着一间房子爬去,露出粉红色的屁眼,一只苍蝇围着屁眼飞着,但你分不清那是男孩还是女孩。听到他们的脚步声,那孩子熟练地掉了个头,朝他们爬了过来,露出粉红色的牙床,绕着孩子头顶飞的则是一只马蜂。

一只苔蜉疙瘩不知道从哪里飞了出来。

张子房先生就住在这里?

有那么一会,文德斯怀疑自己走错了地方。按文德斯的说法,他上次来的时候,院子里虽然有些拥挤,但空地还是有的,过道也是宽的,院子里还栽着几株高大的槐树呢。怎么转眼之间,就凭空多出了这么多间房子?

他低声告诉文德斯,这里显然要拆迁了,拆迁补助是按建筑面积来算的。也就是说,很多房子都是临时加盖的。

盖,不是为了住,而是为了拆。

文德斯说,他甚至在这里遇到过当年给文德能看病的医生。那医生就在刚才路过的空地里,偷偷地种了西红柿、黄瓜和辣椒。得知他是文德能的弟弟,医生还请他在房间里坐了一会,医生的房间相当整洁,书架上摆满了书。墙壁也用白石灰刷过了,墙上挂着一幅字:

　　凿破苍苔地
　　偷他一片天

按文德斯的说法,字是碑体行书。没有题赠,没有落款,没有装裱。六只图钉把它固定在了墙上。医生说,那幅字就是张子房先生写的。哦,那是唐代诗人杜牧的诗,题目叫《盆池》。所谓的盆池,就是以瓦盆贮水,用来植荷、养鱼。唐代诗人韩愈也以"盆池"为题写过多首诗歌,杜牧这首诗就是从韩愈的"汲水埋盆作小池"生发而来。杜牧自幼熟读儒家经典,关心时事,积极进取,忧国忧民,所以首先是个儒家。同时,杜牧又染指于道,寄情山水。所以,这首诗既有儒家之情怀,又有道家之神韵。凿破苍苔,挖掘小池,白云倒映于水中,就像从镜中生出来的。

难道这是张子房先生的自我抒怀?

文德斯说:"医生自己攒粪,给菜地施肥。他说,庄稼一枝花,全凭粪当家。他把粪便晒干,压成饼,一年下来,能攒上两个罐头瓶。用的时候,拿出一小块,按一比七百五十的比例稀释一下。这里住了不少怪人。"

这天,他们首先见到的,不是张子房,而是曲灯老人。

曲灯老人的房子,在院子的最北端,那当然也是院子的最深处。

那是一座瓦房。它是整个院子里最宽敞的房子了,房门上挂着帘子。当中是客厅,两边还各有一间。客厅放着一个屏风。房顶是看不到的,木板将房子隔成了一个阁楼式的楼层,挨着墙有一架木头梯子。房子的窗户还是老式的木格花窗,上面糊的是发黄的纸。客厅里坐了几个人,因为灯光昏暗,那些人的面孔显得影影绰绰。屏风后面有一个门,门上又挂着帘子。一个人掀开帘子去了后面。原来,那间房子又通向了一个小院子。

曲灯老人就坐在那里。

应物兄此时仍然没有把她与灯儿联系在一起。

老人认出了文德斯,说:"你也来了?何先生的后事办完了?"

从房间里出来一个人。那个人正是当年给文德能看病的医生。应物兄认出了他,但他没有认出应物兄。医生把文德斯叫到了一边,说:"老太太已经几天没说话了。你既然来了,就陪老太太说会话。"

原来,这天是曲灯老人的老伴马老爷子的"头七"。

文德斯陪老人说话的时候,应物兄跟着医生回到了房子里。

客厅里的人已经把一张桌子挪到了中间。一个人把电灯关了,关了之后才说:"我可要关灯了。开始了啊。"随后就响起一阵窸窸窣窣的声音。过了一会,那人又问:"我可要开灯了。好了吗?"几个人参差不齐地回答:"好了,好了。"灯还是那个灯,但好像比刚才亮了很多,都能看清桌子上的东西了。那是一堆钱。有一百元的,也有五十元的,还有十块、五块的。应物兄立即想到,那是在为曲灯老人捐款。灯泡越来越亮。突然,亮光减弱了,光晕消退了,灯泡内部卷曲的钨丝都清晰可见。那钨丝由白变红,像吹灭之后的火柴头还在发出微弱的光,支持着他们完成这个最后的仪式。

他不由自主地说:"我也捐一点吧。"

医生把他的手按住了。医生后来解释说,他们之所以关灯,就是不愿让人看见,谁捐了多少。你现在拿出来,他们会说你是受他们影响才捐的,不是真心捐的,他们会认为你亵渎了他们的主。医生说得没错。他记得,当他回过头的时候,那些人已经把桌子抬开了。没有人再提捐款的事,好像这事压根就没有发生过。桌子上的钱已经看不到了。然后,那些人已经祷告起来了:

　　他没有俊美的容貌,华丽的衣饰,可使我们恋慕。他受尽了侮辱,被人遗弃。然而他所背负的,是我们的疾苦。他所担负的,是我们的疼痛。

有人哭出了声。另有人立即说:"都别哭。"一个人带头又说了一句,众人就又跟着说道:

　　他被打伤,是因了我们的罪恶。因他受了惩罚,我们便得了安全。因他受了创伤,我们便得了痊愈。我们都像迷途的羔羊,各走各的路。他受虐待,仍然谦逊忍受,如同被牵去待宰的羊羔。他像母羊在剪毛人前,总不出声。他受了不义的审判而被除掉,有谁怀念他的命运。他受尽了苦痛,却看见光明。阿门。

怎么,马老爷子死前受了很多苦?被打死的?像母羊一样被剪了毛?当然不可能。他想,这就是《圣经》的修辞方式,它跟《论语》完全是两码事!《论语》是就事论事,《圣经》却是顺风扯旗。有人把门口的帘子掀开了,这个时候,他看见领着祷告的人,竟然是宗仁府教授的博士。没错,就是他,我曾看见他开车接送宗仁府。此人好像姓郝?想起来了,宗仁府叫他小郝,宗仁府的第三任妻子则叫他建华。郝建华是宗仁府最得意的门生,研究济州佛耶交往史。他曾向汪居常提供了一份材料,证明皂荚庙离程家大院并不远。郝建华说,要用程先生的话说,就是一袋烟的工夫。

刚才桌子上那些钱,其实就是给郝建华的出场费。

灯泡里的钨丝突然变亮了,亮得刺眼,然后一闪,灭了。

郝建华从屋里走出来的时候,已经戴上了墨镜。医生把装钱的信封拍到了郝建华的掌心。郝建华捏了捏,收了起来,说:"相信我,马老先生已经去了天国。"

医生说:"是吗?那就好。"

郝建华说:"信也罢,不信也罢,反正他是去了天国。"

送走了郝建华,医生问:"这位朋友,我们是不是见过?"

他对医生说:"我是文德能的朋友。"

医生说:"你也认识马老爷子?吃过马老爷子的丸子?"

他虽然不认识,更没有尝过马老爷子的手艺,但还是说:"是啊。"

医生说:"走的时候,没受什么苦。毕竟已是高龄了。他平时很注意锻炼身体的。他说过,锻炼身体,不是图长寿,就是图个走得嘎嘣脆。吧唧一声,倒地就死。人啊,心肌血管越正常,死得就越痛快。他自己说,千万别躺床上几年,熬得油尽灯枯的,那就没意思了,还得让灯儿跟着受罪。他是脑溢血,在床上躺了半个月。

所以,我们也没什么好伤心的。"

他问:"老爷子信教?"

医生说:"我也是刚知道的。他年轻的时候就信,偷偷地信。不过,我没见他去过教堂。本来没想过要弄这么一出。我也不懂嘛。可是有个老街坊说了,说还是要弄一下。那就弄一下吧。反正清汤寡水的,又花不了几个钱。那个念经的郝师父,就是老街坊推荐来的。"

这边正说着话,郝建华又拐回来了。郝建华脸色有点不大好看,对医生说:"说好的,出场费三千,而且是税后。不到嘛。我倒无所谓。只是想提醒一下,别的钱,你们怎么克扣,我管不着,也不想管。但是这个钱,是不能克扣的。"

医生听了一愣,说:"不够?我还以为多了呢。我没数,全给了你。"

郝建华似笑非笑地说道:"我只想提醒一句,这是老爷子去天国的买路钱。"

医生长喘了一口气,抬眼看着天,手也指向了天,说:"谁贪了一分钱,就让他跟着马老爷子一起上天。"医生那条长长的胳膊一直向上举着。

郝建华说:"My God!又没说是你克扣了。诚信最重要,我只是好心提个醒。"

宗仁府的弟子就是这副德行?

有人发怒了,这个人就是子房先生。没错,他一下子就认出那是子房先生。子房先生这天的衣着,与他在乔木先生书法展上露面时一模一样。此时,子房先生同时站在门槛内外:右脚在门外,左脚在门内;右手在门内,左手在门外;前额在门外,后脑勺在门内。他也不可避免地衰老了。

子房先生说:"宗门弟子听着,你已经多拿了。"

郝建华说:"开什么玩笑?明明不够,却说我多拿了。"

子房先生说:"币值是三千八百四,实际上却是五千三。别以为我不知道,宗门弟子每做一次法事,就要给宗仁府提成三分之一。"

郝建华笑了,那是下流的笑:"老哥,你是说,这里面有美元?"

子房先生说:"宗仁府不知道你拿了五千三。给他一千块,你留了四千三。你赚大了。快走吧,上你的天堂去吧。"

郝建华说:"话可不能这么说。不够三千块,我也得给他一千块。"

子房先生说:"Go away!"

郝建华终于滚了。后来,子房先生把他们领进了后面那个小院子,也就是曲灯老人坐的地方。天有点冷,文德斯正要在火盆里生火。那还是很早以前的生铁火盆,沉得很,应物兄还是很多年前用过。小时候,当他挨着火盆烤火的时候,他常常拿起火钳子在盆沿写字。母亲担心他玩火,总是在旁边盯着。母亲说:"玩火尿床。"

想到了母亲,他就听见了自己的呻吟。母亲,我们再也回不到那个时候了。

文德斯不会生火,火盆里冒出阵阵浓烟。

他走过去,将里面的干树枝挑空,火苗就蹿起来了。

当他们围到火盆跟前的时候,曲灯老人站起来了,说:"你们谈你们的。"

老人口齿清晰,神态自然,脸上甚至有微笑。

文德斯把老人搀进房间,又拐了回来。刚才,子房先生对郝建华说的话,文德斯显然也听到了。文德斯问:"先生,您怎么知道那里面是五千三?"

他现在注意到,何为先生那块手表,就戴在子房先生的手腕上。

据乔木先生说,那块手表是何为先生的结婚礼物,是何为先生的导师送给她的。何为先生的导师曾留学英国,那是他的英国导师送给他的。那其实是现在比较常见的瑞士手表,但在几十年前,那却是个稀罕之物。稀罕之处还不是它来自瑞士,而是因为它是一块方表。巫桃问乔木先生:"手表都是圆的,怎么会有方表呢?"乔木先生比画了一下:"说是方的,其实还是圆的。表盘外面是圆的,里面是方的,外圆内方。我告诉何为,最早买表的那个人,肯定受到了中国文化影响。她查了查,说那个导师并没有来过中国。没有来过中国,就不受中国文化影响了?"巫桃问:"莫非,西方文化是外方内圆?"

乔木先生说:"这话可不能让何为听到。'外方内圆'是骂人的。外方内圆,朋党构奸,罔上害人。① 装作很正直,每天说大话,私下蝇营狗苟,就叫外方内圆。"

现在,子房先生没有回答文德斯。他或许觉得,这个问题太简单了,不需要回答。子房先生抬腕看了看那块外圆内方的手表,问:"你们要待多久?"

文德斯说:"你不会是撵我吧?"

子房先生说:"我可以给你们半个钟头。"

文德斯说:"这是应物兄。他第一次来,你不能不给他一点面子。"

子房先生说:"应院长,是程济世让你来的还是乔木兄让你来的?"

100. 子房先生

子房先生后来倒是解释了,为什么币值是三千八百四,实际上

---

① 〔南朝·宋〕范晔《后汉书·郅恽传》:"案延资性贪邪,外方内圆,朋党构奸,罔上害人。"

却是五千三。子房先生是以嘲讽的口吻谈起的:"应院长,你是研究儒学的。孔子说,礼失求诸野。老百姓的礼数,你肯定知道喽?你应该知道,它为什么首先会从三千变成三千八百四。"

他老老实实地回答:"我真的不知道,请先生教我。"

子房先生说:"那些人里,有一个是马老爷子的徒弟,我们都叫他老更头。老更头是跟着马老爷子做丸子的。他一个人多掏了八百四十块钱。'八百四'的谐音,就是'爸死了'。一日为师,终身为父。他这是为了表达他与马老爷子的师徒情。"

文德斯说:"可那些钱,都被郝建华拿走了。"

子房先生说:"这就跟老更头无关了。老更头只是要表达自己的心意。"这么说着,子房先生自己笑了起来,"你们觉得,牵强吧?没错,很牵强。所以,这只是我的解释,老更头不会这么想的。任何一个数字的出现,都不是偶然的。你使用的各种数字,都是各种因素综合的结果。如果我没有说错,老更头当年给马老爷子的拜师费,应该是'四百二'。为什么是'四百二'呢?这个数字的分解质因数是'2、3、5、7',是不是?当中的每个数字就又有说头了。2是指师徒二人,3是指举一反三,5是指仁、义、礼、智、信之'五常',7则指北斗七星。别的地方,拜师费是怎么收的,我不知道,反正在济州就是么收的。那么,'八百四'刚好是'四百二'的两倍。据我所知,马老爷子当年分文未取。老更头现在掏了'八百四',无非是想说,师父的恩情,做弟子的要加倍报答。所谓'踵其事而增华,变其本而加厉'①。"

文德斯说:"改天,我一定问一下老更头。"

"你现在就可以问他。"张子房先生随即叫了一声,"老更头师傅!"

应物兄一眼认出,这个老更头就是他在皂荚庙里见过的那个做丸子、做杂碎的秦师傅。当时,他是由四指搀出来的,没有胡子,

---

① 〔南朝·梁〕萧统《文选序》:"盖踵其事而增华,变其本而加厉,物既有之,文亦宜然。"

但眉毛很长,白眉毛飘着,像蒲公英,头顶全秃,发光发亮。老人不让四指搀扶,自己站着,给人一种严谨安详之感。在老人中,他的个子算是高的,所以又给人一种浑朴和凝重之感。如果不是他嘴唇皱瘪,别人或许会认为他只不过七十来岁。他还记得,唐风当时高声问道:"老人家,他们都夸你的杂碎做得好。"老人耳聋了,听不见,说:"甜了,放芫荽。"

哦,这一天他才知道,老更头其实一点也不聋。他也并没有九十岁。

老更头笑着说:"子房老弟,又来查账了?"

子房先生问:"老哥,您告诉我,你是不是多交了八百四?"

老更头说:"忘了,不说这个。"

子房先生说:"你坐下,我跟你说说为何是八百四?这个月,你的小饭馆赚了两万五千元。你把那两万五千元全都拿出来了。这些天,你花了不少钱。租车、买花圈、买盒饭、买骨灰盒,凡是需要掏钱的地方,你都没有二话。几天下来,也就只剩下了一千元不到。是不是剩下了八百四十元,其实我也不清楚。我只知道,你一个子儿都没留下。是吧,老更头?您花了多少,我都看在眼里,记在心里啊。"

老更头连连点头,说:"那我就告诉你,事先我还真数了一下,是八百四十五块。本想凑够一千块的,可口袋里一个子儿都没了。"

子房先生皱着眉头,问道:"那五块钱是从哪里省下来的?"

老更头搔着头,说:"真的记不起来了。"

子房先生却穷追不舍:"是买花圈省下来的?"

老更头说:"忘了。一点也想不起来了。"

子房先生问:"租车省下来的?肯定是的。少去了一个人,省了五块钱。"

老更头说:"好像是。您说是就是。"

子房先生说:"你好好想想。我回头送你几包好烟抽。"

应物兄当然赶紧给老更头递上烟。老更头说:"想起来了,租大巴车去火葬场,租车是按时间算的,没按人头算。你有一点没有说错,确实有一个人临时有事没有去。"

子房先生立即掏出一个小本子,将原来的"5×35×2=350(元)"画掉之后,子房先生盯着看了一会,突然又说道:"八百四十五这个数字从哪来的?"

老更头说:"给司机买了一瓶矿泉水,花了五块钱。"

子房先生追问:"什么牌子的?"

老更头说:"别问了,真的想不起来了。"

子房先生说:"好吧,明儿我送你半包烟。谁让你想不起来了。"

老更头也终于长舒了一口气。

此时的子房先生,脸上依然若有所思,给人一种雾蒙蒙的感觉。而在那张雾蒙蒙的脸上,一双眼睛却分外有神。但仔细看去,它却是一系列矛盾的综合:矍铄而又浑浊,天真而又苍老,疲惫而又热忱。刚才一连串的追问,使他的唇角泛起了白沫。有意思的是,他似乎还意识到了这一点,伸出舌尖将它没收了。最有看头的其实是他的发型:从头顶到前额,他的头发贴着头皮,但是脑后的头发却高高地蓬起了,仿佛有某种力量来自上天,将它们拽了出去。

关于数字的讨论,本来可以告一个段落了,不料文德斯追问了一句:"那五千三这个数字是怎么来的呢?"

子房先生说:"因为何为先生也出了一份,出的是欧元。何为教授写了一篇关于猫的文章,被译成了德语,对方给的是欧元。何为先生认为,那钱应该给曲灯老人。因为她之所以会写那篇文章,是因为柏拉图。而柏拉图,本来是曲灯老人的猫。当然是我替她给的。"

子房先生大概也没有想到,郝建华会把所有的钱拿走。

恍惚之间,何为先生好像还活着。他后来知道,其实何为教授那笔钱很早以前就交给了子房先生,让子房先生转给曲灯。那其实是何为先生为柏拉图付的学费:柏拉图吃喝拉撒的规矩,就是曲灯老人教会的。曲灯老人当然不愿意收。这次,子房先生趁机替何为教授把钱付了。

有住户下班回来了。回来的是一个姑娘,膘肥体壮,但打扮得很时髦,圆滚滚的脸上涂着厚厚的脂粉。除了嘴唇、睫毛和细长的眉毛,整张脸都白得过分,就像用炉甘石水浸泡过一样。那姑娘托着腮往这边看了一会,一扭腰进了一个石棉瓦搭起的房子。

后来,当应物兄熟悉了这个院子,知道那姑娘做的就是皮肉生意的时候,他才理解子房先生当时的话。子房先生对老更头说:"你赚个钱,烟熏火燎的,还得缴税。你瞧人家。"

老更头说:"生意不一样嘛。"

子房先生说:"怎么不一样?你们做的都是实体经济。"

不愧是杰出的经济学家,竟然把皮肉生意归为"实体经济"。虽然多年不上讲台了,但子房先生似乎还保留着上课的习惯,保留着板书的习惯。比如,子房先生这会就顺手捡起一截树枝,在地上写下了"实体经济"这个词,还在后面加上了括号,标上了英语:The Real Economy。有趣的是,当文德斯接到陆空谷的电话,告诉对方,他这会正忙着,一会打过去的时候,子房先生的反应与授课老师没什么两样。子房先生盯着文德斯,说:"不想听吗?不想听可以离开。"接下来,子房先生又说,"出去的时候,别忘了把门带上。"

哦,那一刻,子房先生是把大杂院当成教室了。

文德斯吐了一下舌头,赶紧把手机装了起来。

"实体经济"又出来了,出来晒衣服了,同时接听着电话。听得出来,她要求对方通过微信把钱转过来。子房先生又说了一句:"你们看,这里要解决的就是实体经济与虚拟经济的关系问题。"

曲灯老人出来了,怀里抱着一只猫。

老更头给曲灯老人搬过一把椅子。

曲灯老人靠着房门坐着。那小房子是从后墙上接出来,也就是所谓的老虎尾巴。老虎尾巴上面的瓦是黑的,瓦楞间不仅长了草,竟然还长了一株榆树。而在老虎尾巴旁边,只隔几步远,又另外接了两间。它的年代就没那么久了,瓦楞间虽然也长了草,但瓦片是深灰色的。它其实就是子房先生的住处。

怀中那只猫,用前爪愉快地洗着脸,用后爪掏着耳朵。曲灯老人脚下,还卧着三只猫。曲灯老人突然问老更头:"小家伙呢?过两天抱来,我想他了。"

曲灯老人说的是老更头的重孙子。

老更头说:"好,哪天我偷偷给您抱过来。"

曲灯老人说:"小家伙,牙不疼了吧?"

老更头说:"托您老的福,不疼了。"

曲灯老人说:"出新牙了。小家伙,妖气。"

"妖气"说的是可爱,包含有调皮的意思。这是地道的济州老话了,已经很少能听到了。他们说话的声音并没有影响到地上那三只猫。它们依然鼾声阵阵。现在,他突然觉得,曲灯老人身上有一种不凡的气质。衬衣领子是挺括的,银白色的头发几乎是耀眼的,有些卷曲,绾了一个发髻。

她更像一个退休的知识女性。

曲灯老人接下来对文德斯说了一句话。文德斯说,他在何为先生的日记里也看到了这句话。曲灯老人说:"何先生走了,没人向我要黑猫了。她说,她的猫老了,要我再给她留一只黑猫。我跟她说,没了,没黑猫了。我那只黑猫,下着下着,肚子里就没墨了,先是深灰的、浅灰的,后来是花的,再后来就只能下出白猫了,一点墨色都没有了。"

当曲灯老人这么说的时候,正有一只黑猫领着几只小猫走过来,其中有小黑猫、小花猫。猫怕冷,黑猫妈妈是把它们领到火盆旁边来。

多天之后,应物兄再想起这个情景,他首先想到的,就是火苗映在猫眼中的样子:它们在猫眼中变成无数的火苗,静静地燃烧。

他们这天的谈话,持续到了晚上。

我们的应物兄此时已经知道,曲灯老人就是程先生经常提到的灯儿,而他现在所待的地方,就是真正的程家大院。他们来时走过的那条只能侧身通过的小路,那条缝隙,就是原来的仁德路。

他内心的平静,让他自己也感到惊讶。

他和文德斯离开那个大杂院的时候,子房先生抱住了文德斯。

子房先生说:"何先生的事,我已经办完了。"

他和文德斯无论如何也想不到,子房先生已经将何为先生的遗体从医院领出来了。一周之前,刚好是何为先生的生日。那天早上,子房先生在殡仪馆人员的陪同下,亲自将何为先生送入了火化炉。

"骨灰呢?"

"你看了她的日记就该知道,她想葬在母亲身边。"

广场大妈们已经跳起来了:"你是我的小呀小苹果,怎么爱你都不嫌多。"那嘈杂的声音淹没了文德斯的哭声。

101. 仁德丸子

仁德丸子,曾经多次出现在程济世先生的谈话中。

应物兄记得很清楚,程先生认为,仁德丸子,天下第一。北京的四喜丸子,别人都说好,他却吃不出个好来。首先名字他就不喜欢。四喜者,一喜金榜题名;二喜成家完婚;三喜做了乘龙快婿;四喜阖家团圆。全是沾沾自喜。儒家、儒学家,何时何地,都不得沾沾自喜。何为沾沾自喜？见贤不思齐，见不贤则讥之，是谓沾沾自喜。五十步笑百步，是谓沾沾自喜。还是仁德丸子好。名字好，味道也好。仁德丸子要放在荷叶上，清香可口。食不厌精，脍不厌细，精细莫过仁德丸子。

程先生说："奔着仁德丸子，老夫也要回到济州。"

在后来的一段日子里，应物兄多次来过曲灯老人住的这个院子，并吃到了曲灯老人亲手做的仁德丸子。

冬至那天中午，应物兄请子房先生和老更头吃饭。到了晚上，老更头做了饺子和仁德丸子送到了大院里。老更头问曲灯老人，这丸子跟马老爷子做的丸子比起来，味道总是欠一点，到底是怎么回事？

曲灯说："你师父的手艺，还是我教的。他这个人，要面子，不让说。他死了，听不见了，我可以告诉你。"

哦，那是他第一次听到仁德丸子的做法。

曲灯老人说，做丸子，用的不是前腿肉，不是后腿肉，也不是臀尖。是槽头肉。槽头肉，有肥有瘦。先把瘦肉一点点剥出来，一点肥星都不见的，细细剁成肉泥，都是绿豆大小，大了不成，小了也不成。再是肥肉，一丝瘦肉都不见的，也剁成肉泥，也是绿豆大小，大了不成，小了也不成。再找几枚鹌鹑蛋，蛋清和蛋黄分开，用蛋清还是用蛋黄，倒是忘了。只能用一种。别的丸子味道跟它不一样，就是这蛋清蛋黄没有分开。哦，想起来了，用的是蛋清。蛋黄取出来，可以再喂鹌鹑。用蛋黄喂出来的鹌鹑，跟用别的喂出来的鹌鹑，那鹌鹑蛋的味道是不一样的。这以后呢，就是把蛋清搅入瘦肉馅，搅，搅，搅。从左往右搅，不能搅反了。搅好了，放一边，醒着。再搅肥肉馅，搅，搅，搅，也是从左往右搅。搅好，放一边，醒着。这以后呢，把发好的冬菇啊，冬笋啊，黄花菜啊，切碎，再搅入肉馅，先搅入瘦肉馅，再搅入肥肉馅，也是从左往右搅，搅，搅，搅。搅好了，都放到一边，醒着。别急，可以先去忙别的。弹个曲子，翻翻书，逗逗孩子。曲子弹完了,书也读了几回,孩子哭了给他妈,再来做这丸子。把瘦肉馅和肥肉馅放到一起,搅,搅,搅。这以后呢,就是捏成团了。丸子上沾一点菜末,沾了菜末,就要上笼了。笼屉里要铺个东西。要沾了菜末,就不铺了。最好铺上瓠瓜的叶子,可瓠瓜叶子夏天才有。蒸熟了,盖揭了,上桌!

曲灯老人说得很平静,就像拉家常。

说话的时候,曲灯老人轻拍着怀中的猫。

老更头问:"何不把槽头肉一起剁了,一起搅了?"

曲灯老人眼皮抖动着,似乎有些动了感情,但说出来的话却是平静的。就是那句话,让应物兄对眼前这位老人再次刮目相看。曲灯老人说:"做一件事,才能忘了另一件事。"

老更头问:"是您师父教您的?"

曲灯老人说:"师父?我就是自个的师父。是我自个寻思着做的。"

老更头问:"听说程将军最喜欢您做的丸子?"

曲灯老人说:"他只吃过一次,就再也忘不了。那是我来到程家的第一天。晚上,他们告诉我,将军要回来了。他以前常听我拉二胡的。我忙着换床单,铺被子。听见有人敲门,我便去开门。只见门口站着一个胡子拉碴、又黑又瘦的人,叫花子一般。我还是认为,他就是将军。他又打了败仗回来了。我就开始替那张床担心,这么干净的床,怎么能睡这么脏的人。他还没吃东西呢。我就把白天做的丸子给他吃。我做了十几份丸子,这会已经没剩下几个了,都被济世偷吃了。就那一次,将军跟我说,这丸子天下第一。"

这些天来,曲灯老人已经知道,我们的应物兄所做的一切,都是为了程济世先生。所以曲灯老人这会就对应物说:"这个济世,一直把我当姐姐。我听说他要回来了。没想到,有生之年还能见到他。"

那是应物兄唯一一次听曲灯老人谈到程济世先生。

那天晚上,曲灯老人睡下之后,他们转移到子房先生的房间里,围着火盆继续说话、喝酒。老更头的酒,可不是什么好酒,是他从街上打来的散酒。老更头本人,很快就喝晕了,和衣躺到了子房先生的床上。他和子房先生都觉得那酒太难喝,也就喝得少了一点,脑子也就还算清醒。那是他和子房先生最后一次谈话。

子房先生说,他正在写一本书,但愿死前能够写完。

那本书与他早年翻译的亚当·斯密的名著同名,也叫《国富论》。子房先生说:"只有住在这里,我才能够写出中国版的《国富论》。只有在这里,你才能够体会到原汁原味的经济、哲学、政治和社会实践。只有在这里,你才能够看见那些'看不见的手'。"

这天晚上,应物兄就和子房先生、老更头挤在一起。

第二天早上,应物兄接到了程济世先生的电话。

他翻身起来,披衣走出老虎尾巴,来到外面的小院子。这么多天来,他是第一次接到程先生亲自打来的电话。有那么一会,应物兄有一种冲动,就是告诉程先生,他现在就待在他童年时代生活的那个院子里。他也想告诉程先生,他见到了灯儿。

但这些话他都没有说。

程先生急切地向他打听一件事:"你的学生易艺艺与我联系了。她怀上了刚笃的孩子。这自然是好事,毕竟是程家的后代。只是,那胎儿正常吗?"

一时间,他不知道如何回答。

这事,他和董松龄谈过。董松龄比他还要紧张。这当然可以理解。他已经从酒后的吴镇那里得知,易艺艺其实是董松龄的孩子。董松龄说,他和罗总商量了,既然已经错过了打胎的时间,那就生下来吧。

董松龄认为,虽然怀孕前后易艺艺和程刚笃都曾吸食过白面儿,但易艺艺后来再没有吸过,胎儿应该没什么大问题。如果有问题,现在医学这么发达,应该有办法处理。董松龄也知道珍妮生了个三条腿的婴儿,但董松龄认为,这事绝对不可能发生在易艺艺身上。

这会,他对程先生说:"应该正常。"

程先生说:"我也问了医生,最坏的可能是生个眉目不清的孩子,一个肉团,一个浑沌。若是个浑沌,你知道该怎么办。"

对易艺艺的情况,程先生似乎比他还清楚。程先生甚至知道,易艺艺和她的父亲罗总,此时住在本草镇程楼村,他们准备在那里生下孩子。程先生说,这其实是他的建议,他小时候,就出生在那个老家的房子里,那里依山傍水,风水是最好的。程先生接下来提到,自己从不烧香的,但此时正在烧香,祈祷神灵,保佑母子平安。

他没吃早饭,匆匆上路了。

如前所述,在奔赴程楼村的途中,天开始下雪。先是小雪,下着下着,就变成了大雪。他拧开收音机,听见天气预报说,整个中部地区以及太行山沿线都在下雪。到了傍晚时分,他终于赶到了本草镇程楼村。

进村之前,他心情紧张,把车停在路边,在车内抽烟。

车窗之外,雪花飞舞、陨落、消融。路边的麦地,已被白雪覆盖。远远看去,村子已经深深地陷在雪地里。他缓缓地开着车,想找到一个人问路。后来,他看到有人冒雪到井边打水。当他赶到程先生说的那个院子的时候,他发现那个院子其实已经修葺一新。领路的人告诉他,那是镇上拨款,为他们老程家新盖的房子。原来的房子早就没影了。

罗总把济大附属医院最好的妇产科医生,都请到了程楼。

应物兄在那里待了三天,等待着一个健康孩子的降生。到了第四天的早上,当他起来的时候,发现院子里已经空无一人。他立即跟罗总联系,但无论如何联系不上。后来,他与董松龄联系上了。董松龄告诉他,罗总带着易艺艺,已经连夜赶回了济州。董松龄说,大人没什么事,小孩有点问题。

究竟什么问题,董松龄说,他也不知道,应该不是什么大问题。
应物兄于是再次匆匆上路。

他告诉自己一定要冷静。后来,他就发现自己先去了本草镇。在镇政府旁边的一个餐馆里,他吃到了小时候最喜欢吃的麻糖。他吃了一根,另一根拿在手上,边吃边赶路。从本草到济州这条路,他开车走过多少次,已经记不清了。他不知道,这将是他最后一次开车行走在这条路上。

他最后出事的地点,与那个挂单拐者最初开设的茶馆不远。他曾坐在那里,透过半卷的窗帘,看着那些运煤车如何乖乖地停到路边,接受盘查。此时,超载的运煤车还在源源不断地从对面车道驶来,它要给千家万户送去温暖。道路被运煤车染黑了,但运煤车却是白的。那白色在晃荡,颠簸,颤动。他身后也是运煤车,一辆接着一辆。它们已经卸货了,正急着原路返回。事实上,当对面车道上的一辆运煤车突然撞向隔离带,朝他开过来的时候,他已经躲开了。他其实是被后面的车辆掀起来的。他感觉到整个车身都被掀了起来,缓缓飘向路边的沟渠。

监控录像显示,这起事故他不需要承担任何责任。

起初,他没有一点疼痛感。他现在是以半倒立的姿势躺在那里,头朝向大地,脚踩向天空。他的脑子曾经出现过短暂的迷糊,并渐渐感到脑袋发涨。他意识到那是血在涌向头部。他听见一个人说:"我还活着。"

那声音非常遥远,好像是从天上飘过来的,只是勉强抵达了他的耳膜。

他再次问道:"你是应物兄吗?"

这次,他清晰地听到了回答:"他是应物兄。"

后　记

2005年春天,经过两年多的准备,我动手写这部小说。

当时我在北大西门的畅春园,每天写作八个小时,进展非常顺利。我清楚地记得,2006年4月29日,小说已完成了前两章,计有十八万字。我原来的设想是写到二十五万字。我觉得,这是一部长篇小说合适的篇幅——这也是《花腔》删节之前的字数。偶尔会有朋友来聊天,看到贴在墙上的那幅字,他们都会笑起来。那幅字写的是:写长篇,迎奥运。我不喜欢运动,却是个体育迷。我想,2008年到来之前,我肯定会完成这部小说,然后就可以专心看北京奥运会了。

那天晚上九点钟左右,我完成当天的工作回家,突然被一辆奥迪轿车掀翻在地。昏迷中,我模模糊糊听到了围观者的议论:"这个人刚才还喊了一声完了。"那声音非常遥远,仿佛来自另一个星球。稍为清醒之后,我意识到自己还活着。后来,从车上下来两个人。他们一句话也不说,硬要把我塞上车。那辆车没有牌照,后排还坐着两个人。我拒绝上车。我的直觉是,上了车可能就没命了。

第二天上午,我接到弟弟的电话,说母亲在医院检查身体,能否回来一趟?一种不祥的预感紧紧地攫住了我。我立即回到郑州。母亲见到我的第一句话是:"你的腿怎么了?"此后的两年半时间里,我陪着父母无数次来往于济源、郑州、北京三地,辗转于多家医院,心中的哀痛无以言表。母亲住院期间,我偶尔也会打开电脑,写上几页。我做了很多笔记,写下了很多片段。电脑中的字数越来越多,但结尾却似乎遥遥无期。

母亲病重期间,有一次委婉提到,你还是应该有个孩子。如今想来，我对病痛中的母亲最大的安慰，就是让母亲看到了她的孙子。在随后一年多时间里，我真切地体会到了，什么是生，什么叫死。世界彻底改变了。

母亲去世后，这部小说又从头写起。几十万字的笔记和片段躺在那里，故事的起承转合长在心里，写起来却极不顺手。我曾多次想过放弃，开始另一部小说的创作，但它却命定般地紧抓着我，使我难以逃脱。母亲三周年祭奠活动结束后，在返回北京的火车上，我打开电脑，再次从头写起。这一次，我似乎得到了母亲的护佑，写得意外顺畅。

在后来的几年时间里，我常常以为很快就要写完了，但它却仿佛有着自己的意志，不断地生长着，顽强地生长着。电脑显示出的字数，一度竟达到了二百万字之多，让人惶惑。这期间，我写坏了三部电脑。但是，当朋友们问起小说的进展，除了深感自己的无能，我只能沉默。

事实上，我每天都与书中人物生活在一起，如影随形。我有时候想，这部书大概永远完成不了。我甚至想过，是否就此经历写一部小说，题目就叫《我为什么写不完一部小说》。也有的时候，我会这样安慰自己，完不成也挺好：它只在我这儿成长，只属于我本人，这仿佛也是一件美妙的事。

如果没有朋友们的催促，如果不是意识到它也需要见到它的读者，这部小说可能真的无法完成。今天，当我终于把它带到读者面前的时候，我心中有安慰，也有感激。

母亲也一定想知道它是否完成了。在此，我也把它献给母亲。

十三年过去了。我想，我尽了力。

2018年11月27日 北京